扉页书法选自『乃正书昌耀诗』一书中画家朱乃正先生书写的昌耀诗作『玉蜀黍』

時間的雕像

昌耀诗学对话

马钧 著

青海人民出版社

图书在版编目（C I P）数据

时间的雕像 ：昌耀诗学对话 / 马钧著. -- 西宁：
青海人民出版社，2021.9
ISBN 978-7-225-06215-0

Ⅰ. ①时… Ⅱ. ①马… Ⅲ. ①昌耀（1936-2000）—
诗歌评论—文集 Ⅳ. ① I207.22-53

中国版本图书馆 CIP 数据核字（2021）第 202245 号

时间的雕像 : 昌耀诗学对话
马钧 著

出 版 人 樊原成
出版发行 青海人民出版社有限责任公司
西宁市五四西路 71 号
邮政编码：810023
电话：（0971）6143426（总编室）

责任编辑 马 婧
责任校对 田梅秀
责任印制 刘 倩 卡杰当周
书籍设计 杨敬华

发行热线 （0971）6143516/6137730
网 址 http://www.qhrmcbs.com
印 刷 北京雅昌艺术印刷有限公司
经 销 新华书店
开 本 787mm×1092mm 1/16
印 张 27.75
字 数 300 千
版 次 2022 年 3 月第 1 版 2022 年 3 月北京第 1 次印刷
书 号 ISBN 978-7-225-06215-0
定 价 298.00 元

自 序

2008年12月13日是我开笔写作这本书的时间，这是一个礼拜六。打算写作之前，我一直处于踌躇的状态。因为昌耀的诗作带给我的阅读感受太多了。不仅是一首诗，就是一句诗行中频频转换的意象，也会让我不断产生纷繁的意会。那种被繁复新奇的意象、意境刺激、牵引、召唤之后的思绪之漫溢，让我不时感受到迷乱的欣喜——可称之为一种审美的眩晕，审美的醉意，审美的忘言。

面对这样的状态，如果再沿袭千篇一律的学术论文模具和套路，来承载我的所思所想，那无异于是给《淮南子·说林训》再添一则削足适履的案例。我很清楚我得另起炉灶，寻找到与我的阅读兴会相匹配的一种书写方式。从我所乐见的文论来说，我钟情于中国古典诗论里“诗”与“论”的形影相随，钟情于钱锺书谈艺衡文的“管窥锥指”和意趣盎然，钟情于贡布里希学术演讲的亲切和精深，钟情于什克洛夫斯基、苏珊·桑塔格、威尔逊、卡尔维诺们文学批评的才情照耀、慧眼独具，还有他们在表达上令人爽适的美学质地……我长久地沉醉于他们的言说方式给我带来的源源不断的滋养和阅读上的愉悦。思来想去，我的思维磁铁，吸上了对话体。

历史上，用对话体论道谈艺的著述很多。我这样说，并不是想掠美，更不是暗地里证明我编织的对话多么大有来头。我只是想说：我在书中的言说和翩翩来袭的各种解悟，都受到传统的馈赠和营养，受到更为广阔的语义磁场的笼罩。我自己之所以偏爱对话体，乃是垂青于它形式的轻松、随意、即兴、活跃，还有谈说间兴致所至时旁逸斜出的一个个题外话——带着中国笔记体里闲笔的灵动、跳脱与透气。对话体不但能够“调节严酷的逻辑”（钱锺书语），还能让话题翻墙越界，到处串门，恢复人文科学彼此系连、交互映发的禀性、心灵世界的自如灵动，收复意识世界浑莽广大的失地。更何况这样一种开合大方、纵意自如的书写方式，特别契合昌耀先生毕生所追求、所企慕的博大诗学境界——“我相信诗思、文思或哲思必应有着在美的节律下向着众多实施方式的转移、扩散。诗，应属于广义的诗学理念。”(《沙漏之下留驻的乐章美甚》)

最初我虚拟了“陆沉”“西极”两个人物来进行对话。前一个名字取典于庄子的寓言，意在强调一个隐身者的身份，顺便应和昌耀诗句“隐身人的梦戏”之意旨；后一个名字，一则关涉我所身处的西部这一地理方位，一则关涉汉代乌孙国骁腾有姿的骏马。后来，我把这一对对话者的名字改换成了现在的“憨敦敦”和“涧底松”，感觉上意思不再那么冷僻、玄奥。“憨敦敦”一词，是青海方言和西北民间“花儿”唱词里的一个高频词汇。昌耀在《哈拉库图》里首次把它输入汉语诗歌界。我个人特别喜欢它所蕴含的憨萌、质朴、可爱的形象。至于“涧底松”一词，涉猎过中国古典诗歌的人都不陌生，它出自西晋诗人左思的名篇《咏史》。我用这么一个名字，自然带有我的寄意，只不过我不想挑明我的用心。我更在意读者各自的意会。

书名的出处，取自昌耀的诗作，而不是人们容易联想到的、塔可夫斯基的名著《雕刻时光》——它已经流行到大街小巷的咖啡店都用它来做门头的时髦程度。1996年初秋的一个礼拜五，60岁的昌耀写下《玉蜀黍：每日的迎神式》这么一篇作品。在他诗化的散文表述里，诗人把一座类属建筑的摩天楼意象和类属植物的玉蜀黍意象，进行了一次虚实叠印，“以其体块累积的美感、意义深度与耐受的内质”，表述为“时间的雕像”。我觉得这个短语或意境，既能精简地涵盖昌耀诗学的根性气质，又可作为我们对昌耀毕生沥血呕心的诗艺献予的一个崇高的价值评判，一句赞词。

2008年12月18日起草

2020年12月28日改定

目录 CONTENTS

第一章

昌耀式的“奥卡姆剃刀”

后来色彩专家们就此分别为"暖色"和"冷色"，而在文学里，作家们异曲同工的表述则是"寒碧"和"暖红"。"幽渺而馨香只由交贯的听觉合成"(《纯粹美之模拟》)，这句是把嗅觉与听觉相互打通，生成幽微的意趣。

憩款之：运用视觉经验，是作家创作的常规手段，昌耀给我们的一个启示，就在于他同时特别留意用其他的感觉形式来展开自己的想象，他在非视觉经验上营造出的那些出人意表的诗句，在思维和美感上无疑给我们的大脑掀起了一股一股的冲击波。大多数人因为习惯了对视觉经验的依赖，对于来自听觉、嗅觉、触觉、肤觉的感官印象，往往不是被他们因为忽视而很少利用，就是被长期幽闭、闲置起来。作品中举了很多有意思的例子，我这里只举一个昌耀描写湿气的例子。下雨后湿气在房间里流通、弥漫这个日常的物理现象，人们容易产生的感受，超不过诸如凉飕飕、湿乎乎、冷冰冰这类肤觉的一般性描述。雨后的空气随着水汽含量的增加，会变得逐渐

憨敦敦：

你一定听说过“奥卡姆的剃刀”这个典故吧。奥卡姆（Ockham）位于现在英格兰的萨里郡。14 世纪，逻辑学家、圣方济各会修士、奥卡姆的威廉在《箴言书注》里提出了一条“思维的经济原则”：削繁求简。这把“奥卡姆的剃刀”所剃掉的那些东西，就是历来被人们厌恶的空洞概念，累赘的废话，重复无谓的表述。我听说昌耀写诗，也崇尚简洁凝练，大量的诗作在写作中不断被删减、压缩，以至于在青海诗坛流传着他常把几首诗压缩为一首诗的浓缩艺术。可是，现在我们在他认定的《昌耀诗文总集》里，无法直接得知他的浓缩艺术，你那里有这样的“资料”吗？

涧底松：

很幸运，也很凑巧，我手头上还真保留了一件很有价值的“资料”。这是昌耀 1996 年夏天在敦煌七里镇讲课期间，当时在青海石油局运输处党办工作的女作者李蕾，获得诗人赠予她的诗集《命运之书》后不久，于 7 月 5 日写下一首题为《诗人——谢昌耀所赠〈命运之书〉》的诗，我把原文引在这里：

没有路的路上
你已经走得很远了
可是你
没有看见来的人去的人

无边的漫漫呵
漫过脚踝
漫过胸口
漫过眼睛
你却没有熄灭
你曾是被风囚禁的一盏油灯

没有阳光的点燃
你依然摩擦生火
于是冶炼得头颅像鹰
触角遍体
布满慧根

然而你也只是无人疼养的一个孩子啊
多少年兀自盲从
命运的裁决

失控
不成比例的左右悬殊
你是采集了江河源头的星星点点
流淌一路
不骄不馁的九弯十八曲
猜想你的歌
一直都是颔首噘唇
沉默着唱的
猜想你的诗
一直都是
掩门呕心蘸精血来写的
所以修饰你
多半都要刻意加上“西部”这样两个字
于是你就替代了
深远
苍凉
孤傲而不屈的颜色

如此的底蕴很雄浑啊
完全裸露出一个
拥有灵魂的徒步者！

即使殉道
也是为信仰的金顶般神圣
即使身心鲜血淋漓
也决不辱没一腔赤胆忠诚
缪斯不知何时一觉醒来
把一粒珍珠
镶上你
已满是沧桑的前额

呵呵　这就是光荣
呵呵　这便是诗人
殚精积虑
散发弄舟
饱经忧患
才
情
如
泼

怎不使梦者当醒
怎不使迷者当悟
——呵诗人
你就以这样的姿态
悬挂在
高
原
当
空

晶体
黯淡了
再看码字的那些职业手
便不太像诗人

昌耀修改后，把原来的 68 行、10 小节，缩减为 16 行、4 小节，请看：

没有路的路上，你已经走得够远了
可是你，没有看见来往的人
无边的漫漫呵，漫过脚踝、胸口或眼睛
你却没有熄灭　你曾是被风囚禁的一盏油灯

没有阳光的点燃，你依然摩擦生火
于是冶炼得头颅像鹰，触角遍体，布满慧根
然而，你也只是无人疼养的一个孩子啊
多少年兀自盲从命运的裁决

猜想你的歌一直都是颔首嘬唇沉默着唱的
猜想你的诗一直都是掩门呕心蘸精血来写的
如此的底蕴完全裸露出一个拥有灵魂的徒步者
缪斯一觉醒来把一粒珍珠镶上你沧桑的前额

于是修饰你多半都要刻意加上“西部”二字
于是你就替代了深远、苍凉、孤傲而不屈
怎不使梦者当醒，怎不使迷者当悟
玻璃晶体黯淡了，请看码字的那些职业手

改过的诗作，减除的首先是不必要的分行，尤其是一个词语占用一行的奢侈性诗行排列，他把马雅可夫斯基楼梯式的诗行排列法悉数合并，增加了长句；其次删除了表现力不强、意象缺乏新意的句子；第三，把整首诗的气韵、内在的情感节奏调整得恰到好处，有如把略显浑浊的水沉淀到清澈、晶莹的程度，真正像他自己在《〈昌耀的诗〉后记》里说过的那样：“我并不贬斥分行，只是想留予分行以更多珍惜与真实感。就是说，务使压缩的文字更具情韵与诗的张力。”

憨敦敦：

昌耀后来把诗歌往散文形式上靠，除了他的“大诗歌观”的作用，我想还有一点原因，就是他不愿看到分行带来的“铺张浪费”。当简短的诗句，被他积叠的诗意、喻象延伸为散文句子的时候，他诗歌的密度和浓度就很明显地增强了。这就跟繁体字和简体字一样，繁体字充满了空间的密度，笔画繁复穿插、叠加，有如中国古代木结构建筑中斗拱的结构，这使繁体汉字的字形，具有了殿宇般的庄重感、稳定感，给人崇高的美感。而简体字，则是简约明朗的明代椅凳，是现代铁艺家具里的骨架线条，它给人的是空灵疏朗的美感。从这个角度上说，昌耀写诗，采用的是繁体字的写法，笔画不仅繁复，笔意蕴涵着大量暗示性的信息，需要读者反复揣摩，方能有所意会。

涧底松：

你这个新鲜的比喻，让我联想到作家阿城关于汉字的思考。在我视力所及的范围里，他是对这一问题思考得颇具人文深度和美学启迪意义的人。尽管他写的不是正儿八经的学院式论文，而是学术化的随笔，但他的见识如同一柄锋芒毕露的剑锷，经过朴素的常识、结实的经验、精明的理智之水的一番淬火，越发显出他语词的硬度。譬如他在《华夏人文地理》上的一则卷首语里有这么一段话：“繁简无疑是造型的差别，以我的经验看，从小只受过简体字教育的设计者，多少都会丧失某些对密度的敏感，这明显体现在目前刊物的版面设计上，文字聚集的密度与图的密度不平衡。”

另一则是他给台湾作家张大春的新书《认得几个字》所写的序言：“中文字也是资源，不可废弃。简化字的提出和最终实行，说明我们的思维是狭窄的、线性的，是一种达尔文主义的世界观。将简体字视为先进工具，在电脑输入的今天，这个理由已经不存在，而且从脑科学的图形辨识实验中我们知道，区别大的形，易于辨识记忆；区别小，则易混淆。”

我绕了这么一个圈子来说汉字，是想提及一下昌耀在书法审美上的一个偏嗜。昌耀迟暮之年，开始在废旧报纸上练习颜真卿的楷书。这种选择，不排除遣忧驱烦的心理需要，就像鲁迅当年为了驱遣寂寞和痛苦，便寓在S会馆里抄古碑一样。昌耀的手稿在排布上，紧密得如同颜真卿的小字《麻姑山仙坛记》。他选择颜氏楷书，除了审美趣味以外，极有可能暗藏着某种强大的道德动机，我甚至觉得这一定和颜真卿的忠勇气节密不可分。这一点，艺术评论家白谦慎说得很透：“颜真卿的忠臣事迹早已深植于中国文人的集体记忆中，集体记忆中的这一象征资源在适当的政治情势下极容易被再度唤醒并加以利用。”☆这话完全可以为昌耀习字作一注解。在审美风格上，颜氏楷书有如夯砣般的沉厚丰腴，气势磅礴，恰恰与昌耀追慕的美学风格若相符契。

☆《傅山的世界：十七世纪中国书法的嬗变》，北京三联书店，2006年版，第124页。

第二章

“挽马徐行”的“少女”与诗骚遗韵

本章谈及的捷克版画家卡莱尔·贝奈斯的

雕刻铜版藏书票

憨敦敦：

昌耀 21 岁时写下的《月亮与少女》，是他所有诗歌选集里必选的一件作品，也是在形式上模仿《诗经》的四言句型写下的唯一一件“《诗经》体”作品。它可以被视为是昌耀在他诗歌的发声练习阶段，对中国古典诗歌源头的一次自觉的回溯。尽管他回溯的路程，远不及木心在 20 世纪 90 年代完成的皇皇诗集《诗经演》那么悠长、宏远。我信服李春阳说木心的《诗经演》是中国现代诗从汉语传统返本探源的一则孤例。但昌耀是一位独辟蹊径的诗人，他有自己的诗歌路径、诗歌理想。还是让我先来吟诵一下原诗，你我都可借机温习一番：

月亮月亮
幽幽空谷

少女少女
挽马徐行

长路长路
丹枫白露

路长路长
阴山之阳

亮月亮月
野火摇曳

很明显，昌耀在这首诗里，至少将那种环佩叮当的歌谣里优美的音韵、回环复沓的节奏，引入了他的诗歌创作，以至于他后来把诗歌的音乐性（包括对声音的异常敏感），既当作他灵感的一个重要来源，也当作诗歌形式的重要美感体现。从题材上，这首诗的意境还影影绰绰地和《诗经》里《蒹葭》《月出》两首诗篇，构成若明若暗的互文式映照关系。《蒹葭》里首次出现“白露”和“长道”的母题：“蒹葭苍苍，白露为霜。所谓伊人，在水一方。溯洄从之，道阻且长。”而

《月出》则是最早把月亮和美人组合在一个空间里进行艺术表现的诗篇，你听——“月出皎兮，佼人僚兮，舒窈纠兮。劳心悄兮。”钱锺书在《管锥编》里认为对于女性曲线之美的发现，在文学上，始于这首作品。这个月下美人的文学版本，让我不得不从跨文化、跨艺术类型的角度，联想到它的一个极为经典的视觉版本。在视觉艺术里，有关月夜和少女的描画，没有能超过俄国19世纪巡回画派的代表画家柯拉姆斯柯依创作的《月夜》。这幅油画，用银灰色调子来渲染恬静的夏夜：像神话一般的画面上没有一丝微风，蔷薇花丛的幽香暗自散发着。一个穿白色衣裙的美丽姑娘，独坐在池塘边的长椅上，她的身后是幽谧森然的菩提树。脚下不远处的一角池塘中，漂浮着洁白的睡莲和墨绿色的菖蒲。迷迷蒙蒙的月光和阔大的园林，在姑娘略带忧伤的眼里，仿佛悄然退去，只有她的心事在情感的暗流里浮浮沉沉，明明灭灭。在潜意识里，我老是觉得月夜中的少女，有一股子幽灵的气息。

涧底松：

我先给你补充一个更绝妙的例子，它出自捷克版画家卡莱尔·贝奈斯（KarelBenes）的一张雕刻铜版藏书票。画面用优美的速写线条，画出一位颔首沉思的少女的侧面头像，在她的发际轮廓里，叠印出一匹弯过脖颈的骏马。在少女的头顶和马头之上，是一弯月牙。如果出一本昌耀诗歌画谱，它们简直就是一对绝配。我后来还看到，美国现代画家波洛克1942年也画过一幅《月亮女人》的油画。

回到话题，我记起卡尔维诺说过的一句话：“只要月亮一出现在诗歌之中，它就会带来一种轻逸、空悬感，一种令人心气平和的、幽静的神往。”☆没错，在民间传说和民间故事里，夜晚幽暗的树林，总是举行某种隐秘的仪式或者鬼怪出没的舞台，这自然是神话时代、农业社会时期意识屏幕上的投射。

☆卡尔维诺《未来千年文学备忘录》，辽宁教育出版社，1997年版，第17页。

你刚刚说过的一个观点，我想稍稍修正一下。你认为《月亮与少女》是昌耀诗歌选集里唯一一件“诗经体”作品，这当然是他结集出版的所有诗集呈现出来的一个不争的事实。可我揣想昌耀兴许还有若干这样的作品，就像拉奏乐曲前的调弦试音，只是它们没有被收进诗集。这些未予收录的作品，还有诗人的一些草稿，尽管都具有考量写作历史的不容忽视的价值，可是由于作家或者基于某些方面的权衡，或者基于悔其少作的自我珍重，往往会对作品进行一番优胜劣汰。这就使我们不可能看到一种未经修饰、删汰的创作史。也就是说，以书籍形式出现的诗集、作品集，或者经过公开发表的作品，都已经是作者修饰、梳理、选择过了的写作史。如此，作品的增与删，既可以被视为是作家追求尽善尽美的行迹，也可以被看作是作家乔装打扮、自我整容的行迹。这里面一定混含着写作伦理学和美学的冲突。

憨敦敦：

受你的启示，再次玩味这首诗，我发现它虽然和《诗经》里那种民歌有着相似的语言形式，也就是前面说过的具有某些古风的韵致，有通过意象的回环、复沓强化意境的修辞术。朱自清先生在20世纪40年代研究古典诗歌时就说过：回环、复沓“是歌谣的体格，表现那强度的情感。只看现在流行的歌谣，或短或长，都从回环复沓里见出紧凑和单纯”☆。可你一点儿也不觉得它的语言古奥、词语生僻。相反，它来来回回就是拼接几个常见的意象，可它的情调早已不复是《诗经》的情调，而是现代人性情里才能焕发出的浪漫、神秘、孤寂、迷幻。说到这儿，我想打个岔，诗里的“丹枫白露”这个意象，让我想起法国有一处宫殿的名字就叫“枫丹白露”（Fontainebleau），意思好像是说“美丽的泉水”。这个法文的发音，经过诗人徐志摩神来之笔的翻译，变成了现在这个音义双妙的地名。我如此打岔，不是说它跟法国有什么联系，而是说“枫丹白露”在指示季节这一点上，与此诗一样，都是对秋季来临时树叶渐渐变换颜色，与白露形成色彩对比的情形。整首诗，我把它看成是一个世界上最简短的“公路电影”类型的诗歌微电影脚本，是“东方情调”的“在路上”。你想想，一个少女牵着马，不是奔跑着，而是缓缓走在洒满月光的空谷，这本身就暗示着少女怀揣着某些秘不示人的心事。走到半道上，少女还停下来，架起一堆篝火稍作停歇。这个停歇的地方，又是一次“心理戏剧”上演的地方。我记得作家阿城的小说《棋王》里，有人问起王一生的身世，王一生不答话，只是吸烟，阿城只是写他抽吸的烟头一红一灭，也是利用沉默无语来叙述看不见的“心理戏剧”；张艺谋拿高仓健的背影来“叙事”“言情”，属于同一个美学道理。回到这首诗，表面上读起来非常简单，但要深想一下，问题就会一个跟着一个冒出来：少女为何独自一人上路？在阴森森的山林里，在明晃晃的月光下，她一人挽马徐行，究竟去往何方？她为何不策马飞奔？她究竟是怎样的一个女子，竟然不害怕一人独走夜路？那堆篝火，除了能够驱除周围的寒意，是不是也在驱除着少女内心的凄清和渐渐袭来的恐惧？……

☆参见《古诗十九首释》手稿，浙江古籍出版社，2008年版，第30–31页。

在破解这样一些疑问之前，我想我们还是先来看看诗人笔下的马。“挽马徐行”的这个人与马组合的意象，是昌耀诗歌里首次出现的马的意象，我在这里不妨大致列举一下昌耀在其他诗篇里写马的一些片段：

牧人说：我们驯冶的龙驹
已啸聚在西海的冰封，
在灼人的冷光中
正借千里明镜举足练步。
（《风景》1957 年）

在我之前不远有一匹跛行的瘦马。
听它一步步落下的蹄足
沉重有如恋人的咯血。
（《踏着蚀洞斑驳的岩原》1961 年）

……我以炊烟运动的微粒
娇纵我梦幻的马驹。而当我注目深潭，
我的马驹以我的热情又已从湖底跃出，
有一身黧黑的水浆。我觉得它的因成熟
而欲绽裂的股臂更显丰足更显美润。
我觉得我的马驹行走在水波，甩一甩尾翼
为自己美润的倒影而有所矜持。
我以冥构的牧童为它抱来甜美的刍草，
另以冥构的铁匠为它打制晶亮的蹄铁。
当我坐在湖岸用杖节点触涟漪，
那时在我的期盼中会听到一位村姑问我
何以如此忧郁。而我定要向她提议：
可愿与我一同走到湖心为海神的马驹梳沐？
（《凶年逸稿》1961 年 –1962 年）

……踝马
在雪线近旁啮食，/ 以审度的神态朝我睨视。
（《天空》1962 年）；

……
在孔雀石的堤岸，
我的久违了的马驹踏出狂欢的
星火，望空傲啸了三声。
（《黑河》1962 年）

……
而在草滩，
他的一只马驹正扬起四蹄，
蹚开河湾的浅水
向着对岸的母畜奔去，
慌张而又娇嗔地咴咴……
（《乡愁》1979 年）

有比马的沉默更使人感动的吗？
……我的沉默的伴侣还是无动于心，
仍自将秀丽的长尾垂拂在几茎荒草。
……似乎叱咤也不复使其抖擞。
似乎雷霆亦不复使其感奋。
（《山旅》1980 年）

听说古代猎人将自己退役的老马
总是放还大自然。而这样的老马
也定然不再还家，
也定然不再回头，
也定然不让人看到自己
奄奄一息时的丑陋。
向荒原走去的这样的老马的背影
我难于忘怀。

（《诗的礼赞》引诗之二；1986年）

他让我隔着雨帘观赏远山他的一匹白马。
……
马的鞍背之上正升起一盏下弦月，
映照古城楼幻灭的虚壳。
白马时时剪动尾翼。
主人自己就是这样盘膝坐在炕头品茶
一边观赏远山急急踏步的白马
永远地踏着一个同心圆，
永远地向空鸣嘶。

（《哈拉库图》1989年）

远离都市，车夫的马车在流澌的河道颠踬驱驶。
水流抹平马腹，有人惦记水寒伤马骨。
北方的原野广袤无垠，伶仃的马肢
在马铃散落中措动节肢，步态安适。
忧戚的眼神掉在忧戚的河道，天边长出
蜷曲的鬣毛。

（《远离都市》1989年）

拒食的战马默听远方足音复沓而不为所动。

（《怵惕·痛》1992年）

从这些诗句里可以看出，马不仅是昌耀钟爱的一个动物意象，也是他心理投射的一个重要象征。仔细加以比较，你会发现蕴含其中的一个心理倾向：昌耀更喜欢安静的马，沉思的马，一匹消弭了速度之美的骏马。我想你可能看见过昌耀为自己设计的名片，在这个诗人的艺术设计中，他仍然没有忘记把这个他偏爱的动物意象，以视觉的美感形式，凝固在方寸之间。名片上，这匹马伫立在蔚蓝色的日月山河构成的广阔背景下，一望便知就是一匹若有所思的马，一匹寻味着岁月、光阴、生命的沉思之马，它深重的沉思使它垂拂的长尾越加秀丽，使它低垂的头颈愈发显出忧郁。通常情形下，马被文化的眼光、审美的眼光乃至实用的眼光所共同强调的，首先是它的速度，也就是马在奔跑当中所展示出的那么一种俊逸奔驰的运动体态，运动之美。想想历史上许多名马的绰号，都是用奔驰的速度来命名的，像什么“草上飞”“沙里燕”“追风”之类。唐太宗李世民和文德皇后合葬的墓地旁边的祭殿两侧，就有著名的石刻“昭陵六骏”，它们三匹作奔驰状，三匹为站立状。从视觉艺术史的角度看，最彰显马奔驰姿态的时代大抵在汉代，从留存后世的许多汉代画像砖、画像石上，马匹最生动的造型就是前蹄弯曲跃起，后蹄用力蹬跃的奔跑姿态。汉武帝还有过一匹名叫“绝影”的宝马，这当然跟尚武、跟骏马用于战争而成为战马的时代语境有关，也跟人们从马这种动物身上发展出来的审美观有关。而且，我发现许多汉代石刻上驱驰进发的马队上空，总有几只被马队落在后面的飞鸟。甘肃酒泉发现的东汉青铜器“马踏飞燕”（郭沫若命名），同样也是通过马蹄下面塑造的一只飞燕，来衬托马的奔跑速度之快。整个汉代的视觉艺术，充满了飞动之态，我们常用的有关朝代风格的标签不也是拿流动的风来评鉴汉代为“汉风”吗？

汉唐之后，视觉艺术里奔马的形象日趋减少，似乎顺着国势和人的血气的衰微，文人、艺术家际遇的沉浮，那原是奔腾不羁的骏马已经不复有扬鬣横行的骄纵姿态了。换句话说，我们的文明形态已经日益由“武化”逐渐转向“文化”。给我印象很深的唐代诗人王维在《观猎》一诗里描写过马的轻快——“雪尽马蹄轻”。可是到了唐代画家韩幹那里，在他的《照夜白图卷》中所画的唐玄宗所喜爱的御马“照夜白”，却是被缰绳系在一根木桩上，鬃毛飞扬，鼻孔张大，眼睛转视，昂首嘶鸣。它的四蹄腾骧，分明想要挣脱羁绊，驰向空阔无边的大地，可它却是一匹自由受到牵制和限制的骏马。

宋代诗人里，苏轼在他的《百步洪》一诗中形容洪水的湍急之势时有一串关于速度的博喻——“有如兔走鹰隼落，骏马下注千丈坡；断弦离柱剑脱手，飞电过隙珠翻波。”可这不是专门来写马。专门写马或者结合着人来写马的，南宋文人当中不得不提颜延之的《赭白马赋》。其中有一句描写是“旦刷幽燕，昼秣荆越”，钱锺书为此评论说：“前人写马之迅速，辄揣称其驰骤之状，追风绝尘……颜氏……一破窠臼，不写马之行路，只写马之在厩，顾其过都历块，万里一息，不言可喻。文思新巧，宜李白杜甫见而心喜。”☆仔细玩味，这种写马的手法还是以静态来写动态，没有直接展示马的动势。这在另一位宋代诗人柳开那里，走的完全是异曲同工的路线。他的《塞上》一诗里，马是立定在地上的形象：“鸣骹直上一千尺，天静无风声更干。碧眼胡儿三百骑，尽提金勒向云看。”

☆参见《管锥编》第四册，中华书局，1986年，第2版，第1305–1306页。

到了元代赵孟頫笔下的《调良图》，图中所画的一匹马和一个牵马的人也是静态的，只是因为大风狂吹，才增加了画面的动感：大风将马鬃、马尾吹得飘飞起来，而马依然稳稳地低头站立在草地上。站在它身边的主人，一边扬起右手用衣袖遮挡着脸庞，一边回转身子看马，他的长衫下摆也被风吹起来，闪动着布料的皱纹。

清代“宫廷画师”郎世宁笔下的马，也早已失去勃发的豪气。一直到徐悲鸿1943年创作的《八骏图》，才把我们重新唤回到汉唐骏马那种“所向无空阔，万里可横行”的狂野不羁的奔腾气势里。有意思的是，和昌耀有着某些类似经历的画家朱乃正，在他所画的西部风景油画中，骏马的形象也是沉默地沐浴在落日的余晖。逆光中骏马的身影“仍自将秀丽的长尾垂拂在几茎荒草”，有一丝落照中独有的怅惋之美。青海诗人林锡纯先生曾经受到朱乃正水粉画《银色的梦》的启示，写过一首旧体诗，尾联的最后一句也是在写马：“浩渺银寰听马嘶。”林老还说，他的诗用“嘶鸣”二字，是因为忽然想起了萧军的两句诗："匹夫怀璧羸双刖，老骥嘶风怅远天。"捎带补充一点，历来写马的速度之快，作家、诗人惯用飞箭来比喻、形容，古代的例子就不举了，我只举今人的两个例子。一个是阿城在他的《遍地风流》中的描写：

> 骑手猛一松缰，那马就箭一样笔直地跑进河里，水扇一样分开。马又一跃到对面岸上，飞一样从草上飘过去。

一个就是昌耀在1965年写下的《秋辞》里的描写：

> 牧人甩鞭，
> 原上草
> 一时嗖嗖驰去
> 许多响马，
> 许多响箭。

从这里我们还能进一步观察到：即便是作家、诗人沿袭一些旧有的比喻和惯常的描写，他们仍然会在既有的表述中，注入一些新鲜的感觉，别致的表达。同样是以箭速描摹马速，阿城是正写，从速度和方向上的前驱力，滑向飘逸感和电影镜头式的渐渐隐去，直至完全消失的"淡出"效应，而昌耀是倒着写，拿事物的后果来暗示事物的原因，并且强化的是速度和方向上的前驱力和这种前进力量所具有的声响。我们说昌耀是一位对声音极为敏感的诗人，从这个小小的细节上，我们不是可以再次窥到作家之间不同的感觉偏向，对表达、对意象（形象）构造的细微影响吗？

涧底松：

你是洋洋洒洒观照了一番马的视觉意象小史，而我想发问的则是：为何在月夜"挽马徐行"的偏偏是个"少女"？给我的疑问带来灵感的，恰恰是诗末注明的写作日期：1957.7.27。就像安东尼奥尼的影片《放大》（根据阿根廷小说家胡里奥·科塔萨尔的短篇小说改编）里的摄影师，通过对所拍摄照片的"放大"，无意中发现了一桩凶杀案的秘密一样，我从这首诗没有直接去描述的外部世界，很快就找到了一个参照点。正是这个参照点的确立，使这首诗歌在貌似普通的外表下，具有了我原先意想不到的意味。根据昌耀事隔近40年之后提供给我们的《一份"业务自传"》，我们得知他是在1955年6月响应"开发大西北"号召来到青海的，年仅19岁。"1957年对于我以及我这样一批人都是流年不利的一年。那年秋，正当我的第一本诗集《最初的歌》将由陕西人民出版社第二编辑室发排出版，我以两首原由《青海湖》诗歌专号刊发的16行小诗《林中试笛》而罹罪……故定为右派分子。这是一个对我的生活观念、文学观念发生重大影响的时期。"耐人寻味的是，一些像昌耀一样冠以“右派分子”帽子的男性作家，在此后的创作里，出现了一种不约而同的创作倾向：不但偏离那个时代主流文学趋于一端的文学旨趣，追求一种唯美主义的意境，而且还常常偏向于阴性化的文本风格、题材和意象，极尽所能地和各种趋时的写作风尚拉开距离，形成貌合神离的一种观照。

在这个发现上，英年早逝的文学批评家胡河清显示了他对当代文学“胎动”极其敏锐的洞察力。他在《汪曾祺论》里说：有研究者已经指出《寂寞与温暖》中的那位女主人沈沅（我猜想和“伸冤”有谐音上的语义联系，笔者注），就是汪曾祺被错划成右派后的自画像。“他何以要把自己假定为一个温柔娴雅的女性形象呢？这就不得不追溯到‘小雅之遗意’了——中国士人失意后一贯喜欢把自己打扮成弃妇孤女的。”☆在《重论孙犁》一文里，胡河清再次阐发了他的这一文学观察：“‘以美人芳草自喻’是《小雅》《离骚》的遗风。孙犁小说的那种阴性化的叙述风格，实在深得诗骚传统之神韵。但50年代初期，整个社会的性文化导向崇尚军事化、男性化，‘中华儿女多奇志，不爱红装爱武装’！于是孙犁的婉约派文本风格，也开始与主体文化产生了抵牾。”☆无独有偶，昌耀也和他的这两位文学前辈一样，都在竭力逃避或尽力矫正那个时期令他们厌恶的文学风气。所以，与那个时期由工农兵大众构成的、亢奋昂扬的集体声调和颂歌格格不入的是，昌耀在20世纪50年代末到70年代末这段乌云镶边的时间里写下的诗篇，在今天看来，仍旧闪烁着异样的光芒，仿佛它们在几十年前就在自己的肌体里注入了一种不合时宜的情调。他当初的文学定力和文学操守，让他没有完全去趋时，但他也为此付出了改变命运的代价——被时人诟病、排挤、批判，被劳改，以至长久地被边缘化、被无名化。按照语言学家的认识，不被命名，就意味着对一个人或一桩物的完全被忽略和无价值化，或者就像巴赫金所说的脱冕。昌耀那时的际遇，只能处在《易经》里所比拟的“潜龙勿用”这个状态。但他这只“潜龙”并没有无所事事，而是把自己不动声色地乔装成了“挽马徐行”的“少女”，一个不甘心被裹挟在无理智的人潮中随波逐流的人，一个孤往冥行、独自朝向幽曲的山道寻找另一重天地的人。我欣喜地发现，在他44岁时，在阴霾散去之后的1980年，这位“挽马徐行”的“少女”才得以还原为“真身”。请看《山旅》中的第二节：

☆参见学林出版社出版的《灵地的缅想》1994年第一版，第59页。

☆参见上海三联书店1996年出版的《胡河清文存》第9页。

这使我们看到了一切不显言直道的比喻、隐喻、寓言等等修辞策略中，常常关涉着某一时代、某一阶段社会、政治、意识形态禁锢的严酷性。从这个角度来说，这类修辞术是社会压抑的产物。所以，我以为这是这首抒情短诗具有的现实蕴涵，是在那个异口同声的年代，一个人真挚的窃窃私语，是横笛随心一吹的一个“野调”，是决不妥协的文学价值观和审美观在文学创作过程中的一次自觉偏离。这种偏离，在一个禁锢和压抑深重的年代，一方面会使一个目光高远的作家迅速边缘化，迅速被遮蔽。同时，也会因为他异样的姿态，没有披上群体性的保护色，反而一下子把他从千篇一律的人群里孤标出来，像枯黄的草原会让猎鹰很快就发现猎物的行踪一样。从这里我们可以再次真切地感悟到一则文学的规律：富有创造性的作品，往往都会成为那一时代风气的背叛者和反动者，从中国古代哲学的原理上说，这叫“反者道之动也”；还有一句古语叫“顺则凡，逆则圣”。在西方文论里，这种逆时而动的风格，被18世纪的德国文论家列许登堡称作“反仿”☆。

像一个亡命徒，凭借夜色
我牵着跛马，已是趱行在万山的通衢，踅身
猛兽出没的林莽，扪摸着高山苔藓寄生的峭岩，
躬着背脊小心翼翼越过那些云中的街市、
半坡的鸟道、
地下的阴河……
二十多个如水的春秋正在那里流失，
只余回声点滴。

☆参见钱锺书《七缀集》《管锥编》。

憨敦敦：

我近来看到陈丹青自嘲是“老知青、盲流画家和风雪中的风尘女子”。他这“风雪中的风尘女子”的比喻，自然也是想追慕《小雅》《离骚》的遗风，可是这话放到21世纪，我觉得他过于矫情。有机智的名人，说话说油了，舌头偶尔打滑，也是常有的事情。

涧底松：

仅在对这个比喻的批评上，我和你一个鼻孔里出气。

第三章

凝重与轻盈

总说之：昌耀的这个蜥蜴拉起牧童车的意象，其实可以引导我们去研究一番昌耀对儿童世界、儿童心理、儿童语言的深切观察，就像林庚先生从儿童的视角，从"童话性"研究《西游记》，从而让我们从活跃的童心这个视角，对《西游记》有了别样的体会。昌耀其实也写了不少"童话性"诗篇。如果说在《慈航》《雪。土伯特女人和她的男人及三个孩子之歌》里，只是一鳞半爪的描写，那么到1983年3月写下的《浇花女孩》，他便开启了真正意义上的"童话书写"。之后，写于1984年春的《人物习作》，1985年的《空城堡》《巴比伦空中花园遗事》，1986年的《内心激情：光与影子的剪辑》里的第7节、第8节，还有同一年写下的《小人国里的大故事》，1988年的《热苞谷》，1990年的《家界》(之一)，1994年的《与蟒蛇对吻的小男孩》，1995年《春光明媚》《钟声啊，前进！》《戏水玩童》，1997年的《兽与徒》这些作品，都直接或间接地采用了童话思维。

昌耀和孩童的关系，是值得我们关注的。在这里，我想

憨敦敦：

好长时间，我都忘不了我的一位亲戚表述他守着久卧病榻的老伴时的一种感受。他说他只要从外面走进弥漫着中药味儿的家里，立马就会觉得整个房子的屋顶矮下来了好一大截！我能体味出他心中郁积的那种滞重的压抑感——它就那么沉甸甸地压在一个人的心里边，挪动不开，排遣不掉，只能一天接着一天地隐忍着、负荷着。我之所以对他的感受产生特别的共鸣，是我觉得我们每个人，都会在某些时候、某一阶段陷入这种肉身和心灵的沉重阴霾里。我有一阵情绪低落到干什么都提不起劲来。有一天突然冒出一句“心凉万事轻”的五言残句，想要表达的无非就是一个人极度心灰意冷的时候，原本在生活里这也重要那也舍不得丢弃、放下的东西，一下子都不重要了；世界的重量、人一厢情愿投射到万事万物身上的价值和分量陡然间变轻了，消解了。这情绪虽然消极，但给我两个启示：一个是以消极法给自己的身心减负、减压，以便喘息；一个是世上没有绝对要紧和不要紧的事儿，一切只不过是你的心在掂轻掂重，计较权衡。现在我再回过头琢磨这个五言残句，惊讶起当年王羲之《何如》帖里说的“中冷无赖”，陈独秀暮年写下的《对月忆金陵旧游》一诗的末句“一江凉月载孤舟”，都仿佛给我以遥远的呼应。我这是由沉重转入对沉重的消解，不像鲁迅当年赠给日本社会评论家新居格的那首旧体诗里的名句“心事浩茫连广宇”。那是一件两件的大心事磁铁一般吸附来百件千件的重重心事，这已是重量的累积，是重量在空间里的膨胀，或者说具有重量感的心事在广度上的绵延、堆叠。

说实话，人从根性上、从他的生命意志上，从来都不是乐于负重的动物，除非你乐意变成柳宗元笔下那个喜欢背负重物的蝜蝂。为此，散文家木心才在《爱默生家的恶客》一文里较着真似的辨识“沮丧”一词，以为历来文家虽然喜欢使用这个字眼，但是专意于“沮丧”这个心境、完全深陷于“沮丧”境地的作家，弥望皆无。为什么呢，木心回答说：“大概人在沮丧中时，拿不起笔，凝不拢神，百无聊赖，都嫌烦，嫌多余——可见文学作品都是成于‘沮丧’还未来到时，或者‘沮丧’业已过去时。”

涧底松：

你这一通话，说的是“生命中不能承受之重”这一人生的义谛。捷克作家米兰·昆德拉曾以小说《生命中不能承受之轻》道出人生的另一义谛。轻轻重重，恰好拿来做我们今天谈说的话题，探讨探讨昌耀诗歌意象和用词的轻与重。

憨敦敦：

你的提醒和点拨让我想起学者江弱水多年前在《读书》上发表过的一篇文章。他在这篇短文中，不但把意大利作家卡尔维诺的《未来千年文学备忘录》☆和刘勰的《文心雕龙》出乎意料地牵扯在一起，甚至越过时空的悬隔，来了一次“偷梁换柱”——把卡尔维诺评析但丁的文字，置换成了解析唐代诗人杜甫、李白的评语。陡然之间，摇身一变的卡尔维诺，俨然以一位意大利汉学家的身份，在娓娓道说我们的诗圣和诗仙：

☆辽宁教育出版社，杨德友译，1997 年版。

确实，杜甫代表了文学中一大倾向，那就是卡尔维诺说的，“致力于给予语言以沉重感、密度和事物、躯体和感受的具体性”。（这句是江弱水的旁白，以下部分为移用、替换《备忘录》的文字）

> 在杜甫那里，一切都具有恒定性和稳定性：事物的沉重感已给恰如其分地确定。杜甫即使在谈论轻微的事物时看来也是想要表现出这种轻微中的沉重感：“微风燕子斜。”在另外一行十分类似的诗中，沉入水中……的物体的沉重感似乎被抑制住，下降减慢，“野航恰受两三人”。（《备忘录》第 10 页）
>
> 文学中的另一倾向自然以李白为代表：“愿乘冷风去，直出浮云边。”“且就洞庭赊月色，将船买酒白云边。”“闲来垂钓碧溪上，忽复乘舟梦日边。”对于李白来讲，生活永远在别处：
>
> 面对着社会生活的苦难困境——干旱、疾病，各种邪恶势力——李白的反应是脱离躯体的沉重，飞入另一个世界，另一个层次的感受，从而可以找到改变现实面貌的力量。（《备忘录》第 19 页）☆

☆《文心雕龙·唐诗·卡尔维诺》，载《读书》2002 年第 5 期。

涧底松：

卡尔维诺原本评论意大利作家但丁的评语，就像某件型号的服装，既可以穿在张三身上，也可以穿在李四身上，还可以穿在王五赵六何七牛八们的身上。这说明什么？说明不同的身形、不同的肤色、不同的性格、不同的头脑，并不妨碍人们穿上相同款式的衣服。刚才，你转述江弱水移评到杜甫身上的那种文学倾向——"致力于给予语言以沉重感、密度和事物、躯体和感受的具体性"，我再移到昌耀的诗歌特性上，居然也惊人地吻合、贴身。这也证明古今中外的诗人之间存在着相通的诗心，相通的审美趣味、审美感觉，而这些相通或者相同的部分，事实上并不会遮掩掉诗人和诗人之间在意境、意象、情调、表述上的微妙差异。就像昌耀，他在"致力于给予语言以沉重感、密度和事物、躯体和感受的具体性"这些创作倾向、创作特点时，确实跟但丁、杜甫有着惊人相似的一面。但是他的诗歌写作又不仅仅止于此，他还兼而有之地醉心于营造语言的轻盈感和闪电般的运动感。简而言之，昌耀以其博大雄阔的大诗歌观念，以他感觉的丰富性和独到的体验，自如往返于沉重与轻盈这两极之间。这样的感觉综合力不是人人都兼备的。

先来说说昌耀诗歌的沉重感。

汉语里有一个与沉重的意思相接近的词汇叫"凝重"，昌耀就十分喜欢具有凝重性质的词语和意象。凝结、凝冻、凝定这些词义的共同点，都是在表述事物由流动的、不稳定的弥散状态，比如气态或液态，转变成恒定、稳固的状态，就像蛋壳里液状的蛋白质遇热之后会凝固，火山爆发后熔融成流体的岩浆，冷却之后又会变成坚硬无比的岩石。昌耀的诗歌用词，频繁地使用与"凝"字相关联的词汇，其效果就是把本来流动、散逸、轻巧的事物，凝化为具有雕塑般固态感的存在，以便在"飞动中含坚凝"。比如"这一阵阵轻风正凝作一抹碧澄……"（《无题》）；"时间是具象：可雕刻。可冻结封存"（《旷原之野》）；"靓女的 / 乔其纱筒裙行行止止……花灯般凝止"（《旷原之野》）；"在大海冻结的那一瞬 / 无数波涛凝作兀立的山岩"（《生命》）；"那样的寒夜，泛滥的冰河澎湃鼓荡，在凝冻里一层层向外渗漏、叠加，冰的覆盖面，吞没河滩，吞没灌木丛，接连浑茫。死亡的呼吸使飘零不定的影物质由液化而凝固、板结。我踏行在冰河上，不时有坼裂之声沿着河道传布，那声响在空间弹跳，亦因酷寒而有了珠玉的硬度"（《今夜，思维的触角》）；"我的瞳孔有钻石的结晶"（《给我如水的丝竹》）。

有些情况下，诗行里虽然没有直接出现"凝"字，或者与"凝"字相关联的字眼，但你细细玩味之后，会觉得整个诗句里蕴含着凝重，或者说其间的意蕴和文思，已经被诗人来了一番凝化处理，是一种隐性的凝重。比如"那年头黄河的涛声被寒云紧锁"（《冰河期》）；"山林的浓郁，/ 比去年多了几斤分量"；"肃穆如青铜柱般之默悼"（《纪历》）；"这是赭黄色的土地，/ 有如象牙般的坚实、致密和华贵”（《这是赭黄色的土地》）；“是从情人的脸颊摘下的一个笑靥”（《无题》）；“穿牛仔裤的男子背手转身背向窗子，宽阔的肩背齐刷刷地一股子锐气，铜墙壁也似的”（《穿牛仔裤的男子》）；“烛光在窗纸晾干”（《极地民居》）。我有一天看他的《山旅》，其中描写云彩的一个意境，典型地反映出昌耀诗歌的“凝重”倾向：“一线古铜色的云彩停留在天边，/像是碇泊在海上的战舰。”云彩在人的视觉和心里的感觉中，一般都是轻盈的、飘忽不定的，《诗经》里的《小雅·白华》，就有“英英白云，露彼菅茅”的描写。注释家解释“英英”一词指的就是“轻明之貌”。还有屈原《九章·思美人》里所吟咏的“愿寄言于浮云兮”和汉高祖《大风歌》里的名句“大风起兮云飞扬”，或者杜甫《可叹》一诗里的“天上浮云似白衣”，都着眼于云彩的轻盈。云彩的物理属性，决定了它作为诗歌意象一直在写实派诗人的字里行间，弥散着云气、云烟、云霞之属悬浮轻扬的物理美感，并且一直以来和“飘浮”一词不离不弃。只是在李贺的《雁门太守行》里，一句“黑云压城城欲摧”的意象，才给密布的黑云添加上了前所未有的重量，这个重量当然不是黑云本身的物理重量，而是诗人内心投射出的一种弥盖四野的重压。这种重压经过修辞处理，具象为一种压垮城邑的重量。德国色彩心理学家爱娃·海勒举过一个例子：一个美国企业的工人抱怨他们要扛的箱子太重，于是企业的老板让人把深色的箱子涂成白色。结果没人再抱怨，因为工人们从感觉上认为涂成白色的箱子变轻了许多。

憨敦敦：

黑色的云彩之所以能够产生压城的感觉，还可以从气象学里得到解释：在乌云里水汽较多，液滴较大，并且含有很多空气中的粉尘，所以密度较大，位置较低。宋代徐古的《行香子》里有个描写：“窗间岩岫，看尽昏朝。夜山低，晴山近，晓山高。”他说的“夜山低，晴山近，晓山高”这类视觉经验，正是得之于气象物理的某些原理。

涧底松：

你说得很在理。但要看到，李贺之所以用诗歌意象为我们带来一种压垮城邑的重量感，他是把这种重压经过了物我视界的双重融合，也就是说在黑云的重量里，既有客观世界赋予的，也有主观感受赋予的，两两相加，才会出现诗里所说的“摧城之势”。

昌耀比李贺更进一步，他把那云彩的重量形象化为“碇泊在海上的战舰”。流动飞逝的云彩，陡然间凝固为一个军事意象，一个现代世界上重达500吨以上的大型海洋船舶军舰。军武意象加上金属质地，是昌耀诗歌意象的个性化标志之一。古代世界的诗人，不会有这样的比喻，中国古典诗歌词库里顶多表述成"停云"一词。现在，经过昌耀的处理，软性堆叠的云彩，不仅赋予了金属的坚硬质地，而且还敷上了一层威武、凝重的色彩，同时还潜藏着一股蓄势待发的征伐之气。回到这诗句原来的语境，这一写景的用心，是在映衬那匹伫立在暮光中的骏马，映衬它那凝重、庄重的沉默气质。

憨敦敦：

在这里，让我很感兴趣的是：昌耀用金属来赋予词语以重量的思维。中国古代，自殷周时期虽然就有了青铜彝鼎这类金属重器，但是中国的古典诗人们，并不像西方作家那样如痴如醉地崇拜金属，喜欢拿黄金去形容他们心目中的美女。中国古人一直崇尚的是晶莹润泽的美玉，我们的文学意象，多半缺少沉甸甸的金属感。只是到了鲁迅笔下，才密集地焕发出金属的光彩、金属的神韵、金属的分量，以至于雕塑家熊秉明先生，后来在设计鲁迅纪念像的时候，觉得非得采用铁质的材料，方能表现鲁迅在秉性、人格上的刚硬。感觉精微的熊先生，为此曾撰写下一节文字来阐释他的雕塑构想：

> 铁是鲁迅偏爱的金属。铁给人的感觉是刚硬的、朴质的、冷静的、锋锐的、不可侵犯的、具有战斗性的。在文章中，在小说中，他常以"铁似的"来比喻他所赞美的人物。
>
> 《铸剑》："挤进一个黑色的人来，黑发黑眼睛，瘦得如铁。"
>
> 《理水》："只见一排黑瘦的乞丐似的东西，不动，不言，不笑，像铁铸的一样。"
>
> 《秋夜》："……而最直最长的几段，却也默默地铁似的直刺着奇怪而高的天空……"
>
> 铁也给人一种现代感。钢铁架构的应用给现代建筑、现代工程和现代机械带来了一大飞跃。但是在艺术上，青铜和岩石一直是雕刻家常用的材料。☆

☆《熊秉明美术随笔》，人民文学出版社，2008年版，第241页。

凑巧的是，鲁迅在《补天》里也写到云彩："天边的血红的云彩里有一个光芒四射的太阳，如流动的金球包在荒古的熔岩中；那一边，却是一个生铁一般的冷而且白的月亮。"鲁迅把"血红的云彩"与"荒古的熔岩"，把生命的颜色和远古的地质成色叠印在一起，营造出与远古神话气息款然相通的瑰丽、荒莽、苍凉、悍烈的意境。这跟任伯年当年画的《女娲炼石图》，用棱角方直的线条勾勒女娲的衣纹，以此表现一种坚硬的石质感觉，还有荒蛮郁勃的气象，可谓异曲同工。

进一步玩味，鲁迅在他的这个荒古意味的造境里，同时融合了流动（"流动的金球"）与冷凝（"生铁一般的冷而且白的月亮”）这两种相反的物性。鲁迅笔下，将流动与冷凝兼容，还有一例在《颓败线的颤动》里，那是一句有关容貌的描写：“青白的两颊泛出轻红，如铅上涂了胭脂水。”

涧底松：

说到这里，你大概也注意到了，在昌耀众多的诗歌意象里，他用颜色词有一个特点，就是给事物镀上金属的光泽。我大致梳理了一下，这些闪烁着金属光芒的意象，多半集中在金、银、铜、铁、铅这几样重金属身上。翻检手边的书籍，我方才了解到：古代中国到了青铜时代，开始“掌握金属冶炼技术，由铜而铅，而银，而金，而铁，次第炼出。于是铜叫黄金，铅叫青金，银叫白金，金叫赤金，铁叫黑金，所谓金有五色是也”☆。

☆ 流沙河《流沙河认字》，现代出版社，2010年版，第219页。

下面我就以这个顺序，效仿马尔克斯笔下梅尔加德斯手里的魔铁，将那些散布在昌耀不同诗篇里的颜色句搜索一些来供你我品味：

铜——

阳光里泛起了欢笑的 / 黄铜。

（《晚会》）

铜色河边有美如铜色的肃穆

（《寻找黄河正源卡日曲：铜色河》）

大半轮皓月正垂直吸附在鲜蓝空际，

如门楣一只吊丝的铜蜘蛛

（《锚地》）

一线古铜色的云彩停留在天边……

（《山旅》）

夜天的华衮镶满铜钉

（《眩惑》）

壁立骊山，

你没听到那乘铜马车依然金光闪烁，铜色的汗气在太空横贯为一条环形带，铜的嘶鸣、铜的轮辐与十六铜蹄依然在御道日夜驰骤不歇……

（《秦陵兵马俑馆古原野》）

……/ 你原是以娇嗔的繁花披作甲胄，披作旗帜，披作剑锷

（《放牧的多罗姆女神》）

铅——

鹰，鼓着铅色的风

从冰山的峰顶起飞……

（《鹰·雪·牧人》）

银——

是漫天银币的微笑

(《春雪》)

……冰甲一般脆薄的玻璃酒杯斟满矿泉水般

明净的银液汁

(《酒杯》)

那一枚枚叶片跳动着她银色的

目光。

(《花海》)

湖面以银光镀满鱼的图形。

(《雪乡》)

金——

木驮桶，作黝黑的偶像，

高踞在少壮女子微微撅起的腰臀，

且以金泉水撩拨她们金子般的心怀。

(《背水女》)

而我将长远追随在你绿海上漂泊的帐幕，

以山之盟誓铸一黄金锚。

(《放牧的多罗姆女神》)

竞技的大自然素有高扬而警策的金鼓

(《天籁》)

她默默地脱下草帽，

拿在手中，摆弄如一轮金月……

(《美人》)

感觉到天野之极，辉煌的幕屏

游牧民的半轮纯金之弓弩快将燃没

(《在山谷：乡途》)

大漠落日：

是日神之揖别

……天涯的独轮车只剩半轮金环了

(《驿途：落日在望》)

铁——

他以铁一般铮铮的灵肉与火魂共舞。

(《寄语三章》)

哈拉库图钢铁的红牡丹就在夜半准时开放了。

(《哈拉库图人与钢铁》)

……

我的指关节铆钉一般

楔入巨石罅隙。

(《峨日朵雪峰之侧》)

除此之外，昌耀还喜欢使用颇具硬度的钢与钻石的色泽：

"……

听风中激越的嘶鸣迂回穿插……

有着钢丝般的柔韧。"

(《凶年逸稿》)

"然而高天的王者，这却属于浑身透射着金属和辛辣腋嗅的雄性词语。这意味着居高临下展开的甲胄、折落的箭镞或羽毛之横张。""钻石般的鹰眼一齐向我透射光芒。搏击的气流以刀削般的凌厉在我耳边折转。"

(《一个青年朝觐鹰巢》)

在大多数情况下，昌耀使用的这些金属色彩，都利用了这些金属的象征含义，只有少数保留了金属原有的物性。就拿其中昌耀喜欢使用的黄金意象来说，很多都是和象征光明的太阳联系在一起，他自己在 1988 年写给骆一禾的一封信中，明确地说他对骆一禾对他所做的研究中那些与"太阳"相关联的"一系列光感形象"的一番"疏通"很感兴趣。我们孩童时期在墙壁上涂鸦圆环状太阳，总不忘在它的周围画上象征万道金光的辐射形线条。中国古代传说中，以有三只脚的金乌来代表太阳，旧小说里也不乏"金乌西坠、玉兔东升"的套语。而在古罗马神话里，曙光女神奥罗拉就被称为"金色之神"，据说她每天早晨打开粉红色的窗帘，迎接阿波罗驾着太阳车来临。

憨敦敦：

从象征文化的角度，西方学者已经指出："古代人们相信金属是宇宙能量的固定形式，这一象征含义解释了为什么古人会产生对金属的某些令人不解的崇拜习俗。"☆

☆杰克·特里锡德《象征之旅》，中央编译出版社，2001 年版，石毅、刘珩译，第 118 页。

从语言学的角度看，我们还可以对一些用金属来表示颜色的诗句，进行更进一步的分析。钱锺书先生早在 1962 年写的《读〈拉奥孔〉》这篇旧文里，就率先提出：诗文里的颜色字有虚实之分。他举苏轼的名句"一朵妖红翠欲滴"为例，说诗句里的"翠"不是真指绿颜色，而是指鲜明的样貌，"红"在诗句里是个真实的颜色，"翠"作为颜色，在此处虚有其表，但在修辞上它跟作为实色的"红"有着不可思议的烘托作用。他还举歌德的名言为例"理论是灰色的，生命的黄金树是碧绿的"，这里的"黄金"正如"黄金时代"或"黄金容颜"的"黄金"，是宝贵、美好的意思，只有"情感价值"，没有"观感价值"。换句话说，"黄金"是虚色，"碧绿"是实色。☆像你前面所举的昌耀《背水女》一诗，里面的"以金泉水撩拨她们金子般的心怀"这个诗句，

☆参见《七缀集》上海古籍出版社，1985 年版，第 35–36 页。

两个“金”字都是虚色，所反映的也都是人的“情感价值”，表达的是“宝贵、美好的意思”，它没有丝毫的“观感价值”。如果有人真把它理解成泉水里流淌着金色的液体，人的心脏是用黄金铸就，那就愚钝到无以言诗的地步。

涧底松：

钱锺书关于颜色字具有“情感价值”与“观感价值”的剖析，对于我们准确、正确地欣赏、诠释一篇诗作、一段诗句，真是有着当头棒喝的效用。

前面，我着重谈了昌耀诗歌语言的沉重感现象，现在我再来说说他笔下那些富有轻盈感和闪电般运动感的诗句，姑且命名为“轻盈语”和“迅捷语”。但两者很难区分，因为飞速运动的事物，会给人克服了重力的轻盈感，就像南北朝的文学家鲍照在他的名作《舞鹤赋》里形容舞动起来的鹤时，有两句经典表述：“烟交雾凝，若无毛质。”鲍参军不但用了烟雾这样的轻盈之物来摹写舞鹤，而且在舞鹤舞动到极致的时候，它连肉身的形质都消解掉了似的。

犁头爆裂的火花
像汽酒飞逸的喷沫……
（《垦区》）

星花劈啪……
（《四月》）

村民的
追戏的黑狗
扑向月地，
溅起的光华
四溢。
（《腾格里沙漠的树》）

我看见你忽闪的睫毛
似同稞麦含笑之芒针；
我记得你冷凝的沉默
曾是电极触发之弧光。
（《慈航》）

迎着三月纷飞的烟雨
朝向江桥
女司机的小红帽流星般驰去……
（《长沙》）

被这歌声同时撩动的黄河铁工
更欢快地抡起了铁锤锻造火的流苏
（《水色朦胧的黄河晨渡》）

供奉在腊八时节的冰体
却袒露着闪烁的笑。
（《风景》）

高山的雪豹长嚎着
在深谷里出动了。
冷雾中飘忽着它磷质的灯。
那灵巧的身子有如软缎，
只轻轻一抖，便跃抵河中漂浮的冰排……
(《山旅》)

我们壮实的肌体散发着奶的膻香
(《猎户》)

这在山岳、涛声和午夜钟楼流动的夜
(《良宵》)

那些高大的建筑体内流荡光明
(《夜谭》)

石脑
体胴
酋，——或执酒人
沿阶梯起伏
与黄昏苍莽之蜡
同在流溢
(《庄语》)

但见大河一线如云中白电向东方折遁
(《雄风》)

马的影子随夜气膨胀。/ 大山浮动……
(《纪历》)

月光的出现终于使一切物象凝冻而呈颗粒性
弥漫
(《傍晚。篁与我》)

春的原野一时瑞雪纷纷，
化作酿蜜的春水。
(《晚会》)

白雪
铺展在冻结的河湾
有春水之流状
(《风景》)

年老的吹鼓手……
可着劲儿吹奏一支凄绝哀婉的唢呐曲牌，
音调高亢如红装女子一身寒气闪烁……

高山冰凌闪烁的射角已透出肃杀之气
(《哈拉库图》)

而太阳从云隙落照河面。
感觉早晨因灿烂的河光金斑翻飞而渐次模糊。
(《诗章》)

大潮：光明之乳。如盐。如幻。
如日晨一派射电的银白雪……
(《大潮流》)

美哟，你远方漠野

散射的晨光！

(《荒漠与晨光》)

喜气的谷粒透过丝絮射出迷人的十字星辉

(《热苞谷》)

等待雨丝般透射的光隙在旋转中合成一股光

的漏斗

(《嚣声过去》)

只今，唯独南天雪峰依然，

好似武士高举之盾牌闪射着金属的光泽。

(《山旅》)

它低头舔舐自己胸脊那块曾经美丽得乱爆电火花的毛皮；他们张开四肢与奔马一同腾飞，巍峨如叠次耸峙的城楼。石火在每一瞬动的铁蹄绽开十字小花；我遥望红色海流不断升起来的暗影依时序幻化流变渐远如我们无闻的岛屿，如村烟纷扬零落。如靛蓝染布一匹匹摊晒海涂。如锻锤下一串串铁屑飞迸冷却变色。……

(《听候召唤：赶路》

寄生的群蝇

从虎背拖出了一道噼啪的火花

(《慈航》)

崖头断层结晶向我闪烁着螺钿的光色。

(《诗章》)

晨曦里，车轮……

旋转着健美的圆弧，

灼耀着生命的光斑

(《车轮》)

虎斑

逃离虎皮游如系列野火。

蕨根晶粒射如阳光淀粉刺伤四荒八极。

(《猿啼》)

骷髅头排列在我的灵视远远闪烁……

(《骷髅头串珠项链》)

那满载钢筋水泥原木的车队以未可抑制的迅猛

泼辣辣而来，又泼辣辣而去

……铁的火屑如花怒放

(《寄语三章》)

那些由三匹骅骝牵引的鼓车

正风驰电掣般行驶……

(《鼓与鼓手》)

老鹰的掠影

像一片飘来的阔叶

斜扫过这金属般凝固的铸体，

消失于远方岩表的返照，

遁去如骑士
(《踏着蚀洞斑驳的岩原》)

他们(指藏羚羊，作者注)结成箭形的航队
在劲草之上纵横奔突，
温柔得如流火、金梭……
(《莽原》)

但在峨岩之上，从倾斜的天宇，
幡幢正扑打着山神驻跸的行宫，
那里，匆匆飘起轻纱一袭，
加快了白日多变的节奏。
(《驻马于赤岭之敖包》)

走向山谷深处——松林间
似有簌簌羽翼剪越溪流境空
(《在山谷：乡途》)

憨敦敦：

从你所举的诗句，我也领略到一种稍纵即逝的运动之美，一种飞动、流转的美感，这和鲁迅曾经在《好的故事》里极为欣赏的那种“万颗奔星似的飞动着”的美感，何其相似乃尔！更让我惊讶的是，昌耀在用字造境的意趣上，和唐代鬼才诗人李贺真是遥相默契。

在我的印象里，昌耀虽然没有直接谈论过古典文学，尤其是古典诗歌如何浸润、熏染过他的灵性、他的语言感觉，但是只要看一看他对古奥字词、文言语法，乃至古典诗意驱遣得那般自如、游刃有余，就可以嗅得出古典文学对他潜移默化的熏陶。具体来说，昌耀的诗歌里，充盈着庄子、屈原的气韵神采，进一步说，在现代诗歌史上，能够遥接庄骚这一文脉的作家、诗人，可谓寥若晨星。那种斑斓诡异、奇幻流美的神采、气息，在古典文学的时空里，一度像夏夜的流萤幽光自照，明明灭灭于大江南北无数诗人的诗稿里。而在1949年之后的文学里，现实主义写作原则席卷天下，庄骚遗风虽说表面上受到革命浪漫主义的助力，而使狂想、夸饰的风气一度扬眉吐气。但它最值得称道的那种烂漫奇幻的气息，已经日益变得气息微弱，甚至遗响难继。唯有到了残雪、莫言、昌耀这里，庄骚的神韵才焕发出昔日的精光灵气。在当代文评家里，林贤治的那篇《溺水者昌耀》一文，是最早也是最有见地地揭示出昌耀与庄骚传统关系的文章，他在文中具体指出了昌耀与唐代诗人李贺从命运到诗风上的极度近似性。稍显遗憾的是，他没有酣畅地展开他细微的探究。在这里，我就往前再延展一下。

我先借用钱锺书对李贺的研究，比对比对昌耀与李贺之间辗转呼应的诗心。钱锺书指出西方的戈蒂埃、赫贝儿、爱伦·坡、波德莱尔等人的诗作，在描摹事物的时候，喜欢“使之坚、使之锐”，喜欢用金石硬物来作比，中国诗人中能和这些诗人站到一起的正是李贺。钱锺书撷拾李贺的一些诗句，如《李凭箜篌引》之“空山凝云颓不流”;《忆昌谷山居》之“扫断马蹄痕”;《剑子歌》之“隙月斜明刮露寒”;《雁门太守行》之“黑云压城城欲摧”“塞上胭脂凝夜紫”“霜重鼓寒声不起”;《唐儿歌》之“一双瞳仁剪秋水”;《十二月乐词》之“老景沈重无惊飞”“釭花夜笑凝幽明”“战却凝寒作君寿”“白天碎碎堕穷芳”;《浩歌》之“神血未凝身问谁”;《走马引》之“玉锋堪截云”;《马诗》之“夜来霜压栈，骏骨折西风”;《申胡子觱篥歌》之“直贯开花风”;《伤心行》之“古壁生凝尘”;《新笋》之“箨落长华削玉开”“斫取清光写楚词”;《罗浮山父与葛篇》之“欲剪湘中一尺天”;《昌谷读书》之“虫响灯光薄”;《张丈宅病酒》之“军吹压芦烟”;《自昌谷到洛后门》之“淡色结昼天”;《夜饮朝眠曲》之“薄露压花蕙兰气”;《砚歌》之“踏天磨刀割紫云”;《梁台古意》之“芙蓉凝红得秋色”;《神弦曲》之“桂风刷叶桂坠子”;《兰香神女庙》之“腻颊凝花匀”;《赠陈商》之“劈地插森秀”;《洛阳城外别皇甫湜》之“晚紫凝华天”等为例，说明这些诗句的性质，都是“变轻清者为凝重，使流易者具锋芒”。还说，李贺诗歌好用动词，像“转”“扑”“飞”“蓦”等字，都是“飘疾字”“至‘逗’字、‘贯’字、‘射’字，又于迅速中含尖锐。长吉言物体多用‘凝’字、‘死’字，言物态则凝死忽变而为飞动”。☆

☆《谈艺录》（补订本），中华书局，1986年，第2次印刷，第48–51页。

你所举昌耀的那些诗句，我们可以很容易挑拣出一些关键词，像“飞逸”“忽闪”“闪烁”“飘忽”“流荡”“掠影”“剪越”这些动词，它们把整个诗句带动得充满了速度与激情，其共有的一个语词特征或者说语词美感，就是迅捷而短暂的运动，就是钱锺书所言的“飘疾字”。钱先生还进一步分析道：

> 长吉化流易为凝重，何以又能险急。曰斯正长吉生面别开处也。其每分子之性质，皆凝重坚固；而全体之运动，又迅疾流转。故分而视之，词藻凝重；合而咏之，气体飘动。此非昌黎之长江秋注，千里一道也；亦非东坡之万斛泉源，随地涌出也。此如冰山之忽塌，沙漠之疾移，势挟碎块细石而直前，虽固体而具流性也。(《谈艺录》第50页。)

反观昌耀语言组织里的句子，促成其诗歌意脉频频趋向流散、辐射的动态的，全部源于光、气、水、火这四种自然物质。

涧底松：

我前面已经说过，我们的审美经验里，积淀着一种将沉重性不断克服或者削减的心理定势，“举重若轻”这个成语便是我们在哲学、美学、心理学上的一个简捷表达。在我们的传统艺术里，这种“化凝重为轻逸”的东方美学经验，随处可见，我这里仅从书法、美术、文学三个领域，随意抽取三个文本来证明我的认知、判断绝非无根的浮萍与漂木。

书法上，具有沉雄厚重风格的书风，在行家里手眼里，一定要有流动的笔致才算佳妙。清代大学者阮元在《颜鲁公争座位帖跋》里评价颜真卿的笔势时有一个比喻——“如熔金出冶，随地流走。”金本坚固之体，熔炼成液态，就会像水一样随地流走，寓意其书风凝重里带着流逸，如同庄重的殿宇借助飞檐而有了灵动之势。

美术上，我最为钦羡的是中国古人创造的“飞天”形象。在世界范围内，许多民族在想象、创造飞翔的梦想图式时，都是让人的脊背长出一对像鸟一样可以振翅翱翔的翅膀，唯独到了敦煌石窟西魏时期的“飞天”，飞翔的姿态漂亮到了极致：一条环身飘舞的长带，代替羽翼，就可以让人脱离地球的引力，从沉重的肉身转为轻盈的飞翔。如此聪慧、别致、简捷的想象，在世界范围里恐怕都罕有其匹。即便是意大利文艺复兴时期的画家波提切利在《春》中表现的那些翩然而立的女神，也无法比拟。其实，以飘逸轻盈的飘带来取代翅膀，在东晋时候的大画家顾恺之的《洛神赋》里就有了。

在文学上，多年前我曾在阿城的《遍地风流》里见他写过一匹骏马：“骑手猛一松缰，那马就箭一样笔直地跑进河里，水扇一样分开。马又一跃到对岸上，飞一样从草上飘过去。”马本身是带着物理的、肉身的重量的，可是在阿城笔下，那马在疾速的运动中，仿佛就将其自身的重量化解了。

我举这三个例子，最终的目的是想说明这种审美心理模式，均体现出我们的一种思维结构。美学家邓晓芒极为欣赏、佩服美学大家宗白华先生的《美学散步》。他说是宗白华把中西艺术精神归结为这样一种结构：“中国艺术精神是一种空间意识的时间化，西方艺术精神是时间意识的空间化。空间意识我们可以理解为静态的方面。空间是静止的，时间是运动的、动态的，所以我们也可以把中国审美意识的结构看作是静态意识的动态化。本来是静态的，但是‘感于物而动’，成为动态化了，放在时间中来处理和看待。西方是把动态凝聚在空间之中，本来是生动的、躁动的，但在空间中被定格、定位了。”邓晓芒还说，“中国传统艺术的各个艺术门类，无论是诗歌、绘画、书法，还是其他艺术都有种倾向：音乐化。中国艺术带有音乐性，各门艺术都向音乐靠拢，就如同宗白华先生所讲的‘空间意识的时间化’，因为音乐是时间艺术。在中国，连空间艺术、造型艺术都被时间化了，这是中国艺术的特点。相反，西方艺术的各个门类有个特点：‘时间意识的空间化’，也就集中体现在雕刻上面。”☆从他的角度，我们又能见出昌耀诗歌意象、诗歌语言还真体现出“空间意识的时间化”倾向。

☆两处引文分别见邓晓芒《中西文化比较十一讲》，湖南教育出版社，2007 年版，第 260-261 页。

憨敦敦：

邓晓芒、宗白华两位美学家的认识，我认同他们的分析，却不认同他们对中西文化的分类。我觉得我们不能把这种文化的、艺术的范畴，过分固化或简化，以至于绝对化为中西艺术判然有别的标志。因为人类的心智尽管受制于不同的文明和文化，它也受制于人类共同居住于地球这一生存的境地。不管是东方人、西方人，白种人、黄种人、黑种人，大家共同生息于陆地和岛屿，对日升月落、寒暑炎凉都有着相通的体验和情愫，大家都畏惧死亡，都希求生之愉悦，都渴望在暂存的生命里，在无常的世事里，把有限之美、有限之局促凝聚为永恒，化为那些可以抗拒时间侵蚀的存在。所以任何类别、范畴乃至疆界的划分，只是出于我们认识上的方便、文化区域识别上的方便，它跟实际上的存在，未必贴合得像骨肉组织一样紧密。更多的时候，这种概论会成为我们认知世界的眼障、心障、智障，成为引发矛盾、制造隔阂和疏离的诱因。两位贤哲的言谈里，我看重的是两种人的心理倾向，一种是空间意识的时间化，一种是时间意识的空间化。回到李贺、昌耀的诗篇，他们身上兼具了这两种倾向，而不单单是其中的一种。多年前，我在一篇评论里就观察到，把凝结的物质，譬如山石之类，譬如古树之类，与“永恒感”联系在一起，或者屡屡表示要把时时都在变化的肉体变成“石头”“山峦”“花岗岩雕塑”这类感觉倾向，在我们青海的小说、散文、诗歌中，常有类似或完全相同的表述。这一感觉倾向，在当代西方作家那里，也有着如出一辙的思路。最具代表性的就是法国作家勒·克莱齐奥，他的《诉讼笔录》中的主人公亚当·波洛，始终有一种冲动，就是力图物化自己，使自己消散融化为宇宙中的一点物质，有时，他愿意掩埋在碎石堆里，“占据物质、灰烬、卵石的中心，渐渐地化为一尊雕塑”；有时，他想“做二十四小时的树”，甚至感到自己“已达到植物境界，成了青苔，成了地衣，差不多就要成为细菌与化石”，那时，他想象自己不再是此人，也不再是他人，他“最终的结局不是美、丑、理想、幸福，而是忘形、虚无”，“消亡在矿物的冻结之中”，成为“自生不灭，死而复生，在无穷中重复几百次、几百万次、几十亿次”的物质，化为大自然的一部分，他觉得如此化为宇宙的一部分，就“不懈地、永久地占据了宇宙的中心，任何力量都无法拉开宇宙的拥抱，将他从宇宙的怀中夺走，哪怕在日后的哪一年哪一日，死神将在第四纪的两片木条中拍摄了他的人体形状”。☆这种东西方文学之间的暗相契合，恰恰表明了人类共有的一种强烈的心理需要——“象征性不朽的需要”，这是一种未被时间风化的浪漫情怀，人类凭依着它，从短暂的生命时限中超度着生命，如诗如幻地实现着生命的涅槃。

☆柳鸣九《一部骇世惊俗的小说》，载《读书》1992 年 1 期。

第四章

骇异奇诡类型

在这里，我特别想和你分享一下昌耀使用量词的两个典范。《冷太阳》里写到几个牧人在寂寂地第五的一次穿越。第二节有这么几句："三条男子/偎依着/袅袅一炷/女子。""炷"这个量词，专用于点着的香。而昌耀在这里偏偏把它用到人身上。面对这个句子，可以生成两种理解：一种理解是把"女子"当作是对柴火青烟的一个比喻。燃烧的柴草冒出的青烟有如袅袅婷婷的女人。比这个理解更具殊胜之意，也更为契合此诗意境的一个理解当是：把女人比喻成烟气。根据这首诗的上下文，在第三节里出现了一个人物——她，而且由她利用矛盾修辞，说出了"冷太阳"这么一个崭新的意象。句子里的这个"炷"字，因为它在语言习惯里与香、与点燃发出的烟篆有着天然的关联。如此，它既含有烟气的袅袅、细长、柔弱的状态，又具有袅娜、轻盈、优美、温柔、香艳等女性化的身体姿态和心理情韵。

昌耀还在《告喻》一诗里用过"炷"字："我愿将你坚立而燃发为一炷烟篆。""一炷烟篆"是个通常的表述，但是把它

憨敦敦：

我时常想，一个人从小到大要听闻、经历多少奇奇怪怪的事情啊。我们对一切陌生的事物、奇异的各种现象焕发出的旺盛好奇心，恐怕在我们初具神识的那个时刻，就已经深入脊髓，流入骨血。古人的脑子，狂想完了活在世上的烂漫荣华，又会耽溺于死后的世界，好像他们已经揣摩到人是可以用脑子再建另一个世界的食色生香，别一所在的琼楼玉宇。于是，一种看不见、摸不着却又蛰居在人脑海里的东西登场了。什么灵魂了、妖魔鬼怪了，时不时在霄壤之间游走。即便“文革”时期捣毁了殿堂庙宇里供奉着的众多牛鬼蛇神和神像，可是盘踞在人们梦魇里的神煞鬼魅和精怪，依旧会在某些时刻不请自来。孩童时代给我留下深刻记忆的，不光有刘学谦、白毛女、周扒皮、刘文彩的故事，还有许许多多惊悚的鬼故事，什么绿色的尸体了，吊死鬼吐出的长舌了，坟地里的鬼火了，夜晚跟在你身后的鬼影了，画皮的故事，还有隐去了身形的鬼魂，空空地骑着一辆自行车独自在夜幕下的野地里骑行，忽然脚踏上的铁链断了……那时候听鬼故事，听者的心理处于矛盾的状态：一方面害怕得要命，一方面又想听出个究竟。结果是越听越怕，越怕越听，直到听得汗毛、头发一根根奓起来，回到家里在床上独自发憷，警觉的眼睛和耳朵，比平时放大了好多倍的灵敏度；黑暗里的窗帘、衣架、黑黢黢的角落，家具胀裂时发出的细微声响，都有可能唬住一颗小小的心脏，让孩子们无师自通地幻造出各式各样的鬼魅精怪。现如今，在世界范围内，说到银幕，依然充斥着样貌各异的妖魔鬼怪，吸血鬼更是走街串巷，深入小学生的课外空间。你会很快有一个发现：对恐怖和神秘的心理渴望，已经成为现今时代一个潜藏在人心的文化风尚、心理嗜好。受到威胁、恐吓和威胁、恐吓他人的社会现实和日常体验，无所不在的不安全感，大概是这一社会—文化现象的重要诱因。我以为鬼怪故事起初的功用，也就是大人用来恐吓、震慑哭闹不休的孩子的。而鬼怪故事的一个意外作用可能是大人们始料未及的，那就是它用一种畏怖的魔力，开启了一个幼小心灵的心智，让他感觉到世界上除了看得见的东西，还有肉眼看不到的世界。它在人心的幽微之处，撩开隐秘，招引神秘，幻织诡秘。如今的中小学生，特别流行看网络上传播的各种恐怖、灵异的故事，他们手不释卷的画刊上频繁出现的卡通形象，要么是鲜红的血滴，要么是空洞的骷髅，要么是诡异的动物纹身，要么是惨白冷漠的面庞，总之，这些惊悚、奇幻、唯美甚至颓废的、带着超现实主义、表现主义混杂气味的画面，让你顿时会陷入一个异常的空间。

涧底松：

说到这儿，我马上联想到昌耀的《20 世纪行将结束》这首诗。这是他晚年临去世前一年，试图“总结”20 世纪面孔的一项诗歌“大工程”。遗憾的是，诗篇没有“竣工”，只留下辉煌庙宇里残柱断垣式的构想。在他标记为《残编 1》的段落里，出现了这么一段极不寻常的诗句：

现在
他听到自己在妻子的梦里正接受死亡。
他听到妻子从他的脖颈足足接了一盆血。
他听到妻子把他的尸骨填进了燃烧的火炉
他听到妻子尝试用炉灰拭净血污的双手

现在
他听到妻子从妻子的梦里走了出来。
他听到岳母向妻子谨献殷勤：
丫头，那红通通的血……那死人……
是你今天有可能发财的好兆头。

这是昌耀诗歌里最让人骇异的杀人情景，充满了黑色的阴郁、黑色的反讽。他采取了比克里斯托弗·诺兰 2010 年执导的电影《盗梦空间》还要早十来年的盗梦手段，让诗中的“他”潜入妻子的梦中，窃听到潜意识中妻子杀害自己、毁尸灭迹，以及岳母与妻子同谋庆幸的深层秘密。这个环环相扣的梦境，呈现出奇异而又瘆人的审美效果。这样的描写，我把它归入昌耀诗歌迟暮风格当中一种极为特殊的类型：骇异奇诡类型。

憨敦敦：

你这种类型划分，我很感兴趣。我揣测你这样做，就是为了提示这一特殊题材的美学价值。具体你是怎么考虑的，鄙人愿闻其详。

涧底松：

不错。如果我们不从题材意义上去认识这类作品，就会像我周围的读者那样，面对这类骇异奇诡的作品，不是避而不谈，就是无言以对。显然，昌耀的这种诡异体验与表达，远远超出了人们习以为常的诗歌阅读经验。作为一个创作态度极为严肃、慎重的诗人，昌耀不会仅仅因为一时的心血来潮，写下这些怪异的诗作。这类骇异奇诡类型的诗作，有一个总体上的特点，就是表现非常态情形下人的扭曲行为和人的畸形、病态体验。毫无疑问，这种骇异奇诡类型的作品，大大开拓了诗歌的表现领域，深入到了人的内心世界最为幽暗的地带，读者获得的诡异经验和内在世界的空间，由此被大大地深化了。所以，我以为它具有一般性的、传统性的题材无法触及的深度。

既然是一种风格类型，它就会在一位作家的众多作品里，占有一定的篇幅和创作分量。昌耀生前在写给 SY 的信中，透露过他的诗歌有两个大的类别：一类是“让某些作品被尽可能多的读者接受”，“另一类为题材所限的作品原就只可能被为数不多的某一部分读者所接受”。什么叫“为题材所限的作品”？我的理解就是带着特殊的、特异的生活和思想表述的作品，它们给我们的阅读经验上往往带来异陌、奇怪的刺激，它是对异常世界、异常经验的审美钻探。

从昌耀的创作轨迹来看，43 岁之前，他还没有创作过一首具有骇异奇诡类型的作品。我在他的作品集里，寻找到的最早的一篇牵涉骇异奇诡类型的诗作，是他写于 1979 年 9 月的《郊原上》。在这首只有十来行的抒情诗里，诗人描写的不过就是一排在郊原上被砍倒的钻天杨。这么一个稀松平常的日常生活瞬刻，很难在一般诗人的笔下铺排成篇。昌耀不仅把它写成了精短的诗篇，而且还出乎寻常地将郊原上的钻天杨和绿发魔女联系起来：

郊原

那一排惯与流风厮磨的钻天杨

昨天倒在田塍。倒在了田塍

像一排被处决的魔女，

绿色秀发弃满泥涂。

这个奇特的比喻，使整首诗歌笼罩在阴森、压抑的气氛里。“处决”这一字眼，更是让人感到了令人惊悚的死亡气息。

憨敦敦：

昌耀的这种阴沉意象和心理指向，让我想起朦胧诗派里的顾城，他曾经就把帆船的帆布比喻为裹尸布，暗含着对死亡的观照。叙利亚诗人阿多尼斯20世纪80年代首次访华，那时候的北京和上海，留给他的印象是灰沉沉的天空，街道上汽车很少，大多是黑色轿车，诗人便把他的印象表述为“一具具行进的棺材”。这个与死亡直接关联的“棺材”意象，倒不是指向死亡，而是表达诗人对彼一时刻中国社会氛围沉闷、压抑的感受。

涧底松：

读昌耀的诗歌，一是要通读，一是要贯通。只有通读中融入贯通，我们才会发现他在不同时期、不同心态下创作的作品，虽然它们散处于时间的罅隙当中，虽然以单独的篇目一个个“偏安一隅”，但要是往深里、往细里观察，你会发现，许多意象、主题暗相钩连，彼此隔着时间的隔断暗相映照，隐伏的审美趣向，有如草灰蛇线、马迹蛛丝。

“被处决的绿发魔女”这个意象，核心就是身首异处，昌耀的诗作里，多次出现过“首级”。按照秦法，斩敌一首，得爵一级，后人就把所断的敌首叫作首级。

1985年的《某夜唐城》，昌耀在游历完古城西安乾陵朱雀门外的女皇武则天和唐高宗李治的葬墓之后，看到遭到人为破坏的“六十一王宾像”，于是在他的诗里第一次出现“首级”意象：

仍记起朱雀门外武后邀来的六十一王宾
被人搬掉了岩石首级。
……
他们空空的肩胛笑容可掬。
他们空空的肩胛至今笑容可掬。

昌耀给这些已遭损毁的岩石首级，以格式塔心理学的塑形能力，填补上了满脸堆笑的表情。很奇怪，此刻我竟然联想到墨西哥奥尔梅克艺术里的那些巨石头像。他们眼睛圆大，鼻子扁平，嘴唇宽厚，脸颊厚实。他们的表情随着一天的阳光变化而变化，时而笑容可掬，时而冷漠无情☆。

☆参见张荣生编著的《美洲印第安艺术》，河北教育出版社，2003年版，第19页。

1989年写下的《哈拉库图》，第二次出现“首级”意象：

哈拉库图城墟也终于疲惫了。
而在登山者眼底被麦季与金色芸薹垄亩拼接的
山坳此刻赫然膨大如一古代武士的首级，
绿色帚眉掀起一片隐隐潮动的嚣声。
他为眼前这一突然发现而震悚觉心力衰竭顿生
恐惧。他不解哈拉库图的译意何以是黑喇嘛？

1991 年的《涉江》，第三次出现“首级”意象：

想那江岸巨石切痕凿凿如自山岳割取的脑颅。

憨敦敦：

我是听出了点儿名堂：三个“首级”意象，都有一个共同特点，都不是真实的人头，而是对非生命的存在形式——岩石雕刻、山岳的一次生命化书写，都是充满“震悚”感的移情和心理投射。后两个比喻，把山岳想象为身体组织里的头颅，又具有原始思维的情调。把大地想象为躯体，已在昌耀的诗里多有体现，我印象深的，比如《我躺着。开拓我吧！》，比如《河床》，比如《从启开的窗口骋目雪原》……

涧底松：

“首级意象”只是奇诡类型里的冰山一角。我再罗列一些例子：

与其倾听花朵骂詈莫如看两武士竞执对方腿
股剜肉啖食相视而笑。
（《苍白》）

睡梦里总有熟稔的皮靴踏登回肠九曲的楼梯
步步高，直敲响神秘的穹空如同重重的锤击。
蓦地醒觉，疏影寥落，
却不见夜客归来。
（《楼梯》）

而翠绿的水纹
……
像诱惑的微笑在足边消散，随之
另一个微笑横着扑来。
（《风景：湖》）

这里太光明。
我看到异我坐化千年之外，筋脉纷披红蓝清
晰晶莹透剔如一玻璃人体
承受着永恒的晾晒。
（《燔祭·光明殿》）

无说可说。
女尸骨殖躺卧在安乐椅死而不僵。心肺垂吊
如黑色子囊。如虫卵。如黑色的梅。
（《生命体验》）

须知独思的人已在西风晚景与坐穿的木凳
一同液化抽空，静静消融。
（《答深圳友人 HAOKING》）

骨脉在洗白、流淌，被吸尽每一神经附着：
淘空是击碎头壳后的饱食。
……
（《淘空》）

在昌耀的奇诡类型里，还有一个被他多次写到的主题：精灵鬼怪。20世纪80年代初中期，昌耀先后写下《山旅》和《灵霄》。《山旅》中有一节写到荒蛮、野性的高原山野：

我记得阴晴莫测的夏夜，
月影恍惚，山之族在云中漫游。
它们峨冠高耸，宽袍大袖窸窣有声，
而神秘的笑谑却化作一串隆隆，
播向不可知的远方。

而《灵霄》描写的是一双眯闭的瞳孔在幻视中瞥见的山中精怪：

新月傍落。
山魈的野语。
细风时时飘忽掠去。
悄行的步履成为异我之存在
猛可地惊怵。这时
悬崖上的天女
已从石火裸现，鲜艳，窈窕，
长披美发丝。
她转体腾空，前展双臂，
一头跃向期待燃烧的深湖。
瞬刻火鸟群飞，林林总总
一千条透明的笋根从地底喷射琼浆
盛大世界升起再生之光华。
我眯闭的瞳孔骤然洞黑。
掀开斗篷，听到自己的耳朵不复存在，
早与光明合为一体……

合观两首诗作，噢，对了，再加上一首标注着“那刻月光凄清迷离”副题的《谣辞》，都是在描写精灵鬼怪、不可思议的事情，而且它们不约而同地都有一个相同的发生时空：月夜。

憨敦敦：

容我插一句，大多数神奇故事、精灵鬼怪，都是夜色孵化出的产物，神出鬼没的事情也都发生在黑夜里。钱锺书读李贺《感讽》里的“漆炬迎新人，幽旷萤扰扰”，《南山田中行》里的“鬼灯如漆点松花”，《十二月乐词》之《十月》中的“釭花夜笑凝幽明”等诗句，点评它们是“想象新诡，

物色阴凄”。☆

由此我冒出一个念头，将来可以写一部“黑夜的诗学”，专门探讨探讨作家的写作和黑夜的关系。关于失眠哲学，我见到的最言简意赅的言说，来自罗马尼亚当代思想家西奥航。这位说过“只有自杀这个想法能帮助我们忍受生命”的哲人，在1990年6月的一次谈话录里说：

> 失眠给了我一个启示：我发现睡眠是一个奇妙的东西，生命因为它而变得可以忍受，每天清晨，人们开始新的冒险，或者继续中断了的冒险。可是失眠，抹去了无意识，它强制你日夜处于清醒之中。而这超出了我们的能力极限。失眠是一种英雄主义。它将每个新的一天变成注定失败的战斗。生命之所以可能，是因为有忘却：必须忘却每个夜晚，为的是保持这样的幻想：我的生命随着每个清晨而更新。然而失眠，迫使你不间断意识的体验。于是，你与整个世界、整个沉睡的人类作对。☆

涧底松：

昌耀和鲁迅一样，都是“夜猫子”，都习惯在夜晚写作，喜欢书写夜晚。这就让他们无形中成为失眠的歌者，成为承受漫漫长夜煎熬和各种思想、念头启示的英雄，成为失眠哲学的实践家。

昌耀书写夜晚，笔下屡屡飘出奇诡的诗句和意境，我觉得在审美发生学上，和他早年在湖南家乡生活时的童年经验关系密切。在自叙《我是风雨雷电合乎逻辑的选择》（未完成稿）里，诗人记述了他在三四岁期间成长的一个心理特征是“一个比较爱哭的孩子”。从儿童心理学的观察分析里我们知道：一个经常爱哭闹的孩子，常常因为感到害怕和寂寞孤单而纠缠大人，希图通过哭闹来让父母安慰自己、同情自己。与此有着连带关系的一种精神病症，就是皮肤饥渴症，这类患者大多因为幼年时缺乏双亲的爱抚，尤其是母亲的爱抚，再加上成年之后因为缺乏伴侣的温柔爱抚，经常会出现睡眠不稳、夜惊（从睡梦中突然惊醒甚至坐起）、梦魇以至梦游等病理反应。结合昌耀自叙文字的表述，我们可以窥见诗人童年心理发育的一个最为突出的心理征象就是恐惧。这一心理体验，深刻而持久地影响了昌耀的性格、心理结构，他艺术的“梦眼”；同样也深刻地影响了他诗歌的取材、风格的趋向、意象的营造。

具体来说，被昌耀在记忆中钩沉出来的恐怖情境，一是堂屋正中由钟磬烛台香炉组成的神龛：“凝冻在烛台的红蜡油与炉中的冷灰常令我有一种莫名的恐惧”；二是某次深夜一位骑马的陌生男人在耳门叩关，被全家上下误会为是“响马”（强盗）叫阵；三是某天晚上大哭时，“二姑儿用‘白脸来了’

☆参见《管锥编》，中华书局，1986年，第2版第二册，第782-783页。

☆金丝燕《梦》，上海文化出版社，法国Descl é edeBrouer出版社，2000年版，第103页。

吓唬我，所谓‘白脸’即人亡后盖住面部的白纸，等同于是鬼魂的婉转说法”；四是幼小的昌耀被母亲罚跪在窗前踏板，“窗外是山林，松涛带着一派寒意浸透了小屋的夜色，我有点怕了……”昌耀还在他出版的一本诗集的后记里，袒露过他“因自小怕鬼不敢起夜而常常尿床”的情形。这些在昌耀的生命感光胶片中最初凝固下来的瞬间，无一例外地全都弥散在他所寄身的王家老宅那森严凝重的氛围里。就像希区柯克童年在黑屋里的恐怖体验，让他后来走上拍摄惊悚、悬疑片的道路，昌耀幼年的恐怖体验，强化了他在性格上的内向和心理上的内倾直觉。极度的敏感，让他时常会把恐怖的经验，转化为精敏、考究的经典表达，譬如《钟声啊，前进！》里写道：“我似乎理解了水边一只尚未脱净骶尾的小青蛙一动不动胆怯地窥探岸丛的那番情景。一批准备送入窑炉的彩绘陶坯意识到拱顶的烈焰也是如此诚惶诚恐。”有资料说，常德民间旧时县内望族及富门人家，都立有祠堂或家庙，供奉同族祖先或曾给同族带来荣耀的先人。家庭里都设有神龛，以供祭直系近祖为主。一般为灵前祭或餐前祭。常德丧俗，人死亡后，将尸体从床上抬于厅堂，头戴黑巾，俗称“遮脸布”，有招魂归来的意思。脚头要用清油点一盏灯，俗称“点脚灯”。1990年昌耀写的《西乡》，隐约折射出他老家的乡俗：“在西域以西一匹红布刚刚覆盖住死者的天空，/油灯已在脚底照亮亡人装殓齐整的绣金绲边双鼻梁马靴。/再生如同土崩。”

除了这些显晦不一的压抑感，还有一个重要的心理事实是，昌耀在他早年的成长环境里缺乏同龄的玩伴：“在那样孤寂的环境，一个在封闭中生长的男孩，除了他唯一的小伙伴堂妹，更多时候只有与两三位据说有恩于他祖上或为祖上恩宠的大人们对话了。”孤寂和由孤寂感引发出来的忧郁，不单单是昌耀早年的心理胎记，其更为深远的影响，波及、辐射到诗人的一生，即便在他由壮及老走向人生的暮秋之时，他内心世界里时时回响着的一个心声，依旧是对孤寂感的无法排解和舒散：“谁与我同享暮色的金黄然后一起退入月亮宝石？”（《内陆高迥》）这一声音，像一架低音提琴的琴音，不时地贯穿于他全部诗歌的奏鸣当中。

刚才我提到昌耀的二姑用人死后盖在脸上的白纸来吓唬、制止他哭闹这件事，还有他因为“怕鬼不敢起夜而常常尿床”这类事情，让我探查到了他那些奇诡幽明意象的某些心理学来源。

憨敦敦：

你从昌耀二姑用鬼来吓唬小孩的事情里，引申出地域文化对一位作家的影响力。我则从他讲述的这件事情的延后效应里，看到了昌耀的一种心理经验和他的审美悟性。当他二姑用“白脸来了”来吓唬昌耀的时候，昌耀说：“我仍旧要哭个够，只是我不敢看门外，而是盯着油盏中燃亮的灯火。渐渐地，我发觉那灯火透过我眼中泪水的结晶而折射出许多光束，像芒刺、像花朵在我的双眼的闭合中且变幻无定，忽明忽暗，忽大忽小，美丽异常，我被这火的精灵迷住了。我安静下来。”这种完全无师自通的转化现实情景，继而幻化现实情景的心理经验，作为昌耀审美意识的萌动，随着光阴的流转，后来在他的精神世界中逐渐沉淀，形成某种心理定势，深刻影响着昌耀此后的诗歌创作。1991 年昌耀写过一篇记录他劳改经历的经典性文字——《工厂：梦眼与现实》，我以为在他心灵里唤醒激活的，就是这条早年的美感经验。当时昌耀虽然身陷囹圄，却以一种“无产者诗人自居的眼光”审视自己的存在：

> 我在化铁炉干活，任务是将焦炭、铸铁、废钢材装筐从堆放场地搬运到化铁炉跟前，过磅配料后由升降机提升到几层楼高的投料口。这是一种简单劳动。但这种前所未有的对于参与大工业操作的体验甚至让我感到几分豪迈：瞧，厚重的黑色原是我所追求。露天工场到处都是这种黑色：煤粉、铁屑、浓烟、灰渣、污泥，以至于雨天的黑雨、雪天的黑雪。以至于人们嘴脸黑色的汗渍。因之红色的火焰就显得更是我理想中那份撩动的样子而感人肺腑了。理智与情感都让我尽量在想象中否认这是事实上的一座监狱工厂。因之，诸如鼓风机与炉膛的吼声都让我看作是被无产者驱动的可感豪迈的自然力，一种诗意的节奏，全无今人作为噪声公害对待所怀之嫌恶。

昌耀还披露他把一位佩戴镣铐、体魄高大壮实，手持一柄重磅大锤的“同犯”，和周围包括了“化铁炉、通红的火炬在内的物象呈示的含义”，视为“出于梦眼中的一种与我身份不适的自作多情的构想：无产者诗人的梦幻。当然监狱不可能有勃洛克、马雅可夫斯基，同犯不可能是无产者”。这无疑就是他诗学和精神熔炼术的生动演示。此时的创造心理机制，跟他在哭闹中幻化出灯火的精灵这一幽微的心灵秘戏，如出一辙。

洞底松：

对了，他在《圣桑〈天鹅〉》里有一句话，可以看成是昌耀整个诗学的简缩版：“留取梦眼你拒绝看透人生而点燃膏火复制幻美。”我俩言语往还中的梳理，应该说大致上多少窥见了昌耀美感世界、意象生成的一些内在脉络，尤其是他的奇诡风格与他最初的生命体验之间遥相呼应的隐秘联系。我脑子里刚刚回想起来，康德曾把人的肉体感觉划分为生命感和官感，其中他特别提及在夜里讲故事把孩子驱赶上床的那种毛骨悚然，也属于生命感☆。可我不甘心于仅此一条路径的搜寻。我觉得还可以从文学史里面找找奇诡类型的远代基因。

憨敦敦：

这也正是我最为期待获得解答的一个问题。

涧底松：

我的印象里，《诗经》风雅传统里没有这个类型。但是到了庄子和屈原的作品里，却是一派蓊郁，奇诡气息冲得赛过薄荷。你在庄子的世界里，可以见识到蜗角之国、大椿冥灵，见识到鲲鹏，见识到庄子和髑髅之间的对话——这一点你可以参照古罗马时期卢奇安《路吉阿诺斯对话集》里《死人的对话》。你在《楚辞》里，才能看到东皇太一、云中君、山鬼、大司命、少司命、河伯、鸾皇、飞廉这些神灵。到了《山海经》，你便可看到刑天和黄帝争权，结果刑天被黄帝砍了脑袋——注意，又出现了"首级"——埋在常羊山中。不屈的刑天便"以乳为目，以脐为口，操干戚以舞"。如此惊心怵目的描写，在现代文学史上，只有鲁迅的《铸剑》，才接续上这么久远的文脉。小说里眉间尺被砍了头在牛鼎里去煮杀——注意，再次出现再经典不过的"首级意象"——他的头颅依旧唱着歌，在鼎口"转着圈子，一面又滴溜溜自己翻筋斗，人们还可以隐约看见他玩得高兴的笑容"，还有他撕咬仇人的奇诡描写。可以肯定地说，鲁迅是现代作家中第一个用文学书写复活且激活奇诡类型的作家。之后，能接续这一文学脉络的作家可谓凤毛麟角，昌耀恐怕是诗人中无论在数量和质量上，再度释放这一久违了的奇诡类型的翘楚。

毫无疑问，就是昌耀给我们、给现代汉语诗歌带来了奇诡类型的诗歌。它们幽灵似的出没于昌耀的迟暮之作里，要么像幽渺的意绪，飘拂在某些作品的片段字句里，要么就是以整体的奇诡氛围组织成篇，像《山雨》《风景：湖》《某夜唐城》《空城堡》《幻》《司命》《庄语》《卜者》《我见一空心人在风暴中扭打》《灵语》《荒江之听》《淘空》《你啊，极为深邃的允诺》，以及未刊稿《直面假人的寒战》这些作品，都浸染上了奇诡的色彩。你阅读的时候，准会被他奇诡的想象力、奇诡的情境所触动。这一类型的作品比之于昌耀那些具有炽热、鲜明的社会情怀，深刻、沉厚的现实意义的作品，显示出他创作上的另一面，这另一面就是诗人完全超然于客观世界之外，沉醉在自我幻想的境地和单纯的美感体验里，一切承载着道德的或情感的功利主义审美观，被他刻意地疏离了，弥漫开来的是一种唯美主义的情调。这一创作倾向，使得昌耀的诗学面孔又多出一些棱面。我有一个判断，站在现当代诗歌史上看，恐怕没有一位诗人能像昌耀这样创作出如此众多的诗歌类型。

憨敦敦：

别的不说，仅就"骷髅""头骨""骨殖"这类阴森可怖、诡异凄冷的意象，很少出现在中国古典作家诗人的笔下，因为这涉及另一个与汉文化相异的传统。仅就我们几千年的绘画史来看，你很难见到骷髅的造像，我仅在宋代画家李嵩的《骷髅幻戏图》里，第一次见到汉文化里的骷髅形象。但是，你要是把目光放到藏文化里，你会在他们的绘画、雕塑里，见到大量的骷髅形象。昌耀不是为此还写过一篇《骷髅头串珠项链》吗？我的朋友万玛才旦有篇小说《尸说新语：枪》，里面出现的如意宝尸，就是藏密神明里的尸陀林主，也就是俗称的骷髅神、天葬场的白骨护法神。这个会讲故事的骷髅形象，实在是汉语小说世界里鲜有的。正像胡安·鲁尔福笔下墨西哥人对死亡和死人的看法有别于其他民族一样，藏族文化没有像汉族文化那样回避死亡意象，而是在绘画、雕塑等视觉艺术里，在各种法会上，在他们的古老信仰里，会自然而然地出现大量的骷髅造像、骷髅面具、骷髅神舞，以及作为项链佩戴在身上的骷髅璎珞（项链）。这些奇异、瑰丽、神秘、玄幻的描写，是汉语书写历史里不多见的。要见，你只能在志怪神异类的典籍里看到类似的文字，像唐代的《酉阳杂俎》里描写到大食之国里的一种树，说这种树枝化为人首的树，“如花，不解语。人借问，笑而已，频笑辄落”。还记载说“晋朱桓有一婢，其头夜飞”。总之，这些妖魔神鬼的诡异书写，可是儒教文化“近鬼神而远之”的驯化下旁逸斜出的东西，是我们文学里的“稀有元素”。

涧底松：

如果说我上面举出的奇诡篇目，多半体现在相对短小的字句单位，那么，在昌耀诗歌文本中，到了《我见一空心人在风暴中扭打》这篇散文诗里，他就把奇诡类型的写作，推到了一篇完整的篇章里，且把它发挥到了极致。

本来一件晾晒在阳台的衣服，有什么足以震撼人心的力量呢？可是昌耀先是把它放在乌云翻滚，报纸、塑料袋在空中扶摇直上的城市背景里。接着，他好像不经意地窥望到了“一袭白色连衣裙”。注意，这个白色暗含的象征意义尽管是多重的，但是其中有一个意义，一定是和他二姑用人死后盖在脸上的白纸所隐含的死亡、鬼魂的意义是一脉相承的。接下来，昌耀突兀却又妥帖地将白色连衣裙这个形象，转化到“女吊”这个阴森的意象上。这个意象的来头，凑巧可以追溯到巫文化里。在巫文化流行的地区，一直盛行表演鬼戏，女吊就是在鬼戏中才会出现的戏曲形象。鲁迅早在1936年10月5日的《中流》半月刊第1卷第3期上，发表过一篇著名的杂文《女吊》，鲁迅解释说这“女吊”也许是方言，翻成普通的白话，就是“女性的吊死鬼”。他在那文字里表达出的一个更为重要的信息是：绍兴人在戏剧上的一个创造就是“创造了一个带复仇性的，比别的一切鬼魂更美、更强的鬼魂，这就是‘女吊’”。由这“女吊”，昌耀又以更为切近而富有晾衣质地的崭新意象——“空心人”与传统的意象叠印在一起，形成一种潜在的对话语境。

憨敦敦：

这“空心人”怕是和T.S. 艾略特的《空心人》有什么瓜葛吧？

涧底松：

从文本上分析，我暂时还找不出它们之间直接的关联。艾略特的“空心人”，我记得他的特征是“填充着草的人”，“呈形却没有形式，呈影却没有颜色，/ 麻痹的力量，打着手势却毫无动作”，整个意指在于揭示现代人精神世界的空洞和虚无。而昌耀的“空心人”，是一个正在经历着磨难的生命体，他所要强化的是灵魂的挣扎和苦斗。

昌耀21岁时就写下过一首《水鸟》，诗里那种磅礴激越的英雄主义气息，多少还带着布尔什维克式的革命浪漫主义，你一眼就能嗅出他对高尔基的《海燕》、莱蒙托夫的《帆》、艾青的《礁石》这类名篇在意境、蕴涵上的化用。每每读昌耀的这篇散文诗，我都会和高尔基的《海燕》发生链接。跟高尔基的那只在苍茫的大海上，迎着乌云和波涛搏击的海燕相比。高尔基那恢宏的视觉空间、大自然精灵形神兼备的生命意志，显得尤为崇高与优雅。而昌耀笔下的形象，是个被诗人灌注了生命意志、感觉、激情的生命残体，它的况味已经没有了年少时革命浪漫主义的激越，有的，则是一种存在主义式的逼视，一种对生命尊严受到蹂躏时而迸发出刚烈、野性的生命力，当然还有一丝以毁灭自己而结束不堪境遇的无奈。这样的滋味，也只有经历了诸般沉痛体验的老年昌耀才会写得出。你比对一下他先前的《水鸟》，再咀嚼咀嚼他如今传递的声息——

> 一袭白色连衣裙，悬空吊晾在摩天楼台。啊，这女吊，孤零零，正随吊钩飞旋，翻着筋斗，没有谁去搭救。这空心人嗖嗖有声，吐着冷气。这空心人被风暴吹得鼓鼓囊囊，瑟瑟发抖，而转瞬间又被倒提着抽打一空活脱脱一张人皮。但即便人皮也总有愤怒的一瞬。即便空心也不堪蹂躏。没有谁去搭救。我见它举起双臂沿着铁丝快速滑向一端，果真扑打而去。它已牢牢抱紧支撑在墙面的铁杆恨不得连根拔却。它宁可被撕裂四散，也不要完整地受辱。我听到墙体在摇动。我听到风暴更激烈。我在心里祈祝这痛苦的一幕快快结束，哪怕让空心人撕作碎片从此飘去、飘去……

我觉得把一件衣服视为“空心人”或者“女吊”，是不是带着点儿童思维的方式？而且这个意象的构造原理，正是以“残体”彰显健全的生命伟力，作为一种文学类型，我前面已经举过无首而犹战的刑天，鲁迅笔下的眉间尺。再举一个例子，《封神演义》里有一位火妖叫马善的人物，原是燃灯道人琉璃灯里的灯芯之火，他可以脱离那个灯而自己跑出来。打仗时，无所畏惧，即使被一刀砍成两段，马上又像火苗那样复原了。这类形象，多么奇肆、诡异、强悍、激楚啊。

不知你有没有注意到，这段文字里“空心人”“宁可被撕裂四散，也不要完整地受辱”的那种毁灭、死亡意识，时隔4年之后，也就是在1997年年末昌耀写下的《权且作为悼辞的遗闻录》里，经由那个深感无妄之灾的妇人E，又重现了一回：“E终于意识到自己对世界的蔑视。秉承这种认识，轻生在她看来不再只具被动的‘牺牲品’意义，而是抗恶的‘武器’。与其脑髓被无端啮食，不如在疯狂中自我引爆。”我甚至从中隐隐觉出后来昌耀从医院窗台跳下，结束自己生命的隐秘冲动的心理依据。

从文学的意象史看，这个“空心人”的血性里，是不是流淌着刑天、马善、眉间尺们的血性？从某种角度看，这是昌耀以诗人的熔裁，重新续写的又一篇《故事新编》。

憨敦敦：

这么一种异质的元素，我还想听听你对它的来头的解说。

涧底松：

那我就试着再捋一捋。

昌耀虽在他的故乡湖南生活了13年，但是那片处于江汉之间、古称荆楚之地的土地，自古以来就在中原文化势力范围之外，它蒸腾、飘荡着奇逸变幻的激情、野性和灵气，一部《庄子》，一部《楚辞》，无不辉映着这一方流布着巫风傩戏的水土上散射不尽的奇光异彩。从湘西走出来的作家、学者沈从文先生曾经如此感慨过：“两千年前那个楚国逐臣屈原，若本身不被放逐，疯疯癫癫来到这种充满了奇异光彩的地方，目击身经这些惊心动魄的景物，两千年来的读书人，或许就没有福分读《九歌》那类文章，中国文学史也就不会如现在的样子了。”☆美术史学家巫鸿从史学的角度说：“虽然周代正统的观念是楚为南蛮，但楚人具有非凡的想象力。《山海经》一书里就记载了许多他们想象出来的事物，包括大批神山以及生活在其中的神灵精怪。”他还援引另一位学者杜志豪先生提出的汉代叙事文学的一种重要现象，就是志怪或异闻类故事的特殊地理因素——“‘奇异’的故事和现象总是与边远地区紧密相连，不为生活在中原地区的人们所熟悉。”☆国学大师钱基博在20世纪三四十年代“居湘五载”，对湖

☆《沈从文文集》，第九卷，花城出版社，1984年版，第281页。

☆参见巫鸿《礼仪中的美术》，北京三联书店，2005年版，第152—153页，第190页。

南的区域文化得出这样的体会："湖南之为省，北阻大江，南薄五岭，西接黔蜀，群苗所萃，盖四塞之国；其地水少而山多；重山叠岭，滩河峻激，而舟车不易为交通；顽石赭土，地质刚坚，而民性多流于倔强；以故风气锢塞，常不为中原人文所沾被；抑亦风气自创，能别出中原人文以独立！"☆作家阿城也说过他以前在湖北乡下看那些巫婆神汉搞魂灵附体、招魂，见识过这种古风盎然的传统，他还说："楚文化的特征是浪漫、诡谲，正是巫文化的幻觉特征。"《燔祭》里有一诗句，透露出诗人的地方文化基因：

☆钱基博著，陈宇翔整理《近百年湖南学风》手稿，中华书局，2021年版，第160页。

我如此孤独而渴望山鬼了：
盆地边缘她以油黑的薄发为我而翩翩飘曳，
如乡村酒垆飞动的酒帘。

"山鬼"可不就是他从楚湘文化基因里转移到青藏高原的一个微观例证？

昌耀身上相对于中原文化的那种楚湘异质文化基因，使他不像中原的汉人那样回避死亡。我在昌耀诗歌纪念馆陈列的一则摘录笔记里，见到他迥异于常人的形而上思考："中国智慧恪守中道而不追根究底，专注人世而少仰望星空，囿于实用而少在纯精神领域作无限飞升，中国哲学的宇宙观往往谈到'元'即止，谈变化也不深追其后伏存的永恒不变的本体。中国哲学往往限于人生观、伦理学，而人生观也多限于论'生'而不究'死'。"

特别耐人寻味的是，昌耀在一阕《南曲》中，称自己"是一株/化归于北土的金橘"时，他最先从青藏高原的藏族文化中，找到了与他的胞衣之地十分契合的文化因子：万物有灵论的原始遗风，虔诚的藏传佛教信仰，使这个在高原上世代居住的民族，同样体现出一种人神同处的文化状态。虽然它们祭祀的神灵谱系完全属于不同的文化信仰范畴，但两地最为相通的地方，就是人的生命感中无所不在、无时不有的神灵世界，是人时常回归到灵界的冥想，回到心灵的漫游，是一个人一出生就至少活在两个世界的特殊履历。我相信，如此契合的文化风尚、精神气息，一定会带着一种不可思议的启示力量，一种神奇的作用，唤醒、激活他所有的生命记忆和感觉。

第五章

“诸根互通”的通感修辞

净化和更新力量的欢乐，这一欢乐而后延伸为恐怖的炼狱。"他还在论述中提供了一种相反的诠释，就是"将火烧作为一件令人避之唯恐不及的、恐怖可憎的相反诠释。"（弗·雅·普罗普《神奇故事的历史根源》中华书局，2006年版，第117-119页）

调底格：我一下子明白了塔可夫斯基的电影《镜子》里火烧房子的经典镜头，理解了燃烧的荆棘。"天使化身为燃烧的荆棘向先知摩西现形；摩西率领他的子民渡过大海。"焚烧，确实赋予了献身者特异不凡的精神品质。而在黑泽明的电影《乱》里，那场焚城的大火，则是一场大祸，一场焚烧掉对世界怀有幻想的心灵的大火。

憨敦之：现在，作为酬答，我也贡献一个小小的发现。我们都知道昌耀个人笔的倾向。这个倾向，至少给他的审美表达，带来了两样东西：群体美感和秩序美感。在群体美感里，我们可以看到，昌耀喜欢表现聚在一起的人物或动物的活动，像《哈拉库图人报喜的队伍》（《哈拉库图人与钢铁》），跨过

憨敦敦：

闲暇读诗，或者自己有一段时间感觉迟钝、情绪沉闷，我就找诗歌或者名家的字画来读。我觉得读诗、读字画可以带来思维的震颤，效果如同针灸、按摩之后经脉的舒张。其实，也就是化解脑神经上意识的瘀滞，让思维活泛起来。慢慢地，我对此有了点心得。就是你要找来阅读的东西，绝对要绕过你平时早已轻车熟路的东西，一定要找点儿陌生、怪异甚至匪夷所思的东西。因为在你的意识屏幕上，即将呈现的一切带着很多崭新的刺激，很多未知数、很多不确定性，你就会觉得整个阅读就有了寻索的兴味。当然，过于复杂的文本和过于简单的文本，都会让一个人兴味索然，难以卒读。我们嘴头上经常说的"晦涩""浅显"二词，前一个说的是理解上的费劲，后一个说的是理解上的容易。从人的本性和他的阅读经验来说，相对繁难的事物被他理解之后给他个人带来的快感，往往超过那些能够迅速解读的事物。《诗经·蒹葭》里"所谓伊人，在水一方。溯洄从之，道阻且长；溯游从之，宛在水中央"的名句，就是用情事阐释了推动、助长欲望能量的东西，恰恰就是欲望在实现的路途上遇到的各种阻碍和束缚，这体现出情欲受阻后反而增大的原理。美妙而富有挑逗感的阅读体验，同样可以拿《五灯会元》里禅师著名的偈语来描述："洞深云出晚，涧曲水流迟。"读不易索解的文字，费时间、费心力，换来的却往往是悠长而浓郁的审美享受。

涧底松：

鄙人深以为然。这个道理就如同河水只有遇上险滩、礁石的阻挡，才会发出激越的喧响，激溅出动人心魄的浪花。我们的创造力、理解力，也往往在遭遇抗拒、阻力的时候被激发出来。我把这个时候在我们身心里引发出的愉快体验，称之为“得到报偿的快感”。安贝托·艾柯在讨论小说的叙述学时，对小说家——“模范作者”有一个告诫：“要成为神圣之林，必须要像德鲁伊人的森林一样缠乱纠结，而不能如法式花园一般井井有条。”☆他的言外之意，同时也在要求和邀请我们读者接受阅读上的挑战：一面迷失于深不可测的小说空间，一面又能走出小说的迷宫，成为老练敏锐的读者，成为他所期许的“模范读者”。迷失的情形，有如李清照《如梦令》里的描写：“常记溪亭日暮，沉醉不知归路。兴尽晚回舟，误入藕花深处。争渡，争渡，惊起一滩鸥鹭。”豁然贯通的情形，有如陆游《游山西村》里说的那样：“山重水复疑无路，柳暗花明又一村。”

☆安贝托·艾柯著，俞冰夏译，《悠游小说林》，北京三联书店，2005 年版，第 137 页。

憨敦敦：

我几十年前看到德国学者在研究文学心理学的时候，有学者就提出过一个有趣的概念，叫“活化潜力”，意思就是构成文学魅力的，那些能够激发、活跃、兴奋读者的诸多因素，比如新颖、复杂、惊奇、出人意料等等，都是活化元素。有位学者认为：一个魅力的“活化潜力”来自于记忆（或期待）与感觉到的物体之间的不一致性。他进而作了一个富有意义的设想：如果感觉到的内容与所期待的完全一致，那么，活化潜力就会减少，人们因此不会赏识那部作品。另一位学者侧重美学的变迁，提供了他的一种观察，他说：比起不太复杂的社会来，复杂社会产生较多的复杂艺术，也比较喜欢复杂艺术。复杂社会一般是以各范畴内有较多的信息内容为特征的，而这一点又能产生较高的审美起点。☆

☆参见拉尔夫·朗格纳编著，周建明译，《文学心理学》，黄河文艺出版社，1990 年版，第 177-185 页。

我在这里还想慷慨地与你分享我的一个新知：英国伦敦大学学院教授森伊尔·齐格创立的神经美学。此前我根本没听说过还有这门学问，也根本想不到审美与神经的关联。就在不久前，我在《南方周末》上看到一篇报道《我们为什么欣赏抽象画》。文章说：绘画作为一种视觉艺术仅仅会刺激人的视觉吗？科学家发现情况也并非如此。画作能够启动人脑中的多重感觉区域，让人体的其他感觉被连接起来，而眼睛是连接这些感官的渠道。作者还在文中介绍了英国利物浦大学心理学家阿历克斯·福赛思在计算机上开发的一种客观考察画作复杂程度的压缩算法，根据这种方法，能够把抽象画压缩到最小的字节数。越复杂的画作，压缩后的字节数也就越大。而压缩的结果发现，一些历史上著名画家的作品复杂程度是处于一个特定的范围之中的，这种复杂度可能最能够取悦人脑的复杂度。如果过于简单了，人就会觉得无聊；如果太过复杂了，知觉就会超载。☆

☆黄永明文，见2012年10月11日《南方周末》。

在我的阅读经历里，就诗歌来说，时常会碰到一些很奇特的语句，它们常常打破我先前的惯常经验，让我的脑筋转换到一种崭新的体验里。比如，我曾经读到过一位名叫宫玺的诗人描写他还乡印象的诗作，诗名我已经记不得了，但我记住了几行诗句：

故乡的玻璃窗上
映着蝈蝈叫
映着槐花香。

玻璃窗上映着鸣叫的蝈蝈和散发香气的槐树，这是我们正常的经验，可诗人偏偏要在玻璃窗这个视觉性的“端口”里，输入听觉和嗅觉的内容，这就让我们原本的日常经验，立马发生了奇妙的效果，逼得你非得在大脑里同时串联起视觉之外的听觉和嗅觉等多个感觉区域。那感觉就像眼耳鼻舌身相互串通起来，互通有无。一切忽然变得立体起来，热闹起来。

涧底松：

你说到的这种诗歌现象，在文艺心理学和修辞学上有个专门的术语叫“通感”。国内最早对它进行精敏研究的学者，当属钱锺书先生。早在20世纪70年代末出版的《旧文四篇》里，他就专门用一篇论文来谈论“通感”。他对“通感”最简约的解释是“感觉的挪移”，详细的表述是这么说的：“在日常经验里，视觉、听觉、触觉、嗅觉、味觉往往可以彼此打通或交通，眼、耳、舌、鼻、身各个官能的领域可以不分界限。颜色似乎会有温度，声音似乎会有形象，冷暖似乎会有重量，气味似乎会有体质。”☆

☆《七缀集》，上海古籍出版社，1985年版，第56页。

乍听起来，这种现象好像离我们很远，可你稍微回想一下，“通感”其实在人们平常的交际用语中早就被不自觉、不自知地频繁使用着。我们常用“甜美”来形容歌声带给我们的愉悦，可你细想一下，你就能分辨出“歌声”属于听觉的感受，“甜”属于味觉印象，“美”属于内在印象，一个简单的合成词，竟然动用了味觉、内觉、听觉来为我们聆听的印象添彩助势。还有我们表述文辞尖锐的言语或文章，富有强烈刺激性的舞蹈，都使用“热辣”一词。而“热”来自触觉，“辣”来自味觉，在这里视觉僭越了自己的感知区域而和触觉、味觉来了一次串通和私会。从实际经验和逻辑层面，我们谁也不可能用舌头尝出一个人心肠或手段的恶毒残酷，但我们可以把这种人的性质用“通感”语汇表述为“毒辣”。与此相仿的“通感”式表述还有“泼辣”，包括在乐坛颇具影响力的英国“辣妹组合”这一名称中的“辣”味。我们还有将视觉和触觉混合、沟通后表示视觉敏锐的“眼尖”一词，将刺耳的声音用触觉和听觉加以混淆而形成的“尖嗓子”一词。多年前，我从作家阿城的文字里见到他形容辣味的一个别致极了的造句，一般人说辣的感觉无非是说“舌头像着了火”，或者像有的川味火锅打出“让舌头跳舞”这类广告词，阿城对辣味的感觉表述是：“舌头上着了一鞭。”他不仅在触觉里混进了视觉，而且他的这个视觉意象，绝不可能在经验世界里发生，但我们仍然觉得他的表述在超越常规经验之外可以让人理会，道理就在于他把人体受到鞭打之后的火辣辣的疼痛感“偷梁换柱”地挪移到了舌头上。兴许，放在精神、心理的角度，你会觉得阿城给读者发明了一种“幻想的触觉”。他有意地利用了大脑对触觉信息区域的错位处理，你只要稍作留意，就会发现艺术家、诗人常常会干一些颠倒、扭曲事理的事情，以便让人在脑筋的急转中瞥见正常感觉、习惯思路、固定思维连线中无缘见识到的现象，事物的多重维度。所以我想说，“通感”现象并非诗人的专利，只是诗人特别喜欢在诗行里“种植”这种容易引发新奇感的“元素”。

憨敦敦：

你这么一说，我心里明澈起来。原先还真以为只有诗人喜欢捣鼓词语，标新立异，原来“通感”在我们的日常语言里早已是舌尖上的“硬通货”，是“熟悉的陌生人”，是普遍存在于我们思维、意识当中的一种诗性的语言。

涧底松：

不过，从前面我提到的钱锺书的那篇文论，我们知道从中外诗歌写作史和批评史上，在古代，无论是中国还是西方，无论是亚里士多德还是刘勰，一句话，古代批评家和修辞家都没有理解或认识“通感”，尽管中西方的古典诗歌里早就存在着大量用“通感”创作的诗篇。钱锺书拿荷马的诗句举例说“像知了坐在森林中一棵树上，倾泻下百合花也似的声音”，这样的诗句就曾使一切翻译者搔首搁笔。从西方文学史上看，16 世纪、17 世纪欧洲的“奇崛诗派”爱用感觉移借的手法，19 世纪前期浪漫主义诗人也经常运用，而 19 世纪末叶象征主义诗人大用特用、滥用乱用，几乎使“通感”成为象征派诗歌在风格上的标志。☆

回过头来，我们来看看昌耀诗中的“通感”。可以肯定地说，昌耀对“通感”的运用是自觉的、娴

☆《七缀集》，上海古籍出版社，1985 年版，第 62 页。

熟的，尽管他在创作的晚期，才于《沙漏之下留驻的乐章美甚》一文里，正式谈及这一写作手法。他谈论的缘起是由博尔赫斯的“访谈录”所引发，而他的立意，已经超过这位阿根廷老人的见识。用昌耀自己的话说，他的用意是要进一步“据此证实在中外诗人的写作中‘通感’之运用与理解原是有如此这般的具有一致性、普遍性。多么生动：‘月光的银子’、‘金子的焰火’，还有包括杜运燮名句在内的‘成熟的鸽哨’，都以其辉光撩眼的可视觉性交混于读者的想象力”。这也就是说，昌耀已经把“通感”上升为诗歌写作的普遍规律。

所以，我说昌耀的诗歌出现大量的“通感”诗句不是偶然的，这是和他的诗学追求，和他胸臆中襞积着多重感受的生命状态相互呼应、相互感应、相互血肉交融的必然结果。就在这篇文章里他还表明：“我相信诗思、文思或者哲思必然有着在美的节律下向着众多实施方式的转移、扩散。”把这样的诗学理念对应到他的诗歌创作上，你一定会和我一样觉得这跟“通感”的原理，贴合得就像松紧合适的鞋恰好舒适地穿在脚上。我还要重申：在昌耀这里，致力于对复合感觉的营造，绝不仅仅是出于他对单纯的修辞技巧的迷恋，而是一种和他的身心完全融通起来的复合式艺术思维和多声部的生存体验。

憨敦敦：

怪不得我在沿着编年的顺序看昌耀的诗歌时，越来越有一种强烈的感觉：他的写作历程简直就是把自然界的造山运动搬到了他的心灵世界，那长短不一、内质不同、气象迥异的皇皇诗作，无疑是他这个自命为“岁月琴键”的感受器在内外受力之下，各种感受强烈碰撞、折叠、挤压、变形，最终形成复杂的褶皱式意象和断裂构造的一连串强大精神运动。而且，在我的印象里，笼统来说，昌耀最险峻、孤拔的诗歌山峰都是在他 40 岁以后形成的。具体而言，20 世纪 80 年代中后期，紧随其后的整个 90 年代，都属于他诗歌精神的造山运动最为活跃、最为壮观的时期。顺着你刚才思维的梯子，是不是可以说：“通感”由于是多种感觉的交织，所以，昌耀才偏爱这类诗句所传达出的多层次意脉，沉醉于它在美学上所具有的强烈的“陌生化效果”。

涧底松：

没错。你前面说到“神经美学”的时候，不是说人们看抽象画就是为了启动人脑中的多重感觉区域，让人体的其他感觉被连接起来，“通感”的功能更是如此。正像你刚刚说到的，随着阅历的积厚、展宽，体验的深化，从前单一的感觉印象，已经无法承载昌耀夯砣一般沉重的多重体验了。何况他越到迟暮之年，越有一种躁狂的精神倾向。根据精神病理专家的研究，躁狂症或躁郁症患者一个最先出现但最晚消退的症状，就是急剧增多的跳跃性思维。躁狂者在此期间难以集中精神，话题不断变换。应该说，躁狂的病理倾向无疑深刻影响了昌耀的艺术思维。“通感”频频发动的跳跃性思维，得以让诗人从一个感觉天地越界到多个感觉天地。

昌耀是一个听觉极为敏锐的诗人，关于他的听觉与意象构成，我建议我们下一次专门展开讨论一下，现在，我们就来说道说道昌耀诗歌中的“通感”。

首先，耳视和目听是他最常见的“通感”类型。耳视的写作原理，就是汉代马融《长笛赋》里所说的“听声类形”，在听觉里唤起视觉的印象。请听诗人在《听候召唤：赶路》第四节里的表述：

> 啊啊啊啊啊啊啊啊啊啊啊啊啊啊啊啊啊啊啊
> 北去的白鹤在望月的络腮胡须如此编队远征

不论是谁，在这里一看到一口气重叠出 19 个“啊”字，最初的感觉一定会觉得新奇。同时，我们也好奇昌耀编排出的这种诗行形式。等我们在上下诗句的语境里咂摸一番，就会两眼放出光来：昌耀把原本了无语义的“啊”字重叠之后，这种别致的形式效果就变成了对白鹤叫鸣的拟声。这一串模拟白鹤鸣叫的象声词，通过重复绵延的排列，还具有另一重形式上的效用，就是它同时还把白鹤向着它的目的地飞翔的行程、编队远征的形态，还有“望月的络腮胡须”目送归鹤渐飞渐远，鸣叫声随之渺渺袅袅，持续进行的多重声形动感，全方位、多角度地聚拢到笔端。如此视听交混的诗句，和它如此富有质感的行列形式美感，在古今诗歌史上，恐怕是一个独创。

憨敦敦：

在我的印象里，台湾诗人碧果写过一首《静物》的现代诗，诗行里各有 80 个“黑的”“白的”排列其间，流沙河的《隔海说诗》里，还专门讨论过此诗。那篇文字里还提及叶维廉曾以近百个蝗字，代表一大片蝗虫。

涧底松：

古典诗歌里描写大雁或其他禽鸟排成“一”字形或“V”字形迁徙飞行的诗句层出不穷，最著名的像杜甫《绝句》里的“一行白鹭上青天”，现今仍在青海民间流传的“花儿”歌谣里传唱的“鸦儿鸦儿一溜儿”，都是对禽鸟排成整齐队伍飞行样貌的形容，都是视觉的单一印象的呈现。可是，昌耀写出了古典诗人没能写出的多层次感觉和多维意境。

在我之前不远有一匹跛行的瘦马。

听它一步步落下的蹄足

沉重有如恋人之咯血。

（《踏着蚀洞斑驳的岩原》）

这是把听觉里瘦马的蹄音和恋人咯血的视觉形象，还有属于触觉的重量感合成的意境。其他“听声类形”的诗句诸如：

……我感觉那声响具足蓝色冷光

（《纯粹美之模拟》）

漾起的波光玲玲盈耳乃是作声水晶之昆虫

（《圣桑〈天鹅〉》）

壁立骊山，

你没听到那乘铜马车依然金光闪烁，铜色

的汗气在太空横贯为一条环形带，铜的嘶

鸣、铜的轮辐与十六铜蹄依然在御道日夜驰

骤不歇……

（《秦陵兵马俑馆古原野》）

……终于攀登在明月的海岬，感觉海洋铜管

乐搏杀的节拍长短参差闪击

织为黎明之皇冠。

（《听候召唤：赶路》）

除了在听觉里融入视觉的意象，昌耀还有将听觉和嗅觉打通的样式：

纯粹的童声，芳馨无比。

（《告喻》）

将听觉和触觉打通的样式，比如：

蝈蝈笼悬在窗棂，日月的喧哗弧面转接，

山林的浓郁，

比去年多了几分重量

（《冷色调的有小酒店的风景》）

将听觉和味觉打通的样式，比如：

缓缓地、悠悠地……偶尔两三声，

像远山那边几根凝止不动的薰烟

透出春色的味道

（《田园》）

将听觉和味觉、触觉分别打通的样式，比如：

啊，在那金色的晚钟鸣响着苦寒的秋霜。
（《晚钟》）

再看目听这个类型，它是眼睛能听，就是把视觉与听觉加以通融。你有没有听说过“切口”这个概念？它就是过去在一些行业或者江湖上，出于禁忌、避讳所形成的市井隐语或者黑话。我记得有一个称谓“耳聋者”的“切口”，不像我们直呼的“聋子”一词那么露骨，不加掩饰地亮出失聪者的生理缺陷，而是非常婉转、非常精准地发明了一个绝妙的词汇，称“耳聋者”为“目听”。这个高雅、精明的暗语，利用的就是将视觉与听觉连通的“通感”原理。昌耀的目听式“通感”我略举数例：

你遗落的每一根羽毛，
都给人那奔流的气息，
叫人想起那磅礴的涛声
（《水鸟》）

一个个通红的夕照
听到旋风在浴血的盆地
悲声嘶鸣……
（《草原》）

种子的胚房在喧哗
（《春雪》）

我看见嚣声突飞猛进遮天蔽日
（《嚣声过去》）

夜牧者
从你火光熏蒸的烟斗
我已瞻仰英雄时代的

没有篝火。云层
如金箔发出破空的騞砉
（《断章》）

“騞砉”一词出自《庄子·养生主》“砉然响然，奏刀騞然”，这是昌耀阅读《庄子》的一个例证，他在90年代给著名版画家彦涵写的画评《北冥有鱼，其名为鲲》里，文题和文中的主要旨意也都来自《庄子》。“……负累者们窥见她纯情的神明是两行鸽哨。”（《周末嚣闹的都市与波斯菊与女孩》），作为视觉器官的眼睛在诗中陌生化为“神明”一词，这也是一种古典文学婉曲修辞里的替代字法，它的方法就是不直接称谓事物的名称，而用事物的功能或沿用的典故用词来表述，喜好尖新、奇丽、迂曲的古代诗人，特别爱用此法，像酒常常用“杜康”替代，月亮用“月桂”“玉兔”“望舒”替代；谈及道家的“老子”，不说“老子”而说“青牛”；说到梅花，则称呼为“驿使”；你看李贺的诗，剑被他说成“玉龙”，天被说成“圆苍”，秋花叫“冷红”，春草叫“寒绿”，诸如此类，不一而足。昌耀这里用眼睛的功能“神明”来替代眼睛一词，妙在他用鸽哨发出的声音来形容女子纯情的眸子里那眼神的轻灵、明亮和流转。中国古典文学里写到眼眸的明澈，不管是《诗经·硕人》里“巧笑倩兮，美目盼兮”的描写，还是曹植《洛神赋》里“明眸善睐”的形容，或者是《西厢记》中张生看见崔莺莺临去时发出的精彩感叹“怎当他临去秋波那一转”，以及明代作家归有光追念婢女寒花的那句“目眶冉冉动”，虽说都各具精彩和神韵，但都属于视觉印象的刻画，昌耀却用了人们在描写眼睛时所很少动用的“通感”思维，以他在听觉上的偏长，用空灵、清亮的哨音，来描摹眼睛的清亮和灵动，我觉得在审美功效上，昌耀的这句更胜一筹。

憨敦敦：

“夫子之谓，于我心有戚戚焉。”你的解说，还让我想起一次经历。有一次，我看到一串状如吊钟的花朵开放在野地，回家后就搜肠刮肚，先是在电脑里敲了一句“空气里弥漫着钟形花朵的芬芳”，琢磨来琢磨去，觉得太平淡、太平铺直叙，最后雕镂出这么一句：“钟形花朵荡漾着粉色声波的幽香”，这个句子虽说刻意的痕迹重了一些，但我从中感觉到这种用多种感觉构筑的意象，更能传达出我当时交混的感觉印象里蕴含的色、声、香、触的综合感受。

涧底松：

我们再看看昌耀其他的“通感”类型。

除了视听感觉的双向交流之外，他还将视觉、听觉感受与触觉、嗅觉、味觉感受相互联姻，同感共振。实际上，在人的神经发育过程中，最初我们的许多感觉可能是浑沌一片的，是你中有我、我中有你的。随着不断进化，人的感觉也像人的技能和专业一样有了精细化的区划。比如对于脊椎动物来说，它们的嗅觉，相当于它们的视力，它是靠嗅觉察觉远近物体的，在人这里，嗅觉可以接受暗示、唤起记忆、诱发情绪。这些都是“通感”形成的生理基础。下面举例来体会——

那些黄河的少女撒开脚丫儿一路
小跑
……她们的肩窝儿
还散发着炕头热泥土的温暖味儿
（《水色朦胧的黄河晨渡》）

一个黄河少女的形象里，既有视觉上的“一路小跑”和被定格的“肩窝儿”，更有通过“肩窝儿”贯通的、属于触觉意象的“热泥土”和触觉与味觉混合的意象“温暖味儿”。

这句是把眼睛赋予了鼻子的功能。

残雪覆盖的麦垛下面
散发出阳光的香气
(《雪。土伯特女人和她的男人及三个孩子之歌》)

这句让人一下子联想到古诗中“寺多红叶烧人眼”的句子，其秘密就是将视觉与触觉沟通，造成“颜色似乎有了温度”的效果，后来色彩专家们就此分别为“暖色”和“冷色”，而在文学里，作家们异曲同工的表述则是“寒碧”和“暖红”。

十月的秋叶红似旄头缨穗
……
望得归人心热。
(《红叶》)

这句是把嗅觉与听觉相互打通，生成幽微的意趣。

幽渺的馨香只由高贵的听觉合成
(《纯粹美之模拟》)

憨敦敦：

运用视觉经验，是作家创作的常规手段，昌耀给我们的一个启示，就在于他同时特别留意用其他的感觉形式来展开自己的想象，他在非视觉经验上营造出的那些出人意表的诗句，在思维和美感上无疑给我们的大脑掀起了一股一股的冲击波。大多数人因为习惯了对视觉经验的依赖，对于来自听觉、嗅觉、触觉、肤觉的感官印象，往往不是被他们因为忽视而很少利用，就是被长期幽闭、闲置起来。你前面举了很多有意思的例子，我这里只举一个昌耀描写湿气的例子。下雨后湿气在房间里流通、弥漫这个日常的物理现象，人们容易产生的感受，超不过诸如凉飕飕、湿兮兮、冷冰冰这类肤觉的一般性描述。雨后的空气随着水汽含量的增加，会变得逐渐潮湿起来。可你对湿气这种弥漫性扩散着的、带着水汽浮动的气体，一时半会儿也很难转化为某种可视性的形象。昌耀却把这种难以言传的状态写了出来。你看他的《窗外有雨》：

湿泥土的气味毛茸茸地挤进屋子
像是灰鼠成群结伙蹑脚走过地板。
软软的夜在玻璃窗怪气地挂着。

昌耀在这个表述里仍旧采用了通感这种修辞，具体来说，昌耀将属于嗅觉印象的“湿泥土的气味”、属于触觉印象的“毛茸茸”、属于视觉印象的“灰鼠成群结伙蹑脚走过地板”这三种不同的感觉，进行了一番彼此的沟通、交错、挪移、转换，结果创造出了活泼、可爱、新奇，充满童稚情趣的意象。其中，起关键作用的一个词语，就是“毛茸茸”这个形容动植物细毛丛生样子的状态词。它的作用在整个诗句里相当于磁体，而接下来“灰鼠成群结伙蹑脚走过地板”的比喻，“软软的夜在玻璃窗怪气地挂着”这句形容，都是在“毛茸茸”这个黏性强大的语义磁力作用下形成的意义磁场。昌耀过人的语言禀赋就在于他仅用“灰鼠成群结伙蹑脚走过地板”这个高度凝练的形象，表达出雨后湿气的多重蕴涵：选择灰鼠这个意象，首先在人的色觉上说明湿气所具有的灰蒙蒙色彩这一物性，同时利用灰鼠身体上密毛丛生的体征，精确地说明湿气弥漫时在人体触觉上留下的那种毛茸茸的感觉；其次，用“成群结伙”这个老鼠的集群习性，说明湿气分布的密度；第三，用“蹑脚”形容老鼠轻步行走、胆小多疑的习性，说明湿气以气体形式运动的状态，其中传神之处在于它还透露出气体团状的轻盈状态；第四，“走过地板”这个举动，进一步说明湿气既有一般气体所具有的轻盈状态，又说明湿气是不同于一般的气体，它包含着水汽，水汽含量小的气体在运动时是向上飘升的，水汽含量大的气体在运动时就会向下坠落，向低处运动。昌耀在这里借用灰鼠意象和灰鼠的举止，传递出来的语义正是湿气进入房间后向下弥漫扩散、飘溢的情形。

涧底松：

今天，我们俩差不多把昌耀诗集里主要的“通感”类型梳理了一些，还有些没有捡拾干净的例子，就让它像收割后遗落在庄稼地里的麦穗，成为来年的麦种，蛰伏在土里。我现在回应你开场时说过的那句通过阅读谋求“思维的震颤”的话。“通感”这种手段，几乎会给任何一个读者留下特别新鲜、特别新奇的感觉。何以如此呢？我打个比方，“通感”就跟我们挠痒痒一样。除了属于皮肤炎症带来的痒痒让人不愉快以外，通常情况下，痒是触觉馈赠给人身心的一种轻微的快感，挠痒痒、掏耳朵，冬日里晒太阳、按摩，都可以让人产生舒服、快意的感觉。可痒痒有一个特点，凡是身体上经常受到刺激的部位，就不容易产生痒。只有那些偏僻的、不易刺激到的地方，才会通过刺激产生痒，产生那种酥痒的、让人有好感的触觉感受。“通感”实现的每一次感觉与感觉的连通，都是崭新的。一个或者一串漂亮的“通感”，像不像思维的痒痒，每次都给人带来新鲜的震颤。

第六章

昌耀的听觉

1989年写下的《哈拉库图》，第二次出现"首级"意象："哈拉库图城墟也终于被废了。/而在坚山古眼底被麦季与豌豆花蔓交亩拼接的/山坡此刻赫然膨大如一古代武士的首级，/绿色吊眉掀起一片隐隐潮动的鼓声。/他为眼前这一突然发现而震悚觉心力衰竭顿生怯惧。他不解哈拉库图的净宽何以总是黑喇嘛？"

1991年的《涉江》，第三次出现"首级"意象："瞧那江岸巨石切痕叠叠如自山岳割取的脑颅。"

憨敌敌：我是刚发现了点名堂：三个"首级"意象，都有一个共同特点，都不是真实的人头，而是对非生命的存在形式——岩石雕刻、山岳的一次生命化书写，都是充满"震悚"感的移情的结果。后两个比喻，把山岳想象为身体组织里的头颅，又具有原始思维的情调。把大地想象为躯体，这在昌耀的诗里多有体现，我印象深的，比如《我躺着。开拓我吧》，比如《河床》，也比如《从启开的窗口骋目雪原》……

涧底松："首级意象"只是奇诡类型里的冰山一角。我再

涧底松：

上次咱俩讨论“通感”的时候，我说一定要找个机会专门说说昌耀的听觉意象。看昌耀的全部诗文，如果抽去了那些来自他听觉器官的意象，那么，支撑昌耀诗歌辉煌殿堂的梁柱，就会坍塌掉一大半，所以，我觉得昌耀是一个听觉型的诗人。这一点我们接下来可以展开来畅聊。

此刻，我想先补充一下我们上次对话时没有顾得上谈论的一个情况，那就是在讨论诗歌中的“通感”现象时，我们都隐隐觉得或者想当然地以为“通感”在语言形态上，通常都体现在一两个句子里，好像它的体量和长度只能局限在“有句无篇”的表达幅度上，你也可能觉得很少见到把“通感”从头到尾运用到一首诗、一部鸿篇巨制的作家。其实不然，稍微涉猎一下中外文学史，象征派代表诗人里，兰波和他的《醉舟》、波德莱尔和他的《感应》，都是我们耳熟能详的、大面积使用通感构筑诗歌的范例。跳出诗人的圈子，像传统小说《老残游记》第二回里王小玉说鼓书的那一段视听交混；现代作家里法国意识流大师马塞尔·普鲁斯特的《追忆逝水年华》，靠的就是用嗅觉和视觉交织起来的文本；德国作家帕特里克·聚斯金德誉满全球的小说《香水》，更是用嗅觉和视觉交织起来的绝妙虚构世界。他的《低音提琴》我虽没找来阅读，想必也是靠听觉和视觉的互通来编织。国内的当代作家中，要数莫言最精通、最擅长“通感”之道。他的文字，不管是散文还是小说，你会看到他通篇都在把各种各样的感觉杂烩在一块儿，好像还没有一个中国当代作家拥有如此饱满的、有如云气一般弥漫贯通的通感状态。真的，通感在莫言那里，已经不是一种技巧了，而是一种语言的气息，一种风味，一种有如空气一样弥漫的精神状态和思维状态，是一种大型的语言交感。我看到，有人撰文说已故诗人海子对成都植物曾有过这么一个简洁而新异的印象："植物嚣张"，套用一下，我觉得可以把莫言的"通感"语言状态表述为"感觉嚣张"。这种情形说明，"通感"绝对跟一个作家的思维状态、感受类型、创作时思维和感受的活跃程度、所反映的题材，形影相随，相互感应。

回过头来，我们看作家与作家之间之所以存在这样那样的差异和区别，一个重要的因素就是作家们各自的想象类型不同，不同的想象类型又会受制于他们各自器官功能的不同禀赋。有的可能长于视觉，有的可能长于听觉，有的则可能在触觉、味觉、嗅觉领域极为敏感。这些不同的感觉能力和官能特长，直接影响到想象的成色，意象、形象生成的质地，语言的铸造。像昌耀，他的视觉经验我们可以暂时放下不表，因为视觉是一个正常人身体上最最重要的基础官能，是一个诗人构筑意象、意境的本源性的感受力。撇开他的视觉，观照一下他灵异的听觉，或许可以让我们对他诗歌的特征、诗歌的 DNA，有一个更细致入微的体会和鉴别。

憨敦敦：

你这个角度，挑逗得我有些小小的兴奋。以前民谚里说"南人不梦驼，北人不梦象"，后来就有学者专门从地域的角度研究文学。我们现在采取的方法是从一个作家的身体官能抵达他的精神领地、他的想象世界。我觉得这种研究越是贴近作家和文本，就越是贴近事物的本质，就越是靠谱、可信，越有意想不到的发现。而时下一些学者的研究，就像是揣着一个均码去给人买鞋，等到穿在脚上，有的可能凑巧合脚，更有可能发生的情形是鞋子不跟脚，还硌得脚丫子生疼难受。

涧底松：

在我的认知里，一个人的官能在漫长的发育、成长过程中往往是不均衡的，这就像我们每个人长着十根长短不一的手指头一样。何况在有些异常情形下，我们的五种官能还可能发生相互翳蔽的情况，发生轮班顶岗的情况。像安徒生的《卖火柴的小女孩》，她在饥寒交迫中调动起来的官能，就不是单纯的感官需求，而是几乎调动了全部五官的功能来慰藉自己：她想象自己坐在了一个大火炉面前，桌上铺着雪白的台布，摆着精致的盘子和碗，盘子里填满了苹果和梅子，烤鹅正冒着香气。这是感官集合的一种情形。有的时候，某一种感官，譬如享有王者一般尊崇地位的视觉，会因为夜晚的来临而像是被暂时褫夺了皇冠的君王一样被幽闭起来，取代它的，则是素日里俯就在它脚下的各色臣子——像什么听觉了、嗅觉了，会在某一时间抓住机会争取上位。还记得康·巴乌斯托夫斯基吧？对，就是那个曾经写过《金蔷薇》的苏联作家，他有一篇《夜行驿车》，写安徒生和一位神父、一位太太从威尼斯到维罗纳去。起初，他们的驿车里点着蜡烛，后来安徒生吹熄了蜡烛。巴乌斯托夫斯基这时候写道："蜡头刚一熄掉，各种声音和气味就都强烈起来，好像因为对手的消失而感到高兴似的。马蹄声、车轮在沙砾上滚动的沙沙声、弹簧的嘎吱声和雨点敲打车篷的声音，更加响得厉害了。从车窗里袭进来的潮湿的野草和沼泽的气味也更加浓重了。"☆因为视觉被短暂屏蔽，人的听觉，尤其是一向被哲学家用等级化眼光鄙视为低等感觉的嗅觉、触觉、味觉这类感觉，开始获得了空前的解放，赢得了它们长期被遮蔽、压制的灵性，好像五根里的鼻舌身三根进行了一次起义，荣耀地坐上了贵宾的席位。

☆康·巴乌斯托夫斯基，李时译，《金蔷薇》，上海译文出版社，1980年新1版，第176页。

像聚斯金德这样对感觉有着精深研究的作家，他发现当人的某一种感觉力极度强烈、敏感的时候，就会削弱其他的感觉，就像月亮夺目的光辉会让星星黯然失去它的亮度一样。他的小说《香水》开篇的文字里就有这么一节描述：

> 格雷诺耶的母亲在临产阵痛开始时，正站立在弗尔大街的一个鱼摊旁，为早些时候掏去内脏的鲤鱼刮鱼鳞。这些鱼据说是早晨才从塞纳河拖来的，可是此时已经散发出阵阵恶臭，它们的臭味已经把尸体的臭味淹没了。格雷诺耶的母亲既没有注意到鱼的臭味，也没有注意到尸体的臭味，因为她的鼻子已经迟钝到麻木的程度，何况她的身子正疼，而疼痛使她的感官接受外界刺激的能力完全丧失了。☆

☆帕特里克·聚斯金德，李清华译，《香水》，上海译文出版社，2005年版，第3页。

我举这么两个例子，试图说明作家和诗人身上绝对各有各的异禀，靠着他们自身有别于他人的感觉天赋，创造出难以模仿、难以混淆的形象世界。体现在昌耀身上的一个特性，就是他敏锐的听觉。

憨敦敦：

我首先很是佩服聚斯金德这类嗅觉性作家，他们的嗅觉记忆太发达了，一般情形下，嗅觉记忆就像气味一样具有挥发性，一旦那气味不在鼻翼前飘浮了，那事物和它留给我们大脑的印象，也就随之不复存在。可聚斯金德偏偏能从自己的记忆里，通过嗅觉记忆，联络起一个自足的虚构世界。

我的第二个感想不妨以我的经验来一次揣测。一直以来我有这么一个偏执的观察，就是不管动物还是人，凡是听觉异常灵敏的，多半生性胆怯多疑，有关科学研究也表明，那些瘦弱、温顺的动物一般靠听力生存，听觉应该是一种弱者求生，避免被袭击的防卫本能。强者的眼睛可以闭合上休息，弱者的耳朵却只能是全天候值守，一直处于警戒的状态。不是吗，像老鼠、兔子、瞪羚、驴骡、马鹿之类的动物，它们的耳朵长得那么显眼、又尖又长，绝对夺人眼目。

我曾经在黄河岸边的一所县城中学教书，晚上一个人睡在那种平房样式的宿舍里。那时候因为眼睛看不到什么东西，耳朵就变得极其灵敏。就是这灵敏的听觉，折磨得让我无法安心睡眠。耗子在床底下的声音，连同那种潮虫爬过纸页、爬过墙上虚土的微弱声音，都被一颗胆小害怕的心灵放大了再放大。那个时候我的头发、我的体毛都好像天线一样奓立着，以便接听周围每一个方位上哪怕是最细微的动静。我想起昌耀幼年的时候待在王家坪巨大的宅院里，那阔大、空荡甚至阴森的空间，会让一个孩子感到莫名的恐惧。我从他的自叙里知道，他在那个由女眷留守的城堡里，最突出的感受就是孤寂。导致孤寂的，既有属于物理空间的封闭和空阔，更有属于心理空间的孤独，除了他的堂妹充当他唯一的小伙伴之外，他只能和“两三位据说有恩于他祖上或为祖上恩宠的大人们对话了”。我觉得一个从小身边少有伙伴相陪的孩子，会自然而然地走进他自己的内心世界，无师自通地学会和自己交流、对话的游戏，过起内心的生活。我记得杨绛回忆钱锺书小时候的样子时，就说过钱锺书喜欢玩一种“石屋里的和尚”的游戏。所谓游戏不过就是一个人蒙上一块被子，在里面自己跟自己说着玩，自言自语。各种孤寂的环境和状态，就这样无形中刺激一个人打开自己的心灵，伸长感觉的触角，跃动出“万颗奔星”似的联想和想象，还有钱锺书所形容过的那种“星云状态的美感”。为此，我相信我在乡村中学宿舍所经历的夜晚，和那夜晚对我听觉的极度调动，作为一种经验类型，在昌耀那里体现得更为突出。

涧底松：

不错，如你所言，昌耀在他家那所宽敞的宅院里体验到了强烈的孤寂感，年幼的他因为胆怯，害怕起夜，害怕鬼魅。害怕作为一种心理体验，有一个非常直接的功能，就是能够强化人的某些感觉，会逼得人去捉摸、去想象那不能确定的、未知的对象。更何况对黑夜、对爬行动物、对无边的空旷的恐惧，是人们集体无意识中最普遍、最久远的感觉原型，是每个人挥之不去的梦魇。

学识渊博、性情古怪的英国作家罗伯特·伯顿，在他的《忧郁的解剖》里就用反问的语气说过：满是恐惧的人在黑暗里会有什么想不出的？在《昌耀自叙》里，我欣喜地获得了昌耀在听觉上关乎审美发生学的一个重要信息——他记忆里刻下的一道深痕：“我至今还能感受到与老宅遥遥相对的火焰岗佛寺早晚悠缓飘荡的钟声是那样地寂寞，且又是那样深远的寂寞。”这种早期的记忆和经验，横亘在他一生的生命履痕中，深远地，也可以说是决定性地影响了诗人的感觉和想象方式，这不单是指我们在他的诗文里能够一而再再而三地看到他不厌其烦地描写钟声，还会见到大量的听觉文本，像《钟声啊，前进》，或是以乐器、声音、音乐为内容、意象的诗篇，像《林中试笛》《鼓与鼓手》《给我如水的丝竹》《秋之声》《南曲》《早春与节奏》《节奏：123……》《听曾侯乙编钟奏〈楚殇〉》《钢琴与乐队》《谐谑曲：雪景下的变形》《稚嫩之为声息》《听到响板》《圣桑〈天鹅〉》《一种嗥叫》《荒江之听》《音乐路》这类篇什。更为深刻而悠远的影响力，表现在他那些来自听觉的、层出不穷的意象，它们像城市道路上的车辆一样密集地穿梭在他的诗行里，以至于他多次借用音乐或者与音乐相关的词汇，来表达自己的诗歌理念、审美倾向、诗学追求。在他迈入天命之年、整个创作进入喷涌状态的时候，他先后以随笔式的文论表达了他的音化诗学：在写作时间上靠前的《我的诗学观》一文里他首次挑明：“我近来更倾向于将诗看作是‘音乐感觉’，是时空的抽象，是多部主题的融汇。”之后，相隔不到一年，他又在《诗的礼赞》这篇短文里直截了当地说：“文学抽象的极致可提纯为音乐感觉，一种仅在音乐般的感觉里被灵魂感应的抽象，一种自觉地被慑服的美感，一种难于言传的诗意。”这种音化的诗学观，最终还上升到他对自己一生命运的概括。为此，昌耀给我印象特深的一个表述，就是他称自己是“岁月有意孕成的琴键”。这种泛音乐化的感觉、思维方式，构成了昌耀诗歌、昌耀诗学的鲜明特征。对此，我不想旁征博引地来说明这一点，我只举一个例子：1992 年，昌耀在寄给杭州百井坊巷的 SY 的《斯蒂文斯诗选》这部诗集的扉页上，刻意抄录下斯蒂文斯的《听彼德·昆士弹琴》一诗，译文出自江枫的翻译，那节诗句是：“思念你有淡蓝色阴影的绸衫时的感觉，是音乐。”他把思念的飘絮与斯蒂文斯一样，感受为音乐这种更擅长表达绵长、袅娜、哀婉、抑郁、玄愁这类内在情态的艺术形式。我们之前谈论“通感”的时候，提到过“听声类形”这个现象，它证明了创造学或是我们思维活动的一个原理——声音这种由物体振动而发生的声波，通过人的听觉，可以刺激人去产生各种特定的形象，由无象、抽象返回到具体的事物身上。一个善于聆听音乐的人，无非是从流动起伏的旋律中，捕捉到尽可能丰富的人生幻影和情态。

憨敦敦：

不单单从声音里可以唤出缤纷的形象，反过来，从形象里也能流出音乐。和昌耀有着极深情谊的画家朱乃正先生谈到他 1973 年创作的油画《云的奏鸣》时，有个诗人般通透的感受：“高原的云，变幻无穷，在永恒的大地上空，永远是大自然最活跃、最新鲜、最动人的宏大乐章，一团团、一块块、一排排、一丝丝的白云，在湛蓝的天幕下奏出无数壮伟奇丽的交响曲。”☆许多人会把这样的表述仅仅视为是一种比喻，这就很容易让人与这种极具创造性的思维美学、审美体验失之交臂。这种表述给我们的一个启示是：声音和形象在人的意识流程里是可以双向转换、双向交流的。只是在个体差异上，可能在一些人那里是单向的转换，而在另一些人那里却能实现更高一级的双向转换。

☆参见《回望昆仑：朱乃正西部油画写生笔迹》，山东美术出版社，2002年版。

涧底松：

你有没有注意到，昌耀写到太阳的时候，都是具有声息的，不再是单纯的视觉意象。在我们的古典诗歌里，历来描写日出、日落的诗歌，感觉的方式差不多都集中在人的眼识上，集中在对太阳光色的描写上，像杜甫的“落日照大旗”，李白的“西风残照，汉家宫阙”，王勃的“落霞与孤鹜齐飞”，李清照的“落日熔金”，王禹偁的“万壑有声含晚籁，数峰无语立斜阳”……古典诗歌里让太阳发出声音的表述，我只见到过一个经典的例子，李贺《秦王饮酒》一诗里的这句：“羲和敲日玻璃声。”在现代文学里，也极少见到有用声音来描写太阳的诗文，即便是鲁迅，他在《补天》里描写太阳，也不过是在化用李清照“落日熔金”的基础上，添加了具有神话色彩的荒古神韵——“天边的血红的云彩里有一个光芒四射的太阳，如流动的金球包在荒古的熔岩中。”倒是台湾诗人覃子豪在他的名诗《追求》中写下如此诗句：

大海中的落日

悲壮得像英雄的感叹。

纯属视觉的“落日”意象，陡然生发出具有人化意味的“感叹”的声音，这情态于是乎让“落日”这一视觉意象拓展出一个耐人寻味的心理空间。从修辞上说，这也是一个运用了通感而收获到崭新经验的诗句。只可惜这样的诗句在覃子豪那里也不过是鳞爪一现。可是在昌耀这里，有声息的太阳，完全形成了一种新意迭出的审美类型。

静谧吗

竞技的大自然素有高扬而警策的金鼓，

比秋风更为凛冽，谁会听不到！

（《天籁》）

啊，在那金色的晚钟鸣响着苦寒的秋霜，

是如何地令迟暮者惊觉呀。

那惊觉坠落如西天一团火球。

（《晚钟》）

铜钟破晓，夜色化开

（《白昼的结构》）

每一滴落日浑如嘶声炸裂的热油脂

（《燔祭》）

四野茫茫，一声落照

（《干戚舞》）

鸠形鹄面行吟泽畔一行人马走向落日之爆炸”

（《唐·吉诃德军团还在前进》）

仅从以上摘取的这些片段诗句，你就可以感受到昌耀与其他诗人截然不同的描述。顺便我想提醒你注意的一点是，这些诗句里有好几个意象涉及昌耀重要的生命记忆——钟声。昌耀描写有声息的太阳最有名的一个篇章当是他的《日出》——

听见日出的声息蝉鸣般沙沙作响……

沙沙作响、沙沙作响、沙沙作响……

这微妙的声息沙沙作响。

静谧的是河流、山林和泉边的水瓮。

是水瓮里浮着的瓢。

但我只听得沙沙的声息。

只听得雄鸡振荡的肉冠。

只听得岩羊初醒的锥角。

垭豁口

有骑驴的农艺师结伴同行。

但我只听得沙沙的潮红

从东方的渊底沙沙地迫近。

这首诗不同凡响的奥妙，就在于它从头至尾用听觉来唤出各种视觉的意象。毫无疑问，诗人在结构这个诗篇的时候完全进入了目听、耳视的通感状态，倘若里面的诗句换成视觉性的表述“只看得雄鸡振荡的肉冠。/ 只看得岩羊初醒的锥角”，它就立马变成了我们最为平常的视觉经验，整个诗歌空灵、异样、陌生的意味，也就变成了实实在在的眼球记录，哪里还有一丝灵韵呢！不过，这首诗最关键的调性是由“听见日出的声息蝉鸣般沙沙作响”这一句定下的，它一上来就给我们来了个先声夺人的思维震撼：冉冉升起的太阳竟然会发出“蝉鸣般沙沙作响的声息”。一方面这太超乎我们通常的经验了，一方面在这个新异绝俗的意象的暗示、引领下，我们听力的灵敏度，忽然间像是被提升到一个极其精微的程度。这种奇特而神秘的全新体验，使我们像是恢复了头一次感受太阳时那种充满惊奇和敬畏的大喜悦里。为了强化这一经验，昌耀还精细地将“沙沙”作响的日出，与“静谧的河流、山林和泉边的水瓮”，以及“水瓮里浮着的瓢”相对照，形成心理学中所说的“同时反衬现象”，钱锺书先生专门论述过这种“用声音烘托寂静”的创作手法，且把它命名为“同时反衬现象”：“寂静之幽深者，每以得声音衬托而愈觉其深；虚空之辽广者，每以有事

物点缀而愈见其广。”☆

关于昌耀的听觉意象，我还想略微提及一下他的《太阳人的寻找》。这篇作品的前一节，昌耀以羲和御日的神话典故，来了一次诗歌式的、微型化的“故事新编”。后一节，在我看来是非常隐蔽、含蓄地化用了鬼才诗人李贺《秦王饮酒》里的“羲和敲日玻璃声”这个意境和曲喻。钱锺书对这个曲喻有过这样的解读：“日比琉璃，皆光明故；而来长吉笔端，则日似玻璃光，亦必具玻璃声矣。”☆转到昌耀笔下，太阳和玻璃的关联得以保留，意境又转出新意：“几声风铃，千张窗叶掀开，云间纷纷震落玻璃。”昌耀的过人之处，于此可见一斑。按照中国古典诗人的诗学癖好，化用典故能够达到像盐粒溶解在水中那样“体匿性存”的状态，便是表达的高级境界；因为使用典故的语句往往会交响出两种声音、两个文本、两个语境、两个时空，高明的读者在阅读中所获取的双重印象，就如同温庭筠著名词句里描写的那样“照花前后镜，花面交相映”。昌耀这句用典其实藏得很深，有些读者不知来由，就难免产生丈二和尚摸不着头脑的感受。

☆《管锥编》，中华书局，1986 年第 2 版第一册，第 138 页。

☆《谈艺录》，中华书局，1984 年版，第 51 页。

憨敦敦：

你还别说，在这句诗的理解上，我就是这个丈二和尚，亏你点明了昌耀的这个用心。坦白讲，我本人读到“云间纷纷震落的玻璃”这一句，还一直在心里嘀咕云间何来的玻璃，原来是李贺的诗心和羲和御日的神话震荡在昌耀胸廓的回音。昌耀的诗心，有时候真是和李贺一样诡秘难测。这个个例，也能佐证林贤治著名评论《“溺水者”昌耀》里透露的一个独到的观察：“长达两千年的中国诗史，前后有两位从命运到诗风都十分近似的天才诗人，就是李贺和昌耀。他们隔着时间之河遥遥相望，正所谓‘萧条异代不同时’；或者可以说，李贺是前半生，昌耀是后半生，他们本是一体，而分头生活在同一向度的空间中。”☆这可是个有意思的比较文学的课题。

☆《桃花源诗季》，2011 年秋季刊，总第六期。

涧底松：

那就转让给大学中文系的教授吧，他们可以把它发酵成浑圆的馒头。我们对话的好处，乃是不把思想、理论的东西弄得过分黏稠，或者像那种很干的秦薯，吃起来稍不注意就可能把人噎住。更多的时候，我惬意于轻快地掠过各种话题的那种思想和感觉的闪电。

憨敦敦：

昌耀能听出日出的声息，也非孤例。我在一本书里看到，一位德国作家笔下的印第安人会听出青草生长的声音，他听到的长草声“不是沙沙声，不是嗞嗞声，也不是轰隆隆的声音，他听到的是完全不同的声音，这种声音听起来就像是有人在轻轻挠自己的耳朵，但是又不完全像”。☆

☆于尔克·舒比格著，廖云海译，《当世界年纪还小的时候》，四川出版集团四川少年儿童出版社，2006年版，第111—112页。

涧底松：

且慢，昌耀也能听出青草生长的声音。我记起来1990年他在凌晨雨韵中写下《江湖远人》，诗中就写过：

一年一度听檐沟水漏如注才有蓦然醒觉。
我好似听到临窗草长槁木返青美人蕉红。
夏虫在金井玉栏啼鸣不止。
又听作是庭隅一角有位年青仕女向壁演奏圆号，
那铜韵如盘雅正温暖为我摹写睿智长者。

其中，“夏虫在金井玉栏啼鸣不止”一句，再一次让我们感受到昌耀对古典诗歌的熟谙，有时间你可以拿它和李白《长相思》里的“络纬秋啼金井栏”一语去作对比。络纬，就是夏夜里振翅作声的纺织娘。

憨敦敦：

现在我想换个角度来考察听太阳的声息、听青草生长的声音这类情况。20世纪80年代，有个叫吕俊华的学者写过一本《艺术创作与变态心理》的书，这是国内较早从变态心理学角度探讨创作的书。我觉得艺术家、诗人在创作的时候，会有意无意地运用一些变态心理的经验，来增加表现的新颖度。这倒也不意味着艺术家和诗人必须变成某一类型的精神病人，才可以道出迥异常人的各种奇思怪想，但他一定是自觉不自觉地利用了变态心理的某些经验和原理。刚才，我们谈到的昌耀和印第安人听觉的表述，属于变态心理中极为典型的幻听。从变态心理的角度来说，幻听是一种歪曲或奇特的听觉，在并没有相应的外部声音刺激作用于听觉器官的时候，幻听者由于听觉中枢出现障碍，不但会错误地通过意识提取在现实的声场中并不存在的声音信息，而且，还会将声音信号进行歪曲或夸张，甚至按照自己的主观意图加以改造。

涧底松：

没错。利用这一听觉变态的原理，昌耀便常常按照自己的意愿，故意用错误的官能反应，夸大或者干脆说是创造一种超越正常听觉的审美性听觉。这方面的例子很多，我就随便举上几个：

整晚我坐在自己的斗室敞开唯有的后窗
听古城墙上泥土簌簌剥落如铭文流失于金石。
（《凶年逸稿》）

古城墙上泥土簌簌剥落的声音和刻在钟鼎碑碣上的铭文剥落的声音，虽然从经验上来说有存在的可能性，可是你我都没有听到过吧？为什么？因为它们发出的声音过于微弱。从或然率上说，它们发生后被人感知到的几率太小了。这就是说，一般情形下人们是无法感知到这两种声音的，尤其是铭文流失于金石的声音。所以这个听觉意象不但形同幻听，本质上属于听觉想象。

没有篝火。云层
如金箔发出破空的騞砉
（《断章》）

诗中的“騞砉”一词，出于《庄子·养生主》“砉然响然，奏刀騞然”，是对物体破裂声的一种描摹。想想看，云层间有云朵破裂的声音，一个人的听力哪能遥测到九霄云外呢！

种子的胚房在喧哗
（《春雪》）

狎弄过春秋末代的编钟。
我们将钦定的史册连根儿翻个。
从所有的器物我听见逝去的流水。
我听见流水之上抗逆的脚步
（《划呀，划呀，父亲们》）

在山谷，倾听薄暮如缕的
细语。
（《在山谷：乡途》）

夜牧者
从你火光熏蒸的烟斗
我已瞻仰英雄时代的
一个个通红的夕照
听到旋风在浴血的盆地
悲声嘶鸣……
（《草原》）

我因你而听到季节转换的雷霆在河床上滚动。
因你而听到土地的苏醒。听到我的心悸。
因你而听到我的渴望如群禽嘤嘤飞鸣
（《她站在剧院临街的前庭》）

这些断章里的听觉意象，无一不是幻想出来的听觉，无一不是听觉想象。这种“象由心造”的意象，比之于“象由耳生”的意象，更富有创造性和想象的灵动感。

憨敦敦：

我还觉得，异常敏感的听觉和黑夜有着丝丝缕缕的联系。你前面举的巴乌斯托夫斯基《夜行驿车》的例子，就说明黑夜会暂时没收人的视力，留下一个不知疲倦的器官——耳朵，或者也可能让我们的嗅觉和触觉派上用场。法国当代哲学家米歇尔·塞尔说过：“听觉是一种开放的接受器，它从不知休眠。它和触觉、皮肤、嗅觉一起时刻警惕着。我在酣睡中视力变得模糊了，但我留下了值夜者。”☆这个由听觉充当的“值夜者”，其原形正是一个失眠者。我读昌耀，发现他的大部分诗写于夜晚，还有更多的诗篇在表现夜晚。他和鲁迅一样，是一位耽溺于夜间启示的失眠者。在《划过欲海的夜鸟》中，昌耀坦言：“说实话，我一向敏于捕捉这纯然的天籁。在听腻了歇斯底里的人声喧嚣之后，这样充溢着天趣的音响，让人产生一种认同感。”

☆《万物本原》，蒲北溟译，北京三联书店 1996 年版，第 89 页。

涧底松：

今天，我们的对话说得已经不少了，在结束这次对话之前，我想捎带说一下昌耀听觉意象里的两个曲喻。一个是《黑河》里的诗句“不可冻结的是黑河的喧嚣”，一个是在《昌耀的诗后记》里，收录有他在 1953 年朝鲜战场上写作的《歌声》，诗作主要描写朝鲜人民军女战士在风雪中奔赴前线的情景。其中的第 4 节有这样的表述：“北风盖不住她们的歌声，/ 零下五十度的严寒冻不住她们的歌声。”两句诗的句意，仿佛在说声音原本会被严寒冻凝。这个意思原本我并不在意，后来玩索了一番，还是不甚了了，直到我看到钱锺书解释李贺《自昌谷到洛后门》里的“石涧冻波声”一句的阐释，还有他连类举出的例子，才有了意料之外的见识，新鲜、豁亮的理解。钱锺书的这段文字尽管是文言，可表述一点儿也不陈腐。相反，还诙谐有趣得就像蒙田、伯顿（他译为蒲顿）之辈在娓娓道说：“波‘冻’自无声，乃若‘声’亦遭‘冻’而待融解者；令人思及拉伯雷铺张之西方古说，谓一国祁寒，入冬则人语兽鸣皆冻合不可闻，至来夏则隔岁众诸音声解冻复发，喧嚣满空。”☆后来，他又补充了两个更为有趣的例子：“文艺复兴时意大利名著《君子论》亦记贾人赴俄边境，与土著贸

☆参见《谈艺录》（补订本），第 375 页。

易，冰河间之，隔岸议价；寒极语出口即冻，引吭高呼，彼此不闻片语，乃积柴为燎，冷气稍解，语声之冻结者亦如春雪融流，喃喃可辨，后世诙诡小说记书中人游俄，一日车过狭径，御者吹角戒来车，角喑无声，夕投逆旅，围炉取暖，挂壁之角忽悠扬出调，盖声之冻者此时冰释也。'热闹'、'冷静'之称又得新解焉。"☆

☆参见《谈艺录》（补订本），第628页。

憨敦敦：

领教了，读诗，小处不可轻易放过，才会欣赏到诗人的诗心、妙义。

第七章

迟暮风格

昌耀把西部旷原上疾行的列车，比喻为"如载于瑰伟的一株杆菌"，就属于"相比的事物间距离大"，这不是什么人随随便便就能形成的一种联系。杆菌的条状与火车的长列，杆菌的微不起眼与空旷衬托下越发相形见小的火车，都有着极为微妙的视觉经验的相似性。

赵毅衡：我们前面已经说到了"杂语性""混搭"这类话题。凡是有"杂语""混搭"现象的作品，都有一个共同的修辞结果，就是有两种以上的多种声音在交叉互织、回响。我给你先说说昌耀54岁写的《鹫》这首诗作，题目看上去就有些怪异，这是他早年的诗歌里不会出现的题目和旨趣。其中有这么几句：

山里有溢觞之水可以濯吾足。

山里有溢觞之水可以濯吾缨。

君子何着坦荡荡。

小人未许常戚戚。

你一听就能辨出前两句的原声。它是化用了《渔父》《孟子》

憨敦敦：

前一段时间，我看台静农的一本书时见到陈独秀的一幅书法作品。这是陈独秀用楷书书写后赠给台静农的《对月忆金陵旧游》：“匆匆二十年前事，燕子矶边忆旧游。何处渔歌惊梦醒，一江凉月载孤舟。”落款是“壬午暮春”，也就是1942年的农历三月份，写信的地点是重庆市江津县西郊的鹤山坪。这大概是陈独秀离开这个世界之前留下的绝笔，两个多月之后的5月27日，陈独秀潮起潮落的一生落下帷幕。我反复揣摩他走向晚境的墨痕遗泽，与其说他写得苍拙沉厚，像台静农盛赞的“体势雄健浑成”，不如说他写得滞涩、枯寂更熨帖一些。那干涩的笔迹，跟弘一法师在同一年写下的绝笔“悲欣交集”如出一辙。尽管每个字的笔画还没有散架，颓萎中也不失常年临池练就的笔力，可那一道道由浓而淡、由润而枯的焦墨线条，让我强烈地感受到一个生命在最后的时刻，沉落在心头的那么一种枯寂、凄清和荒凉，一如这首诗冰凉透底的心绪。让我感到特别惊讶的是，晚年陈独秀的字，已经全无他年轻气盛的时候为《向导》题写刊名时的飒飒英气了，昔日那种倜傥飘逸、迅捷张弛的二王笔意，还有他青年时期的那股子生气和英气，如今已然是一派枯藤老树昏鸦的气象，让人不由得联想到大地上弥漫的暮色，摇曳在风中的残烛，余温快要散尽的一堆灰烬。这让我觉察到年龄跟人的心理状态、艺术风格，就跟季候与万物的荣枯一样息息相关。通过作为艺术形态之一的书法，我感到书家书写时的状态、字的风貌，虽然关涉蘸墨挥笔之际的心境，但更具决定性的因素，一定来自书法家所处的生理时段。

南京有一位著名的书法家孙晓云，看待这个问题很内行，很透辟，她就坦率地说过：

> 艺术的过程，是生理的过程；艺术的一生，是人从少到老的真实记录。流畅、快速、细致、精密的字，自然是属于年轻人的，而颤抖、迟顿、滞涩、大而化之的字，自然是属老年人的。而那些能叫人们纵观他一生的书家，其字无一不是随着年龄的变化而变化。我对比过王铎、祝允明、董其昌、林散之等许许多多书家早年与晚年的字，生理的轨迹清清楚楚。因此，所谓“变法”，实际上是生理的变化，连他自己本人都不知不觉。☆

☆孙晓云《书法有法》，知识出版社，2003 年版，第 162 页。

孙晓云说的这个“生理轨迹”，道出了书法创作上一种极其普遍的现象，尽管也偶有例外，像文徵明八十好几仍写得一手漂亮的蝇头小楷，欧阳询 76 岁还能写出被誉为“楷书之极则”的《九成宫醴泉铭》，可是这些或然性的事例，并不足以改变书法家的书风顺着“生理轨迹”而发生变化这个常然、必然的大势。更何况，书法艺术的一个特殊性就在于它特别依赖人的身体，尤其是书家腕力的强弱，心与手协调的能力，说白了，身体的状态直接影响书写的状态。文学家的书写虽然不像书法家那样直接依赖肢体，好像他们单凭大脑的健旺和灵敏，就可以心游万仞了，可是本质上讲，他们也同样深刻地受制于外在身体状况的好坏。

在西方，对这一现象加以深入探讨的文学理论家与批评家，恐怕非萨义德莫属。虽说德国哲学家西奥多·阿多诺早在 1937 年就引人注目地使用了“晚期风格”这个概念，但萨义德大大拓展了这个美学问题所涉及的领域，从阿多诺谈论的音乐领域，旁及文学和电影艺术。晚年的萨义德，身患白血病和胰腺癌，面对随时可能到来的死亡，他开始着手对“晚期风格”的研究。他在《论晚期风格》这个由专题讲座扩展成的著作里，专门考察了贝多芬的《庄严弥撒》、热内的《爱的俘虏》和《屏风》、莫扎特的《女人心》、维斯康蒂根据兰佩杜萨的《豹》改编的影片，以及托马斯·曼的《死于威尼斯》等多位艺术家的晚期作品，探讨了艺术家在晚年或在他们生命临近终结时对死亡的体验、思考与审美超越，也就是说，他要通过研究身体状况和美学风格之间的关系，看看身体衰退、健康不佳以及其他因素，是否会使他们的作品和思想呈现出某种新的风格特征和独特的感知特质和形式。

涧底松：

萨义德们撩起的这个话题，让我很感兴趣，但是我不喜欢“晚期风格”这个术语。“晚期”这个词完全代表着一种西方人的思维逻辑和表达风格，它的意味还带有一点儿病理学上的意味，就像医生在化验报告上写给某种癌症晚期患者的诊断结果。这种概念让许多患者感到晦气至极，感到自己立马变成了一只屠宰场里的牛羊。还有一点，我同样不喜欢谈文论艺的概念使用过于冰冷的科学化术语。洋人的这个概念，哪里比得上我们文化语境里的“迟暮”一词。“迟暮”的原意是夕阳西下，也就是台湾诗人杨牧《凄凉三犯》里所写的“那一天你来道别 / 坐在窗前忧郁 / 天就黑下来了”的时刻，是昌耀在高原目视“天野之极，辉煌的幕屏 / 游牧民的半轮纯金之弓弩快将燃没”的时刻。如果把这个时刻的气象和声色再提升到更高一级，可不就是李白“西风残照，汉家陵阙”的咏叹，多么悲壮与静穆的大境界。落日原本属于自然界的物理现象，是中国的第一位诗人屈原，在《离骚》里率先将这种物理现象，和草木的凋零、人的美丽容颜的消逝联系在一起，将人的视觉感知深化为深沉感伤的心理体验，你听听这两千多年前萦回不已的低吟：“惟草木之零落兮，恐美人之迟暮。”从草木的荣枯引发出生命的哀伤和低沉的感喟，这几乎是中国古典文人的“集体表情”和惯常表达，你读读后来陶渊明在《和胡西曹示顾贼曹》一诗里的这个表达：“流目视西园，晔晔荣紫葵。于今甚可爱，奈何当复衰。”是不是一脉相承？要知道，植物的光鲜和衰败，在时间变化上比人更迅捷，它敲响的警钟更急迫，更触目惊心。而人是慢慢衰老的。你越玩味，越会觉得这个词语的创造多么具有时间和空间的质感，它涌动着人与自然、与自我、与宇宙全息相通的微妙感应，这种与天地万物相感应的全息思维，是中国人骨血里固有的文化心理和生命体验、审美体验，在表达质量上，它比西方那个干巴巴、冷冰冰、缺少丰富蕴涵的单调观念，更具有优异丰赡的表达质量，完全是一种诗人的创意和想象，诗人抵达事物内核的方式。我太喜欢、太迷恋“迟暮”一词了，更何况它的来头还牵连着中国古老的文学，流荡着古色古香的色彩和情调。

憨敦敦：

经你这么一说，我从善如流。谈论中国作家，你发明的“迟暮风格”一词，确实要比“晚期风格”这个术语更款曲周至，更合身、更合读者的胃口和我们的文化语境、文学语境。借着你“迟暮风格”的视镜，我眼前陡然一亮，唤起了未曾预料的好感和惊喜。

为了我们便于讨论，我倒是觉得有必要先界定一下迟暮风格所牵涉的年龄时段，也就是说什么年龄才算得上是进入了人生的迟暮阶段。在生物学上，通常把人的生命周期分为婴儿、儿童、少年、青年、中年、老年六个阶段。有人则把人的生命变化简化为四个阶段：0–19 岁为生长发育期，20–39 岁为成熟期，40–59 岁为衰老前期，60 岁以上为衰老期。还有学者把老年期更加简化地划分为三个阶段：55–65 岁为老年前期，65–75 岁为老年期，75 岁以上为衰老期。总之，划分的标准各式各样，很难找出一个精确的时间段落。我倒倾向于医学上对男性更年期的界定，也就是在 50–60

岁这一阶段。取一个中间值：50 岁，恰好是老百姓常说的“年过半百”，孔子所谓的“天命之年”。我以为 50 岁可以大致上作为迟暮的一个时间界限。但这也只是一个相对的年龄界限，不能就此把它视为一个不可移动的死杠杠。毕竟，“迟暮状态”是一个人既包含生理因素也包含心理因素的综合性状态。

有心理学家把一个人从更年期到生命结束的漫长生命旅程，划分为前衰老期和衰老期：从更年期开始，也就是说，大约从 55 岁开始，人进入前衰老期；从 70 岁开始，人进入衰老期。前衰老期和衰老期之间有着很大的差别——进入前衰老期的人，老当益壮，廉耻、好恶、道德和宗教观基本上与成年期一样，他们远远不是顺从的、中性的，恰恰相反，前衰老人仍然充满偏见、抱负、公正与不公正感、从属感、要求与歧视……他们往往能够创造出一生中最好的作品或科学研究成果。从生理的角度讲，前衰老期的人已经过了顶峰期，但是从性格方面讲，他们却正处于顶峰期，他们不再担心、犹豫，敢于接受自己的观点并使他人接受自己的观点。而衰老期的人，老态龙钟，一切与自己无关的事情都不会再引起他们的兴趣，他们不再注意教育强加于他们的禁忌，负罪感对他们不再起任何作用，他们没有家庭、国家、宗教的偏见，谁打赢一场战争对于他们来说无所谓，一切野心和要求都消失了。心理学家还发现，人的后半生和早年里比多发展的主要阶段之间，有着惊人的对应关系：更年期 = 青春期，前衰老期 = 儿童期，衰老期 = 幼年与胎儿期。人进入前衰老期，从 55 岁到 70 岁，反射出童年 5–8 岁的体验。☆

☆参见方迪著，尚衡译，《微精神分析学》，北京三联书店，1993 年版，第 349–351 页。

接下来的另一个问题就是：为什么古人会把一个人生命的晚境，还有在晚年的生命体验中时时萦绕的那种追悔莫及的焦迫感、来不及了的无奈感，跟徐徐下沉的夕阳联系在一起呢？我想从大的方面来说，这跟中国人传统的、浑融着强烈生命体验的自然观有关；往小里说，一定跟早期的日神崇拜有关。不是吗，中国人在距今 2000 多年的秦汉时期，就已经用太阳移动的脚步来命名二十四个节气了。日升日落，季节轮替，安排着人间的作息，也统摄着万物的生死存亡。这里面有一种久远的大智慧和顺遂天意的生存哲学、生命的诗意和恭敬，它一点儿也不逊色于古希腊诗人赫西俄德所写的《工作与时日》。至于往昔先民们面对白昼和黑夜所具有的一种原始情愫，我觉得德国学者麦克斯·缪勒的一段论述已得其仿佛：

> ……日出是自然的启示，它在人类精神中唤起依赖、有助、希望与欢乐的情感，唤起对更高力量的信仰。这是一切智慧的源泉，也是所有宗教的发源地。如果说日出唤起了第一批祈祷者、进而第一次唤

起献祭的激情，那么日落则是心灵发抖焦虑的时刻。☆

☆麦克斯·缪勒著，金泽译，《比较神话学》，上海文艺出版社，1989年版，第100页。

从落日这种物理现象所带给人们的体验来看，落日代表着一天的结束，远古的人们“日落而息”之后，恐怕没有像现代人这么内容丰富的、灯火辉煌的夜生活，他们顶多围着篝火，驱赶一下席卷部落每个人的恐惧。更多的时候，他们只能在四野笼罩的黑暗中，捱过一个个让“心灵发抖焦虑”的夜晚。李清照的“守著窗儿，独自怎生得黑”这句感慨，虽说是一个女人因为思念所困而难以度过漫漫长夜的道白，可它折射出的却是人类害怕黑夜的集体无意识。所以，中国的古代诗人只要是描写到落日、夕阳，惯常发出的声音十有八九都是感伤的、惆怅的、悒郁的，他们不约而同的心声，差不多可以用李商隐的“夕阳无限好，只是近黄昏”和陆游的“年光迟暮壮心违”这两句著名的感叹来概括。这会儿我还想起“日暮途穷”这个成语，你闭上眼睛，想象一下天色已晚，而一位跋涉者已走到了路的尽头，其中的况味你再拿象征主义和存在主义这两个透镜审视一下，是不是能窥出另外的一番滋味？这种面对落日的低沉情调，即便到了新文化运动的旗手鲁迅所写的旧体诗里，也仍旧是如埙如箫般的低沉萦回，正如他的《戛剑生杂记》所云：“行人于斜日将堕之时，暝色逼人，四顾满目非故乡之人，细聆满耳皆异乡之语，一念及家乡万里，老亲弱弟必时时相语，谓今当至某处矣，此时真觉柔肠欲断，涕不可抑。故予有句云：‘日暮客愁集，烟深人语喧。’”钱锺书在《管锥编》中通过对《诗经》抒写“思念”这一艺术类型的考察，命名这种抒情类型叫“暝色起愁”。

当然，人对事物的情感反应也并非铁板一块，大多数诗人可能会因为“暝色起愁”，情绪低落，常人更是在夕阳西下的时刻，没来由地不高兴起来，有心理学家还统计过家庭里的争吵许多都是发生在傍晚。但我们看到，也有一些诗人在落日面前反而会有昂奋、积极的情感反应，譬如杜甫的《江汉》里就有一句“落日心犹壮”的豪言壮语，今人中的叶剑英元帅也有“老夫喜作黄昏颂，满目青山夕照明”的豪迈吟诵。但从比较文学的角度来看，正如美籍华人学者傅孝先所言：“西方诗人处理落日这一意象极少像中国诗人般流于感伤和滥情，……大抵说来，他们的作品较富信念，粗犷有力，我国的诗词则较悲观，较缠绵婉转。”☆他还举了德国诗人歌德的一个典型案例：

☆《傅孝先文集》，中国友谊出版公司，1984年版，第23页。

1824年5月2日黄昏时，歌德邀欧德曼驱车出游。当他们转上威玛路上时看见残阳正在下山。歌德沉思了一会儿，然后吟出一句古人的诗：“即使在西沉时，太阳仍继续其原状。”接着他愉快地解释说：“75

岁的老人有时候想到死是很自然的事。可是这个念头从来没有使我感到不安，因为我坚信精神不灭，它的活动永无休止。就像太阳一样，从我们的肉眼看来它在下沉，实际上却不停地发射着光辉，从来没有西沉过。”☆

☆《傅孝先文集》，中国友谊出版公司，1984年版，第22页；参见朱光潜翻译的《歌德谈话录》，人民文学出版社，1978年版，第42-43页。其中傅氏提及的“欧德曼”，朱氏翻译为“爱克曼”。傅氏的译文，在情韵、意味上，要比朱氏“西沉的永远是这同一个太阳”这句通情达意；用王国维的评语来说，傅氏“不隔”，朱氏“隔”。

涧底松：

有意思的是，昌耀的名字在汉字里可是个“响亮”的词语，通体闪烁的全是“太阳”的光芒，“昌耀”这两个字正是对太阳最简古、庄重的颂词；如果拆开来分释，“昌”字，按许慎的解释，一个意思是“美言”，一个意思是“日光”；“耀”字，偏旁从光，右边的这个翟字，说的是长有长尾巴羽毛的漂亮山雉，也就是野鸡。西晋的潘岳在《射雉赋》里写过“毛体摧落，霍若碎锦”的句子；青海作家王文泸先生的《江源赋》写生灵境界有两句妙语“羽族炫翎，蹄类竞矫”，“霍若碎锦”与“羽族炫翎”都是说那野鸡羽毛的艳丽迷人，古代部族的酋长，之所以喜欢拿最炫丽斑斓的羽毛来装饰自己的头冠，目的之一也无非是为了炫耀某种耀眼的优越感。再看昌耀的诗歌，充满了辉光缭绕的“光感”，有关太阳的意象比比皆是。难怪他在生前写信赞赏诗人骆一禾对他诗歌的知赏，尤为欣赏骆一禾所揭示出的、他诗歌中与“太阳”相关的“一系列光感形象”“角度新，可发人思索”，还说这种研究已经深入到了“潜意识文化心理积淀层次”。我现在暂时不想沿着骆一禾开启的“一系列光感形象”这个未竟之旅继续前行，我只想从昌耀曾经写给台湾诗人非马的一封信中对非马一首诗作的偏爱，从旁见证一下昌耀自己对“光感形象”的喜好绝非偶然的心血来潮。他在信中说：

我甚欣赏《梦之图案》：
“太阳一下山
潜伏
林中的野兽
便挤着涌向林边
把闪闪发亮的眼睛
嵌入枝与叶间的空隙
美丽的
梦之图案
蠢蠢欲
腾空而去。”

憨敦敦：

非马创造的意境果然灵动，夕阳的幕布让一切变得闪烁、游移、轻丽、诡秘，散发着山野秘境在夜色渐浓时特有的氛围。诗的画面色彩烁亮流转，不由得让我把它和画家黄永玉在庚寅虎年创作的生肖挂历叠印在一起。黄永玉在其中的一幅画上有几句和非马的诗境相映成趣的题款：

> 1947年好友出一题：老虎卧于秋日黄昏茅草夕阳下，有虎斑，有黄茅草之阴影，有夕阳之黄金颜色，有虎无虎混为一起，间杂安宁于恐怖。今年试作，颇得心会。曾祺在世，当亦有心会也。永玉书记63年前之约。

两件不同形式的作品其诗情画意的全部张力，大半得之于在一派逐渐暗淡的金黄色晚照下，整个世界“间杂安宁于恐怖”的气息。那气息真好似逐渐绷紧的角弓。

涧底松：

这就是蓄势的效果。它的反面正是“强弩之末”这个成语所揭示的力量衰减现象。昌耀也写过不少斜阳夕照的诗句，如果与非马、黄永玉的意境连类比照的话，最接近的一首当属他1982年秋天创作的《在山谷：乡途》一诗，其中一节正好描写的是牧野之乡的落日情境：

> 感觉到天野之极，辉煌的幕屏
> 游牧民的半轮纯金之弓弩快将燃没，而我
> 如醉的腿脚也愈来愈沉重了：
> 走向山谷深处——松林间
> 似有簌簌羽翼剪越溪流境空，
> 追逐而过：是一群正在梦中飞行的
> 孩子？

昌耀的诗境同样“闪烁、游移、轻丽、诡秘”，但少了恐怖和惊悚，多了童话一般流动、空灵的幻美。

我认同你前面对迟暮之年划出的时间界线。出生于1936年的昌耀到1986年，刚好进入“天命之年”。我留意了一下昌耀诗集的几个选本，很有意思，这一年也是他的作品收入文集当中篇数最多的一年，是他一生中创作上值得认真考量的一个丰年。从这个时间节点开始，各种题材、各种体裁的诗作涌泉般冒出，昌耀进入人生的暮年时，反而像一部滑车一样，你能感觉到他自此在创作上有了一个明显的加速度。这种情形和你提到的心理学家的观察——更年期 = 青春期的结论，颇有几分吻合。你看昌耀的诗歌，1985年前后，也就是他在步入50岁之后，一种时不我待的紧迫感，促使他的诗歌出现了一个崭新的主题：赶路。它像一个强劲的旋律，不断回响在许多诗篇里。像创作于1981年的《划呀，划呀，父亲们！》：

> 还来得及赶路。
> 太阳还不见老，正当中年。

如果说这是混合着家国情结和个人情结的一次生命的

焦虑和紧迫感，那么，从 1985 年的《意绪》开始，诗人的焦虑和紧迫感便回到了个人的生命状态里："我枯槁形体仍为执意赶路"，而他的阅读生活也像是一切钟表上秒针的步幅：

时间躁动，不容人慢慢嚼食一部《奥义书》，
且作一目十行，随手翻掀，一带而过。

情绪的感受最紧迫：把帽子摘了，
渥发泼墨，转体 180 度，倾此头颅写它一通狂草。

1987 的《听候召唤：赶路》，干脆就以"赶路"为诗题，"太阳沉落时永有赶路的人"：

太阳沉落时我为归宿张皇。
太阳涌动时水月隐形
我重又再生出征之勇气。

同时，"赶路"又作为昌耀在迟暮之年的创作中最为强大的内驱力，使他不断书写出风格、主旨异想纷呈的各类作品。昌耀在创作上开始呈现出"迟暮风格"所辐射出的多重霞帔，它们给人的感觉太像钻石在不同棱面上折射出的迷离光彩。

憨敦敦：

或因世事倥偬，或因战乱、浩劫、政治运动而耽误、荒废了最好时光的人，往往时间的紧迫感更为强烈一些。

20 世纪 80 年代，出版过一本美国著名诗人、文学评论家马尔科姆·考利的名著《流放者归来》，他写的是美国"迷惘的一代"群体的冒险经历，而中国在 1978 年，右派分子逐个获得平反，老老少少的作家、诗人，成了中国版的"流放者归来"。这些遍及全国的归来者，历经十年之后，共同面对的一个生命境况是：他们生命中最旺盛、最美好的青壮年时期，都灰飞烟灭了。他们的某种集体情状，我想用一个青海的民间谚语来形容，"冷灰里焙豆儿"。步入一派暮景里的他们，于是乎出现了一种不约而同的情结，或者说共同的焦虑反应，这种反应从《论语·卫灵公》里所感慨的"君子疾没世而名不称焉"，到屈原的"老冉冉其将至兮，恐修名之不立"，再到杜甫"男儿生不成名身已老"的感慨，都指向了一个人终极的生命价值，它深刻地影响了一代又一代的文人。在北京鲁迅故居"老虎尾巴"的西墙上，有先生托付书法篆刻家乔大壮书写集纳《离骚》的联句"望崦嵫而勿迫，恐鹈鴂之先鸣"，其核心的意思就是一个人在迟暮状态下，出于社会的、个人心理的

迟暮反应，唤起生命的紧迫感。度尽劫波之后归来的钱锺书先生，已经是60多岁的老者了，其间因为大病一场，担心自己"年老而功不成"，于是争取时间，"和死亡赛跑"，终于在1979年秋天——这个中国人记忆里特别的历史分水岭，为当时荒芜的文化时空，释放了一次久违了的、璀璨瑰奇的精神礼花，这就是他的皇皇巨著《管锥编》。就是在这本书简短的序言里，钱锺书的一句"学焉未能，老之已至"，让我们领教了他身上那种儒雅之气，还有深深的无奈，那个句末的感叹号，有着多么沉痛而悲愤的感慨啊。这一群人身上，无不带着"赶路"的紧迫感。不，不单单是这一群人，这已经是从近现代以来，中国人普遍具有的精神情结，诗人笔下常写常新的文学母题，不信你听听七月派诗人彭燕郊在《电力机车之歌》中高亢激昂的歌吟：

远征—— 一直有一种紧迫感，从清末开始就有一种紧迫感
太快了吗？不，还要快些，我的辉煌的追赶，第一流的超前追赶。
所有的兄弟姐妹们，所有的亲人们，我理解你们的
沉醉、欢呼、呐喊，感谢你们，我不能稍停，不能停下来，停下来
接受你们这一束又一束鲜花，这一杯又一杯美酒，我要追赶，超越，
更先锋，更前瞻，在你们劈啪响的掌声表示的胜利的祝福里
赶上直线上升的高效率。赶上，把传统速度极限踩碎
赶上，在历史的庄严期待里到达每个刚刚出现的站口。
作为新时代光荣的使者，宣告人类无穷智慧带来的幸福，那一刻
就要到来，就在我一程又一程的旅程里，在历史的需求里
我必须为历史的需求奔驰，追赶，我的到达是一个又一个实现了的
历史的许诺。我要在须臾片刻间到达，在殷殷期望里到达……

涧底松：

彭燕郊这种急迫的呼叫，应和着时代和"历史的需求"，应和着"历史的许诺"。这样的声音，早就在毛泽东1963年写下的《满江红·和郭沫若同志》的诗篇里，定下它急迫而铿锵的声色："多少事，从来急。天地转，光阴迫。一万年太久，只争朝夕。"

憨敦敦：

回到萨义德，根据他的研究，许多晚期作品通常会直接去表现死亡主题，还会反映出一种特殊的成熟性和精神的"非尘世的宁静"这一类型。但这些特点还不是他尤为看重的，他更具卓异的发现，是洞察到了艺术家在晚期作品里所表现出的那种深刻的冲突、不妥协和一种几乎难以理解的复杂性，还有一种容易受到责难的成熟。台湾作家朱天文在《南方周末》上谈及萨义德的这部著作，先是援引了大江健三郎在《作家自语》里的一段话：

"人到晚年之后，无论悲伤也好，愤怒也好，对于人生及世界的疑惑也好，能够以猛烈的势头调整这一

切、面对这一切，并推进自己工作的人，是艺术家。”随后她感慨地说：“我真高兴听见，晚期工作不是迟暮哀感，不是沧桑兴叹。晚期风格，也不是什么成熟、透彻、圆融之类。晚期风格是，不与时人弹同调。”☆

☆《从边缘出发，走向边缘——致大江健三郎先生》，载2009年9月23日《南方周末》。

在我们的古典文论里，从刘勰、钟嵘、司空图、严羽，直到近代的王国维，都没有专门来谈论“迟暮风格”这个现象的，倒是在一些作家的诗文里，可以频频见到论及“迟暮风格”的片言只语。像唐代诗人里，杜甫就偏爱对诗人“迟暮风格”的思考：“庾信文章老更成，凌云健笔意纵横”（《戏为六绝句》）；“晚节渐于诗律细”（《遣闷戏呈路十九曹长》）；“老去诗篇浑漫与”（《江上值水如海势聊短述》）……今人里，我看到钱锺书49岁时在跟友人龙榆生的唱和中如此感慨“且借余明邻壁凿，敢违流俗别蹊行”☆。最近，从画家陆俨少1984年创作的《杜陵诗意图》的一个题跋上，我看到关于“衰年变法”的表述：“予于山水画寝馈古法六十年，今耄老，辄欲绝去依傍，另起炉灶，而未知所往，如黑夜行路，前方似有光亮而闪烁靡定，转去转远。”这些体验与思考，不单和萨义德的价值判断异口同声——不由得让人感慨“天下智谋之士所见略同耳”，而且，杜甫和钱锺书较之萨义德，在发现、体认“迟暮风格”的特殊类型上，至少也是发为先声的。

☆《槐聚诗存》，北京三联书店，1994年版，第65页。

涧底松：

我怎么寻摸出你是在为中国人“抢头彩”。

憨敦敦：

不是“抢头彩”，而是晋代的陆机在《文赋》里早就谈到的一种创作心理：“虽杼轴于予怀，怵他人之我先。”古人虽然还没有达到对知识产权的觉醒程度，但古代的文人特别在意原创和原创性，在意谁第一个表达了别致的意思，首创了崭新的文法。

涧底松：

昌耀的迟暮风格作品，究竟呈现出一些什么样的特征、感知特质和形式呢？这个题目很大，就是略作梳理，也是一件颇为费力的事情。因为进入迟暮时期的昌耀，好像进入了一个精神的裂变期。在这个过程中，他不断释放出巨大的心灵能量，这些能量很像核物理学中发生的核裂变，由一些感受分裂出更多的感受，就像树枝状的结构在分蘖、分叉。我眼下还没法对它们逐一进行条分缕析，我只能避繁就简，避轻就重，举其大端来说说。

涧底松：

不管你是怎么避轻就重，死亡意识、死亡话题肯定是你所不能绕过的话题，它无疑也是暮年之人最为频繁关切的心理内容。尽管许多人在很小的时候会目睹到死亡这一现象，但死神在他的心灵世界充其量只会留下一道影子，不像进入垂暮之年的人觉得死神就住在隔壁，他随时都可能面临死神的造访。在我看来，死神有两个替身，一个正是病魔，它是阎罗王下派的捕快，另一个则是衰老。“风烛残年”，是我们形容一个人到了接近死亡的晚年时经常使用的一个成语，它把人的老态、病态、无力、颓唐都表现出来了。王羲之在《题卫夫人〈笔阵图〉后》里就颤巍巍地发过一通老气横秋的感慨：“时年五十有三，或恐风烛奄及，聊遗教于子孙耳。”古代人没有现代人活得年岁高，一到五十来岁，就有生之焦虑和死之恐惧袭上心头。你翻开唐诗宋词，时不时就会遇上描写老态、老境的诗词，像“岁去人头白”（钱起《伤秋》）、“问鬓边，都有几多丝，真堪织”（陆游《满江红》）、“红颜暗老白发新”（白居易《上阳人》）之类。叹老、伤老，以至于诗家词人频频拿白头、衰鬓作意象、造意境。韩愈的《祭十二郎文》以精简的十个字综括自己的老态“吾年未四十，而视茫茫，而发苍苍，而齿牙动摇”；宋代的两位词人写老态也能从平常、琐屑的意象中写出点儿新意，像辛弃疾病愈之后的体验“不知筋力衰多少，但觉新来懒上楼”（《鹧鸪天·鹅湖归病起作》），郑思肖的“而今吾老矣，无力收鼻涕。非惟不成文，抑且写错字”。（《锦钱余笑》）虽然是自嘲老态，笔调略带诙谐，但其深处的悲凉、无奈，越发显出沉重。钱锺书点评古人形容老态的文字，说很少有人像南朝的文学家沈约写得那么亲切，他所指的那段文字，就是沈约的《与徐勉书》里的这么一段话：“外观旁览，尚似全人，而形骸力用，不相综摄，常须过自束持，方可黾勉。解衣一卧，支体不复相关。……”什么意思呢？就是说人老了，老得好像连自己完整的身子都收拾不到一起。他还援引古人的一个说法，老人早起的时候，勉强振作，形同硬是将一把新雨伞撑开。钱锺书这样解释“新雨伞”：“旧日油漆纸伞新者皆胶粘不易撑开”，而且说这个形容老态的比喻很是新颖、恰切，比把身体状况比喻为一辆坏车要精妙。☆钱锺书自己形容老病之态，是在他写给古代文学研究专家吴忠匡的信里：“老人大病，所谓恢复者，乃浮夸之词，如弱国遭侵略，纵抗

☆参见钱锺书《管锥编》，第四册，第1404–1405页。

战得力，未至灭亡，而失地必难全复，至于元气损耗，更非十年生聚不能为功。然而来日无多，安保长期乎？衰老即是一病，病可治而老难医，病或日减而老必日增，乘除消长，吾弟将来当能体验及此。”☆

☆刘永翔《蓬山舟影》，汉语大词典出版社，2004年版，第27–28页。

“一个老人不过是卑微之物，一件披在拐杖上的破衣裳”，这是爱尔兰诗人叶芝对老态的素描，如果让我作比老人的颓然无力，我选择提线木偶。这种种的形容和比喻，大多数都是从人的外貌上的衰老来着眼，从白发老者内在的感受来描写的，古诗词里相对要少，像王维《送韦大夫东京留守》里的“壮心与身退，老病随年侵”的前一句，戴复古《望江南》里的“老来万事付无心，巧语不如喑”，杜牧《汴河阻冻》里写的“浮生却似冰底水，日夜东流人不知”，都算是了不起的微型心理观察。总之，衰老和多病，是诱发老人去观照死亡的重要诱因。

步入迟暮之境的人，常常还表现出一种特定的烦躁心理，这种晚境的体验给我印象特别深刻的文字，出自青海作家王文泸的散文《远去的一双手》：

> 有一次我听到坐在躺椅上晒太阳的父亲用慢性中风患者特有的含糊语调自言自语：“……忘性大呀……忘性大。”
>
> 我走过去俯下身子问他：“你说啥？谁的忘性大？”
>
> “阎王。我是说阎王。他把我打发到阳世上之后就忘掉了！我的心都等焦了……”☆

☆《站在高原能看多远》，青海人民出版社，2003年版，第106页。

这一段描述，属于人在临终阶段烦躁不安的心理现象，钱锺书在晚年曾用“多病意倦，不能急就”来表述他的写作状态和生命状态，他的烦躁只是程度相对轻微的倦意，不像这位老者等死等得“心都等焦了”。面对死亡，发出这么直白的倾诉，有可能是中国文学里，对迟暮情境中关于死亡期待这个特殊心理体验，最敏锐细微的一个审美表达。

憨敦敦：

晚年的昌耀，把他的烦躁表述为“心躁如焚”。我在此感兴趣的倒不是他在作品里怎样表达了他的烦躁——你在他后期的作品里找，确实有很多作品直接写到他的烦躁，像他的《烘烤》一诗，连症状都与中医学上讲的烦躁不差分毫。当然，中医上是将两个我们经常连属的词儿分而释之：胸中热而不安叫“烦”，手足扰动不宁叫“躁”。我读昌耀迟暮之境中的诗作，很多时候他都在表述这种具有病理意义的心理状态。确实，昌耀一方面在身心层面受到恶劣情绪的煎熬，一方面也被这种心理状态影响到他的创作、他的文风，甚至他的文体结构、篇幅长度。这种现象考量起来可能相当有意思。就昌耀自身来说，烦躁这种心理体验很难让他长时间地专注于某事某物，那种年轻时对事物从容、安静的凝神状态，可以说在昌耀的迟暮之境里已经难得一见了。他自己就像不平静的洋流，还要在深不可测的内心世界，持续不断地搅动起令人惊怖的漩涡。心理上的峻急、迫促加剧了他的烦躁，使他在行文上愈加凸现出一种"风格的迅速和简洁"，这也是卡尔维诺提交给"新的一千年远景之中"的"文学的某些价值、特质和品格"里的一种。我这里特别要解释一下文学上的"简洁"，它最核心的价值其实是高度的浓缩，不是一般性的浓缩，是类似于制造核武器的那种高浓缩铀。昌耀的诗歌意象繁复，文脉跳荡，确实像卡尔维诺说的那样："风格的迅速和简洁令我们愉快，因为迅速和简洁向我们的心智提供了同时出现的或者彼此交接得极为迅速以致看起来像是同时出现的思想的奔驰，或者使心智浮游于丰富的思想、形象或者精神的感受之中……"☆你在生活里也会发现，性子急的人说话极为简洁、快速、话题多变。昌耀在迟暮之年，看上去充满了急迫，千头万绪真是剪不断理还乱，你在他的诗文里极难找出冗言与赘述，他自己首先就无法容忍博士买驴式的不着边际，厌烦词语上的啰嗦。这种思维和心理状态，导致他的许多作品出现"未完成性"，也就是不去充分地展开，而是要快捷地进行燃烧式的书写，匆促地展开意旨，决绝地以一种狂暴的激情，剪除所有的"瘠意肥词"（刘勰语）。真没耐心重描浓写了，唯有画家逸笔草草的速写了。在《权且作为悼辞的遗闻录》这篇迟暮风格的作品里，面对一位老是听到颅腔内有水流声的妇人的特殊经历，昌耀有这么一段值得我们寻味再三的表述："我不忍拒绝这份资料——在作家笔底，它肯定是一个长篇小说的雏形，在涉奇者眼里，兴许还会看作以多次造山成因被包孕在一块璞玉的金刚石，可供剖取赏玩。但我只肯简略记述这一遗闻。我缺少那份'听候下回分解'的耐性：世事太冗赘，却又太相似，九九归原，终无一新鲜。亡灵地下有知。"迟暮之年的昌耀坦陈"缺少那份'听候下回分解'的耐性"，理由就是：世事太冗赘，却又太相似，九九归原，终无一新鲜。在一个沧海曾经的深度阅世者那里，尤其是在一个诗人那里，散文、小说那种惯常的线性发展结构，已经被诗人所擅长的辐射性、高度凝练的合成性结构，如荫翳般笼罩在意义密林的上空。

☆参见卡尔维诺著，杨德友译，《未来千年文学备忘录》，辽宁教育出版社，1997年版，第29页。

洞底松：

从写作经济学的角度上讲，小说这种文体至少不如诗歌在表达上耗费少而收益多。容我说一个或许有点儿不搭调的比方：诗歌像鹰，轻盈地起落和翱翔，小说则像大型客机，沉重而吃力地升降。就能在一定的高度上飞翔这个指标来说，雄鹰与飞机可以说难分伯仲。也可以说小说是旷日持久的苏绣、唐卡手艺，诗歌已经是缝纫机上的缝纫了。小说是航空母舰，诗歌是快艇。不同文体之间其容量、精度、密度、深度乃至速度都迥然有别。在昌耀这样的诗人看来，所有的小说都多多少少有些婆婆妈妈，永远在缠绕着一团毛线球。连张承志这样很早就出道的小说家，到后来也放弃了对故事的营造，拿他的话来说，他已经对小说的迂回和编造缺少了兴致，而对散文的直接、随心所欲喜爱有加。你刚刚提及的卡尔维诺，一个纯正的小说家，可他在骨子里更欣羡这样一种紧凑的诗学：“我常常梦想那些篇幅浩繁的宇宙论式的著作、英雄叙事诗和史诗能够压缩到警句的篇幅。在我们面临的更为繁忙匆促的时代，文学应该力争达到诗歌和思维的最大限度的凝练。”☆这里面牵扯到一个大部头作品的写作问题，这个问题只有文学上的过来人才能道出其中的甘苦。我对歌德当年跟爱克曼有关这个话题的谈话印象深刻，歌德毫不隐讳地劝诫人们：“不要写大部头的东西。许多既有才智而又认真努力的作家正是在贪图写大部头作品上吃亏受苦，我在这一点上也吃过苦头，认识到它对我有多大的害处。”☆这让我马上联想到海子写《弥赛亚》的情形。我们都能感到海子试图用一个人的力量，建造一篇宏伟宫殿一般的作品，可实际的结果是，他只造出了几根廊柱。尽管我们可以从中感受到他“设计时的壮观和匠心的遗痕”（卡尔维诺语）。

☆卡尔维诺著，杨德友译，《未来千年文学备忘录》，辽宁教育出版社，1997年版，第36页。

☆朱光潜译，《歌德谈话录》，人民文学出版社，1978年版，第4页。

憨敦敦：

昌耀在迟暮之年也出现了“残垣断壁”式的诗歌建筑，比如他的《20世纪行将结束》。待会儿我们再去探讨他迟暮风格里的“未完成性”。我现在想要说的是，昌耀晚年诗歌里经常出现的死亡话题。我曾在青海省湟源县昌耀诗歌馆陈列的文献资料中，看到昌耀未刊发的手札里有这样一则思想片段：“中国哲学往往限于人生观、伦理学，而人生观也多限于论‘生’而不究‘死’。”这是昌耀给我们的一个简单而又有深意的解答，也是他窥见的中国文学的“阿卡琉斯的脚踵”。他这种冷静的思考，实际上与他的胞衣之地——湖湘大地上对鬼神巫傩的信奉是分不开的。这种地域文化因为对讳言死亡的儒家文化有着巨大的偏离，或者说它本身携带着一些异质的文化样态，所以，昌耀也就会自然而然地把这种异质的体验与表达，带入他的诗歌。

我们先来看看作为昌耀“迟暮风格”重要主题的死亡主题。

昌耀表现死亡主题的年龄，以他的诗歌文本为据，是在1981年，那时他不过45岁。在这首《生之旅》一诗的副标题里，我们看到昌耀的一段注释：“是对人生的感受。其时，我在某‘急救病房’，肃穆的氛围催人泪下。”据燎原的《昌耀评传》☆透露，那次经历的原版，是昌耀看到对自己情深义重的土伯特汉子杨公保，突患重病后在县医院抢救的一幕。尽管这一次是他人的死亡历险，但敏感的昌耀已经从这面镜子窥到一出死亡剧目的预演。诗人在这样一个肃穆的时刻，对一个正在经历病魔蹂躏的重病患者，实施了一场诗学的加冕仪式：一个原本羸弱、病态、气息奄奄甚至因此而显出生命丑相的病人，经过诗人充满激情的观照和庄重的奖掖，升格为“比罗马教皇更显神情端庄”的“伟丈夫”“美男子”“剑斗士”。我顺便朗诵一下，你来听听：

☆参见人民文学出版社，2008年版。

啊，你虽九死而未悔的伟丈夫！
你身披曳地红十字长袍的美男子！
比罗马教皇更显神情端庄，
高卧在冷色的床垫了，
一如倒扑在父母之邦的雪野。
而此刻才见你是一个濒于气绝的
剑斗士，为命运之神杀伐，
使我饱览了昆仑原上
黄昏的沉重。
——生之旅
原是一个默契？不，你决不自弃明日的晨钟。
你已紧握最后一瞬。
你复跃起。
你复冲刺。
你的胸廓缠以石膏。
你的骨节嵌以铁榫。
你有甲醛、乙醇之芳馨。
将以生命的最大耐力走向你雪原上的
炊烟。

涧底松：

我从他的圣咏里，听出了屈原的声音，马克西蒙斯那样的古罗马角斗士或者说剑斗士的声音，他把它们亦中亦西地杂糅在一起，将一种峻烈、酣醉、带着甲醛、乙醇之芳馨的英雄气息，灌注到现代病人的形象里，一扫以往病人形象的虚弱和萎靡。

憨敦敦：

阳寿只有55岁的鲁迅，在《野草》中开始书写死亡主题、阴间图景的那些篇章，像《颓败线的颤动》《死火》《死后》《失掉的好地狱》《墓碣文》，很凑巧，也是在45岁前后。由于经历、身体状况、体验强度的差异，作家、诗人对死亡的书写时间，有的偏早一些，有的略晚一些，但是只要作家、诗人在某一阶段开始对死亡话题展开书写，那就意味着他的写作风格将会有一个明显的变调，他会进入一个与以往不同的阶段里。而且，我们也能找出每一个作家、诗人写作死亡题材的现实诱因，比如目睹亲朋的离世和受到不祥、畏怖场景的刺激，或者受到某些来自社会、家庭的精神伤害而导致情绪灰冷、抑郁。如果说昌耀第一次涉猎死亡话题，是从他人的镜子里以旁观者来体悟衰老和疾病带给人的难堪，那么，仅仅 4 年之后，49 岁的昌耀在 1985 年 10 月写下《悬棺与随想》一诗，开始第二次涉及死亡话题的时候，他已经从旁观者变成了亲历者，叙述人称自然也由先前的第二人称变成第一人称——虽然我们不能简单地把抒情诗当中的第一人称轻率地等同为作者本人，但参照这首诗的内容和与此有关的现实情形，这次被病魔所选中的对象正是诗人自己。

这首诗作分为两节，结构方式是对两个时空中的物事的拼贴。诗的第一节内容当是他某次南国之行的观感：诗人看到附着于绝崖上南方古代少数民族遗留的悬棺，看到它们“以死为陈列照临大江东去，以亡灵横空作死亡的建筑，静观世间众生相”，他便直观死亡之相，摊出有关死亡的四种体验——

死是一种压力。
死是一种张望。
死是一种义务。
死是一种默契。

诗的第二节，昌耀把时空陡然转接到自己身上，而且首次披露了有关他生命的一则噩兆：

亢奋的进击。
如此我被告知：
在我右肺第一肋间发现有圆形阴影。
想是那太阿神剑已完成了意义重大的一举。
那铁蒺藜也似乎在我腹腔制造生命禁忌。
孩子说我的腿已在生锈。
但我的自我感觉尚好。
我仍将压榨自己。
我的汗渍在脊背板结。
我板结的针茅草甸充盈着悍霸之气

在这节诗里你要留意一下，昌耀在他的“疾病报告”中加入了文化的“隐意”或者说是文学的典故，这就是诗句里出现的“太阿神剑”。“太阿神剑”是古代的名剑。相传是春秋时欧冶子、干将所铸，汉代袁康的《越绝书·外传记宝剑》中记载他俩所铸的宝剑一共有三柄：一曰龙渊，二曰泰阿（即太阿），三曰工布，书中还极尽形容道“欲知太阿，观其纹，巍巍翼翼，如流水之波”；《晋书·张华传》里形容说“宝剑之气，上彻于天”，由此可知，此剑凝聚着一种非凡的剑气。《越绝书》是汉代杂史小说中充满原始血性和强悍民风的复仇书，也是鲁迅小说《铸剑》最为重要的文本依据。昌耀在这里把它象征为命运之剑。就是在遭遇这样一个噩兆的时候，昌耀诗歌中的又一个重要主题——复仇，开始萌生。

涧底松：

你说的文化“隐意”另说，这节诗给读者传递出的一个强烈信息就是疾病。疾病早已是一个居心叵测的潜伏者，伺机在每个人的生命里实施他那屡试不爽的暗杀、围剿计划。有意思的是，属于身体的生理性疾患，常常被我们赋予文化的意味。几十年前，我就读到过美籍华人学者傅孝先写的一篇《肺病与天才》的随笔，文章述及他在北卡罗莱纳州教书时扭断了一条肋骨。本来他误以为得了肺病，结果他对自己患的不是肺病而感到“轻微的失望”。什么原因呢？他的解释是：“这并非故作谬论，而是因为我一向认为肺疾是种高贵的病，而断肋骨则是种贱症。”☆“死于肺病确是种仅次于自杀的高贵命运，而在肺病患者身上发现天才的可能性也高过其他一切病人，……古今中外死于肺病的作家多属英年而逝，所以更富悲剧性。试举几个人为例：赫伯特、柯林斯、济慈、布朗特（EmilyBronte）、契诃夫、曼殊斐儿、劳伦斯等等；在中国，得肺病的文人当然也不少。我一直觉得颜回就是最早的一个例子，因营养不良（‘一箪食，一瓢饮’）和用功过度而死于肺病（史无明载，想当然耳）。境况较佳的文人也有染肺病的，像白居易虽然活了75岁，但从他《闲居》一诗（‘肺病不饮酒’）中可以看出他也身染此恙，足证肺病之普遍性及其与文人的密切关系。”☆凑巧的是，诗人昌耀罹患的也是肺疾，医学上更为准确的名称叫“晚期肺癌”——一个被现代医学诊疗手段“发明”的疾病，一个现代疾病的名称。

☆《傅孝先文集》，中国友谊出版公司，1984年版，第38页。

☆《傅孝先文集》，中国友谊出版公司，1984年版，第39–40页。

你瞧，我们关于疾病的话语表述里，还隐含着约定俗成的等级划分，有些病“高贵”，有些病“低贱”，高贵的被尊崇敬仰，低贱的被鄙夷嫌弃。聊到疾病的话题，我还想到一个人，美国作家、评论家苏珊·桑塔格。她44岁的时候，被诊断患了乳腺癌。患病的经历，让她在第二年写下了《作为疾病的隐喻》，2003年上海译文出版社出版这本书时，书名简化为《疾病的隐喻》。桑塔格作为一个充满洞察力的批评家，发现疾病本身并不怎么可怕，可怕的是人们给疾病附加上去的种种等级化的价值评判和道德的、政治的、文化的诸般象征意义的社会重压，这就是她所谓的疾病的隐喻。你比如像她所观察到的：在很多人的眼里，癌症 = 死亡，死亡的隐喻缠绕着癌症，这使很多患者沮丧至极，甚至有人放弃治疗。不仅如此，癌症还隐喻着病人人格上的缺陷，“癌症被认为是这么一种疾病，容易患上此病的是那些心理受挫的人，不能发泄自己的人，以及遭受压抑的人——特别是那些压抑自己的肝火或者性欲的人"。这令桑塔格感到痛苦和愤怒："不是如此这般的命名行为，而是'癌症'这个名称，让人感到受了贬抑或身败名裂。只要某种特别的疾病被当作邪恶的、不可克服的坏事，而不仅仅被当作疾病来看待，那大多数癌症患者一旦获悉自己所患之病，就会感到在道德上低人一等。"像你刚刚谈及的肺病，被她从审美意识史、生理组织学、心理学等角度审视得更为透彻：19世纪的文学作品中，结核病被描绘为一种使死亡变得"优雅"的"令人肃然起敬的疾病"，人们赋予因结核病而导致的死亡以道德色彩，认为这样的死消解了粗俗的肉身，使人格变得空灵，使人大彻大悟，而这一切仅仅因为结核病的病患部位在人身体的上半部。"肺部是位于身体上半部的、精神化的部位，在结核病获得被赋予这个部位的那些品质时，癌症却在攻击身体的一些令人羞于启齿的部位（结肠、膀胱、直肠、乳房、子宫颈、前列腺、睾丸）。身体里有一个肿瘤，这通常会唤起一种羞愧感，然而就身体器官的等级而言，肺癌比起直肠癌来说就不那么让人感到羞愧了。"在身体的等级制度下，疾病也开始建立起森严的等级，而作为一种隐喻，它们又被带回到社会等级制中间，帮助区分人的社会身份。

再说说你提及的复仇。复仇原意是采取行动来打击仇敌。像我们在小说、影视剧里看到的多是这一类型。而作为艺术家、诗人的复仇，则是一种内在精神、意志力、个人理想、个人价值观与世俗社会的对立与反叛、抗衡。我认为昌耀在经历这个噩兆之后走向复仇的这个心理变化，无意中契合了美国"存在心理学之父"罗洛·梅的心理学说。罗洛·梅认为，艺术家身上都有一种反叛性，艺术家都是"人类古老的造反能力的承载者"，这种反叛性是一种强烈的情绪，一种提高了的生命力，他把这称之为"感情激昂"："这种感情激昂是针对不公正的，在我们的社会中当然存在着很多不公正。但是，归根结底，它是针对所有不公正的原型（即针对死亡）的感情激昂。"☆我觉得，昌耀就是因为这一噩兆，嗅到了死神的魔爪。

☆杨绍刚译《创造的勇气》，中国人民大学出版社，2008年版，第21页。

憨敦敦：

复仇主题，在昌耀的诗歌里有这么几个层次：

一是对悖逆命运、流逝的时间或者死亡的反抗，比如他在《命运之书》的自序里就表述过："'昌耀还活着'也确乎荒诞不经，几可看作是对于命运的嘲弄。"这类声音还有：

从所有的器物我听见逝去的流水。
我听见流水之上抗逆的脚步。
（《划呀，划呀，父亲们！》）

我自当握管操觚拼力呼叫拖出那一笔长长的捺儿
那是狂悖的物性对宿命的另一种抗拒。
（《烈性冲刺》）

二是对精神沉沦的反抗，诸如《燔祭》《干戚舞》《勿与诗人接触》等作品均为这一类型。和《复仇》写于同一天的《勿与诗人接触》一文，可以窥见昌耀对精神沉沦、物质主义的浅薄认识论甚嚣尘上的愤懑与抗拒。我这里特别想说说昌耀从《勿与诗人接触》里透露出的一种崭新的反抗策略，这也是在鲁迅的文字里没有出现过的一种精神战术。这篇文字的大意是说一位受到警告“勿与诗人接触”的女士如此询问：诗人果真是做着白日梦的忧郁的人而不可接触吗？通常的回答多是义正词严的一通驳斥与正面说教，而这一次昌耀却反其道而行之：

> 我无语。望着她洁白的身体正为一层阴霾蒙蔽，我却无缘保护：精神的追求不能被贪欲替代、释解。一种浸润之僭正在发生作用。我觉出刺骨的寒凉。
>
> 但我却幸灾乐祸了，肯定地对她说：“没错，夫人，就请这么办！”

从“刺骨的寒凉”——绝望，转入“幸灾乐祸”，这种戏剧化的、急剧变化的心理体验，究竟是一种怎样的修辞格呢？乍听上去，有点儿像归谬法，也有点儿类似于巴赫金所说的语言中的“暗辩体”。可我总觉得还不够榫卯和缝，直到我最近看到崔卫平《被禁锢的头脑》中文版导读，我才在这种完全出乎意料的联系当中触类旁通，称谓这种修辞为“凯特曼修辞”再合适不过。你可能猛然间感到不知所云，别急，我这就马上连接崔卫平评述波兰著名作家切斯瓦夫·米沃什时说的如下一段话：

> 米沃什引用了一百年前法国驻波斯外交官的一项发现，它被称为“凯特曼”。按照这位外交官的描述，穆斯林世界的某些人认为，为了使得信仰免遭世俗世界的伤害，不仅应该对此保持沉默，而且还要公开否认自己的观点，公开羞辱和贬损自己，采用对方的立场和言语，出席一切在他看来荒唐的仪式和表演，争取加入到对方的阵营中去，借以蒙蔽对方，引对手犯错误。
>
> 如此，人们在强权面前的潜台词就是：你要什么，我给什么。我正好是你要的那个东西，我是你的逻辑，你的立场。这下你没有什么可说了吧。如果犯错误，那是你的错误，你的不幸和无力，与我无关。你的错误由你来承担，我的错误也由你来承担。因为我就是你。这样一来，事情的性质发生了变化：本来是被迫撒谎，现在变成了一项主动的策略。他不承认自己是一个被欺骗者，反而认为自己是欺骗对方的人。他不是失败者，而成了得胜者。在这种貌似欺骗中，他获得了某种道德上的优越感。在众目睽睽之下，这个人堂而皇之地从任何责任感中逃脱了。☆

☆《被禁锢的头脑》，中文版导读，广西师范大学出版社，2013年版。

这是昌耀在审美批判上的一种佯装的将错就错，是他的一次无奈而又清醒的恶作剧，也是他整个写作风格上难得一见的“冷幽默”。其中斩截、倔强的价值取向，一种昌耀式的负气的绝情，一点儿都不输给正经严肃的表述。

三是对权贵的鄙视与违逆。昌耀身上有着一种湖南人根深蒂固的倔强。这种强项令一般的犟劲，使他内心里绝不谄媚、屈服于任何基于强势而趾高气扬的权力，强硬的凌辱。写于 1979 年末的一组《京华诗稿》，其中有一首未被昌耀自己收入总集，而是由燎原、班果增编进《昌耀诗文总集》（增编版）中，这首诗歌的题目叫《在故宫》。它以一种极端的坦诚，表达了昌耀式的倔强：

不愿去勾描这天子的龙廷
当年是如何紫气东来，
万方朝贺。
“皇极殿”前，
我只是一个
不懂膜拜的布衣。

嚼食着果子面包，
此刻的我，
该不无嘲弄之色于眉间。

1985 年，昌耀又在《和鸣之象》里，以加强音的方式，重奏了这种“不懂膜拜”的声音：

不要匍拜。
不要五体投地。不要诚惶诚恐。
不要佯作十二万分地感动而无所措手足。
不贿以供果。
不赂以色相……

这是昌耀笔下令人过目不忘的、字字掷地有声的“不字句”，是一句句否定的激情。昌耀对居高临下、目空一切的权贵们的态度，除了这种硬气加傲骨的冒渎、违逆之外，还有一种少见的、戏谑式的表现，虽然昌耀多次表述过自己“终究还是不会修炼得更为幽默一些”（《致非马信》）。许多论者、读者也常常片面地只把昌耀解读成一个苦情的、悲情的诗人，一个满脸忧郁、只会低着沉重的头颅思考的诗人，就如同多数人心目中把诗圣杜甫想象成愁苦的诗人形象一样。然而即便是杜甫，也有“囊空恐羞涩，留得一钱看”这样的杜氏幽默。一千多年之后，在孔乙己身上，我们又见到了杜氏幽默的回光，瞥见了他们之间某种精神基因的传递和承接。昌耀也有他的王氏幽默，王氏戏谑法。前面那首《在故宫》里诗人“嚼食着果子面包”，脸上“不无嘲弄之色于眉间”的精神优越感和胜利感，已然露出他戏谑姿态的端倪。我这里再举两篇他的未刊稿。一篇写于 1996 年 2 月 13 日，题目为《春天漫笔》，记述的是他参加 k 省一次新春聚会的印象，文章中昌耀 4 次用"省长大人"来称呼当时莅会的一位省级官员。☆"大人"是过去对于位高者或者王公贵族的称谓，"省长"则是现代社会省级行政区的行政机构首长，两者混搭在一起，有着微妙的情感投射。

☆参见马钧主编的《江河源文存·散文卷》卷二，青海人民出版社，2018 年版，第 80 页。

另一篇，是写于 1999 年 7 月 26 日的《士兵。青铜雕像。鸟儿》，这一篇后来收入《昌耀诗文总集》（增编版）中。文章一开头就写道：

> 于是，我注意到了这座边城省府门前值勤的士兵。或者仿照西班牙游侠堂·吉诃德的眼光审视之，是分别立在"大衙门"两侧的"高贵武士"。然而，我从中感受到的都是一种喜剧的色彩，并认定具有某种永恒意义。住在这座城市前前后后也有二十多年了，但我直到前不久才欣赏到这一幕，并让我莞尔一笑，并让我发思古之幽情，应该说也是一种精神享受。

昌耀在这个庄重、威严的场所看到的是纹丝不动、"像雕塑一样美"的"值勤士兵"，他把他们叫作"高贵的武士"，仿佛给他们涂上了一层崇高的颜色。让诗人感到好笑的一幕，就是一个醉汉在"高贵的武士"值守的省府门前的花圃栏边，解开裤带溲溺的一幕。"当我走近那个醉汉不再表现犹豫的处所时，那儿的水泥地坪上只留下一行冰渍。因为这是一个寒冷的午时。我不仅莞尔一笑。于是，回头又望了一眼那座府门和门前雕塑般肃立的士兵。"接下来，昌耀又一次使用了他结构文章的一种方法：互文链接，就是把自己的文本与另一个在语义、语境上有联系的文本链接起来，以便扩大已有的语境，使文本呈现出一种敞开、开放的状态，出现两种声音：

> 我不禁想起了王尔德《快乐王子》里的那座雕像，——而雕像都是相似的，无论王子、士兵、伟人……都是生命瞬间的凝结，且永恒。假若有一天，会有那些快乐的鸟儿飞到这样的士兵的头上无忌地啼鸣，并且衔来青葱的树枝筑巢下卵那会是多么奇妙的事。而在现实生活中，我的确看到过这样的——而不是幻想的——青铜雕像和这样立在雕像的额顶啼鸣以至于撒污的鸟儿，难道只是"幻想"吗?
>
> 于是，我总是要回味起那一刻，觉得余味无穷。

从文化史上来看，这种戏谑的声调，来自宋代释道原《景德传灯录》里那个著名的"佛头著粪"

的典故。在巴赫金那里，这可是典型的脱冕主题，是对一切神圣事物的冒犯与意义的解构。我记得80年代黄永玉在他的《芥末居杂记》里，再次沿用了这个戏谑性的文学母题，只不过是把嘲谑的对象移植到军阀韩复渠头上。他的这个微型寓言说，韩复渠饲养过一只凤头八哥，在一日早朝时，"韩坐首席众目睽睽下，八哥忽遗矢于韩帽。众官匿笑为韩所觉，怒掷八哥于窗外……"☆这样戏谑的笑声，总是不断地出现在历史和现实的某个时刻。现在，我们又在昌耀这里听出了他那戏谑似的"腹诽"：他在文中有意使用"大衙门"和前面用的"大人"一词，都是一种旧称，"大人"原属敬辞，是对高位者或如王公贵族的称呼，但它流通在封建帝制时代。诗人把两个历史时空不同的称谓有意撮合在一起，夹杂着丝丝缕缕的微讽和调侃，也暗含有某种下层人与上层人之间疏离、阻隔的距离感。"大衙门"指的是过去的官署、官僚机关，两个词在特定的语境里都带有明显的讽刺和嘲弄。尤其当我们后来把脱离实际、脱离群众、不了解实际情况，不关心群众疾苦，饱食终日，无所作为，独断专行的工作作风称为"衙门作风"，把只会做官当老爷的领导称呼为"大人"，那其中包含的讽刺意味，就透出了锥心刺骨的锋芒。

☆《永玉三记之三·芥末居杂记》，北京三联书店，1985年版，第99页。

涧底松：

对旧称的使用，一种作用是具有历史指向，恢复历史的质感，就像让历史的某些场域回到现场；一种则是代表着使用者的一种时间观念和历史观。有时候当事人有意不使用新词来表述新的事物，反而用旧词来指示新的事物，是想表明他不承认现实的新帐，有时候又在表示着当事人所持有的循环论的历史观，他用旧称、旧词的潜台词，其实也就是想说太阳底下无新事，所谓的新事物也不过是换汤不换药的药渣。有人就把历史比喻为一匹马，马一直是那匹马，所不同者，是骑在马上的人换来换去。

憨敦敦：

没错，昌耀的历史观有着浓厚的循环论色彩，有关详细的讨论，可以去看收在附录里的《昌耀先生的〈一天〉》。我要补充一点的是，《士兵。青铜雕像。鸟儿》的文末，昌耀写到一群鸟儿在雕塑上撒污的情景，里面的态度明显带有贬抑的色彩，意在嘲弄僵化的不朽。在另一处，同样写到鸟儿用粪便锈污雕像的事情，他的态度却是对鸟儿亵渎神圣事物的失望、不解。这篇文字就是他写于1998年2月中旬的《一个中国诗人在俄罗斯》：

……东正教堂的钟声，已在纯金镶饰的圆形塔顶清脆地震荡。街头无忌的鸽群，飞落在行人脚边啄食。然而，有一只渡鸦——或者是椋鸟，悄然飞临了莫斯科作家组织的庭院，落在托尔斯泰铜像的额头啼唱，留下了一泡污，带着铜锈，好像老人颅顶永不愈合的伤痕，终让我想起这是在美丽而又万事荒废的俄罗斯。

这个鸟污雕像的文学母题，我在前面已经有过言说，就不再赘述了。我这里顺便想提示的一点是，鸟儿着粪的这个喻象，可以给钱锺书先生在比喻修辞学上的一个新解、新概念——“比喻之两柄”☆提供崭新的例子。所谓的“比喻之两柄”，是钱锺书撮合古希腊斯多噶哲学，还有中国的韩非学说合成的一个中西合璧式的术语，意思就是对同一个事物的意象，作家采取或褒或贬、或喜或恶两种不同的价值判断，比如“水中映月”这一意象，在“圣道如水月”一句里，可以比喻圣道的玄妙，而在“浮世如水月”一句里，又可以指称虚妄不实，两个比喻一褒一贬、一誉一毁，价值判断迥然不同。

☆参见钱锺书《管锥编》第一册，中华书局，1986 年第 2 版，第 36–39 页。

回到昌耀复仇主题的第四个层面，就是不惜以死来捍卫生命的尊严和体面，宁肯死去，不愿生之尊严受到侮辱与损害，体现出一种意大利作家皮兰德娄式的自杀哲学：自杀是一种自卫的武器，是一种向命运挑战的悲剧式手段，是失败者最后的求助办法，是逃离比死亡更痛苦的现实的一种迂回的胜利。昌耀也毫不含糊地表述过他的自杀哲学：“如果必要的死亡是一种壮美，/那么苟活已使徒劳的拼搏失去英雄本色”“厌恨老境的诗人请以自裁守住蓬勃英年”（《一天》）；在《我见一空心人在风暴中扭打》一文，那件被视作空心人的“一袭白色连衣裙”，就像女吊一样在风暴中扭打，“它宁可被撕裂四散，也不要完整地受辱”；在《权且作为悼辞的遗闻录》中，那个被颅腔里的响声所折磨的妇人所持有的自杀哲学是：“轻生在她看来不再只具被动的‘牺牲品’意义，而是抗恶的‘武器’。与其脑髓被无端啮食，不如在疯狂中自我引爆。”《近在天堂的入口处》里的那只青蛙似的小动物，因为我的脚肢失慎将它挡翻在天堂的入口处，它便“以必求一死的试验和这种死的残忍向我进行复仇了！”

昌耀在 1986 年《诗人礼赞》（三则）之二，写到古代猎人将一匹退役的老马放还大自然，而这样的老马定然不再回头，“定然不让人看到自己奄奄一息时的丑陋”“古代猎人放归于大自然的老马确信死亡的肉体只能使美的感受者留下难堪的印记，于是在孤独的老境中孤独地走向自己生命的终点，走向封闭的死”。这时候，昌耀以死亡方式而产生的复仇，更多地变成了一个临终者对死亡尊严的观照和维护，是最后时刻的生命伦理闪出的光芒。

涧底松：

美国医学家、生物学家托马斯·刘易斯博士也关注过这种死亡尊严的现象，他得出的结论是："动物似乎都有这样的本能：独个儿去死，在背人处死。即使最大、最招眼的动物到时候也想法荫蔽起自己。"他谈到大象如果见到遗在明处的同类的骸骨，它们会有条不紊地一块块将它们捡起来，疏散到邻近的荒野中。他还郑重地说："我这一辈子一直揣着个闷葫芦：在我的后院，有的是松鼠，满院都是，一年四季都在，但我从来也没在任何地方见过一只死松鼠。"☆

☆李绍明译，《细胞生命的礼赞》，湖南科学技术出版社，1995年版，第83–84页。

朋友马海轶在他的一篇散文里同样发出一个疑问：为什么人们只看见鸟儿在空中翱翔，却在大地上找不到它们的坟冢，看不见它们横陈的尸身，甚至一片散落的羽毛？他后来得出的答案是：鸟儿知道自己快老的时候，就会飞升到高空，让巨大的气体涡流撕碎自己。人的死亡尊严处理起来要比所有的动物麻烦得多、复杂得多，纠结着没完没了的道德焦虑、情感牵绊。最近荣获戛纳电影节金棕榈奖、85届奥斯卡金像奖的影片《爱》，导演迈克尔·哈内克所要表现的一个主题，正是死亡尊严的主题：当一对相濡以沫的老人，有一天面对自己的爱侣因为忍受疾病的折磨而颜面尽失的时候，他要面对的一个残酷事实和心灵考验是：活下去的苦楚、难堪与死亡的解脱，两者哪个更为重要呢？影片的结局告诉观众的答案是，男主人公乔治蒙死了爱妻安妮。而这或许是导演所探索的一种极端的爱的方式。

复仇主题在中国现代文学中浓墨重彩的一笔，当然来自鲁迅。《故事新编》里的《铸剑》和散文诗集《野草》中的许多篇什都涉及"复仇"主题。而它在中国文化史、思想史上的一个最重要的来源，就是《史记》的《刺客列传》，是聂政、豫让、荆轲们用血性在绝险中书写到极致的忠烈。

憨敦敦：

在中国当代诗人里面，没有一个诗人像昌耀这样直接继承鲁迅《野草》的文脉，以至于派生出昌耀作品群里极为显眼的"野草体"诗文。可以说，昌耀从题材、体裁到语言风格，都浸透了《野草》的气息，甚至可以这样说，昌耀的"野草体"诗文，是从《野草》这个奇异的酱缸里腌渍过的。你看鲁迅的《复仇》（其二）取材于《圣经》，描绘的是钉杀耶稣的著名场景。而年近50岁的昌耀，在1985年写下的《巴比伦空中花园遗事》，同样取材于《圣经》。不过昌耀把它进行了脱胎换骨式的改写，以至于混合着一丝女娲炼石补天的气息，混合着刺客的味道——"至今骆驼商旅途经王城废墟时还能在夕阳西照中看到少年的身子斜攀在残壁像一柄悬剑……"昌耀最后的比喻，把巴比伦少年与不屈的剑客叠印在一起。他还有一篇与《圣经》的记载相关联的篇目叫《拿撒勒人》。《野草》

里有 24 篇文章（加上一篇题辞），其中《影的告别》《求乞者》《我的失恋》《复仇》《雪》《过客》《死火》《死后》诸篇，你几乎可以在昌耀的创作中找到与之对应的篇目:《醒来》《夜眼无眠》《有感而发》《复仇》《降雪·孕雪》《过客》《生命的渴意》《我的死亡》。全面地对这些篇目进行比较，对于我们有限的对话，必然显得过于冗长，我仅就鲁迅的《复仇》与昌耀的《梦非梦》略作一点儿梳理。

鲁迅的《复仇》，核心的意思是想表述对看客的憎恶，这一点他自己已在 1934 年 5 月 16 日致郑振铎的信中直言相告："我在《野草》中，曾记一男一女，持刀对立旷野中，无聊人竟随而往，以为必有事件，慰其无聊，而二人从此毫无动作，以致无聊人仍然无聊，至于老死，题曰《复仇》，亦是此意。"昌耀的《梦非梦》，无疑是他模仿、化用《复仇》的文意、情境进行的一次重写，一次新的语境下的"故事新编"，这个时刻已经和《复仇》发表的时间，相隔了大半个世纪的光阴（70 多年）。昌耀在这次重写当中，把男女角色换为怀有世仇的一对男子，舍弃了原典当中的看客元素，变成一个在两仇搏杀时怀揣不忍与悲悯的人物——"我"，还有一个在场而具有"大象无形"性质的抽象元素——来自天空的大悲悯，象征意义上的精神存在。两相比较，你能毫不费力地感觉到两篇文字在关键细节、关键场景、关键意象、关键词上如出一辙，甚至连它们的段落结构都是由 9 个段落构成。再三揣摩，你还会觉得这是一出鲁迅和昌耀之间跨世纪的联袂演出，一场精彩的文学双簧。两个人腔吻里传递出的调性，简直可以混同彼此。就拿他们各自的文字来比较，鲁迅是这样的："人的皮肤之厚，大概不到半分，鲜红的热血，就循着那后面，在比密密层层地爬在墙壁上的槐蚕更其密的血管里奔流，散出温热。于是各以这温热互相蛊惑，煽动，牵引，拼命地希求偎倚，接吻，拥抱，以得生命的沉酣的大欢喜。……这样，所以，有他们俩裸着全身，捏着利刃，对立于广漠的旷野之上。"昌耀的场景则是把"广漠的旷野"置换为"江头"："怀有世仇的男子遭遇江头，瞋目对视。//寒气闪烁的利刃攥紧在臀后，对峙着。//将会有愉悦的鲜血从对方的大伤口淌出。将会有鲜血蹦跳着，好似一群自长久羞闭中一旦逃逸而出的幼兽，初始喜悦，继而惊讶，而后是对于失去了屏蔽保护的悔恨：血的死亡。"你仔细一听，"血的死亡""血的悲哀"这样的语句，立马会嗅出鲁迅的气息。

在这里，我又想略作停顿，稍稍比较一下木心与昌耀对待重写的不同写作策略。

木心是中国 20 世纪之后作家群里最擅长重写经典的一位作家；如果抽去他重写中外经典的那些篇章，木心的整个文学世界，夸张一点儿说，差不多就成了一片残山枯水。无可置疑，对中外经典的重写，是构成木心写作诗学的一个核心，但他重写时所遵循的基本原则，就是对原先的经典进行"取舍改添"，基本上不改变原先经典的主旨大意，不伤筋动骨，只是对文句、形象不断加以精粹化。木心的路数很像是一次文学修复，像古建修复尊崇修旧如旧一样。我 5 年前看他的小说集

《温莎墓园日记》，其中有一篇《魔轮》，除了头尾处的文字是木心本人的增饰，其他精彩的对白，全部袭用古希腊军人色诺芬写的《回忆苏格拉底》第三卷第十一章苏格拉底访问雅典名妓赛阿达泰的著名场景和精彩对话，也就是商务印书馆1984年出版的吴永泉译本。只是他用商务版中"赛阿达泰"这个译名中的"达"字，造了一个"女"字旁：妲，这让读者一望而知人物的性别属性，还有视觉上的妩媚暗示。《魔轮》的结尾不见得有多么出彩，但开头写赛阿妲泰美貌的文字，十个作家里肯定有九个抓耳挠腮也挠不出这般语句——

> 岛国难得下雨，赛阿妲泰喜在雨夕缓缓独行，一任纱袍湿贴在胴体上。
>
> 全城的男人天天等下雨，到时候，个个目中无雨，只见雨里的倩影。☆

☆《温莎墓园日记》，广西师范大学出版社，2006年版，第71页。

他不说如何如何美，只从男人们的反应来写。这方法也不是他的独创，他的师父是汉乐府《陌上桑》。人家写美女罗敷，就是从男人的举止反应来写："行者见罗敷，下担捋髭须。少年见罗敷，脱帽著帩头。耕者忘其犁，锄者忘其锄；来归相怨怒，但坐观罗敷。"以姿态显露心机和心迹，这是他们共同的秘方。这是木心重写的一则实例，有关他重写的创作主张，我也举一个例子：

☆《伪所罗门书：不期然而然的个人成长史》题记，广西师范大学出版社，2008年版。

> 以所罗门的名义，而留传的箴言和诗篇，想来都是假借的。乔托、但丁、培根、麦尔维尔、马克·吐温，相继追索了所罗门，于是愈加迷离惝恍，难为举证。最后令人羡慕的是他有一条魔毯，坐着飞来飞去——比之箴言和诗篇，那当然是魔毯好，如果将他的"文"句，醍醐事之，凝结为"诗"句，从魔毯上挥洒下来，岂非更其乐得什么似的。☆

看清楚，木心的重写，是在语言层面的精粹化书写。昌耀的重写，是对文学基因的改造，是重组，是语义层面的"洗心革面"。你看他的《梦非梦》，将鲁迅《复仇》里的冷漠与绝望，变成了悲悯和希望，这个同中有异的新意，使昌耀能够既胎息于鲁迅，又发展和丰富着鲁迅。

还有一个遇不见劲敌的主题，鲁迅在《这样的战士》里设置了这么一种情境："他走进无物之阵，所遇见的都对他一式点头。他知道这点头就是敌人的武器，是杀人不见血的武器，许多战士都在此灭亡，正如炮弹一般，使猛士无所用其力。"而这个题旨到了昌耀笔下，荒诞的高度、深度和广度，达到了前代作家，包括鲁迅所没有抵达的程度。写于 1994 年秋天的《深巷·轩车宝马·伤逝》，在文章的结尾部分，来了一个豹尾式的浩叹："是以我感慨立于时间断层的跨世纪的壮士总有莫可名状之悲哀：前不遇古人，后无继来者，既没有可托生死的爱侣，更没有一掷头颅可与之冲杀拼搏的仇敌，只余隔代的荒诞，而感觉自己是漏网之鱼似的苟活者。"这个表达，显得极为显豁响亮，在表达质量上更为新警，也更具有现代人在新语境中直逼当下的体验质感。

涧底松：

这兴许就是昌耀对鲁迅的文学馈赠的一个高明领悟："故"事只有经过"新"编，方能获得新生，注入新意，或者从过去的时代转换到一个新的时代。

憨敦敦：

昌耀诗学的一个重要方面，正是他能别开生面，这就极大地拓展和丰富了《野草》的题材和体裁，在重写、激活《野草》这一文体上，可谓功莫大焉，以至于昌耀在迟暮之年发展出远远超过《过客》场域的大型对话体作品：《一个中国诗人在俄罗斯》。

即便是作为幻想实验体的《权且作为悼辞的遗闻录》《海牛捕杀者》，也都超越了鲁迅当年垦荒出的审美疆域。

昌耀是一个不惮于各种挑战的诗人，他的名句"一个挑战的旅行者行走在上帝的沙盘"，便是便捷的明证。

所以，我每每在阅读中，揣摩到昌耀从命运的磨砺和写作的操练中积聚起来的表达力和自信力，他很有可能像木心说的那样："每个大艺术家生前都公正地衡量过自己。有人熬不住，说出来，如但丁、普希金。有种人不说的，如陶渊明，熬住不说。"☆昌耀也是熬住不说的人。他只有一次在给李万庆的信中谈及他对自己写作的衡量："我以为一个诗人既不要把自己封闭起来，但也无需对人刻意模仿。就此而言，我更具信心走自己的路。"

前面我已预留下一个有关"未完成性"的话题，它是迟暮风格里经常会出现的一个现象。现在我们可以来说说这方面的情况。

昌耀具有"未完成性"特点的作品，这种"未完成性"是基于生命状态的疲弱或者病患，身体的机能不能支撑正常的创作。就像钱锺书迟暮之年写作《管锥编》，因为"多病意倦，不能急就"，

☆木心讲述，陈丹青笔录，《文学回忆录》，广西师范大学出版社，2013 年版，第 154 页。

他本来计划要写作的《全唐文》等，就没来得及完篇。基于同样的理由，昌耀给我们留下了一部没有完成的自传——《我是风雨雷电合乎逻辑的选择——昌耀自叙》。文末标明的写作时间是1999年（以下辍笔）。导致他辍笔的根本原因就是他的健康。他已经没时间来处理自己的写作战场了，这一点他在“痛苦中勉力编辑”的《总集》后记里说得再明白不过：“此时此刻病情仍在发展，痛苦更无减弱，我已无力在此多作赘语了……我已心燥如焚。”从昌耀最初的写作设想来看，他倒未必就想着要把这篇重要的文字写成半部红楼那样的残篇。这一点我们可以在《昌耀自叙》文末的一处交代里看到：

> 我希望在后面就要陆续写出的文字还有缘触及那二三记忆中的生动，不然，将只归我一人在此生中独享了。依我之见，青少年时光之可贵，概在于其后所余仅是浮光掠影的日子。

显然，他停笔于自己在尚忠小学读书的时光，绝非他的初衷，原计划中，他还剩有值得书写的“二三生动的记忆”，而且它们带着作者未经披露的自传信息，带着他自己独享的私密经历，这该是多么重要的一个作家文献啊！但这些都已被他带入九泉之下，无人有幸得窥其中堂奥。从他给读者预先打招呼的层面上看，他也不想按照线性的传记体写作套路，从小写到老，他只想戛然而止于某段理想的、精彩的人生时刻，按照他的理念，恐怕壮年、老年“仅是浮光掠影的日子”，这句话的弦外之音，就是他不会在书写壮年、老年的时光上再多费口舌。他在生命经历的完整性上，只希望截取人生的一段，让其以片断性来呈示自己。这引出一种“抽样”式的写作观：不必面面俱到，只须撷取一些可供玩味的瞬间、片断、若干记忆里的“镜头”便足矣。在《我的死亡》里，昌耀向我们明示过他的一种创作思维：“强迫将痛苦的时空压缩为我所称之的失去厚度的‘薄片’。”比起文字的厚度，昌耀更倾心于文字的密度和精度，这是他的写作特质。受这种写作思维和写作特质的影响，他的迟暮风格里便出现了一种片断体的写作，它带着某种草稿性和未完成性出现在他的文本里。20世纪60年代初，他风华正茂的时候写的《断章》，和后来在80年代刚刚解冻之后写作的小诗《春雪》，虽然已经露出这方面的端倪，但它们都是他文本意义上、有意设计的“断章”，有意让它留下残缺的文本空间，类似篆刻家在刻章时的敲边处理。而《昌耀自叙》，还有另一篇更其著名的残篇《二十世纪行将结束》，则属于他客观上、身体上无力完结的写作。

涧底松：

我也注意到《二十世纪行将结束》这部作品，它在昌耀的作品谱系里显得十分特别。我们能一眼就感受到它在文本上直逼眼帘的实验性质。别的不说，仅仅看一下它的副题——什么“影物质。经验空间。潜思维。正在失去的喻义”，听上去全是一连串玄虚、生僻，充满着现代哲学、现代心理学、语言学诸多异词新语混杂的气质，也像我们眼里“采菊东篱下”的陶渊明，忽然写出《影赠形》《影答形》《神释》之类的篇章。阅读时的反差大极了。我没能力马上就说出个子丑寅卯来，愿就此问题，听听仁兄的高见。

憨敦敦：

高见未必，咱们就“奇文共欣赏，疑义相与析”吧。

你刚才引出的副题后面，昌耀还有一个写在括号里的注释：一首未完成诗稿的断简残编。它一方面点明了这篇诗作的文体特征，一方面又让我想起“断简残编”这个词组。昌耀在1996年写下的《西域：断简残编之美》这首诗里用过这个词，那年他刚刚步入60岁。这说明什么呢？说明他早就关注过历史的碎片、记忆的碎片、生命遭际的碎片所具有的形式意味。这些残缺不全的、碎片般的存在，俨然脱离了完整的历史和现实，还有个人存在的时间整体性，像流离失所的流浪儿一样四处寻找着新的寄身之地。用昌耀自己的话来说，这些碎片都“失去了时间顺序中与之相属的所有部分”，但它们是“留在蒙昧暗夜中闪光的亮点，可被追忆可被玩味。它是记忆层里可供个人挖掘的硕果仅存的古老文物”。我们接触历史，接触现实，谁也没法做到完整、全面地和历史、和现实发生周到细微的联系，我们只能在局部的、片断的、偶然的联系中，尽力去接近完整和全面。这一点很像我们用各种零碎的彩石、玻璃或者木头小片拼凑成的马赛克图画。对了，他的这件片断体写作，奇异之处不止在于它的片断性、未完成性，它更大的一个特点是：它在拼贴中呈现出来的互文性。所谓互文性，就是由多个相互映带、相互关联的文本组合成的文章。打个比方，就像朱熹的名句“半亩方塘一鉴开，天光云影共徘徊”，或者说像温庭筠的“照花前后镜，花面交相映”，池塘和镜子与它们所映照出的天光、云影、簪花所形成的关系，就是一种互相涵摄、互相关联的“互文”关系。有时候这种“互文”关系也可以是一种不相关地相关着的“互文”关系，就像书桌上的一堆书和书房墙上悬挂的一幅画作、一件来自异国他乡的雕塑挂件之间的那种相互映照的关系。

从写作的时间上看，这项巨大的、带着昌耀某种写作野心的作品，既有点儿像是给20世纪写照留影的意思，也有点儿像写给未来千年文学的意思。这么雄心勃勃的一件作品，奠基于1988年，却迁延到1999年1月9日才整理完毕，其间的时间跨度竟然有十多年之久，真不愧“十年磨一剑”啊！在这件典型的带有迟暮风格的作品中，昌耀首次大胆地、大规模地甚至可以说是恣肆无忌地将很多不同的文本元素，比如将来自报端的新闻报道、报章趣闻、自然科学知识、名人名句，以及自己的话语作为引文和题记，与诗歌正文组合在一起，形成一种大跨度的跨文体联姻。

正如你已经感到的那样，这件作品在文本意义上确实有着让人惊奇的实验性质。这首诗歌的体裁类型是全新的，与传统的诗歌或者与流行的抒情诗写作模式不但迥然有别，而且还格格不入。这主要体现在它的结构、布局方式上。它的整个结构，是由 7 个残编构成的题记与 7 个诗歌正文拼接而成的东西。残编 1，录自 1988 年 4 月 24 日《人民日报 · 每周文摘》，内容是从一个不同寻常的宇宙视野，带出美国航天员在宇宙观看日出的、带点儿哲学意味的感受：太阳升起和落下的速度“迅雷似的”。正文是一位丈夫“听到自己在妻子的梦里正接受死亡”，以及堂 · 吉诃德游侠作风似的出征：“古瓶、宝马与长矛挤在一片沃壤启碇夜游”；残编 2，录自 1988 年第 530 期《文摘报 · 文史与人物》，这个省去了上下语境的题记，虽说没有道出赴刑者的尊姓大名，但从其人的言谈举止，读者很容易辨识出这正是瞿秋白就义时“最后时刻的言说”。我查了一下，这个记录最早出自 1935 年瞿秋白就义后 7 月 5 日《大公报》上的一则通讯报道。值得注意和琢磨的是，残编 6 的题记，录自 1996 年 9 月 21 日《文学报》上的文章《徐村的绝唱》，它从另一角度再次涉及瞿秋白就义前的经典场景。所不同的是，前一个题记，侧重于瞿秋白就义前的慷慨陈词，话语带有鲜明的布尔什维克色彩，是一幅政治肖像，而后一个题记，侧重于瞿秋白书写绝命诗时表现出的诗骚性情，更多地反映出诗人的形象。正文却是妻子突兀地说出的一句“就从这里开始”，接下去则是昌耀 1993 年创作的《唐 · 吉诃德军团还在前进》中摘句的拼贴。最后，妻子说着说着，便从楼梯看见丈夫倒在深雪的事实，引出更为骇人的目击印象：

> 瞧见那人依然躺倒在雪地，
> 一线赤红的流水或隐或现从乱石间流逸，
> 那汁液珍贵如血不可被生灵渴饮。
> 心还怦怦地跳着；

残编 3，录自 1988 年 6 月 18 日《文艺报》上一篇有关禅宗悟境的文章，正文是夏日植物和昆虫熏染出的浓烈气息与几行关于时间、关于生死的诗性思辨；残编 4，据作者告白，所录引文已不知所本，内容说的是有关三叶虫的嫡传后裔——鲎鱼的科普知识介绍，正文是两个情景，一个是一群倒卧在路面的、上扬着双臂欲求得怜悯的困厄者，一个是一位“面对华夏族自杀式堕落”的清醒者，面对外部势力的谋杀，誓言要成为“一个天然的义勇军”；残编 5，题记出自警句风格的作者自语——“眼泪不是水”，正文是一次在西北大地上驱车冒险的行旅，其中还夹杂着稚童的疑问：“指甲有没有根？猫头鹰和猫咪干吗都姓猫？画眉鸟吃不吃树？”夹杂着妻子回到当年那座茅屋时的劝谕；残编 7，引用海涅的名句——“文词结束之处，音乐即告开始”为题记，正文则是两行“不落言筌”的省略号，好似一切由文字进入了音乐，也好像冥冥之中应和着英国批评家沃尔特·佩特说过的一句话：一切艺术都是力求接近音乐的状态。

这个文本里，有引语，有跨文体的拼贴，还有突兀出现的文句，有正常的叙事和意识流画面的切入，而且在文脉上竟然出现狂背混乱不堪的情形，整个狂背紊乱的意境，简直就是诗歌场域的夏姆·苏丁，就是一头被肢解的牛体。过去听惯了昌耀那些极具动听声色的吟唱，再听这首作品，你一定会觉得里面充满了罕见的噪音和杂音。好像一股混乱的激情，让昌耀这个岁月孕成的琴键，由古典乐音转到重金属摇滚。

涧底松：

从你简略的介绍，我一下子联系到中国的当代先锋文学。“先锋小说”这个概念也就开始于 1985 年，那时候中国文坛上出现了一大批如雷贯耳的人物，像马原、余华、苏童、格非、洪峰、孙甘露、刘索拉等等，在有些作家那里，甚至还出现了后现代文学的某些气息。一时间，人们都把先锋文学的光环套在了这些小说家身上，却忽略、遗忘了另一些人。如果要说中国的后现代文本，头功未必在刘索拉之辈那里，而是在另一位作家兼学者身上，这个人就是钱锺书。我断言，首创中国后现代文本的作家是钱锺书，这个后现代文本，就是他晚年的集大成之作《管锥编》。《管锥编》由中华书局于 1979 年 8 月出版，这至少意味着我们在 1979 年就有了公开出版的后现代文本。倘或要推及后现代意念、思维、技艺在钱锺书头脑里受孕的时间，我们还得把时间的秒针往前大幅度地拨上几圈，因为《管锥编》序言标明的时间是 1972 年 8 月。也就是被昌耀隐喻为“冰河期”的那个时段。

憨敦敦：

容我插一句，钱锺书身处于一个万马齐喑的时段。但就在这样一个时刻，他像昌耀诗句所写的那样——“种子的胚房在喧哗”。

涧底松：

后现代主义文学是第二次世界大战之后，在西方社会中出现的一种文学思潮，在 20 世纪 70–80 年代达到高潮。我对它虽然谈不上有专深的研究，但我粗略知道一些后现代主义作家常有的一些思维方式、体验方式，以及他们在作品中呈现出来的一种背离传统的结构。比如用引语、碎片构筑文本，钱锺书是这一方面的高手，他的规模宏大的《管锥编》，绝对是中国式“后现代主义”的一个首创范本。再比如文体上的越界，也就是学者们常说的“跨文体”，把诗歌散文化，把散文诗化，把虚构与非虚构的元素相互融合，把各种语言——雅言、俗语、儿歌、典章等杂糅在一起，把文史哲、心理学、人类学、民俗学等学科汇于一炉，总之是破除各种文体之间的边界，消除公认的体裁特点。还有运用某些手段，有意让作品的文脉中断、短路，极端一点儿的，还在表达上追求语意的不连贯性和任意性等等。就你刚才所举的昌耀文本，你用了“拼贴”一词，我用“混搭”这个原本属于时尚界的专用名词。所有的文字，其实就是我们思想的衣裳，意识的衣裳。而“混搭”就是将不同风格、不同材质、不同出处的语言片段，按照作者的设计拼贴在一起，从而混合搭配出丰富多变的风格。

憨敦敦：

接你的话锋，我觉得中国的当代文学，不仅遗忘了昌耀在先锋文学上的作为，也大大地低估了昌耀在西部大荒上孤独而坚韧的跋涉和文学的革新。现在看来，先锋文学的功绩薄上必须给昌耀记上重重的一笔。他的先锋性，让他在80年代末期就好像是无师自通地悟到了许多后现代文学的文本技艺。

比如你说到的“杂语性”。评论家燎原观察到，80年代中期以后，昌耀的诗歌形态开始变化，“他原先在青藏高原和西部大时空中建立的语言物象系统，突然渐次隐退，继而代之以物理、数学、现代科技、音乐、美术，以及当下都市时尚流行元素的语词和物象，并与残存的西部物象相间杂，形成一种碎片式的驳杂和怪诞”。☆我最近注意到有些人惊叹木心的词汇量巨大，生僻字极多，用字极深，他们视野的雷达还没有做到周到的照射，没有看到昌耀的诗行里播种的冷僻字、文言词汇也同样蔚为壮观。我凭记性随便说一些：劙刻，觳觫，鹄望，剑锷，顾眄，筚篥，驻跸，山魈，瓻羝，团圞，挓挲，烽燧，慊慊，华衮，齁咸，釜甑，饔飧，夔龙，云髻，胡旋女，斲轮，市廛，翙翙，欸乃，稼穑，华盖，箭镞，武步，旃檀，觑视，振翮，戍卒，踱蹀，慊慊，廸廸，骨矢，皂息，挽辔……许多字词，我碰见的时候也得随手查查字典，除了这类规模浩大的雅言、文言、书面语，也有不少俗语、方言、民族语汇在他的诗行里杂然纷披，像胡子拉碴、憨墩墩、拜噶法、哈拉库图、丹噶尔、黑眉毛弥姬甘、古本尖乔、玛哈噶拉、卡日曲、各姿各雅之类。属于世界三大宗教里的名物，昌耀照样也能驱遣、运用得得心应手，像约伯、拿撒勒人、巴比伦、尼布甲尼撒、阿里巴巴、阿里露亚，莱迈扎乃月份、聚礼日、斋月、

☆燎原《昌耀评传》，人民文学出版社，2008年版，第321页。

汤瓶，净土、慈航、香客、极乐界、喇嘛教、释迦牟尼等等。这类“杂语性”，当年朦胧诗的那些代表人物里，唯有杨炼有一些表现，新近“出土”的木心也有一些，但无论是过去的还是现今的诗人，还没有一位诗人能在使用频率、词汇量上，达到与昌耀等量齐观的地步。

关于用词的语言学意义，李静在论及木心作品的冷僻字、文言词汇和用典的功能时基本上已经说得十分透彻：

> “一、行文简练高贵，音调和谐精微，在字面的背后，发散大量本文之外的历史信息和审美信息，虽然简单字词可约略替代其意，但音调、韵律、容量、气质和确切度必大受影响；二、文学如欲超越，必得触探独异幽微之境，而这是非得用同样独异幽微的词语才能做到。木心寻返久经失落的古典词语，借以拓展思维、感受和想象的边界，由此，他创造了一种真正成熟、华美、丰赡而高贵的现代汉语……”☆。

☆孙郁，李静编，《论木心》，广西师范大学出版社，2008年版，第85-86页。

值得注意的是，昌耀诗学里最为重要而又泽及后世的语言学贡献，还不全在这一方面，而是在于他非常自觉地把大量的科学词汇、我们当下的语言生活里不断涌现出的、带着新锐气息的新词新语，眼明手快地嫁接到他的诗文里。木心在这一点上有些画地为牢、止步不前，他兴味酣然的地方，就是把他收藏在记忆里的那些古董般的词语，拂去尘埃、仔细擦亮后，雅致、讲究地摆放在他诗文的殿庑里，就像他喜欢把画框作旧了来镶嵌心仪的人物肖像照片那样。他的诗学目标，我看主要就是重写中外的某些典籍，以诗歌的精纯与唯美来粹化古典文本的芜杂部分，这样的趣味指向，很难让他从古典语词、古典意象的苑囿里脱胎换骨地跨入现代语境，这是木心的标志性格调，他的文字上的调性。许多写诗的诗人同样匮乏与时俱进的语言学革新，至少缺乏词语上吐故纳新的自觉性。从这一点上来观察，整个当代诗坛，唯有昌耀做到了把不同学科的新词源源不断地输送到诗歌里。让我稍稍用音乐形容一下，我时常在大多数诗人那里听到的是古典音乐，而在昌耀这里，他既有古典乐，更有重金属音乐，尤其在他的迟暮之年，冷峭、刚硬、锋锐的重金属音乐气息十分浓重。这与他大量吐纳各种新词密切相关。口说无凭，我就我阅读中碰到的一些词汇或词组列举若干：转体180度，心理四维时空，螺旋桨涡轮，话语状态，潜思维，后英雄行状，复眼，引擎，高台跳板，派力斯筒裤，黄金分割，对称性破缺，钢氧化膜，光波，多氧环境，富氧层，氢氟酸液，直升机，脏躁狂，迪斯科，对流层，沉积岩，甲醛、乙醇，印支期花岗闪长岩，晶体质点排列，岩基，辐射，铁元素，铜元素，强紫外光，基本粒子……昌耀在镕铸古今词语方面，可谓独步诗坛。

涧底松：

无疑，语言的杂糅现象会在审美上带来极强的陌生化效果——也就是让你极为眼熟的文字，通过语言的移植、嫁接、语境的转换，陡然间又让你好像头一次看见那样眼前一亮。作为语言艺术的高级匠人，诗人们普遍遇到的一个困窘，就是怎样才能让翻来覆去使用的词语刮垢磨光，避免自闭症患者似的那种落套刻板的语言表述？其中的一项语言策略，正是钱锺书慧眼独识的北宋诗人梅尧臣所揭示出来的一个方法，或者说诗学原则："盖以俗为雅，以故为新，百战百胜。此诗人之奇也。"☆钱锺书接着援引近世俄国形式主义文评家希克洛夫斯基（今译什克洛夫斯基）的文论，发出他自己的诗学思考："文词最易袭故蹈常，落套刻板，故作者手眼须使熟者生，或亦曰使文者野。窃谓圣俞二语，夙悟先觉。夫以故为新，即使熟者生也；而使文者野，亦可谓之使野者文，驱使野言，俾入文语，纳俗于雅尔。"☆

☆《谈艺录》，第320–321页。

另外一项语言策略，就是你谈及的昌耀诗歌里移植、嫁接科学词汇的现象。钱锺书引述苏联作家丁耶诺夫说过的一段话说："行业学科，各有专门，遂各具词汇，词汇亦各赋颜色。其字处本业词汇中，如白沙在泥，素丝入染，厕众混同；而偶移置他业词汇，则分明夺目，如丛绿点红，雪枝立鹊。"☆行业学科的术语，一旦脱离原来语境，移植、嫁接到诗歌里，就会收到"分明夺目"的表达效果，那句子就会在你眼皮底下"跳"，就像表演艺术中原先不惹眼的配角，忽然抢了主角的镜头。如果稍稍用学术化的方式表述一下，就是术语与专业领域之外的词语之间的超常搭配，必定会形成一种新的语义、新的语境、新的语义场，必定会极大地拓展审美感受的空间。

☆《谈艺录》，第337页。

憨敦敦：

我这里恰好有两个绝佳的例子。

那时，旷原之野西行的列车如漂浮大海的鼓桴。

如载于玻片的一株杆菌。

这是昌耀《旷原之野》里的一个诗句，描写的情景不过就是远视里在铁路上穿越旷原的一趟列车。对这个视觉画面的描写，昌耀连用了三个比喻，最后一个比喻说那旷原上行驶的列车就像“游弋天涯的苍龙”，这个形象虽然有气势，但不是三个比喻中最好的——因为苍龙的意象在传统文化的语境里出现的频率太高了。反复出现的意象，它的新颖度就会降低，读者对待它的态度也会有所怠慢，其中的道理就像俗语里说的那样——常来的客人不杀鸡。所以，我主要分析前面两个比喻的精妙之处。

在这里，你首先需要留意昌耀对这个现代交通工具的称呼，他用的是“列车”一词，而不是通常大家惯用的俗称“火车”。这里面的机巧你仔细斟酌，就会发现“列车”一词能够凸现出由多节车厢所组成的长列结构，这和下面“鼓桴”“杆菌”“苍龙”这些意象里蕴含的横向的或者是条状的结构态势特别契合。“鼓桴”的“桴”字是个多义字，常见的有两个意思，一个是用竹木编成的竹排或木排，大的叫“筏”，小的叫“桴”，《论语》里说的“道不行，乘桴浮于海”，陶渊明《归去来辞》中说“乘桴浮于沧海”，都用的是这个意思；还有一个意思是“鼓槌”，《左传》里“左执辔，右援桴而鼓”的句子，还有成语里常说的“桴鼓相应”，还有惠特曼《桴鼓集》的译名，以及我们在中医医案里常常听到的“效如桴鼓”的说法，意思都是击鼓的鼓槌。结合昌耀使用这个词语的语境“漂浮大海的鼓桴”，明显指的是在水上行驶的筏子，但不是竹排或木排，而是黄河流域用羊皮制成后吹成鼓状气囊来渡河的羊皮筏子，古时候叫“革船”，唐代以前叫“革囊”，《后汉书》上记载，护羌校尉在青海的贵德，曾经率兵卒泅渡黄河时，就“缝革囊为船”。我觉得把“漂浮大海的鼓桴”理解为“鼓槌”也未尝不可，这样浑含两个意思，增添了对这一意象理解的多样性——但愿这不是一个牵强附会的“过度阐释”。理解成“鼓槌”的好处，是它突出了声响的特征，这声响的节奏多么契合列车行驶时发出铿锵轰鸣的物理特征，契合“……那些逶迤而去的条状的运动”（《轨道》）。在《幽界》一诗里，昌耀再次描写到列车：

列车在山脚启行，龙骨错节
发出一阵链式响尾。

合起来观察这两个意象，它们共同的一点就是把原本庞大的列车体积，进行极为夸张的微缩处理，其目的是要反衬出西疆旷野在空间上的辽阔、空旷，反映出自然空间带给人的那么一种崇高感——这是许多蛰居城市的人久违了的一种视感。还有一层意蕴，就是这个与水相关的意象，还可能契合阳光直射在大地上之后那种如水波一样颤动的折射光现象。在这种如波颤动的光亮里，那疾行的列车，可不就像浮在江河里的羊皮筏子或者一根鼓槌。

第二个比喻，“如载于玻片的一株杆菌”，从体量上更其微小，微小到成为比“鼓槌”、比“筏子”还要小无数倍的“杆菌”。“玻片”是个现代词，一个专有名词，指的是医院或者生物实验室化验用的玻璃小片。当人们用显微镜观察微生物时，需在"玻片"上滴入溶液，方可检测、观察某些细菌或细胞。那一滴溶液对于那种微小到只有1微米（μm）左右的杆状细菌来说，无异于一片被放大了的汪洋水域。"鼓桴"或者"桴鼓"是古词，而"玻片"和"杆菌"都是现代生物医学里的概念，一古一今，对比强烈，反差更大，加上两个词都是一般人所不熟悉的，于是它对读者产生的刺激程度、陌生效果，都达到了一个空前新奇的程度。同时，它也增加了读者再现意象的难度，延长了回味的时间。还有，这一古一今的时间指向，让它也产生出一种瞬间膨胀、贯通的时空感，或者说被文明划分出来的各种时间段落所形成的隔断，一瞬间被全部拆除。还有一点我们也应当注意到，就是昌耀为何要把那么大的物体，缩小为连肉眼都看不到的微生物呢？我的理解是他在其中揉进了一种远观物体的视觉经验，尤其是面对一个运动着的物体，一列"逶迤而去的"带着"条状运动"的列车时，它在诗人的视野里呈现出来的形象就是一路小下去的形象，最终小到消失在视力所不能辨别的远方。昌耀对这种情景里的运动感，表达得极为精致、考究和别致。你还记得他有一句描写列车行进的诗句吧"那时我们的街衢在铁轨上驰骋"，想想，好像是目中所见，又好像不完全是眼睛里看到的情形，整个街衢在铁轨上驰骋，这种倒因为果的、反向的、带着一丝视错觉的视觉经验，陡然间把你从熟知的视角带入崭新的视角，而且，里面还带着一点儿超现实的、魔幻的意味。

涧底松：

好一个化熟为生啊！细细体会，街衢在铁轨上驰骋确实有些奇异的情调。如果把它的语境放大了，可以和宫崎骏的动画片《哈尔的移动城堡》链接在一起。

憨敦敦：

还有一例，就是昌耀在《圣迹》一诗里进行的一次油画写生式的描摹：

他们叠好携自故乡河源的一片植毛的息壤。
他们蓝黑的皮肤具有钢氧化膜般蓝黑的光泽。
他们的脚掌沾满荒漠漆。

同样，我们在这里再次遇见了两个冷僻的词语。"息壤"是个带着神奇色彩的古老词汇。传说中，这是一种能自己生长、永不耗减的土壤。昌耀在它前面加上限定之后，合成"植毛的息壤"这个短语，这时候它所指示的事物不再是土壤，而是高原上的牧人用来防寒、隔潮、保暖的牛羊皮或狗皮褥子，是《慈航》里描写到的“兽皮褥垫”——“那粪火的青烟似乎还在召唤发酵罐中的/曲香，和兽皮褥垫下肤体的烘热……”把“兽皮褥垫”表述为“植毛的息壤”，不但贴切，关键里面还隐伏着诗人的情感价值。他形容肤色的句子——“钢氧化膜般蓝黑的光泽”，一下子把读者想象力的跨度，反常性地延伸到了现代工业中金属表面的处理工艺，一下子让柔和的肤色具有了一种古人无法赋予的现代品质，一种只有金属才具有的冷硬性质、坚毅的品质。用金属色来形容肤色，也是昌耀的一个语言特色，他在《一个早晨》里，重现了这一修辞癖好："……其实，那里（指青藏高原，作者注）最实在、最不容置疑的是强烈的阳光，它透析去皮肤的白皙（如若敢于长久裸袒在外），而留下青铜色彩。”通常，我们形容这种肤色为紫黑色或紫糖色，昌耀显然对高原人受到紫外线照射后形成的肌肤上的色素沉淀，敷上了一层个性化、昌耀化的色彩。他的这个色彩比喻，如果你把它置换为“他们紫糖色的皮肤具有熟透的葡萄般紫黑的光泽”，那它就只能传达色彩的性质，只具有“观感价值”，而没有“情感价值”。而“钢氧化膜般蓝黑的光泽”，既具有“观感价值”，也具有“情感价值”，你能从中感受到这个金属工艺词汇所传递出的刚毅气息，这一点尤为关键。再说，你一听这个比喻，就知道这是一个现代作家的创造，而那个紫葡萄的比喻，充其量就是个传统的比喻，看不出一丝时代的痕迹、时代的气息、时代的潜势力。昌耀对金属感色彩的敏感，让你发现他“太潮了”，现代服装设计面料，追求金属色彩带来的那么一股高冷的感觉，那么一种科幻的感觉。昌耀的这种对牧人脸色的形容，绝不是物理色彩上的描摹，而是气质上的把握。你越是揣摩，越觉得它精彩、神妙。

涧底松：

从色彩的命名上，我们凭借经验，也能大致判断出一个色彩词汇是偏于古典还是偏于现代。古典的色彩用语，基本上用动植物来命名，比如象牙白、鸡血红、孔雀绿、鹅黄、鼠灰、翠蓝（青鸟色）；槐黄、森绿、豆绿、草绿、茶绿、橘红色等等。也有用自然景色来命名的，像湖蓝、天蓝之类；用金属矿物来命名的也有，像古铜色、铁灰、宝石蓝等。钢氧化膜的光泽，绝对在古人的色谱和视觉里没有出现过。

憨敦敦：

再来看“他们的脚掌沾满荒漠漆”一句，也非常特别。它不是那种我们耳熟能详的比喻。一般的诗人只会把它老实地表述为“他们的脚掌沾满荒漠上的泥土”，这就未免太平淡了，不过是一个简单直白的陈述，表达质量太低。而把“泥土”比喻、转化为“荒漠漆”，就大大超出了一般人的想象。漆，带着湿润的黏性，干燥后会形成坚硬的薄膜。在草原上行走的牧人，鞋底上一定会染上草色。这种草色就被诗人视为是“荒漠漆”。如此通透、直入物象的自创词语，完全属于昌耀的原创与发明。

润底松：

从你所举的两个例子，我有这么几点体会。

第一点，我觉得昌耀太会写诗了，他精熟诗歌的本色就是描写情感和事物的状态，这也是古今中外诗歌创作的一个基本规律和常识。进一步讲，昌耀的状态描摹和与之匹配的比喻，往往能够还原事物和情状的本真，而他的感受力始终处于一种天真、透明的状态，和他意欲表现的东西，没有一丝一毫的隔膜与生分感。而我们身边的许多诗人，则佩戴着款式不一的各种有色眼镜，“挂上口罩去闻东西，戴了手套去摸东西”（钱锺书语），结果体现在诗里，他们自己直接的印象和切身的情事，总是像隔着一层毛玻璃。但是在昌耀的笔下，朝圣的牧民随身携带的明明是一张兽皮褥子，可他偏不这样省心偷懒地去表达，而是别出心裁地造出“植毛的息壤”“脚掌沾满荒漠漆”这样的句子。如果是“兽皮褥子”和“泥土”这类表述，我们的意识屏幕里立马就会跳出相关的形象，可是他那种委婉曲折的表述，会让我们的意识因为识别、具象“翻译”的费劲，出现体验、感受上的短暂停顿。这个停顿的时间，就是大脑成像、塑形的过程。换一种表述，就是在昌耀的大脑里，有一个审美转换器，一经它的处理，属于日常交际的通俗语言，也就是我们常说的口语，便会转换为一套文学化的语言，一种诗歌的思维，一种更适宜于阅读和写作的语言系统。由于这个经过审美转换器处理后的语言系统转换的精度更高，词语和句子里意义的密度，就不再像适宜于听说的语言系统那样单纯、易于识别，也不会像口语那样只需听者瞬间的理解，就会生成意义，而是需要阅读者反复玩味、涵泳之后，方能萃取出文词的旨趣和精义。

就说“荒漠漆”这个意象，泥土粘在脚掌上没有很强的附着力，而漆就要牢靠得多。这是他要强调牧人与草原的亲和力。而“植毛的息壤”和“兽皮褥子”相比，“植毛的息壤”是活的、有生命力的，仿佛带着奇异的生气，时时可以生长，而“兽皮褥子”不过是加工出来的用具，两者的情感色彩、情韵大不相同。

我顺便也添两个例子。面对江河湖泊，我们最多见的形容要么是“鳞波荡漾”，要么就是从《诗经》时代就传下来“河水清且涟漪”，昌耀的表述是“湖面以银光镀满鱼的图形”（《雪乡》），这简直就是王国维极为欣赏的那种“语语都在目前”的“不隔”之诗，它与我们惯用的成语、套语不一样的是它在一句完整的意象里，将自然现象、物理现象中所具有的波光、波纹，形与色这两个不可或缺的元素都包含在其中，而且，“鱼的图形”比“鳞波”这个借代修辞，更富有具象的完整性、视觉感、形式感。

还有一个例子是这样的：

他启开兽毛编结的房屋，
唤醒炉中的火种，
叩动七孔清风和我交谈。
（《湖畔》）

换成另一个平庸的诗人，看到草原上如此平常的场景，他笔下的表述就会变成：

他启开牛毛帐篷，
生起炉火，
吹着笛子和我交谈。

两相比较，后一种表述完全是没有多少情致的平铺直叙。好像整个表述患上了贫血，失去了生气。而昌耀的表现，既带着一层野性的、原始的温馨，又洋溢着质朴和清新。特别是他描写吹奏笛子的状态——“叩动七孔清风和我交谈”，兼容着吹奏笛子时吹气的动作、叩动手指调节发音这一连串的动态，而“吹笛子”这个形象，只涉及往笛管里吹气这一动作。“叩动七孔清风”的意境，飘逸灵动，出神入化。我猜想，昌耀笔下这个七孔的笛子，很可能是藏族人用鹫鹰翅骨做成的骨笛。

以上两个例子包含的诗学原理，早已被古典修辞学所揭示，也成为历代诗人们屡试不爽的技艺：

> 亚里士多德《修词学》早言文词之高雅者，不道事物之名而写事物之状。……18 世纪末里伐洛曰：“诗只宜描绘事物之状，不得称道事物之名”；此新古典派之长经也。19 世纪末马拉美曰：“诗之佳趣全在供人优柔玩索，苟指事物而直道其名，则风味减去太半。隐约示其几，魂梦斯萦”；此象征派之要旨也。☆

☆钱锺书《谈艺录》（补订本），中华书局，1984 年版，第 567–568 页。

说到我的第二个体会，我很高兴向你公布我的一个发现：昌耀在进行诗歌的“陌生化”处理时，总是沿着高雅和通俗、生僻和熟悉、“隔”与“不隔”两条相反的路数来组词造句，锤炼意境。“兽毛编结的房屋”“叩动七孔清风”“湖面以银光镀满鱼的图形”这些句子，就属于特别通俗易解这一路，连用词都没有超出日常生活中常用词汇的范畴。可是像“植毛的息壤”“钢氧化膜般蓝黑的光泽”“载于玻片的一株杆菌”这些句子，则属于高雅、尖新、生僻、复杂这一路，用德国学者柯灵·马丁达勒的话来说，这些句子具有较高的“活化潜力”，他所说的“活化潜力”，就是指文章所具有的新颖、复杂、惊奇、出人意料的用字和比喻等等特点☆。

☆参见拉尔夫朗格纳编著，周建明译，《文学心理学——理论·方法·成果》，黄河文艺出版社，1990 年版，第 177–178 页。

憨敦敦：

不知道是幸运还是倒霉，我们恰好赶上一个娱乐时代。被娱乐喂养大的一代读者，或者每时每刻被娱乐至上的氛围所熏染的人们，绝大多数人的口味偏爱浅阅读、喜欢不用脑力就能直接兑换微言大义、春秋笔法。面对这样一种智性和精神的惰性趋向，一种全面流行开去的堕落，心灵的日益粗鄙化，我觉得就像19世纪丹麦哲学家克尔凯郭尔笔下的克利马克斯那样，在发现我们整个的世界、整个的生活正在变得越来越容易，我们的内在世界变得日益简单明了的情况下，这位深谋远虑的思想者，也在我们的脑袋里植入了这么一个念头：既然自己无法使生活变得容易，至少可以使之变得困难起来。这种反抗堕落、反抗粗鄙的意志，渗透到文学的建造术里，至少有一种创作趋向，就是文学家竭尽所能地让文字世界繁复起来，哪怕繁复、玄怪到让很多读者望而生畏、"难以卒读"的境地，像卡尔维诺列举的乔伊斯的《尤利西斯》和《芬尼根守灵夜》，卡尔洛·艾米利奥·加达的《极度杂乱的美鲁拉纳大街》，福楼拜的《布瓦尔与佩居谢》，还有卡尔维诺自己的《交叉命运的城堡》《如果在冬夜，一个旅人》。诗歌里，你像法国天才诗人洛特雷阿蒙的名作《马尔多罗之歌》，都是羁绊读者阅读的名作。不久前，我还听一位朋友说他正在啃读一本极为难读的小说，是美国后现代主义文学的代表作家托马斯·品钦的小说《万有引力之虹》。他跟我讲，正如有关"专业人士"的介绍那样，读这本书的时候，你需要在书桌前的案头上摆满诸如《韦氏大辞典》《美国军队俚语辞典》《德英字典》《大不列颠百科全书》《世界地图集》《V-2火箭发展史》《巴甫诺夫条件反射学》等参考书，以便随时查阅遇到的各种生僻知识，心力疲惫地应对各种知识的拦路虎……与其说这是阅读，不如说这是在文字的迷宫里探险，在难受中寻找享受。虽说人人不一定是自虐狂，但那种程度不同的自虐式快感，多多少少会掺杂在我们的满足感和愉悦感里。何况有人已经说过，所有现代、后现代、后后现代的艺术，已经跟读者和观众订立下新型的"契约"，这就是：艺术不是随随便便就可以看的。观看"美"、体验"美"不是一件"悠闲"的事情，它需要你匹配与之相应的知识储备、智力支撑。

当然，我的这种设想也许带着不少"乌托邦"色彩。有些人天生就好易恶难，天生就不喜欢某些艰涩、深奥的东西，那就由着他们永远缺失某些分解高深精神食粮的蛋白酶吧。

涧底松：

让你这么一说，我们以往的阅读经验里习惯里排斥的艰涩、朦胧、难懂、复杂这些个文学的品性，忽然像囚禁者赢得了新生，被偏见和傲慢所鄙视、贬损的文学价值，获得了久违的尊严。这也算得上是一次卡尔维诺式的文学辩护吧。

你说的文学上的新型“契约”，我不想把它仅仅视为是现代或后现代文学的要求，放到文学史的长河，一切精微宏博的作品，无疑都会对它的读者提出阅读上的挑战。这个意思，钱锺书在1933年撰写的《中国文学小史序论》——那时候钱先生也不过23岁，就已经深入地考量过这个问题，他得出的结论是：

> 窃谓至精之艺，至高之美，不论文体之雅俗，非好学深思者，勿克心领神会；素人俗子，均不足语于此事，更何有于“平民”？文学非政治选举，岂以感人之多寡为断，亦视能感之度、所感之人耳。☆

☆《钱锺书集·人生边上的边上》，北京三联书店，2002年版，第107页。

他这里所指的文学上的“素人”与“俗子”，是指那些文学的业余爱好者与文化艺术素养低下的人。本来嘛，文学欣赏这件事就是萝卜青菜各有所爱的事情，但我们常常因为自己的挑食而缺乏欣赏超出自己阅读趣味、识力的雅量，正如1400多年前的南北朝文学理论家刘勰所说——“慷慨者逆声而击节，蕴藉者见密而高蹈，浮慧者观绮而跃心，爱奇者闻诡而惊听；会己则嗟讽，异我则沮弃”（《文心雕龙·知音》），这话即使到了今天仍未失效。

事实上，把文学搞得艰涩难懂并不是文学家们的怪癖，我相信艰涩难懂、复杂莫辨，这是我们所处的整个时代的特征，尤其是当我们步入网络时代，身处于地球村这样一个前所未有的时空格局，我们尽管也会欣赏单纯之美，欣赏白居易诗歌那种妇孺皆知的通俗之美，但从更为普遍的接受趣味上，我们已经身处于迷宫般繁复的事物、信息、知识碎片所编织成的世界当中。我们的感受器官在饕餮般的暴食之后，已经不能够满足于小葱拌豆腐式的文学小菜了。

闲话说多了，赶紧绕回到我刚才的话上。我的第三个体会，就是昌耀的比喻特别新颖。创造一个新颖的比喻，不是胡思乱想得来的，它有着文学的、美学的、心理学的原理和衡量标准。关于这一点，古罗马时代的修辞学家昆体良早就透辟地揭示过。他说“相比的事物间距离愈大，比喻的效果愈新奇创辟”；钱锺书据此进一步指出“不同处愈多愈大，则相同处愈有烘托”☆。昌耀把在西部旷原上疾行的列车，比喻为“如载于玻片的一株杆菌”，就属于“相比的事物间距离大”，这不是什么人随随便便就能形成的一种联系。杆菌的条状与火车的长列，杆菌的微小和远去的、在空旷衬托下越发相形见小的火车，都有着极为微妙的视觉经验的相似性。

☆参见钱锺书《七缀集》，上海古籍出版社，1985年版，第38页。

憨敦敦：

我们前面已经谈到了“杂语性”“混搭”这类话题。凡是有“杂语”“混搭”现象的作品，都有一个共同的修辞结果，就是有两种以上的多种声音在文本里交织、回响。我给你先说说昌耀54岁写的《鹜》这首诗作，题目看上去就有些怪异，这是他早年的诗歌里不会出现的题目和旨趣。其中有这么四句：

山里有滥觞之水可以濯吾足。
山里有滥觞之水可以濯吾缨。
君子何曾坦荡荡。
小人未许常戚戚。

你一听就能辨出前两句的原声。它是化用了《渔父》《孟子》《史记》等典籍里收录的一首流传于先秦时期的民歌。《孟子·离娄》章句上的记载是：“有孺子歌曰：‘沧浪之水清兮，可以濯我缨；沧浪之水浊兮，可以濯我足。孔子曰：‘小子听之！清斯濯缨，浊斯濯足矣。自取之也。’”在《渔父》里出现时的语境，是屈原放逐之后与渔父的一次对话，渔父引用这首民歌劝说屈原处事不必清高，而要学会与世推移，有点儿庄子所说的“和其光同其尘”的意思。后两句出自《论语·述而》篇里被人们常常称引的名句：“君子坦荡荡，小人常戚戚。”由于昌耀采用了戏拟式和讽刺式的模仿，原典中的意思在新的语境里发生了很大的转变。《孺子歌》里的“沧浪之水”，有着明确的地理归属，也就是汉江流域的湖北郧阳段，是楚国故地。直接沿用原典，会导致地理位置的混乱，所以昌耀把它置换为“山里之水”。更大的改变，是他摒弃了原典中对流水的清浊之分和与之相应的两种处世态度，消解了原典中浓厚的道德伦理的象征意味，把它还原为一种自然的意象，所强调的意思也就转向了自然的河流对人的净化功能。而《论语》里的那两句名言，却在充满质疑和暗辨的声音中，完全走向了它们自身的反面，好像人的世界被狠狠地颠覆了一下：光明正大的君子未必个个心地坦荡，而品性低下的小人未必整日愁眉苦脸，倒可能是小人得志、小人得意。昌耀仅仅通过对原先那种带有“最后结论”似的声调、口吻的改造、变调，便抖搂出了一种与“决定论者”看到的现实截然相反的另一种现实，一个失去了道德规范的现实，一个荒诞的现实。昌耀借用两种声音的鲜明对照，完成了一次简约而清醒的批判现实主义书写。如果结合他在迟暮之年的精神蜕变，现实里层出不穷的各种荒诞、乖戾的现象，让他的内心世界备受煎熬，他越来越强烈地感受到一个价值与意义分崩离析的世界，一种他在这首诗里明确揭示出来的荒诞体验：“失去意义的日子无聊居多。”昌耀自从有了这种荒诞感之后，就如同在他的眼球晶体上架上了一副带有荒诞色彩的有色眼镜，其结果自然是让他的语言形式、诗歌风格、思想情调，全都染上了一层荒诞的色调。

这样的文字，你乍一听，好像一向严谨深沉的昌耀，开始一反常态地玩弄起文字游戏来了。像“热门不见门”一句，便是利用有名无实的比喻，在词语层面形成一种将语义分析、心理辨析、事理剖析寓于俳谐之中的语言类型。古往今来的一些作家、诗人，常常有这样的表现。钱锺书在《管锥编》中讨论《诗经》的时候，就曾列举《金楼子·终制》中“金蚕无吐丝之实，瓦鸡乏司晨之用”的句子，也列举了贾岛《客喜》中的诗句：“鬓边虽有丝，不堪织寒衣。”我这里可以顺势添上巴蜀鬼才魏明伦的一句联语，作为现代人的一个例子：“麦浪无鱼，绿柳垂丝空作钓；海峰有燕，乌云布阵枉张罗。”

趋也是鹜。

遁也是鹜。

落潮不是潮。热门不见门。

失去意义的日子无聊居多。

好时光尽在青果腐朽。

一枝梅几个骚士饶舌。

像昌耀这样的戏笔，你很难在他早年的作品里找到，它只会出现在他的迟暮之年。而且，即便是戏笔，到了他的笔下，也绝对不会出现一丝一毫的油滑、轻浮和甜俗，它一定是一种无奈的苦涩，一种绝望的调侃。经历意义瓦解之后的昌耀，作品里屡屡出现乖戾、怪诞的情景，像与《鹜》相隔五年之后写出的《百年焦虑》，处处充满了怪诞不经的情景和意象，像饶舌的脑筋急转弯——

套不尽的无穷套。扣不尽的连环扣。

遗忘在遗忘中。追忆在追忆中。

像“那个担着门板远行以防窃贼入室的聪明人想出的主意”这个情景，让我一下子想起《庄子·胠箧》篇里那个著名的寓言：为了防止小偷开箱撬锁，主人用尽心思捆紧绳索和箱柜。可是等到大盗一来，他便背起箱柜就走，唯恐你的绳索和锁钮不够牢固。

还有一个梦幻情景：“一只灰羊在路侧瞧着这一切。当我注意到它的存在，它就变作一只啮食细草的狗。而当我不要注意它的存在时，复成为一只对我无害的公羊。”(《百年焦虑》)怎么看待这样的语言类型呢？鲁迅研究者郑家建在剖析戏拟与鲁迅晚年的思想和心灵的关系时有个体会，我觉得完全可以移用来品评昌耀：“我们仿佛触知到作家越来越急躁不安的心灵节拍，我们仿佛看到了作家的心灵在努力而绝望地力图冲破戏拟语言的荒诞感的包围。”☆

☆《历史向自由的诗意敞开：〈故事新编〉诗学研究》，上海三联书店，2005年版，第36页。

昌耀还有一种意象的并置方法，特别像电影中的叠印。电影中的叠印就是把两个或两个以上内容不同的画面重叠印在一起，构成并列的形象。比如《一个中国诗人在俄罗斯》中昌耀通过“吾”这个人物的视角，展示出如下一幅画面：

啊，我看到了工人巴维尔的母亲，手持圣像，跪在彼得堡街头求人施舍小钱。离她不远，排列在过街的洞门，迎着穿堂风，浑厚的和声，是四个挽臂相依的盲妇人，微摆着身子，以四个声部演唱一首似曾相识的民歌。人们匆匆走过，不忍看到她们朝天仰望的瞽目充溢艺术女神屈辱的泪流……啊，我怎么听到了涅克拉索夫的旋律——“在俄罗斯谁能快乐而自由”……

在这个片段里，他把一位今天已经沦落为彼得堡大街上的乞丐母亲，和高尔基名作《母亲》中的英雄人物——工人巴维尔的母亲叠印在一起；把苏联解体后一群以演唱来乞讨的俄罗斯盲妇人，跟艺术女神、一部苏联时期描写农民生活的百科全书——涅克拉索夫创作的《在俄罗斯谁能快乐而自由》这样一部作品叠印在一起。这般宏大的视野和它所积聚的穿透力，还有时空叠印的吊诡画面，给予读者时光倒流、历史停滞不前的人生况味：不知今夕是何夕，不知现实的俄罗斯处在一个怎样的时间坐标上；过去和现在相互交织的画面，把我们推进了历史与现实不断错动、位移的巨大震颤之中。因为叠印的画面充满了极度的反差和对比，我们于是对历史演进、朝代更迭、国体转型等等抽象而宏大的问题，有了迅速洞穿现实真相的深刻感悟。

在《地底如歌如哦三圣者》中，昌耀把原本属于底层人的形象——残疾人乞丐，一下子叠印、加冕为“如歌如哦的三圣者”，把他们身处的过街地下甬道的过厅——这可是在巴赫金眼里典型的梅尼普体的空间场景，一种“边沿上”的场景。在巴赫金看来，凡是处于大门、入口、楼梯、走廊、门槛、上面、下面等空间的时候，这些空间就会获得狂欢式的象征意义，获得“点”的意义：“在这个点上出现危机、剧变、出人意料的命运转折；也是在这个点上，人作出决定、越过禁区、获得新生或招致灭亡。”☆昌耀未必熟识巴赫金的这番理论，但他以自己的原创性感悟，将那些位于“地下”“边缘”“旮旯”里的“底层人群”，统统予以加冕，赋予一种升格了的意义。作为诗人的昌耀，在这个时候变成了一位授勋仪式上尊贵而权威的授勋者。在这样一出加冕仪式上，原本在世俗生活中所形成的一套高低、贵贱的关系和秩序，全部被掉了个位置，呈现出一种“出人意料的命运转折”——尽管都是在精神、意义、观念的层面上实现的新生。于是，“过街地下甬道的过厅”，叠印为“一间晦明参半的隐者的洞窟”，乞丐们原本猥琐、鄙陋的形象，陡然间升华到了具有超拔、神圣意味的象征境界：

☆巴赫金著，白春仁、顾亚铃译，《陀思妥耶夫斯基诗学问题》，北京三联书店，1988年版，第237页。

这一会儿，三人在这种半明半晦的空间拉开的距离有了一种形而上的超拔意味。这是三个角色：背向洞口一侧，是一体魄高大的独脚男子，腋下架一拐杖，右手则拄一根白铜包头短棍，沉吟的背影有一份老军人的坚毅。约三步开外，仰面向他盘膝而坐者，是一吹笛青年盲人，其沉溺之深，使人相信他决计将自己理解的对于艺术的真诚全数奉献于面前的这位不可视见的至尊导师。他的半个身子随乐曲轻快的节拍作着全方位摆动，不时眨巴的布满云翳的眼窟神采飞扬……

……那时我恰从三者之间穿行而过，感觉到了高山、流水与风。感受到一种超拔之美，一种无以名之的忧怀。

昌耀之为昌耀，在于他能在一种精神加冕的仪式之后，由理想化的命名与一系列升格举措，又返回到他最为冷峻甚至悲观的现实观照之中，他时时处处都在抵制抒情上的滥情，审美认识上的幼稚与矫饰，所以他才会一面“感受到一种超拔之美”，一面又感受到“一种无以名之的忧怀”；他就这样将两种相反的、矛盾的体验，激荡在他意识的深层，淬炼出思想的锋芒。

涧底松：

你说的这一点很重要，许多作家、诗人的作品到最后之所以成为粉饰、伪造现实的作品，就是他们没有反省到他们在审美上所犯下的审美遮蔽这一过错。我记得有一则有关画家的故事说，一位画家被一位有权势的大人叫去给他画像。让画家没有想到的是，这个家伙不但长着斜眼，而且还跛着一只脚。画家心里明白，如果照实描画，他可能有脑袋搬家的危险。怎么办呢？左思右想，这位画家终于想出一个几近完美的构思：他把这位大人画成一个正在射箭的英武之人，他虚眯着眼睛瞄准的姿势，正好掩盖掉他斜眼的毛病，他一只脚踩在石头上支撑、使力的姿态，也恰好掩盖去他瘸腿的毛病。我觉得这个故事就是关于审美遮蔽的一个精彩例子。

憨敦敦：

从我前面所举的几个杂语、混声的诗句，我们都不难感受到昌耀思维的活跃，视野的开阔。昌耀生前，我没有机会进入他的书房。但在他去世后，我在青海省湟源县丹噶尔古城的“昌耀诗歌馆”里，看到昌耀收藏、阅读的部分书籍，略一归类，呈示如下：

历史类：《中国古代史教学参考地图集》《非洲史》《隋唐五代史》《长征记》《西藏图考　西招图略》；

文学类：《移居北方的时期》《冰岛渔夫》《伊索寓言》《艾特玛托夫小说选》《巴乌斯托夫斯基选集》《复活节岛之谜》《意大利近代短篇小说选》《情人》《诺贝尔文学奖金获奖作家作品选》《仅仅一年》；

哲学、政治、宗教、社会科学类：《佛家名相通释》《宇宙之谜——关于一元论哲学的通俗读物》《展望二十一世纪——汤因比与池田大作对话录》《达尔文传》《改革与新思维》《现代科学技术简介》。

以上 20 种图书，足以让我们见识到诗人精神府库的博大。古代典籍里对于文章的构造，早就有过一个重要的表述，叫“物相杂为文”。这个意思叫我翻译一下，不就是说文章是编织出来的吗？最近我随便翻看流沙河写的一本解字的书，他解释“织”字的意思说：“机上经线纵列密排，纬线装在梭中，来回反复横穿。经纬相交，曰织。罗织、交织诸词生焉。机上经线纵列被挟持于机综。综合一词生焉。”☆

☆《流沙河认字》，现代出版社，2012 年版，第 309 页。

涧底松：

你这又是一个好话题。编织、纺织，是人类文明事物中一大具有深远影响力的技艺。你说的那句话的出处，来自《易·系辞》：“物相杂，故曰文。”但直接将人们思维和想象里形成的“文”字与纺织联系起来的人，可能是司马相如。《全汉文》卷二十二里，有一篇司马相如《答盛览问作赋》的文字，文中这样记载司马相如的解释：“合綦组以成文，列锦绣而为质，一经一纬，一宫一商，此赋之迹也。赋家之心，苞括宇宙，总览人物，斯乃得之于内，不可得而传也。”美学家李泽厚、刘纲纪认为，司马相如的这种说法非常奇特，“质”被比作锦绣，“文”被比作锦绣之上用彩色丝线所织成的花纹，“文”与“质”像经纬宫商那样，互相交错而又和谐统一。☆汉代出现“纺织为文”的观念，也并非偶然，和汉代人对华美织锦的崇尚有着密切的关系。

☆李泽厚、刘纲纪主编《中国美学史》第一卷，中国社会科学出版社，1984 年版，第 555 页。

这是中国人的认识。在西方，也有类似的认识。罗兰·巴特就认为文本和织物是有相似之处的，他认为“文本就是引用的编织”，巴特将文本比作编织，在不停的编织中，文被织就，被加工出来。另一位法国人则将文章与编织、与我们现代社会的互联网联系在一起：“织物常常由一个同时也表示文章的词加以表示。人们说纺织纤维和组织。因特网是一个由文章组成的织物。”“地球正在被一种无线的织物（一种……TSF！）包围起来，编织机则由无数互联的电脑组成。”☆

☆雅克·阿达利著，邱海婴译，《智慧之路——论迷宫》，商务印书馆，1999 年版，第 143 页。

若再深究，这织物里最关键的要素是线绳，没有线绳，散乱无序的东西就无法结合在一起。有意思的是，在这一点上，中西方人的经验里，都不约而同地把线绳和人的命运联系在一起。难怪中国医书里把人体运行气血、联络脏腑、沟通内外、贯穿上下的通路之主干与分支，称作“经络”，这也是用线来作比。中国人的神话传说中专门主管婚姻的神，我们不直接叫媒人，而叫作“月老”或者“月下老人”。“月老”手里的法物就是线绳，沈复的《浮生六记》写的“一手挽红丝，一手携杖悬婚姻簿，童颜鹤发，奔驰于非烟非雾中”，正是月老的形象。《红楼梦》第57回薛姨妈说的一句话，沿用的也是这层意思：“自古道：‘千里姻缘一线牵。’管姻缘的有一位月下老儿，预先注定，暗里只用一根红丝，把这两个人的脚绊住，凭你两家那怕隔着海呢，若有姻缘的，终久有机会作成了夫妇。”而在古希腊神话中，古希腊人认为是命运三女神用线和结确定人的命运的生死时刻，克洛托负责将生命线从她的卷线杆缠到纺锤上；拉刻西斯分配着命运之线的短长，掌管命运的盛衰荣枯；阿特洛珀斯负责剪断人的生命之线。

人们不光把文章与编织相联系，还直接用纺织意象来构筑诗文，以至于形成一种比喻的类型。博尔赫斯曾经在20世纪60年代，在哈佛大学演讲时举过许多例子，像什么眼睛与星星、女人与花朵、时间与河流、生命与梦幻、死亡与睡眠、火与战火等比喻类型。我觉得大地与纺织与织机，也是文学上的一个比喻类型。最有名的一个比喻，是南宋道士白玉蟾12岁被举荐到南宋国都临安（今杭州），他在参加全国神童会试时写下《织机》一诗：“山河大地作织机，百花如锦柳如丝，虚空白处做一匹，日月双梭天外飞。”

憨敦敦：

昌耀的老家，历史上被称为“黔川咽喉、云贵门户”的常德，是湘楚文化重要的发祥地，常德有一个著名的特点，便以纺城著称。在现代，据说湖南常德的纺织业已进入百亿的产业。昌耀小时候太有可能见到纺车，见到纺织的女工。否则，我们就不大容易解释他的诗里何以纺织喻象如此之多。这无疑是昌耀诗歌里出现频率极高的一种比喻类型。我搜罗了一些他这方面的比喻：

碧玉碧绿，
好景为我绣织。
一晌吹雨晓风，
十里滴翠柳丝。
（《碧玉》）

昆虫在那里扇动翅翼
梭织多彩的流风。
（《慈航》）

万千部梭织在晨光的引擎
又何曾稍息于对春的潮动?
（《早春与节奏》）

曾经
我们迎着风暴齐立冰山雪岭，
剥取岩芯的石棉，心底
却为破损的希冀纺出补织的韧丝。
（《山旅》）

密不透风的文字因生命介入而是心灵的织锦。
（《我这样扪摸辨识你慧思独运的诗章》）

我一身织锦
（《河床》）

我记得夫人嫘祖熠熠生辉的织物
我是织丝的土地
（《旷原之野》）

当那一路“杨柳叶儿青”又从三月里来，
我只知道是春的女神在红与黑的时辰
做精巧之穿织。
（《太息》）

灯光里
大山溪流有幻织的布机。
（《月下》）

手持石纺轮的搓线女们在为你而祝颂。
（《放牧的多罗姆女神》）

我看到头顶的日光蓦然向他神圣地一泻，
如一束吹落的丝帛。
如母亲的
一排牵向机杼的金线……
（《阳光下的路》）

宇宙殿堂
光泽明灭时如战车骤驰巨石堆垒的跑道，
时如雷阵梭行卷风飘雨的无尽云絮
（《翙翙鸟翼》）

黑的肌肉
白光穿刺
玻璃纤维织成弹性韧带
（《白昼的结构》）

都市深渊这样的蚂蚁一样施工的大军
无数双手从无数个立面编织钢筋，
将行云流水、江河桥路连成庞然一体。
（《现在是夏天》）

瞬时
夜的子囊
将一切弥合，而你已被孤独激怒穿越恐惧，
终于攀登在明月的海岬，
感觉海洋铜管乐搏杀的节拍长短参差闪击
织为黎明之皇冠。
（《听候召唤：赶路》）

大雪的日子不过是平凡的日子。
大地转动如纺轮不过是纺着些绵薄的雪花。
（《雪》）

我的脸庞垫在潮湿的泥土。我知道我耳边的血流仍在更远的地方切开潮湿的土地。但我只关注于从农家内室传来的纺车呜呜声。太绵、太悠远了，纺着我看不见的线。我一点也动弹不了。只觉着看不见的线是那么绵绵地将我牵动，将我纺织。我只猜想阿妈妮肯定认不出她的战士了。我已经是阿妈妮菜园藤蔓上的一只豆荚。我终于活了下来。我于今仿佛还是那样的一只听着纺车的超感觉的绿色豆荚，仍旧渗着绿色的血。

（《内心激情：光与影的剪辑》）

涧底松：

纺织在认知和审美上的一个重要功能，就是联结不同的事物，使分散的事物结合为具有系统性和整体性的崭新事物、崭新形象、崭新的图景。你所举的这些诗句，可以证明昌耀绝对是一位混纺诗句的能手。看来，步入老境的作家、诗人，之所以出现厚积薄发式的、浓缩式的书写，之所以出现衰年变法，那一定是因为他们阅历的丰富、体验的深邃、积淀的雄厚到了盈满的程度，自然就会像蓄满的水池溢出水来，展宽的河面会让它的水域变得又深又广。它是精神凝聚、浓缩后一种充盈的能量。著名版画家、画家彦涵在 85 岁高龄时说：

长期以来，绘画领域里的写实、抽象、意象等诸多画派各显其能，千姿百态。虽说众说不一，可是真正的艺术都有它们一定的哲理、社会意义与文化内涵，若能分辨优劣，吸收摄取，心领神会，巧思妙构，可望其达到能量综合与变化无穷的境界。我是这么想的，也希望在自己的画作里能有其优质的“混血”。☆

☆《彦涵画集·后记》，人民美术出版社，2003 年版。

他的“能量综合与变化无穷的境界”和“优质的‘混血’”，都可以看作迟暮风格里重要的精神特征。

憨敦敦：

昌耀 55 岁时，为彦涵先生写过一篇画评。在文中，昌耀毫不掩饰自己对彦涵迟暮之年作品的喜爱和欣赏。是什么决定了昌耀如此的审美态度呢？正是彦涵先生晚近作品的“多义多解性”和作品“高度心灵化”所达到的饱满程度，感染和震撼了昌耀。他在《北冥有鱼，其名为鲲》的画评中探赜索隐地向人们解说道：

不难设想一个在历史的大起大落中与国家、民族一起走过来的艺术家不有一番血与火的内心历程。“曾经沧海难为水”，那么不难理解这样走过来的艺术家不以一种大度包容式的豁达及对人生命运的整体把握处理他最欲表现的主题。那么也不难理解他何以如此冲动地、有时甚至是火爆地一反惯常方式、无视繁文缛节袒露自己的内心而使得这种呈示饱含抒情氛围。那么画风的变化岂止是视觉空间在画幅上的变化，而不也意味着始于画家本身的内心历程与人生体验之深化？是以彦涵后期作品多让人感到作为一有机体中常有的生命气息，并是那一活力充盈的动态结构之美。

从中我们可以得知，这种迟暮风格的形成，乃得之于艺术家、诗人“内心历程与人生体验之深化”和“活力充盈”。

这次跟你的对话真是愉快，话题也是不断地旁逸斜出。这会儿，夜的幕布不知不觉落了下来，我也有些倦怠了。但我知道，有关迟暮风格的讨论，我们只是撩开了一角，还有一些有意思的话题，我们留到下次，就像那些已经合上的牵牛花，期待着在明日的晨光里吹奏喇叭。

第八章

空间想象：微观与巨观

本章谈及的

肯特为《白鲸记》创作的版画插图

憨敦敦：

小时候看动画片《大闹天宫》，有两个最大的吃惊：一个是孙悟空的一个筋斗翻起来，居然有十万八千里之远，一个则是比孙猴子的能耐更大的一个法力，便是如来佛的佛掌。孙猴子的筋斗翻起来纵然能达到万里之遥，可是在如来佛的佛掌上，他跨越的距离，也不过是从一根手指到另一根手指的距离。如此巨大的手掌，在艺术想象的世界里，完全可以申请加入《吉尼斯世界纪录大全》。神奇的法术既可以把微小的东西变大，也可以把巨大的东西变小，就像孙悟空一会儿可以把一根毫毛变作古希腊巴台农神庙巨柱一般壮实的金箍棒，一会儿又可以把它变成一枚绣花针藏在耳朵里。在佛教的宇宙观和华严经里，有一句经典的表述：芥子纳于须弥，海水纳于毛孔。后来，宋代的作家宋起凤写的《核工记》，让我们见识到这种"纳须弥于芥子"的思维，早已渗透进了艺术家的匠心里，以致超绝群伦的雕工，可以在一枚小小的桃核坠子上，把僧客童卒、宫室器具、城楼浮屠、炉灶钟鼓、山水林木，一应俱全地容纳其中。后来明代作家魏学洢写的《核舟记》，炫耀的仍旧是微雕的技艺。宗教的神秘法术和工匠精巧的手艺，就其想象力来说，有着异曲同工之妙。

我这次和你讨论的倒不是什么宗教的法力问题，而是在这种思维、这种精神现象里，实际上透露着人类对空间的一种想象方式，一种认知经验。这种空间想象、空间认知，通常有两种视觉模式：一种是缩小事物，一种则是放大事物。缩小的观察法，原理是将事物从原有的体量、形态，微缩为狭小、纤微的存在，最终呈现出微观的世界；放大的观察法，原理是将事物从既有的体量、形态，夸张为体量数倍增大的庞然大物、一种巨大宏伟的样态，最终呈现出巨观的世界。

关于微缩的心理机能，西方学者已经注意到在想象领域普遍存在的“微缩模型”现象，他们将此视为“一种将复杂现象缩减和整合到可控状态的诗学……没人能够忘记我们孩提时代建造的微型世界，小人、小汽车、小房子、小城市或小沙堡。孩子们创造微型世界的能力产生了重要的心理学力量；在微型的世界里，成人的世界消失了，巨大的力量变得可操纵了，复杂现象也尽在掌握之中”。☆

☆参见伊万·布莱迪编，徐鲁亚等译，《人类学诗学》，中国人民大学出版社，2010年版，第81页。

美国学者普莱斯顿引用赫尔曼·海塞的文字，又道出了微缩法与精神藏匿、精神逃逸之间的联系：“一个囚犯在牢房的墙上画下了这样一幅画：一列微型火车正在驶入隧道。当看守来提审他的时候，他礼貌地叫他们：‘稍等片刻，允许我对画中火车略作核实。’像往常一样他们开始大笑，因为他们认为我神经不正常。接着我把自己变得很小，钻到画里，爬上了那列小火车，小火车缓缓启动，然后钻进了黑暗的隧道深处。几秒钟过去了还能看见几缕烟雾从隧道里冒出来。然后烟雾随风而逝，随风而逝的还有那幅画，以及画中的我……’多少次，那些诗人、画家，尽管身陷囹圄，却通过心灵的隧道冲破了牢笼！多少次，当他们描绘梦想时，他们其实已经通过墙上的裂缝逃出了牢房！”☆

☆参见伊万·布莱迪编，徐鲁亚等译，《人类学诗学》，中国人民大学出版社，2010年版，第82页。

与微缩法相反的，乃是放大法，就是把事物的体量极尽夸张地放大。

有关放大和缩小的空间想象，在中国古典文学里，莫过于战国时代哲学家庄子的表述，他为这两种截然不同的想象类型，创造了最早的文学思维模型。两千多年前，他在《逍遥游》的开篇里，就以巨观的方式叙述了一个鲲鹏的故事——“北冥有鱼，其名为鲲。鲲之大，不知其几千里也。化而为鸟，其名为鹏。鹏之背，不知其几千里也。怒而飞，其翼若垂天之云。”这种形象真是太壮观、太博大了。

我记得古希腊作家卢奇安《真实的故事》里，写到大鹰骑兵的坐骑，卢奇安把大鹰的巨大，夸饰到这么一个程度——“它们的一根翎毛竟比一条大船的桅杆还要粗”，跳蚤弓箭手骑乘的每只大跳蚤，“都有二十头大象那么大”，恩狄弥翁的蜘蛛兵“每一只都比基克拉迪群岛还大”。☆真是极尽夸张之能事。后来，拉伯雷的《巨人传》，以巨观思维和长篇小说的巨制，塑造了庞大固埃这么一个巨人形象，还有他所隶属的巨人世界，这的确是我们的文学人物谱系里所没有的。魏晋时期的刘伶倒是在《酒德颂》里写过一位“大人先生”，这位“大人先生”“以天地为一朝，万期为须臾，日月为扃牖，八荒为庭衢。行无辙迹，居无室庐，幕天席地，

☆参见水建馥译，《古希腊散文选》，商务印书馆，2013年版，第116–119页。

纵意所如……俯观万物，扰扰焉如江汉之浮萍；二豪侍侧焉，如蜾蠃之与螟蛉”。这是在意气和心态上把自己想象为那么一种巨大精神的超然状态，通过在内在空间上张大其辞，刘伶在心理感觉上实现了一种精神的自大与自由。而拉伯雷则是在小说的空间里，一整套地虚拟了一个放大了的世界。两个人眼中的空间形象，一个偏重于心理、精神上的高大，一个则在虚构的世界里按照巨人的物理尺度，塑造了一个巨人的世界。我记得拉伯雷在书中描写巨人庞大固埃出生的时候，从他的母亲巴德贝克的肚子里先走出来的是六十八匹骡子，每个骡子身上驮着的都是盐，然后又走出九只驮着火腿和熏牛舌的单峰骆驼和七只驮着鳗鱼的双峰骆驼，还有二十五车韭菜、大蒜、葱什么的，之后生出来的就是好吃海喝的巨人庞大固埃。拉伯雷盛赞的是人的肚子和令人瞠目的饕餮般的口腹之欲，这一点很像在奥地利西部多瑙河畔发现的史前雕塑《维伦多夫的妇女》，丰乳肥臀是对人的繁殖力的盛赞，而巨大的肚子则是对盛宴的讴歌。所以，刘伶是从精神上塑造一个人自大自雄的境地，拉伯雷则是从肉体的角度，放大人的肉身与欲望的世界。

非常有意思的是，在陆地上生活的庄子，特别擅长对海洋和海洋生物的想象，前面我提到他那“巨无霸”式的鲲鹏形象，在《庄子·外物》篇里，他再一次以震撼视觉经验的空间想象力，描写了一次世界上最为壮观的垂钓。故事里说，一位任国的公子有一天制成了巨大的鱼钩和粗壮的钓线，他的鱼饵居然是用五十条壮牛晾制的干肉做成的——瞧瞧，拉伯雷使用的数量单位表述法，与庄子有着惊人相似的一面。那位任国的公子，垂钓时便蹲在会稽山上，鱼钩甩到东海里。然后，他就像海明威《老人与海》里老渔民桑提亚哥老头一样，寻觅、等待着一条大鱼。直到整整一年过去，终于有条鱼吞食了鱼饵。庄子用 16 个字描写了这条大鱼在海水中上下翻腾、奋鳍游动的壮观景象和宏伟骇人的声势：“白波若山，海水震荡，声侔鬼神，惮赫千里。”

涧底松：

我想，倘若美国作家赫尔曼·梅尔维尔看到庄子描写大鱼的文字，一定会惊呼不已。梅尔维尔可是在捕鲸船上亲身经历过捕猎鲸鱼的过程，所以写出了他的名作《白鲸记》。庄子那时候未必知道地球上生存着体型最大的海洋动物蓝鲸，可是从他的描写里，我们感觉到他好像曾经穿越北极到南极的辽阔海洋，见到过这般惊天动地的场景。事实上，这只是庄子一个令人惊骇的想象！

憨敦敦：

没错，这种了不起的想象，这种壮观的意境和气象，在整个中国的文学史里也是罕见的。在现当代诗歌史上，可与庄子磅礴的空间想象力等量齐观的，非郭沫若《女神》里的《立在地球边上放号》

《天狗》，杨炼的《诺日朗》，昌耀的《河床》《巨灵》《牛王》等篇什莫属。在西方文学中，但丁的《神曲》，拉伯雷的《巨人传》，都是以巨观思维和长篇小说的巨制，营造出庞然浩大的意境。庄子的全能，不仅在于他能创造巨观世界，他也同时能进入微缩景观。《庄子·则阳》中讲述了一个故事："有国于蜗之左角者，曰触氏；有国于蜗之右角者，曰蛮氏。时相与争地而战，伏尸数万，逐北旬有五日而后反。"通常我们把它视为寓言故事，换一个角度，把它看成是最早的微型小说，又有何妨！

涧底松：

在蜗牛的触角上让两个国家"争地而战"，而且还像士兵一样厮杀一番、"伏尸数万"，这样出奇、别致、新颖的微观想象，好像庄子戴着一副电子显微镜，可以对超过我们视力极限的微观世界洞若观火。这个情节的情调，既有诙谐的味道，又有悲壮的味道，还带着些童话的情趣。与这个微观的想象类型很接近的另一个文学表述，让我联想起宋代大诗人黄庭坚的《题槐安阁》："曲阁深房古屋头，病僧枯几过春秋。垣衣蛛网蒙窗牖，万象纵横不系留。白蚁战酣千里血，黄粱炊熟百年休。功成事遂人间世，欲梦槐安向此游。"诗里的颈联"白蚁战酣千里血，黄粱炊熟百年休"，同样创造了一场微观世界里壮观的杀伐。

这个文学母题，有一天在昌耀那里，转换成了一场人蚁大战。

昌耀袒露他的这个文本出自《文摘报》1985 年 11 月 24 日的一篇文章，他煞有介事地将这场人蚁大战的战况报道，演化为《内心激情：光与影子的剪辑》里的一个片段——

> 人是软弱的。人是懦夫。人需要上帝保护。人只能凭借一道排灌渠与蚁群对峙。而蚂蚁是勇士。是大智大勇的强者。它们顷刻就以自己的身躯筑起一道二米高的蚁墩。它们凭以跃向对岸阵地。它们纷纷落入中流。它们纷纷飞跃。蚂蚁兵团后续部队继续向原野扑来。它们纷纷筑起蚁墩。它们的尸骨纷纷卷进亚马孙河水。它们撤退，又很快折转回来，每一只蚁兵从丛林扛来一叶登陆艇。它们乘坐树叶开始强渡。它们咬牙切齿，如同将那只丛林母豹顷刻化为乌有似的。它们的心里升起西尔维娅式的愤怒诗句——
>
> 我披着一头红发升起，
> 我吃人就像呼吸空气。

在这个饶有童话情趣的场景里，蚂蚁们不仅被整编为训练有素的兵团，而且还吟唱起美国自白派诗人西尔维娅·普拉斯的诗句，呈现出一个充满英雄主义悲壮色彩的微观世界，堪比美国动画片《小蚁雄兵》《虫虫特工队》。

憨敦敦：

关于运用微缩模型重新构造现实的例子，我想起两个文学作品，一个是英国小说家兼数学家、逻辑学家、摄影家刘易斯·卡罗尔的《爱丽丝漫游奇境记》。在小说中，爱丽丝因为追逐一只穿着背心会看怀表的兔子，掉进了兔子洞，从而来到了一个奇妙的世界。在这个世界中，她忽大忽小，以至于有一次还掉进了因为自己的眼泪而形成的池塘之中。

另一个例子是清代作家沈复的《浮生六记》。沈复在卷二的《闲情记趣》里，有一段专门追忆儿时童趣的文字：

> 余忆童稚时，能张目对日，明察秋毫，见藐小微物，必细察其纹理，故时有物外之趣。夏蚊成雷，私拟作群鹤舞空，心之所向，则或千或百果然鹤也。昂首观之，项为之强。又留蚊于素帐中，徐喷以烟，使其冲烟飞鸣，作青云白鹤观，果如鹤唳云端，怡然称快。于土墙凹凸处、花台小草丛杂处，常蹲其身，使与台齐，定神细视，以丛草为林，以虫蚁为兽，以土砾凸者为丘，凹者为壑，神游其中，怡然自得。☆

☆典藏插图本《浮生六记》，北京出版社，2003年版，第30页。

涧底松：

沈复的这个充满儿童体验的表述，让我又重新经验了一回童年的游乐。让我吃惊的是，这种把世界放大或者缩小的经验模式，具有令人惊讶的普遍性，无论在整个艺术领域，还是在非艺术领域。而且，我发现在微观思维里，为了让渺小的事物容易被人感知，同样也会采取放大物象的方法，比如像把小小的蚊子以儿童的情致，放大成比它大若干倍的白鹤，或者“以丛草为林，以虫蚁为兽，以土砾凸者为丘，凹者为壑”。许多艺术家、诗人在他们进行创造活动的时候，经常会利用到这种巨观思维和微观思维。整个中国园林艺术的空间观、自然观，无非就是用一整套以小见大的空间思维，让一方小小的庭院尽显山水的万千气象。微观思维、园林艺术，让沈复这样的南方作家和江南园林建筑，把小巧秀气的美学，把属于优美的审美体验，几乎发展到了一个极致。

同样是微缩景观，到了昌耀这里，他却营造出崇高、壮美的美学景观，这种受地域、气质、审美取向熏染所形成的风格差异，让我们有幸感受到美的无限丰富性。

“一个挑战的旅行者行走在上帝的沙盘”，这是昌耀 1988 年岁杪在《内陆高迥》一诗中出现的一个诗句。“沙盘”这个意象，原本就是以微缩实体的方式，用泥沙等材料来表现地形、地貌、建筑的模型，昌耀之所以利用这种微缩的空间想象，把整个陆地或者我们常说的大地微缩为“沙盘”，其目的就是要彰显出“挑战的旅行者”身上那种挑战与跋涉的崇高、豪迈、悲壮与坚韧。那字面的背后，既隐伏着人的崇高感和优越感——如同杜甫“会当凌绝顶，一览众山小”式的视觉开阔感，给人带来博大、壮美的体验，又隐含着某种崇高的悲怆感。从总体上看，昌耀的诗作在意象构成上喜欢追求宏大的意象。他澎湃恣肆的激情，他生命的伟力，像一条不可遏制的河流，野性地充溢在他心灵的河床。你看看《高车》《断章》《冰河期》《一九七九年岁杪途次北京吟作》《河床》《巨灵》《牛王》等作品，就会被作品里雄伟、巨大的形象和意象所震撼。这是以现代人的胸襟，熔铸汉唐气象的一种诗歌特质。如果我们具体考察昌耀的空间想象，你会发现他总是喜欢利用微缩和放大交互作用的双向思维，而不是单向地就大写大，就小写小。通常情况下，他那些经过心理视觉微缩和放大的意境或意象，都带有程度不同的象征意义和特定意图，偶尔他也会仅从视觉的经验，表达出他精致、细腻的观察，比如《傍晚。篁与我》中有一个片段，描写远视中的成像：

傍晚。篁与我携手坐在刈割后的田野。

晚霞逐次黯淡下去。远处，矮小得出奇的人影已如香菇游移在地沿难于分辨。

人形矮小得像香菇那么大，是基于人的视觉经验，形同传统山水画里远人无目、远树无枝、远山无石、远水无波的透视原理，妙就妙在昌耀让原本属于固定生长的香菇，像人一样能够游移。昌耀在其中使用了一种曲喻的修辞，表达就显得十分别致有趣。更多的情形下，昌耀的空间视野，完全超越了肉眼的功能和视力局限，而拓展为一种想象空间。还是在这篇文字接下来的部分，昌耀把本是一团团燃烧的麦秆所散发出的焰火这个农村常见的现象，利用心理联想和幻视的功能，转化为在空间上相距遥远的、带有异域情调的斗牛狂阵：

忽然，仿佛发自体内的一声呼唤，在密闭的前方，一团焰火陡地裂开，像是斗牛的饰鬣飘展，接着是两团、三团……是火链般飞动着的斗牛的狂阵，还似乎听得见人们如醉的喝彩，如此远去。一定是麦田刈割者将地上的杂草和残剩的秸秆点燃了。

大跨度的意象转换，使昌耀超越了接近联想的狭小心理空间，而进入到高一级的心理空间，显示出高卓不群的创造力。

《钢琴与乐队》一诗，描写的是旭日东升和晨光弥漫中呈现的人间建筑，昌耀同样采取了一种出其不意的空间想象：

从黎明漫天云虹通达天涯尽头的
那一粒
最晶亮的光源：
屋顶居身其间
是一颗谷种。
是一只金壳虫。

这里让人惊奇的是，昌耀把太阳这个体积巨大到地球130万倍银河系中的恒星，使用量词的超常搭配，用“粒”这个原本用来表示小圆珠形或小碎块性东西的量词，将太阳极度微缩；接着，又将屋顶微缩为谷种和昆虫这样的微小物体，内中反过来强化的是宇宙的浩瀚和广袤。“赶路的人永是天地间再现的一滴锈迹”(《听候召唤：赶路》)，在这个句子里，同样最惹人注意的字眼是“一滴”这个原本用于表示滴下的液体数量的微化量词，昌耀在这里再次使用了量词的超常搭配，用水滴的微小，缩小了天地间赶路的人所具有的正常空间形态，意思好像是在说尽管人在天地间显得那么渺小，可他仍旧前赴后继地在天地间赶路，从未停歇。昌耀常常以这种吞吐宇宙的气魄，制造出气象不凡的微缩景观。说实话，他的这个诗句，简直就是给俄罗斯版画家勃罗茨基为《堂吉诃德》所创作的一幅版画插图，撰写的一句最恰当、精彩的说明。这幅版画插图的画面上，大片的黑色呈示着无际的暗夜，暗夜的无际又衬托出由近及远、由大到小摆动着的许多巨钟。在极远的地平线尽头，一团拱形的白光里，是前行中的仆人桑丘陪伴着主人堂吉诃德骑马前驱的背影。勃罗茨基虽然把要重点表现的人物，处理成了小如刚刚破卵而出的蚂蚁般大小的形象——用昌耀的形容，确如“两滴锈迹”，可是它的视觉效果，因为广大空间的衬托，反而被大大地强化了。而他在《牛王》这首诗里，一方面利用具有超然象征力的牛王的视角，微缩周围的事物：

牛王俯瞰脚下百川奔走……微型汽车……微型人……

一方面又以放大法显示出牛王的巨大形象：

牛王巍峨。
牛王方正的五官是青藏雪原巍峨的神殿。
牛王的乳房沉甸甸，是布帛托起的一片蓝海洋。是一片欲堕的卷云。是金屋。

在这两种交互作用的思维运动中，我仔细玩味，觉得对世界采取微缩化的空间形态处理，更能显示出诗人磅礴、豪迈的超然心理气度，如同我们常常形容一个人具有“气吞山河”的气概那样。如此说来，难怪你前面提到的宗教神奇法术，大多要以“纳须弥于芥子”为能事。实际上，浓缩技术已然成为我们这个技术时代最核心、最强大的硬核技术，就像电脑、手机、相机上小小的内存卡，能储存海量的信息和图像；日趋小型化的核弹，却在威力上胜过以往庞大的弹体。在技术思维上，这不就是把天地万有微缩于一个小小的卡片，把巨大的能量浓缩于更小容积的器物；在人的心理能量上，把天地万有微缩于一个人拳头大小的心脏吗？

憨敦敦：

我注意到“一粒”“一颗”“一只”“一撮”这些显示微小事物的数量词，一经昌耀的驱遣，顿然改变了原有的现实空间、实有的量化形态，不论是天上的太阳星体，还是陆地上鳞次栉比的庞大建筑、绵延千里的冰峰，统统都在他笔下微缩化了。这种微缩化之后所出现的奇妙意象、意境，只有在一种想象性的巨大视野里才会发生，说破了，它其实就是一种居高俯视的视角，一种超人的视角。钱锺书在讨论古代诗文的时候，给这种情形命名了一个形象的术语，叫“鸟瞰势”。像李白的《大鹏赋》里吟诵的“块视三山，杯看五湖”，弥尔顿《失乐园》中描写登天临眺时“大地只是一点一粒一微尘”，罗赛谛咏诵天上女观看地球运转，有若一蠛蠓急遽飞旋于太空☆，这些都是用高度虚拟的宇宙视角，把下界的一切人为化地变小了。唐代诗人李贺的《梦天》里，后四句尤其经典地展示了从月宫俯瞰九州的情景：

黄尘清水三山下，
更变千年如走马。
遥望齐州九点烟，
一泓海水杯中泻。

中国古代分为九州，李贺驰骋想象，站在月宫的位置，感觉到大地上的九州有如九点“烟尘”，而东海的广阔海域，忽然小得就像杯中泻出的一汪水。学者张文江在《管锥编读解》一书里，还连类出曾国藩关于古代文章研究的一则日记，指称八种文境之一的“远境”，其空间思维同样用了“九天俯视，下界聚蚊”的宇宙视角来解说。

其实，在某种特殊情况下，平视的视角也会出现微缩的视觉图景，最方便的例子就是明代散文家张岱在其名篇《湖心亭看雪》里描述雪后西湖的文字：“湖上影子，惟长堤一痕、湖心亭一点、与余舟一芥、舟中人两三粒而已。”我怎么品味，都觉得张岱的视觉就像一架高灵敏度的摄影机，在一个拉远的广角镜头里，先是一个西湖的全景，接着中景、近景，最后再加特写。而且，他使

☆参见《管锥编》，第 1318 页。

 用一连串量词，几乎把西湖景致缩放成了纤巧的盆景。

涧底松：

昌耀在调度诗歌的视觉性镜头时，好像显得更为弓马娴熟。你看他《听候召唤：赶路》的第 7 章《水月》：

> 我遥望红色海流不断升起来的暗影依时序幻化流变渐远如我们无闻的岛屿，如村烟纷扬零落。如靛蓝染布一匹匹摊晒海涂。如锻锤下一串串铁屑飞迸冷却变色。

一个个意象镜头有条不紊，循序渐小，直到定格在颗粒状飞溅的铁屑。这还不是诗人最值得炫耀的营构。昌耀更具特色的方面，我乐意把他直接视作是一位追摄心灵幻影、制造奇幻视觉语言的文学“摄影大师”。1962 年，时年 26 岁的昌耀在头戴荆冠的情形下，在《断章》的第四节，喷吐出如下超迈时流的诗句：

> 但即使在这样寒冷的夜
> 我仍然感觉得到我所景仰的这座岩石，
> 这岩石上锥立的我正随山河大地作圆形运动，
> 投向浩渺宇宙。
> 感觉到日光就在前面蒸腾。

这个向着太阳飞升的、20 世纪的“夸父”形象，是中国诗歌意象史上罕见的、富有原创性的一个超然意象，它内中交响、升腾着的激情澎湃的浪漫主义和理想主义的轰鸣，将个体的生命存在，提升到一种超越了现实、文化疆界、历史特殊存在，而达到宇宙意识的崇高境界。这种气冲霄汉的意象，在影像极为发达的今天，我们才可能在有关天体的科幻片中，看到模拟的地球转动在银河系无限空间的恢弘瞬间。这种深广的想象空间和宇宙情怀，在昌耀极为欣赏的美国诗人惠特曼那里，表述得更为充分、更为饱满，也更为超前。100 多年前，就是这位大西洋彼岸的沃尔特·惠特曼，秉持着“我的心同情而坚决地走遍了整个地球”的诗学观念，在《向世界致敬！》一诗里，建造出如同地球一般巨大的空间：

> 纬度在我身上扩展，经度在延长，
> 在西方，炎热的赤道环绕着地球鼓胀的腹部，地轴的两端奇怪地南北旋转着，

我身上有最长的白昼，太阳循着斜圈轮转，接连数月不落，
有时半夜的太阳横躺在我身上，它刚刚升到地平线又匆匆下降，
在我身上有不同的地带、海洋、瀑布、森林、火山、群体，
马来亚，波利尼西亚，和巨大的西印度岛屿。
……☆

☆惠特曼著，李野光译，《自己之歌》，长江文艺出版社，2008 年版。

从文学影响的角度，我觉得昌耀由内承接了庄子所代表的浪漫主义的博大视角，也就是庄子所说的“磅礴万物以为一”的精神法则，由外则从惠特曼那里吮吸到一种包罗万象的整体诗学的精髓，这两股亦中亦西的精神脉息，经过他内心历程和人生体验的极度深化，隆升为昌耀雄阔浩茫的诗学风貌。在昌耀林林总总的诗作里，那种带着宇宙意识的、高度心灵化的意象和意境，绝非昌耀的灵光乍现，而是作为他诗歌的标志性气象，不时地蒸腾在他的胸臆，不断地在我们的思维世界里开拓出新的想象空间。

1984 年 9 月，昌耀在“郁郁不乐，有如害着一场大病”的苦闷中，抒写下短诗《巨灵》。诗中对流逝了的青春深沉的感喟，对土地的挚爱之情，以及对有着多重象征蕴涵的“巨灵”这一精神存在物的真诚信仰，都不是我在此想讨论的话题。给予我触电般感受的，一是采用“巨灵”这一超然之物的视角和口吻，把千里冰峰上的茫茫积雪，缩小为“一撮不化的白雪”，以此反衬出“巨灵”的巨大。另一点是昌耀在诗中表露出的宇宙视角：

我攀登愈高，发觉中途岛离我愈近。
视平线远了，而近海已毕现于陆棚。
宇宙之辉煌恒有与我共振的频率。

短短的三行诗句，昌耀就使用了“视平线”“陆棚”两个专业术语，这也是他诗歌语言取词用字方面的一个特点。视平线高会使视野开阔，描绘的景物更多地展现在人们面前。不像杜甫在一千多年前站在泰山上感叹“一览众山小”那样，昌耀没有说明具体的观察点在什么地方，而只是隐约暗示出一个让大家可以无限揣测、意度的制高点。这个制高点，精通描绘高远山水的画家，恐怕运用得最为自如灵活。诗心和画心相通的地方，就是诗人和画家都采用了一个超然而自由的观察点，正是所谓“心游万仞”里那个发挥着游移功能的心灵。把这种想象力还原到上古时期，那就是神灵的视角，你看屈原《九歌·东皇太一》里写云中君俯览中原的视野，就有“灵皇皇兮即降，

猋远举兮云中。览冀州兮有余，横四海兮焉穷”。从这种神灵的视野里滋养大的诗人、作家，再融合进现代人的视野，便可以凭借这样的性灵，在自己的意识屏幕上，以一种超越肉眼视力极限的心理视力，展望出地处太平洋东、西两岸的中途岛，以及自海岸线向外延伸的、环绕大陆的浅海地带这么一个广大的区域。

憨敦敦：

说起空间思维，我想起钱锺书所揭示的一种心理学上所说的“同时反衬现象”。古人对此早有精妙的会心。钱锺书说：“寂静之幽深者，每以得声音衬托而愈觉其深；虚空之辽广者，每以有事物点缀而愈见其广。《车攻》及王、杜篇什是言前者（我插一句弹幕：《车攻》里的诗句是‘萧萧马鸣，悠悠旆旌’，王籍《入若耶溪》里的名句是‘蝉噪林逾静，鸟鸣山更幽’，杜甫《后出塞五首·其二》里的名句是‘落日照大旗，马鸣风萧萧’）。后者如鲍照《芜城赋》之‘直视千里外，唯见起尘埃’（我再插一句弹幕，你可参照鲍照的另一首诗歌——《还都道中作》之‘绝目尽平原，时见远烟浮’），或王维《使至塞上》之‘大漠孤烟直’；景色有埃飞烟起而愈形旷荡荒凉……雪莱诗言沙漠浩阔无垠，不睹一物，仅余埃及古王雕像残石；利奥巴迪诗亦言放眼天末，浩乎无际，爱彼小阜疏篱，充其所量，为穷眺寥廓微作遮拦。皆其理焉。近人论诗家手法，谓不外乎位置小事物于最大空间与寂寞之中……”☆梁思成、林徽因撰写的《平郊建筑杂录》，记载他们夫妇1923年在香山途中，发现杏子口山沟南北两崖上的三座小佛石龛，几块青石板经历了七百多年风霜，石雕的南宋风神依稀可辨，“虽然很小，却顶着一种超然的庄严，镶在碧澄澄的天空里，给辛苦的行人一种神秘的快感和美感”，说的也是这个道理。

☆钱锺书《管锥编》，中华书局，1986年，第2版第一册，第138–139页。

偶然抬头，大半轮皓月正垂直吸附在鲜蓝空际，
如门楣一只吊丝的铜蜘蛛。
（《锚地》）

亚细亚大漠
一峰连夜兼程的骆驼。
（《驿途：落日在望》）

戈壁。九千里方圆内
仅有一个贩卖醉瓜的老头儿：
一辆篷车、
一柄弯刀、
一轮白日，
伫候在骆驼窥望的烽火墩旁。
（《戈壁纪事》）

太寂寞。
凌晨七时的野岭
独有一辆吉普往前驱驰。
——远方
黄沙丘
亮似黄昏。
（《所思：在西部高原》）

壁立千仞，香火寂灭，石窟宏阔，
回见躺倒的河，一溜行旅还在卧佛拇指长途跋涉。
（《太阳人的寻找》）

涧底松：

这种古典时代的传统技法，在昌耀的诗歌里体现得特别突出。我随便举几个例子：

这些作品的空间结构原则，都是“位置小事物于最大空间与寂寞之中”，如此形成极大的空间对比，和空间的无限广延性和伸张性。如果说这种空间意识更多地侧重于展示物体的长度、宽度、高度，昌耀也会以他对人类的精神极度的敏感、孤寂的体验，传递出蕴含深刻心理容量的宇宙意识，这与鲁迅的“心事浩茫连广宇”同属一类精神反应。在《造就的时代》里，你会看到这么一种表述：

是诞生大师的时代。
直升机横跨地峡。
解牛的庖丁未曾再世。
斫轮的老手未曾再世。
但我从大野听到童声无伴奏合唱庄如殿宇，
而觉生命个体渺如一粒种子飘飘摇摇
失身于宇宙的浩茫。

这种诗歌体现出的宇宙意识，与钱锺书在小说里的表现，如出一辙。《围城》第一章写方鸿渐黑夜在甲板上的情形说：“天空早起了黑云，漏出疏疏几颗星，风浪像饕餮吞吃的声音，白天的汪洋大海，这时候全消化在广大的昏夜里。衬了这背景，一个人身心的搅动也缩小以至于无，只心里一团明天的希望，还未落入渺茫，在广漠澎湃的黑暗深处，一点萤火似的自照着。”☆在雄浑恬静的意境里，让我们的心里又有着一丝莫名的恐惧与战栗。

☆钱锺书著《围城》，人民文学出版社，1991年第2版，第14页。

憨敦敦：

你举的这两处文句，如果要配图，没有比美国版画家肯特更合适的。他在20世纪20年代创作的《桅顶》《终极之上》《桅杆旁的人》等作品，都是将一个男人置于广阔深寂的暗夜里，以此映衬出人的孤独与渺小。我记得昌耀有首诗叫《腾格里沙漠的树》，诗写得极为简明而又极富情致：

此夜，宇宙格外的明。说——
二百亿光年之外有颗独燃的星。
但我忘不了铁道边，那个从落烟
簸扬煤屑的妇人，
弯起的双臂
像依依的柳。

此刻，我恍然有所悟了，这首诗最大的魅力，就是昌耀在诗中传达的宇宙情怀。《诗经》时代的诗人吟诵出“昔我往矣，杨柳依依”的时候，一切只在大地上发生。到了昌耀这里，他出奇地引入了一个天文学上测度距离的单位——光年，这就一下子把浩渺的宇宙和大地上“一点萤火似的自照着”的诗人的牵念，联系在一起。在这样一个偌大的空间里，遥隔的独燃之星，和诗人心底里记忆的铁道边上那个从落烟簸扬煤屑的妇人，被一种看不见的光芒相互袅袅地辉映着，散发出一丝丝忧伤和甜蜜混合的味道。仅就这样一个空间意识、宇宙意识来与当代的许多诗歌比量比量，我觉得还很少有什么诗人能望其项背。

第九章

身体诗学：从儿童思维溯向神话思维

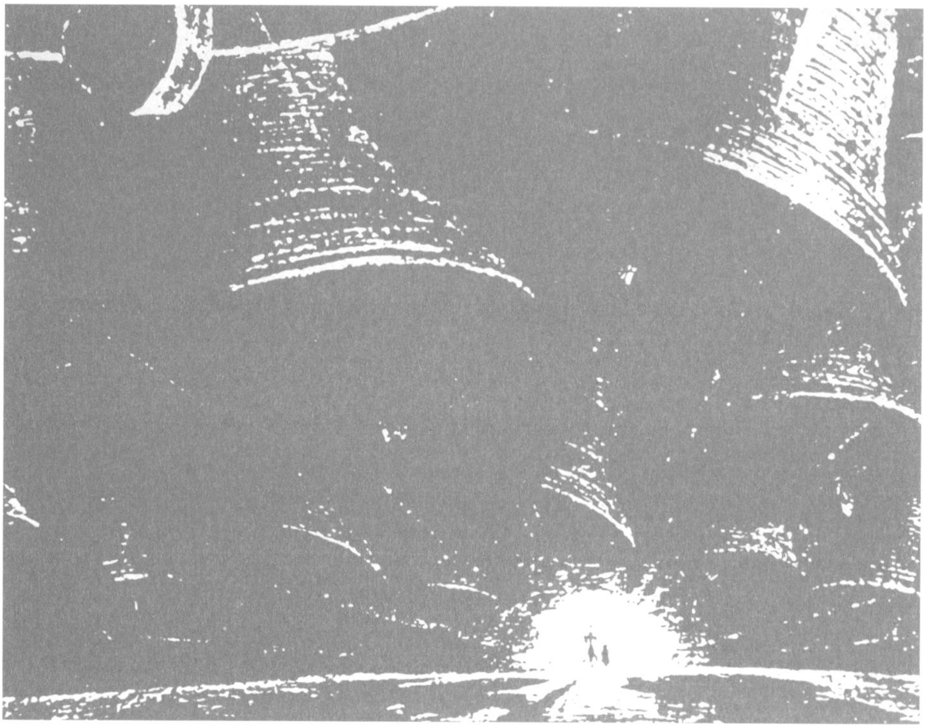

本书第八章谈及的

俄罗斯版画家勃罗茨基为《堂吉诃德》创作的版画插图

涧底松：

你曾经问我，昌耀诗歌有什么过人之处，我当时无法给你一个满意的回答。但你略带挑衅意味的发问，倒是让我好好思考了一阵子。你的问题也折腾得我一遍一遍阅读，然后合上诗集，努力让那些繁复缤纷的印象、感觉、触动，像浑水一样渐渐沉淀出清澈。现在，我用我的耐心、我的悟性，终于看出了隐匿其间的某些奥妙。这一次的交谈，我甚至带着一些急于和你一同分享我的发现的快乐。你知道，一个人挥发一下他的兴奋，就像一朵花播放它的馨香一样得意、嚣张。

憨敦敦：

汽油、香水、来苏水也挥发，但它们不会得意，气味倒是嚣张，以至于有时候人们不得不掩上口鼻。

涧底松：

其实，我这是无形中给“快乐”这个词汇下了一个定义：快乐就是一种喜悦感情的挥发。回到昌耀的诗歌，一方面我揣摩、欣赏他的诗境、意境之戛戛独造，一方面我更大的兴趣在于寻索他的运思之道：他是怎么构筑起这样一首诗或那样一种意象、意境的。这就涉及一个诗人的审美思维，换句话说，他是用怎样的一双眼睛看待事物、打量世界的。我的一个发现，大致上可以用法国小说家都德说过的一句话来发凡明义："诗人是还能够用儿童的眼光去看的人。"

憨敦敦：

这多少有些让我感到意外和诧异。像昌耀这样经历曲折、体验复杂、性情内向沉稳的大诗人，怎么会和儿童的眼光联系到一块儿呢？儿童的天真和憨气，怎么能够流转到他那沉甸甸的生命感怀，他的浩茫、沉郁的感喟里？不是说"曾经沧海难为水，除却巫山不是云"吗？唐代诗人元稹的这个诗句早已道明：经历过高强度情感体验的人，就不大容易再被一般的情感体验所触动，大音乐家往往没有赏心可听的音乐，大画家往往没有多少可以悦目入眼的画作可看，正是这个道理。

涧底松：

这是你对"儿童眼光"的偏见和误解。让我忧虑的是，你的这种偏见和误解，在现实世界里还可能代表了许多人习以为常、自以为是的经验和判断，他们以成年人的傲慢与偏见，时常轻视和低估儿童思维，为此，我建议你去看一看美国当代哲学家马修斯写的一本小书《哲学与幼童》。很多人以为哲学是一些古怪而又睿智的老头们皓首穷经从事的营生，可是，这位对儿童倾注了炽热爱心的美国麻省理工学院的哲学教授，通过大量生动有趣的实例阐明，天真烂漫的幼童，对宇宙、人生、周围一切事物所萌发的困惑、疑问、匪夷所思、稚气十足的问题和想法，往往表现出人类探求真理最朴素、最原始的愿望，符合深奥的哲学原理。我这只是抓取了一个社会科学里的旁证；在文学里，从五四以来迄今的许多优秀的小说家，像鲁迅、废名、萧红、端木蕻良、汪曾祺、莫言、迟子建、苏童、余华、阿来……，都喜欢在小说创作中采用儿童视角。在影视作品中，采用儿童视角的影片更是层出不穷，我近年来看过的碟片就有《铁皮鼓》《潘神的迷宫》《蝴蝶》《放牛班的春天》《小鞋子》《城南旧事》《伊凡的童年》《四百下》《西西里的美丽传说》《芬尼和亚利山大》《美丽人生》《静静的嘛呢石》……这些现象至少说明，在审美领域，儿童思维作为一种创作机制，有着巨大的活力，它新鲜、异样、不拘成规的视角，往往可以让成年人固定、板滞的眼界发生颠覆和位移，它可以突破、跨越被我们习惯的经验和观念栅栏围护起来的界限，可以扩大我们感受的范围，让人们钝化的感觉，随着超越常规的联系，而不断传输给我们崭新又愉悦的心灵震颤。

昌耀作为一个极具个性的诗人，与他同时代和后来许多年轻的诗人最大的不同点就是：无论他一生遭受了多少命运的电闪雷鸣，无论从肉体和内心遭受了多么难以承受的磨难，他毕其一生，难能可贵地在他的心灵世界里保持了一颗童心，移用陈平原对诗人、学者林庚先生的评价，昌耀同样拥有一颗“保持童心的诗心”。☆我把“保持童心的诗心”这个精神特质，视为是他性情里的一个奇迹。通常情形下，随着年龄、阅历的增长，一个人会童心渐失，取而代之的是“成熟的经验和识见”。昌耀对此是怀有警觉的，他曾说过：“……‘了悟’或‘世事洞明’既可能是智性成熟的果实，也有可能是意志蜕变的前因，导向冷漠、惰性、无可无不可。”☆具有“童心的诗心”之所以难得，就如同近视眼患者配戴的一副树脂镜片上那最初的视力的透明性和清晰性。可是用久了，镜片上就会摩擦出越来越多的划痕；划痕越多，就会让镜片模糊起来，以至妨碍视力。我们中的许多人就是戴着磨花了的镜片，隔着磨砂玻璃似的镜片看待整个世界的。如果站到文化史或是人类思维发展的进程来看待这个问题，其中的道理正如邓晓芒所说：

☆见林庚《〈西游记〉漫话》导读，清华大学出版社，2006年版。

☆《〈昌耀的诗〉后记》，人民文学出版社，1998年版。

> 原始人或儿童的不自觉的移情和拟人化的倾向，随着文明的发展或儿童的长大成人而逐渐被扬弃、被压抑和贬低，并被实用和科学认识的考虑排挤到后台去了。然而，作为人类意识和自我意识的深层体验的结构，这种倾向仍然隐藏在人的宗教的、道德的特别是审美的需求之内，经常地被人们所眷恋、所寻求、所发掘，仿佛它才是人类精神的真正家园。☆

☆邓晓芒《灵之舞——中西人格的表演性》，上海文艺出版社，2009年版，第55-56页。

憨敦敦：

经你这么一说，我茅塞顿开。我自己就是失去了童心，被弄得如今是见怪不怪，见奇不奇，一切好像都是习以为常的面孔，环顾四周，感觉不到天底下还有什么新鲜事。有时候我就像中了邪，老在脑子里回响着崔健的摇滚歌曲《快让我在雪地上撒点野》——“因为我的病就是没有感觉，给我点儿肉给我血……”这是我的情绪化认知。面对这个世界，我略微理性一点儿的判断是：我们正在老化的感觉中，正在失去对世界的惊奇感。所以，我很关心有什么方法可以恢复我的灵敏，就像被绳索勒得麻木的手指期待血脉的畅通。

涧底松：

儿童思维的一个特点，就是把本没有生命的事物，看成和人一样的有感情、有语言、有动作，这在美学上叫审美移情，也就是把事物人格化。我们在儿时的游戏中，经常会把木偶、塑料洋娃娃当真看作是有生命、有感觉、有喜怒哀乐的活人、活娃娃。长大后，你可能因为怀旧而收藏木偶和塑料洋娃娃，可你再也不会一边轻柔地抚摸它们，一边对着它们说话，倾吐心里的秘密。因为你的智性、你的经验早已经把它"理性"地归入到了没有生命意志的物性里，你再也没有了从前那种物我不分的混沌感、亲昵感。没有了那种令人愉悦的心智的混沌，那种美幻的眼神。

而昌耀一生都没有丢掉这种"美幻的眼神"，用他的话来说，那叫"梦眼"，这比林庚所说的"保持童心的诗心"更为简明传神。

我先给你举一个昌耀的诗例。

1962年9月23日夜，昌耀在西宁南大街旅邸写下《夜谭》一诗，诗的最后两句写道：

今夜，我唱一支非听觉能感知的谣曲，
只唱给你——囚禁在时装橱窗的木制女郎……

对着橱窗里陈列的木制人体模特抒情，这在昌耀的诗作里不是仅有的一次。时隔35年之后，这支昌耀曾在24岁时吹奏给木制人体模特单相思式的"谣曲"，又一次吹奏在他的心头。在《无以名之的忧怀——伤情之二》这篇作品当中，诗人向朋友迦檀如此诉说："是的，朋友，我今天甚至为十字街头某时装店门口一个被店主剥净衣饰、赤裸裸临风玉立的女模特儿模型而感到惊恐莫名了。店主以为这种窥视欲的被满足会给他带来财源滚滚，而安坐堂前而窃窃自喜了。我为世上所有女子隐秘地被出卖、被强暴而感到悲哀与羞愧。我低下头来，匆忙走过这爿铺面。当时我想，假如我有钱为我受辱的女子赎免，或以我的被衾为其裹覆？但是即便我真的能够办到，肯定还会有更多女子被以同样的方式施虐，食利者决不仁慈。"从对时装橱窗里被囚的木制女郎的怜爱，到对时装店门口女模特儿模型受到施虐的义愤、无奈，诗人前后的心境早已变化。不变的是他的一双"梦眼"，是"梦眼"里蛰伏的"童心"。

你听得出来，这一次昌耀不再像35年前那么充满年少者常常持有的温婉的柔情，此时，60岁的老昌耀心中的柔情已化作对"食利者"的一腔义愤。诗中涌动的不再是先前试图倾诉的冲动，而变成了救赎的热忱。救赎是昌耀诗歌美学迟暮风格里的又一个重要题旨。在随后创作的《致史前期一对娇小的彩陶罐》这一重要诗篇中，昌耀再次抒发了他这一救赎的热忱：

啊，自由的精灵，你们何时与遭难的姐妹
一同落入奴隶市场的围栏被当众

且不管诗人的这种社会批判是否深刻精辟，我们只看他感受事物的方式，他诗性的思维，正是典型的“童心”。虽然时光早已把一个意气风发的少年诗人，变成了一个冷峻深沉的老年诗人，可他怀抱童心的诗心，已经在他的审美经验里形成了稳定、鲜明的心理定势。我想就此强调的是，以儿童的思维来审视世界，把无生命之物的世界人性化、人格化，已经成为昌耀诗学的一个重要特征，也是他诗歌创作里最普遍、最重要的一个审美原则。在他的诗集里，到处都弥漫着这种至情至性的美学气息。我这里只是为了方便说明问题，不得不撷取一些诗篇的片段和句段，我的目的就是要向昌耀诗歌的读者一再明示，昌耀的这一诗学精神，属于他诗歌的整体气韵，绝不仅仅局限于一个意象、一个意境的修辞性造句，也绝不是偶然的即兴所为，更不是他诗歌的局部气候。从这个意义上说，昌耀就是邓晓芒教授所称道的那类为数不多的、没有失去“人类精神真正家园”的诗人，是大人者不失赤子之心也。

标价拍卖。
好像由人捅开伤口再陡然撒上一把盐粒，
我听见那人正借自由之名欢呼私有制万岁。

啊，请原谅孤处的我将你们赎身接到我的案头。
那刻我忽有所悟，发现你们双臂支在腰臀，
恰是陌上歌舞队里身着赭红裙裾的窈窕淑女，
可随时继续排练你们秀色可餐的田园之歌。

憨敦敦：

钱锺书先生早年就拈示过中国文学批评里的一个骨相或者说根性，他把它唤作“人化文评”。其中有一节精彩的论述：

> 人化文评不过是移情作用发达到最高点的产物。其实一切科学、文学、哲学、人生观、宇宙观的概念，无不根源着移情作用。我们对于世界的认识，不过是一种比喻的，象征的，像煞有介事的诗意的认识。用一个粗浅的比喻，好像小孩子要看镜子的光明，却在光明里发现了自己。人类最初把自己沁透了世界，把心钻进了物，建设了范畴概念；这许多概念慢慢地变硬变定，失掉本来的人性，仿佛鱼化了石。到自然科学发达，思想家把初民的认识方法翻了过来，把物来统制心，把鱼化石的科学概念来压塞养鱼的活水。☆

☆钱锺书《中国固有的文学批评的一个特点》，见《钱锺书散文》，浙江文艺出版社，1997年版，第404页。

涧底松：

反复咀嚼昌耀的诗歌文本，我发现他的诗歌意象、情景，包括用词，常常喜欢通过调遣儿童的眼光和经验、童稚的逻辑来创造新奇的审美效果。譬如夜晚的降临，通常是被有“声”有“色”地表述为“夜‘刷’地一下黑下来”。台湾诗人杨牧写过一首《凄凉三犯》，其中描写夜的文字是这样的：

我不及开口，你撩拢着头发
天就黑下来了

这是以人做出动作的时间、过程，来描摹夜晚来临的迅速。而昌耀的《边城》一诗，是这样描写的：“夜从城楼跳将下来。”这里，诗人不仅将夜晚整个拟人化了，有着人的行为举止，而且他还选用了一个自宋元时期就流行于民间的一句口语——“跳将下来”，这也可以从一个侧面，透露出昌耀早年对旧文学的熟络，或者说旧文学对他潜移默化的熏染。“跳将下来”，这是一个既有坠落感，又带着瞬间爆发意味的、表示运动的词语，它把夜晚迅即来临的速度，夜色旋即黑沉下来并由上向下覆盖的状态都体现出来了。尤为精彩的是，处于高远位置的夜空，被诗人以视错觉的方式缩短了距离，调低了高度，好像诗人能把夜空像放远的风筝收回来似的。于是，原本从高天上笼罩大地的夜晚，变成了“从城楼（上）跳将下来”的形象，这种视觉的、心理的体验、联想，活脱脱就是一个顽皮胆大、身手矫健的男孩子的举止。你再听听《荒甸》里的这句：“大熊星座像一株张灯结彩的藤萝。”只有一个怀揣烂漫幻想和好奇的孩子，才会在仰望星空的时候，把布列有序的星座，想象成“一株张灯结彩的藤萝”。因为是孩子的“梦眼”，他才不理会藤萝植物能不能长在天上，遥远的星空何以能张灯结彩，这些疑问只会出自成年人的理性、常识和逻辑。可是一个儿童或者深具童心的诗人，一定会把夏夜的群星，像苏东坡那样想象成“小星闹若沸”的热闹场景，把大地上的欢闹搬上天庭。一个“闹”字，正是孩子们惯常的脾性。印象中，宋朝人特别喜欢在绘画里表现孩子们的淘气耍闹。

昌耀一旦沉浸在充满童稚情致的精神世界里，他眼中的事物立马就会发生巨大的改观，由冰冷僵死的物性，转化为生气盎然的生命状态，让死物质具有活灵魂，让无生命的事物具有人的喜怒哀乐：

我怀疑
这高原的群山莫不是被石化了的太古庞然巨兽？
当我穿越大山峡谷总希冀它们猝然复苏，
抬头啸然一声，
随我对我们红色的生活
作一次惊愕地眺视。
（《群山》）

酿造麦酒的黄昏，

炊烟陶醉了。巷陌陶醉了。风儿也陶醉了。

河岸上……

扎麻克人迎亲的马队正在出征。

向着他们颤动的银狐皮帽，

冰河在远方发出了第一声大笑……

（《酿造麦酒的黄昏》）

海在笑

海从任何一个方位切开阔大的嘴巴，

露出一排贝壳般白净的牙齿。

复又从任何一个方位切开阔大的嘴巴，

露出一排贝壳般白净的牙齿。

……复又闭合了。

（《海的小品》）

种子的胚房在喧哗。

屋角的犁头在躁动不安。

（《春雪》）

雷雨之后，夕阳

品茗长河上游骤然明亮的源头，

见下游出海口一只无人的渡船

悄悄滑向瓦蓝。

（《在雨季：从黄昏到黎明》）

列车在山脚启行，龙骨错节

发出一阵链式响尾……

（《幽界》）

我尤其喜欢昌耀使用动词的诗句，那真像女娲在创造的泥人里吹进了一口活气：

灶膛还醒着。

（《慈航》）

他启开兽毛编结的房屋，

唤醒炉中的火种……

（《湖畔》）

远处，蜃气飘摇的地表，

崛起了渴望啸吟的笋尖，

——是羚羊沉默的弯角。

（《莽原》）

我不能忘怀这村寨的烟囱了。

那些用黏土堆塑在屋顶的圆锥体，

是山民监听风霜的钟鼓。

（《烟囱》）

1980年，昌耀写下的《寓言》中记述：诗人有一天靠着南窗读惠特曼的《草叶集》，结果误杀了一只蜜蜂，一只被诗人视作是“一位来自百花村的姑娘”。这首诗完全是童话诗的口吻：

这只金黄的小生命
跌落在我手中的书卷，
新鲜的花粉
溢出它那小小的吊篮。
当垂亡的片刻，
它仍在怀念甜蜜的车间，
念叨它孤寂的君王，
最后一次鼓起鳞翅
留恋而痛楚地拨动
阳光赐予它的琴弦。

在《秋之季，因亡蝶而萌生慨叹》一文，诗人煞有介事地还为一只亡蝶发誓："我将在我的诗册为其永生的梦筑一间巢。"12 年之后，诗人写下《花朵受难》，以相同的诗心，记述了与女伴横穿马路时，女伴"俯身从飞驰而过的车轮底下抢救起一枝红花朵"的经历。让我震惊的是，诗中结尾处发出的声音，竟然和 20 世纪表现主义艺术的先驱爱德华·蒙克的名画异曲同工：

女伴与我偕同大丽花伫立路畔。
没有一辆救护车停下，没有谁
听见大丽花呼叫。

憨敦敦：

好一个"大丽花的呼叫"，堪比"旷野中的呼告"！

不，细细寻味，"旷野中的呼告"处在远离日常生活场景的旷野，没有像花朵处在人世的车流中呼叫而无人听闻这个意象来得更加窘迫不堪；而挪威画家蒙克画笔下那个双眼圆睁、脸颊凹陷，捂着耳朵尖叫的男人，虽说也是处在城市，但他整个人隔离着城市的中心，隔离着人群，连画面上仅有的两个行人，都是渐渐远去的背影，血红色的晚霞，流卷在扭曲的曲线里。昌耀处理的空间场景，不像蒙克那么夸张、那么费力地象征，他只把视线聚焦在城市车来人往的路边，整个城市对一朵被碾压的大丽花，视而不见、听而不闻，因而他的"大丽花的呼叫"，更具有新警、冷峻的揭示性——对生命的极度冷漠，对生命价值普遍的无视。

谁都知道，植物不会说话，更不会有什么感情的诉求，可是儿童的思维，就可以让植物不能而能。儿童式的思维，不仅让昌耀创造出了"大丽花的呼叫"这个意象，他还会把无生命的机器转换为生命肌体或是某种动物，就像农民把拖拉机唤作"铁牛"，牧人把飞机唤作"铁鸟"。昌耀诗眼里的汽车，不再是机械产品，而是有着肌体组织的活兽。譬如《刹那》一诗就把城市里的车祸描述为"醒见物欲肆虐，/ 卡车前肢骑上了客车后肢"；《周末嚣闹的都市与波斯菊与女孩》里，把相互遮挡去汽车轮胎的交通拥堵，表述为"街车肿胀失去腿趾"。这种审美创造最为完整的体现，是在《兽与徒——有关生命情节》这篇作品里：

它，由那些来历不明之徒骑往江湖去了。

从那个漫不经心的年代以来，它一直被置于院内露天一角，任凭日晒雨淋锈迹斑斑。——在岁月的进化里一部卡车的确是一头庞然大兽。

它原孤处一隅，破败、衰朽，使得此间居民对它逐渐失去对于灵异之物才怀有的敬畏。然而，它决非徒具生命形式。如同诸多生物具有的本性要求——被关怀、爱与情感交流，它无不具备。因之，当后来它的失踪被此间有识之士说成"苦尽甘来"也不无道理。

是在一个月黑风高的深夜，那些来历不明之徒终于前来觐见他们寻访已久的偶像。他们按捺不住内心的激动，那么用劲地扪摸它，用抹布为之擦拭。用电筒为之检视。他们找出摇把插进它前部那个很灵的穴位，用双手摇撼：金属对金属的摩擦正是灵魂对灵魂撞击所需完善的前奏，好似交涉、诱逼。好似倾谈、要挟、劝慰。终于，汽缸喷发出一阵连绵的轰响，恰又似一种哽咽、一种感恩、一种带泪的微笑。那些徒众——或者说情人们——终于成功。在他们眼里，这一灵兽的复活岂止是钢铁构件与燃气有机组合所取得的综合效应。这是真实的生命。于是他们各就各位，洒脱地钻进驾驶台或车体。院门大开，卡车前灯陡然射出两束强光，使得躲在各间楼层偷觑如我的居民个个曝光。而后，它掉转身子向前驱驰而去。

无生命的构件，不但在昌耀笔下具有"生命形式"，而且，还有着更高一级的精神需求，也就是"被关怀、爱与情感交流"这类属于人的"本性要求"。昌耀的这个汽车兽形象，恐怕在中国现当代诗歌史上，也是个绝无仅有的创造。

说到这里，很抱歉，请允许我像电影里运用的闪回式镜头，也把我的意识倒回到刚才你所谈及的《致史前期一对娇小的彩陶罐》这首诗章里。引发我兴趣的是，诗人偏偏把陶罐上舞者的形象，想象成一队"陌上歌舞队里身着赭红裙裾的窈窕淑女"。许多彩陶罐上抽象的人体，很难让人分辨出性别，但诗人的意念里活跃着的恰是女性的形象，这让我忽然发现昌耀诗歌意象一个有趣而耐人寻味的审美倾向，这就是他喜欢在诗中使用一些女性意象。女性，既是他诗歌灵感的重要来源，又是他习惯性的心理投射。

细究这些女性意象，一类就是类似《诗经》里描写到的"姝女"，你所举的这个例子里的"陌上歌舞队里身着赭红裙裾的窈窕淑女"，还有他在书店里见到一位女店员时所心仪的印象："不觉会意女店主已从披肩长发的少女 / 扮妆云鬟清雅的美妇，形同劫后复归的海伦。"（《罹忧的日子》）海伦作为古希腊人心目中的绝世佳人，其绰约超凡的风姿，被诗人荷马在《伊利亚特》中描述为"白皙的手臂""飘飘的长袍""闪闪发光的面纱"，真是集合了女性最富魅力的优雅、神秘、轻盈、标致的仪态。按照康德的美学见解，女性的人性中优美的品质与高贵的品质，可以使得“男性精致化”。☆这类女性美有一个共同的特点，就是富有女性阴柔的特点。昌耀生活的20世纪五六十年代，包括70年代，中国尚处在一个禁欲主义的时代。在那个时代，阴柔的女性之美，受到时代主流文化和文学审美的遮蔽、疏离和贬低。与此相反，受到崇尚的是一种扭曲了女性性属特征的中性特征，或者说让女性整个偏向男性化的特征，最具代表性的表现，就是那个时期在各行各业和文学作品常常出现的“铁姑娘”形象。在《艰难之思》中，昌耀说起他在20世纪50年代的审美观，就有着那一时期的时代烙印：

☆康德著，何兆武译，《论优美感和崇高感》，商务印书馆，2001年版，第29页。

> 那是一个我曾矜持地称之的——我们也曾年轻——的时期。我至今仍清晰记得我从保定城里选购来贴在我荣校宿舍床头墙壁的一张宣传画，画面是一位背负行囊侧身向我的女勘探队员。背景是青藏高原的崇山峻岭。画面底边一行通栏美术字：将青春献给祖国！画中人成了我崇拜的美神，成了我心中的诗神。雪山太阳将她晒得略带黧黑的红彤彤的脸蛋儿，那样的肤色，那样的绗有条形隆起的野外作业紧身棉上装都是理想中的“平民样式”，我觉得很美，很富有魅力。以为自己只当属于拥有这一样式的那个群体。

那时候作为女性性别体征的乳房，是特别忌讳裸露出来的，即便是微微露出一点儿也会被视为是风骚女人的勾引之举。所以，女勘探队员的女性特征，只能被“绗有条形隆起的野外作业紧身棉上装”严严实实地裹在衣服里，你在这里见不到一丝本属于女人的窈窕婀娜，而这才是那个时代女性在穿衣打扮上的得体之美。女性的肤色本以白皙、细腻或者施黛傅粉的艳丽为美，而在那个时代，具有时代美感的女性肤色，一定是“略带黧黑的红彤彤的脸蛋儿”。这在我们青藏高原，因为长期受到紫外线照射，长期劳作在户外的女性，肤色粗糙，双颊绯红，人们叫这种脸色“高原红”。直到20世纪80年代，中国社会渐渐恢复生机，转入正常，昌耀才会在一次观看一场民间歌舞会演时，“注意到队列中一个怀抱婴儿的女歌手，身材壮硕而高大，胸部裸袒，她那庞然膨起的乳房是最受我推崇的一种圆锥体类型，其状如侧身横出的冰山雪峰，泛起油脂似的柔光，这令我惊异而欣羡”（《土伯特艺术家的歌舞》）。这是昌耀在文字中直接描写女性性征之美最为坦率、直露的一次。

昌耀诗中女性意象的另一个特点，就是充满母性。昌耀所有涉及小时候的经历，即便是他未完成的自传，提及他父母的文字寥寥可数，可以说他从小与父母亲密相处的时间不多，“10岁时就去常德读高小了”，而从 14 岁起，他就“已是一个不归的游子，以四海为家”了。从心理学上讲，昌耀是一个恋母情结很重的男人。成年后，他的内心深处仍旧怀有对母性关爱的强烈需求和极度依恋，这也就是为什么当他在成年之后，听到母亲不在人世的消息，一向持重、内敛的诗人，不可遏制地发出“旁若无人的嚎啕”的宿因，这是其一；其二，从他提及的早年经历和体验来看，昌耀还是一个身患皮肤饥渴症的男人。精神医学对这类病例的一个令人信服的临床诊断是：大多身患皮肤饥渴症的人，因为幼年时缺乏双亲的爱抚，尤其是母亲的爱抚，成年之后，还可能因为缺乏伴侣的温柔爱抚而渴望爱抚和触摸，经常出现睡眠不稳、夜惊（从睡梦中突然惊醒甚至坐起）、梦魇以至梦游等症状，在昌耀中后期的许多作品里，我们会不时见到一个频繁失眠、频繁从睡梦中突然惊醒、梦魇以至梦游的诗人形象，像《诗章》《恓惶》《听到响板》《窗外有雨》《极地民居》《陈述》《黎明中的书案》《她》《这夜，额头锯痛》《烘烤》《自审》《大街看守》《一种嗥叫》《享受鹰翔时的快感》《小满夜夕》《灵语》《划过欲海的夜鸟》《荒江之听》《悒郁的生命排练》《醒来》《夜者》《你啊，极为深邃的允诺》《夜眼无眠》《噩的结构》《今夜，思维的触角》《一个早晨》《面对“未可抵达的暖房”》……

正是有了恋母情结、皮肤饥渴这两种隐秘而持久的心理需求，昌耀才会在诗篇里投射下让读者过目难忘的诸多母性意象。我不妨举两个留在我脑海里最深刻的印象。

1961 年，25 岁的昌耀在《夜行在西部高原》一诗里，第一次表现出他的母性意象，那是一次诗人夜行在西部高原的经历。通常在这种情形下，一个人的经验里难免产生抑郁和孤寂的体验，但诗人明确告知人们“夜行在西部高原 / 我从来不曾觉得孤独”。是什么东西慰藉了诗人的情怀，驱散了夜行的孤寂和恐惧呢？请听他如下温情的低吟：

不时，我看见大山的绝壁
推开一扇窗洞，像夜的
樱桃小口，要对我说些什么，
蓦地又沉默不语了。
我猜想是乳儿的母亲
点燃窗台上的油灯，
过后又忽地吹没了……

诗人在此刻的联想是特别耐人寻味的，他不是泛泛地联想到女人，而是特定的母亲形象，是“乳儿的母亲”。作为恋母情结和皮肤饥渴的内在驱动，诗人把他内心世界里幽微的情愫无形中撩开了一角：只有喂奶的母亲方能安慰他的身心。1982 年，44 岁的昌耀在《在玉门：一个意念》一诗里第二次表现出母性意象。这一次，是他在甘肃省玉门市的一次经历。昌耀在那里看见了戈壁滩上此起彼伏的抽油机，石油工人们通常称呼这种用来生产石油的机器叫“磕头机”，而昌耀则是以诘问的语调，引出哺乳的母亲形象：

注意，诗人在这里把金属机械用“她们”来称谓。一般情况下，面对铁的机器，谁会往女性身上联想呢？那么冷硬的性质，和女性离得多么远啊。可是，我们掌握了昌耀特殊的心理成长过程，就不会感到这个意象的唐突了。这两首写于不同时间段的诗作，核心意象都是哺乳的母亲。给孩子喂奶，既是女人母性最为直接、生动的体现，也是婴儿生理和心理上的双重需求，在这一过程中，母子之间的肌肤之亲和母亲对幼儿的轻抚，对新生儿的神经和体格发育极为重要。在昌耀的成长经历里，这个时刻，这般心理饥渴，无疑对他有着特别强大的心理影响，以至于他念兹在兹，频繁在诗文里出现母亲哺乳这一情景。在《冰湖坼裂·圣山·圣火》一诗里，他再度重现了这一人世间最甜柔的温暖时刻，仿佛他在用语言的琴键，款款地弹奏着舒曼的钢琴套曲《童年情景》：“瞌睡的孩子在母亲腹部分泌梦的蜜糖春的龙涎。”作为中国人，大概也只有在孩童期才会和父母保持一点儿肌肤之亲，过了这个时期，男孩子和母亲、女孩子和父亲，一般就很难再有什么机会去体验这种触觉上的亲近感。而西方人成年后，还可以用拥抱和亲吻，继续这种来自身体的亲近感。

可是，你们戴铝盔的玉门人呵，
为什么要说她们
只不过是工作在井群上的一些抽油机呢？
而我更愿把她们想象作是在为摇篮中的乳儿
一次次弯腰哺食的母亲。

涧底松：

你的这个视角，给了我不少意外的启示。前面我跟你说到昌耀的审美移情和人格化审美取向，尤其是他怀抱童心的诗心，他诗性思维里的儿童思维。如果你仔细品味过他的诗集，你会发现昌耀的诗歌，还有另一类人格化的审美取向，这就是弥散在他诗性意识里的神话思维。

神话思维属于人类古老的思维，它和儿童思维相通的地方，都在于以感性的力量与万物沟通，把物、把世界整个人格化。不管是原始人还是儿童，都会将理性的人一眼就能辨别的事物间的因果联系和逻辑链条，暂时抛到九霄云外，而完全陶醉在自己的随心所欲里，沉浸于忘形而亲密的精神游戏里。所不同的是，神话思维牵连着广大的自然世界，隐藏着万物有灵的神秘体验，这是儿童思维所不能企及也不能具备的心理境界。

在昌耀诗歌写作的早期，就已经震荡着这种远古思维的回响。具体来讲，就是 1962 年他写下的《我躺着。开拓我吧！》。从昌耀诗歌文本生成的角度来看，这是目前我见到的昌耀最早的一篇把大地想象为身体的诗篇：

在诗中，诗人使用了“第一人称”和他不常使用的祈使句。与陈述句、感叹句相比，祈使句用在这里，更能抒发一种热切的吁请，抒发苏醒的大地意欲慷慨奉献自己富藏的那种无比豪迈的情怀。对了，用尼采在《偶像的黄昏》里说过的一个意思来阐释，可能更到位。借用尼采的眼光，此刻的大地之母浑身都充满了醉感的气息，因为“醉的本质是力的提高和充溢之感。出自这种感觉，人施惠于万物，强迫万物向己索取……”☆中外早期文明里的生育女神、丰收女神，其共同的品质都是慷慨的馈赠。在这里，祈使句强化了拟人化的、人性化的意态；另一方面，我们还能揣摩到，大地在呼请过程中那起伏变化的情绪，她情绪的气息、力道，就好像在我们的眼前跃动、鼻翼下浮动。前两行诗句里的两个句末语气助词“吧”，因为大地处在最初的祈请状态，所以她对人们还带有揣度、商量的口气，甚至还有些许怯生生的腼腆。而在接下来的诗句里，“吧”这个句末语气助词消失了，大地之母的醉感和充溢之感瞬间饱满起来，以至于不无炫耀地罗列开她的众多许诺和无限魅力。当祈使语气由“我将”转变为“我要”时，大地之母的性情，由之前所表现出的那种揣度、商量的仪态，陡然间变成了坚定而自信、康健而明快的生命意志。仔细玩味诗中的隐喻，一个阴性的、母性的土地形象清晰可辨，甚至在这种庄重而豪迈的呼唤背后，你能强烈地感受到其间涌动着的那种旺盛的、野性的甚至原始的生命活力，整个土地在获得身体的全部生理性能之后，进入到一个完全打开和完全释放的狂欢状态。给大地赋予肉身的功能，尤其是女性肉身的性能，这在昌耀的诗里也是频频出现。《凶年逸稿》里有一节诗句，直接就把山峰想象为生育着的母性之体，一个大地上的产妇：“有一天我看到了山的分娩。/ 我看见了从山的穴道降生一条钢铁长龙。……”到了他的名篇《河床》，他更是把孑遗在他精神世界里的神话思维，浑融成一个现代诗歌罕见的美学境地：

我躺着。开拓我吧！我就是这荒土
我就是这岩层，这河床……开拓我吧！我将
给你最豪华、最繁富、最具魔力之色彩。
储存你那无可发泄的精力：请随意驰骋。我要
给你那旋转的车轮以充实的快感。
而我已满足地喘息、微笑
又不无阵痛。

☆周国平译，《悲剧的诞生：尼采美学文选》，北京三联书店，1986年版，第319页。

我从白头的巴颜喀拉走下。
白头的雪豹默默卧在鹰的城堡，目送我走向远方。
但我更是值得骄傲的一个。
我老远就听到了唐古特人的那些马车。
我轻轻地笑着，并不出声。

与前一首诗中“土地”意象的女性化、母性化的性属特征不同，《河床》里大地的身体性属特征，已经被强化为男性的雄性特征，诸如像“轮子跳动在我鼓囊囊的肌块”“我是发育完备的雄性美”“我喜欢向霜风

透露我体魄之多毛”等诗句，完完全全是男性性征的描摹。这种自然界事物性别的归属，并非出于昌耀的主观臆造和任意的想象，而是受到文化传统的强力制约和经验、想象的暗示。在不少有关早期文化的典籍里，我们很容易见到的一个文化现象便是，自殷商以降，中国人都在奉祀黄河上的一个男性水神，我们敬称这位男性水神为“河伯”。《楚辞·九歌》里，还专门有一篇写“河伯”的篇目，这些“先见之明”或者“先入之见”，都是一个诗人创作之前必然要接受到的文化规约，也就是说，谁也无法抗拒来自文化传统的各种催眠，不管是深度催眠还是浅度催眠，你都被笼罩在其中，来自传统的影响力，这时候就像环绕我们的空气。

我让那些早早上路的马车，沿着我的堤坡，鱼贯而行。

那些马车响着刮木，像奏着迎神的喇叭，登上了我的胸脯。

轮子跳动在我鼓囊囊的肌块。

……

令我惊异不已的是，1984 年，时年 48 岁的昌耀仅在三个多月的时间里，就一口气依次写下了《河床》《圣迹》《她站在剧院临街的前庭》《阳光下的路》《古本尖桥——鲁沙尔镇的民间节日》《寻找黄河正源卡日曲：铜色河》这六首长诗，它们又被昌耀组构为耐人寻味的《青藏高原的形体》系列。看得出诗人隐喻的意图，就是要为青藏高原做一次形体描绘。这几首诗的抒情视角和人称都不尽相同，我尤为关注的是第一首《河床》里将自然进行身体化书写的表述，对大地形体的颂扬。在中外诗歌史上，这是昌耀别开生面的一次诗性之美的开掘。它的创造性，它的价值，我觉得只有结合他对惠特曼诗歌创作中对人体颂扬这一诗学特征的评价来认识，才会看得更深切一些。换个角度说，我这是拿惠特曼在身体书写这一诗学领域的创造，来比照昌耀那充满东方情调的诗学创新，正像哈罗德·布鲁姆将莎士比亚作为西方经典文学审美价值的试金石一样。

1991 年，昌耀在写给玲君的一封信中，明确谈及诗歌中的人体写作这一创作类型：

> 诗人之赞美人体者也许首推惠特曼？你不妨读读《草叶集选》（楚图南译）里《自己之歌》一章，他写得多么醇厚、醉人？其中第 11 节写出“二十八个青年人在海边洗澡”，一个姑娘躲在岸上房屋的窗帘背后偷偷瞧着这些沐浴者，最后她也以她的“灵思”参与到他们之间，“笑着，跳着，沿着海边，第二十九个沐浴者来到了，别的人没有看见她，但她看见了他们并且喜爱他们”。惠特曼歌颂的人体可以看作是具有生命、性力、完美的大自然本身……惠特曼之后颂扬人体的诗人尚有聂鲁达、劳伦斯、埃利蒂斯、桑戈尔等许多，然而没有一个具有为惠特曼所表现的整体气象中的优美、深刻、繁富或磅礴之势，仿佛惠特曼将该写的一切全数写尽了。

昌耀在这篇书信形式的诗论里，以其罕见且很透辟的比较文学眼光，拈示出中外诗歌艺术中身体写作这一重要的创作现象和诗歌抒情类型。这段文字给我有这么几点启示：一是昌耀进行诗歌里的身体写作时，是有着极为自觉的审美认知和体会的；二是他从世界诗歌史、比较诗学的角度，确定了惠特曼在这一独特领域为其他诗人所难以企及的诗学高度；三是他已经洞察到聂鲁达、劳伦斯、埃利蒂斯、桑戈尔这类重量级诗人，在身体写作上略逊惠特曼一筹的内在原因，就是都没有具备“为惠特曼所表现的整体气象中的优美、深刻、繁富或磅礴之势……”我个人极为欣赏的是昌耀在最末一句里留下的无限玄机，尤其是那句充满了不确定性语气的“仿佛惠特曼将该写的一切全数写尽了”，这让后来的诗人们，在对惠特曼诗学造诣发出高山仰止的感喟时，又敞开了某种在写作上进行再度超越的可能性。无疑，昌耀在点出这些大诗人身体写作上的“死穴”的时候，已经悟出了自己的出路所在。从另一个角度讲，昌耀在惠特曼有关人体书写的诗篇中，深深体验到了布鲁姆所说的“影响的焦虑”，但就是这个“影响的焦虑”，驱使昌耀另辟蹊径，找到了超越诗界前贤的新路，这就是把自然、大地视为更具整体气象的肉体，这是东方世界里的人们思维的一种现实，这种与万物相互联系、感应的经验，是大洋彼岸的惠特曼们所匮乏的经验和体会，也是发达的资本主义时代的诗人们付出的一个审美代价。不是他们从来不会像东方人这样进行古色斑斓的诗性思维，而是他们发达的社会形态和文明程度，已经将这种人类早期文明中遍地盛行的心灵体验，原始的诗性智慧，精神的保护膜，早已磨损得失去了灵性，就像磨得起茧的手掌失去了触觉最初的灵敏，风骚的女人不再保有少女的清纯和羞涩。

昌耀以他睿智、清醒的审视和审美思维的前瞻性，他纯真的天性，罕见的恢宏气度，复活、接续上了现代人已然久违了的诗性思维，贯通了古今人性磅礴万物的那种时空体验，接续上了从古代世界一路颠顿、迢递而来的那缕人文香火。昌耀建构起来的这个亲和、博大的比喻世界，不仅仅限于语言学的修辞层面，而是一种整体的诗学，一种超出诗艺而将生命的感觉、观念与整个自然、整个世界联系、综合起来的诗学。从中，我甚至嗅到了18世纪德国浪漫派文学的气息，那种被施莱格尔们所标举的“包罗万象”的诗歌美学原则。

坦率地说，我更喜欢昌耀的这种诗学，它更其磅礴，更其和谐，更其自然，更其优美，更其深刻，更其繁富，更其崇高。昌耀深知这一诗学独绝超拔的价值所在，即便在他离世前三年的1997年，他还在重写这一诗学经验，编织他倍加珍重的这种诗学魅力。《苏动的大地诗意》这篇文字，是诗人从乘坐飞机俯视大地的角度，对“大地诗意”的一次欣喜发现。从文中我们知道他对这次经历是有着精心而细致的准备的有所用心的，拿诗人自己的话来讲，此刻的他比“别的值夜人多留了一个心眼，而得以在一次神志恍惚中从黎明的那一刻体验了为别人不曾体验过的大地景观”——

……我看见梦的幽灵从其附身的高山大岳、江河湖海收拢羽翼，像揭起一面巨大的罗衾，迅即遁空而逝。大地卵胎这才苏动，在那闪现的一刻，泄露给我一个掩饰不住的微笑，而后如珠蚌闭合，只示以常态。而那微笑的肉体自此我再也无法忘记。

……我明白，机翼下的土地正是我所熟知的中亚腹地，但那已是夜幕深深覆被下的美丽肉体……

“微笑的肉体”“美丽肉体”，包括那个差不多已被我们忘记身体隐喻的“腹地”一词——与之相关的还有“山头”“山腰”“山脚”，都是在把山川大地看成是肉体的形象和构造。在写作这首诗的前一年——1996年，昌耀刚好年届六十。进入迟暮之年的诗人，想象力仍旧没有显出踉跄苍老的状态，在《从启开的窗口骋目雪原》这篇作品里，他的肉体想象力不但依旧光鲜、旺盛，而且还伴随着活力的重新积蓄和更新：

从启开的窗口呼吸，骋目雪原的体香，相对枯干涩燥的昨日，以及昨日之前更加久远的隐含了期待的日子，滋润的蠕动感已深入到每一关节的软骨和隆起的滑膜层，既是人体的，也是万象万物被滋润被膨起的感受。复活的意识如此常思常新。

茫茫雪原在我眼中明亮新鲜纯洁，且温暖。

这段文字，延续了昌耀诗歌特有的、充满身体诗学意象的风格。特别需要注意的是，他在这里发展出一种有如电影中叠映效果的诗性思维，这种思维是一种浑融着身体与自然双重意蕴的身体诗学，也就是他在这篇文字里所全新呈示的那种既属于人体又属于万物万象的“被滋润被膨起的感受”，连同他感慨的“复活的意识”，都具有着双重身体意蕴的指向——人体和人体化的自然。我觉得，昌耀发明的这种身体的双重性意指，使他大大超越了惠特曼的那种人体诗学。惠特曼的身体诗学正如他自己在《我歌唱一个人的自身》里的道白：“我歌唱从头到脚的生理学，/ 我说的不单指外貌和脑子，整个形体更值得歌吟……”惠特曼的身体诗学侧重于人，而昌耀的身体诗学和诗思，包容了天地人这个更为广大、更为真实、更为浑然一体的存在空间，这是只有在二十四个节气里款款感应着自然、沉浸于自然世界的东方古典美学和生活美学，在哲学和审美上化育出来的一种博大的诗性，一种具有综合性和整体性的精神格调。西方世界的人本主义在张扬人的价值、人的意义的时候，把天地这个根本性的元素，推到了后景，就像达·芬奇把山川河流放在蒙娜丽莎的身后充作背景一样，这要换作中国的山水画家，正好与西方画家相反，他们的画幅里，天地永远是主角，人物倒像是衬景和点缀，所谓的“寸人豆马”，说的既是一种透视与比例的视觉效果，更是一种东方哲学，东方的自然观和宇宙观，是它们在视觉上浑融一片的反应，这似乎是西方世界所匮乏的，也是惠特曼们终其一生难臻其极的地方。“绍兴希腊人”木心先生曾在他的《九月初九》这篇散文里，把这个问题说得极为通透，属于醍醐灌顶式的开示：“中国的‘人’和中国的‘自然’，从《诗经》起，历楚汉辞赋唐诗宋词，连绾表现着平等参透的关系，乐其乐亦宣泄于自然，忧其忧以投诉于自然。”“中国的‘自然’与中国的‘人’，合成一套无处不在的精神密码，欧美的智者也认同其中确有源远流长的奥秘；中国的‘人’充满自然，这个观点已经被理论化了，……另一面：中国的‘自然’内有‘人’，——谁莳的花服谁，那人卜居的丘壑有那人的风神，犹如衣裳具备袭者的性情，旧的空鞋都有脚……”“另外（难免有一些另外），中国人既温暾又酷烈，有不可思议的耐心，能与任何祸福作无尽之周旋。在心上，不在话下，十年如此，百年不过是十个十年，忽然已是千年了。苦闷逼使‘人’有所象征，因而与自然作无止境的亲媛，乃至熟昵而狡黠作狎了。”☆

☆参见木心《哥伦比亚的倒影》，广西师范大学出版社，2006年版，第3-7页。

☆叶舒宪《神话意象》，北京大学出版社，2007年版，第74页。

憨敦敦：

昌耀的这一思维，在我看来可以追溯到邃远的神话思维和它的精神化石——创世神话里。在世界多种多样的文化里，不同的种族和民族都不约而同地把上天视为天父，把大地视为地母。这种神话类型，在比较神话学家那里，被概括归类为“世界父母型”。“这一类型的基础观念就是把宇宙及万物的产生认同为两性的性器之功能。其幻想的发生原理在于，人类用自己的身体行为为坐标，把整个宇宙都身体化了。这种天父地母型神话可以说是一切身体写作和身体创造的总根源。”☆

☆李辛儒《民俗美术与儒学文化》，中央民族学院出版社，1992年版，第46页。

被誉为“群经之首，大道之源”的《易经》，就典型地体现了天父地母型神话及身体写作和身体创造的特点。八卦中的乾坤二卦，不仅被古人分别看作是“万物之父”和“万物之母”，而且在《易经·系辞下》里，我们五千年前的祖先，就已经毫不隐讳地坦言：“天地絪缊，万物化醇；男女构精，万物化生。”这种思维，直接把天地交接之道和男女交合之道联系起来，以至于有学者这样道破《易经》的天机：“儒家学者对乾和坤之间关系行为的描述，往往酷似男女之间的性行为。例如：‘夫乾，其静也专，其动也直，是为大生焉；夫坤，其静也翕，其动也辟，是为广生焉。’（《易经·系辞上》）专就是团（发团音），是集缩的意思；直就是伸开。这是乾象的静与动，实即符合男根的静动特征。翕就是合拢，辟就是张开，这是坤象的静与动，岂不又形似女阴的静与动？”☆这种东方文化中人与自然相通、相感的对应思维，在中国古代的诗文中不断更继绵延。我们经常拿“云雨”这一自然物象和物候，象征男女之事，这正是这种哲学思维和观念，在日常言说和文学表现上的直接反映。

在这里，我想着重说明一下人化思维的问题。人化思维的特点，正是你前面讲到的“把整个宇宙都身体化了”。而且，人化思维也不是个别民族在意识世界的个别现象，而是具有普遍性的意识现象和语言现象。在这一点上，18 世纪意大利著名的语言学家、历史学家和美学家维科，有着极为经典和深入的观察。他在《新科学》中指出：人类的原始民族的创造者都是某种诗人和哲人，他们的思维是一种诗性思维，也就是以一种隐喻的原则来创造事物。我们不妨听听这位那不勒斯的智者倾吐出的声音。听着听着，你就会觉得他说出的一切多么像我们的祖先、我们的同胞运用思维的习惯，尽管我们彼此被时间、陆地和海水远隔着——

> 值得注意的是，在一切语种里，大部分涉及无生命的事物的表达方式，都是用人体及其各部分以及用人的感觉和情欲的隐喻来形成的。例如用“首”（头）来表达顶或开始，用“额”或“肩”来表达一座山的部位，针和土豆都可以有“眼”，杯或壶都可以有“嘴”，耙、锯或梳都可以有“齿”，任何空隙或洞都可叫作“口”，麦穗的“须”，鞋的“舌”，河的“咽喉”，地的“颈”，海的“手臂”，钟的“指针”叫作“手”，“心”代表中央，船帆的“腹部”，“脚”代表终点或底，果实的“肉”，岩石或矿的“脉”，“葡萄的血”代表酒，地的“腹部”，天或海“微笑”，风“吹”，波浪“呜咽”，物体在重压下“呻吟”，拉丁地区农民们常说田地“干渴”“生产果实”“让粮食肿胀”了，我们意大利乡下人说植物“在讲恋爱”，葡萄长得“欢”，流脂的树在“哭泣”……这一切事例都是那条公理的后果：人在无知中就把他自己当作权衡世间一切事物的标准，在上述事例中人把自己整个变成世界了。因此，正如理性的玄学有一种教义，说人通过理解一切事物来变成一切事物，这种想象性的玄学都显示出人凭不了解一切事物而变成了一切事物。☆

☆维科著，朱光潜译，《新科学》上册，商务印书馆，1989 年版，第 200 页。

我以前看过一本影印的民国版《切口大词典》☆，这本隔了快一个世纪的工具书，间隔越久，读起来就越发播散出一股股前尘梦影的况味。我说这本书好看，是觉得作者吴汉痴真是个世俗光景里的侦探，要不是他把百行百业里那些特殊而秘密的词汇，像翻译密码一样解密出来，大多数人恐怕是无法理会这些词汇所反映出的信息和意义的，学者钱锺书把这种语言现象称作“此中人语”。在他那本

☆上海文艺出版社，1989 年版。

薄薄的《七缀集》里，你会见到这么一段深入浅出的文字："一个社会、一个时代各有语言天地，各行各业以至于一家一户也都有它的语言天地，所谓'此中人语'。譬如乡亲叙旧、老友谈往、两口子讲体己、同业公议、专家讨论等等，圈外人或外行人听来，往往不甚了了。缘故是：在这种谈话里，不仅有术语、私房话以至'黑话'，而且由于同伙们相知深切，还隐伏着许多中世纪经院哲学所谓彼此不言而喻的'假定'（suppositio），旁人难于意会。释祩宏《竹窗随笔》论禅宗问答：'譬之二同邑人，千里久别，忽然邂逅，相对作乡语隐语，旁人听之，无义无味。'"☆这些加密了的"切口"词语，虽然只为社会上的一部分人所知悉，可是当你了解了它的基本原理，你会觉得它们类似古代诗人在诗歌里喜欢使用的代字，像李贺用"新翠"指代春柳，"愁红"指代荷花，"空白""圆苍""空绿"代指天空之类，你还可以在清代厉荃辑录的《事物异名录》里找到更多的例子，总之，这类代字和"切口"词语一样，都是以"不直说为文章之妙"，或者仅仅"举物之用，以名其物，于修辞之道，较为迂曲"。☆我是拿这本书当诗人编撰的雅谜来看、来猜，譬如说"疑絮"代表"雪"（化用《世说新语》里才女谢道韫咏雪的名句"未若柳絮迎风起"，但"疑"字更胜一筹，既描摹了初瞥乍见时人视力上的错觉，又显露了人辨识雪花、柳絮时惊疑、恍惚的心迹）；"隔面"代表"雾"（不用蒙面而用隔面，是蒙字过于板滞，不像隔字透出雾气弥散的空间感。被物蒙面是没有视觉的，而被纱帐似的烟雾所隔，虽不能看清被雾笼罩的物体，却可以看到模糊朦胧的情形）；"目听"代表"耳聋者"（以通感或混淆感觉的方式构词，比之于我们素常含有歧视意味的"聋子"一词，"目听"这个词创造得真是高雅、聪明至极。相比之下，"重听"这个同样代指耳聋的词语，也就相形见绌了）；"忘言"代表"哑巴"（这回化用的是《庄子》里"得意忘言"的典故，原本是哲学家得道时超越言诠的玄妙境界，移用到"哑巴"身上，似乎被赋予了一种智慧和心机，再三玩味，让人忍俊不止）；"瞒天"代表"帽子"（这个例子一看就能猜到是老百姓的创作，洋溢着民间夸饰诙谐的意趣，不像前面那几个词语非识文断字、知书习经者不能锻造）。再譬如"暮登"代表"床"，"偏提"代表"茶壶或酒壶"（和靖翁《送李山人》一诗用的就是这个词："马前常带古偏提。"），"踢土"代表"鞋子"之类，完全是"举物之用，以名其物"。这些像诗、像谜语的切口词汇，真是举不胜举，它们那新异、诙谐、稚拙的语意，仿佛揭去了我们惯常思维的厚茧，使我们陈陈相因的滞钝恢复了灵敏，思维的神经重获崭新的联系。在这些切口词汇里，我尤其感兴趣的是一种拟人化的称谓，譬如把"梅干"唤作"穷秀才"，把"南瓜子"唤作"小相公"，把"枇杷"唤作"黄袍加身"，把"碗"唤作"亲口"，

☆钱锺书《七缀集》，上海古籍出版社，1985年版，第3页。

☆参见钱锺书《谈艺录》（补订本），中华书局，1984年版，第248页。

把“唾壶”唤作“仰承”，把“砚台”唤作“食墨”，把“花瓶”唤作“案伴”等等等等。如此活泼有趣、直观感性的语言，如果传到法国诗人弗朗索瓦·蓬热的耳朵里，他一方面会惊奇自己之外，竟然还会有人像自己一般走出自身，去体验成为一件事物的感觉。一方面会感慨创造了这些“诗语”的中国人，太过于吝惜自己的笔墨和想象力了，换了自己，至少会把这种简约呈现的“物的意境”，铺展成篇章，而不是浓缩为语言里最小的细胞——词语。他哪里知道，像这样绝妙的词语，在无数老百姓的舌尖上随时随地蹦来弹去。如此，化生出世间无数绝妙的词语和交流的美妙机趣。

和以上这种语言现象极为酷似，但又意在使拟人化的称谓结成眷属的修辞手法，被钱锺书命名为“拟人结眷”。略作梳理，在古代诗文中，这类修辞手法中的一类，是把动植物的称谓眷属化，如雪公、天公、雷公、石兄、竹弟、风爹等，钱锺书旁及意大利文学时，说他们的古诗《万物颂》中也有“月姐、风哥、水姊、火哥”等相类的表述；另外一类是把对抽象名物的称呼眷属化，像言为祸母、酒为欢伯、福为兄、累为孙之类，成语“失败乃成功之母”是我们再熟悉不过的例子。昌耀最经典的此类表述，我刚刚找到一个：“风是鹰的母亲。鹰是风的宠儿。”（《凶年逸稿》）

涧底松：

这般人化思维，到了诗化小说家曹雪芹那里，便幻构出了那株超凡绝俗、古灵精怪的“绛珠仙草”。这株仙草的灵异之处，正像小说描写的那样——“既受天地精华，复得甘露滋养，遂脱了草木之胎，幻化人形，……修成女体。”

而在昌耀这里，你看他在《内心激情：光与影子的剪辑》里，写过一个“空气”的形象，准确点儿说，是一串歌声在空气里回荡的情形。你可能也会记得20世纪80年代初流行过一首歌曲叫《阿里巴巴》，甚至可能回忆起那时候的歌手穿着喇叭裤、花衬衫、烫着爆炸头的样子，昌耀描写的正是一位男歌星在歌厅演唱《阿里巴巴》的一幕：当男歌星唱着“阿里、阿里巴巴。阿里巴巴是个快乐的青年”的时候，“许多人合唱：‘芝麻开门芝麻开门芝麻开门……噢、噢、噢、噢’空气也是噢噢噢噢的，像是夏日正午贴近沙漠平面的那一层颤动的空气。呈线形鬈曲。像是气体的胡髭。”一般我们只会表述空气里回荡着歌声，而昌耀先是将歌厅里颤动的声音，与空间上极为遥远的“夏日正午贴近沙漠平面的那一层颤动的空气”剪辑在一起，这已经超出一般人的想象，可是他还不满足，他还要在审美体验上再度掘进、再度延展，以至于他的大脑像是安装了一部声频显示仪，竟然会描画出那声波的模样“呈线形鬈曲”，有如“气体的胡髭”。好一个“气体的胡髭”！这个经过心灵透视的比喻，多么新奇、幽默和调皮啊。其中的奥秘，仍然是把气体、声波这样的物理现象拟人化了。

自然中的雷雨交加，到了昌耀笔下，同样不同凡响。《江南》里的第三首《南风》，是这样描写雷电和暴雨的："……/ 我躲在高楼小阁 / 温习南风撮合的雨夜，/ 听见雷电戏逐、阴阳交欢。/ 在癫狂的大笑声中 / 那些个有如久别了十冬的精灵 / 搅翻了房上的瓦块，/ 踏裂了门前的树枝，/ 不可节制的情欲 / 一片片在空间燃爆……"雷电和暴雨完全成了诗人眼中的"精灵"，它们嬉戏、交欢、大笑、毁坏，完完全全具有了性情、欲望、冲动和意志。

憨敦敦：

在这里，我还有一点发现。按理说，由低级生命形式向高级生命形式的转化，也就是由动植物向人的转化，是一种升格，而由人向动植物甚至无生命的物质的转变，从人的价值观和伦理层面上讲，理应是一种降格。可是，由于中国人的自然观里早就积淀着敬畏自然万物的情感，时常沉溺于物我互通、物我冥契的境地，我们的文化里还有相当一部分人，像道家和释家的信徒，都操守着万物平等观、齐物论的思想，所以当人转化为自然世界里的某种物质形式时，不但不意味着生命价值的贬低，还被赋予更为永恒的意义和价值。只有在这种思想的前提下，我们才能理解人化思维的另外一种变形形式——物化，也就是把身体自然化，把有生命的肉体物化为宇宙万物，恰好把人化思维颠倒了过来。

有关这方面的情况，我想取三块中国传统文化的切片：一个是中医穴位的取象比类法，一个是相面术，一个是神话传说。

中医的穴名，都是历代医家上察天文、下观地理、中通人事，远取诸物、近取诸身而总结出来的。略一涉足，你就会觉得整个人体就是大地上存在的一切。前一段时间看著名中医师李智的著述，读到一段中医命名穴位名称的讲究，其间就潜藏着东方人古老的智慧和生命哲学："孙思邈在《千金翼方》中说：'凡诸孔穴，名不徒设，皆有深意'。一般来说，取名海、渊、泉、沟、渎、池、渚等，往往代表气血聚积的地方，以储水量的多寡来表示气血量的大小；里、道、室、舍、门、户等大多代表气血停聚或者出入的地方；而梁、丘、陵，往往代表的是骨肉高起、要害之处……""古人有'南为阳，北为阴'的说法，玉门关在北面，故为阴关，玉门在古代是指女性外生殖器。有人认为从玉门关侧面的形制看，是非常清楚的女性符号。"☆

相面术里经典的一个例子，出自清代右髻道人撰集的相学秘籍《水镜神相》。在《头相总论》中，古人就把人的头部表述为"身体百骸之主""肖天地之形"："头像天足像地，眼像日月，声音像雷霆，血脉像江河，骨骼像金石，鼻额像山岳，须眉

☆李智《小穴位大健康》，上海锦绣文章出版社，2010 年版，第 287 页、第 7 页。

像草木。”☆

☆右髻道人《水镜神相》，北京师范大学出版社，1993年版，第47页。

神话传说的例子，同样出自清代的著作，这就是被诸多史学家给予极高评价的《绎史》。作者是清初享有盛名的古史学家马骕。书中有一节盘古化万物的传说：“首生盘古，垂死化身。气成风云，声为雷霆，左眼为日，右眼为月，四肢五体为四极五岳，血液为江河，筋脉为地里，肌肤为田土，发髭为星辰，皮毛为草木，齿骨为金石，精髓为珠玉，汗流为雨泽，身之诸虫，因风所感，化为黎氓。”☆这段文字跟相学秘籍的表述如出一辙，但言辞铺排更为周详入微，文思更为古奥、奇幻。我曾在今天藏族人所绘制的唐卡中，见到他们用完整的人体来描画舆地形胜的图画。最著名的莫过于松赞干布时期的罗刹女仰躺雪域的记载：说是文成公主查看雪域大地的山川形貌时，得知雪域实为罗刹女魔女仰躺大地并用身体所幻化，因此，必须加以压服才能确保雪域大地的永久平安。松赞干布于是在魔女的四肢躯干等关键部位，修建了12座镇节和镇肢的佛寺，建在魔女心脏部位的就是著名的大昭寺。不久前，我在一本介绍西藏人文地理的小册子里，意外地看到一幅《西藏镇魔图》，它所表现的，正是藏族社会著名的一个女性神祇多吉帕姆，圣体化身为墨脱殊胜山河的图景。在这幅图画中，她圣体上从头部、脖子、左手、右手、心脏、肚脐到下阴、动脉，都与墨脱大地的地名一一对应，譬如她的头部对应着的是著名的南迦巴瓦峰和贡拉嘎布山，而她的动脉所对应的是雅鲁藏布江。我也看到过画家、摄影家把山丘、河谷、流沙等等自然物象，和女性优美的人体进行超现实主义的形象嫁接，最著名的像美国超现实主义摄影大师杰利·尤斯曼在他的作品里就利用他擅长的“成像后合成法”，把女人体和树枝、杂草、房屋、山间溪流叠化在一起。当然，他有时候也会让伸向密林的路径长出人的嘴唇。幽秘、异陌甚至带着某种奇异的惊悚气息，使我每每有一种回到遥远的前世的奇妙感觉。

☆转引自王锺陵《中国前期文化——心理研究》，上海古籍出版社，2006年版，第37页。

我们回过头再来看看《易经》对自然和动物的意识，如何深远地影响了我们的文化构成、文化想象。《易》取象于天、地、风、雷、水、火、山、泽这八种事物来象征八卦，而它的比类，从一开始就与自然界和人头脑里幻想出的动物沆瀣相通。什么鸾凤龙虎、狮象牛马、蛇雀鹅鸭、鸡猪猴鼠犬之类，可以说人的身心随时随地都在和万类神秘地感应着，仿佛从造物主赋予每个生灵独特的形骸和自在的习性之后，它们就与人类盟结了相互依赖、共存共生的亲密关系。《诗经》里钻进去那么多花鸟草木，学者们一解释就说是比兴，可是为什么非要用花鸟草木比兴呢？大家又多是罔顾左右而言他。我的理解是：那时候的人正处在早期的农耕文化里，人和自然、和花鸟草木尚处在一种说不清、道不明的神秘感里，或者说他们还没有建立起皎然可辨的类别意识，没有在大自然的舞台上把自己单独地分别出来成为观众。他们整个儿的身心还沉醉在花木掩映、鸟兽酬鸣的童话般的世界里，所以，他们看到一对对永生相伴的雎鸠鸟在河洲关关一歌，就自然地会把窈窕淑女和翩翩君子联系到一块儿。这种隐含着动物崇拜意识和与动物世界你我不分的亲昵化精神取向，一直活跃在古人的意识世界里，像精神的遗传基因，代代相续，从没中断过。比如中国古代的性学典籍《素女经》，据后人考证，可能成书于战国至两汉之间，并于魏晋六朝时期在民间流传修改，它里面讲到男女性交时的所谓“九法”，都是模仿动物的姿势与动作而命名的，像龙翻、虎步、猿搏、蝉附、龟腾、凤翔、兔吮毫、鱼接鳞、鹤交颈之类。细细琢磨，你会发现这些动物几乎都是灵异非常、具有不朽生命力的动物。就拿其中的蝉来说，古人早就雕刻玉蝉作为装饰。作为含于死人口中的玉蝉，最早见于考古发掘出的河南洛阳中州路 816 号西周早期墓中。只是西周时期，这种已经萌生出“重生”象征意味的玉蝉，在整个墓葬习俗里还没有像汉代那样大规模地流行开来。

与动物相互消息（“消息”一词在这里用的是古意，正是《易经》里所说的“日中则昃，月盈则食，天地盈虚，与时消息”的那个消息）的另一个普遍现象，就是中国人的十二生肖纪年法。这个文化习俗，在我国至少南北朝时就开始了。《北史·宇文护传》中，就曾记载了宇文护的母亲写给他的一封信，信中说：“昔在武川镇生汝兄弟，大者属鼠，次者属兔，汝身属蛇。”清代学者赵翼在《陔余丛考》中援引诸书说：《唐书》中记载：“黠戛斯国（唐代对柯尔克孜的称谓——笔者注）以十二物纪年，如岁在寅则曰虎年。”《宋史·吐蕃传》中也记载说，吐蕃首领叙事时是用动物来纪年的，赵翼的结论是：“盖北俗初无所谓子丑寅卯之十二辰，但以鼠牛虎兔之类分纪岁时，浸寻流传于中国，遂相沿不废耳。”☆可见，这种带着动物崇拜遗绪的十二生肖纪年法及其思维，是在西北地区以动物来纪年的游牧民族和中原民族的交往中生成而迁延至今的。

☆参见赵翼《陔余丛考》，河北人民出版社，2003 年版，卷三十四。

在西方文学里，物我、人兽的相互渗透、转化，也经常出现。

卡尔维诺在论及奥维德文学想象的神话张力时就说过：“奥维德正是遵循了一种形体向另外一种转化的延续性，才表现出他无以伦比的才华。他讲了一个女人如何意识到自己正在变成一棵忘忧树的故事：她的两只脚深深地植入土地中，一层柔软的树皮渐渐向上扩展，裹起她的大腿，她抬起手梳理头发，发现手臂长满树叶。他还谈到阿拉奇纳（Arachne）的手指；阿拉奇纳是梳纺羊毛、旋转纺子、穿针引线进行刺绣的专家。在某一个时刻，我们看到阿拉奇纳的手指渐渐延长，变成纤细的蜘蛛腿，开始织起蛛网来。”☆

☆卡尔维诺著，杨德友译，《未来千年文学备忘录》，辽宁教育出版社，1997 年版，第 7 页。

2008年问鼎诺贝尔文学奖的法国作家勒·克莱齐奥，在《诉讼笔录》中塑造的主人公亚当·波洛，始终有一种冲动，就是力图物化自己，使自己消散融化为宇宙中的一点儿物质，有时，他愿意掩埋在碎石堆里，“占据物质、灰烬、卵石的中心，渐渐地化为一尊雕塑”；有时，他想“做二十四小时的树”，为此他有过一段怪诞的讲话“我刚才已经达到植物境界……成了青苔，成了地衣。差不多就要成了细菌和化石”，成了“自生不灭，死而复生，在无穷中重复几百次、几百万次、几十亿次”的物质，化为大自然的一部分，他觉得如此化为宇宙的一部分，就“不懈地、永久地占据了宇宙的中心，任何力量都无法拉开宇宙的拥抱，将他从宇宙的怀中夺走，哪怕日后的哪一年哪一日，死神将在第四纪的两片木条中拍摄了他的人体形状”。

法国小说家乔治·桑在她的《印象与回忆》里把这种“天地与我并生，而万物与我合一”的神秘经验，描述得更为经典和诗意：“我有时逃开自我，俨然变成植物或动物，我觉得自己是草木，是飞鸟，是树顶，是浮云，是流水，是与天地相接的那一条横线；觉得自己是这种颜色或那种形体，瞬息万变，来去无碍。我时而走，时而飞，时而潜，时而吸露，我向着太阳开花或栖在叶背安眠，云雀飞时我也飞翔，蜥蜴跳时我也跳跃，萤火和星光闪耀时我也闪耀。总而言之，我所栖息的天地仿佛全是由我自己伸张出来的。”☆

☆引自《朱光潜美学文集》第一卷，上海文艺出版社，1982年版，第43页。

乔治·桑的这种想象诗学，不仅是美学意义上的，更是人与生俱来的一种生命欲望和冲动，美国生物学家刘易斯·托马斯在一篇关于《生物神话种种》的随笔里，发现世界上的动物神话都充满了远古人对生命形式的混杂所怀有的热切信仰，他指出这些动物神话的意义在于——“不同的生物都有一种这样的倾向，就是结合在一起，建立联系，生长在彼此的体内，回返到早先的秩序，只要有可能就一块儿过下去。这不就是世上众生之道吗？”☆

☆刘易斯·托马斯《细胞生命的礼赞》，湖南科学技术出版社，1995年版，第108页。

涧底松：

如此看来，在人的情感、意志当中，亘古以来就激荡着这种与万物交合、与万物亲昵的心理趋向，它是人身上最为古老的、根源性的生命状态，有了这般生命成色和精神基因，人才会在之后发育成熟的审美世界里，派生出种种诗意的联想和想象。我们看昌耀的诗歌，很强烈的一种体会就是他以强大的力量和气势，延续了“活化”事物的激情，具体讲就是把那些无生命的事物和对象生命化了，让它们生长出可以感知世界和自身的神经、情感、意志、欲望。其意义，一是显示了诗人在诗歌思维和诗歌语言上回荡着原始思维的声音，这一倾向不是一时的和偶然的灵感，不是即兴的表述，而是诗人沉淀着深层文化结构的审美意识在诗歌创作中放射出的一道奇幻、灵异的诗性光芒，它贯穿了诗人的一生，它通体带着一种中国现当代诗歌里久违了的原始想象力和勃郁恣肆的野性生命力，通过那异样而又罕见的意境，读者仿佛又嗅到了遥远时空的气息，嗅到了意识甦醒时稚气、古朴、透明、亲和的气息。这样的诗歌气质和异质的思维，是中国文学越近现代就越稀见的“稀有金属”。从白话文运动开始，到开启新时期文学新风的“今天诗派”，与如此远风遗响遥相呼应的诗人，在诗坛上可谓寥若晨星。尤其当今，在后工业化和全球化时代，人们一方面日益受到工具理性的腐蚀，受到网络流行语汇、流行价值观、流行思维方式的同化，进而不断掉入思维雷同、想象雷同、感觉雷同的困境，一切变得就像维克多·塞加伦在20世纪70年代末就发出的那个预言般的感慨：“世界上异国情调的张力正在减弱。异国情调，即心理的、审美的或物理的能量的来源（我不想混淆这些层次），也正在减少。”☆一方面人们又比任何时候都更加渴望那些带有神秘的、带有异质特性的思维与想象。在这个情形下，我们可以说昌耀把诗歌的想象水平，提升到了一个空前的高度，同时他也把想象的空间，极大地拓展开去。他的整个诗学工作，正是应了维科的一句话：“诗的最崇高的工作就是赋予感觉和情欲于本无感觉的事物，儿童的特点就在把无生命的事物拿到手里，戏与它们交谈，仿佛它们就是些有生命的人。”☆我可以毫不犹豫地说，昌耀以他毕生的心智和才情，衔接、壮大了这种古今中外相通的诗性智慧。他与其他诗人迥然有别的地方，就在于一般的诗人只会在自己的诗歌创作中局部的、零散的、偶然的、技术性地闪现一下这种“活化”万物的诗性智慧，而在昌耀这里，这种诗性的智慧，远远地超越了修辞术的层面，而径直成为他的思维方式，他生命的直觉形式，他诗歌的官能，他观察、体验直至熔炼诗句的全部诗心里，无所不在、无微不至地弥漫着这种“活化”万物的诗性智慧。我前面太过简略地举过《凶年逸稿》的例子，这会儿请允许我稍费口舌，补充一些想法。这首为一代中国人铭心刻骨的“饥馑年代”而创作的诗歌，作为昌耀早期具有恢弘声调和结构的作品，其重要性在于，它显露了他之后创作的主要基调、主要题旨，是他诗学的“定盘星”。在这首诗里，他承继了因饥饿而生幻觉的文学母题，我们熟悉不过的成语“画饼充饥”“一枕黄粱”和安徒生笔下的《卖火柴的小女孩》等等，都是著名的例证。这首诗另外的一个重要特点，就是在这个由9个片段构成的诗篇中，最为夺人眼目的，就是弥漫在全篇当中的审美移情。在诗人的眼睛和脑神经里，无论是发生在大自然还是发生在人身上的一切，都那么栩栩如生，充满了富有毛茸茸般质感的感觉活力：森林中的

☆参见史景迁《文化的类同与文化利用》，北京大学出版社，1997年第2版，第219页。

☆《新科学》上册，商务印书馆，1989年版，第115页。

银杉能够向诗人“讨好”，并向诗人证实“山河的可爱”；山峰能够“分娩”“降生一条钢铁长龙”；炊烟的微粒，能够幻变成俊美的马驹，以及它那丰足、美润的股臀和水中的倒影，连带派生出怀抱刍草的牧童，为骏马打制晶亮蹄铁的铁匠。最后，在诗章的末节，童心大发的诗人，还向读者呈现出一场罕见的泥土与阳光角力的生命游戏：它们在僵持不下中相互会发出喘息，在摩擦中会有痛苦的分泌，当泥土附着松针般锐利的阳光时还会挛缩抽搐，泥土与阳光甚至还能够相互威胁、挖苦、嘲讽，又挤眉弄眼紧紧地拥抱在一起。这些描写，混淆和泯除了自我和外部世界、现实与幻想的经验边界，处处洋溢着身体的气息。身体的全部机能，包括处于高级机能的心理、情感活动，饶有情致地从自然世界里洋溢而出。诗中，无论是对肉体性的隐喻书写还是对大自然的赞美、欣赏，都是对那一时期主流文学审美原则的漠视和背离。最引人深思的是，对于1960年，昌耀用文学的、诗歌的方式，在第一时间，发出了一个令人惊叹的声音，一个质疑和批判的声音。要知道，写作这首诗作的时候，昌耀正是在被他称为“劳动营”的祁连山八宝农场劳役做苦工。

憨敦敦：

你的意思是说昌耀在这首诗里发出了时代的先声。可是，我看到燎原对此却持有不同的看法：

> 如果我们把它放在当时流行的诗歌背景上来解读，就会为其中这样的诗句而吃惊——
>
> 这是一个被称作绝少孕妇的年代。
>
> 我们的绿色希望以语言形式盛在餐盘
>
> 任人下箸。我们习惯了精神会餐。
>
> 毫无疑问，这是对1960年前后“三年自然灾害”饥饿惨状的曲折书写，也是对这个时代以大话、谎言愚弄百姓，装点盛世的戳穿和嘲讽。而这样的思想，对于这些不断被洗脑的“右派”们来说，不要说在当时形成一首完整的诗歌，即使产生了这样的念头，也会在冷静之后有一种“犯罪感”。所以，这首诗歌的完成方式，只能是在80年代经过“组装”而成。而它的散件，尤其是其中那些具有深刻怀疑色彩的散件，只能伏藏在他当时凌乱的诗歌笔记本的深处。甚至还要在四周掩盖上“荒草”。☆

☆燎原《昌耀评传》，人民文学出版社，2008年版，第156–157页。

如果真实的情况如燎原所说，那么事情就要严重多了。说白了，在写作的道德伦理层面，在作品的写作时间上，昌耀“伪装”了自己的思想和写作。应当说，一切有道德感和写作操守的作家，一个诚实的作家，会在事关语言表述的真实性和个人心灵史的真实性这个重大的问题时，亮出自己的道德底线和面对真理、实情的品行操守。譬如钱锺书先生为香港版《宋诗选注》所写的前言，审视和拷问的不单单是自己，还包括时代和每个人：

> 不论一个时代或一个人，过去的形象经常适应现在的情况而被加工改造。历史的进程里，过去支配了现在，而历史的写作里，现在支配着过去；史书和回忆录等随时应变而改头换面，有不少好范例。我不想学摇身一变的魔术或自我整容的手术，所以这本书的序和选目一仍其旧，作为当时气候的原来物证。——更确切地说，作为我自己尽可能适应气候的原来物证。☆

☆转引自《随笔》1988年第5期郑朝宗《文章千古事，得失寸心知》一文的附录。

"历史的写作里，现在支配着过去"，钱锺书这句触痛时弊和人性弱点的话语，让我猛然间想起一位日本女学者对文学修改的思考。她认为，从作品的修改可以窥见作者与时代关系的微妙对应和调适，她为此举了中国现代文学的两个例子。其中一例是金敬迈的《欧阳海之歌》，这是一本1965年发行的畅销书。随着刘少奇的失势，其《论共产党员的修养》遭受批判。金敬迈在"文革"第二年，1967年5月22日《光明日报》上发表了《欧阳海之歌》的修改部分。根据修改，欧阳海曾极为热心阅读过的《修养》一书，在改定本中改写为：欧阳海偶然看到了《论共产党员的修养》这本从未见到的书，只看了几眼就感到厌恶，从窗口扔了出去。第二个例子出自茅盾的《子夜》。书中身为大资本家的吴荪甫、赵伯韬们，在家中谈话时经常使用"共匪"一词，这个词不仅对共产党来说是最难听的骂人话，而且是含有恐惧感的语言，具有时代的真实感。就是这样一句话，新中国成立后《子夜》的修订本中，"共匪"被改为"共党"或"共军"。这种修改确实是不得已而为之，但是，1930年上海的大资本家根本不可能直呼"共产党"。因为直呼其名就等于承认，在谈话中，正是"共匪"这种秽语使语言更富有时代感。实质上，茅盾在修改中是以抹杀语言的真实性为代价，给新的思想准则的绝对化让路。可是，语言的真实性总是如影随形地与特定的历史境遇相对应。字面上毫无约束和限制的修改，必定会破坏已经建立起来的作品世界。这只会让人顺理成章地产生不信任感，认为我们的作品世界只不过是用一堆词语随意拼搭起来的语言积木。☆

☆参见中野美代子著，若竹译，《从小说看中国人的思考样式》，北京十月文艺出版社，1989年版，第44-45页。

涧底松：

对燎原的"后来'组装'"一说，我觉得是他的一个批评上的严重误判。如果昌耀真的是把他80

年代才有的思考和觉醒，改成了60年代，事情的性质就不再是写作上的一个“组装”这么简单，而是变成了一种欺世盗名的“化装”。这不明摆着把事后诸葛亮，乔装打扮成了一位有先见之明和无畏胆识的智勇之士？燎原推测昌耀那可怕的思想只能出自后来的修改，理由是：“这样的思想，对于这些不断被洗脑的‘右派’们来说，不要说在当时形成一首完整的诗歌，即使产生了这样的念头，也会在冷静之后有一种‘犯罪感’。”他说的这种情况确实在当时相当普遍，但它绝不意味着所有的人都会变成这个样子，确切地说，只有像米沃什所称谓的“被禁锢的头脑”，才会在强势力量、外部压力的恐吓威慑之下，思想完全变形，独立的判断屈服于趋时、趋势的时代谎言和集体迷误。

还有一种情况可以拿杨绛在《干校六记》里的“个人总结”来概括：“改造十多年，再加上干校两年，且别说人人企求的进步我没有取得，就连自己这份私心，也没有减少些。我还是依然故我。”☆我坚信，经历过一次次洗脑、改造而后“依然故我”的人，绝非杨绛这么一个老知识分子。正是有千千万万个坚守真理、维护个人尊严的知识分子和共产党员，以个人的勇气和抵抗方式，证明并宣告了一切违背正义、违背人心、违背民意的思想专制的无效，证明了个人即便身处荒谬的时代，也可以以沉默的权力，守住自我。昌耀便属于这么一个“依然固我者群”，从他的人格气节和诗歌追求来看，即便他受到时代的挤压，但他的脊梁没有严重弯曲，同时，由于他生性孤傲、性格倔强，倒有可能在强大的压力之下，在内部加倍地反弹起一种不妥协的力量。我这样说，不是要把昌耀抬举到一个高不可攀的神圣地位，而是要还他一个真相，或者说把他放到他应有的位置和高度。

☆杨绛《干校六记》，北京三联版，1986年第2版，第77页。

我的理由或者说证据有两条，一是昌耀有个写作习惯，就是喜欢在完成的作品后面标明写作日期，并且在上面明确地标注“初稿”的字样，这类作品像写于五六十年代的《高车》《这是赭黄色的土地》《夜行在西部高原》等。有的作品，时隔多年之后只要是经过他后来重新修改、润色的，他都要标上“重写”的字样，像80年代初期创作的《莽原》《湖畔》《烟囱》《荒原与晨光》《高大坂》等，这意味着这些作品的“草稿”至少诞生在重写之前。最具典型意义的，像《20世纪行将结束》这件迟暮之作，他在上面标明“1988年写作，1999年1月9日整理毕”。由此可见，昌耀对作品的时间属性——无论是创作时间还是修改时间，都持有极为郑重、审慎的态度和考量，他基本的底线是忠实于语言的真实性和历史的写作实情。

另一个理由是，从昌耀的整个诗歌创作过程中，我们会发现他有大量的诗篇从题材到主旨，都会大大地偏离主流诗风，好像是在大家起劲地合唱发声时，他会横笛独吹，孤往冥行地发出别人所不具备的声嗓，好像西部的边地位置，被他转化为精神的屏障。一个例证就是《凶年逸稿》中流露出的那种大胆的思想和质疑态度。它也显示出昌耀作为一个优秀诗人的品质：敢于在身临逆境的情况下，保持对现实社会的警醒和大胆的反思。这不是他创作中的一个孤例。1985 年夏天，他写下一首诗名为《和鸣之象》的诗作：

不止于一种声息。
翙翙其羽，不止于一个散花天女。
……

大野堂奥简古深邃，
不止于一种化境。

不要匍拜。
不要五体投地。不要诚惶诚恐。
不要佯作十二万分地感动而无所措手足。
不贿以供果。
不赂以色相。
……

对于习惯于只听一种声音、只知道膜拜下跪的一类人来说，这样的诗句无异于一束已经点燃了引信的炸弹。这首诗即便放在现在来阅读，我们仍然会感到诗人在某种强大的社会势力、时代压强面前，不甘于被奴役和捍卫个性尊严的凛然正气。这样的声音和脾气，昌耀在 1979 年中国社会刚刚解冻之际就爆发过。那次北京之行，他创作了一组《京华诗稿》，诗稿共有 5 篇，收入他认定的《昌耀诗歌总集》的，只有《在地铁》《广场上的悼者》这两篇，其中未收入总集的《在故宫》一诗，发出归来者觉醒的铿锵声调：

不愿去勾描这天子的龙廷
当年是如何紫气东来，
万方朝贺。
“皇极殿”前，
我只是一个
不懂膜拜的布衣

嚼食着果子面包，
此刻的我，
该不无嘲弄之色于眉间。

在这里，我想从文本语境转移到生活语境，以一个小例子来说明昌耀从审美个性到生活个性，都贯穿着他的倔强和独立不羁。我从别人那里不止一次地听到发生在昌耀身上的一件真事：有一回他下乡采风，当地的领导出于对活动的关心和重视，设宴款待大家，可是，昌耀当着领导和众人的面竟罢宴而去，理由是他看到农民们贫瘠的生活境遇，“吃不下这顿饭”！

我说这一点，是想强调昌耀身上存在着比很多人更强的血性，他的湖南人特有的暴烈性子，让他面对历史和现实乃至生活的时候，有着难以压制和驯服的抗拒之力。这让他在人世间处处受挫、碰壁，或者予人笑柄，但是在诗歌的天地里，他纵意所如，是一棵不惧雷电和风暴的生命之树、审美之树。

还要声明一点，当诗人在荒僻的西部大地劳役的时候，酷烈寒荒的大自然在他的视野里，变成了一幅百读不倦的画卷，他在大自然的怀抱里，默默地享受到莫大的抚慰，无数欣喜的发现，他的肌体开始长出有如自然一样雄健、宽阔的新的精神禀赋。《凶年逸稿》里的另一个强大声音，不正是对泥土和阳光的赞美吗？我不认为它像燎原说的那样，是迂曲地影射了“右派”的改造生活，这无异于一个过度的阐释。

第十章

语言拼贴复调混响：关于《20世纪行将结束》

涧底松：薛义先们提起的这个话题，让我很感兴趣，但是我不喜欢“晚期风格”这个术语。“晚期”这个词完全代表着一种西方人的思维逻辑和表述风格。它的意味还带有一点病理学上的意味，就像医生在化验报告上写给某种癌症晚期患者的诊断结果。这种想法会让许多患者感到绝望至极，感到自己立马变成了一只屠宰场里的牛羊。还有一点，我同样不喜欢谈文论艺的文字，使用过于冰冷的科学化术语。洋人的这个概念，哪里比得上我们文化语境里的“迟暮”一词。“迟暮”的原意是夕阳西下，是昌耀在高原目视“天野之极，辉煌的幕后/游牧民的半轮绯红之弓弩快将燃没”的时刻。落日原本属于自然界的物理现象，是中国的第一位诗人屈原，在《离骚》里率先将这种物理现象，和草木的凋零、人的美丽容颜的消逝联系在一起，将人的视觉感知深化为深沉感伤的心理体验，你听听这两千多年前萦回不已的低吟：“惟草木之零落兮，恐美人之迟暮。”你越玩味，越会觉得这个词语的创造多么具有时间和空间的质感，它涌动着人与自然、与自我、与宇宙全息相通

"让诗歌经历永无止境的冒险。"

——艾略特

憨敦敦：

我不止一次地从许多作家、诗人、诗歌阅读者那里，听到对昌耀迟暮风格作品的抱怨，他们在老年昌耀的吟哦中，一再地被他那低沉、阴郁甚至极为怪诞的文字，传染得闷闷不乐，有如张承志拜读鲁迅的《故事新编》时屡屡泛起生理上的不愉快之感。已形成某种阅读定势、有了偏嗜的人们，是多么习惯于徜徉在昌耀诗行里那些洋溢着健朗、彪悍、结实、博大的诗行啊。

我不讳言昌耀具有迟暮风格的作品，有着更多的粗粝和沉郁，他藉由命运的磨砺，和迟暮之年激化出的那些诗艺上诸多异乎寻常的变声、变调，确实已经没有了先前那种抚慰人心的声调，那种醇厚、明亮、舒朗而且生气弥漫的咏叹，在他一次次地犁深诗歌的沟垄，拼力拓展出新的诗歌沃壤时，更多的是被一种类似幽深的海峡里涌动着的精神急流发出的幽暗旋律所笼罩。我瞥见了一个曾经雄健的诗人、男子汉，留给我们的一帧帧冷气森森的心灵"负片"，它们在幽暗的影调中，好像进入了一个与明亮世界相反的世界。换句话说，昌耀在他剩下不多的生命时日里，仍然在诗歌创作上，进行着一次又一次的"变脸"，好像他要用生命的强力意志来不断抵抗必然走向衰竭的生命。实际上，大抵在 20 世纪 80 年代中期，也就是在昌耀步入天命之年的那个时间节点上，他就开始把他生命的时钟拨快了，而且随着时间、生命时限的缩减，他"变脸"的速率越来越快，那种生命的加速度，最终让他变成了一位现代时空里的夸父。赶路，既是他之后的生命常态，也属于现代精神病学上频发的焦虑体征，更是他诗歌里常见的主题和意象。

涧底松：

我觉得这种时间焦虑，在更大的背景上，不只属于昌耀个人，它属于近现代以来，在中国人身上发生的一种集体性的焦虑和对落伍的异常警觉，一种日益强烈的追赶意识，弥漫在每个中国人的家国情怀里。无论是新文化运动改革者的激进和感奋，还是新中国缔造者发出的急迫呼号“一万年太久，只争朝夕”，抑或胡风们情不自禁地向世人兴奋地宣布“时间开始了”。我相信，胡风报出的“新时间”，绝对不再是钱锺书《围城》里方鸿渐家那只祖传的老挂钟惯于迟报的钟点了。

憨敦敦：

昌耀的作品里，有一系列快速运动的意象，什么车轮了、火车了、拼力划桨的船夫了，我们记忆里最深的，恐怕就是他那首以他宏大的发声器发为先声的一曲时代交响曲：《划呀，划呀，父亲们！》。那时间，刚刚是解冻之后的 1981 年。事实上，昌耀早在共和国经历着冰河期的那时节，就已经“看见岸边的水手削制桨叶了 / 如在温习他们黄金般的吆喝”。这是我们解读昌耀诗作应当具有的一个视域。

你可能已经发现，昌耀在每一时期或每一时段，都会有新的探索体现在他的诗篇里。如此，他的诗歌才会迸发出岩浆般的热力，熔融积蓄已久的各种感觉、意绪、思想，那种混杂的思维成分，斑驳的精神元素，最终像冷凝后的熔岩，奇崛地焊接在天地之间。《20 世纪行将结束》这首诗，便是昌耀矗立在当代诗歌史上的一块巨大、险绝的熔岩，时至今日还发散着诗歌思维的放射性物质。

涧底松：

我读这部作品的时候，最初在心里起疑：怎么一部没有写完的作品也会收到诗集里呢？充其量不就是一堆语言的残片吗？可是看看诗的题目，真是宏大之极，大概也是昌耀诗作里题旨的时间长度和空间广度最宏大的一部。我能揣摩到昌耀又要玩一次诗歌的“高难度动作”。其中的奥秘，我目前还捋不出一个头绪，你那里是不是……

憨敦敦：

我也是盲人摸象，未必扪摸得精准，但我倒是有一些阅读上的触感可与你分享。

这部作品确实是一部大型的“断章”，昌耀本人在加有括号的第二个题记里，也标明了这首诗作的形式特征是：一首未完成诗稿的断简残编。“断简残编”这个标示文体结构骨相的概念，昌耀在 1996 年写下的《西域：断简残编之美》一诗里，就使用过这个词，那年他刚刚步入 60 岁。这说明：

他很早就开始关注用断片的形式来结构他的诗章。追溯起来，从20世纪70年代末，他创作《雄风》之后的那首《无题》开始，接下来的《春雪》啊《随笔》啊，再到1986年创作的《内心激情：光与影子的剪辑》，都是用不同的诗歌碎片，编织他的这类诗歌文本。可见对断片的喜好，在昌耀的创作实验里由来已久。从文学史上来看，无论是中外的古典文学、浪漫主义文学、现代、后现代主义文学，用断片来构筑成的诗歌、散文、小说，可以说比比皆是。可是，仅仅拿断片来创作，还不能完全说明昌耀这首诗作的标新立异之处。

还是回到这首诗的标题。正像你看到的那样，题目起得视野宏大，好像是要给20世纪的一百年光阴，留下一帧人事纷杂的巨幅合影。也有点儿像写给未来千年文学的意思。毫无疑问，这是一件雄心勃勃的作品。再看看昌耀在文末标注的写作时间：从1988年开始写作，到1999年1月9日整理完毕，中间写作的时间跨度，竟长达十一年之久。这可是昌耀全部作品里花费时间最长的一部。这么漫长的写作，我们可以想见昌耀斟酌再三、反复思量的过程，也可以揣摩到昌耀是多么看重这部作品的写作啊。

涧底松：

照此看来，昌耀肯定会将他最新的诗艺探索、毕生的人生感悟，糅合到字里行间。那么，你能从文本的角度，说说这首诗究竟有着一些什么样的特别之处呢？

憨敦敦：

最惹人注目的，恐怕是七个残编前面的题记。我们不妨做个试验，你把这些和残编相关联的题记全部删去，它们的面貌，也就不过我们寻常见到的分行诗章。加上题记，诗章的内部空间结构，陡然间发生了奇妙的变化，就像原本是七层楼的房间，忽然在每一个楼层里，延伸出了一间可以伸缩的密室。

在我们试图逡巡其间之前，先别忘了昌耀先生在这幢语言建筑物的门楣上书写的一串提示：“影物质。经验空间。潜思维。正在失去的喻义。”在还没有登堂入室之前，谁见到了这么一串自创的词句，都会嘀咕：这不是在故弄玄虚吗？什么影物质，什么经验空间，什么潜思维，所指者何？是在象征、暗喻、预言着什么吗？这些词汇，怎么一点儿也不像一般诗歌里的语言呢？怎么听起来这么耳生、吃力呢？昌耀是在重操消失了的古梵语和吐火罗语吗？面对如此新式的语言地砖，我们难免会犯点儿迷糊，不知所措。

我的招数是，先不打破砂锅问到底，而是揣着糊涂装明白，至少你我在进入之前，大体明白了昌耀写在门楣上的那串恍如暗语的词语。暗示的主要意思有这么两层：一个，所谓影物质、潜思维、经验空间之类，都是指人的精神、意识层面迷幻、幽深的部分，这说明诗人要从外部空间，进入人的内部空间，就像弗洛伊德们在20世纪开创的精神分析学科，意欲内窥人的心灵世界，人的潜意识世界，人的梦境。像陀思妥耶夫斯基一样，用小说的内窥镜探照人性的幽微之所。另一个，昌耀可能想要报告一下他在新旧世纪之交的一项诗学探察报告——何止是一项诗学的报告：来自20世纪之前我们操守着的一些价值和意义正在消解，正像金钱不再喻示着罪恶和疯狂，而更像是我们重新供奉在消费主义时代神龛里的一尊普世的超级神明。

涧底松：

经你一说，我好像看清了一些雾中之花的姿影，雾岚约略散去之后峰峦绰约的轮廓。但我还是不满意昌耀把诗题做得如此宏阔，好像那阵势是要抒写一曲宏大的叙事和宏大的抒情。进入它的内部，由7个残编组成的整部作品，并不像我预期的那样，是对20世纪那些重大事件的宏观扫描，而是进入了个人视界、梦境、履历、回想当中。如此反差，给我的印象，就像是原本要去拜谒古希腊神庙那样宏大的殿堂，结果把我带到了辉煌神殿的微缩沙盘跟前。

憨敦敦：

我不想改变你的感觉和判断。因为值得我们探讨的经典，不是说它把完美发挥到了极致，恰恰相反，它更有可能离完美百步之遥。因为只要人为做成的东西，即便精致到极点，也只是就某种限定的范畴来说的。如果就昌耀的7个残编组成的文本框架来看，确实也不足以涵盖20世纪。这就需要我们稍稍调整一下阅读的焦距，反过来把它视为是20世纪在诗人心灵底版上的若干投影，我们就不会像先前那么期待落空、意兴阑珊了。

从整体上看，构成7个残编的题记，属于不同的文体：它们有的源自新闻报道，有的源自报章趣闻，有的源自科普知识、名人名句，有的则是作者自己的话语，它们带着各不相同的体征，与诗歌正文组合、嫁接在一起，形成了一种大跨度的文本空间，也是一种我们之前很少见到过的诗歌样式。20世纪伟大的思想者、卓越的文学、美学价值的勘探者巴赫金，在陀思妥耶夫斯基的小说世界里，把这种文学上、美学上的稀有元素命名为“复调”，在语言学上，又可称为“杂语性”。

下面，我想依次简析一下昌耀这首诗的构造，他的诗歌拼贴术。

残编1的题记，录自1988年4月24日《人民日报·每周文摘》，内容是从一个不同寻常的宇宙视野，带出美国航天员在宇宙观看日出的、带点儿哲学意味的感受：太阳升起和落下的速度“迅雷似的”。

这段文字，起先肯定是一则来自宇航员的报道，它不是文学，也不是诗歌，却有着不可思议的诗意，一种科学观察的简洁风格。

涧底松：

我不知道你阅读这段文字的体验是什么，我是很快就联想到了中外古典文学里的宇宙描写，一般被称为天界、天堂、天宫之类，无论是古希腊神话以及奥维德的《变形记》，还是中国诗人屈原的《离骚》，他们笔下的天宇，都充满着神话与宗教的气息，是一个有着太阳神统领的世界，不管是阿波罗还是羲和，他们在宇宙间的行旅，看上去是多么地浪漫奇幻啊。“饮余马于咸池兮，总余辔乎扶桑。折若木以拂日兮，聊逍遥以相羊。前望舒使先驱兮，后飞廉使奔属。鸾皇为余先戒兮，雷师告余以未具。”你听听，这般天乐。现在，曾经是我们心眼里的那个神性世界，已经被宇航员的科学观察所取代。心眼里的神奇幻美，正在被转换成肉眼或者肉眼的延伸器官——显微镜、天象望远镜所观察到的情形。昨天的世界沿袭的思维是化实为虚，今天的世界则是化虚为实。我觉得这中间有一种神韵正在远离我们。抱歉，也许是我过度阐释了，我以为这也是“正在失去的喻义”之一。

憨敦敦：

这段科学理性的题记片断，和下面的正文形成了对照强烈的混搭。按照通常情况下题记与正文的意义关联度，正文里出现的文字要么和太阳有关，要么和宇宙航行、速度有关，可是接下来的文字跟题记，在文脉、意脉上完全处于一种风马牛不相及的关系，四节文字，没有一节和题记有直接的关联，好像昌耀是在把四个毫无血缘关系的人，硬和一位养父撮合在一起：第一节写的是一位丈夫“听到自己在妻子的梦里正接受死亡”，以及妻子在梦里毁尸灭迹的奇幻梦境；第二节写的是丈夫听到妻子梦醒后与岳母共庆谋害的情景；第三节是丈夫对自己被谋害这件事情，充满酸楚、荒诞的感慨。这里需要留意的是引用的两个典故。一个是《庄子戏妻》，一个是《快乐寡妇》，它们一个出自中国典籍，一个出自西洋轻歌剧——后来由莱哈尔改编成一首旋律优美的宫廷华尔兹舞曲。我不想引述两个典故的详细内容，只想概括一下，它们都是事关男女情爱的拷问，尤其是《庄子戏妻》，都成了中国古代小说和戏曲不断表现的文学母题。除了话剧版的《庄子戏妻》，还有黄梅戏版的《劈棺惊魂》。

涧底松：

我来补充一下《庄子戏妻》的西洋版本。庄子戏妻的一个主旨，如你所说，乃是对爱的拷问，也就是丈夫或妻子故去之后，对方对自己的爱还能不能延续的拷问。波兰电影大师基耶斯洛夫斯基导演的电影《白》，简直就是《庄子戏妻》的东欧版。故事讲的是因为性无能，理发师卡洛尔被妻子多明尼告上法庭离了婚。一直爱着妻子的卡洛尔历尽波折，终于回到自己的国家。后来他成了富翁。此时的他以为可以让多明尼回到身边，然而多明尼仍然拒绝了他。受到羞辱的卡洛尔于是设计了一场阴谋，谎称自己死了，欺骗妻子多明尼从法国来到波兰，而他却隐身在葬礼之外的隐蔽之处，用望远镜看到自己的法国妻子多明尼在葬礼上为自己的死亡流下了充满爱意的泪水。你把这个故事仅仅看成是男女之爱的道德试验，便过于简单了，最好把它看成是复杂人性的解读。

我的另一个例子来自木心，在他的《文学回忆录》里，他这样谈及德国诗人海涅：

海涅晚年卧床，双目失明，肖像憔悴，却永远俏皮。有诗给妻子：

亲爱的，我知道我死后

你会常来看我。

来时步行，

回去千万坐马车。

恳切，又是说笑话。我当时看到这首诗，心头一酸，一热。这才叫诗（二十多岁写不出的，非得老了来写）。☆

☆《文学回忆录》下册，广西师范大学出版社，2013 年版，第 619 页。

憨敦敦：

没想到你还能把这个典故引申到如此广远，让我看到某些经典的故事，实际上折射着人的普遍生存境遇和欲望模式。

残编 1 的第四节，陡然转入了具有唐·吉诃德游侠作风的出征境遇：

北方原野因众多湖泊之照耀而光亮起来。

古瓶、宝马与长矛挤在一片沃壤启碇夜游。

在这里，昌耀采取借代修辞，以古瓶、宝马与长矛这些骑士的行头来代表出征者、游侠，让意境新奇、玄怪、神秘、古旧，这还不够，昌耀在这里用了一个词语的超常搭配，原本骑士的出行坐骑是骏马，可是他用了“启碇”一词，“碇”是系船的石墩。

涧底松：

你是说，这一次的游侠，开启的是一次夜航，一次非凡而艰苦卓绝的“陆上行舟”，而且是昼夜兼程。

憨敦敦：

你这也是一解。

再看残编 2 的题记，录自 1988 年第 530 期《文摘报 · 文史与人物》。乍看上去，这个省去上下语境的文字片断，虽然没有道出赴刑者的尊姓大名，可是一个稍通史事尤其是中国共产党党史的读者，很快就可以从这个没有指明名姓的人的言谈举止，尤其是那句赴刑前说出的名言，立马辨识出此人正是瞿秋白，是他“最后时刻的言说”。可是，昌耀为何不在那串省略号前面说出瞿秋白的名字呢？我猜测他的用意：一是瞿秋白的名气大得几乎人人皆知，不点出名字也不用担心读者看不出来所指是谁；二是这样处理，可以把真实的人与事虚构化。虚构化的好处，一个是把熟悉的事情陌生化，尤为关键的一点是，它可以把历史中的人与事与真实的时间和空间断开，让历史中的人与事超越时间的约束，在艺术的世界里，在审美的自由里得以升华，好像它脱离了最初的形态框定之后，走向了石雕一般广阔而永恒的象征性。是的，正是这种象征性使其由原本有限的意义，经过诗意的抽象化之后，蕴涵更加微妙、含糊和多义。这印证了尼采的一个思想：一桩事物的时间性消失之后，它才会获得自己内在的光辉与温馨，才有永恒的沉静目光。昌耀知道用诗歌、用一切艺术的审美性来充当干燥剂，除去时间里的那股潮湿之气。

残编 2 的题记，我查了一下，这个记录最早出自 1935 年瞿秋白就义后，当年 7 月 5 日《大公报》上的一则通讯报道。值得注意和玩味的是，在残编 6 的题记里，昌耀摘录了一段 1996 年 9 月 21 日《文学报》上的文章《徐村的绝唱》，它从另一角度，再次涉及瞿秋白就义前的经典场景。所不同的是，前一个题记，侧重于瞿秋白就义前的慷慨陈词，话语带有鲜明的布尔什维克意识色彩，而这一个题记，侧重于瞿秋白书写绝命诗时所表现出的诗骚性情。残编 2 的正文，同样与革命与就义的题记毫无瓜葛，而是“我”的一次出行遭遇，以及遭遇途中对朝鲜战场经历的回忆。残编 6 的正文，也跟瞿秋白就义的情景没有半点儿联系。先是妻子突兀地说出“就从这里开始”，接下去，则是昌耀 1993 年创作的《唐· 吉诃德军团还在前进》中摘句的拼贴。最后一节，是通过妻子的眼睛，目击到丈夫死在雪地的情形和她不安的心灵。

残编 3 的题记，是一节有关禅宗悟境的文章，正文是夏日植物和昆虫熏染出的浓烈气息，与几行关于时间、关于生死的诗性思辨。残编 4 的题记是有关三叶虫的嫡传后裔——鲎鱼的科普知识介绍，正文是两个情景，一个是极具舞蹈仪式化意味的、一群倒卧在路面、上扬着双臂乞怜的困厄者，一个是一位“面对华夏族自杀式堕落”和外部势力的谋杀，誓言要成为“一个天然的义勇军”的清醒者；残编 5，题记出自警句风格的作者自语——“眼泪不是水”，正文是一次在西北大地上驱车冒险的行旅，其中还夹杂着稚童的疑问：“指甲有没有根？猫头鹰和猫咪干吗都姓猫？画眉鸟吃不吃树？”夹杂着妻子回到当年那座茅屋的劝谕；残编 7，引用海涅的名句“文词结束之处，音乐即告开始”作题记，正文则是两行“不落言筌”的省略号，真好似一切由文字进入了音乐，也好像冥冥之中，应和着英国批评家沃尔特·佩特说过的一句话：一切艺术都是力求接近音乐的状态。

涧底松：

听惯了昌耀那些极具动听声色的吟唱，再听这首作品，会觉得里面充满了罕见的噪音和杂音。好像一股混乱的激情，让昌耀这个岁月孕成的琴键，由古典乐音转到重金属摇滚。我现在就是不明白他粘贴到正文里的那些题记，为什么和正文不紧紧地贴合着，而像两个闹着别扭、背向而立的男女呢？

憨敦敦：

这应该从文本空间的诗学来加以考量。传统的文本空间，往往是一个相对封闭狭小的、形成固有联系的意义世界，一个线性逻辑的世界。而昌耀把诗歌的内在世界，通过这些面目各异的题记，分割成意义片区之后，再重新拼凑在一起，形成非线性的多重空间。也就是说，如果他的那些题记和正文有着一致的意指，那么，它们最后形成的仍然是一个单声道的声效，现在七个题记便是七个频道，再和它的正文合起来，绝对是一个混响着多重声音的世界。学术上将不同文本或文体间的相互关联，叫“互文性”。我在这里不妨引述一位这方面的专家发表的看法：

> 互文性首先呈现的是混合的一面，这也是它的一个基本特色，它将若干种言语、语境和声音罗列于前。但是这种互文杂陈可以提供另一个层次的阅读，从组成文本的形态各异的素材的字里行间，我们可以看到不同的话语。所以尽管显得缺乏统一性，有些作品还是杂陈罗列，文本内部的文学话语和参考文字互相渗透，就好像它把外部世界的物件回收起来，然后故意留下粘贴和剪辑的痕迹。☆

☆蒂费纳·萨莫瓦约著，邵炜译，《互文性研究》，天津人民出版社，2003 年版，第 94–95 页。

涧底松：

我明白了这种互文性，就像现在时尚界、艺术界流行的“混搭艺术”“拼贴艺术”，我还看到了昌耀的这种未完成作品，向我们展示了文本的一种毛坯状态，中国哲学家把不事雕琢的状态，叫“朴”。这种精神结构、体验方式、思维方式，确实已经和我们通常看待世界的方式不一样了。我注意到残编 4 里，昌耀已经向人透露出一种新的思维美学的趋向：“我必须胜任情感的多重体验。”现在这样的时代已经环绕在我们周围。我们的世界已经进入了多频道、立体声的多维世界。碎片般的世界，碎片般的意识，已经变换着我们的精神构造。昌耀的艺术感觉和预知力，让他很早就开始了新的探索。就我所知，在文学家中，玩这种“拼贴艺术”很厉害的，一个是有先锋小说家称号的刘索拉，2003年她出版过一本小说《女贞汤》，那个文本里，她把古书摘录、戏曲、电影、路加福音、时事文集、新闻、战地报告书、早报、公文、诗歌、日记、审讯记录、《国际歌》、阴间经历等等拼贴在一处，给人繁杂、广阔的感受空间。据她文末标注的写作时间，初稿于1997年3月的纽约曼哈顿，比昌耀晚了将近10年。晚近一些的，是河南先锋小说家墨白的《手的十种语言》。媒体报道称：这部小说当中大量存在着各类文献资料，提供了小说文体之外的各类文体体裁，如新闻报道、信件、诗歌、档案等等，另外还有绘画等艺术形式，使得文本有着拼贴的特点。“拼贴”作为一种艺术表达手段，是从结构主义向后结构主义（也称解构主义）转向的重要特征之一，是后现代主义的典型特点。拼贴本身就有着各类事物在一种不要求整体一致性的基础上，获得平等相处机会的可能性，也就是一种更为广泛意义上的复调，是基于文化诗学价值上的复调。因此，从这种意义上来说，《手的十种语言》已经超越了单纯基于文学艺术角度的复调性，而具备了基于人类社会文化价值上的复调，从而拥有更为深入、广泛的诗学内涵。这也同时赋予了小说文本以后现代主义的多元性价值。比如文本当中关于手的六幅图画，每幅图画下面配有注解，这有效拓展了文字难以表达的抽象内涵，打破了文本单一叙述的局限性。

憨敦敦：

接你的话锋，我觉得中国的当代文学不仅遗忘了昌耀在先锋文学上的作为，也大大低估了昌耀在西部大荒孤独而坚韧的跋涉、革新。现在看来，先锋文学的功绩薄上，必须给昌耀记上重重的一笔。不应仅仅把他的探索成果视为是献给诗坛的。他的这部未完成之作，至今不是还散发着尖新的气息和诸多启示吗？

最后，我想给我们的谈话来一个为了开始的结束语：此刻我忽然想起昌耀1986年创作过一篇题名异样的短诗《长篇小说》，那里面有一个题记：“全部世界（在崇高的声调中）的叙述叫作史诗；私人世界在私人声调的叙述叫作‘长篇小说’。”——摘自沃尔夫冈·凯塞尔《语言的艺术作品》中文译本第474页。我突发奇想，莫非这是诗人眼里的一种小说？一种小说的另一种可能，另一种结构？

2013年12月1日至8日往返写作于办公室与家中；搁笔时望见前楼的屋顶被冬雪铺白了，恍如天外来客的数只喜鹊在上面啄雪，翘尾，忽飞忽落。

第十一章

一个比喻的心理学侦探及其“烘烤体验”

是"辘轳"一词富于色彩的意象呈示！）昌耀晚年，在我命名的属于"迟暮风格"（替换萨义德的批评术语"晚期风格"，使之榫卯于中国文评的话语框架）的一系列作品里，有一篇1996年写下的《时间客店》中如此写道："刚坐定，一位妇女径直向我走过来，环顾一下四周，俯身轻轻问道：'时间开始了吗？'与我对视的两眼贼亮。我好像本能地理解了她的身份及这种问话的诗意。我说：待我瞧瞧。于是检视已被我折叠放在膝头的'时间'，这才发现，由于一路辗转颠簸磨损，它已被揉皱且相当凌乱，其中的一处破缺只剩几股纤丝连属。"时隔四十年，当年"残缺的车轮"转为"破缺"的"时间转盘"！引诗中的着重号部分，细细玩索，语义里仍旧留有"车轮""轮转"的视觉剩余。《大智度论》里，直接就以"车轮"作比，兼及"轮转"之用："世界如车轮，时变如轮转，人亦如车轮，或上而或下。"一忽儿是轮转带来的加冕，一忽儿又是轮转带

憨敦敦：

之前我们谈论了不少昌耀的诗歌意象和比喻，这次我们不妨换个“镜头”。以往大家都习惯于从修辞学角度来谈论语言和意象，这次我们试着从心理学角度，来给昌耀的比喻搞一次“诗学侦探”。

涧底松：

我对这种意识运行当中出现的“扳道岔”很感兴趣。小时候就喜欢跑到火车站看一列火车经过，看扳道工调整道轨后火车方向的变化和位移，看铁的响尾渐渐没入远方弯道。我记得昌耀有这样的诗句：“车椅在铁轨奔驰，/ 好面孔失之交臂，/ 隆隆化作远方的追怀。”

憨敦敦：

这是《幽界》里的句子。后面有机会我们可以把它作为一个夜晚的主题来讨论，你暂时先让“山岳的人面鸟”隐隐地水印在你的脑海里。我现在急着想跟你分享的是昌耀 1995 年写下的《钟声啊，前进！》，里面有这样一组比喻——

> 我似乎理解了水边一只尚未脱净骶尾的小青蛙一动不动胆怯地窥探岸丛的那番情景。一批准备送入窑炉的彩绘陶坯意识到拱顶的烈焰也是如此诚惶诚恐。

两个并列的比喻句，新颖别致，道出了他人所不能道的层面。两个喻体，一个来自动物，一个来自器物。它们共同的一个特点，就是具有心理活动的色彩。动物有心理容易理解。给没有生命的器物赋予心理活动，则是杂糅着偏重于心理机制的移情和偏重于修辞效果的拟人。一只涉世未深的小青蛙，对尚无经验的“岸丛”充满了警惕和小心。为了锐化它暗中察看的情态，昌耀在动词“窥探”前面，连用了两个形容词：“一动不动”侧重于姿态的写实，“胆怯”则是心理层面上意态的描摹。“岸丛”一词，在词典上是指江、河、湖、海等水边的陆地，而到了他《玛哈噶拉的面具》的语境里，则多了清晰化的地理指向：

玛哈噶拉的面具与热贡画师与白塔
共守岸南丛林遥远如同矮脚星。

“骶尾”一词的使用，完全带着昌耀的选词风格——喜欢跨界到文学之外的学科领域，选取一些专门用语，以求达到表述的精准。如果换成一般作者，八成都是一只小青蛙这样的笼统表述，或者表述为还长着小尾巴的青蛙。它们都是我们熟悉经验和习惯用语的传导，而“骶尾”则因为用字的冷僻，给读者在既有的接受经验里，导入崭新的语言刺激，唤起思维的精准性、异陌感和惊奇感。

涧底松：

骶字，乍一见，我甚至发不出它正确的读音，现在知道了，念“dǐ”。你还别说，这个句子就是因为这个字的选用，一下子显示出吸睛的效果，这就像两个女孩，一个穿着朴素，一个奇装异服，肯定是奇装异服的女子首先吸引我们的关注。这个视觉效应在大自然里，表现为每一朵鲜花对色彩的妙用，蝴蝶和蜜蜂都是经不住“色诱”的情种。在语言上，我也发现，你把野兔屎说成望月砂，虽然它们确实指向同一个东西，但里面的感觉反应、联想水平、想象空间、文化蕴涵等，都有着程度不同的差别。

憨敦敦：

没错。我特别想在这里跟你讨论的是第二个比喻。我感兴趣的是，是什么经验让昌耀想到了高温窑炉里的彩陶？

涧底松：

难不成你要当一回语言修辞上的福尔摩斯？

憨敦敦：

以前我也不会这么去想。最近刚刚看了英国学者约翰·奥尼恩斯的《神经元艺术史》，引发我想要窥探一番诗人心理暗河的冲动。哪怕笨拙、踉跄地尝试一回，我也想弄明白生成这比喻的来头，找找这背后蛛丝马迹的心理关联。

还真不虚此想。就像拨开浮萍的遮掩，可以看见水下的静流和游鱼，我的视点没有放在彩绘陶坯上。尽管这个意象可以让我很快联系到青海彩陶，联系到这种地域经验在昌耀头脑里的"发酵作用"。我觉得，它在这个比喻句里只是一个浅表化的层面。更为深层的联系，隐秘的触须或根须，应该来自昌耀经历中对烘烤的特别记忆和深刻体验。我几乎是靠着直觉的馈赠，马上把这个比喻进行了解码，还原、转换出它的原型。

涧底松：

你这么一说，我一下子想起昌耀诗歌里有好几首诗歌写到打铁。最早的一次，出现在 1957 年写作的《寄语三章》里：

在他的眉梢，在他的肩项和肌块突起的
前胸，铁的火屑如花怒放，
而他自锻砧更凌厉地抡响了铁锤。
他以铁一般铮铮的灵肉与火魂共舞。

两年后的 1959 年，他在《哈拉库图人与钢铁》一诗里，在《中篇：炉前。哈拉库图人的笑声》里写下大炼钢铁时在炉膛里炼铁的情形。5 年后的《影子与我》，以投影的形式呈现打铁者的形象。21 年之后的 1980 年，《山旅》一诗再次重现了当年在哈拉库图炼铁的往事：

我看到山腰早被遗弃的土高炉
像一群古堡的剪影守望在峪口，
而勾起我阵阵悲烈情怀。

很有意思的是，那些从乡土世界走出来的作家，或者说作家一旦涉笔乡土，总喜欢写到铁匠。仅就我阅读到的文字里，黄永玉写到过他湘西的凤凰城里的铁匠铺，还有铁匠打铁时弄出的好听的声音；莫言的《透明的胡萝卜》，就是拿铁匠来叙事；汪曾祺有个短篇《邱麻子》，也写到铁匠打铁，他是通过声音写铁匠又稳又准的打铁功夫；台湾作家朱西宁的《铁浆》，甚至写到了铁匠在世俗生活里对人们产生的无尽的吸引力："游乡串镇的生铁匠来到乡镇上，支起鼓风炉做手艺。没有什么行业能像这生铁匠最叫人又稀罕，又兴头。"

还有一点，与炼铁相关联的高频词语里，有一个词叫"熔炉"，它在中国的语境中，可以更进一步，具体到布尔什维克们的特定语境。它一直以来，被赋予一种政治学和社会学融合而成的一个象征化和程式化喻义，用来表示锻炼思想品质的环境。“铁砧”一词也因其与“熔炉”关联度甚高，熏染了不少相同的气息。这类“政治语汇”“时代表述”，也不可避免地在昌耀的诗行里留下“时代的烙印”。你听：《随笔》（审美）里说：“从一部熔炉投向另一个熔炉；从一部铁砧输向另一部铁砧。”他在他的诗论《艰难之思》里，也表达过与此类似的认识：“我确实觉着找到了自己的归宿，多么好，我的大地，我的茅屋，我的炉灶，我的把我锻炼成人的我的时代、命运……”我忽然觉察到这一表述，绕不开苏联文学里的象征、经典寓意对昌耀的熏染。《钢铁是怎样炼成的》自不必说，他在《读书，以安身立命》一文里，提及苏联作家革拉特珂夫的《士敏土》，他从小说里的“水泥”如此感悟到：“这是一个有象征用意的字眼，从中可以感受到炉火，铁板一块似的凝聚。”

憨敦敦：

且慢。你的话头已经碰到了我意欲追索的问题核心地带。昌耀的自传性文字里，确实没有直接透露过铁匠在他早年经历里的印痕。但从 1957 年写到的这个铁匠打铁的片段来看，它有可能来自诗人罹难之前的经历和记忆。而后写到的所有炼铁的情形，全都源于 1958 年开始的那场遍及全国的大炼钢铁运动。对于这一重大的社会现象，昌耀前后有过几次书写。我们可以粗分为身临其境时的欣赏取向和事后的反思取向。两个取向，有着截然相反的声调，也是两个价值评判截然相反的版本。你说到的《哈拉库图人与钢铁》，整首诗显示出昌耀少有的欢悦声调。它从社会美学、身体诗学以及工业与民俗杂拌交织而成的一种崭新的审美类型中，弥漫出欢实、喜气的歌颂基调：

哈拉库图人的笑声将夜色笑红了。
宽阔的胸脯，疙疙瘩瘩的膀臂鼓动着风炉
好像是操纵着火山口。
炉顶的火苗照得哈拉库图人脸膛青紫，
金刚铜佛似的壮美。
喜娘，来吧，快放下水桶，从风眼里看看
沸腾的熔液吧，看看那铁的氧化还原。
那亮闪闪的是铁汁，那黏稠的浆液是炉渣。
哈拉库图人就要开炉放铁了。
……
喜娘，你看，洛洛捣腾炉膛的那根钢钎
都已烧弯且滴着火浆，像不像蜜糖？
他正和自己的土高炉飞弄眉眼呢，你不妒忌？
来吧，快给他递一团耐火泥，要稠一些。

仅是把铁浆比作“蜜糖”这么一个意象，就已然晒出了诗人全部的情感色彩和亮度。时隔二十多年，长诗《山旅》的腔吻，从那些诗篇原有的“高音”已经变成“降调”，变成庄重的“悲烈情怀”和略带伤感的理性反刍。其间没有瓦解的，或者说被抒情主体再次予以强化的，是从人体力学的审美维度，浓墨重彩出的冶炼者形象：

这山野的夜色曾是处处点缀着青蓝的炉火，
暗红的熔渣照亮过人们焦盼幸福的眸子。
冶炼场地赤身裸体的大力士
正是以膀臂组合的连杆推动原始的风叶板，
日日夜夜高奏火的颂歌。像是扳桨的船工，
把全副身心全托付给船尾的舵手，
而在一派轰隆声里成就生死搏斗之大业。

在这里，我留意到诗中出现的“扳桨的船工”这个意象。水手、船夫、背纤拉船的纤夫，这几个意象正像昌耀自己所言的，具有“审美感知层内的同构对应作用”(《艰难之思》)。它们在昌耀前期的作品里也是一见再见。但到了中后期，或者说到了城市这个新的空间之后，从前那种以整首诗的表达规模出现的风土水色，那种在语言视觉中占据C位的水手、船工形象，在后来的诗歌里，往往浓缩、简化成以句为单位的比喻意象。不知道你有没有印象，1991年，昌耀在《俯首苍茫》里，写到一位“不幸一生需以手掌代步浪迹国土”的“关西大汉”，从里面出现的比喻里，我又一次发现了与船与船夫“同构对应”的意象思维：

如此以手掌在土地划行，每前行一步他必憋紧喉头运气行腔，仿佛是突然地醒悟，而后一仰脖梗发出几声爆裂的音团——男性之呐喊，其韵丰盈，像是匍匐波涛将溯流而上的船只难艰推进，像是拼死穿过由无尽的脚肢组合的肉体丛林。

就是这句“像是匍匐波涛将溯流而上的船只难艰推进”。结合这首诗的语境和昌耀习惯性的书写，他笔下的船都和桨橹配在一起，靠人力来划行、驱动，典型的例子莫过于《划呀，划呀，父亲们！》里表述的：“我们摇起棹橹，就这么划，就这么划。”回到眼前这个意象里的船只，玩味其间的蕴含，我觉得应该不会是一艘机动船。因为靠机器动力推进的船舶，其逆流推进的艰难程度，因为机械力的缘故而大大降低。而只有完全凭借人力，靠着绷紧的肌腱，靠着费力的摇橹划桨，我们才能体会到那种克服阻力的艰难程度，那种灌注于肌肉效能的心理意志。“推进”一词的选用，已经给了我们强大的暗示：它是顶着阻碍前行的重力和阻力，仅凭从身体里爆发的力气，让船只在河流上逆向移动。我自己倒是乐意把它理解成被一群纤夫驱动着，就像俄国画家列宾的名画《伏尔加河上的纤夫》所表现出来的那种吃劲费力的样子。

涧底松：

把辎重推上陡坡，或者顶风冒雪，都是我们容易经验到的费力情形。在视觉美学里，逆向而行，已经被赋予社会和人格上的崇高价值。尤其在美术里，像逆风而飞的燕雀、白鹭，迎风挺立的松竹，都会给人们带来一种强力、坚韧精神的震撼。徐悲鸿、林风眠、张仃等画家的名作里，都有过类似情形的表现。而且，这种逆向的运动，已经被赋予坚强、勇毅、个性、自由意志、独立精神等象征蕴含。青海作家王文泸有本散文集的名字叫作《在季风中逆行》。他里面有几句话，就把这种精神的象征说透了："……某些所向披靡的价值观，以及某种风气，时代往往来不及对它们作出理性的反应，它们已然成了气候，成了左右人们生活目标的力量，如同强劲的季风，挟裹着人们前行。一个不甘心被挟裹的人，顶着飘忽不定的风，秉持自己的信念，走自己的路，在对风的抗拒中品味着内心的坚韧，增添了一点儿充实感。"如此看来，遭遇阻力，遭遇抗拒，既可以激发创造力，也激发精神，激发我们的意志。

憨敦敦：

现在，我可以向你揭晓谜底了："一批准备送入窑炉的彩绘陶坯意识到拱顶的烈焰也是如此诚惶诚恐。"这句话的心理原型，出自昌耀 1986 年写作的《内心激情：光与影子的剪辑》里的表述，尽管这个极端表述采取了迂曲和幻觉的表现形式：

> ……于是逼我交代，逼我弯向喷火的出铁口作九十度鞠躬。弯曲的我成了一尊活活的祭品。我的头发在冒烟。我的膝盖在冒烟。但我祈愿炉火的温度更高一些。……此后我只看到火。只看到火的河流。

这个文本的重要性在于，它彰显了那场社会运动在诗人的体验中所形成的重度的心理阴影。同样一件事，诗人先后出现了判若两人的表达。一边是歌颂的声调，另一边则是遭受酷刑的战栗声调，完全是一种复调的表述。

涧底松：

这个表述里，还藏着在昌耀身上特别深刻的一种体验，就是"烘烤体验"。昌耀在青年时期所经历过的大炼钢铁，见识过的铁匠和熔炉，以及他在《工厂：梦眼与现实》透露过的这段表述："三十多年前我从湟源县看守所被当作'有文化的犯人'选拔出来，寄押省垣一家监狱工厂并在那里学习钢铁冶炼。我在化铁炉干活……露天工厂到处都是这种黑色：煤粉、铁屑、浓烟、灰渣、污泥，以至于雨天的黑雨、雪天的黑雪。以至于人们嘴脸黑色的汗渍。因之红色的火焰就显得更是我理想中那份撩动的样子而感人肺腑了。”这些经历、体验的重重积淀，终于在1992年投射为《烘烤》这首诗。烘烤原来的意思指的是用火、电或蒸汽使身体暖和，或者使东西变熟、变热或干燥。而这首诗则把物理层面上的烘烤，转化为心理层面上的烘烤，是一种精神遭受极度煎熬、酷虐的极致体验。这自然也是诗人体验的一次由外向里的深化。

烘烤啊，烘烤啊，永怀的内热如同地火。
毛发成把脱落，烘烤如同飞蝗争食，
加速吞噬诗人贫瘠的脂肪层。
他觉得自已只剩下一张皮。

在这里，烘烤所释放出的折磨、煎熬的魔性，已然具有了海德格尔存在哲学里“烦”与“畏”的本体地位。特别耐人寻味的是，在后面的诗句里，再一次出现了抒情人物在熔炉前“弯曲的身体形象”：

我见他追寻黄帝的舟车，
前倾的身子愈益弯曲了，思考着烘烤的意义。

憨敦敦：

你也学会了鼹鼠式的深层掘进。也让我得以分享到你发现的昌耀意象里的另一密道。既然你已经在意义的枝柯藤蔓间开辟出一块崭新的空间，我也就不顾及狗尾续貂的尴尬了。与你所拈示的“烘烤体验”直接相关的，在昌耀的诗作里还有一个关键词：燔祭。20世纪80年代，昌耀一前一后在他的诗歌里引进宗教词汇。稍前，他引入了佛教里的“慈航”这个概念；靠后，他则把犹太教里的“燔祭”植入诗行。1988年他写下《燔祭》的时候，也就刚过天命之年。“燔祭”一词，绝对是移植过来的外来词汇，在我们的文化语境里，譬如佛教的苦行修行里，曾有信徒自烧手指以表信仰的坚定和诚心，《北史·高聪传》里曾有这么一节记载：“聪有妓十余人……及病，欲不适他人，并令烧指吞炭，出家为尼。”而“燔祭”，希腊文的原意是指“全部烧毁”。犹太教徒祭祀时把祭品全部烧掉，以表示对神的崇敬之意，这是他们最为彻底的祭礼。《燔祭》这首诗并没有直接去写烧烤的意义，它是从象征寓意法的层面上去书写。其用意是强调修炼的意义。文学评论家耿占春，在他的论文《作为传记的昌耀诗歌》一文里有一个我很认同的表述：在70年代末到80年代末，“昌耀诗歌的抒情主体是从政治囚徒（‘右派’）向修行者的转化，以苦修者的方式置换囚徒的经验，把政治厄运组织进宗教的经验与天命之中。其社会符号学是政治修辞学与宗教修辞学的融合”。“燔祭”是以焚烧的方式献上的祭，是信徒每天需要经历的礼拜和献身。我在俄罗斯民间文艺学家弗·雅·普罗普的

《神奇故事的历史根源》里，知道了烧、烤的来源。普罗普通过对俄罗斯民间故事结构形态和起源的探讨，在第三章里有一节《老妖婆的炉灶》，他在这里追溯了将授礼者用火烧、烤、煮的最早阶段，并援引澳大利亚人在地灶上烤人、几内亚人用火烤人、维多利亚人从烤过的鼠皮下钻过身去，并在身上撒上炭和灰。他的结论是："我们知道，在行授礼仪式时年轻人似乎是获得了新的灵魂，变成了一个新人。出现在我们面前的是火有净化和更新力量的观念，这一观念尔后延伸为基督教的炼狱。"他还在论述中提供了一种相反的理解，就是"将火烧作为一件令人避之惟恐不及的、恐怖事情的相反理解"。☆

☆弗·雅·普罗普《神奇故事的历史根源》，中华书局，2006年版，第113-119页。

涧底松：

我一下子明白了塔可夫斯基的电影《镜子》里火烧房子的经典镜头，理解了燃烧的荆棘。"天使化身为燃烧的荆棘向先知摩西现形；摩西率领他的子民渡过大海。"焚烧，确实赋予了献身者特异不凡的精神品质。而在黑泽明的电影《乱》里，那场焚城的大火，则是一场大祸，一场焚烧掉对世界抱有幻想的大火。

憨敦敦：

现在，作为酬答，我也贡献一个小小的发现。我们都知道昌耀从军的经历。这个经历，至少给他的审美表达，带来了两样东西：群体美感和秩序美感。在群体美感里，我们可以看到，昌耀喜欢表现聚在一起的人物或动物的活动，像哈拉库图人报喜的队伍（《哈拉库图人与钢铁》），跨过沙漠走在沥青路的鱼形脊背上的骆驼队（《凶年逸稿》），扎麻什克人迎亲的马队（《酿造麦酒的黄昏》）等等。我甚至觉得军队快速反应、快速行进的紧迫感，也被他转化成"赶路"的紧迫感乃至生怕"掉队"的焦虑感。军队是最具有群体美感的形式，他的《唐·吉诃德军团还在前进》正是最典型的心理投射。秩序美感，是那种具有条理的、整饬的、毫不混乱的空间形态。对这一美感的经典表述，莫过于《慈航》里的这段描述：

九十九头牦牛以精确的等距
缓步横贯茸茸的山阜，
如同一列游走的
堠堡。

通常情形下，动物的行为会散漫、凌乱一些，从意识的角度来说，它们没有人类所具有的整齐意识，但它们会以天性和本能，体现出某种秩序感，像大雁、鸽子、乌鸦、麻雀等具有集群性飞行习性的鸟类一样，它们密密麻麻地布满天空，却又从不相撞。它们那种整体性的飞翔，就像昌耀形容的那样——载浮载沉的环形岛礁。昌耀对这群九十九头牦牛以精确等距游走的描写，你不觉得这也太像军队列伍排队的感觉？过去，人们就是拿军队的行列编制“行伍”一词，来称呼军人。正是出于表达和书写的需要，昌耀禁不住给这群牦牛的队列添加进了行伍的色彩。这还不是问题的核心，核心是诗人对这类充满秩序的事物，能够产生高度的敏感和兴奋。在这里，我又有了一个发现：秩序美感和群体美感这两种不同的美感类型，往往相互交织，相互关联。就像这句里，等距是秩序概念，九十九头又是群体概念，它们互为条件，不可或缺。我们不是常说一排树、一幢幢楼房吗？把秩序美感和群体美感结合起来所产生的一个经典表述，就是昌耀在《诗人写诗》里表述过的一次管风琴演奏：

> 据称，在没有电力能源的古代，这种难得一闻的演奏，是以几百、上千个体力劳动者同时运作爆发而得的体力作为动力，带动特殊的器械装置为之鼓风，使气流频频注入数百根、数千根金属或木质管孔，发出来足以与其规模相称的、令人心旌摇动的乐音。那声响有着无可比拟的恢宏、盛大、厚重，气氛营造庄严肃穆，通向遥远深邃的空际，直达于众神所栖的堂奥居所。

群体的特征就是有着共同点的个体组成的团体。由于具有时间上的“同频共振”，这群演奏者体现出来的秩序，更是整齐协律。而音乐就是有秩序的声响，它的对立面——噪音，就是混乱的、不规则的声波振荡。

涧底松：

群体美感，我在聆听西方教堂音乐的弥撒合唱时，得到了充分的体验。那种来自群体的吟唱，给人带来一种极度的抚慰，让你情不自禁地把那个小我的水滴，融入海水的汪洋与澎湃之中。多年前买过一张音乐 CD《泪洒天堂》，现在回想起来，仍会觉出那种圣咏将人带入崇高之境的灵魂沐浴。

第十二章

同时共处的“此刻”世界：关于《斯人》

二

忽然之间，我会意到"轗轲"二字之于诗人昌耀命运的玄秘联系。

这两个带着车字旁的汉字，也之于人们习见惯用的"坎坷"一词，它更与昌耀如影随形，甚且与诗人一生的遭际焊在一起，有如隐入皮肉而终生不得排出的锐刺，时时传感牵连全身的疼感信息。昌耀21岁时曾因写下《林中试笛》而罹祸，其中一首诗题便是《车轮》。从此草蛇灰线似的埋下其一生遭际蹇顿轗轲、艰辛危苦的辙迹。眼下这本诗歌选集又以《寻车》命名，又在冥冥之中发酵着玄妙。熟悉昌耀诗歌的读者只要稍加留心，就会发现昌耀不同时期的诗作里，频繁地出现跟"车轮"相关的诗句和意象。我这里只稍带提及两处重要的关联。《车轮》里写道："在林中沼泽里有一只残缺的车轮/暖洋洋地映着半圈浮沫的阴影……"（"残缺的车轮"可不正

涧底松：

《斯人》是昌耀诗集里最短的一首，两行诗句，只有 39 个字，长度还不到古代一首七律诗的长度。我注意到，这一年诗人 49 岁，翻过年，就是他的天命之年。

憨敦敦：

1985 年，正好是农历乙丑年，牛年。

涧底松：

没错，写下《斯人》的前两个月，昌耀还专门写下一首充满民间节庆气息的长诗《牛王》——

> 牛王俯瞰脚下百川奔走……微型汽车……微型人……
>
> 牛王被抚摸。被簇拥在海盘车般展开腕足的广场，受人以世袭的景仰。……

——听听，这诗里牛王庞大的空间造型，在汉语诗歌里实属罕见。我最初的感觉，就好像进入了拉伯雷建造的巨人世界。切换一下视野，这种对世界的壮观感受，庄周先生发明得更早。你想想，“其翼若垂天之云”的鲲鹏，体量何其巨大！我甚至从诗句里，嗅出了巴赫金所洞察到的“狂欢广场”上特有的喧腾和民间亦庄亦谐的笑声呢。

憨敦敦：

我原以为昌耀的属相是牛，原来他是属鼠的。按照西方人的星座来讲，他该属于巨蟹座。属于这个星座的人感情丰富，直觉敏锐，想象力、创造力都异乎常人。我印象里，聂鲁达、海明威、卡夫卡、梭罗、艾伦·金斯堡、川端康成、乔治·桑、普鲁斯特、奥威尔等，都是巨蟹座。看来，古代的占星术、属相和人的心理、秉性、气质之间，存在着神秘而微妙的联系。

回到正题，说实话，《斯人》这首短诗我反复读了多次，也没读出什么特别的深意来。不就是说一个人坐在那里发呆吗？也许是我悟性太浅。可话说回来，你们搞研究、搞理论，一个通病就是喜欢把事情弄玄乎，喜欢添油加醋，好像所有的作品到了你们嘴边，就变成了一件充气玩具，就大有深意起来。你们的能耐，就是看谁比谁更能鼓起腮帮子往里面吹气，吹胀那一件件“充气玩具”。

涧底松：

把意义吹入虚空，让虚空不实的东西充实起来，充满活力，让无意义的事情变得有价值、有意思，让无生命的东西变得生气勃勃，这是人之为人的精神禀性。你看鲁迅《补天》里写女娲造人，有一个细节就是女娲往泥人身体里吹气，结果，一个个泥人马上变成了活人，活蹦乱跳。这里面有一个玄机，有一个中国人历来都很看重的东西——气。我们平常说人活一口“气”，或者一个人死了的时候，我们会说他“咽气了”“断气了”；精美绝伦的书画，我们赏赞的时候少不了会说一句“气韵生动”；更不用说那些在广场、公园、山林、居室里用特殊的方式进行呼吸，促进循环、消化等系统功能的健身术——“气功”了。一句话，气息的吐纳，关乎生命；而把一件作品当中深潜起来的意义——话外音给一一挖掘出来，说出好之为好的所以然来，这又是一切批评、赏析的天职和本分。好的批评和赏析，就是一次深呼吸，一次沉入文本丹田的呼吸。你把作品比喻为充气玩具，潜在的逻辑就是预设了作品的苍白、没生气和了无深意。这样的说法，既是对作品的粗疏不公，也是过分夸大了阐释、言说的力量。我以为比较平实、公允的说法是，一切评析的功效类同于意义的“发酵”，它能让作品当中有益、有效的蕴涵，或深或浅的意思，像微生物菌群一样滋生、活跃起来。怪不得你吃肉不长膘啊！你看你把这首诗仅仅理解为“一个人坐在那里发呆”，你这是浅呼吸！你这样的理解，不知遗漏掉了多少值得玩味的东西！不客气地说，你简直就像一个淘金者用网眼粗大的筛床，去筛取泥沙里的金子，有多少细碎的金子都被你筛漏掉了。

憨敦敦：

有这么严重吗？你的筛眼细，你筛给我看看。

涧底松：

这个袖珍型的诗篇，几乎包容了昌耀诗歌最重要的一些品质，所以我才如此这般拉开架势，和你一论究竟。西川在《昌耀诗的相反相成和两个偏离》这篇评论里提到：比利时诗人杰曼·卓根布鲁特和诗人、翻译家海岸编辑的《中国当代诗歌前浪》，选用的就是昌耀的《斯人》和《一百头公牛》这两首诗的英译。他还说当他把这两首诗拿给他的朋友、诗人，加拿大总督文学奖获得者蒂姆·柳本，他很惊讶。他说，就凭这两首诗，我也能猜到昌耀是一位大诗人。

顺便给你插播一条诗歌逸闻，算作我们进行谈话的一个小小的心理暗示。现在我就先从词语层面，说说这诗中的几个文物级词汇。

题目里的"斯人"一词，是个锈迹斑斑的文言词语，早在《论语》里就出现过。可是给我留下深刻印象的，一个是杜甫在《梦李白》里吟哦出的诗句"冠盖满京华，斯人独憔悴"；一个是比杜甫更早的《孟子·告子下》里大家都熟悉和经常引用的那串名句："天将降大任于斯人也，必先苦其心志，劳其筋骨，饿其体肤，空乏其身，行拂乱其所为，所以动心忍性，曾益其所不能……"这个词汇在今天，凑巧可以用尼采的书名《瞧！这个人》里的"这个人"来解释。现代作家里，冰心好像用"斯人独憔悴"做过一个短篇的篇名，1949年之后，使用这个古词的作家、诗人，非常非常少了。"叹嘘"一词，我们今天不常用，经常用的是"叹息"。它们都有叹气的意思。"嘘"字单独的意思是慢慢地吐气，"叹嘘"合起来的意思，是说人心里感到不痛快而呼出长气的状态，两个词语在吐气的状态上有一些微妙的差异。更大的差异是在发音上。"息"和"嘘"虽说都属于开口度很小的发音，但"嘘"字发音的时候是舌头向后缩，双唇嘬起来，样子很像吹奏古代乐器——埙时的嘴形。更为关键的是，发"嘘"这个音的时候，人的两个腮帮子就会凹陷下去，给人消瘦的感觉。我看昌耀的照片，总会不由自主地联想到俄国著名画家彼罗夫为陀思妥耶夫斯基画的那幅著名的油画肖像。我发现他们的表情有着惊人的相似之处，都是双腮凹陷，好像刚刚长嘘过一声。昌耀用词用字，有一种神经质般的挑剔和苛刻；遇上相同意思的词汇，他更喜欢选择一个使用频率更低的词语，一个生僻字，一个被人遗忘了的词汇。

憨敦敦：

给我的感觉，这个"嘘"字跟气功里说的吐纳、炼气、调气、食气这些意思很亲近。记得《庄子·内篇·齐物论第二》里有个表述"南郭子綦隐机而坐，仰天而嘘"，我揣测，那时候人们就已经懂得吐纳、练气之道了。

涧底松：

碰巧，我在昌耀的诗歌里，发现他把"叹嘘"一词分别拆解开来使用的一个例子。在作家出版社出版的《昌耀诗文总集》（增编版）收录的《海的诗情》一文里，诗人写道："于是，我终于嘘出一口长气，叹道：'此生毕竟见到我梦寐以求的大海了！'"你看他把词语用得多么精准，多么毫不含糊，多么细致体贴，你就能分辨、揣摩出这几个面貌相像的词语，就像孪生的姐妹或兄弟，在性情、禀赋上其实有着微妙的差异。我有一个阅读经验，看诗人、作家的语言造诣，你就去看看他对同义词、近义词的甄选。

憨敦敦：

还真是甜心萝卜、白皮萝卜、青皮萝卜各是各的味道。词语间如此微妙的地方，如果不细心揣摩，真就一掠而过了。赏析还真的得靠你的细筛子。

涧底松：

还有一个锈迹斑斑的词语，到目前为止，我还没见到有什么人解释过它，好像它是个无需注解的词。那我就问你，诗中"地球这壁"的"壁"是什么含意？

憨敦敦：

你这是验智吗？不就是墙壁的意思吗，这小学生都知道。

涧底松：

你看你就这么不经过大脑，把答案说得如此顺溜、口滑，你稍稍用心一些，看看你的这个解释放到诗的语境里，能不能卯合得纹丝不差？你的解释，是"壁"这个词最常见的一个意思，古人所谓"居室之内垣，以避御风寒者也"。可你想不到，除了你说的这层意思之外，在《现代汉语词典》里，"壁"字起码有四个义项的解释：第一是表示某些物体上作用像围墙的部分，像"井壁""细胞壁"之类；第二是像墙那样直立的山石，像"绝壁""峭壁"之类，昌耀在《峨日朵雪峰之侧》里描写的"我小心翼翼探出前额，/惊异于薄壁那边/朝向峨日朵之雪彷徨许久的太阳……"一句，用的就是“陡峭的山崖”这层意思；第三是营垒，《汉书·高帝纪上》里说：“晨驰入韩信、张耳壁，夺之军。”第四是二十八宿之一。以上几个义项，严谨地说，都不能联通这个诗句所要表达的意思，不能和原句“来电”。你看，连最权威的词语工具书，都遗忘了“壁”字在时间长河里曾经有过的一个意思：方位指示词，“一边”或“一面”的意思。

这个意思我们是不是久违了？翻查张相的《诗词曲语辞汇释》☆，虽说收录的都是唐宋金元明间流行于诗词曲中的特殊词汇，但居然也让这个释义成了漏网之鱼。倒是陆澹安编著的《小说词语汇释》☆，收有“壁厢”一词，释例取自《西游记》第四回：“那壁厢，天丁呐喊人人怕；这壁厢，猴怪摇旗个个忧。”在过去，“这壁厢”“那壁厢”都是捉对连用，好像剪纸上的双喜字，门柱上的楹联。顺着元明清的文脉略作翻检，我再举出两例：马致远的《汉宫秋》第二折：“那壁厢锁树的怕弯着手，这壁厢攀栏的怕攧破了头。”魏秀仁的《花月痕》第二回：“那壁厢，人间痛绝；这壁厢，仙家念热。”我推测，这或许跟宋代划分京城地区为若干厢有关。木心的散文《法兰西备忘录》也用过这个词：“……许多海鸥围飞，与人争鱼，天色很快暗下，回望城厢已见灯火闪烁。”只有像他这样的老式作家，才会记得这样的老词、老用法。我相信，指示方位的“壁厢”一词，曾经是活在引车卖浆者流舌尖上的一个流行口语，也曾活蹦乱跳在勾栏瓦肆间演出的百戏杂剧之中，只是流传到后来，就减省为“这壁”“这厢”或“那壁”“那厢”了。你听，王实甫《西厢记》第一本第一折唱的：“偌远地，他在那壁，你在这壁，系著长裙儿，你便怎知他脚儿小？”昌耀在《建筑》一诗里也用过一回“那厢”这个词儿——“而那厢如歌的刨具和斧斤……”你可能会问，昌耀为什么非要用“这壁”而不用“这边”？毛泽东不是就用它吟诵出“风景这边独好”的名句吗？琅琅上口，通俗易懂。我是觉得“这边”这个词太常见了，忽然用一个不常见的词儿，就像你在单调的旅途中忽然看见了一座别致的房子，你的倦意立马消失了，你松弛的注意力又恢复了它的灵敏。那一刻，你肯定会被这么一个略显陌生的词语激活。不瞒你说，我最初读到这里，我的意识接收器好像发生了几秒钟的卡壳，我的阅读就停留在这个字眼上。因为它让我感到意外，超出了我的习惯性认知和我们习以为常的词语搭配。说白了，昌耀在这里使用“壁”字和“壁”字的生僻词义，确实收到了一种骜奇出新的陌生化效果。实际上，“这壁”一词因为很少使用，反而由俗变雅了。可以说是给梅圣愈倡导的“以故为新、以俗为雅”的诗论，又增添了一个新的例证。而“这边”一词，不但稀松平常，还与“那边”形成一目了然的对句关系，而且用字上犯了重复的毛病。对句忌讳重复用词，不变化，就容易刻板。

☆中华书局，1979年重庆第3版。

☆上海古籍出版社，1979年新1版。

憨敦敦：

真没想到，一个“壁”字还这么有来头！这么古色古调！不过此刻，我还是觉得这个诗句虽然没有“墙壁”“绝壁”“峭壁”等意思，可我的意识里，还是有类似“视觉暂留”的现象，起码“壁”字先前固有的一些词义，还残留在我的脑海里，我觉得多重意思不妨混含着，可能更有助于我们享有钱锺书所说的“星云状态似的美感”。也就是说，不妨在“这壁”这个抽象的空间方位指示里，隐隐地、淡淡地透出点儿“墙壁”“绝壁”“峭壁”这些意思，可能更有助于我们读者的理解。起码让这个词的意态有了影影绰绰的形象感、可视感，有了卡尔维诺在《未来千年文学备忘录》第四讲所讨论的“易见性”，有了可以理会的空间感和空间质地。

涧底松：

你能感受到这一点，就回到了我谈论这首诗使用古词语的初衷上。顺便提醒一下，这首诗里还杂糅进来了一个来自异域的词语，一个作为印第安人一支的阿尔贡金人的古老词语——密西西比。昌耀诗歌的语言，有个鲜明的特点，就是古今中外的词语，只要煮进他的语言坩埚里，全都能镕铸成奇异新颖的语境。这不单单体现着巴赫金所说的“杂语性”，更是体现着昌耀在语言时空观上的狂欢性思维。诗人、艺术家的一项大能耐、绝活，就是冲破物理时空的束缚，让时间可以随意回流、随意穿梭。克服线性时间的不可逆性，把时间空间化，正是一切艺术思维、审美活动的终极目的，其实也是人性中最本真和最恒久的渴望。正如巴赫金所说的狂欢体的自由和狂欢体的时空艺术观的一个特点，就是“一切分离开来的遥远的东西，都须聚集到一个空间和时间‘点’上”☆。说到这个层面，你就不会把古语今词的混搭，仅仅看作是一种随机又随意的语言修辞技巧。它更深邃、更震撼人心的本质，其实是一种精神和心灵的时空穿越，是人的灵性在任意一个时空存在里恒久的闪耀。

☆巴赫金著，《陀思妥耶夫斯基诗学问题》，北京三联书店，1988年版，第247页。

憨敦敦：

我已经感到昌耀导演的这出词语的微型剧，属于目前在荧幕上流行的穿越剧中意味深长的一类。这里面好像隐伏着人类永恒的一种心理需要：渴望灵魂不朽，渴望长生不老。我记得有位西方学者，把中国文人凭借诗文和源远流长的文学传统连接起来的冲动，称作“象征性不朽的需要”——“人类，在面对必然的肉体死亡时，想维持内心个人的存在与古往今来相连感的需要。”

涧底松：

不光有你说的词语的穿越剧，还藏着词语的悬疑剧。“静极——谁的叹嘘？”一个破折号，一头连着对悄寂无声世界的一声神秘感叹，一头连着一句费人猜测的发问。诗中的悬疑就出在这个发问上。没法肯定这声发问来自写诗的昌耀，还是来自诗中无语独坐的“斯人”？如果放在可能性最大的“斯人”身上，也能勉强解释，可那就不再是“无语”的“斯人”了。那这个声音到底是谁发出的呢？这个至今让人很想知道却又无从推知的疑问，让感兴趣的读者费猜极了。遇到这种情况，我的经验是在作者的其他作品，或者更广阔的文学传统的参照系里寻找蛛丝马迹。

我找到诗人在1982年夏天写下的诗篇《所思：在西部高原》——

西部的山。那人儿
听见霜寒里留有岁月嗡嗡不绝的
钟鸣。太寂寞。

是谁在空中作语：
——啊，世俗的光阴走得好慢！
……

你看，在这诗里我们同样不知道发出时间感叹的那个人是谁，尽管诗人暗示这位嫌时间过得太慢的感叹者来自上天，我们可以把它视作“天外人语”，也就是李白在《夜宿山寺》里说的“不敢高声语，恐惊天上人”的那个“天上人”，这是我们文化中积淀出来的一种带有神话思维的空间意识。我记得清代诗人黄仲则的《绮怀》一诗，有“茫茫来日愁如海，寄语羲和快著鞭”的诗句，昌耀表达的意绪、心思和黄仲则不谋而合，都是说属于地界的人间时间走得慢，而天界的时钟则走得飞快。这个意思，钱锺书在他的第一本散文集《写在人生边上》中的《论快乐》一文里，说得特别透彻，还是中外视野的互相兼容——“在旧书铺里买回来维尼的《诗人日记》，信手翻开，就看见有趣的一条。他说，在法语里，喜乐一个名词是‘好’和‘钟点’两字拼成，可见好事多磨，只是个把钟头的玩意儿。我们联想到我们本国话的说法，也同样地意味深永，譬如快活或快乐的‘快’字，就把人生一切乐事的飘瞥难留，极清楚地指示出来。所以我们又慨叹说：‘欢娱嫌夜短！’因为人在高兴的时候，活得太快，一到困苦无聊，愈觉得日脚像跛了似的，走得特别慢。德语的沉闷一词，据字面上直译，就是‘长时间’的意思。《西游记》里小猴子对孙行者说：‘天上一日，下界一年。’这种神话，确反映着人类的心理。天上比人间舒服欢乐，所以神仙活得快，人间一年在天上只当一日过。从此类推，地狱里比人间更痛苦，日子一定愈加难度……”☆

可见，时间感受的快与慢，和我们生命感受中的悲与喜之间，有一种耐人寻味的对应。

☆中国社会科学出版社，1990年，第1版，第20-21页。

我这里想和你讨论的，还不是时空哲学、生命哲学的问题，而是昌耀在诗中所表露出的一种带有超验性或神秘经验的特殊禀赋——能够谛听到“天外人语”。

憨敦敦：

这不就是兰波所说过的“通灵”吗？看来诗人——兰波眼里的“通灵者”，不是个心血来潮的诗学命题，诗人头上的光环和他内在的神秘气质、他的精神魔力，不单纯是个社会学意义上的群体印象，还应该理解为心理学意义上的个体禀赋，就像音乐家具有特异的听力，画家具有特异的视力，中医号脉时具有特异的触觉，烹调师、美食家、品酒师还有聚斯金德笔下的香水大师格雷诺耶们，具有的那些特异的味蕾和嗅神经。

涧底松：

正是。有关这方面的著述，我推荐你看看克里斯和库尔茨合著的《关于艺术家形象的传说、神话和魔力》。如果你能触类旁通，一定会妙悟纷披，像下了蛋的母鸡满地里“咕咕”啼叫。

回到正题，昌耀的不少诗篇，都涉及灵异经验，他甚至自己就把灵异、超验、神秘的感觉命名为“灵觉”。写于1998年秋天的未刊稿《嚣声过去——“灵觉”之一》，从副题的提示上判断，诗人原是要打算就“灵觉”这个主题，写出之二、之三、之四……虽说他没有完成这个小系列，但已经微露端倪，让我们感知到昌耀对神秘经验的器重。在这首诗里，他是这样表现诗人的特异官能的：

为听觉所不能明了的蜂鸣音——
时间艺术不时的躁动，发作在我不安的意识
甚嚣且尘上，而有了跨越空间的性质。
令两耳失聪，双目紧闭
我体内的视觉却看得见这一切。
我看见嚣声突飞猛进遮天蔽日
影子似的掳掠可让灵魂苍白……

双耳失聪、双目紧闭之后仍然能够洞明一切，感知一切，不是通灵还能唤作什么！这种异乎常人的超级感受力，其实早在他1982年初春写作的《风景：涉水者》一诗里，就有端倪初现：

雨后的风景线
有多少淋漓的风景。

可也无人察觉那个涉水的

这首诗表面写的是一个人过河的风景，其

实它真正关注的焦点不是雨后静静流淌的溪川，而是涉河的男子，他在湍流中忽然产生“一闪念的动摇”这个隐秘的心理瞬间。可是，周围人对涉河男子的这一心理变化，全都没有丝毫的察觉。所以我才觉得它不是一幅风景画，而是一出心理剧，一出别有会心的“盗梦空间”。你读这首诗，是不是也能感受到这里面还隐藏着一个超然而又孤独的洞察者。在那个平静、日常的风景里，唯有他能听到涉河男子“内心的一声长叹”。文学侦探大家巴赫金把陀思妥耶夫斯基小说里“独自一人知道真理所在”的这类文学形象，归入典型的梅尼普体主题，归入特殊的孤独。毫无疑问，昌耀的诗歌里，尤其是他迟暮之年写作的一些篇目，都有“特殊的孤独”者长长的投影。特殊的孤独与独自的觉醒，就像一个镍币的两面。

男子，探步于河心的湍流，
忽有了一闪念的动摇。

听不到内心的这一声长叹。
人们只看到那个涉水男子
静静地涉过溪川
向着远方静静地走去，
在雨后的风景线消失。
静静的。

憨敦敦：

看来还是把这句疑问理解为类似“天上人”这么一种异我、超我的存在，更能扩展这首诗的语义空间。我这里也给你贡献一个阐释的参照。钱锺书三十多岁的时候，在上海美军俱乐部有一次著名的演讲，演讲的题目是《谈中国诗》。他有一个心得是这样说的：中国诗的特征是“富于暗示”：“我愿意换个说法，说这是一种怀孕的静默。说出来的话比不上不说出来的话，只影射着说不出来的话。”他还说，中国诗里用疑问句来结尾的诗，“比我所知道的西洋任何一国诗来得多，这是极耐寻味的事实。……问而不答，以问为答，给你一个回肠荡气的没有下落，吞言咽理的没有下文。余下的，像韩立德（也就是哈姆雷特——笔者注）临死所说，余下的只是静默——深挚于涕泪和叹息的静默”。

我现在稍稍玩味出昌耀第一节诗句里的这个疑问，是个不能穷究下去的问题。他就是要给读者制造寻索下去但又无功而返的诱饵，就像好奇的猴子一次又一次地去捕捞倒映在水潭的月亮。诗人精心打磨的问号，比钓钩吸引鱼儿还要吸引我们。

涧底松：

“问而不答，以问为答”，确实是一种增添诗歌魅力的笔法。昌耀在有些诗里，比如像《即景：五路口》，却又是一丝不苟，有问必答：

谁在这里？
交警。交警在这里站立，终年指挥一台交响乐。

何处？谁在这里？
——信息树。

但你细细揣摩，如果只是实实在在地回答交警在道路中央指挥、疏导车辆，那就没有诗味了。可是说在交通要道“指挥一台交响乐”，那你就会一下子脑波震荡，不由自主地咂摸这个新的意味，新的意象空间。末句“信息树”的意象，既具象又抽象，介于可思议和不可思议之间，有一种现代生活与自然界的植物混搭起来的出奇和新警之美，还带点儿莫名其妙的科技美感。可见昌耀写诗，是身怀着十八般武艺的，是伯林所说的足智多谋的“狐狸型”作家。

憨敦敦：

我们说了这么多，说实话，我对这首诗的好感是增加了一些，但我还没有达到产生惊奇的程度，还没有让我两眼放光。我就是觉得它太简单、太平淡无奇，算不上他诗篇里的奇峰、奇树。我主要还是觉得诗中的一些内容，给读者交代得太笼统、太模糊。你看，什么人在对世界的静寂发出疑问，我们不得而知，什么事情让一个人无语独坐，也不得而知，昌耀究竟要向读者表明什么？什么事情让他欲言又止？再看，诗里有精巧的比喻吗？有精致的意象吗？有特别新奇的诗句吗？诗作的第一节一上来就那么突兀，和第二节之间，好像横亘着一大片巨大的语义塌陷。如果要字斟句酌地细抠，我甚至不明白密西西比河上的风雨是靠着什么攀援而走的？是在河流上攀援而走吗？不错，昌耀是写下过“我是巨人般屹立的河床”这般诗句，可在这首诗里，这么解释就显得特别勉强。“攀援”的词义，《现代汉语词典》1996 年修订第 3 版里的解释是“抓着东西往上爬”，我觉得没有 1915 年《辞源》初版里的解释好——“欲有所助而上升”，既有动态，又有心态，而现在的解释只是个动作姿态的客观描述。显然在我们的经验里，风雨不可能沿着平面状态的密西西比河而上升，它攀援的对象，一定有很高的高度才对。我动用我对美洲大陆粗浅的一点儿地理常识，觉得密西西比河流域的风雨所攀援的对象，应该是美国西部偏北的落基山脉，它的最高海拔有 4300 多米。可是诗人只字未提这座山脉。对于“斯人”独坐的具体空间环境，诗人更是简略地只用了一个大词“地球”和简单至极的方位指示。像我这样的读者，因为知道诗人生活在中国的西北角，而把“这壁”自然而然地理解成地处青藏高原的青海。不然的话，“斯人”所处的空间就太让人匪夷所思了。

涧底松：

你这么说，那么我问你，陈子昂的《登幽州台歌》和昌耀的《斯人》在气质上是不是很相像？可人家陈子昂在诗里也没对什么环境或者什么物象有过精细的刻画和交代。这类诗，不能太细抠局部，因为它以气象、境界取胜。就像你不能拿工笔画的标准来衡量一幅写意画。昌耀在这么短小的诗里，要完成一次大时空观的艺术实验，这才是这首诗的命门所在。

憨敦敦：

愿闻其详。

涧底松：

前面我们把那声"叹嘘"归到自由来往于混茫之处的"天外人"身上，这种理解的好处，恰好跟这首诗广阔、静谧的空间氛围极其吻合，更是和一种充满玄秘、神异情调的超然视角相吻合。这就像我们今天的地球人谈论太空飞船、外星人、银河系，我们的想象空间就会从我们的居室、我们蔚蓝色的星球，扩大到更广大的宇宙世界。陈子昂超越时空，缔造出唐人恢宏的时空境界，他是站在过去、现在、未来的三种时间形态中，完成他的大时空呈现的。我们可以感知到他那瞻前顾后的视觉运动，他的目光的洄游轨迹，时间的前后相续。可是在昌耀这里，他那超然的观察角度和想象性的观察结果，只有处在一种异常的高度上，才能获得，这就像他笔下的夕阳有过的一次广阔的俯视：

品茗长河上游骤然明亮的源头，
见下游出海口一只无人的渡船
悄悄滑向瓦蓝。
（《在雨季：从黄昏到黎明》）

憨敦敦：

在《斯人》里，时间忽然不见了头尾，不见了它的从前和未来，它忽然不延续了，像遭受了一次深不可测的沉陷和骤然的停顿。

涧底松：

你已经开始扪摸到这首诗最要害的地方。昌耀在这首诗里想要表现的就是"此刻"的世界。陈子昂是在时间的纵深感中表达他的孤独体验的，而昌耀是在时间的横向感里来思考个体的孤独。时间的绵延被他处理成空间的堆叠，换个说法，诗人想把时间空间化，如同把一段乐曲变成一尊雕塑。在这一点上，我发现昌耀的艺术思维、美学趣味和诗学理念，跟他激赏的陀思妥耶夫斯基有着惊人的相似性。巴赫金指出："对他来说，研究世界就是意味着把世界的所有内容作为同时存在的事物加以思考，探索出它们在某一时刻的横剖面上的相互关系。"他还说：戏剧般地把一切人生中的对立面统统汇聚、铺展到同一个平面。这种共时并置的艺术视觉和体验，"……存在着深刻的双重性和多种含义。可是，一切矛盾和双重性，并没有形成为辩证发展的过程，没有连缀为时间的运动，也不是形成的过程，却全在同一个平面上展开，或是相伴平行，或是相互对峙；或者是由互不融合的声音组成的永恒的和谐体，或者是相互之间永无休止、永无结果的争论。……封闭于这一多样展开的一瞬间，并且停留在这一瞬间之中，使这个瞬间的横剖面上纷繁多样的事物，各显特色而穷形尽相"。☆这段论述，完全可以借用来阐释这首诗。

☆巴赫金著，《陀思妥耶夫斯基诗学问题》，北京三联书店，1988 年版，第 59-60 页、第 62 — 63 页。

憨敦敦：

好家伙，这么深奥。我现在明白了，你这里说的可能就是一个"共时性"或"同时性"的话题。不久前，我翻看 2015 年第 1 期的《读书》，有一篇王炎与美国学者本尼迪克特·安德森的对话。安德森感慨地说："如果没有这种'同时性'（simultaneity），你无从想象五千万未曾谋面的陌生人，会与你同样作息，也去吃早饭或出去工作。……一个人可以同时叙述发生在不同时空里的两件事，看似简单，如何能做到呢？你写作时也同时思考，读者对两个彼此陌生的人物之间的关系洞若观火，怎么可能如此呢？时间是朝着一个方向前后相继地行进的呀……""我想到'while'这个词，它表达同时性。奥尔巴赫说：为了同时表述两个地方，你不得不用'while'。……我不知道中国古典文学如何处理'同时性'——讲述在不同地方同时发生的事，也许用相当于'either…or…'的句式，或完全不同的表达？"

涧底松：

我原以为"同时性"这个话题是个现代人才会谈论、表现的话题，其实，在中国古典文学里早就有了笔墨形容，而且古典律诗凭借其特殊的文法，甚至连类似"while"这样的词都不用。你别嫌我啰嗦，我趁机给你介绍一下钱锺书在《管锥编》第一册讨论《诗经·卷耳》时一段洋洋洒洒的札记——

> 男女两人处两地而情事一时，批尾家谓之"双管齐下"，章回小说谓之"话分两头"，《红楼梦》第五四回王凤姐仿"说书"所谓："一张口难说两家话，花开两朵，各表一枝。"如王维《陇头吟》："长安少年

游侠客，夜上戍楼看太白。陇头明月迥临关，陇上行人夜吹笛。关西老将不胜愁，驻马听之双泪流；身经大小百余战，麾下偏裨万户侯。苏武身为典属国，节旄落尽海西头。”少年楼上看星，与老将马背听笛，人异地而事同时，相形以成对照，皆在凉辉普照之下，犹“月儿弯弯照九州，几家欢乐几家愁”；老将为主，故语焉详，少年为宾，故言之略。鲍照《东门吟》：“居人掩闺门，行客夜中饭”；白居易《中秋月》：“谁人陇外久征戍？何处庭前新别离？失宠故姬归院夜，没蕃老将上楼时”；刘驾《贾客词》：“贾客灯下起，犹言发已迟。高山有疾路，暗行终不疑。寇盗伏其路，猛兽来相追。金玉四散去，空囊委路歧。扬州有大宅，白骨无地归。少妇当此日，对镜弄花枝”；陈陶《陇西行》：“可怜河边无定骨，犹是春闺梦里人”；高九万《清明对酒》：“日暮狐狸眠冢上，夜归儿女笑灯前”☆；金人瑞《塞北今朝》：“塞北今朝下教场，孤儿百万出长杨。三通金鼓摇城脚，一色铁衣沉日光。壮士并心同日死，名王卷席一时藏。江南士女却无赖，正对落花春昼长”☆；均此手眼，刘驾《词》且直似元曲《朱砂担》缩本。

☆《中兴群公吟稿》戊集卷四。

☆刘献廷选《沉吟楼诗选》。

西方当世有所谓“嗒嗒派”者，创“同时情事诗”体，余尝见一人所作，咏某甲方读书时，某处火车正过铁桥，某屠肆之猪正鸣嗥。又有诗人论事物同时，谓此国之都方雨零，彼国之边正雪舞，此洲初旭乍皦，彼洲骄阳可灼，四海异其节候而共此时刻。均不过斯法之充尽而加厉耳。小说中尤为常例，……《红楼梦》第九八回：“却说宝玉成家的那一日，黛玉白日已经昏晕过去，当时黛玉气绝，正是宝玉娶宝钗的这个时辰”；《堂·吉诃德》第二编第五章叙夫妇絮语，第六章起曰：“从者夫妇说长道短，此际主翁家人亦正伺机间进言”云云；《名利场》中写滑铁卢大战，结语最脍炙人口：“夜色四罩，城中之妻方祈天保夫无恙，战场上之夫仆卧，一弹穿心，死矣。”要莫古于吾三百篇《卷耳》者。

憨敦敦：

很可惜安德森没有看到这样精彩的例子，在中国的古诗里，表示在横向时间上发生的两件事，连“同时”这个表示并列关系的连词都不用出现，这归功于古典律诗特殊的文法，还有它特殊的意象剪辑术，就像“居人掩闺门，行客夜中饭”，就是靠诗歌的蒙太奇，把居人和行客两个不同空间的人物和行为，串联到一个时刻来实现的。

涧底松：

昌耀在诗中利用“此刻”这个时间标识，将大西洋彼岸的密西西比河，与身处中国西北角高大陆上无语独坐的“斯人”联系在一起。作为太阳系八大行星之一的地球，是这首诗呈现出来的一个阔大而又真实的空间，不论分属地球直径两端的美国与中国相距得多么遥远，它实际存在的距离，在今天是可以测量出来的。这种共时并置的艺术视觉和体验，是昌耀诗歌的一种重要类型。在这种共时并置的语言结构里，我发现昌耀发明了一种与之相匹配的诗歌表现技巧，你刚才使用了“蒙太奇”这个电影术语，我也想借用电影里的一个术语来表达昌耀诗歌的结构技巧：这就是“叠印”，也就是把两个或两个以上不同内容的画面，叠合后呈现在一个画面上。

举两个例子。《旷原之野》——

晚照中的卧牛正以一轮弯弯的犄角
装饰于雪山之麓。靓女的
乔其纱筒裙行行止止……花灯般凝止。
绿洲匍匐的晚祷者以沙土净沐周身——

这是在旷野的暮色时分，诗人将雪山、卧牛、穿乔其纱筒裙的靓女，和在绿洲匍匐的晚祷者拼合在一起，显示出这一时刻丰富的空间形态和层次。

再看《薄曙：沉重之后的轻松》——

薄曙之来予我三重意境：
步行者橐橐迫近的步履。
苇荡一轮惊鸟戛然横空。
漫不经心几响犬吠远如疏星寥落。

在“薄曙”这个时间点上，昌耀以他共时性的艺术眼光，把“一瞬黎明”折叠为三个空间：“步行者橐橐迫近的步履”（更像是在城市）；“苇荡一轮惊鸟戛然横空”（这无疑是在南方）;“漫不经心几响犬吠远如疏星寥落”（一定是在乡村或者郊区）。一般情况下，按照我们日常经验到的“一瞬黎明”，只能局限于眼前或是“三重意境”当中的某一种情形，而不会同时将三个原本异地而处的空间，平铺在同一瞬间的视觉里。在这里，诗人不仅凭借他灵敏的感觉（主要是听觉）和想象力，把“三重意境”自然地用蒙太奇手法结合在了一起，而且，他诗歌的镜头从大地遥摄到天空，从推镜头逐渐接近“步行者橐橐迫近的步履”，再从拉镜头逐渐由局部的几响“漫不经心的犬吠”，引向被那几颗寥落的“疏星”点缀得更加开阔、浩茫的苍穹。诗人自如、随意地改变视距，调度视角，把一个司空见惯的早晨的莅临，营造成了一种具有广阔意境的美感世界。其奥窍正在于昌耀具有的这种共时性的时空观念和时空体验。

这首诗里所描写的第二重意境，轻心、仓促读过时，留在读者脑海里的印象，也不过就是一只飞鸟从苇荡飞到高空。可是当我们回过头留心玩味这一行诗句，会发现跟“惊鸟”搭配在一起的数量单位词“一轮”，在此处绝对是一次超常的词语搭配。按照我们的语言逻辑和语言习惯，与“鸟”这个词语相搭配的数量词一定是“一只”，它们才是一对“天造地设”的语言眷属，而“一轮”这个数量词，一般用来表述圆形的事物。和“一轮”能牵连上的词语，必定是“明月”和“红日”。在这首诗的特定语境里，“一轮”所暗示的意象或情景正是“明月”，整个句子的意蕴，很容易让我们和宋代词人辛弃疾《西江月·夜行黄沙道中》中的著名诗句“明月别枝惊鹊，清风半夜鸣蝉”的上一句意境叠印在一起。它们细微的差别在于：辛弃疾关注的是声响反衬出的那种乡村世界温馨而安谧的氛围，而昌耀却醉心于“薄曙之来”时大地渐趋苏醒时，带给诗人的那种“清凉的油膏”般的美感。我还想补充说明的一点是，“一轮惊鸟”这个词组，不仅采用了语词的超常搭配手法，还掺糅了借代这种以局部代替整体的修辞方法，浓化了含蓄的美感。诗人通过拆除词语间的绑锁和习惯性的搭配，造成了语义上突兀、奇崛、陌生的效应。在我们的视觉性想象里，“一轮惊鸟”不就是把“一轮明月”和“一只惊鸟”叠印在一起了吗？

憨敦敦：

那这种同时性除了具有表现多样事物、呈现世界的丰富性这个功能之外，还能有其他的作用吗？

涧底松：

通过考察昌耀的诗歌文本，我觉得同时性不但能攥住事物的多样性和世界的丰富性，还可以上升到更高一级的感受层次，也就是凭借同时性，直接窥见生存的本相。你还记得他在 20 世纪 80 年代初写过一首《早春与节奏》的诗吗，那一年诗人才 45 岁，诗中有这么一节——

黎明。在大道。两只大军：
出殡行列黑潮般东来。
迎亲队伍花汛般西去。
夹峙在晨昏交合的岔路口默承
吉凶暗示，
听生与死的二重奏……

你看看，生死、吉凶完全呈现在晨昏交合的黎明时刻，我们不能把这个时刻仅仅视为是一种巧合，那样就没有揭示的力量了，就没有深刻的哲理暗示了。时隔 12 年之后，57 岁的昌耀在《大街看守》里再次出现了类似的体验：“……/ 唢呐终于吹得天花乱坠，陪送灵车赶往西天。/ 安寝的婴儿躺卧在摇篮回味前世的欢乐……”

憨敦敦：

我曾经看过苏联纪录片大师吉加·维尔托夫的《带摄影机的人》，差不多一百年前拍的一部老纪录片，其中有一节极为精彩的片断，就是维尔托夫用他的“电影眼睛”理论剪辑出来的画面。导演将躺在棺木里被鲜花覆盖的死去的青年、送葬的队伍和迎亲的彩车、刚刚结婚的一对新人，还有一位正在分娩的产妇这些在不同空间发生的性质不同的事情，用镜头组接、切换在一起，呈现出共时并置的莫斯科生活的一瞬。这一瞬，维尔托夫已经在视觉呈现里，融进了复调性的思维。

我记得墨西哥作家卡洛斯·福恩特斯在他的散文集《我相信》里说过一个意思：像绘画和雕塑展示于同一个空间，音乐和文学这类发生在时间维度里的艺术，却按照先后的线性关系来写作，现代文学的经典、近代小说的变革都是在进行着“对分离和承继这一宿命的反叛”，“明知不可能，人们却不断追求相异时空的并存性，与连续性相抗衡，虽然没有打败它，但却对其成功地进行了改造”。真正让我对“相异时空的并存性”产生震惊体验的，还是最近我刚刚看到的一幅清宫画。收录了一幅《采芝图轴》☆，说明文字里说，乾隆帝屡次命人将其不同时期的面貌绘入一图，郎世宁于是画了一幅《采芝图轴》。画中尚未登基的青年弘历手持如意，轻抚鹿背，少年弘历则手提满篮花草、侧身荷锄作探询之状。对于乾隆帝本人而言，此画除了通常意义上的祥瑞之意，一定别有奇妙的观赏效果。这“奇妙的观赏效果”，其实就是郎世宁给乾隆皇帝玩了一回重新组装时间的“魔法”，它的魔力就在于，画师挣脱了那个线性时间的局限和束缚，超越了日常性的经验、理智和逻辑，让青年弘历和少年弘历相会在皇家园林的某处郊野，把不可能变成了可能，把人的两个异时而处的生命时段、生命样态汇集到了一个时空点上。

☆《故宫台历·公历二〇一五年》，故宫出版社，2014 年版

涧底松：

你所举的这几个文学之外的例子，让我眼界大开。看来把相异的时空合在同一个时间点上，不单单是艺术想象的需要，更是我们每个人的精神、心理需要，谁不渴望破解开时空的局限与束缚？

在《斯人》里，我觉得至少还有三个情况值得我们说说。

头一个情况不知你在意了没有，整首诗是写静寂的，可里面充满了声响，一个是人的叹嘘之声，一个是密西西比河上的风雨之声。还有，诗人把独坐着的一个人放在巨大的时空里，这种手法，正是钱锺书所拈示的一种在心理学中称为“同时反衬的现象”。他在《管锥编》里列举了《诗经》《车攻》篇里的“萧萧马鸣，悠悠旆旌”，王籍《入若耶溪》里的名句“蝉噪林愈静，鸟鸣山更幽”，杜甫《题张氏幽居》中的“伐木丁丁山更幽”，以及雪莱诗中描述过的啄木鸟声不能破松林之寂，转使幽静更甚。又列举鲍照《芜城赋》里的“直视千里外，惟见起黄埃”，王维《使至塞上》中的名句“大漠孤烟直”。他自己这样解释“同时反衬现象”：“眼耳诸识，莫不有是；诗人体物，早具会心。寂静之幽深者，每以得声音衬托而愈觉其深；虚空之辽广者，每以有事物点缀而愈见其

广。”“景色有埃飞烟起而愈形旷荡荒凉，正如马鸣蝉噪之有闻无声，谓之有见无物也可。雪莱诗言沙漠浩阔无垠，不睹一物，仅余埃及古王雕像残石；利奥巴迪诗亦言放眼天末，浩乎无际，爱彼小阜疏篱，充其所量，为穷眺寥廓微作遮拦。皆其理焉。近人论诗家手法，谓不外乎位置小事物于最大空间与寂寞之中……”

昌耀这首诗，既有声音的衬托，又有空间的衬托，他感觉的超绝与美妙的广阔感，正是对“诗人体物，早具会心”的绝佳证明。

第二个情况，我想说说诗中的“独坐”这个姿势或形象。

1992年岁初，我在杭州看到美国学者阿兰·邓迪斯主编的《世界民俗学》☆。其中阿切尔·泰勒的一篇研究，涉及“姿势”这个话题。他说，“姿势是身体的传统表意方式”，可是“几乎没有人研究它。……姿势的规律，它们在特定的时间与空间中的使用，对它们的解释——这些都是民俗学的任务。姿势在许多文学作品中的运用，对文学研究者来说是一个难题”。☆情况不正是这样吗？我们很少去留意文学里的姿势。我尝试着留意了一下，结果让我喜出望外。我发现以“独坐”为诗题的古典诗歌太多了，它们贯穿于中国古典诗文的表述之中，历经一代代文人的书写和传承，出没在不同的时代和时刻，俨然一种文学的传统。我只是粗疏地打量了一下中国历代文学选，不得了，什么春夜独坐、夏夜独坐、秋夜独坐、雨中独坐、暮雨独坐、清明独坐这类的诗题，在一代又一代的文人墨客那里，击鼓传花般地传来传去。不用问，你我脑子里印象最深的表述，无过于诗佛王维的《竹里馆》里的句子：“独坐幽篁里，弹琴复长啸。”再往前代的作家那里推，至少在汉魏六朝的作家那里，尤其像在阮籍、陆机、左思他们那里，独坐弹琴的作品比比皆是，你像嵇康的“目送归鸿，手挥五弦”，不就是一个独坐的形象吗？我没精力去做严谨的考证，但我大致上推断，至少在《诗经》时代，还没有出现“独坐者”的形象。最早的“独坐者”形象，应该在佛教传入中国之后。禅门有一种修行方法叫“壁观”，就是一个人盘腿坐在地上，佛门的术语叫“结跏趺坐”，然后静静地对着墙壁坐禅，进入无念无想的境地。壁观所观的对象不是墙壁，而是心灵，正如《略辨大乘入道四行观》中所言：“若叶舍妄归真，凝住壁观，无自无他，凡圣等一，坚住不移，更不随文教，此即与理冥符，无有分别。”这种以静坐的方式获取精神“独觉”的形象，应该是“独坐”的本意，王维的诗延续的就是这种精神的觉悟，一种心灵的空静。后来，“独

☆陈建宪、彭海斌译，《世界民俗学》，上海文艺出版社，1990年版。

☆陈建宪、彭海斌译，《世界民俗学》，上海文艺出版社，1990年版，第52–53页。

坐”的形象，从这种宗教的修为与精神觉悟中解放出来，变成了一种日常化的姿势，也就是一个人独自返回到内心世界的状态，一个从群体生活中回到自身世界的沉思状态，一种以休闲的方式享受内心生活的方式。你像陆游的《移花遇小雨喜甚为赋二十字》描写的“独坐闲无事，烧香赋小诗。可怜清夜雨，及此种花时”，这种姿态和形象，几乎被后来的文人普遍效仿。比如明代李贽的《独坐》“客久翻疑梦，朋来不议家。琴书犹未整，独坐送晚霞”到了离我们很近的张恨水这里，他在《读书百宜论》里的表述是：“秋窗日午，小院无人，抱膝独坐，聊嫌枯寂，宜读《庄子秋水篇》。”钱锺书赏评郭璞的《江赋》时说：“刻画物色，余最取‘晨霞孤征’四字，以为可以适独坐而不徒惊四筵也。”☆总之，独坐作为文学的一种行为模式，它既是独坐者的一种诗意的逗留，也是一种沉思，一种回到自我的方式。

☆参见《管锥编》，第四册，第1235页。

憨敦敦：

依我看，完全可以拿兰波的著名诗句“生活在别处”来解释“独坐”。已故本土诗人张荫西，1978年写过一首《庭中夜坐》，诗中内容所反映的，依然属于独坐者的形象谱系：“露冷闲庭花气香，藤床幽独思茫茫。千秋治乱皆陈迹，一代兴衰亦故常。良夜尘嚣归静寂，满天星斗焕文章。风清月朗无今古，人事纷纷苦奔忙。”☆

☆《荫西诗选》，青海人民出版社，2005年版，第97页。

五年前，我在北京王府井书店买到一本德国学者安格利卡·威尔曼写的十分有趣的书，书名叫《散步——一种诗意的逗留》。她的核心观点和研究思路就是把“散步”视为西方文学传统里的一个“基本形象”，一种“诗意的代码”，整部书就是把有关散步者的作品，集合成一个“文学的符号体系”。我没能耐作东西方文学的比较，但把西方人侧重于动态化的散步，与我们东方世界侧重于静态化的独坐对照着玩味一下，也蛮有趣。两种形象姿态相通的地方，都包含着身体、空间、运动这三个元素，而且，它们既是一种文学形象，也是一种写作的机制。“伫中区以玄览，颐情志于典坟。遵四时以叹逝，瞻万物而思纷”，我看陆机《文赋》里的这四句话，几乎把我要概括的意思都说尽了。“独坐者”特别注重视觉的经验，环顾，目光的流动，古代还有一个特别好听、精妙的词语叫“流眄”。目光停下来的时候，就是凝望，就像陶渊明“悠然见南山”的这种“见”。看过某种景物或者情境之后，人的心思立马转向活跃，所谓“浮想联翩”形容的就是这种状态。“悠悠望白云，怀古一何深”，陶潜看过白云，意识一下子穿越到从前的时光里，张荫西看着夜空，心中泛起的是对历史和人事的苍凉感慨。

涧底松：

关于独坐，还有一个特点，就是因为没有交流对象，独坐者便处在无语的、不说话的状态。但独坐者又会在这种寂静无声、没有干扰的氛围里，转入内心，进入自己活跃的内心生活。

憨敦敦：

寂静的迷人之处，就是能酝酿，能引发人的沉思。对此，我还没看到有哪一位作家写下的有关思考，超过钱锺书在《一个偏见》里那段精彩的表述：

> 寂静可以说是听觉方面的透明状态，正好像空明可以说是视觉方面的静穆。寂静能使人听见平常所听不到的声息，使道德家听见了良心的微语，使诗人们听见了暮色移动的潜息或青草萌芽的幽响。你愈听得见喧闹，你愈听不清声音。唯其人类如此善闹，所以人类相聚而寂不作声，反欠自然。例如开会前的五分钟静默，又如亲人好友，久别重逢，执手无言。这种寂静像怀着胎，充满了未发出的声音的隐动。☆

☆《写在人生边上》，中国社会科学出版社，1990 年版，第 63 页。

涧底松：

真奇妙，你的引述完全把我此刻想要说的，抢先一步说了出来；我相信未来世界的大盗，不再是窃取财宝，而是窃取一个人全部的内心活动。回到《斯人》的语境，那个在静寂中独坐的"斯人"，其实是"能语、有语、欲语而此刻忽然'无语'"了，这里面不知蕴含了多少心理能量，这样的"无语"时刻，就像你刚刚引述过的钱锺书说的最后一句话："这种寂静像怀着胎，充满了未发出的声音的隐动。"

昌耀真是守口如瓶，他没有向读者透露独坐者进入"无语"状态时那"未发出的声音的隐动"，这是这首诗最大的悬疑。不可思议的是，此刻我的脑海里联想到一首惠特曼的诗，你看看惠特曼笔下也有一个独坐的"斯人"，它的题目是《我坐而眺望》：

惠特曼的《我坐而眺望》和昌耀的《斯人》，在题材上，甚至在独坐而无语的姿态上、形象上，有着惊人的契合。我的意思不是说两首诗篇之间有着什么样的因果联系，我更愿意把

> 我坐而眺望世界的一切忧患，一切的压迫和羞耻，
>
> 我听到青年人因自己所做过的事悔恨不安而发出的秘密的抽搐的

它们视作同题诗一般，看到不同的诗人，在许多情况下他们在诗心、文心，在语言结构上，意境上出现的高度的心灵契合。

不怕你笑话，我读这首诗的前前后后，总有一个问题困扰着我。我总在问自己：为什么诗里会写到密西西比河呢？从道理上讲，昌耀可以书写世界上任何一条河流，像什么非洲的尼罗河、欧洲的多瑙河、澳大利亚的墨累河、南美的拉普拉塔河，为什么偏偏会选择密西西比河这个意象？有一天，我的目光停留在这首诗最末的写作时间上：5 月 31 日。这个日子，任何一位读者都可以把它视为一年当中随机的一个时间，但是我的脑子串联了一下，我意外地发现，这一天不正是美国长岛亨廷顿区西山村木工华尔特尔的儿子——华尔特·惠特曼诞生的日子吗！这位伟大的美国诗人去世的日子是 3 月 26 日，昌耀离世是 3 月 23 日。这些难道仅仅是一个时间上的巧合？我当然不想穿凿附会，但昌耀写下密西西比河的时候，他不单想到了美洲大陆上的美国，他还会想到他的精神和诗歌的双重教父惠特曼。在写下《斯人》这首诗之前，昌耀刚刚参加过在西安举办的“大西北文学与科学笔会”，在陕西体育馆聆听完广东轻音乐团的演出后，他写下了《色的爆破》，参观完兵马俑、华清池、骊山、秦陵、汉阳陵、朱雀门、霍去病墓等古迹名胜之后，写下了《秦陵兵马俑馆古原野》《某夜唐城》《忘形之美：霍去病墓西汉古石刻》等篇什。5 月 31 日这一天，他的思绪一下子从中国的版图，跨洋过海，拂过象征美国的伟大河流——密西西比河。在那个时刻，他让一条大西洋彼岸的河流，进入到中国的视野里。要知道，1979 年中国与美国才建立正式的外交关系，才有了国务院副总理邓小平具有划时代意义的访美之旅。如果没有这个时代的大背景、大前提，昌耀不可能写下这首诗，不可能在诗中出现密西西比河这个意象。再回到那时候中国的文艺氛围里，诗人和作家正在不约而同地为这个解冻不久的国家，寻找文化的根脉。而昌耀的不凡之举，是在寻根之外，将自己的视野，由本土扩展到了异邦。

哽咽，
我看见处于贫贱生活中的母亲为她的孩子们所折磨、绝望、消瘦，奄奄待毙，无人照管，
我看见被丈夫虐待的妻子，我看见青年妇女们所遇到的无信义的诱骗者，
我注意到企图隐秘着嫉妒和单恋的苦痛，我看见大地上的这一切，
我看见战争、疾病、暴政的恶果，我看见殉教者和囚徒，
我看到海上的饥馑，我看见水手们抓阄决定谁应牺牲来维持其余人的生命，
我看到倨傲的人们加之于工人、穷人、黑人等的侮蔑与轻视，
我坐而眺望着这一切——一切无穷无尽的卑劣行为和痛苦，
我看着，听着，但我沉默无语。

通读昌耀的诗文，在 20 世纪 80 年代之前，惠特曼自由奔放、健朗昂奋的精神气质，他的韵腔，好像昌耀交响吟唱中的定音鼓一般。而这之后，迟暮之年的昌耀，他的声息更多地转向了鲁迅的《野草》，转向了陀思妥耶夫斯基那痉挛般的灵魂战栗和复调式的书写。

憨敦敦：
这些层面真是从没有想到过。经你挑明，这诗又有了一些超出我们预期、先见的意义链接，阐释的空间，好像从一间通明的客厅转入了另一间由走廊连接的小屋。而小屋的窗户，正在把户外的天光云影、远处的风景，接引到我们的视野里。

2015.2.10-3.30 写就于滨河南路卧尝斋

在一段极不舒心的日子里，像在泥淖中拔出靴子一样一点一点拔出自己。看看老皇历，上面说今日的物候是春分里的第三候：始电。也就是说春分后下雨的天空会发出闪电。

第十三章

昌耀字法：量词活用

豆腐需要凉一凉才能吃到"嘴里。这种散漫的、欲擒故纵的方式，确实大大延迟了我的工作进度，似乎从一开始，我就黏上了令人耻笑和让人诟病的低效率。在这个人人追逐超音速的时代，我不合时宜地把自己寄居在一枚蜗牛壳里。慢吞吞的蜗牛成了我的道场。

说来奇巧，我三年前从当当网购到寻觅好久的《摹仿论》——一本由德国学者奥尔巴赫书写的奇绝之书。一篇萨义德写给这本书五十周年纪念版的导论，我一下子就不自量力地阿Q起来：这不就是我的师父，我的精神向导吗！萨义德概括出奥氏的两个研究方法或特点：一是拒绝一种严格的计划，拒绝一直持续不断相继发生的举措，或者作为研究手段的一些固定概念；二是顺着几个无意中逐渐梳理出的主题写下去。我想起哲学家康德在他的《实用人类学》里也谈过类似的意思："艺术家要使他的

憨敦敦：

我越读昌耀的诗歌，就越觉得他走上当代诗坛是有备而来的。这个“有备而来”，包括他的艺术准备、文学自觉，还有对中外文学的历史眼光，文脉起承转合的个性化洞察，对同时代作家、诗人创作态势、器量的深刻体察。当然，我不是说昌耀初涉文坛伊始，就完全带着这种成熟的心理状态和创作状态。他有一个过程，但不像植物的生长节律那样慢慢地发育。他起初是带着尚不明晰的、羽翼未丰的文学状态在怯怯试探。等着一首一首的作品在文学刊物上发表，自信心初露，创作的内驱力因为受到肯定或者奖掖而增强。紧接下来的过程，倒像是赛跑中骤然爆发的加速。这种速度，随着文学气候由压抑沉闷转向轻松活跃，随着草稿上的诗行转化成越来越多的铅印作品而加速、再加速。具体来讲，在他复出文坛之前的50年代、60年代、70年代，他夹杂在时代的合唱队里所亮出一些声嗓，更多的时候，如同他在1979年写下的《冰河期》里所表述的那样：

在白头的日子我看见岸边的水手
削制桨叶了，
如在温习他们黄金般的吆喝。

“温习”诗艺，应该是他在那段不堪回首的岁月里排遣苦闷、养精蓄锐的隐秘修为。只有这样，我们才能理解他何以会在解冻之后的中国当代诗坛，像打开的闸门，倾泻他积蓄盈满的诗情。今天，咱俩就从一个小切口切入，说说昌耀诗歌里的量词。

涧底松：

先不说昌耀。我首先想到的是明代作家张岱的《湖心亭看雪》：

> 雾凇沆砀，天与云与山与水，上下一白，湖上影子，惟长堤一痕、湖心亭一点、与余舟一芥、舟中人两三粒而已。

作为名篇，好多人分析过其中的数量词修辞效果。比如，"上下一白"之"一"字，是状其混茫难辨，使人惟觉其大；而"一痕""一点""一芥"之"一"字，则是状其依稀可辨，使人惟觉其小。同时，由"长堤一痕"到"湖心亭一点"，到"余舟一芥"，到"舟中人两三粒而已"，其镜头则是逐渐变小，直至微乎其微。我特别感兴趣的倒不是里面的数词，而是"痕""点""芥""粒"这几个量词。这些量词有个特点，就是把物体和人体的体量，经过一番极度的微缩。这种微缩，本质上采用的是一种带有超然感的远观法。我觉得此时我们不妨把张岱看成一位山水画家。只有带着山水画家的视知觉，才会出现这种画感里才有的"视觉景观"。你肯定听说过古典画论里常说的远人无目、远树无枝、远山无石、远水无波。素描透视的基本规律也无非近大远小。其实，它属于肉眼的视错觉。诗人、作家常常利用这个视错觉，制造新奇、鲜活的表达。比如近视眼患者，因为目力的局限和视错觉，看不清楚距离稍远的事物。我记得微信里有一则有关近视眼的段子：三十米开外雌雄同体，五十米开外人畜不分，一百米开外六亲不认。后来，我在一张报纸上看到学者程千帆患有白内障，年迈后目力不济，曾在致友人的信中如此自嘲："近数日来目疾转剧，不能看不能写，始知陈寅老诗'杜家花枝连雾影，米家图画满云烟'之妙也。"我摘了近视眼镜看路灯，路灯的光亮，都是带着芒刺的光团，如同蒲公英结成的绒球。像张岱说的"两三粒人"，既给我一种微观意象的感觉，也让我联想到足球赛中常说的一句解说："进了一粒球。"细细玩味这个具有微缩化倾向的口语表达，你不觉得里面带着俏皮、幽默、游戏、机灵，甚至一丝谦炫的味道？

我还想补充一点，张岱的这段量词用法里，还真带着一点近视眼的感觉。在《娜嬛文集》卷四的《家传》部分里，他曾写过："先子之双瞳既眊，犹以西洋镜挂鼻端，漆漆作蝇头小楷。"史景迁写的《前朝梦忆》，就提及张岱遗传了父亲张耀庭的眼疾。他的父亲，就是靠着明代中叶传入中国的眼镜，才能读书、写写小字。眊，就是眼睛昏花，看不清楚的意思。你如果有兴趣，可以找来《钱锺书手稿集》里收录的《容安馆札记》，里面对眼镜的传入，以及这个洋玩意带给中国社会的风气、时髦行为都作过专门的考证。

憨敦敦：

谢谢你给我提供的角度和阅读线索。量词本来不过是表示人、事物或动作的单位的词，不过是表示事物性质、状态、特征或属性的形容词。很多作家、诗人的语言功底，多半体现在他们对动词的使用上。有人说动词是语言的骨头，那么，在我看来，作为形容词的量词，就是显示身骨的飘飘衣袂。古代画工和雕塑家的身手，有一条就是看他们对衣服褶皱纹理的处理技巧。昌耀在语言上有一个精深的手艺，特别擅用量词。

昌耀特别喜欢用“部”这个量词。“部”作为量词，在词典学意义上有两个义项：第一，用于书籍、影视片等；第二，用于机器或车辆。我们先看昌耀的几个常规用法的例子。

……好半天才有三两部汽车停靠路口

《冷风中的街城空荡荡》

从一部铁砧输向另一部铁砧

《随笔（审美）》

历史啊总也意味着一部不无谐戏的英雄剧?

《哈拉库图》

我注意到有一部涂有“H省登山协会”标志的船

《边关：24部灯》

最后一例里的“一部船”，与常用的“一艘船”的表述虽然略有不同，但还属于在规定的义项范畴里运思。

昌耀用“部”字最著名的句子，莫过于《慈航》里这句著名的表述：

我，就是这样一部行动的情书。

通常，我们的表述是“一封情书”。“封”用作量词的时候，意思是封起来的东西。带有两人之间的私密性，不向所有人公开。而用“部”的时候，就带有一种仪式化的庄重意味，它的蕴涵要比“一封情书”更加具有分量，而且体量巨大。

昌耀也把“部”字用到人体上。

好似薄纱里

少女的一部膀臂

《山旅》

我还真没想到形容臂膀该用哪个量词。他用“部”字表现女性的臂膀，很明显，是在女性气息里加进了一丝男性化的特征。不知道你还记得不，他在《穿牛仔裤的男子》里写过肩背这个部位：

稍加比对，你就会觉得用“部”字，可以强化身体的宽厚特征。“每一部鲜活的人体都在大厅中为你发出共鸣”(《晚会》)。这里的“部”字，偏重于人的生物性。“她的浓浓的辫发乌亮油黑如一部解开的缆索。”(《哈拉库图》) 匹配缆索这种成条的东西的常用量词，应该是“股”字或“根”字，而这里用作“部”字，在视觉造型上，它把“股”字原本突出的线状特征，转向了块面化特征，其空间感似乎大了许多。

穿牛仔裤的男子背手转身背向窗子，
宽阔的肩背齐刷刷地一股子锐气，
铜墙壁也似的。

涧底松：

我记起王水照先生讨论过苏轼《定风波》词里的“一蓑烟雨任平生”,《如梦令》里的“归去，归去，江上一犁春雨”，他为此有一个结论：“量词的活用和妙用，不仅扩大了诗歌意象的涵义，而且也使诗境充满动感和活力。”《红楼梦》第十七回宝玉为“沁芳亭”题写的对联“绕堤柳借三篙翠，隔岸花分一脉香”，这些都是把名词用作量词。词性有了变化，一下子带活了句子。

憨敦敦：

昌耀更多的时候不是改变词性，他是采用超常搭配，好像是把张三的帽子，戴到从不戴帽子的李四头上。比如，“滴”字是用于滴下的液体：

一滴夕露自古榆的树冠悄声
沉落
《周末嚣闹的都市与波斯菊与女孩》

在这个句子里是正常用法，但是到了

期待如一滴欲坠的葡萄
(《哈拉库图》)

昌耀通过表面上的“错搭法”，用一个“滴”字，不但经济地表达出圆润的形状，更是一气灌入葡萄的晶莹、水灵、饱满、成熟等意蕴。让一个词做到全息、兼容，是昌耀的绝活。

“盏”字本是用于灯的原配量词，昌耀把它偏偏移用到月亮上面，其修辞效果，拉近了月亮与马鞍的距离，减弱了物理距离上带来的疏远感，不动声色地缩

马的鞍背之上正升起一盏下弦月
《哈拉库图》

小了月亮的远大和崇高，添加了亲切、柔和、温馨的气息。你不觉得昌耀的意象、意境充满了绘画感？或者说他的视觉意识特别敏锐，学者汪卫东研究鲁迅，就是把《野草》看成版画风格，这是极有见地的。就眼前的这个诗句，如果用冷冰川的墨刻来表现，广阔的黑夜色块，加上稍大一些的、处于大地上的白马色块，和黎明前才出现在东面天空的半圆形月亮的银白小色块，构成一种恒静、深邃的宇宙空间。

“轮”字也是昌耀喜欢使用的一个量词。它一是多用于红日、明月这类具有圆形状的物体，二是用于循环的事物或动作。

男性的长辫盘绕在脑颅，
如同向日葵的一轮花边。
《湖畔》

这里的“轮”字，不单指示着圆形或者盘状，还注入悦目、惹眼的光泽，一种情感价值隐含其中。

游牧民的半轮纯金之弓弩快将燃没
《在山谷：乡途》

把落日想象成弓弩，还真超出大多数人的感知，是千古诗人面对夕阳所没有表述过的感觉，是个意象诗学史上新奇无二的比喻。弓弩绷成半圆，和太阳有一定的相似度，关键是它特别贴合游牧民的原生场域，弓弩是他们熟悉的器物。昌耀采用的不是诗人的视角，而是游牧民的思维和视角。就如同藏族牧人把飞机叫作“神鹰”或“铁鸟”，农民把手扶拖拉机称作“铁牛”，都是从他们熟悉的生活世界里拿熟悉的事物来作比。如果再进一步玩味，弓弩的意象里，还有英雄的气息，“弯弓射大雕”一般壮美的气息。

晚照中的卧牛正以一轮弯弯的犄角
装饰于雪山之麓
《旷原之野》

一般我们会说一对犄角，用了“轮”字，突显出犄角的曲线之美。你如果从画家的思维看，昌耀真会提炼视觉元素。在具有装饰风格的画面上，近乎于圆的“一轮弯弯的犄角”，和呈现出三角形的山峰，构成动静相宜的画面。

苇荡一轮惊鸟戛然横空。
《薄曙：沉重之后的轻松》

乍读“一轮惊鸟”，你会觉得它有一种说不上来的语病，在哪里缺了意义的链环。可是沉浸到它的语境里，你又会觉得这个带着点儿“不通之通”的表述，用得太妙了。因为凭借着词语的超常搭配，它给我们的思维带来了惊奇，这是其一。其二，它最绝的地方，是从惊飞的鸟影里映带出一轮薄曙。昌耀特别擅长用缺省表述来增大语言的凝练度和含蕴的张力。他的这个缺省表述，你参考一下辛弃疾《西江月·夜行黄沙道中》里的"明月别枝惊鹊"这一句，你就全然明白了。人家辛弃疾笔下的明月是直接出现在句子里，而昌耀则把那轮朝阳进行了缺省处理；朝阳是隐含着的。如果你把缺省的成分补出来，就变成了"一轮朝阳照射的苇荡里有一只惊鸟戛然横空"，意义是清晰了，可是诗味里浮动的那层氤氛，就挥发得一干二净。同样，这个诗句也充满了视觉艺术的画面感：地上是大片的苇荡，天上则是遍照万物的朝阳，连通天地的，是一群惊飞的鸟群，在视觉上点线明晰。就是这一群富有动感的惊鸟，既深化了透视上的视觉纵深，也混融了构成画面的空间。

涧底松：

人的语言思维，受到格式塔完形心理的影响，残缺的、不完整的词句、图式，都会在人脑的意识结构中得到弥补和完善。所以，昌耀在字面上制造的语言"缺损"，在我们的思维和理解里，都会自行修复。其功用就是邀请你的主体性登台，让你的想象力有事可做。篆刻家喜欢把完整的印章破边，除了以残蚀带出老旧的时间感，剩下的艺术企图，就是让你极尽可能性地去完形，就像你在拟想中成千上万次地去接上维纳斯的断臂。

憨敦敦：

再举一个缺省修辞的例子。

高岸，那些拥塞的屋顶
吹动如一片钟
《印象：龙羊峡水电站工程》

我们如果把句子改成"吹动如一片钟声"，文从字顺是做到了，但句子的奇妙性也就消失了，回到了最为日常的经验和语言表述。"片"字作为量词的义项，一个是用于成片的东西；一个是用于地面或水面；还有一个用于景色、气象、声音、语言、心意等，与其搭配的数词，限用"一"，比如一片真心、一片欢腾、一片春色等。昌耀遣词造句就是这么轻巧，在这里，他只是把"钟声"的"声"字省略了，就带来了奇特的感觉，把重心从容易关联到的声音，转到不大容易关联到的、实在的铸钟上面，获得了"形声兼备"的效果。

旷古未闻的一幢钢铁树直矗天宇
宏观的星海。
《古城：24部灯》

这个句子你一看，脑子里习惯的表述应该是"一棵钢铁树”，“棵”是表示植物的原配量词，幢则是用于房屋的量词。“一棵钢铁树”只是一个数量陈述，而“幢”字里有房屋的凝固特征。这个凝固的性质，多么匹配钢铁的凝重感。而且，它所营造的空间感要比“棵”字的纵向空间广阔。

把空间里的物象放大，也是昌耀具有标志性的用词取向。

我看到早晨的城市是一座蓝色的
铸件
《圣迹》

“座”字作为量词，多用于较大或固定的物体，我们常说一座山，一座高楼，就具有崇高、庄重的意味。这两个例子里，不管是“铸件”还是“眉宇”，都被“座”字的势能所放大、夸大、崇高化。这种书写，以美术视角看，是一种带有超现实主义风格的明丽画面，是诗化的拉伯雷。

灯火。蓝色的超短裙
与世界屋脊速滑之雪……
相为映照。
在每一座眉宇间交替穿插
《时装的节奏》

在这里，我特别想和你分享一下昌耀使用量词的两个典范。《冷太阳》里写到几个牧人在高寒地带里的一次穿越。第二节有这么几句：

三条男子
偎依着
袅袅一炷
女子。

“炷”这个量词，专用于点着的香。可昌耀在这里偏偏把它用到人身上。面对这个句子，可以生成两种理解：一种理解是把“女子”当作是对柴火青烟的一个比喻。燃烧的柴草冒出的青烟有如袅袅婷婷的女人。比这个理解更具殊胜之意，也更为契合此诗意境的一种理解当是：把女人比喻成烟气。根据这首诗的上下文，在第三节里出现了一个人物——她，而且由她利用矛盾修辞，说出了“冷太阳”这么一个崭新的意象。句子里的这个“炷”字，因为它在语言习惯里与香、与香散发出的烟篆有着必然的关联。如此，它既含有烟气的袅袅、细长、柔弱的状态，又具有袅娜、轻盈、幻美、温柔、香艳等等女性化的身体姿态和心理情韵。

昌耀还在《告喻》一诗里用过“炷”字：

我愿将你竖立的怒发看作一炷烟燧。

“一炷烟燧”是个通常的表述，但是把它和怒发联系起来，就又出现了新意。怒发条状的蓬散奓立状态，与烟燧的熏蒸升腾确实有几分相似；它还曲折地映带出发火时热起来的身体，如同烟燧是火焰的余绪。

涧底松：

这个“袅袅一炷 / 女子”里的“炷”字，确实够得上古典诗论里所说的“响字”的标准。

憨敦敦：

还有一个精彩的句子出现在《放牧的多罗姆女神》里：“少年的一匹高脚蚱蜢拉起牧童车。”“匹”这个量词的使用范围，一是用于骡子和马等，一是用于整卷的绸或布。按照常理，蚱蜢这种小小的昆虫，哪里够得上“匹”字里暗含的高大感呢！但它实在用得精妙。这是昌耀利用了儿童心理和儿童的用语习惯，又在意象的构造里面，融进了儿童移情、夸饰的特点。这个“匹”字，神奇地赋予蚱蜢一种人高马大的高俊感，从中你还能体会到一种由内向外洋溢着的孩童式的天真与自豪，还有一种情不自禁地向人炫耀的孩童心理。在孩子的眼里，哪里肯把蚱蜢拉起的牧童车，仅仅当作一出渺小的游戏，一件很不起眼的玩具。他一定要自壮声色。在他眼里，蚱蜢就是一头气宇轩昂的骏马；他一定会把一切优异的、令人称羡的禀赋，添加到蚱蜢的身上。

涧底松：

你的这个分析，一下子勾起我对沈复的《浮生六记》的阅读记忆。在这本书的卷二《闲情记趣》里，沈复记录下一段具有儿童心理学意义的童年体验：“夏蚊成雷，私拟作群鹤舞空，心之所向，则或千或百果然鹤也。昂首观之，项为之强。又留蚊于素帐中，徐喷以烟，使其冲烟飞鸣，作青云白鹤观，果如鹤唳云端，怡然称快。于土墙凹凸处、花台小草丛杂处，常蹲其身，使与台齐，定神细视，以丛草为林，以虫蚁为兽，以土砾凸者为丘，凹者为壑，神游其中，怡然自得。”在儿童世界里，还没有形成成人式的类别意识，所以呼牛呼马，全凭自由心性的牵引。蚊子不妨成为鹤族里的一类。他们一会儿把一根棍子当木马，一会儿又可以把木棍当成枪，再一会儿，他又可以把它视作金箍棒，而自己则摇身变为孙悟空。对了，我想起贡布里希写过的一本很有名的艺术理论方面的书，书名叫作《木马沉思录》，讨论的就是儿童游戏里常常出现的木马。他说：“小孩子在不会区别种类和‘形式’时，会长久地把凡属一定大小、有四只脚的东西都叫作‘gee-gee’（马）。”“棍棒既不是意味着概念的马的符号，也不是一匹个体的马的肖像。既然能作为马的‘替代物’，棍棒就靠自身的能力成了马，它属于‘gee-gee’（马）一类。甚至可以有它自己的专有名字。”☆

☆范景中编选《艺术与人文科学：贡布里希文选》，浙江摄影出版社，1989 年版，第 20 页、第 22 页

憨敦敦：

昌耀的这个蚱蜢拉起牧童车的意象，其实可以引导我们去研究一番昌耀对儿童世界、儿童心理、儿童语言的深切观察，就像林庚先生从儿童的视角、从“童话性”研究《西游记》，从而让我们从活跃的童心这个视角，对《西游记》有了别样的体会。昌耀其实也写了不少“童话性”诗篇。如果说在《慈航》《雪。土伯特女人和她的男人及三个孩子之歌》里，只是一鳞半爪的描写，那么到1983年3月写下的《浇花女孩》，他便开启了真正意义上的“童话书写”。之后，写于1984年春的《人物习作》，1985年的《空城堡》《巴比伦空中花园遗事》，1986年的《内心激情：光与影子的剪辑》里的第7节、第8节，还有同一年写下的《小人国里的大故事》，1988年的《热苞谷》，1990年的《象界》（之一），1994年的《与蟒蛇对吻的小男孩》，1995年《春光明媚》《钟声啊，前进！》《戏水顽童》，1997年的《兽与徒》这些作品，都直接或者间接地采用了童话思维。

昌耀和孩童的关系，是值得我们关注的。在这里，我想顺便提及一下：在2020年青海人民出版社出版的《高车——昌耀诗歌图典》一书里，特别珍贵地收录进昌耀在1984年3月间，为7岁的次子王俏也信笔涂鸦在纸片上的儿童画题写的字句。其中，一张用红色笔题写的纸片上有两处内容，一处是“鲁智深大闹野猪林俏也画一九八四年三月十四日”；一处是“中间站立者是林冲。其左侧是鲁智深。其右侧举棒者是二差役。戴纱帽者是高衙内”（所记均据俏也解说），从中可以窥见昌耀对小孩世界的兴趣和关注。

涧底松：

从你前面列举的昌耀选择量词的诗句，我感觉到昌耀在语言上的高度自觉。从文学史的角度看，他这是对唐代诗人炼字传统的自觉延续。或者说，他的这些经过推敲、斟酌的选词用字，是在古今诗歌的语言桥梁上楔入的一块块腰铁。葛兆光说过：杜甫炼字的精髓，在于消解和改变字词的“字典意义”。在我看来，是解除思维和词语搭配上习惯性的链接，破除习惯思维的惰性和惯性，是昌耀字法的诗学特色。

在诗歌史上，锤炼字词的传统衰微于宋代，葛兆光在《汉字的魔方》里分析说：“当人们越来越注目于诗歌的意义表达功能，越来越倾心于整体意境的自然高远而厌倦僵滞呆板的形式拘束时，诗人便开始对‘诗眼’冷淡起来了。”“在宋人高举‘自然’‘意格’而贬低‘字词’之后，人们对‘诗眼’确实是冷淡多了，诗人越来越趋向于把诗写得流畅、自然，越来越不愿意‘以辞害意’，他们生怕哪一个过分凸出又颇为费解的‘诗眼’成为阅读的障碍或占有了阅读者的大部分注意力，因此，诗眼就在这种自然流畅的诗歌中逐渐消解了。可是，对于诗歌这究竟是幸还是不幸呢？”“正当白话诗不断发展，在20世纪30年代中叶出现了极佳的势头时，民族危机却降临了。‘救亡’的沉重责任压倒一切。诗人们迅速把诗的重心移向现实，于是，诗歌‘走向精致与巧思’的进程中断，这一中断长达数十年，直到80年代。”☆

☆葛兆光《汉字的魔方》，复旦大学出版社，2008年版，第188页、第190页、第228页。

从昌耀的诗歌书写里，我强烈感到：他无论是从诗歌的整体还是锻词造句的局部，都在竭力追求着鲜活而富有生气的高质量表达，他不单单在整体气象上创造诗歌的魅力，他也在语言上带着骛奇癖似的，追求着特莱登所说的“锐利的巧思”。在这个意义上说，昌耀的诗歌带着唐风，他也是杜甫标举的“语不惊人死不休”这一难度写作标准的一位当代诗歌的有力践行者。

顺便补充一点，《光明日报》记者刘彬曾在一篇报道钱锺书《围城》的文章里写过：“钱先生一直认为，用中文做文章，一定要以字为基本单位，再一字一句地构成大块文章。只有字字仔细推敲，才能把文章写得生龙活虎。”昌耀地下有知，必会像他在《灵语》里寻觅到同道时发出的默然会意：“端详有顷忽神秘地小声问道：我现在有了一种安全感，你呢？”

第十四章

跨越式分行

本书第十七章谈及的肯特版画《登山者》

涧底松：

我看书，不喜欢圈在某些具有异口同声性质的书堆里，我老想着找找第三只眼，正所谓“跳出三界外，不在五行中”。比如看惯了国内学者的古典文学研究，找来汉学家的著作可以破破认知盲区和认知疲劳；看看冷僻的或者不大被提及的学者的专著，可以调整一下固化的阅读视野。这不，手头刚刚邮购到一套《熊秉明文集》。熊先生谈艺的文字是我一向喜欢的。他的评析，斩钉截铁，刀刀留痕，很像庖丁的屠刀，游走于牛的骨缝而从不卷刃。他的笔路，从不像中国男足脚底下拖泥带水的盘带。新诗如今已走过百年，在我的印象里，好像不大见人讨论新诗的分行。一直旅居法国的熊先生，倒是在《杂论诗》里爽利地提到这个问题。他的观点是：“分行写诗是从西方来的。中国古人写诗从不分行。”他还在另一篇诗论《现代精神》里说“跨行的主要效果是造成思维的波浪、理性的步音”“使读者在理性思维上产生刹那停留、期待、好奇……”☆

☆《熊秉明文集》（八），安徽教育出版社，2018年版，第202页、第200页、第193页。

他的论述，让我转向昌耀。在他去世前两年的1998年，在《昌耀的诗》一书后记的结束部分，昌耀郑重地表达了他对诗歌分行的观念：

我是一个“大诗歌观”的主张者与实行者。我曾写道：“我并不强调诗的分行……也不认为诗定要分行，

> 没有诗性的文字即便分行也终难称作诗。相反，某些有意味的文字即便不分行也未尝不配称作诗。诗之与否，我以心性去体味而不以貌取。”我在另一篇文章也表述了相同诗见：“诗美流布天下随物赋形不可伪造。是故我理解的诗与美并无本质差异。”我将自己一些不分行的文字收入这本诗集正是基于上述郑重理解。我曾说过：我并不贬斥分行，只是想留予分行以更多珍惜与真实感。就是说，务使压缩的文字更具情韵与诗的张力。随着岁月的递增，对世事的洞明、了悟，激情每会呈沉潜趋势，写作也会变得理由不足——固然内质涵容并不一定变得更单薄。在这种情况下，写作“不分行”的文字会是诗人更为方便、乐意的选择。但我仍要说，无论以何种诗的形式写作，我还是渴望激情——永不衰竭的激情，此于诗人不只意味着色彩、线条、旋律与主动投入，亦是精力、活力、青春健美的象征……

这不是他第一次思考诗歌的结构形式美学问题。20 世纪 80 年代末，他就在《纪伯伦的小鸟》这篇散文里，思考过与此相关联的“诗的散文化”和“散文化的诗”这类问题。1996 年第 6 期的《人民文学》，隆重推出《昌耀近作》。昌耀利用这次难得的机会，再度表达了他对诗歌分行的看法:“我所称之的随笔，是有着诗的隽永、旨远而辞文自由成章的一种。无妨看作诗。”他对“诗人滥施分行而在书报版面大量留下空白边角碎料”的情况，借用勃洛克《十二个》里一位街头贫妇的口吻，寓谐于庄地感慨道：(空行的留白)“可以给小学生装订多少练习本啊！”“恐怕也是有鉴于此（并为减少冗繁），在我的诗集里，分行的文字与不分行的文字都属混合编队，并且一律平等看待，通通看作是我的诗的写作。”从这几处的表达里，昌耀很明确地表露出他对诗歌分行的观点：他并不在意形式上的分行，他器重的是诗歌的硬核：诗性、诗味、诗韵。

憨敦敦：

这里还涉及一个写作经济学的问题。就像瑞士雕塑家贾科梅蒂把他细如火柴杆式的人物造型法，称之为“修剪去空间的脂肪”，昌耀则是在诗行里“修剪去空间的脂肪”。他喜欢在稿纸的背面书写，这样做可以收到节约书写空间的效果：原本用来间隔的空行，因为被占用和利用，纸张空间的耗费减少，而书写密度随之大为增加，一页 300 字的稿纸，按照昌耀的写法，字数容量会增加一半以上。如果我们把凝练视作意义密度的压缩，那么，不留空行的书写，则让字数容量得以扩容。当年,《命运之书》采取连排的版式，多半出于对纸张空页的极度“珍惜”。像《船，或工程脚手架》这类诗的排行：一两个字便占用一行的“奢侈”分行法，昌耀也只是相当节制地用过寥寥数次。有必要提醒一下，这并不意味着昌耀对分行所派生出的空间形式是完全漠视的。我在考察时发现，昌耀在新诗极为活跃的20世纪八九十年代，就试验过几次跨越、顿挫的分行。

我先举一首创作于1982年的《野桥》：

河上。
远远的桥：
系在黄昏的洲头。
有一个金色的集市。

桥上有一个金色的集市。
有许多匆匆的脚步。
听不到金鸭嘎嘎的叫，只看到金鸭的金羽毛
在黄昏的风里缓缓地

飘。屠夫的肉案
有一段金色的云。
吹糖人的小贩
把金葫芦
吹向了天空。

下游有一个淘金的女工
和一只淘金的船。

诗分四节。在第二节和第三节之间，出现了一种特殊的诗行排布法。正常情况下，“在黄昏的风里缓缓地飘”一句，要么处理成一行，要么把最末的那个“飘”字甩到第二行里。可是，他在这里把这个“飘”字，很突兀地甩到了第三节里。原本完整、平顺的语义链，失掉了紧密的衔接。平顺的义脉和语序，产生了思维的顿挫，意义的短暂塌陷和空隙。你看那个“飘”字，因为跨越式分行的介入，语义被有意延迟，制造出进程的暂缓与悬空，形同完整的梯子中间失去了一截可供踩踏的横木。这样做，有一个奇妙的效果，就是利用诗歌行列的超跨度分行，强化“缓缓”一词的语义延宕，直接在我们的空间知觉里，制造意义释放的裂隙，使我们的感觉和思维，在其间仿佛放慢了速度，好像昌耀暗暗使用了一个诗歌视觉的慢镜头。这一分行所造成的空间形式，不单单突出了羽毛缓缓飘飞落下的状态，它还有一个潜隐着的蕴涵，那就是把这个集市的日常瞬间，把它明丽的静寂氛围，精微地体现在诗行里。对，静寂就是一种速度上的缓慢感，你读“大漠孤烟直、长河落日圆”，那里面同样有一种大静寂，同样有一种时间缓慢下来的氤氛。还有一层蕴含，那就是诗人在一个被屠宰的生命拔去羽毛的那个时刻，内心有一丝隐微的停顿。我乐意把他的这种停顿，视为贝拉·塔尔式的影像停顿。

涧底松：

不经你这么一说，读到这类如同脱钩的车皮似的分行，我的阅读也只是停顿一下，顶多像屁股坐空到了一个低矮的板凳上，心里悬跌一下也就过去了。看来，粗心的阅读，不知要错过多少诗人微妙的用心。

憨敦敦：

如果这种横跨、顿挫的分行，只是昌耀的偶然所为，那就犯不上我们来专门讨论了。在《总集》里，至少还有两首。在现代诗最为活跃的 20 世纪八九十年代，这种形式还在别的诗人那里出现过。我没有为此进行大规模的搜索，只是从我凑手的资料里粗略一观。这就足以让我形成一个大致的判断：这种形式探索，属于解缚之后的中国现代诗歌自觉有为的探索。倘或仅是一个孤例，或者后继诗人很少在写作上加以沿用，那它在形式上的价值也就乏善可陈。事实让我满心喜悦，我看到了它像沿阶草一样，长在许多诗人精心设计的诗行里。

1986 年，昌耀在《云境・心境》一诗里再次使用到这种顿挫、横跨的分行：

观星人
夜半玄服起身
秉烛赏阅眼底连峰无边：
江河日远，心理四维时空呈现追
步腾飞的巨子。
红烛光的倾落，
悟性的力
在壳体石峰碰撞出一响高光，

而引动了黎明山海碰撞的连锁。
一片和声。

很明显，第七句和第八句本来应该递接在一起，现在被突兀地断开，在形式上把意义单元分成了两节。这么做，可以导致三种效果：一是把第一节诗歌的重心放在“亮光”上，我们的阅读也在这里获得了更长时间的停顿；二是突出和强化了间隔分行之后，意义的转折；三是制造出一种奇妙的语言节奏；四是让语义越加缭绕，思维的空间韧度增强；五是凸显了跳跃性。

涧底松：

我的感觉，这多么像一次意识屏幕的断电延时。昌耀如此处理，把“一响高光”和下一节的“而”字句截成了两块，都让它们“平分秋色”地站到了意识屏幕的 C 位上。原本它们可是作为完整的一节浑融在九行诗句里。这个形式，让我一下子联系到杨万里的《昭君怨・咏河上雨》:“午梦扁舟花底，香满西湖烟水。急雨打篷声，梦初惊。却是池荷跳雨，散了真珠还聚。聚作水银窝，泛清波。”词分为上下阕，你看他上阙的结尾和下阙的起首，要是换成我们现在的散文句式，完全可以连成“梦初惊，却是池荷跳雨”。古词的分阙，就是把意义单位弄成两个意义区块。中间的间断、顿挫，其作用与现代诗人们的表达效果，可谓异曲同工。

憨敦敦：

再看看他在 1991 写的《非我》：

这首只有六行的诗，虽然没有使用什么怪异生僻的词语，但你阅读理解的时候，觉得它有些怪异。表现的内容不过就是在晨昏之间，两个有些神秘的人，一个走在暮光的影子里，一个正从晨光之影中上岸。觉察“影迹与灭绝影迹之快乐”的是“我”，觉察“暮鼓与晨钟之远旨”的是“寺人”。诗中

水的这边笼罩在暮霭，人在影子中行路，
若非我似无人察觉。
那边的水落满阳光，人拖一影子上岸，
若非我似无人察觉。
但是，影迹与灭绝影迹之快乐若非我又为谁察觉?

但是，暮鼓与晨钟之远旨若非我寺人更有谁察觉?

的句式，有着古典诗歌里联语一般齐整对称、字数相当、意义两两相映的特点；还有点儿民歌民谣里复沓的音调美感，你看四个诗语连用四个“察觉”，还押着韵脚呢。它还有着类似镜像虚涵对应的、明暗虚实的效果。它的突兀奇崛，出现在句式相同的第五行、第六行。没想到昌耀会这样进行意义空间的分割。它的效果，一下子把“寺人”这个奇特的精神觉悟者的形象，在整首诗里孤拔地凸显出来。另外，它这样的空行处理，打破了诗行排列上原有的匀称性。容我套用葛兆光先生对古典诗歌对称语句的一个归纳，这首诗的意象构成，也具有四个特点：视觉空间的开阔与对称；时间关系的移位与重叠；意义内涵的曲折与对比；感觉体验的挪移与变化。

我没法去考证这种跨越式分行形式是什么人的创造，但它正像你前面引用的熊秉明先生的说法，分行来自西方，这是确定无疑的。在西方的诗歌里，被有意断开的诗行处理，在很多诗人那里经常出现。比如，吴笛翻译的哈代的《牛群》，是把完整的说话，跨行甩到另一节，仿佛匹配于四句一节的形式整饬感：

圣诞前夜，十二点整。
“现在它们全部下跪，”
一位长者说道，当我们坐进人群。
在火炉的余烬旁舒适地紧围。

我们想象温顺的生物
待在它们居住的草棚，
我们中间没有一人怀疑
它们当时正跪在其中。

如此美好的幻想，在这些年头
很少能出现！然而，我深思：
假若有人在圣诞前夜说出
“走吧，去我们童年时常去之地，

在那边小溪崖的附近，
去看牛群跪在孤独的农场，”
我就会带着真切的信念，
在昏暗之中与他同往。

比如郭宏安翻译的波德莱尔的《异域的芳香》一诗里最后的两节：

被你的芳香引向迷人的地方，
我看见一个港，满是风帆桅樯，
都还颠簸在大海的波浪之中，

同时那绿色的罗望子的芬芳——
在空中浮动又充塞我的鼻孔，
在我的心中和入水手的歌唱。

像波德莱尔的这首十四行诗，瓦雷里他们，还有翻译家、诗人冯至所写的十四行，后面的两节，都是这么一种处理：上一节的末句标的都是逗号，接着来一个跨行处理，强化语义的跳跃效果。在一个诗歌选本里，见到伊沙翻译的鲁文·达里奥的诗歌《宿命》。原诗有三节，我们只看它的后两节：

活着，一无所知，毫无出路，
担心已经发生的并恐怖未来……
最确定的恐惧是明天的死亡
去经历所有的，穿越生命，穿越黑暗

穿越我们无知但却毫不怀疑的一切——
我们肉体的温度犹如一串冰凉的葡萄
而坟墓却用葬礼上的小花枝恭候我们
不知道在此处我们要去向何方
也不知我们来自于何处！……

很明显，分属上下两节的“穿越”句，带有排比句相同或相似的结构或句式，按习惯，它们应该呈现为递接式的排列，但它们被有意大跨度地断开，形成语义的间隔。有许多现代新诗沿袭了这种形式，比如北岛早期的《挽歌》：

我们相逢在麦地
小麦在花岗岩上
疯狂地生长
你就是那寡妇，失去的

是我，是一生美好的愿望
我们躺在一起，汗水涔涔
……

北岛的这种处理，凸显了一种情感的强度，把心理体验和心理流程里贮存的巨大的心理分量，把一生的美好愿望丢失掉的难言情态，都好像蕴藉在这个顿挫分行所造成的裂隙里。很像阿城小说里的人物被问及家世时，不见他言语上的应答，只见他嘴上叼着的烟头一红一红。

翟永明在组诗《女人》里的《荒屋》结尾，则是通过拆分接在介词后面的语句，延迟了说出原因的过程，让读者在空行的间隔下，先行有所思量。从阅读的角度来说，这一空行形式引入了沉思——

好吧、好吧、我进入
空的？或者有人？我都备有雨季
一个绳套或一个早晨
不要劝阻我，喂，不要，因为

它是荒屋，我是女人

涧底松：

我在青海诗人洛嘉才让2015年出版的诗集《倒淌河的风》里，看到他也使用这种跨行形式：

《而此刻》
春光灿烂后悬空垂下
所有的福祉和高处的阳光
此刻人类自始至终的忧伤
离我那么近又那么遥远仿佛

已经凋零的花瓣而此刻
……

《冬日短章》
道路右边或左边
疾行的汽车
把时间长长的影子

碾进雪里

上面两首诗中末端的诗句，在常规的书写中不会分割成两节。洛嘉才让有意断开上句和下句之间习惯性的衔接，其在文本上的作用：一是像电视信号的骤然中断，使原本连贯的语义产生停顿和断裂，有意造成表述和阅读的停顿，继而带出一种悬疑和意义延宕的效果；二是语句的节奏在忽然的顿挫中由流畅转入迟滞的节奏变形；三是在排列形式上，发生了新的空间美感和视觉张力。在我的感觉里，他有可能是从昌耀那里得到了这种分行处理的启示。

我还在 2020 年第 2 期的《江南诗》上看到不少新的例子：

雪青马的《秋雨之夕》，最后两节是这样的：

当你抬头看见阳台
潮湿的空气中，一条鱼正在游过

也可能是一只晚归的白鹭

周鱼的《还有一个瞬间》的第二节：

但还有另一个瞬间，同样莫名
与至关重要：这陀螺怎样在一开始时
敢于去尝试（在死过
无数次之后），让自己的
脚尖落在平面上，基于
怎样的力与力的去向。而力，
是完全看不见的东西。它基于
怎样的一个不可视的事实开始
旋转，它如此实在，不是
静静站在一边，不是依靠着

任何一个可触的被登记在案的
物件，而是在空气的虚无之中开始
盛大、激情。它如此强烈地
实在，基于我们怎样纯正的
简单、天性与所相信的抽象？

刘振周的《遗弃的自然》：

又是星期一，天空灰暗。
听说家里遭遇暴雨，我只联想到水和溺者。

以及清镇的雨。

沙漠的《山中》：

在山中。我们变得纯朴而古老
像一条失而复得的真理。这让人迷恋

花草、石头、蝴蝶，夹道相迎
没有欲求。风吹一吹

还你干净的时辰——

山中多宁静。鸟鸣多清澈，可以映出心灵的倒影

苏志强的《挑鲜女》中的末两节：

晌午，她们拖着一筐筐卖剩下的鱼虾，有如
推着一截废弃的绿皮车厢，走街串巷。她们的

每一声吆喝，抖落出闪光的鳞片……

憨敦敦：

说了这么多，可以得出一个小结论：诗人利用跨行分行的形式排列，可以让诗歌的表达曲折多姿，让读者在空间形式的美感里，产生崭新的体验。它打破了日常思维的连续性，让语义的释放不再受制于线性的连贯涌流，而是利用印刷形式上的大跨度分行，造成沉思和阅读期待，造成意义的巨大波折。这也就意味着诗人可以利用这种形式，按下意义传输的暂停键。又像是意义传输遇到了阻碍，像一股水流遇到了巨石，形成涡旋。一句话，跨越式分行，在诗歌的语义流当中引入了短暂的混沌。这种语义的断流和接续，多么像城市交通里的暂停、等待之后的通行，多么像电视信号中断之后荧屏上影像的再度闪现。

第十五章

“格格格地笑成一颗葡萄”

昌耀的工作时间（未完稿）

《昌耀诗文总集》共收录诗作428首（篇），未注明写作时间的，有27件。以401首（篇）来观察、统计，进行人工数据分析，以春（3、4、5月）、夏（6、7、8月）、秋（9、10、11月）、冬（12、1、2月）四个季节来看，昌耀在夏季的创作量最多（达143件），居于第二位的是秋季（127件），居于第三位的是春季（117件），居于第四位的是冬季（105件）。作家、诗人创作与气象的关系，是个新鲜的话题，有待进一步研究。

我还有一个发现：昌耀写于周末（星期六、星期日）的作品有120件，占到写作“总量”的四分之一多。而且，其中有一个规律：凡是作量较大的长篇诗或者重要的作品，绝大多数都写于周末。原因就是时间由作者掌握，不像工作日受工作时间的支配和干扰，写作长诗所需要的“写作气场”受损程度最低。

涧底松：

昨晚看电视剧《白鹿原》，结局的处理与原著竟有霄壤之别，感觉原作者的脑颅被人从前胸拧到了后背。回到书房的转椅上平缓了一下情绪，凑手掀开砖一般厚的《昌耀诗文总集》。你知道我有一个阅读习惯，很多书我是翻到哪页看哪页。一是验证书的质量和品位，以此来决定要不要此刻把我的时间给它；再一个就是玩自己发明的“书占”，看那一页的内容指向消极的事物，还是指向积极的事物。这一次翻到的是《象界》（之一）。读到第三节，我的思维就被诗人的一个句子卡住了：“我仿佛被胳肢着而由不得格格格地笑成一颗葡萄失去声息。”我脑筋转了好几个弯，也没想明白一个人怎么会笑成一颗葡萄？

憨敦敦：

电视在我这里，已经成为“日近前而不御”的物件了。如果用共时性原理再现一下，你看电视那会儿，我正读着《天鹅绒监狱》，感应霹雳的闪电，闪电笼罩下的广宇。现在，你提出的这个疑问，还真让我猛然愣神，惊讶起自己当初阅读的粗疏和浮泛。我怎么就轻巧地跳过了这个句子呢？

涧底松：

创造一个比喻，无非是在两物之间寻找近邻和远亲。作为植物的葡萄和人所发出的笑之间，能够产生联系的地方，恐怕也只有圆实、甜蜜和晶莹这几个层面。在我的记忆里，好像还没有作家诗人把葡萄和笑关联起来的表达。但是，把笑这个只有人才会具有的专属表情，转移到花朵身上，《诗经》一定享有开启先河的功劳。《周南·桃夭》里，有一句大家熟知的“桃之夭夭”，多数人只知道“夭夭”是绚丽茂盛的意思，不知道在文字学家的考释里，“夭”字还表示女子笑起来的样子。钱锺书讨论《诗经》时，专门从“桃之夭夭”论及“花笑”的文学表述史，还引用李商隐《即目》里的“夭桃唯是笑”一句，来证明“夭”字里包含着“笑”的含义。钱先生顺带勾勒出的这个关于“花笑”的一段有趣的比喻小史，值得在此刻分享一下：

> 隋唐而还，“花笑”久成词头，如萧大圜《竹花赋》：“花绕树而竞笑，鸟遍野而俱鸣”；骆宾王《荡子从军赋》：“花有情而独笑，鸟无事而恒啼”；李白《古风》：“桃花开东园，含笑夸白日”。而李商隐尤反复于此，如《判春》：“一桃复一李，井上占年芳。笑处如临镜，窥时不隐墙”；《早起》：“莺花啼又笑，毕竟是谁春”；《李花》：“自明无月夜，强笑欲风天”；《槿花》：“殷鲜一相杂，啼笑两难分。”数见不鲜，桃花源再过，便成聚落。小有思致如豆卢岑《寻人不遇》：“隔门借问人谁在，一树桃花笑不应”，正复罕觏。……徐铉校《说文》，增“笑”字于《竹》部，采李阳冰说为解：“竹得风，其体夭屈，如人之笑。”宋人诗文，遂以“夭”为笑貌，顾仅限于竹，不及他植。如苏轼《笑笑先生赞》：“竹亦得风，夭然而笑”；曾几《茶山集》卷四《种竹》：“风来当一笑，雪压要相扶”。洪刍《老圃集》卷上《寄题贯时轩》：“君看竹得风，夭然向人笑”……安迪生尝言，各国语文中有二喻不约而同：以火燃喻爱情，以笑喻花发，未见其三。”☆

☆钱锺书《管锥编》第一册，中华书局，1986年第2版，第71-72页。

憨敦敦：

看来从古远的“花笑”到宋人的“竹笑”，诗人在植物界取物拟笑的物种，还是相当有限。“仅限于竹，不及他植”，好像是宋人留给后世诗人的一个比喻纪录。昌耀在相隔一千年之后拿葡萄来比喻笑态，在客观事实上，打破了古人原有的纪录，创下了最新的修辞成绩。

涧底松：

从想象和理解的难易程度上，以花朵绽放的娇美之态，竹子迎风夭屈的姿态来比喻笑，我们还能比较容易理解到本体和喻体之间的某些相似性，它们遥相感通的意脉。可是现如今，一句“格格格地笑成一颗葡萄”，一下子把我们思维和想象的三级跳远，陡然变成了一次大大超出人们既有的审美经验和审美想象的撑竿跳。

亚里士多德在《诗学》里说“比喻是天才的标识”，这回，我真觉得这是昌耀在比喻上的一次擦枪走火。他因为太过于骜奇，而使自己在语言修辞的平衡木上翻转腾挪时，出现了一次明显的摇晃。

憨敦敦：

我是昌耀的“铁杆粉丝”，还不能马上苟同你的这个看法。我想尝试扮演一回解人的角色。

这个比喻的审美跨度，无异于孙悟空翻出了一个筋斗云。但这正是这个比喻出新、出奇、出彩的地方。他要从既有的花木里轻车熟路地弄个比喻，还能让你产生惊奇和意外吗？现在，我就试着从一种可能性来捋捋这个句子。

我们先回到它出现的语境：在恍惚迷离的氛围中，童子们朗朗的声调，先让“我”感到了“祥瑞喜气”。接着，就出现了这么一个波折悠长的比喻句：“我仿佛被胳肢着而由不得格格格地笑成一颗葡萄失去声息。”昌耀诗歌里的长句子很多，以致萌蘖出交错繁密的意义。你像处于句首的“仿佛”这个副词，它在这里既是一个不确定的判断，也委婉地表达了一种带有肯定语气的推测。这种模棱两可的表述，是昌耀迟暮风格里一个明显的思维特征。

举一个例证：1990 年，昌耀在写给评论家李万庆的一封信里说：“即便是猜谜，我也并不赞同悄然无谜底可揭，最好是有两个以上的谜底可供筛选。此话何以解？生活使然。生活本身在其‘模糊’的边缘总要留下一些可耐寻味的疑点。扩而言之，何事不经联想译码，何事不由猜？”☆很清楚，昌耀的一个意思就是在说生活的两重性，意义和价值的不确定性。套用一句巴赫金的术语，进入迟暮之境的昌耀，在他的生命体验、思维方式和写作风格上，都逐渐具有了“复调性”，具有了某些陀思妥耶夫斯基式的艺术之眼。所以，我不放过“仿佛”一词，就是感受到了其调性的含混性质，它在词语的功能上，再度强化了整个语境的虚实相间，浑化了身处“象界”之中的“我”如梦似幻、真假莫名的情境。接下来，诗人用了一个来源于满语、流传于北京土话当中的东北方言“胳肢”，也就是我们常说的“挠痒痒”。这种打闹、嬉戏的亲昵举动，一般出现在父母和孩子、关系亲密的人们之间。回想到小时候有过的体验，我觉得被胳肢的时候，人一边会连连发笑，一边会下意识地收缩身体，仿佛为了躲避抓挠的刺激，把身体像刺猬一样尽量蜷缩起来，像个蜷缩成的球体。

☆见《昌耀诗文总集》附录，第 875 页。

涧底松：

你的意思是不是说人受到胳肢时，身体收缩成类似球状体的模样，和葡萄把自己紧紧裹成圆形的模样极为相似？想想，似乎有那么一点儿意思。但这样的关联也太绕、太迂回、太隐微了吧？

憨敦敦：

我倒不完全是这个意思。“笑成一颗葡萄”，你不妨再细细体味一下。这里面是不是隐含着葡萄也自有葡萄的笑这么一层意味？比喻的构成，一定是相互作比的事物之间有一定的相似性，比如我说“心硬如铁”，作为主体的“心”和作为喻体的“铁”，都在“硬”的性质上具有相似性。只是人之笑我们熟悉，葡萄之笑我们既感到陌生又无从体会。在这里我想说明一点，在把主观情感移到客观对象的过程里，诗人普遍采用了一种“诗性思维”，按照维科的说法，世界的诗性语言里有一个共同的创造机制：“在一切语种里大部分涉及无生命的事物的表达方式，都是用人体及其各部分以及用人的感觉和情欲的隐喻来形成。”☆所以，花笑也好，竹笑也好，还有葡萄笑，都不过是人的感情投射，只不过这样的“诗性思维”里，流淌着原始思维里一缕万物有灵的思绪。

☆朱光潜译，《新科学》上册，商务印书馆，1989年版，第200页。

在这里，我想趁机解释一下“失去声息”是个什么情况。不妨看看《红楼梦》第四十回《史太君两宴大观园　金鸳鸯三宣牙牌令》，其中有一个集体式的笑态描写——

> 贾母这边说声“请”，刘姥姥便站起身来，高声说道：“老刘，老刘，食量大如牛，吃个老母猪不抬头！”说完，却鼓着腮帮子，两眼直视，一声不语。众人先还发怔，后来一想，上上下下都一齐哈哈大笑起来。湘云撑不住，一口茶都喷出来。林黛玉笑岔了气，伏着桌子直叫“嗳哟！”宝玉滚到贾母怀里，贾母笑的搂着叫“心肝”，王夫人笑得用手指着凤姐儿，却说不出话来。薛姨妈也掌不住，口里的茶喷了探春一裙子。探春的茶碗都合在迎春身上。惜春离了坐位，拉着他奶母，叫“揉揉肠子”。地下无一个不弯腰屈背，也有躲出去蹲着笑去的，也有忍着笑上来替他姐妹换衣裳的。独有凤姐鸳鸯二人掌着，还只管让刘姥姥。

林黛玉“笑岔了气”，王夫人笑得“说不出话来”，都是对笑得“失去声息”的鲜活注解。昌耀把一个笑态，写得如此意态纷如，有强有弱，有动有静，有虚有实，足见诗人诗性思维的活跃和敏锐。噢，差点儿忘了那个拟声词——“格格格”。这种笑声的模拟，在我的印象里一般发生在孩童身上；

而“哈哈哈”“嗬嗬嗬”这类具有爆破般舒展、饱满的笑声，则多半属于成人发出的声音。昌耀在《翙翙鸟翼》这首诗里，写到创造与毁灭之神的一种极具声势的笑声，这无疑是昌耀笔下最开朗的一次笑声书写！我们铭记一下诗人模拟这个笑声的时间是在 1986 年。诗句是这样的：

宇宙殿堂
光泽明灭时如战车骤驰巨石堆垒的跑道，
时如雷阵梭行卷风飘雨的无尽云絮，
听出是创造与毁灭之神朗朗大笑：
“窝——嗬噢……哈哈哈哈……

涧底松：

在我的印象里，昌耀是个不苟言笑的人。在他留给世人的寥寥可数的照片里，可以找到若干张面露一点点微笑的留影，但那只属于浅笑，我们绝难找到一张他大笑的照片。在青海人民出版社 2020 年出版的《高车——昌耀诗歌图典》一书里，有一幅昌耀和小儿子王俏也的合影照。照片上的昌耀，露出父亲式的微笑，也仅是男性版“蒙娜丽莎式的微笑”。照片虽然没有标明拍摄时间，但从王俏也的体貌特征上来目测、推断，1977 年出生的王俏也，那时候大致上是三四岁的样子，时间大致锁定在 1980 年代初期。那时候，也正是昌耀带着妻儿离开新哲农场返回西宁，重新回到青海省文联工作的时间，是“王者归来”的时刻，是王者拥抱虎子的时刻。可以想见，被苦难腌渍得太久的昌耀，即便在这么一个理当大幅度调动颧骨肌肉的时刻，也只是微微牵动了一下他的面部神经。我甚至怀疑昌耀这一生有没有过开怀大笑？作家周涛在昌耀逝世百天的时候，写过一篇《羞涩与庄严》的纪念文章，我觉得“羞涩与庄严”，再加上忧愤、焦虑，当是昌耀脸部最具标志性的表情。从解剖学上来讲，我们每一个人的微笑来自颧肌。昌耀的颧骨肌一定是受过伤害。我个人在与昌耀有限的接触当中，有幸见识到昌耀的笑容，也还是羞怯的浅笑。有一天，我和作家风马一起去造访修篁家。修篁为了招待我们俩，便打发昌耀到楼下家属院的小卖部买些零食。在我们闲聊、等待的过程中，我无意中从修篁家的窗户瞥见拎着一些零食的昌耀。他泛漾着一脸喜气的表情，就像法国摄影家布列松著名的摄影作品《男孩》里的表情。尽管彼时的昌耀，我们可以像肖黛那样唤作“老昌耀”，可他脸部的表情，就跟那个两只手里各抱一个大酒瓶，脸上洋溢着满足、得意、自豪、炫耀的男孩一模一样。我甚至能感觉到，昌耀因为这趟甜蜜而荣耀的差事，脚步变得无比轻快，整个人好似沐浴在甜蜜而神圣的恩宠里。

憨敦敦：

羡慕你享有这么一次珍贵的眼缘。通常人们会以为昌耀这么一位很少展露笑容的诗人，恐怕在他的文字里，“笑”一定是个冷僻词语。实际的情况会让我们的先入之见和感觉预判，经历一次踏空台阶似的跌跤。

我稍事搜索了一番，昌耀自1961年到1997的三十年间，笔下涉及笑的作品有二十多篇。作为一个单独的意象，我觉得这个出现的频率，甚至够得上昌耀诗歌词典里的一个热词。通观一遍，昌耀直接描写人的笑容的次数偏少，而他通过拟人化赋予自然之物的笑貌、笑态，反而在数量上十分可观。

下面，我就大致上按照人类的笑和物类的笑这两个类型，以时间的顺序罗列一下。

先看人之笑：

A.《哈拉库图人与钢铁》：

哈拉库图人的笑声将夜色笑红了。

（1959年）

B.《慈航》：

我看见你忽闪的睫毛似同稞麦含笑之芒针

（1980.2—1981.6）

C.《母亲的鹰》：

他们——

阴影的斫伐者，

至今我还听到他们的铁榔头仿佛抡响在空中的

洞窟。听到那样的笑声像常青树的绿叶。

（1983年）

D.《荒漠与晨光》：

被露水打湿的女工们提起曳地的长裙，

在道旁任性地大笑，而我们

只肯直逼荒漠那头最是羞红的一张笑脸，

见她将绮丽的视线蓦然锁闭在远方的

岬角般伸出的山阜……

（1983年）

E.《土伯特艺术家的歌舞》：

……我听见小木屋敞开的门扉里有一个青年女子发出银铃一般颤动的阵笑，仿佛那银质的笑声原就储藏在她心田，只待索取者一旦触碰到了那搔痒处就能立刻流淌如注。……

于是，从小木屋里又一遍地发出了那预想中的笑声。

我感觉那青年女子一排洁白的牙齿就在我前面的暮色里沉浮，像是风铃，像是散播着乐音的银贝壳，甚至西天渐熄的云彩都重临了一次回光返照。

（1996年）

从A到E，5个例子中，群体性的笑占了3例，女性的笑占了3例。

涧底松：

仅从我有限的视觉记忆里，从 20 世纪 50 年代到改革开放之后的 80 年代之前，美术里的人物形象，也就是占据那个时代光鲜位置的工农兵形象，都是结实的身板、红光满面的脸庞。笑逐颜开、喜上眉梢、红扑扑的脸蛋，是那个时代的集体性表情和流行的视觉造型，每一张笑脸象征着乐观、幸福和甜蜜。你还记得吧，昌耀有一个关于 50 年代的记忆，就是他贴在河北省荣军学校宿舍床头墙壁上的一张宣传画。画面表现的形象，就是一位献身于高原的女勘探姑娘。他写了她红彤彤的脸蛋儿，男性化的野外作业服。他虽没有写到她脸上那饱满的笑容，但我们仍旧可以想见，那个时期美术里的女拖拉机手、女工人、女司机等等，无一例外，脸上一律露着灿烂的笑脸。

憨敦敦：

现在，我们再看看他笔下的物类之笑。

《风景》：

小院墙头，祈福者
供奉在腊八时节的冰体
却袒露着闪烁的笑。
（1957 年）
——冰笑

《鼓与鼓手》：

咚咚的鼓点
是我们民族的笑声啊！
（1961 年）
——鼓笑

《我躺着。开拓我吧！》：

而我已满足地喘息、微笑
又不无阵痛。
（1962 年）
——荒土之笑

《断章》：

那只名叫天禄的石兽面带悻悻笑意，
嘲笑我对你对你的红爱出于迂执……
（1962 年）
——石兽之笑

《酿造麦酒的黄昏》：

……冰河在远方发出了第一声大笑……
（1962 年）
——冰河之笑

《慈航 · 众神》：

再生的微笑
是劫余后的明月。我把微笑的明月
寄给那个年代

（1980–1981 年）

——明月之笑

《春雪》：

是漫天银币的微笑。

只有绿叶才能捕捉。

（1980 年）

——雪花之笑

《山旅》：

我记得阴晴莫测的夏夜，

月影恍惚，山之族在云中漫游。

它们峨冠高耸，宽袍大袖窸窣有声，

而神秘的笑谑却化作一串隆隆，

播向不可知的远方。”“该不是夜幕上雷火的曳光？

该不是山之魂？

我看到月明的天空扫过一道无声的闪电，

像是山民的哑笑。

（1980 年）

——雷电之笑

《南曲》：

我是一株

化归于北土的金橘，

纵使结不出甜美的果，

却愿发几枝青翠的叶，

裹一身含笑的朝霞。

（1980 年）

——朝霞之笑

《江南》之三《南风》：

当南风吹来的时候，

也同时邀来了大海的雨燕；

也同时唤醒了儿童的纸鸢……

整个夜晚，

我躲在高楼小阁

温习南风撮合的雨夜，

听见雷电戏逐、阴阳交欢。

在癫狂的大笑声中

那些个有如久别了十冬的精灵

搅翻了房上的瓦块，

踏裂了门前的树枝，

不可节制的情欲

一片片在空中燃爆……

（1981 年）

——雷电之笑

《驻马于赤岭之敖包》：

而我，直要在这

风云的笑嚏中嚎哭了。

（1981 年）

——风云之笑

《风景：湖》：

而翠绿的水纹

总是重复着一个不变的模式，

像诱惑的微笑在足边消散，随之

另一个微笑横着扑来。

（1981 年）

——湖水之笑

《春天即兴曲》：

天边，有一个笑，墨绿墨绿……在天边悄然地

泼动，很温和、很甜、很真实，

将母鸡的蛋壳笑得粉红粉红了。

（1983年）

——太阳之笑

《印象：龙羊峡水电站工程》：

你看：从东方栈桥，中国的猎装

升起了梦一样的

笑容。

（1983年）

——猎装之笑

《晚会》：

准噶尔舞台在天地间张开了一面七彩的扇子，

阳光里泛起了欢笑的

黄铜。

（1983年）

——太阳之笑

《河床》：

我轻轻地笑着，并不出声。

（1984年）

——河床之笑

《黄海二首·海的小品》：

不，海在笑。

海从任何一个方位切开阔大的嘴巴，

露出一排贝壳般白净的牙齿。

复又从任何一个方位切开阔大的嘴巴，

露出一排贝壳般白净的牙齿。

……复又闭合了。

海的笑是夸张的。是闪烁的。是讥诮的。

海的笑是怪诞的。是迷幻的。是无定的。

（1984年）

——海之笑

《距离》：

夕阳在他们的眼角涂饰一丝挑动的笑意。

（1986年）

——夕阳之笑

《苏动的大地诗意》：

我看见梦的幽灵从其附身的高山大岳、江河湖海收拢羽翼，像揭起一面巨大的罗衾，迅即遁空而逝。大地卵胎这才苏动，在那闪现的一刻，泄露给我一个掩饰不住的微笑，而后如珠蚌闭合，只示人以常态。而那微笑的肉体自此我再也无法忘记。”

（1997年）

——大地之笑

涧底松：

这些例子，让我跳接到钱锺书对温飞卿诗歌意境中有关笑的评价："《晚归曲》有云'湖西山浅似相笑'，生面别开，并推性灵及乎无生命知觉之山水；于庄生之'鱼乐''蝶梦'、太白之'山花向我笑'、少陵之'山鸟山花吾友于'以外，另拓新境，而与杜牧之《送孟迟》诗之'雨余山态活'相发明矣。"☆

☆《谈艺录》，中华书局，1984年版，第53页。

以此为试金石，昌耀则是在现代新诗里，"生面别开，并推性灵及乎无生命知觉之山水"，并推性灵及乎自然界之外的物事，像"鼓点的笑声"。更高级和更新奇的，则是"猎装的笑容"这个比喻。猎装是昌耀此诗引入的一个外来词，原本是指欧美猎人打猎时所穿的一种衣服。其基本款式为翻领，前身的开口用纽扣。两个带盖小口袋，两个大老虎袋，后背横断，后腰身明缉腰带，袖口处加袖袢或者装饰扣，肩部通常有肩袢。这种服装的美学，因为给人以豪放、潇洒、利落、适体之感，所以尽显男人风采。仅从把龙羊峡水电站用混凝土砌筑的大坝，比喻为"中国的猎装"，就让我们已经感到了昌耀的过人之处。他那意象的穿透力，给事物赋名的精准度和时代感，远超他同时代的诗人。更何况时年47岁的昌耀，又给"中国的猎装"赋予"梦一样的笑容"，这是多么奇妙的想象和意态啊。它不再是古典的声调，一亮声嗓，就透出现代世界事物的质感，一种幻化的、奇异的格调。他脑子里陡然生成的"梦一样的／笑容"，简直就是一个若有神助的神思。

憨敦敦：

我这个简单的罗列，从中可以看出昌耀的喜悦型情感、他的笑出现的频率，呈现出一个马鞍形的曲线：60年代和90年代分别属于曲线的底部，70年代空缺，80年代属于马鞍形的顶部，笑声最多。那时候，诗人正处于43岁到53岁这个年龄区间，也正是他诗歌创作数量呈现井喷之势的时期。而到了90年代之后，他笔下的笑声就日趋减少。

涧底松：

你举的例子里，有两个把闪电比喻成笑的例子，这跟钱锺书在《说笑》一文里说到的"天笑"可谓一脉相承：

> 笑是最流动、最迅速的表情，从眼睛里泛到口角边。东方朔《神异经·东荒经》载东王公投壶不中，"天为之笑"，张华注谓天笑即是闪电，真是绝顶聪明的想象。据荷兰夫人的《追忆录》，薛德尼·斯密史

也曾说："电光是天的诙谐。"笑的确可以说是人面上的电光，眼睛忽然增添了明亮，唇吻间闪烁着牙齿的光芒。☆

☆《写在人生边上》，中国社会科学出版社，1990年版，第28-29页。

《神仙传》里也表述过相似的说法："天为之笑，开口流光，所以为电。"

我这里还想趁便笺释一下你的例句里所举到的冰笑。它涉及青海的一种乡俗——腊八献冰、吃冰的习俗。很多年前，有个叫孙考的人写过一本《青海乡俗》的薄书，里面就具体写到青海人腊八献冰、吃冰的习俗："农历腊月初八，正当三九，天寒地冻，河床坚冰如铁，天亮前人们便到河床取来如白玉水晶似的冰块，供奉在每个粪堆、地头、庭院中心、槽头棚圈中、果树枝杈上，以示来年雨水充足，风调雨顺。青海谚语云：'来年测丰收，先看腊八冰'。一些老人还煞有介事地捧起一块冰，迎着太阳观察，以冰层中心圆形、条形气泡的多少，猜测来年麦类、豆类的丰收预兆。"

仅仅从这两处例子里，我们就可见识到昌耀既与传统文化遥相呼应和感应，也和青海的民间文化耳鬓厮磨。

憨敦敦：

昌耀的精神、气质，让我再次感觉到在他身上，也深刻地体现出叶嘉莹评价杜甫时那句洞察之语——"健全之才性"。他也和杜甫一样，在面对悲哀和艰苦之时，具备一份正视与担荷的力量。如果不是这样的话，昌耀就只能像李贺似的，单单发出低沉的声音。他没有完全被悲苦压垮，他忧患的手指，还是在那命运的琴键上，有力地弹奏出明亮、健朗的笑声。而且，他的笑声，都带着原生性的烂漫与舒展。就像罗克尔医生说的那样：

> 希腊人使用一个绝妙的词儿称谓笑：gelao，这个词的本意是"照耀"。笑照亮了面容，使人目光炯炯，使眼角皱起，使红润的双唇舒展在雪白的牙齿上。笑声带来了光明与色彩：它神采奕奕，红光满面。它还会扩展到全身。当人们捧腹大笑，"前仰后合"的时候，浑身上下各个部位都充分动员起来，于是人们便雀跃，舞蹈，嬉戏……☆

☆让·诺安《笑的历史》，北京三联书店，1986年版，第52页。

只是，昌耀式的笑，是内化于心的笑声，是他心光的闪耀。

到了我们这次讨论的收尾，我想郑重地回应你在开头提出的疑问，就是昌耀那句“我仿佛被胳肢着而由不得格格格地笑成一颗葡萄失去声息”。句子里的这个“葡萄”一词，从本质上来说是一个比喻，因为昌耀隐去了比喻的本体，整个句子就导向了隐晦难解。那么，这个拿“葡萄”来作比的本体是什么呢？我猛然想起《慈航》第六节《邂逅》的末尾：

黄昏来了，
宁静而柔和。
土伯特女儿墨黑的葡萄在星光下
思索，
……

那从上方凝视他的两汪清波
不再飞起迟疑的鸟翼。

原来昌耀已经用“葡萄”作比过人清亮有神的眼睛！

这个句子的难解，在于它不但使用了比喻修辞，还使用了借代修辞。借代这种修辞，是不直接把所要说的事物的名称说出来，而用跟它有关系的另一种事物的名称来代替它。这个句子还隐匿有拟人的修辞。它最绕弯弯的地方，就是它使用的不是一般的比喻，而是比喻里最难理解的曲喻修辞。一般的比喻，主语是本体，谓语是喻体，而曲喻是把本体和喻体合二为一。本来眼睛是主体，葡萄是喻体，昌耀在这里迂曲地以葡萄借代人的眼瞳，再以眼瞳关涉笑得岔了气的人。他的诗篇里，多处用到曲喻修辞，这使他的诗句往往语义波折，义脉变化多姿。他诗句晦奥的渊薮，就出在他文思的深微，他修辞的讲究，他诗心的迥出凡响。

虽说修辞在一些人眼里归于艺术上的小道，但其深微之处一旦推向极致，便会境界始出。比如，昌耀喜欢用“界”这个指示空间范围或氛围的词。我们说“夜晚”，他却要造出一个《幽界》；我们说“梦境”，他偏偏要造出一个《象界》。这个词，不像边界、楚汉河界里的“界”字，那是实指地理空间的范围，而是“阴阳界”“魔界”“冥界”里的“界”字，含有浑沦、神秘的氤氛，一种特殊的观念世界、意识空间。

第十六章

排泄幻象与诗学脱敏

本书第十七章谈及的肯特版画《在峭壁上》

憨敦敦：

在文学史中，有一种时常出现但又不被批评家注意的现象：持有极端洁癖的诗人、作家，往往回避生活里特别污秽、特别鄙陋的事物。强烈的生理嫌恶，致使他们在大脑里不愿给这些秽亵、卑污的事物留名存迹。在他们整个的审美活动中，似乎染上了一种审美的洁癖。结果，与洁癖症患者如出一辙：执拗地以排除生活里的不洁之物、肮脏之物为快事。我们整个文明的教养，也在不断地使用各种手段，障掩、屏蔽甚至要消除掉这些事物，消除掉秽亵之物带给人们生理和心理上的不愉快的反应、难堪的体验。身处各种文化环境里的人，都程度不同地受制于这样或那样的文化禁忌。

体现在我们的经典文学里，凡是牵涉生理、身体的描写，一般都会受到作家们“自动”的过滤和排斥，好像污秽、鄙陋的事物，被我们崇高优雅的癖好从审美世界里一笔勾销了。可是，污秽、鄙陋的事物依旧遍地存在，反讽似的跟纯洁、高尚的事物如影随形，那情形简直就跟寄生在我们周围、我们肉体里的各种细菌一样，我们虽然不情愿跟这些肉眼看不见的细菌群落共荣，但我们就是没有办法躲开它们。事实上，所谓污秽肮脏，多半是文化的价值观念所为，是文化催眠的结果。我们看到，在有些社会群体中，貌似不干净的东西，因为具有某种重要的价值，便在人们的生活里不会受到鄙视，比如过去农民种地，人或牲畜排放出来的粪便会被视为宝贝一样的农家肥。谚语里常说的“没有大粪臭，哪有五谷香？”就明明白白地反映出农民与城市人不同的污秽观和洁净观；在青海牧区，藏族牧民拿牛粪当作清洁的燃料，擦拭器皿的“清洁巾”，他们眼里的牛粪，正如他们的一句民间谚语所表达的观念：“一块牦牛粪，一朵金蘑菇。”文化观念上的差异，使不同的人们对相同的东西，表现出大相径庭的情感价值和好恶取向。

说实话，我的记忆搜索引擎还真没搜到哪位大诗人写过屎尿。顶多记起小时候蹲厕，见过如厕者题在隔板、墙壁上的污言秽语，听到过大人们骂仗时形容脏话连篇的人叫“满嘴喷粪”。

倒是思想家、哲学家胆肥，不回避，真有面对真理、不避秽污的勇气。以我坐井观天的眼界，我想庄子该是第一个拿屎尿来思考的哲学家。《庄子·知北游》里，不但有“臭腐复化为神奇，神奇复化为臭腐”的锥心之见，还讲到一个吸睛的故事：说是一位叫东郭子的人叩问庄周道在哪里，庄子回答说：道无所不在。东郭子不甘于这种“外交辞令”式的回答，就一再打破砂锅问到底，庄子这才抖搂出他的答案：道在蝼蚁里面，在稊稗里面，在瓦甓里面，在屎溺里面。

涧底松：

诗人、作家里，甘冒触犯文化禁忌的风险，从看似污秽、鄙陋的事物中，生发、孕育具有极大揭示性力量的思想和感悟，可谓凤毛麟角。正是昌耀的《内心激情：光与影子的剪辑》这篇散文诗，让我两眼放光。这部作品写作于 1986 年 1 月 26 日。诗人用伯格曼、阿仑·雷乃似的、诗意糅合着梦幻的“电影剪辑”手法，剪辑出诗人“内心激情”的八个片断。这些片断的文本构成极为多样，既有感言、梦幻、回忆，也有闻见和童话的拼合，有对绘画作品画面的阐释，有报纸登载的奇闻，它们的主题充满多层次的意味。其中第二个片断，直接出现了排泄和粪便的描写——

> 不一定是做梦。一定是陷入了那种类似做梦的昏迷。觉得自己在拼命排泄。那火焰，红通通的，一块一块通红的火炭。我那时拼命排泄。真不好意思，排泄物是红通通的，金灿灿的，像一瓢一瓢的金子沸滚、浮荡、打着旋儿。起先是在我的印花被面放光，后来变成了一条火龙，变成了一条火的河流，一直延伸到户外。不一定是做梦。一定是我热昏看到了那些不该看到的幻境。一定是记忆作怪，也许是留下的创伤。一定是记起了那一炉没有成熟的铁。此事已经很遥远了，我以为早就遗忘了，其实并没遗忘干净。当初是那个警卫班长授意，后来那些同炉的在押犯都这么学舌。说是炉长捣了鬼，所以铁水不会出来了，说是炉长搞现行破坏……于是逼我交代，逼我弯向喷火的出铁口作九十度鞠躬。弯曲的我成了一尊活活的祭品。我的头发在冒烟。我的膝盖在冒烟。但我祈愿炉火的温度更高一些。……此后我只看到火。只看到火的河流。终于没有铁。而现在我自己在排泄这样的铁液了。真可怕，总也排泄不尽。我喊叫过吗？我像产妇那样喊叫过吗？幸好没有。现在总算好一点了。那些铁，

> 那些金子渐渐变黑了，变冷了，红缎子被面也随着消失了，现在可以挣扎着出门透口气。外面又凉又黑，我刚摸到垃圾堆边就觉着跌入了另外一个世界。可丝毫未曾意识到死亡。有一个声音在很遥远的地方呼唤。我终于憋出一声回答。于是得救了。我躺在他的怀里，鼻孔和口腔堵满了泥土。救我的那个青年是一个被收容的农民，后来当了马车夫，某次拉运麦草被自己驭使的辕马挤压而死。撇下了一个未曾生育的媳妇。……我又看到那喷火的伤口。铁是存在的，只是始终不见逸出。……呵，我真想哭个痛快。

你听了以后有何感受、有何高见，待会儿我再洗耳恭听，我现在首先想告诉你的是：昌耀营造出的这个犯忌的“排泄幻象”，以貌似秽亵的情境，反映出对荒诞世事的庄重思考，是寓庄于“亵”。其次，文中的几个“不一定是……一定是……”的句式，同样牢牢地抓住了我。这种从不确定的、犹疑的语气转换到确定的、肯定的语气，真像是潜入了一个梦呓者梦态的、犹疑的、自说自话式的心理活动里。这个叙述人流露出的内在语气、内在表情、内在姿态，我越琢磨，越觉得好像是在陀思妥耶夫斯基的《地下室手记》中塑造的“地下室人”的身上见识过。那是从“察言观色”的自我道白里，强烈地映射出他人或者另一个自我的一种道白。

第三，说到这个片断的大体意旨，我甚至觉得完全可以移用阿仑·雷乃在导演《广岛之恋》时说过的一段话，只要把他有所特指的“整部影片”这个概念换成“整个片断”即可：

> 整部影片是建立在矛盾的基础上的，包括必然的、可怕的遗忘的矛盾。一个在集体的、巨大的悲剧的背景上出现的个人的辛酸而渺小的命运之间的矛盾。

这篇作品引起我极大的兴趣，因为它涉及昌耀诗歌创作里一个特别的体裁类型——梦幻体裁。

憨敦敦：

八个片断，单单挑出这个描写排泄的梦境，确实会起到醒目的作用，陶渊明不是说“连林人不觉，独树众乃奇”吗？如果不单独拎出来，它就掩映在其他的七个片断里，分散我们的专注力。

涧底松：

这个“排泄幻象”，我觉得它带有异常鲜明的“未完成性”，文字简短，只有不到七百字，而它所衍射的，偏偏又是20世纪50年代大炼钢铁这件波及中国社会各个角落的大事。按其题材的重大性、复杂性来说，哪里是区区六七百字的文字所能承当！可是，昌耀就把它以另一种书写的可能性，“举重若轻”地解决了。而且，我还感到其中的文气、腔调，涌动着鲁迅《野草》式的峻急与焦迫，虽然它带有明显的、尚未定型的草稿风格。这个文本所表现的“排泄幻象”，应该是中国现当代文学里罕见而别致的表述。一个具有先锋气质的、别出心裁的文本。它还有一个意义就是：昌耀衔接上了以鲁迅为代表的一批作家所开启的中国文学的现代性表达，尽管20世纪70年代末到80年代初中期，在中国文坛占据主导地位的文学现象，是伤痕文学和寻根文学，但它们在文本上几乎还没有呈现出完全成熟、浑化的现代性，那些作家多数只是恢复了中国文学的一部分或一小部分元气和肌能，给之前过于粉饰现实的文学，注入了一股股真实、凌厉的气息，尽管它们声调偏于低沉和阴郁。朦胧诗派及其代表人物，虽说在诗歌追求、艺术表现和审美观上参差不齐，但他们正在酝酿着的新的文学风貌，因为突破了之前诗歌单一的主题、单一的情调，而跨入到多义性、暧昧性的审美层次，因而开辟出广阔的现代诗歌的感觉、意境与视野。此时此刻身处边塞的诗人昌耀，一面将一个刚刚复活的当代文学活力，灌注在他这一时期的作品里，一面又暗潮涌动，超前性地孤往于他的诗歌道路。当作家诗人们一个个从宏大的社会学、民俗学、文化学角度，群体性地寻找文化根脉的时候，昌耀却踅身于个体精神的深层，率先培育起中国当代文学深层意识里的诗歌胚芽。这篇写于20世纪80年代中期的作品，是昌耀对精神受到损伤、压抑的一次既“粗暴”“粗俗”，又沉痛深挚的深度书写。这个文本所创造的一个书写奇观，就是它虽然关涉被各种文化禁忌排斥、压制的“排泄”这一生理现象，但是它的整个描写，没有滑到低俗和自然主义的泥淖里。诗人“化臭腐为神奇”的一个主要手段，就是通过把“粪便”这一不洁、污秽的意象，转喻成“火焰”“火炭”“金子”这些明亮、洁净的意象，从而使整个意境从不堪入目的情境，转换成了具有温暖感、光明感、纯洁感的情境。

憨敦敦：

这种情形，就像是巴赫金所乐见的一次意象的“脱冕”和“加冕”，就是曾经被“脱冕”的“粪便”，经过转喻，得到“加冕”。

涧底松：

正是。随着诗人诗歌“镜头”的切换，当从印花被面上“拼命的排泄”转接到炼铁炉前时，秽亵的意味，倏忽之间就被沉重、酷烈的精神意味取代了。

通常出于对社会规范的遵从，人们一般会表现出对粪便的蔑视，对排泄功能和与其有关的词语都会感到厌恶，就像我们遇到污秽之物，也都会产生掩鼻移目这样的身体姿势上本能的排斥反应。可是，经过文学的审美化处理，也就是说，经过一番从身体意象到社会意象的转换，从污秽意象到火炭、金子、火的河流诸种“明净”意象的层层转换，昌耀实现了一次“诗学的脱敏”——原本让人容易产生的厌恶感，变成了审美体验，产生了奇妙的诗学化学反应。这里面有何深层的缘由呢？我觉得法国思想家多米尼克·波拉特，从语言学的角度给出了令人信服的答案：

> 自从巴特以降，大家已经知道，“一旦写出来，连大粪也没了臭味”。叙述者拿来淹没读者们的大便，要想闻不到它的任何味道，必须要语言本身通常通过消除了某种污秽的累赘来形成。肯定地说，良好的语言与污秽有关系，对某种污秽的东西进行精致的表述，文体本身也变得更加典雅。☆

☆周莽译，《屎的历史》，商务印书馆，2006年版，第9页。

进一步来说，昌耀要透过排泄钢液这一荒诞不经的幻象，通过“精致的表述”——幻象的、变态的夸张变形，一下子就绕开了以往各种肤浅的表述。进而从文学审美的全新深度和高度上，从内心里形成的时代阴影和个人的心理阴影的双重叠印中，去审视和呈现在他这一代亲历者身上，烙下的这块巨大而沉重的“伤痕”。这是昌耀笔下另一种况味的“伤痕文学”。在文中，那昏迷似的、梦幻似的呓语，看上去颠三倒四，实则在它潜在的语境里，你能体验出隐忍、惶恐、焦虑、压抑，乃至巨大的悲愤，深沉的控诉，还有一个人不惜以毁灭自己的生命，来捍卫生之尊严的血性。

特别耐人寻味的是，昌耀把炼铁和排泄粪便联系起来的思维，在当代另一位中国作家那里，得到了惊人相似的表达。有一天，我意外地看到王小波的一篇杂文里有这么一段：

> ……从我记事时开始，外面总是装着高音喇叭，没黑没夜地乱嚷嚷。从这些话里我知道了土平炉可以炼钢，这种东西和做饭的灶相仿，装了一台小鼓风机，嗡嗡地响着，好像一窝飞行的屎壳郎。炼出的东西是一团团火红的粘在一起的锅片子，看起来是牛屎的样子。有一位手持钢钎的叔叔说，这就是钢。那一年我只有六岁，以后有好长一段时间，一听到钢铁这个词，我就会想到牛屎。☆

☆王小波《沉默的大多数》，北京十月文艺出版社，2017年版，第62-63页。

这种特定时代语境的特定体验，让两位擦肩而过的当代作家，产生出不谋而合的表达，这在文学现象上，叫作契合现象。诗人、作家在表达思想、塑造形象、选取意象的时候，常常会出现不约而同的契合现象。钱锺书在他的学术札记里多次强调：“造车合辙，事势必然，初非刻意师仿”；

"……每有事理同，思路同，所见遂复不期而同者，又未必出于蹈迹承响也。"☆我们在正视这一现象的时候，应该看到他们背后对时世判断的那股共同的情绪、共同的愤怒。

☆参见《管锥编》第一册，第150页；第二册，第440页。

憨敦敦：

你的意思让我想到了粪便所具有的象征功能。意大利先锋诗人、被世人妖魔化了的导演帕索里尼，在电影《所多玛120天》中首次使用了不堪入目的"粪便影像"，他是这样解释其影像粪便学的意义的：

> 与其说它关联到对于已经失落的"快乐原则"所进行的一种粗暴、迷乱的探求……还不如说它关联着一种将物质视为罪恶的宣告。☆

☆皮耶尔·保罗·帕索里尼著，肖艳丽、余艳、艾敏译，《异端的影像：帕索里尼谈话录》，新星出版社，2008年版，第174页。

帕索里尼在谈话里没有直接说出"粪便"所具有的最大的一个象征功能，就是它的夹带着强烈污辱意愿的攻击性。我小时候看电影《地雷战》，里面有一个情节，就是把小孩拉的一堆屎埋在土里充当地雷，结果让排地雷的鬼子扒了一手臭烘烘的屎。这个影像里的一个隐喻，就是粪便也是另一种攻击人的武器，尽管电影里以孩童式的谐谑的方式来处理。把这一侮辱性的攻击功能在文学里体现得比较典型的例子，就是英国18世纪杰出的讽刺小说家约拿旦·斯威夫特创作的《格列佛游记》。

斯威夫特用影射的笔调，在小说的想象世界里创造了一种能直立行走、外貌类似猴子、性情残忍狡诈的高智生物——耶胡。美国哲学家诺尔曼·布朗对这个形象有一段深刻的阐释：

> 耶胡的污秽首先表现为以排泄物实行侵犯：精神分析理论也强调肛门机制与人的侵犯行为之间的内在联系，以至于将婴儿期性行为的这一阶段称为肛门－肆虐阶段。挑衅、统治、权力意志这些人类理性的属性，首先是在排泄物的象征性操作中发展起来的，又在对排泄物的象征性替代物进行象征性操作中永恒化了。☆

☆诺尔曼·布朗著，冯川、伍厚恺译，《生与死的对抗》，贵州人民出版社，1994年版，第207页。

布朗已经很明确地指出了实施排泄的功能："以排泄物实行侵犯。"澳大利亚语言学家露丝·韦津利则说得更直接、更具有词典式表达的明晰风格：

"粪便"这个字眼具有"清涤功能，表达各式情绪，包括厌烦、挫折、愤怒、失望、惊讶、厌恶或狼狈"。☆

☆露丝·韦津利著，颜韵译，《脏话文化史》，文汇出版社，2008年版，第110页。

这就是你前面说过的、昌耀精神受损后的一次"粗暴"式写作，一种心理受到压抑后形成的剧烈的反作用力。

这段文字，不仅仅制造了令人骇异的"排泄幻象"，它还隐含着一种把排泄和生育混淆起来的隐蔽的观念。

不知你特别注意到了没有，文中有一句疑问："我像产妇那样喊叫过吗？"这分明是在暗示说那个在昏迷和梦境之间"拼命排泄"的"我"，其实也是在不断地像产妇一样分娩。在民间的表达中，一些生育中的妇女，有时会极为粗鄙地把生孩子表述为"像拉屎一样拉（屙）下婴儿"。在遇到吵架的时候，极端污辱性的咒骂，常常会有这样的表达："看看你屙下的这些货色！"请你注意，文中的"我"是个男性，是个模仿女性分娩的男性，这在原始的遗俗里，把坐蓐、拟娩的男性叫作"产翁"。"产翁"是一种习俗，而体现在昌耀幻拟的这位排泄/生产"铁液"的男性身上的，正是一种被人类学家和心理分析学家指称的"男性妊娠嫉妒和肛门生育观念"。

人类学家A.邓德斯在他的论文《大地——潜者：神话时代男性的创造》里说过：

许多心理分析学家指出，男人从事精神创作和艺术创作的愿望，部分地来源于像女人一样地怀孕或生产的盼望。从神话学的观点来看，更重要的在于大量的临床病例。在这些病例中，男人们力图以粪便的形式生出婴儿，或想象自己排泄出整个世界。☆

☆史宗主编，金泽等译，《20世纪西方宗教人类学文选》上卷，上海三联书店，1995年版，第390页。

涧底松：

真没想到，你对这个意象的切片分析，还能追溯到民俗学和心理学，这就一下子拓开了昌耀审美意识的阐释空间，让我们探听到了遥远的回响，体会到了更为丰富的蕴涵。

憨敦敦：

不光是这一点，人类学家还看到了粪便除了令人作呕的、不可碰触的、污秽的、不可启齿的一面外，它在神秘体验、在精神世界里，还具有以下强大的功能：

> 人体的排泄物或分泌物普遍的构成严格禁忌的对象，尤其是粪便、尿、精液、经血、剪下的头发、指甲屑、体垢、唾液、母乳等。……但是我们要弄清一点，人们并非简单地把这些东西看作污秽之物——它们都是强有力的。遍及世界各地，这些物质确实都是巫术“药品”的基本成分。☆

☆史宗主编，金泽等译，《20世纪西方宗教人类学文选》上卷，上海三联书店，1995年版，第343页。

这种“强有力”的功能，一旦输送到文字里，那么，语言艺术就会通过使用禁忌语，而实现它的解禁功能。被历史、被现实和我们的存在所压抑、所遮蔽的事实、真相，就会被尖锐地揭露出来，袒露在光天化日之下。

说到这里，我得修正一下你前面说过的一个看法，你说昌耀写“排泄幻象”，是中国现当代文学里从未出现过的，在诗人群里可能没有第二个人这么“粗暴”地写过，可在小说家里却有一个，只是在写作时间上要比昌耀晚上十几年。这部作品，就是被誉为在先锋文学的发展史上具有里程碑意义的长篇小说《花腔》。作家李洱在这部长篇中专门醒目地辟出一章，就叫“粪便学”。原文长了些，我只摘一段粪便学专家川田上课的描写：

> 川田经常向我们提起粪便。他从婴儿的粪便讲起，说婴儿的粪便多么好多么好。他站在讲台上，手捧着一泡婴儿的粪便，揉来揉去，揉成一个团，然后再一分为二。因为婴儿的粪便是米黄色的，所以它们看上去活像两只微型的梨。他边讲边把它们抛起来，再接住，循环往复，就像魔术师在表演节目。有一次，不管是男生还是女生，都被他叫到跟前。他让我们拍拍它，闻闻它。出人意料的是，他竟然还鼓励我们咬上一口，尝尝它的味道和硬度。有些女生吓得捂着脸，连连后退。这时候，川田先生突然自己带头尝了一口。他嚼着那东西，就像嚼口香糖，还把舌尖挑出来，让我们看。我记得，学生当中，第一个去咬粪球的就是白圣韬。他确实是一个可以为真理献身的人。☆

☆李洱《花腔》第一部，人民文学出版社，2002年版。

李洱为了进行他著名的诗学脱敏实验，还做了一点儿伪装——审美认知上的净化处理，就是把这段惊世骇俗的描写，置于粪便学专家的“职业习惯”里。这样读者在阅读这段“污秽至极”的文字时，才会降低自己的敏感度和极端的过敏反应。李洱先是乘着我们一向对科学家研究所抱持的宽容态度（科学家面前没有禁区），抖出这么一大段“不洁”的文字，然后解禁，实施脱敏疗法。脱敏疗法都不可能一下子就见出奇效，他得一点一点给人们脱敏。这样才有了川田对他的粪便学专业的进一步解释，解释的目的就是“想让大家熟悉人类最隐秘的东西”，知道“粪便、尿、脓、痰，还有血、脑脊液、胸膜液，都是人的正常的生理化学反应”。李洱不动声色但又暗藏玄机的文字，出现在川田对西方医学的引述当中。他说：“西方的医生认为，上帝把许多灵丹妙药放在粪便里，而且这已被经验所证实。”表面上，这还是在介绍他的粪便学专业，可是这里跳出的这句“上帝把许多灵丹妙药放在粪便里”，一下子就把生理意义上的粪便情境，带入了一个值得人深思的层面。

涧底松：

回过头来重温这个容易被读者忽略的“内心的剪辑”，我觉得每一次的重读，都会给我带来不一样的体味。即便这次我俩拉拉杂杂谈论了一番，还是觉得有一些况味说不出来，就像舌头够不着肚脐眼。那就让它隐在语言的窘迫里，让它暗物质似的，挑衅我们去强迫症似的找它，去磕磕绊绊地描述它、说它。

多年前看《病夫治国》，开篇题记是法国作家亨利·德·蒙太朗的随笔《灯火管制》，他说了一句话：“要写一篇论文，谈谈疾病在人类历史上，也就是说创造这个历史的伟人身上所起的重要而不为人知的作用。有人谈论克娄巴特拉的鼻子，却不见有人谈论黎希留的痔疮。”哲学家帕斯卡尔后来曾讨论过克娄巴特拉的鼻子，还说了一句名言：“克娄巴特拉的鼻子当时若是短一些，这个世界的面貌会不同。”这类看似有失庄重、严谨甚至粗俗的思维和表述，其实都是一种具有揭示性思想的伪装，就像伪装成乞丐的圣徒和哲人。

第十七章

攀登上升和坠落下降主题

后记

有句老话讲：大功告成，好戏开始。真是佩服中国人体验万物的深微。这智慧的根须，大概是从《周易》六十四卦里的最后一卦——未济卦里延伸出来的。如果翻译成西方典故，有点像变调了的西西弗斯寓言。好不容易刚把巨石推到山顶，刚想着歇歇脚让凉风吹透热汗，巨石倏然间又出现在山脚。

重负如释，我想借此机缘告白一下：这本书里所有谈论到的话题，都不是我事先设定好的，一切取决于我随机阅读时大脑神经元“牵一发而动全身”式的关联，取决于我瞬间冒出的灵感火花，取决于我的兴会。为了提防过度频繁的阅读所招致的审美疲劳，我有意采用了一点克尔凯郭尔笔下勾引家的伎俩：为了接近心仪的对象，有时候故意疏远一下，晾在一边，就像热

憨敦敦：

读熟一位或几位诗人的诗集之后，就会在脑子里对他们笔下反复出现的一些主题，产生特别的印象和兴趣。它们一方面表露出诗人在某一方面稳定的写作偏好，也表露出诗人强烈的思想诉求和他们的心理情结。它们既关乎审美表达，也关乎性情个性。就像攀爬上升和坠落下降这两个主题，在昌耀繁复的诗歌交响当中，反复出现，而且声色响亮。细分一下，昌耀的攀爬上升主题有两种形式：一个是攀登山岳，一个是拾级登梯。

先看看攀登山岳这个主题。

1990年的《僧人》一诗，有一节写到攀登高山极地的体验：

……

你于是一直向着新的海拔高度攀登。
海域在你身后逐日远去，
大河在你前方展示浩渺，直到源流穷尽。
你已上溯到恒静的高山极地，
光明之顶就在前方照耀如花怒放。
太阳就在中天冷如水晶球使你周身寒瑟。
这是惶恐的高度。
这是喇嘛教大师笃行修持证悟的高度。
你感觉呼吸困难而突然想到输氧。

昌耀没有在诗中向读者指明抒情角色所攀登的“恒静的高山极地”，究竟是现实世界里的哪一座真实存在的山岳。如果他写明抒情角色正在攀登的是唐古拉山、昆仑山或巴颜喀拉山，诗歌的旨趣就会转成一种纪实性质的、叙事性的攀登经历，其内在的审美意蕴空间，就会有所收缩，审美向度也会有所不同。而处理成现在的样子，读者马上就会进入到一种象征化的、虚拟的情境当中。其产生的意义张力，因为不显言直道，因为陌生化的语境，因为脱离了具体事物的束缚和局限，反而获得了语境的敞开与解放，有利于营造出伸缩自如、开合裕如的意义空间。

你如紧持盾牌逼向敌手的士兵瘫软了。
但你孤立无援。
你瓢泼似的呕吐。
你将像乌贼似的吐尽自己的五脏六腑。
……

涧底松：

这确实是昌耀诗歌思维的一个特点。给我印象极为深刻的是，他在诗歌里，通常不会交代、指称过于实在、具体的街名和地名，即便像《边关：24 部灯》这样的作品，除了在题记里明确指称西宁市具有地标意义的繁华地段“西门口”以外，正文里读者再也见不到它真实的地理指向。还有像《大街看守》《夜者》这类作品里写到的大街，我们这些居住在西宁的亲历者和见证者，当然一眼就会辨出它真实的场域，就是我们西宁人熟知的西关大街。他在《俯首苍茫》里写到的那位被他加冕为“关西大汉”“行吟歌者”的乞者，实际上就是 20 世纪 90 年代我们经常在西宁市西关大街一带见到的那位行乞的男子。《圮上》里，“我登临 L 城施工经年刚刚启用的一座环形过街钢架天桥”，就像鲁迅的阿 Q、卡夫卡的 K 城，都是用英文字母符号来命名人名、地名一样，其修辞效果意在突出文本的虚构性和指向的不确定性，是一种审美的表达。

当然，在抽象符号指代“本事”的功能上，我们本地人稍稍占一点儿地利和本地经验的优势，我们阅读的时候，知道“L 城天桥”正是位于西宁市城中区大十字的过街天桥。它于 1994 年建成使用，第二年昌耀就把它进行了诗化书写。如今，这座天桥已在 2008 年 12 月拆除。所以，不论是把西宁市称为“L 城”，还是把西关大街转换为“关西”，把省会西宁称为神遥意远、古色斑斓的“边关”，它们的效果一下子就让人进入到审美的虚拟状态里，一下子滗掉了那些不属于审美观照的各种浮沫和杂质，废黜了事物的第一重意义，而给事物的第二重意义预留出空间；由个别性的事物，变成了黑格尔哲学里所说的“具体的共相”，把生存化为了精华。它也从旁证明：如果我们不清楚一部作品产生的本事和背景，也不妨碍我们正确地理解、阐释一部作品。但它们也不是一点儿作用也不起。本事和背景，就像过去讲究的笺纸上、今日人民币上的“水印”，你不能一眼看出也不影响你的使用，但你看出来了，会让你的体验在质感上丰富一些。所有对背景和本事的私密性和内情的独家了解，可以增加我们理解的切近感和认知的细腻程度。

憨敦敦：

你说的这个审美转换很重要，它可是艺术家、诗人、作家们的看家本领、秘方。你试试把“今宵酒醒何处？杨柳岸，晓风残月”，改成“今宵酒醒何处？光明路帝王府小区 7 栋 703 室”，审美建筑立马分崩离析，美学信号立马变成生活里实际的交流信号。

昌耀不大使用固有、明确的地域名称，尽量屏蔽掉一切与真实区域发生索隐式联系的信息干扰，以便让他笔下的事物，由发生、存在的场域，转换为被表达和被书写的场域，转换为有意义的符号，直至升华为具有普遍性意义的象征或意境。

《僧人》一诗所表现的，是明显带有象征指向的情境，连同诗中逼真还原出的攀登者的生理反应层面，诸如周身寒瑟、惶恐、呼吸困难、瘫软、呕吐。这样做，既形成象征，又超越象征，以避免因为高度的象征对具体情境的过度概括，因而减损具象和细节的力度和魅力。

这首以攀登为主题的诗歌，呈现出昌耀诗歌在主题表现上的一个特别类型：惶恐的高度体验。

上升的行为，在各种文化里都带有崇高的价值和意义指向，但在这首诗里，昌耀并没有把它进行简单化的、理想化的处理，也就是说，他把这位攀登者—朝圣者—修行者三位一体的角色，进行了一次反乌托邦式的处理，一次形象不堪的降格处理。原本带着光环的、雄强的、超越性的攀登者，在不断向自己的精神和肉体做出双重挑战的时刻，直接显现出肉体上的脆弱、卑微和不崇高。你看看，“汗流至踵”“眩目”“瘫软”以至于“呕吐”“孤立无援”，这些行为状态和行为表现，是多么有损于英雄颜面的表现啊。后来，昌耀在《唐·吉诃德军团还在前进》一诗里，再次延续了这种欲尊反抑的声调：“一路狼狈尽是丢盔卸甲的纪录”“鸠形鹄面行吟泽畔一行人马走向落日之爆炸”。我们知道，昌耀最终的价值导向放在崇高性上——“从不相信骑士的旗帜就此倒下”，“不朽的是精神价值的纯粹”。昌耀和他那个时代的“颂歌体”诗人，和一切只会单面看待世界和人生、人性的诗人分道扬镳的地方，就在于他拥有“深刻的双重性”体验和“双重性”思维，他超越其他作家和诗人，而一路艰辛抵达的深刻的艺术境界，就是他十倍、百倍、千倍地看见了事物的纷繁多样，人性和人心的矛盾性。所以，他笔下的崇高性，都带着冷峻而犀利的真实性和复杂性，跟鲁迅、陀思妥耶夫斯基的那种令人难耐的“灵魂的拷问”、灵魂的无情解剖，是一脉相承的。

涧底松：

我还想给你一个惊喜的补充，就是你提到的和昌耀在《僧人》一诗里反映出的这种“惶恐的高度体验”，至少在一年前，也就是在 1988 年，他就已涉及。1988 年 9 月 19 日昌耀在写给台湾诗人非马的信中，谈及他首次进藏的“极地感受”：

> 我称此行是一次生理与心理耐受强度的锻炼。是朝圣。圣者即大昆仑、大唐古拉。昆仑山口于黎明通过。抵唐古拉山口时值傍晚，司机曾特意停车让旅客稍作逗留，我也未失时机地从座舱爬出，刚一触地就觉下肢飘飘然已在作着“太空走步”，又觉煤气中毒似的（原就头疼），有心呕吐。我与少数几个下车旅客勉力朝后走了二三十步，瞻仰路旁一座石碑，方形碑石上镌刻着：“唐古拉山口海拔 5231 米”。其侧是一座以藏文镌刻的石碑，幡幢与哈达在风中嘶鸣，气氛森严。这是一个具有威慑力的高度。是一个让人感到孤独的高度。也有可能成为“人生极限”。回忆起此次“闯关”，我仍还感觉到那种异常，觉得山体那时是在脚底透射着一束束有魔力的光芒。那时我觉得自己就要晕厥了，但凭直觉又相信苦苦追求者可得超越。自有了这番体验，后来我也似乎就能理解僧人米拉日巴、莲花生等都是何以选择海拔 6714 米的冈底斯山脉主峰冈仁波齐作为苦修处所。他们此前几世纪以至十几个世纪留在那里的洞室至今还有迹可寻。

在书信里，昌耀就没必要再“真事隐”了。他向非马说出了他攀登的极地就是昆仑山和唐古拉山。也因为《昌耀诗文总集》收录了这封信，无形中，一封私信就与文学形态的《僧人》，构成了一种跨文体的“互文关系”。这时候，你再把昌耀时隔一年半之后写作的《僧人》一诗，和他之前写给文友的这封书信结合起来对读，你一定会有一种“照花前后镜，花面交相映”的感觉。那种虚实通会的趣味，又会给我们的阅读带来意外的喜悦。

憨敦敦：

“惶恐的高度体验”，昌耀不止在 1988 年表述过。真正意义上，最早的表述还要提前到 1962 年。这个时间坐标，至少让我们掌握到昌耀在他诗歌创作的早期，就已经出现向着高峰攀登的主题。这首诗作就是《峨日朵雪峰之侧》：

> 这是我此刻仅能征服的高度了：
> 我小心翼翼探出前额，
> 惊异于薄壁那边
> 朝向峨日朵之雪彷徨许久的太阳
> 正决然跃入一片引力无穷的山
> 海。
> 石砾不时滑坡引动棕色深渊自上

这次攀登峨日朵雪峰的体验，没有后来的那种落魄不堪，一个重要的原因是，那时候昌耀才 26 岁，正值年轻气盛之时。另一个原因，写作此诗的背景，与他在祁连山腹地八宝农场的劳改经历有关。我这里特别想借奥地利心理学家弗兰克总结的监狱心理学，来说明昌耀何以有一种亢进和审美的激情。按照弗兰克的说法，监狱心理学的第一阶段，犯人的心理反应症状是震惊、冷漠寡情、感觉钝化。当身心出现一种“退化”现象——精神生活变得更原始、更接近本能的时候，“精神生活还是有可能往深处发展。生性敏锐的人过惯了丰富的知性生活，在营中容或会吃足苦头（这种人体格多半柔弱），但他们内在的自我所受到的伤害却少得多。他们能够无视于周遭的恐怖，潜入丰富且无挂碍的内在生活当中。唯有从这个角度，我们才可以解释这个教人困惑的现象：看来弱不禁风的俘虏，反而比健硕粗壮的汉子还耐得住集中营的煎熬。”☆不但如此，犯人也会对大自然生发出审美的激情：

而下一派嚣鸣，
像军旅远去的喊杀声。我的指关节铆钉一般
楔入巨石罅隙。血滴，从脚下撕裂的鞋底渗出。
啊，此刻真渴望有一只雄鹰或雪豹与我为伍。
在锈蚀的岩壁但有一只小得可怜的蜘蛛
与我一同默享着这大自然赐予的快慰。

☆维克多·弗兰克著，赵可式、沈锦惠译，《活出意义来》，北京三联书店，1991年版，第30页。

> 内在生活一旦活络起来，俘虏对艺术和自然的美也会有前所未有的体验。在美感的影响下，有时连自身的可怕的遭遇都会忘得一干二净。从奥斯维辛转往巴伐利亚一集中营的途中，我们就曾通过车窗上的窥孔，凝视萨尔兹堡附近山峦沐浴在落日余晖中的美景。☆

☆维克多·弗兰克著，赵可式、沈锦惠译，《活出意义来》，北京三联书店，1991年版，第33页。

这类美感之于苦役者，仿佛是给他们苦难生涯的莫大慰藉和隐秘的犒赏。没有了它，生何以堪！这首诗主要的倾诉，当然是山峰之上的征服者胸臆里涌荡着的那种无上的快慰。但它也传递出高度所带给人的惶恐。你看，攀登者面对具有庄严色彩的“征服的高度”，还是显得极为谨慎小心，还不得不出现肢体上高度紧张的反应——“指关节铆钉一般楔入巨石罅隙”，“血滴，从脚下撕裂的鞋底渗出。”后来，也就是1995年，59岁的昌耀在《恓郁的生命排练》里，再次延续了惶恐高度这一主题，以及身处山巅高地的不良反应，只不过这次诗人采取了梦境的象征——可被视为他在50岁时写作的《内心激情：光与影子的剪辑》的后续版：

我与众人攀登在一座以条形石料砌筑的高山。是碧绿的与金字塔相类的高山。四处都是如此的类金字塔式山体。何等艰难、玄秘的符号喻示。我愈接近山巅，愈是有着一种将与高山一同倾覆的预感。

不知道“啼哭的星期五”是否过去。

但我知道爱人就等候在山的那边。

我因眩晕而觉呕吐，记忆开关随之断路。

于是我发现自己又一次“真实地”醒来。

又从戏剧的戏剧……的戏剧从容走出。

我仍不失为一个胜利者。

涧底松：

昌耀的表述里多次出现的“眩晕”，从病理学上来说，是一种常见的临床症状，表现为自身或周围物体的无序运动，轻则晃动不适，重则感觉天旋地转，身体翻动，同时可伴随有恶心、呕吐、汗出、心慌、脸色苍白、乏力等自主神经症状，亦可伴有耳鸣、耳闷、听力减退、平衡不稳等涉及前庭蜗神经的症状，是一种运动幻觉或运动错觉。作家、诗人很早就对此有过表现。德国学者安格利卡·威尔曼在她的一本书里写到意大利诗人彼特拉克写过的一封很著名的信，信中彼特拉克讲他登临普罗旺斯山区最巨大的山岳——冯度山山巅后的一种狂喜式的体验：“我站立在那儿，由于那不同寻常的气息和开阔的眼界，我不禁有些眩晕了。”☆彼特拉克的这种高处体验，我们大家在爬山或者站在悬崖边上时都曾有过。

☆陈虹嫣译，《散步—— 一种诗意的逗留》，华东师范大学出版社，2008年版，第12页。

法国汉学家、敦煌学家、法兰西学院院士保尔·戴密微从比较文学的角度，对“眩晕”有这么一节论述：

“眩”是《庄子》里出现的另一个主题。……在我们西方，这一主题出现的背景自然和中国很不相同。无限空间产生的“眩”是帕斯卡尔和基埃凯加尔（即克尔凯郭尔，笔者注）常常提及的。下面是神秘的神学家格雷古瓦尔·德·尼斯（希腊人，东方教神甫）于公元4世纪写的一段文字：

设若一陡峭之岩石伸向无底深渊，一人脚跟触悬崖之边端，足下无可踏之处，手上无可攀之物。试想一下此人此时此刻作何感受。这种境况正是超越宇宙而寻求存在于空间之外的真理的人所遭遇的。上帝、时间、办法，任何可供精神依托的东西，他都抓不到；任何可以抓得住的实在之物，他都攫不住。他头

晕目眩，八方无援，于是慢慢滑了下去。☆

☆《牧女与蚕娘——法国汉学家论中国古诗》，上海古籍出版社，1990 年 6 月版，第 83-84 页。

戴密微所指称的《庄子》里的这个“眩”的主题，最典型的一个表达，出自《庄子》外篇里的《田子方》。这个故事说——有一天，列御寇给伯昏无人表演射箭，他弯弓搭箭拉满了弓，在臂肘上放杯水，开始射箭，接二连三地连发几箭，稳定得就像一尊纹丝不动的木偶。站在一旁的伯昏无人说：“你这是刻意的、摆出姿势的射箭，而不是自如无心的射箭。现在如果我和你一起登到险峻的高山上，踩着危险的石头，身临百丈深渊，你还能像刚才那样射箭吗？”伯昏无人看见列御寇面露不服气的神色，于是就带着列御寇一起登到险峻的高山上。伯昏无人踩着危险的石头，身临百丈深渊，背对着深渊倒着往前走，直到大半只脚悬空在岩石之外的虚空里，伯昏无人这才邀请列御寇上前（“履危石，临百仞之渊，背逡巡，足二分垂在外，揖御寇而进之”）。而列御寇早已趴在原地，汗一直流到脚跟上（“御寇伏地，汗流至踵”，“怵然有恂目之志”）。这时候伯昏无人说：“凡是高人，都能上窥青天，下潜黄泉，纵游天下，神色不变。而你现在惊恐得都要眩晕起来，你射中靶心的希望就太危险了。”

这样看来，眩晕主题是攀登主题派生出的一个一再出现于中外文学的母题。

憨敦敦：

单纯的攀登主题，在当代诗人彭燕郊的《旋梯》一诗里表现得最为典型：

因为它高出云表，刺入蓝天深处，
翘首仰望时，总有烟雾缠绕。
拔地而起是为了上升、再上升，
视野便越过烟雾而控制了全景。

多少尘埃卷成团团迷茫，多少次围来，
攀登者却早已将它们抛在脚下。

上升，上升，上升中延展的圆形。
圆在伸展，流利的弧线在运动，
螺旋形追逐自己，永远追逐，分不出段落。
起点是上升，中途是上升，终点也是上升。

从左侧面瞭望又从右侧面瞭望，
一次扫视之后又得到一次全息景观。

上升，螺旋形没有后，没有前，取消前后。
上升，从六个角度抛弃前后。
上升，只有高和更高，取消低。
螺旋形的规律是：终点也不是结束。

攀登者把过程留给脚下的梯级，

他们正殷勤地在转折中进行有节奏的退却。

无限远的远距离里，上升，上升，
无限广阔里闪动着眩晕的微光。
团团烟雾不断缠绕、聚集、消散，
旋梯，沉醉于上升，转折点紧接转折点。

每一个转折点，闪光。云层里的霞光，
雾海上的航标，在闪光。

上升，上升，已经看得清清楚楚了，
那尖锋，那无限的碑碣，
那发着冷峻的光的
最亮点。

彭燕郊对攀登者形象和不断上升的运动的刻画，视角独特，意境的营造极为别致，充满一种哲理性的旨趣，他甚至还把山体与螺旋形旋梯的意象，处理成类似西方立体主义加抽象主义的视觉造型。诗里圣咏般的、声调崇高的上升主题，应和了时代的呼唤，给当时的诗坛带来了深刻影响，湘潭大学的学生，为此还在20世纪80年代之初，成立过一个名叫“旋梯诗社”的文学社团。我直觉到昌耀诗歌里的某些意象和主题，似乎也受到过这位前辈诗兄的唤醒和深微的启迪。

我前面说过，昌耀的攀爬上升主题有两种形式，一个是攀登山岳，一个是拾级登梯。

给攀登赋予朝圣的庄严意味，这在1988年的《悲怆》里就有了体现：

> 我知道路的南端是著名的太阳城，秉烛者正弯身鱼贯在一座宫堡，沿着梯道朝向灵塔殿攀登，那座大殿的每一峰山岳都以金银宝石镶嵌，内核是不朽的佛胎。我知道烛影摇动之下人们仰观这些山岳时，会如直面法老金字塔时似的内心激动，为自身的微不足道而甘愿承受劫波磨难，谦恭如同卑怯。

但昌耀也会赋予攀登一种沉重的意味，就像他在《哈拉库图》里表达的那样：“我每攀登一级山梯都要重历一次失落。”

而他的梯子意象，最初出现在20世纪80年代的作品里。像1980年《楼梯》里这样的诗句：“睡梦里总有熟稔的皮靴踏登回肠九曲的楼梯 / 步步高，直敲响神秘的穹空如同重重地锤击。”同一年稍后创作的《慈航》里的诗句，同样留给我深刻的印象：“在不朽的荒原。/ 在荒原不朽的暗夜。/ 在暗夜浮动的旋梯——”昌耀在这里使用的这个顶针格修辞，用得多妙啊：在句子的形式上，就有一种梯级式的、回旋上升的形式感和节奏感，而且，这个“暗夜浮动的旋梯”意象，和彭燕郊把高山想象为“旋梯”的表述，像是两人间不约而同的一个表述。这种现象多么不可思议，又多么神奇啊。相比之下，昌耀的造境更为新颖，有一种玄幽高远的意趣，山体偏于实在，而暗夜就虚渺得多，加上“浮动”一词，给人带来一种涡流状运动的无限美感。这种旋转向上的奇妙经验，其实早在20世纪60年代初，在昌耀《断章》一诗里，就萌蘖出这种浩瀚的、通向宇宙天体的美感经验：“这岩石上锥立的我正随山河大地做圆形运动/投向浩渺宇宙。”

如果稍作追溯，登梯拾级来自他的早期记忆。1999年，昌耀在他的传记自叙《我是风雨雷电合乎逻辑的选择》（未完成稿）中，向世人首次透露了他童年记忆中的一个“镜头”：

> 我与一位夫人沿着一部宽敞的红漆楼梯拾级而上，我的左手扶住旁边的护栏，夫人拽紧我的右手。我不断受到她的鼓励。而我也乐于完成这样艰难的作业。

这仿佛嵌下了他生命的玄机。他后来发展起来的上升主题、攀登主题，已经没有了“夫人的护佑”，他成了更加艰难的、孤独的攀登者，引领他的，已经是他内在的宿命和不断超拔的意志，以及山巅、太阳。耐人寻味的是，昌耀常常会把他生命的欠缺、无以弥补的遗憾，搁到梦境里去满足。1993年夏，他写下的《在一条大河的支流入口处》里有这么一节：

> 我感觉身边睡卧的爱人在梦里拈花含笑踏行清波如履自动扶梯逐次升高，发髻之后有一缕蓝光似烟，透射出思维深邃的彩幅……

涧底松：

这简直就是《洛神赋》里“凌波微步，罗袜生尘”和现代优雅女性的一个古色今韵的合体。我还琢磨到这么一个有意思的地方，昌耀似乎只要写到扶梯、台阶之类，大多会把它们投射在一种阴柔的、优雅的、高贵的、渺远的境地里，而且还都投射出南国缅邈的水意，我印象里就有这样的诗句：

> 但你已转身折向更其高远的一处水上台阶。
>
> （《圣桑〈天鹅〉》）

> 在这深夜，月光如水，十二层楼台好似白玉扶梯叠向幽冥。
>
> （《自审》）

憨敦敦：

楼梯、楼道之类，在巴赫金的视野里，属于梅尼普体的典型场景。这个场景最大的认识或者哲理的功能，就是以一种“危机的时间”揭示命运忽升忽降的变数、人生轨迹戏剧化的转折。为此，我特别提醒你注意一下昌耀1996年写作的《风雨交加的晴天及瞬刻诗意》一文。这篇文字字数有点儿长，大致上的内容是说“我与她并肩沿着R肿瘤医院的长廊往楼下走去”的时候，在一个“人秋以来最为红火的一个晴日”，在适巧走到楼梯之间一个弯道的对接处时看到了一幕人生惨境：“我窥见了人类平日易被尊崇掩盖了的尴尬——面对死亡威胁的无奈”：

> 一个以红色涂料黥面的可怕男子被无可如何的家人粗鲁地挟持两肋，出现在底层楼口。我见他稍作喘息，乏力地朝上扫视了一眼，仿佛是借此积攒气力。但头颈一软已耷拉在胸前，与齐肩悬置的两臂一齐垂向地面。……他几乎是被绑拐一般从我们身边带上楼去。步随其后，是一头颅肿大的男子。初看面孔囫囵，了无窍孔，一派混沌。待他以同样的方式被挟持上楼，我回头一瞥，从畸形的脑后发现了那面只能后视的窄小五官。……最后一个受难者是一青年女子，鼻梁四周是出于同一需要以同一红色涂料黥刻的、可感凌辱的矩形标记——镭“照射野”。他们垂向地面挲开的掌指是痉挛的语言，呻唤着痛苦。目送着这样整整一支队列过去，我仿佛已度过了一个漫长的黑夜。

这个楼道里的发现，呈示出昌耀极度的悲观体验：人生的斗争，“没有一点诗意，即便只在瞬刻。”这一点我想在后面讨论坠落、下降主题时再作展开。

涧底松：

我想起加拿大杰出的批评家诺思洛普·弗莱的原型理论。他探讨西方传奇作品的原型主题时，分析说：“上升叙事与形象”的主要观念，“关乎逃脱灾难、记忆，或者关乎发现自己的真正身份、越来越多的自由以及打破咒语和蛊惑等……上升的主题也有两类主要的叙事分支：从低级的世界上升到现世与从现世上升到更高级的世界。”☆上升的过程，充满了诸多形象，如攀爬、飞翔、高塔、梯子、螺旋上升的阶梯、放箭或者从海中到陆地等。这些情形在昌耀那里，也有过表现。

☆孟祥春译，《世俗的经典》，世纪出版集团、上海人民出版社，2010 年版，第 143-144 页。

我还想起俄国民俗学家弗拉基米尔·雅科夫列维奇·普罗普有关登梯的讨论：“登梯子的渡越与树密切相关。从什捷尔恩堡提供的材料中我们已经看到，萨满树采用了梯子的形式。一个俄罗斯故事里讲道，有一棵豌豆长到了天上，‘于是成了一架通天梯’。这架梯子不仅用来登天，还用来登山：‘于是山上立刻出现了一架梯子。’”☆“在古代埃及人的某些木乃伊身旁能找到一些小巧的梯子，灵魂们可以顺着这些梯子入地或登天……这架梯子归战神塞特管辖。‘塞特与太阳神及其群神有联系，因之古代传说称塞特为这架梯子的掌管者。凭借这

☆贾放译，《神奇故事的历史来源》，中华书局，2006 年版，第 272 页。

架梯子死者可以登天去见太阳神——塞特自己有时也爬梯子上去。'"☆他还指出：渡越反映的是"渡往彼世的观念"。

☆贾放译，《神奇故事的历史来源》，中华书局，2006年版，第274页。

这些研究，未必一一对应于昌耀创作的语境，但它们会给我们"侧看成峰"的启示。

憨敦敦：

真正精彩、深刻的地方，是昌耀把上升/攀登与下降/坠落主题像麻花一样拧在一起。这种结合，把昌耀的诗歌书写，提升到了哲理境界，一种双面人生，一种风月宝鉴似的深度观照。

在《艰难之思》里，昌耀弥足珍贵地记录下他劳改生活的一瞬，也是初涉上升/攀登与下降/坠落主题：

> 1958年5月，我们一群囚徒从湟源看守所里拉出来驱往北山崖头开凿一座土方工程。我气喘吁吁与前面的犯人共抬一副驮桶（这是甘青一带特有的扁圆形长腰吊桶，原为架在驴马鞍背运水使用，满载约可二百余斤）。我们被夹挤在爬坡的行列中间，枪口下的囚徒们紧张而悚然地默默登行着。看守人员前后左右一声声地呵斥。这是十足的驱赶。我用双手紧紧撑着因坡度升起从抬杠滑落到这一侧而抵住了我胸口的吊桶，像一个绝望的人意识到末日将临，我带着一身泥水、汗水不断踏空脚底松动的土石，趔趄着，送出艰难的每一步。感到再也吃不消，感到肺叶的喘息呛出了血腥。感到不如死去，而有心即刻栽倒以葬身背后的深渊……

1994年写作的《近在天堂的入口处》一诗，是这一双向主题兼容的典例：

> 酷似青蛙的一只小动物随我沿着陡直的通向天堂的木梯攀登。它甚乖巧，每待我登高一级，立稳，它才纵身一跃，落到我胯下两脚之间的横木。我们已经接近天堂的入口。而恰在此时，我颤抖的脚肢失慎将那只跃起的小动物中途挡翻。骇然的事情就这样发生了。
>
> 我见坠落中的小动物怒不可遏，将躯体迅速膨起，像是一只充气的橡皮球，而在触抵尘埃的瞬间，得以被高高弹起，几与天堂入口平行。可惜重心偏离，没能回到梯级它原在的位置，重又垂直落向地平。然后是同一过程的重复。我感受到了它逐渐升级的不可救治的愤怒，好比一个一再受挫的跳高选手已经是在绝望地跑向自己有待征服的高度，不达目的毋宁死。……

一面是酷似青蛙的小动物沿着陡直的通向天堂的木梯攀登，一面又是它在天堂入口处的台阶上被人失慎挡翻后的坠落。它上升、坠落的重复，夹杂着一丝西西弗斯寓言的荒诞气息，更有着《唐·吉诃德军团还在前进》里那种明知不可为而为之的血性和反抗意志。

三年之后的1997年，昌耀在他的另一篇具有文本意义的作品《挽一个树懒似的小人物并自挽》里，变调式地双向重现了上升/攀登与下降/坠落这一兼容性的主题：

> 出事之前他是一个树懒似的存在，值守在厂房顶楼接通的一组风泵管道弯头。无巧不成书，当我沿着楼梯登到楼道最高一级，背负的笈（《玄负笈西行图》里的那种书箱）恰好顶撞到他蹲在着的那个旮旯，将其管道一侧的电闸挂断。……他顷刻遭电殛。只见管道弯头在山崩地裂般的哗变中截断，他只"哎呀"了一声就被裂洞囫囵吸入深渊，人体在管道中一层层向下抛落，直达最底层。残酷的过程伴随一个生命的寂灭也终于完结。

成双成对的矛盾关系——上与下、楼顶、最高一级与深渊、最底层，完全像陀思妥耶夫斯基的复调思维一样，只不过在昌耀这里不像陀氏那样动辄就以长篇巨制的小说形式出现，他是把自己的表述浓缩铀似的变成了微型化的诗性散文。这种风格也是他迟暮风格里蜕变出的文本奇葩。

涧底松：

这种上升与坠落的兼容性表达，让我不肯绕过美国当代著名版画家洛克威尔·肯特的版画。

肯特在20世纪20年代末到30年代初，创作过三幅表现人在悬崖上攀登的版画。它们分别是《在峭壁上》《在悬崖上的少女》《登山者》。三幅版画表现的情境大致上相同，只是《登山者》为一健壮的男人，其余两幅均为悬崖边上的少女。她们的共同点都是在攀登到山巅的时候，头朝峭壁下探望，面孔上的脸色煞白，显露出生怕坠入脚下万丈深渊的极度惊惧。

在文学上，我最早读到的有关悬崖上的坠落与上升主题的诗篇，是老诗人曾卓的《悬崖边的树》：

> 不知道是什么奇异的风
> 将一棵树吹到了那边
> ——平原的尽头
> 临近深谷的悬崖上
>
> 它倾听远处森林的喧哗
> 和深谷中小溪的歌唱

这是诗人在20世纪60年代身处逆境之时所写。从心理体验上说，"悬崖边的树"让人有恐惧、危险、眩晕的联想。但诗人却给这一危境，加进了一种缓解的

它孤独地站在那里
显得寂寞而又倔强

它的弯曲的身体
留下了风的形状
它似乎即将倾跌进深谷里
却又像是要展翅飞翔……

力量，把“即将倾跌”的那份向下坠落的重力，用“飞翔”的、向上的力量消解之后提升上去。

我的朋友郭建强在他的第二部诗集《植物园之诗》里有一首篇名叫《悬》的诗歌。我把这首诗看作是郭建强的诗剧微电影。还原一下，不过是自然界最稀松平常的一幕：一只蚂蚁为寻找食物，攀缘在一株大丽花上。这没有多少诗意，只不过是一个自然现象而已。可是，诗人在他的放映厅，只是换上了一件梦境的滤镜镜头，这一回投影到我们头脑里的影像就发生了根本性的变化：

一只头颅肿大的蚂蚁
紧抓大丽花的叶缘
微风荡漾，左摇右晃
指爪之上是虚空，腰尾之下是深渊
而凝聚了半生的雨滴
就要晶莹地冲撞面颊

诗里面值得注意的一个词是“肿大”，它是一个病理学意象，它在医学上的意思是肌肉、皮肤或黏膜等组织由于发炎、淤血而体积增大。从社会学的层面来说，这跟一个生命的受伤、挨打的经历有关，肿胀、肿大在他的诗集中是一个出现频率很高的词语。如果把“肿大”换成“硕大”，它的表述只是一个形态上的度量描述，可是“肿大”一词，既有形态的描述，还隐含着这是一颗变了形的头颅，一颗不再是正常比例的头颅，一颗受伤的头颅。就是这只头颅有些受伤的蚂蚁，在接下来的情形里，完全坠入了一种极端化的危境里：一是它所处的位置因为微风的摇晃，一直处在动荡不安之中；二是它的上半身，向上面对着浩瀚的虚空，而它的下半身，则向下面对着深渊；三是在以上这些可怕的威胁之中，它还面临着另一样即将降临的遭遇——一滴“凝聚了半生的雨滴 / 就要晶莹地冲撞面颊”。

与前面昌耀的《近在天堂的入口处》里那只酷似小青蛙的动物，已经发生的从台阶上的坠落，到《挽一个树懒似的小人物并自挽》里小人物“在管道中一层层向下抛落”，无论是曾卓悬崖边上的树将要跌落、将要飞翔的未完成状态，还是郭建强《悬》里的蚂蚁正在经历的危境，他们都把上升和坠落悬置起来，以一种悬而未决的惊悚，蕴蓄着未来的发生。昌耀则是把一个诗境凌厉地处理成悲剧性结局，以悲剧性的意志，重复着殊死的复仇。综观昌耀的诗歌，他其实已经在《僧人》一诗里，和盘托出他的生命诗学原则：

升华和沉沦无疑是昌耀在人生炼狱里面对的两难抉择。他自然选择了升华，选择了向上的力量。尽管接下来他要面临惶恐的高度，面临眩晕。

你自奉人生就是一次炼狱，
由此或得升华，或将沉沦。
你是一个持升华论者。

1953

人桥

1954

你为什么这般倔强
——献给朝鲜
　　人民访华代表团
我不回来了
放出的尖刀

1955

船，或工程脚手架
高原散诗

1956

鲁沙尔灯节速写
山村夜话
鹰·雪·牧人
弯弯山道

1957

林中试笛（二首）
边城
月亮与少女
高车
海翅
水鸟
水色朦胧的黄河晨
渡
寄语三章
激流
群山
风景

1959

哈拉库图人与钢铁

1961

鼓与鼓手
踏着蚀洞斑驳的岩原
这是褐黄色的土地
荒甸
筏子客
夜行在西部高原
凶年逸稿（在饥馑的年代）

1962

我躺着。开拓我吧
晨兴：走向土地与牛
水手长—渡船—我们
猎户
影子与我
八月，是一株金梧桐
峨日朵雪峰之侧
天空
古老的要塞炮
良宵
夜谭
这虔诚的红衣僧人
给我如水的丝竹
断章
家族
黑河
酿造麦酒的黄昏

1982

生命
木轮车队行进着
鹿的角枝
日出
风景：涉水者
太息（拟古人）
子夜车
月下
所思：在西部高原
在山谷：乡途
纪历
河西走廊古意
在玉门：一个意念
花海
在敦煌名胜地听驼铃寻唐梦
戈壁纪事
青峰
雪。土伯特女人和
　她的男人及三个孩子之歌
城
　——悼水坝工地上的五个浇筑工
野桥

1983

母亲的鹰
　——悼六个清除废墟的工人
听曾侯乙编钟奏《楚殇》
春天即兴曲
浇花女孩
驿途：落日在望
赞美：在新的风景线
腾格里沙漠的树
草原
垦区
印象：龙羊峡水电站工程
背水女
天籁
放牧的多罗姆女神
雪乡
排练厅
晚会
边关：24部灯
旷原之野
　——西疆描述
荒漠与晨光
高大坂
山雨

1984

人物习作
黎明的高崖，有一驭夫朝向东方顶礼
河床
圣迹
她站在剧院临街的前庭
阳光下的路
古本尖乔——鲁沙尔镇的民间节日
寻找黄河正源卡日曲：铜色河
去格尔木之路
海的小品
致石臼港海岸的丛林带
巨灵
时装的节奏
思（古意）
西行吊古
大潮流
即景：五路口
《昌耀抒情诗集》初版后记
邂逅——赠南海G君

1985

芳草天涯
答《当代文艺思潮》编辑部
四月
雄辩
牛王（西部诗记。乙丑正月）
夷（东方人）
人·花与黑陶砂罐
《巨灵》的创作
色的爆破
秦陵兵马俑古原野
某夜唐城

们！
的船夫
”

63

[illegible]
]章
、的篝火

予情
-拟"阿哥与阿妹"

1965

秋辞

1978

海的诗情及其他
致友人
——写在一九七八年的秋叶上
秋之声（其一）
秋之声（其二）
秋木

1980

楼梯
题古陶
车轮
雕塑
卖冰糖葫芦者
慈航
春雪
伞之忆
山旅
南曲
寓言
我的街
怀春者的信柬

听涛
行旅图
碧玉
祁连雪

1964

明月情绪
海头

1967

冰河期
高原风
啼血的"春歌"
——答战友
无题
大山的囚徒
郊原上
美人
我留连……
乡愁
一九七九年岁杪途次北京吟作
京华诗稿
归客
冬日：登龙羊峡石壁鸟瞰黄河寄兴
落叶集
黑河柳烟
高原风采

1979

早春与节奏
随笔（审美）
江南
西子湖
南风
栖霞山
生之旅
长沙
莽原
湖畔
烟囱
节奏：123……
——答问
对诗的追求
驻马于赤岭之敖包
风景：湖
丹噶尔
关于云雀
划呀，划呀，父亲
——献给新时期
建筑
轨道
城市
乱弹琴
——也算"通信

1981

昌耀诗文年谱

根据青海人民出版社《高车：昌耀诗歌图典》（2020 年）“昌耀简明年谱”（张光昕编）整理

1986

J心激情：光与影子的剪辑
日园
巨离
青日
一代
云境·心境
翔翔鸟翼
一百头雄牛
穿牛仔裤的男子
人间
门
黑色灯盏
小人国里的大故事
美目
虐
在雨季：从黄昏到黎明
两个雪山人
司命
太阳人的寻找
稚嫩之为声息

刹那
嚎啕：后英雄行状
——为 S 君述
回忆
幽界
金色发动机
白昼的结构
灵宵
躯体与沉默
冷色调的有小酒店的风景
舞台深境塑造
长篇小说
周末嚣闹的都市与波斯菊与女孩
造就的时代
猿啼
广板：暮
冷太阳
达坂雪霁远眺
眩惑
锚地

生命体验
诗的礼赞（三则）

之美：
去病墓西汉古石刻

之鼓
肾小禾程犁《跳丧》壁画图卷）读后
之象
热风
夏天的对比色
站立
鸡

钢琴与乐队
悬棺与随想
东方之门
我的诗学观
谐谑曲：雪景下的变形
晚钟
我们无可回归
空城堡
头像
巴比伦空中花园遗事

洞
淡淡的河
艰难之思
庄语
立在河流
日落

诗章
玛哈噶拉的面具
《昌耀抒情诗集》
再版后记
听候召唤：赶路

1987

昌耀

循化县座谈会

附　录　二

十八帧拉页

十八年光阴

昌耀破茧成蝶的人生拐点

敦煌鸣沙山

啃。那条狗从地上爬起，先伸了一个长长的懒腰——热情不足，而后望他摇摇尾巴，前倨后恭。"嘿，哈罗！"卡车司机戴白手套的那只手下垂在驾驶舱车窗之外，拍拍车门，作了一个佯装扣击的手势，一脸的讪笑。其时，夕照亮丽如水，正涂染在他的脸部、手臂。他微微翘起的短髭透出一种伶俐、聪明、秀美。后颈的肤色绯红而康健，像新浆洗晾晒的手织土布那么洁净，具有质感。

　　着装笔挺的门警对此熟视无睹，仍专心致志弯身擦拭自个儿皮靴尖上一处小小的污点。卡车准确无误地从两根方形柱础间驶出了门道，然后加足马力向远方驰去。每日里，这一切都已在不自觉中形成一种程式，配合默契。

1996.5.27．凌晨

大柴旦风景

玉蜀黍，每日的迎神式

如意宝塔一般，一座摩天楼成为顶天立地的玉蜀黍——时间的雕像。我们欣赏它，以其体块累积的美感、意义深度与耐受的内质，直如朝谒时间本体，窥其堂奥。

我曾以一种极为平民且极为贵族的方式合掌胸前，迎接秋熟后的一穗玉蜀黍，剥去羽衣，光彩夺目，我所能叹服的奇迹，一个个坚实的日子、黑夜与白昼，正是此刻那些镶嵌在坚实墙体因灯光通透而凸现的窗口了：那些饱满的子实。

生命敏感的区域，是时间。

我在一个又一个日夜的昂奋期待中，因屡屡失望而有所疲惫了，丧失了“感觉”的感觉已像显出钝化的口器乃至性器，神性殆尽。

然而，这时在黎明的背景中仿佛恢复的青春，展示了一穗子实金黄的玉蜀黍，光彩四溢。我惊异生命是这样不依不饶地直立起自己的时间雕像，永远保留着穿透一切经验的那一神性感觉。

1996·8·9

尕斯库勒湖

春天漫笔

——记K省一次新春聚会

对于高寒地区的人们，此处自成一统的封闭式门厅既温暖舒适而又富于想象。早有礼仪小姐分立廊厅导引。踩在蓬松的绿地毯，感觉四壁投射的灯影也是淡而柔的绿意。宾客散处过厅两侧，或坐或立细语交谈。都属K省艺坛精英。不久，请入座。我就近入席，同桌三男两女，温文尔雅。桌中置一盆茉莉花枝婆娑，有盎然春意。主持人致词，顺为介绍百忙中莅会的两位正副省长并与会各路神仙。发言开始，工作人员往来于席间将一柄电声话筒递到讲话人手里。随后，我亦亲受此物。这支形质优美、镂丝细密的镀镍金属圆柱体简直就是一件可以把玩的艺术品，沉甸甸的，手感特好。我对之轻轻运气，尝试着吐出一声"诸位……"立即觉着已被笼罩在自己制作的由四方袭来的浑厚音响，脑后音嗡嗡然。真是一种奇妙体验，感觉是一隐身的自我从一隐身的天穹对着大地倾诉，那声音柔韧悦耳，饱满厚实，足可自我陶醉。但却陌生。我觉着是由某位名伶借助我的口型而经由他的胸腔朗诵一则独白。惶惑中的我于是戛然而止。……

以上算是一段闲笔，漫散铺陈中或可一见我彼刻内心的愉适、快意？下面，我将记叙省长即席讲话的大端，甚于我实在别具一种境界

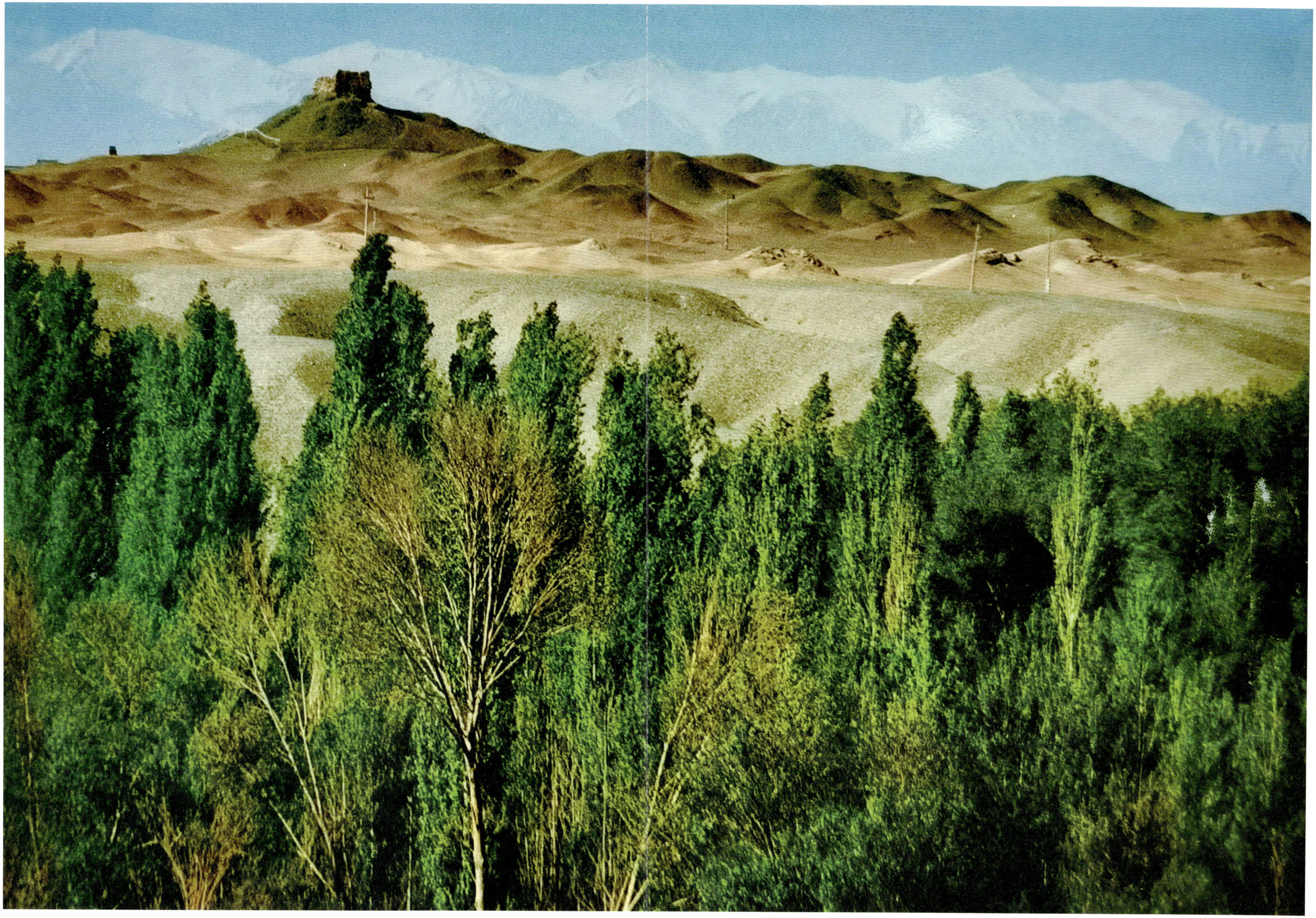
敦煌阳关

与意义。

省长大人讲到经济发展与文化建设之间补益的关系。讲到荒原上沉睡几万年的盐湖没有使百姓富裕。讲到多年来省内一系列重大基础设施的建设其实正是为着包括盐湖的苏醒与文化补益在内的总体腾飞作准备。他说："这种条件今天才算成熟。"与会者一阵欣慰：贫穷使得这个偏远省份及其子民在国人面前备受屈辱、羞愧与悲哀。

然而省长大人说，他是听了一位摄影家朋友叫他"应该到K看去"的忠告，才毅然从京都来到这个偏远高寒闭塞的贫穷之区。讲到西部巡视途中几次在一处著名雅丹地貌停车观瞻。强烈的风蚀作用将地表切削分割出无数兀立于天地的塔楼、城堡，置身其间撼人心魄，总有万种感受。"该吹的都吹走了。"省长大人说，"该留下的都留下了。从中可以看到一种精神。"我听出了一种对于"坚守者"的礼赞。接着，谈到与一位画家同车在草原访问遭遇"八月飞雪"：那里是一片花的原野，晴空万里，转眼间大雪飞扬，四野茫茫。不久雪霁天晴，那些花朵复从积雪掩映下颤动着探露出一片姹紫嫣红。"那是一种精神。"省长大人仍以此前那种概叹方式如此作结。

1996·2·13

敦煌鸣沙山

"太阳诗人"远行

——悼念艾青

昌耀

5月5日下午约5点38分，国外华语新闻广播报导诗人艾青于当日去世。翌日晨，中央广播电台的新闻印证了这条消息。近许多年来，艾青疾病缠身，体质每下愈况，让我辈每每为他感到沉重。

艾青属于我父辈一代的诗人。艾青的去世给中国诗坛带来的悲凉，意味着中国新诗开创以来，自鲁迅、郭沫若等少数具有旗帜意义的诗人先后故去之后，诗坛再次留下了"空位的悲哀"。他是在他的同一代诗人里最后一个离去的硕果仅存且为众望所归的诗人，这种"悬空"的哀痛，在一个未可期许的时日内将无可获得补偿。

因之，艾青的去世，又是作为亲历与缔造者的——他的诗歌时代的终结。

艾青以他的家世、身世、多舛的命途，让人动情地看到：他始终是这样一个将人生意义与国家—民族前途、时代要求自觉融合一体的真纯诗人。因此，他从"彩色的欧罗巴"其所以带回诗的"芦笛"，并非仅是出于最初作为一个青年美术家的一时浪漫之想。他是一个知识分子型的手持芦笛的歌者。或者说，他始终是一个知识分子型的手持芦笛的战士。他完美地集歌者与战士两种角色于一身。让人感觉到，他其所以成为一名歌者，盖因他首先还是一名战士。他正是以这支可引为自豪的、造自无产者巴黎的芦笛，多次为"巴黎公社"投去怀旧之

敦煌鸣沙山

声，并从这种精神血缘联系确定了自己与“巴黎公社子孙”同一的属性。那是一个看重理想甚于生命的时代。而他的诗歌创作也正是始于中华民族救亡图存的危难时刻。他深感于“近百年来被奴役的耻辱”必是要以子民们自己的鲜血去洗刷。于是，他自觉走向痛苦，走向“比一千个屠场更残酷的景象”，走向生命的付出。

我尤为喜欢他写于1932—1945年这一时期的诗篇。可以断言，若没有艾青这一时期的重要作品提醒世人，这个诗坛对于后人将缺少一些辉煌与个性。记不清是谁的话，意谓艾青是一“太阳诗人”。的确，即使从其写于那一时期的一些诗作的篇目，也不难感受到那种熠熠生光的物质或意象。他以自己经典意义的作品与理性人格被众多不持偏见的世人看作是一位具有世界意义的“太阳诗人”。艾青具有的象征意义在我国近代文学的先贤祠里因而很自然地成为了这样的精神偶像，而使人感到亲切、慰藉，并为之鼓舞。就此而言，一个立不起偶像、也没有偶像可立的时代才是最可悲切的。

艾青不是一个富贵的诗人，不是一个传统观念里的那种有福份的诗人，作为利己的人生，或可看作是一种遗憾，——正因如此，他与富贵的诗人才得以拉开距离、档次，而这正是一个可畏的高度。他以自己的精神体验与造境证明了什么才是有意义的人生。他突破了这一高度。就此而言，艾青又理所当然地是一位政治诗人。这是诗人可成就其辉煌的基本条件或要素。不是“政治化”。但一个有影响力、有深度、刚烈的诗人却不可能出息于“非政治化”。

敦煌鸣沙山

举凡我从阅读所见识的惠特曼、聂鲁达、洛尔迦、卡夫卡、波特莱尔……直至陀思妥耶夫斯基（他不仅是"小说家"）无一不透漏出一种平民性，一种哀民生之多艰的凛然，一种政治倾向性。他们都属于有政治抱负感的诗人。

如果说，1979年我得幸摘掉"荆冠"作为"归来者"归来，曾有拜谒某一名人的意愿，那么，仅是艾青。不为慕名。我一生似乎缺少对权贵、名人的神秘感。我关注的仅是其"文本"意义。受我敬重者，视作先进、前辈，或总领群伦的导师。更多的是被我视作朋友。至于结识与否并不重要。但是，在1994年11月里的一天，我走过西宁街头某桥，从摊放在人行道水泥路面待售的一批破旧书刊中，一本黄封皮的书跳入了我的眼帘。这是1956年版《艾青诗选》。我欣然将这本曾给予年青的我以耳濡目染并滋养的诗集携返我的陋室，于扉页题辞数行，其一曰："1956年我曾购过同样的一本（《艾青诗选》），莫非此本又为我先而复得？人生是一本辛酸苦辣的书"，而设想某一日忽有便另得诗人亲笔签名。

一个名人的辞世是可能带出一批相干与不相干者的大小文章的，其盛况可与名人寂寞的晚景形成强烈的对比。我尚难预测诗人艾青是否会碰到此种难堪，但我已经为之写作，是一读者与后生的感怀，行文至此，已自惭言赘笔冗。

艾青诗名永驻。

1996.5.6，于西宁

敦煌鸣沙山

诗人

李蕾

没有路的路上，你已经走得够远了
可是你，没有看见来往的人
无边的漫漫呵，漫过脚踝、胸口或眼睛
你却没有熄灭你曾是被风囚禁的一盏油灯

没有阳光的点燃，你依然摩擦生火
于是冶炼得头颅象鹰，触角遍体，布满慧根
然而，你也只是无人疼养的一个孩子啊
多少年兀自盲从命运的裁决

猜想你的歌一直都是颔首嘬唇沉默着唱的
猜想你的诗一直都是掩门呕心蘸精血来写的
如此的底蕴完全裸露出一个拥有灵魂的徒步者
缪斯一觉醒来把一粒珍珠镶上你沧桑的前额

于是修饰你多半都要刻意加上"西部"二字
于是你就替代了深远、苍凉、孤傲而不屈
这不使梦者当醒，这不使迷者当悟
玻璃晶体黯淡了，请看码字的那些职业手

1996·7·5

大柴旦炼钢厂旧址

诗人写诗

诗人作为美的象征，我相信中外古今对此争议不大。根据是：世上一些用以表示人格身份之美的美好语词都可能与诗人的价值或存在相关，或是诗人的同义语。如称之夜莺、杜鹃、金丝燕。如称之预言家、谪仙人、立法者、赤子、战士、哲人、鼓号手。如称之世界的良心、时代的触角、民族之魂。不一而足。

自然，也不免于恶谥，如称"凤歌笑孔丘"的楚国诗人接舆为楚狂。如是，即使是"狂人"也无损于诗人的令名。

对于我，一个干旱的西北内陆成长起来的男子，诗人首先意味着诚实、本份、信誉、道义、坚忍，以至于——血性。此间生存条件酷烈，造就了对水份的珍惜，因此，哪怕是眼泪，也宁可往肚里流。哪怕痛得肝胆欲裂，也仅有流泪的狂想，难得一滴泪水。因之，对于诗人的作用或成因的理解，我更倾心于自己的一种说法，即，诗人本是"岁月有意孕成的琴键"。其称"有意"，是出于圣贤的话——"天将降大任于是人也，必先苦其心志，劳其筋骨，饿其体肤，空乏其身，行拂乱其所为"。诗人正是这样地被特定的历史时空所造就，一旦诗人作为"琴键"成立，其襟怀抱负发之于声，正是心灵化了的对于特定的历史时空的真诚感受。诗人是时代能动的感受器，其感受本身，就是直接外化的作品。是以我至今仍保留着对于"文以载道，诗以言志"古训的敬重，主张

小柴旦海市蜃楼

为一位诗人在其生活的年代，都应是一部独一无二的对于特定历史时空做能动式反应的"音乐机器"，其艺术境界可成为同代人们精神需求与生命的驱动力。

文择，我要从"琴键"的说法转到下一个喻指。在我看来，一个拥有这样色彩纷呈、禀赋各异的"音乐感受器"的诗坛，可比之于西土庙堂圣殿雄心勃勃建构起的庞大管风琴演奏系统，——我听过那样的演奏。据知，在没有电力能源的古代，这种难得一闻的演奏，是以几百、上千个体力劳动者同时运作爆发而得的体力做为动力，带动特殊的器械装置为之鼓风，使频频注入数百根、数千根金属或木质管孔，发出来足以与其规模相称的、令人心旌摇动的乐音。那声响有着无可比拟的恢宏、盛大、厚重，气氛营造庄严肃穆，通向遥远深邃的空际，直达于众神所栖的堂奥居所。我听到了那一乐章。在诗化的虚构空间，在一片感恩的合唱声，高踞于无所不能之上，众望所归的神性，乃是朝圣者自己以音乐的呼息向外扩散的人道吁求，是可资品味的人性折射，并是为整体默契朝向一个光明顶之的向心力，透射出滋润心田之理性光泽。人在造神的心灵恍惚中感受到作为人自身的庄重与精神超越，而拒斥可能的沉沦。崇高与辉煌神圣成为抵制"荒芜"的本能要求。我不能忘怀那样的一次英雄般地管风琴演奏，并对那样的庙堂圣殿留下深刻印象。然而比之于我们的诗坛，那种"众望所归的神性"——一种无可抗拒的精神感召力，我以为尚未能于之谈，不成规模，更或是脑息缀结，而这恰恰具有

准此，那么

我是说，

气流

声

言自

同

之

成为

演

一种普遍的疑虑，

尕斯库勒采油区

本质的意义。精神的匮乏，只有从精神的丰足中摄取。而精神的贫弱不足孵化、养育或造成一代诗的精神。而精神的暧昧则只能生成"尴尬"、"晦涩"、"百无聊赖"，乃至"荒诞"。

那么，神性正意味着澄明、镇静、无惧，因拥有的生命意义而可带我们走出困境。

我不想一般地引述有关诗坛如何的言说了。凡此种种我仅可归之于"历史现象"的一种"浮光掠影"，与否决以诗人一厢情愿的能奏功。而我欣然的是，目前"诗人写诗"的状态，却正部分地证实了我在一篇短文里对前面的期许："现实正帮助我们社会全体形成这样的共识：艺术必将回到精神，而精神就是诗人，就是艺术家。"

1996.10.18

如何之类

以下宜整饬

西部油田采油小景

会心于文献

——庆贺《江河源》副刊创办四十年

昌耀

对时光流逝的感觉，说不准是迟钝了抑或是敏感了些。得知本报《江河源》副刊已届四十华诞，我似未太觉其速至，亦未太觉其来迟。但毕竟记起1957年之夏倏忽离去也有四十载了，而油然忆及当年“反右派”的政治阴影对于国家、民族未来乃至于如同我这样一介平民的意味。如此，倒使我忽有所悟：《江河源》从诞生之日起就已和国家、民族、平民百姓休戚相关，并是一种不止于地理源流象征，而且实有着命运展示意义的缩微存在。

《江河源》副刊四十年来作为一间“文学作坊”（无丝毫贬意）从此出道的作家当不在少数，提供的精神产品若编选成册当也卷帙浩繁可观。联想到几十年风云变幻、人情冷暖向背，我揣度谋篇结作必当留下时代烙痕的文学作品，其存在不只是为地方文学发展、流变得失积存了一份难得的资料与研究文本，也为历史留下了佐证。我不知副刊编者有无意图选编

小柴旦盐湖

这样一套四十年选集，若果能如是，其史料意义、其文化积累意义、其作为精神载体“切片”的意义，决不亚于仅只作为文学欣赏的价值。

我是《江河源》副刊读者，偶尔间也是作者，一较之于用手写作，我是一个尤愿以眼涉猎报章而得偷闲的懒汉。而我对于省内文坛的印象，也大体得之于《江河源》，因为我以为一份办得不错的地方报纸副刊在当地文学信息的传达可以更便捷、更浓缩、更简明，故可收“管中窥豹”之功。际此佳日，我谨以上述两种身份寄出我对于《江河源》的祝贺并谢忱。

无疑，《江河源》仍将高寿。假如这一推断可被当作一个“发现”，那仅在于是一个笨伯发现的笨理：继之以代的生命当无限。而《江河源》原就是这样一个让流光常驻不竭的容器，使有价值的成份因时沉淀，——据说，海洋底部数量可观的金属结核系源于生物成因。我会心于这种文献意义，并语之于《江河源》编者。

1997.5.27

西部油田采油小景

记尼娜·丘金诺娃

昌耀

尼娜·丘金诺娃是圣彼得堡的一位青年女诗人。中国作家代表团抵圣彼得堡的次日，陪访的俄罗斯作家协会朋友奥列格特意将她介绍给了中国作家，请其以诗人身份陪同我们访问普希金城。

印象中的尼娜·丘金诺娃是一位性格内向、不苟言笑的女性。或者说，她是一位更乐于沉思、慎于谈吐而对语言十分吝惜的诗人。这在社交活动中可能被视作一种缺陷，但我对此却别有会心，以为在异国他乡遇到了同好。

我团是前苏联解体后第一个出使俄罗斯的中国作家代表团，接通了中俄两国作协组织中断多年的人员互使。有人提议，莫如让两国诗人间作品的直接交流就从此时此地此际开始。这个即兴的动议既出于友好，又略含几分调侃意味：尼娜·丘金诺娃是唯一随团陪同我们访问的俄罗斯女诗人，我则是团里唯一写诗的中国作家。此议立刻在一片笑语中被主宾双方接受。

约定的时日，女诗人与代表团翻译家刘宪平连同我本人聚会在我们下榻的圣彼得堡宾馆，由他俩口授笔录将拙作《划呀，划呀，父亲们》译作了俄语。译介过程中，我则随时回答有关提问。此种合作方式新鲜而有趣。但是我得承认，这种译制也让我感到作为原作者的某种尴

敦煌鸣沙山

症。——我是说，在译制的过程中，我身临其境地感受到了诗语译作之难直可让人抓耳挠腮一筹莫展，比如"步武"如何对译？直觉告诉我，不可能在汉语之外的语言找到一个与此相类的词语再现我所感受到的那种厚实与抽象意蕴。不，即便在汉语之内也不可能找到这样一个相类的词语。碰到这样的提问，我只好兴叹而苦于讲不出。

写到这里，我或应趁便记述一下女诗人智慧的话语了；——不是指说话的智慧，不是机智，——那都有些人为、世故成分。而是指缘自本份，常看自己思维痕记的"重大发现"。那时，一旁的朋友见译诗陷于困境，便向女诗人解释："昌耀平时言语本就不多。"女诗人答道："是的，诗人说话多了就没有时间用于思考了。"于是有朋友打趣说："昌耀吃饭也不多。"女诗人坦然承认："是的，我也是这样。诗人主要是以精神作为他的食粮。"尼娜·丘金诺娃说起这些时很当真，一脸的肃穆。我欣赏她的神情及其所持毋庸置疑的道理或主张（在别人看来或不免当作"煞有介事"似的）。

尼娜·丘金诺娃整理、润色的拙作俄文译本在我们登车返莫斯科时已由其定稿并打印就绪，将在圣彼得堡文学杂志《阿芙乐尔》发表。女诗人本人的诗作，在代表团飞返北京后已由刘宪平从其诗集选出八首译作汉语。译诗的甘苦已如我前述，但我相信诗毕竟可以迻译。其所以然，在于诗作不可不有一诗的内核（其所以为诗者）——可得而提取的干物质，其具有普遍的对人生的揭示意义，感情可被融通。不

1997 年 7 月赴海东采风团在循化文都班禅大师故里房顶合影

然，不谙俄语的读者何从认识普希金、莱蒙托夫、勃洛克、阿赫玛托娃的诗艺及她们不可替换的美学价值？

尼娜·丘金诺娃秉性质朴，衣着亦十分质朴。她的诗的形式可以说甚至是“守旧”的。她近期才从德国讲学归来。她是一个旨在有所为的诗人。读她的诗，让我隐隐感觉到贯穿于俄罗斯经典作家中的那种立身民众、关心社会进步、抗拒命运勇于自由思想的传统，系有所为而作。凡此种种都印证了我当初对其个性的判断：她善于思考而吝于语言。是的，她的诗的主题也多偏于冷凝、严肃，不动声色。在这个世纪末的黄昏，人情世象似乎都一反常态，罩于莫可名状的失落之中：下一个纪元会是新世纪的曙光？我愿将怀有更多忧患意识的诗人引为同道。

1997.12.3

1988

以适度的沉默，以更大的耐心
酒杯
——赠卢文丽女士
热苞谷
纪伯伦的小鸟
——为《散文诗报》
创刊两周年而作
悲怆
盘陀：未闻的故事
燔祭
内陆高迴
受孕的鸟卵
恓惶

1989

元宵
听到响板
骷髅头串珠项链
眉毛湿了的时候
干戚舞
窗外有雨
小城淡季
消夏
一只鸽子
记诗人骆一禾
浮云何曾苍老
哈拉库图
幸福
——为香港诗人蓝海文博士选编
《留在世上的一句话》撰稿
唯谁孤寂
两幅油画：《风》与《吉祥蒙古》
远离都市

1990

卜者
故居
紫金冠
象界（之一）
鹜
苹果树
极地居民
在古原骑车旅行
陈述
一片芳草
僧人
江湖远人
雪
空间
严肃文学的境况怎样，
回答说：还行！
——在《青海日报》社
一次讨论会上的发言
齿贝
头戴便帽从城市到城市的造访
给约伯
先贤
黎明中的书案
她
西部诗的热门话
谣辞（那刻月光凄清迷离）
作家劳伦斯
西乡

1991

处子
跋《淘的流年》
图像仪式
暖冬
北冥有鱼，其名为鲲
——彦涵木刻作品
圣咏
冰湖坼裂·圣山·圣
——给S·Y
涉江
——别S
非我
91年残稿
呼喊的河流
盘庚

992

怵惕
·痛
《天鹅》

——呈献东阳生氏
是夏天
——兼答“渎灵者”
运之书》自序
英雄泪

冲刺

。篁与我

花朵受难
——生者对生存的思考
螺髻
场（精神的。辐射能的。历史感的……）
晚云的血
报诗人叶延滨书

露天水果市场
偶像的黄昏
苍白
秋客
这夜，额头锯痛
一幢公寓楼
工厂：梦眼与现实
自我访谈录
俯首苍茫
拿撒勒人
红尘寄序

1993

降雪·孕雪
有感而发
一天
我见一空心人在风暴中扭打
自审
诗人们只有自己起来救自己
踏春去来
在一条大河的支流入口处
意义空白
堂·吉诃德军团还在前进
大街看守
毛泽东
薄暮：沉重之后的轻松
诗人与作家
一种嗥叫
勿与诗人接触
生命的渴意
宿命授予诗人荆冠
（答星星诗刊社艾星并兼致叶存政、杨兴文）

1994

诗
播种者
罹忧的日子
人：千篇一律
享受鹰翔时的快感
近在天堂的入口处
小满夜夕
凭吊：旷地中央一座弃屋
灵语
答诗人 M 五月惠书
火柴的多米诺骨牌游戏
街头流浪汉在落日余晖中挽车马队
地底如歌如哦三圣者
菊
深巷·轩车宝马·伤逝
混血之历史
纯粹美之模拟
迷津的意味
与蟒蛇对吻的小男孩
答深圳友人 HAOKING
戏剧场效应
读书，以安身立命

1995

意义的求索
任重道远
——为《绿风》诗刊百期纪念而作
贺风龙摄影创作的意义
春光明媚
百年焦虑
划过欲海的夜鸟
淘空
钟声啊，前进！
戏水顽童
感受白色羊时的一刻
荒江之听
圯上
一个青年朝觐鹰巢
折叠金箔
梦非梦
悒郁的生命排练
一份“业务自传”

1996

冷风中的街晨空荡荡
昌耀近作·前记
沉重的命题
——致 XX 先生
灵魂无蔽
裸袒的桥
从启开的窗口骋目雪原
幽默大师死去
（一次蓦然袭来的心潮）
西域：断简残篇之美
过客
与梅卓小姐一同释读《幸运神远离》
话语状态
（两种状态：怡然或苦闷）
时间客店
醒来
载运罐装液体化工原料的卡车司机
玉蜀黍：每日的迎神式
S 山庄胜境登临记
夜者
我们仍是泥土的动物
（诗辑《青海风》主持人语）
紫红丝绒帘幕背景里的头像
你啊，极为深邃的允诺
夜眼无眠
顾八荒
一座滨海城市。棕榈树。一位小姐
——给 H
风雨交加的晴天及瞬刻诗意
诗人写诗
给 H 君的碎纸片
睛光白银一样耀目
噩的结构
今夜，思维的触角
再致 H
我的死亡
——《伤情》之一
土伯特艺术家的歌舞

1997

无以名之的忧怀
——《伤情》之二
寄情崇偶的天鹅之唱
——《伤情》之三
两只龟
我的怀旧是伤口
人境四种
苏动的大地诗意
兽与徒
——有关生命情节
告喻
与马丁书
挽一个树懒似的小人物并自挽
序肖黛《寂寞海》
从酷热之昨日进入到这个凉晨
秋之季，因亡蝶而萌生慨叹
相见蝴蝶
语言
权且作为悼词的遗闻录
一个早晨
——遥致一位为我屡抱不平的朋友

199

海牛捕
主角引
——
相信生
面对“
音乐路
关于《
致史前
一个中
（灵
与
《昌耀

昌耀诗文年谱

根据青海人民出版社《高车：昌耀诗歌图典》（2020 年）“昌耀简明年谱”（张光昕编）整理

1999

0 世纪行将结束
——影物质。经验空间。潜思维。正在失去的喻义
（一首未完成诗稿的断简残篇）
面假人的寒战
尔特再次保卫萨拉热窝
——一个中国人对北约八国联军
侵略南联盟所持的民间立场
漏之下留驻的乐章美甚
兵。青铜雕像。鸟儿
人冰冰
是风雨雷电合乎逻辑的选择
——昌耀自叙（未完成稿）

其先生，
彡创作《天葬台》题句
的暖房”
诗坛在行进中》
小的彩陶罐
俄罗斯
的浸礼：
俄罗斯诗人们的对话）
己

“练字”与“懒得写诗”
——兼说“音乐无内容可言”
嚣声过去
——“灵觉”之一
滴漏之夜：似梦非梦时
我这样扪摸辨识你慧思独运的诗章
——代信函，致 M
请将诗艺看作一种素质
苏州歌舞团三人舞《春之韵》
陌生的地方
我早年记得的陕西乡党都远走他乡了

答记者张晓颖问
一十一支红玫瑰

2000

附　录　二

1

昌耀先生的《一天》

我依稀记得有一次与昌耀聊天，他十分难得地提及他写过的一篇没有完成的小说，其中有一个情节是小说里的人物站在火葬场边上，看着自己被焚化的骨灰从高大的烟囱里化为缕缕轻烟而浮想一生。这种怪诞的文学类型，很容易让我们评鉴为现代文学中所常常标举的“现代感”“超前意识”“ 荒诞性”等名目，而浑忘它久远的文脉牵连着庄子和骷髅对话的那番骇俗的想象力。之后，遥承这种遗韵而成就旷世奇文的，尚有汉代张衡的《骷髅赋》，晋代陶渊明的《自挽诗》，宋代秦观的《自作挽词》。到了离我们最近的时代，在文学中有此遗响的作品，前有鲁迅的《野草》(篇什中最著名的像《颓败线的颤动》《死火》《死后》《失掉的好地狱》《墓碣文》)，后有钱锺书的短篇小说《灵感》。如果我们把视线稍稍推到域外，西方文学里此种类型的鼻祖，恐怕是古希腊作家中那个喜欢以夸张变形为能事的卢奇安（周作人翻译为“琉善”，出版有《路吉阿诺斯对话集》)，添上俄罗斯作家陀思妥耶夫斯基和著名文艺理论家巴赫金，一定会邂逅于天庭某处的沙龙，相互间素瓷静递，莫逆而笑。谈笑间，兴许会扯到梅尼普体的投胎转世，扯到拉斯柯尔尼科夫的梦境，扯到“岁月孕成的一排琴键”和《挽一个树懒似的小人物并自挽》……

昌耀先生这种以“死后之我”审度“生前之我”的艺术思维，在文本上的呈现，始于他 1987 年夏天写下的《诗章》。在这部作品的第 3 节里，昌耀这样记录他在自家窗前观测窗外物事的情形：“我一夜站在阳台监察水文，设想自己仍是披着淋湿的少年的长发，脸上的雨和泪光漫漶。我设想自己百年之后会以另一种物质形态注视我此刻站立的阳台。”在这两个“设想”中，前一个“自己”仍是阳世里的肉身，而后一个“自己”，则已是“另一种物质形态”——中国民间信仰和神秘体验里历来冠以死后世界里的“阴魂、游魂”之属。这种从“自己”中分化出观察者和被观察者两方面的方式，被著名学者钱锺书命名为诗歌造境的“倩女离魂法”。在这里我们想进一步指出，这种分离自我的精神形式，也是人的高级存在方式。杨绛在她的散文《丙午丁未年纪事——乌云与金边》中，叙及她在“文革”中经历的批斗场景时，使用的便是“倩女离魂法”：

我戴着高帽，举着铜锣，给群众押着先到稠人广众的食堂去绕一周，然后又在院内各条大道上“游街”。他们命我走几步就打两下锣，叫一声“我是资产阶级知识分子！”我想这有何难，就难倒了我？况且知识分子不都是“资产阶级知识分子”吗？叫又何妨！我暂时充当了《小赖子》里“叫喊消息的报子”；不同的是，我既是罪人，又自报消息。当时虽然没人照相摄入镜头，我却能学孙悟空让“元神”跳在半空中，观看自己那副怪模样，背后还跟着七长八短一队戴高帽子的“牛鬼蛇神”。☆

☆见《将饮茶》，北京三联书店，1987年版，第170页。

这个分身而出的“元神”，正是自我分离出来的观察者，一个既寄存于体内，又可以脱身外出的存在。

这无疑是中国文学史上一种崭新的时空观和崭新的生命体验。这种新锐的艺术美感和诗学理念，在20世纪80年代，在中国文坛正在经历伤痕文学、寻根文学思潮之际，昌耀就已经开始迈出了他矫矫不群于当时文坛的步履。翻开《昌耀诗文总集》，单看一些诗篇的题目，我们就已经能感觉到他身上的那种“众辙同尊者摒落，群心不际者探拟”（史震林《西青散记》卷七）的创造力。像什么《关于云雀》、《雪。土伯特女人和他的男人及三个孩子之歌》（神似惠特曼的造句法）、《古本尖乔——鲁沙尔镇的民间节日》、《色的爆破》、《高原夏天的对比色》（油画家式的视觉印象）、《象界》、《鹜》、《谐谑曲：雪景下的变形》（音乐和绘画杂糅的视听感觉）、《巴比伦空中花园遗事》、《一天》、《噫嗬：后英雄形状》、《长篇小说》……诸如此类怪异得令我们头皮一紧、眉头一皱、脑筋急转也是一头雾水、一路迷津的诗题，不仅以一种超前的速度和悟性将我们落在刚刚苏转的文学氛围里，而且也完全颠覆了我们已有的诗歌理念（与此可堪一比的是前一阵子被媒体喻为“文学鲁滨逊”的老作家木心，诗题也是异常玄怪，像什么《白夜非夜》《从薄伽丘的后园望去》《我劝高斯》《指纹考》《论鱼子酱》《论德国》《〈凡·高在阿尔〉观后》《某次夜谭的末了几句》，等等）。昌耀此时在文学上的大步流星，造成了我们认知上的愣怔，即使时至如今，我们还是对于他超前的文学探索，处在失语或闪烁其词的窘境里。这就好像一个不在人们期待里的跳水运动员，忽然从高台上向下坠落的过程里，完成了一连串无人尝试过的、连续旋转、空翻的高难度动作，他健美的身躯甚至压出了几近无声的微小水花，他完美的程度因为大大超出了观众和评委的预期，以至于游

3 泳场馆出现了好久都没有出现过的静场。

在我刚才随意罗列出的有限篇目里，《一天》是我这篇文章想要专门探寻的一首诗歌，它在昌耀的作品中具有多重特殊的意义。

首先，这首诗歌是一篇跨文体写作。按照诗题的语义，它是指 24 小时这么一个时间长度和在这个时间长度里出现的事情，这应当是以注重叙事为特点的小说所念念于心的元素，尽管我们从《诗经》时代的诗歌里就有叙事的成分，但叙事仍然不是诗歌构成的核心元素。值得注意的是，在写作这首诗之前，昌耀在 1986 年写下“观念超前”的诗作《长篇小说》。在这首诗的题记部分，我注意到昌耀特别引用了瑞士文学评论家、理论家沃尔夫冈·凯塞尔在《语言的艺术作品》里所表达过的一种在当时极为先锋、新锐的一种文学理念：“全部世界（在崇高的声调中）的叙述叫作史诗；私人世界在私人声调中的叙述叫作‘长篇小说’。”这暗含着昌耀不仅把诗歌首先与散文打通、兼容，更意味着他已经把诗歌和更为广博的小说文体☆融合在一起，从而打破了文体间长期浇筑成的坚固界线，最大限度地释放了作家自由不羁的心性，摆脱了固定的文体模式对于创作思维的拘囿。这或许意味着昌耀在心目里已经把《一天》视作他所期许的一种“长篇小说”，他的目的，就是借助这种文体上的越界，给诗歌输入异质的元素，以便“不断增进其感官的精神性和多重性”。☆

☆德国古典浪漫派美学家施莱格尔把小说视为“包罗万象的文体”。

☆尼采著，周国平译，《悲剧的诞生》，北京三联书店，1986 年版，第 365 页。

其次，这是昌耀借用钱学森的说法，而想要锐意拓展出诗歌的“哲理性审美层次”的尝试，也是他有别于自己那些“地域诗”、单纯的抒情诗而另辟蹊径的新探索，是诗歌从传统的性情抒发向以哲学为本体的现代诗歌意识的决绝转身，是浩瀚诡异的玄思和不可象喻的抽象感觉、知解力在诗歌中日益增长的弥漫度。对此，我们发现在中国当代诗歌界习焉不察的一个现象是，昌耀诗歌的这种转型，不是一个孤例（否则，它就不可能成为一种高度的合乎文学规律的创作，成为对他之后的诗人和作家有重大启示意义的创作，而仅仅是他个人的诗学旨趣）。差不多与此同时，比昌耀大 16 岁的中国现代诗歌前辈、七月派著名诗人彭燕郊，在 1984 年他 64 岁时开始了让年轻诗人叹为观止的“衰年变法”，创作了一系列中国新诗史上前所未有的诗作。彭燕郊70岁时发表的长篇散文诗《混沌初开》（2万余言），80岁时发表的长诗《五位一体》（400多行），也是不约而同地朝着“哲理性审美层次”的狂飙式突进。他们一南一北，殊途同归于诗艺的现代境界，甚至于在思想、艺术、美学观念的前卫性与独创性上，乃至生命的际遇，他们竟然都有着貌异心同的高度契合，尤其在延续鲁迅先生那种通过自我反省，重新审视灵魂、审视诗歌的方式上，更是有着惊人的一致性。只是彭燕郊的诗学变革已经被诗坛和许多评论家惊异的目光所关注，而昌耀诗学变革的分量，还远远没有被人们充分地掂量和评估。

《一天》这首诗的正文前面，昌耀加入了一段引语。用引语作为文首题词或卷首题词，这是西方作家惯于使用的写作方法。如今已有学者把引语视为“互文性手法”，指出“引用总是体现了作者与所读书籍的关系，也体现了插入引用后所产生的双重表述。引用汇集了阅读和写作两种活动于一体，从而流露出了文本的写作背景，或者说是为完成该文所需的准备工作、读书笔记以及储备的知识”。☆昌耀加入的这段引语，已经进行过简约化的处理（只截取了最末的一句），这段帕斯卡尔的片断体文字完整的表述是：“我要同等地谴责那些下定决心赞美人类的人，也谴责那些下定决心谴责人类的人，还要谴责那些下定决心自寻其乐的人；我只能赞许那些一面哭泣一面追求着的人。”它的出处是帕斯卡尔的《思想录》。作为17世纪的一位旷世奇才，帕斯卡尔在他39岁短暂且病弱的一生中，在哲学、数学和物理学等领域都有卓绝的建树。他的哲学迥异于其他哲学家的地方，就在于他是在人的悲惨境遇里探明出路的一种哲学，是带着体温、身心痛楚感的哲学，这样的特点，在昌耀的大诗歌观里，一定会被指认为是生命的诗篇。在人类精神的相互欣赏与认同中，我们可以说，那异样的生命存在，其实在更高的形式上，是彼此的另一个自我，这也就是昌耀引用帕斯卡尔思想的深衷。这个引语的另一个功用，暗示着这首诗将具有通常的抒情诗难以负荷的沉甸甸的“思想”。

☆蒂费纳·萨莫瓦约《互文性研究》，邵炜译，天津人民出版社，2003年版，第37页。

“今天终于是一个痛快的日子”这个诗句，在诗中以重复的形式得以强化。“痛快”一词，在长期的使用当中，原本暗含着的双层含义，被约定俗成地简化为只是表示积极情绪的“高兴、畅快”之意。而昌耀在这里使用它的时候，这个词语的“单声”性已经还原为具有丰富语义指涉的“双声”性。其实在写这首诗之前，他在1991年写给诗人赵红尘的《红尘寄序》里，就已经使用拆解词语的方法，使其原本混含的两意，在惯常的单一意指中重新恢复了多义性——“……痛快，人生岂能无痛，痛则快矣，不痛则不快。”这种杂糅情感，在语言中多有表现，譬如有一个“切口”（指一个阶层（如贼、乞丐）所经常使用的特殊而秘密的词汇，也用来指帮会或某些行业中的暗语），把我们常常表达的“哭”，叫作“着水笑”，这个意象虽然怪诞、诙谐，但在意表之外反映出底层人对这种复杂情感的洞察。明代画家八大山人在他的题款上把“八大山人”四个字草写成类似“哭之笑之”的视觉效果，也是出于对某种复杂体验的表达。在反复的细读中，我们会恍然大悟，布莱兹·帕斯卡尔的这个名句“我只能赞许那些一面哭泣一面追求的人”，可不就是对“痛快”一词的绝妙阐释和定义？

接下来我们来看看昌耀的《一天》究竟是怎样的“一天”？他又用怎样的时间材料，构筑了这个既被他限定又被他绵延的“一天”。

一个特别重要的标识，就是这首诗的写作时间：1993年1月23日，这“一天”恰恰是癸酉年的春节。昌耀选择这么一个独特的时间刻度，一定有其深刻的用意。

从其文本中我们获知的头一条信息是“今天终于是一个痛快的日子”，它所包含的生命体验的双重性、感受的杂糅性，我们上面已经有所阐释，现在我们需要补充的是，在这个句子里出现的“终于”这个副词，意味颇深，它所表示的是经过种种变化或等待之后出现的情况，也就是说这个副词的意味，恰似莱辛所说的那种“富于包孕的片刻”，约略延伸一下它的意义，正是钱锺书《读〈拉奥孔〉》里的这段文字：“这似乎把莱伯尼兹的名言应用在文艺题材上来了：‘现在怀着未来的胚胎，压着过去的负担’。抽象地说，时间的每一片刻无不背上负重而腹中怀孕。在具体人生经验里，各个片刻有不同的价值和意义；负担或轻或重，或则求卸却而不能，或则欲放下而不忍，胚胎有的尚未成熟，有的即可产生，有的恰如期望，有的大出意料。艺术家根据需要，挑选合用的片刻情景。”☆

☆《七缀集》，上海古籍出版社，1985年版，第41页。

另一条信息则是这个时间刻度所具有的深刻的双重性、诸种人生况味的兼容性：“今天是一个弃旧迎新的日子。”其巨大的文化和生存的揭示力量，借用巴赫金的节日研究理论，便可昭然若揭。巴赫金指出：“节庆始终同时间有着本质性的关系。节庆的基础始终是一定的和具体的自然(宇宙)时间、生物时间和历史时间观念。同时，在其历史发展的一切阶段上，节庆都是同自然、社会和人生的危机、转折关头相联系的。死亡和再生、交替和更新的关头始终是节日世界感受的主导因素。正是这些关头——通过各种节日的具体形式——造成了节日特有的节庆性。”☆春节作为中国民间最隆重、最富有特色的传统节日，历来在中国人的文化和心理体验里，被民众共同体认为是一个“弃旧迎新”的时刻，而这个时刻常常被喜悦、希望的内心体验所强化的时候，它所隐含的另一重意义、另一番滋味却被欢庆中的人们所忽视或掩盖。而昌耀在这首诗里试图要恢复的，或者说他所看到的这一天，却处处都带着双重意味：“痛快的日子”是既包含痛苦也包含快乐的日子，是“弃旧迎新的日子”，是“旧”不能尽弃而“新”尚不能全然拥有的日子，如此冷峻的审视，还原出峻刻、峥嵘的人生本相，还原出“死亡和再生、交替和更新的关头”。

☆《巴赫全文论选》，中国社会科学出版，1996年版，第104页。

这样的况味，我们曾经在鲁迅先生的《祝福》里品尝过。当年鲁迅也是选择了颇具地方风俗的绍兴“谢年”大典，也就是新年“祝福”的礼仪，来揭示那被节日的欢欣屡屡遮蔽掉的、如祥林嫂一般悲苦的人生境况——一方面，“从白天以至初夜的疑虑，全给祝福的空气一扫而空了，只觉得天地圣众歆享了牲醴和香烟，都醉醺醺地在空中蹒跚，预备给鲁镇的人们以无限的幸福”。另一方面，祥林嫂就在鲁镇人家醺醺然沉浸在连绵不断的爆竹声和团团飞舞的雪花拥抱了全市镇的时刻，在鲁四老爷家迎过福神的时刻，静悄悄地倒毙于凄冷的河边。如果说鲁迅当年更多的是站在社会学的角度来控诉那个旧时代，昌耀则是通过以人类学、哲学为本体的现代忧患意识，从与存在主义作家相契合的体验里，从时间性与人的生命际遇的联系当中，来审视人的存在境况。

这种诗学观念的转换，是昌耀诗歌自觉趋近当下社会的敏锐感应，是他对于现代艺术精神超前于同时代许多作家的高度领悟。这种领悟，不仅体现在他自20世纪80年代开始创作的许多探索性的诗作，也体现在他在艺术观念、艺术思考上的高度自觉。最具代表性的一则思考，就是他在1986年写下的《诗的礼赞》一文，这篇文字透露了他在诗学上迥异于诗坛主流诗风的另一条路径：

头绪诸多的现代生活的快节奏总是使人感到躁动不宁与变幻莫测。有许许多多的焦虑。

有许许多多的渴望（包括人自身的超脱）。一方面，惑于人的主体意识日渐沦丧，一方面又期求瞬刻的对一切的把握与洞察。在这样的心境中寄情于艺术的人们日益不耐烦于传统的叙事与抒情及实用功利的说教（哪怕是侃侃而谈），他们首要的是审美的真诚与审美表达的和谐，是理解，是审美悟性的满足。是钱学森教授称之为表达了“哲理性的世界观的层次”、可与个人的“世界观合拍”的美的追求。惟进入此一哲理性审美层次，美的本质特征作为人的本质力量的对象化才有可能充分展示，人的自我实现才具可能。惟其如此，才是本来意义的“美的艺术”。以追求“现代感”为“意识觉醒”而寻求通向世界之路的艺术探索者们正是着眼于这一‘最高层次’而给予抽象美与艺术的抽象以前所未有的关注。“美的艺术”正是他们急于攀摘的果实。时代本身已造成了这种默契：惟如此才合情合理。时代与历史也确实具有某种默契，美之为美自具一定规律，不然，我们何以惊异于人类远祖分处大洋两岸、赤道南北，各不相属，却不期然而然地创造了形制相仿的舟车或彩陶。☆

☆《昌耀诗文总集》，第396页。

这个“哲理性审美层次”，是我们阐释《一天》的前提。但这还不够，我们还必须联系他在1990年致李万庆的一封信中勾画自己创作历程的简略轮廓时表露的创作理念：“长期以来，我多习于从一个角度去认识对象，习于寻找惟一的答案，习于直观的形象感受，习于语言的沉稳、确定，习于推理性表现，习于写实，等等。对此惯性的‘突破’，是伴随着一个时代的到来而到来，惟其如此也才不无价值。是意识到人不仅作为群体存在时才有价值。是文学的自觉。是共生态下的日渐变小的地球在人们心理层面造成的焦灼投影。是对于一种大化淳流境界的憧憬。是这种回归遥遥无期引发的不可耐受的浮躁，等等。因之，我已不太习于从一个角度去认识对象，不太习于寻找惟一的答案，不太习于直观的形象感受，等等。但若称此变化为艺术观念的进步又莫不使人感到茫然？一切惟在立足于生活感受之上的兼取与匠心独运，惟在个性、意绪、情调的和谐及具有的感染力，而勿论中外今古传统现代。”

如此的诗学自白，“是文学的自觉”，是个体意识对复杂社会形势的深度观照和精敏的感应，是个体意识对社会变革中出现的社会危机的警觉，这种艺术观念既让昌耀在诗歌创作上萌生了层出不穷的新意象、新意境，也让他的诗作与整个现实的多样性和复杂性，有了极具深度和美感的同频共振与映照。昌耀自述里对种种惯性的“突破”，使他成为中国当代作家中臻及优异表达质量的少数作家之一，大多数作家之所以裹足不前，之所以难有革故鼎新的“突破”之举，就是因为他们一直未能疗治他们思维深处的一种痼疾，这种痼疾，被学者王晓明在他著名的《90年代与“新意识形态”》一文剖析得清楚极了 :“中国人本来是擅长精微和复杂事物的民族，可是，由于近代以来社会和民族危机的持续刺激，更由于50年代以后国家对人的精神生活的严密整理，还由于80年代中期开始，鄙弃精神爱好、偏重物质利益的风气愈演愈烈。各类普及教育和高等教育纷纷倾向应用和技术学科，人文教育迭遭砍削，90年代中国人的精神生活是越来越粗鄙化了。除了金钱和时尚，别的都没有兴趣，不读诗歌，不习惯沉思，稍微抽象一点的东西就看不明白，甚至迎面遇上了美妙的事物，他都毫无感觉——这样的精神和心理状态，在今天的社会中非常普遍。而这种精神粗鄙化的一个严重的症状，就是那种简单机械、非此即彼的思维习惯在我们中间肆意蔓延。”☆

☆见《中国大学学术讲演录》，广西师范大学出版社，2002年版，第159页。

在世界文学的范畴里，这种“不太习于从一个角度去认识对象，不太习于寻找唯一的答案”的思维，和陀思妥耶夫斯基那种“共时并置”的艺术视觉和体验，遥相暗合。根据巴赫金的研究，“陀思妥耶夫斯基善于在同时共存和相互作用之中观察一切事物的这一不同凡响的艺术才能，是他伟大的力量之所在，……这种才能使他对此刻的世界有着异常敏锐的感受；在别人只看到一种或千篇一律事物的地方，他却能看到众多而且丰富多彩的事物。别人只看到一种思想的地方，他却能发现、能感触到两种思想——一分为二。别人只看到一种品格的地方，他却从中揭示出另一种相反品格的存在。一切看来平常的东西，在他的世界里变得复杂了，有了多种成分。……在每一个现象上，他能感知存在着深刻的双重性和多种含义。……封闭于这一多样展开的一瞬间，并且停留在这一瞬间之中，使这个瞬间的横剖面上纷繁多样的事物，各显特色而穷形尽相”。☆《一天》的结构艺术，正是这么一个“多样展开的一瞬间”。

☆巴赫金著，白春仁 顾亚玲译，《陀思妥耶夫斯基诗学问题》，北京三联书店，1988年版，第62-63页。

第一节里出现的第二个句子，是让整首诗里的时空陡然间阔大、悠远起来的一个具有心脑功能的句子。按照通常的情形，节庆是具有神圣性的集体时间，是个人把原本属于私人的生活时间，转化为一种社会群体的、共同分享的公共生活的时间，这是一切节庆的特点和功能。

而正是这句“自虐的人秉烛夜咏独善其身”，使诗中的诗人得以从众人的氛围和节庆的场合分身而出，他的整个世界早已从此刻分心，而旁骛于另外的天地。这决然是诗人有意的选择，尽管他在第五节里佯装着如此陈述：

今天是一个弃旧迎新的日子，
面粉是新麦碾磨，香油属于头年的芝麻。
糟糕的是我将仪轨完全忽略，
没有聆听金鸡报晓。
我在山岳凭吊失声的万马。

对节庆“仪轨的忽略”，意味着昌耀在他的意念里并没有把“这一天”（春节）体认为一个世俗意义上的特别时刻，因此在“这一天”（春节）莅临的时刻，诗人竟然还在深宵“秉烛夜咏”。“秉烛夜咏”的意蕴，应当是从古人“秉烛夜游”的表述中化来。在古代的语境里，无论是像《古诗十九首》里表述的“昼短苦夜长，何不秉烛游”，还是像李白《春夜宴桃李园序》里感慨的“夫天地者万物之逆旅也，光阴者百代之过客也。而浮生若梦，为欢几何？古人秉烛夜游，良有以也”，其显豁的意思都是在颂扬“及时行乐”的人生观，而昌耀却把“秉烛夜游”改换为“秉烛夜咏”，一字之易，已经暗示出一个夜不能寐的苦吟诗人的形象，这还不够，他又给这个“秉烛夜咏”的诗人形象，冠以一个反讽意味的限定：自虐的人。自虐，本有着消极的意味，可是和“独善其身”关联起来，又生出清高、淡泊、脱俗、洁身自好等等道德品性。《孟子·尽心上》里就提出了“穷则独善其身，达则兼济天下”的儒士处世法则，吴宓先生曾在他的《雨僧日记》里，节译柏拉图《理想国》的一节文字来阐释“穷则独善其身”：

君子生当率兽食人之世，固不同流合污，偕众为恶，而亦难凭只手，挽既倒之狂澜。自知生无裨于国，无济于友，而率尔一死，则又轻如鸿毛，人我两无所益。故惟淡泊宁静，以义命自安，孤行独往。如此之人，譬犹风洞尘昏、飞沙扬石之际，自栖身岩墙之下，暂为屏蔽。眼见众生沉沦不可就医，而若吾身能独善，德行终无所玷。易箦之时，心平气和，欢舒无既，则亦丝毫无所憾矣。☆

☆吴学昭《吴宓与陈寅恪》，清华大学出版社，1992年版，第8页。

从吴宓的这节批识中，我所独赏的是其中包含的“独善之勇气”，或者说“孤独的勇气”。历史上，凡是成就自己为健全、清醒、刚健的个人者，莫不以离亲叛众为人生的道途，因为据社会学家的研究，个人一旦进入群体，他的个性便会湮没，群体的思想就会占据统治地位；而群体的行为往往表现为情绪化和低智商。☆

☆参见古斯塔夫·勒庞的《乌合之众》。

昌耀诗性智慧的矛盾性，一方面在于他深悉“迄今为止的现代人还毕竟免不了终是一个‘政治的人'，还要依赖着身外的精神价值，寻找'集体性的社会'以安身立命"（《读书，以安身立命》）；一方面他又"意识到人不仅作为群体存在时才有价值"，常常"遁逃的萌动渗透到血液"（《迷津的意味》），他正是屡屡以精神的逃逸而别开人生和人性的另一空间，以精神的逃逸抵抗庸鄙、麻痹的人心，他要以此赎回的，是时间中孕成的那个真实的自我，那个还用人性的灵光探照着人世悲欣的自我，一句话，他要打捞起沉溺于人海的那个单个的人的价值。

按照通常的写作路数和昌耀自己的文化积淀，这首诗因为涉及春节这个与神话、传说、信仰、风俗娱乐相交织的时间纽结，可以穿插、编织绵密而深郁的历史、人文意象，而昌耀这一次并没有进行如此冗长、宏大的铺陈，甚至也没怎么去发动他那磅礴、辽远的社会学、民俗学式的想象力，他牢牢抓住的，只是作为个体存在的自己在生命历程里所经历的那些刻骨铭心的瞬间，那些目击心验的"心灵的急就篇"，那些心血来潮时跃然纸上的理性锋芒。为了呼应一种崭新的思维方式——"期求瞬刻的对一切的把握与洞察"，昌耀在这首诗里使用了当代诗歌里罕见的时空压缩技术，也就是他自己发明的"将痛苦的时空压缩"为"失去厚度的'薄片'"（《〈我的死亡〉——〈伤情〉之一》），其结果必然是文本密度的不断增强，仿佛一块小小的存储卡对庞大信息的集纳和浓缩。正像卡尔维诺在读伏尔泰的小说《老实人》时，发现这部作品令人激赏的地方在于它的节奏"一系列不幸事故、惩罚和屠杀轻快地在书页上奔驰，从一章跳到另一章，不断分岔和繁殖，……使读者感到一种神采飞扬和野性的原始生命力"一样。☆我们在阅读这首百行诗歌的过程中，脑海里纷至沓来的是酒宴、目遇街头烧伤毁容的乞丐、远行西天、在蛮荒之地遭受鹰隼袭击、弗兰西喇嘛的传奇经历、歆羡溪边修行的藏传佛教僧侣、传授自律秘诀的"隐身人"、大寒早晨在街心值班的交警、大街上涌动着的去"海上游泳的人们"、城市中为节庆活动吹奏的少年仪仗队、酒宴上的交谈、重历鸭绿江、清川江，奔赴三八线的经历、充满温馨的跳木马往事、母亲为幺妹的生路求情于农妇、公园里牵着气球游园的孩童、彼得堡飞雪的大街上耶稣和十二门徒随着诗人勃洛克的红旗行进……这使这首诗在艺术结构方面的诗学理念，以及它的特质上，竟然和陀思妥耶夫斯基的小说思维，惊人地不谋而合，因为"陀思妥耶夫斯基酷爱人物众多的场面，希望在一时一地汇集起最多的人物和主题，虽然常常违反实际上的真实情况；也就是说要在一瞬间集中尽可

☆卡尔维诺著，黄灿然 李桂蜜译，《为什么读经典》，凤凰出版传媒集团 译林出版社，2006年版，第117页。

能多样性质的事物。也由于这一点，陀思妥耶夫斯基努力在小说中遵循戏剧的共时原则；又由于这一原因，才出现令人瞠目的情节剧变，'旋风般的运动'，陀思妥耶夫斯基的流动感。流动感和快速在这里（其实在哪里都如此），不是时间的胜利，而是控制时间的结果，因为快速是在时间上控制时间的唯一办法”。☆

☆巴赫金著，白春仁 顾亚玲译，《陀思妥耶夫斯基诗学问题》，北京三联书店，1988年版，第60页。

在昌耀式的“流动感和快速”里，毫无疑问，他吸收和运用了意识流的某些手法，并把这种用内省来探索心灵的方法，恰切地糅合到诗歌创作里。更为重要的是，他以他的生命体验、他的直觉，卓越地演绎了法国哲学家亨利·伯格森所提出的“心理时间”学说。根据伯格森的思考，人类对时间的理解可以有两种不同的概念：一种是常人理解的传统时间概念，即“外部时间”，另一种则是“心理时间”，即“内部时间”。这种时间是现在、过去、将来各个时刻的相互参与和渗透。在人的意识深处，外部时间并不适用，只有“心理时间”才有意义，因为人的意识深处从来就没有过去、现在、将来的先后次序和明确的时间分界线。这样，他就能够不受物理时间及其钟表标示的时间顺序的羁绊与约束，而一任各种思绪、印象、感觉、回忆和梦幻浮跃于自己的意识屏幕，并极力使这些绵延不绝的意识互相渗透，彼此呼应，使其向四处辐射，呈现出一片纷繁复杂，光怪陆离的景象。

“……一切分离开来的遥远的东西，都须聚集到一个空间和时间‘点’上。正是为此目的才需要狂欢体的自由和狂欢体的时空艺术观。”☆巴赫金为陀思妥耶夫斯基总结出的这个特点，同样适用于昌耀的这首诗，而且，狂欢体的时空艺术观，一是使这首诗呈现出开放性结构：由目力所及的现实世界，自如转移到由精神活动、记忆、意识流动、时空转换、联想法构成的心智活动的高级领域里，它所具有的一个充满悖论的结构功能是，一方面它完成了对时空的一次高度浓缩——“千年不过一瞬”，另一方面，它又把狭小的、限度为一天的时空场景以密植事物的方式，拓展为一个跨度极大的时空场景——“一天长及一生”，于是，昌耀在他的时空艺术观上，独自攀缘在具有高度辩证性的哲理境界，这就是《一天》这首诗的核心价值。

☆巴赫金著，白春仁 顾亚玲译，《陀思妥耶夫斯基诗学问题》，北京三联书店，1988年版，第247页。

在这个以时间为主题的诗中，其实还潜伏着一个同样深刻的主题，那就是一个人如何在物理时间的拘役中解除它的魔力，实施一次别有用心的时间遁逃术，也就是昌耀自己命名的“瞬间逃亡”。在之后（1994年）写下的《享受鹰翔时的快感》一诗里，昌耀明确揭示了他生命诗学里的这个重要特征：

正如前面我们已经指出的，昌耀佯装“完全忽略仪轨”的表述，是他实施这种“瞬间逃亡”的一个心理学前提，有了这个前提，他才能由此及彼地让意识世界开始它的漫游，他才能掰开某个时间的裂隙，让若干枚在通常情形下无法凑巧吹落到这个裂隙里的精神物种，有了进入裂隙的可能。他为此创造了精神世界一项奇迹：不单单让若干枚物种迅速地植根于裂隙，而且，它们竟然像超高速摄影下物种迅速吐叶、展枝、开花、结果的骤变过程。不断填充的时间裂隙，使时间线性的流速减缓，仿佛时间的河水在狭窄的地段猛然加剧了的流速，却在陡然展宽的辽阔河床上缓慢流淌起来一样。

痛快的时刻，一个烤焦的影子
从自己的衣饰脱身翱翔空际。
我，经常干着这样的把戏，
巧妙地沿着林海穿梭飞行。
…………
我感觉自己是一只蹲伏在花盆的鹰
我不想为自己的变形狡辩：这是瞬间逃亡。

尽管时间的逝水一刻都难以停顿，甚至像李白喟叹的那样——“抽刀断水水更流”，诗人昌耀还是执拗而又意兴遄飞地锻造了属于他的时间刹车，他深悉这种内心的自由可以在审美王国里得到最大限度的允诺。回到《一天》的文本内部，回到它的语词层面，我们很快就能找出昌耀控制时间野马的那条刹绳，这就是在百行诗句里频频牵引诗人和读者踅身、“闪回”的那个连词——但是。他的几次“时间的逃离”，都是用“但是”这个表示转折的连词作为语义搭接和语义转轨的标志。细细揣摩“但是”一词的意蕴，我发现它就像诗人脑海里的一股湍流，急促，唐突，甚至带着少许的暴戾和被突发的意绪变线、变轨的戏剧性。这让我觉得它在本质上，太跟我们手里抛下的骰子、纸牌相像了：在短暂的瞬间，让你的运气急速剧变，忽升忽降、忽背忽顺。也就是说，“但是”在这首诗里的修辞功能，已经从快速的转向中脱胎换骨为一种特殊的心理时间——只有这种特殊的心理时间，才能够打破线性的时间和线性的思维给人们预设、既定的种种结果。西班牙“超现实主义”电影大师布努埃尔喜欢在看上去很普通的画面上，陡然转接上一个“突然拉近，呈现出令人吓一大跳的细节”（卡洛斯·富恩斯特语），这是电影里的“但是”修辞法；诗歌里，用这种方法最优秀而又最轻巧的诗人，就是元代著名戏曲作家马致远，他的《天净沙·秋思》就如同一个有关“秋思”的MTV。他的头一组镜头“枯藤老树昏鸦”和接下来的第二组镜头“小桥流水人家”，是整个作品里无论在色调、情调上都衔接得极为突兀的部分，也就是说，如果按照正常的意识流程和我们经验里常有的接近联想，后面的什么“古道西风瘦马”，“西下”的“夕阳”，远在天涯的“断肠人”诸般意象，都是头一组镜头基调规限下“必然”牵引出的画面，惟独第二组镜头，看上去好像是与全诗最不搭界、最不和谐的一个镜头，我以为这就是马致远发明的一个隐匿了“但是”修辞法，他高明的地方，就是他在他的意象结构中，融入了形成事物对照和反差的两极元素（譬如衰朽、伤感、凄凉与生机、温馨、明丽）。而昌耀则是从“肥羊佳禾美食，鼓乐吹歌吟诗”的喜庆中，掉转他的镜头，愣是让一连串不在“此时此刻”的人生遭际，斜刺里插入到“此时此刻”里来，意在让这“一天”的成色斑斓起来，驳杂起来，让人生的诸相，让百感交集的自我印象，充满戏剧感地聚拢到“一天”的人生舞台上，唱、念、做、打，一面哭泣，一面追求。

想想看，中国文学、中国艺术里的经典之作，很难有不使用以乐景写悲、以悲景写乐的反衬手法的吧，《一天》亦莫能外，这在清代学者王夫之的《姜斋诗话》里已经总结为一条造艺的原理，美学的原理：“以乐景写哀，以哀景写乐，一倍增其哀乐。”现在，我们在欣赏了昌耀的《一天》这首诗之后，更应当把这条原理抬升到艺术哲学的高度。

读来读去，让我挥之不去的，还是昌耀在这首诗最后结晶出来的时空观：“一天长及一生，千年不过一瞬。”百般寻味，我终于咂摸出它的一点隐义。在这种既可浓缩又可折叠的、不可思议的“溶胀时间”和“压缩时间”里，时间随意循环往返，自由串联，完全失去了它的恒常性、稳定性和方向性。在这样的时间形式背后，定当蛰伏着诗人昌耀用生之艰辛兑换来的一种强烈的心灵体验，这就是构成他时空观内核的循环论历史观。若要申明这一点，我们就得把这首诗放置到昌耀诗作中涉及时空观主题的所有相关表述里，借助开放性的循环阐释法，方能彰显出它的微言大义。限于篇幅，我只能挑选若干具有代表性的作品片段：

《眩惑》：“我们降生注定已是古人。/ 一辈子仅是一天。”

《〈命运之书〉自序》：“我觉得天地真小，人生舞台可充当的角色似乎也不外乎梨园弟子扮演的生旦净丑诸种行当，果真是千古一式，绝少变化，难得‘陌生化’。因之，从来的出路也仅是一条，即便称之为溘逝也罢，称之为化鹤、登仙、圆寂、涅槃、‘无可弥补的损失’也罢，总归是那一条路。”

《人：千篇一律》：“人，意味着千篇一律。”

《意义空白》：“千古人物原在一个平面演示一台共时的戏剧”

《呼喊的河流》：“生活，就是一台在这样的河岸 / 由着不敢懈怠的众人同在一匹奔马肩背完成许多高难动作的马戏，惊险、刺激而多辛劳。”

《哈拉库图》：“一切的面孔都只是昨日的面孔。/ 一切的时间都只是原有的时间。”

以上诸例，均以共时性的观察，反映出昌耀在时空观上所具有的循环论历史观的鲜明基调。在现代文学史上，同此怀抱、发为先声的，恐怕只有鲁迅先生。我们不妨回过头去倾听一下他在20 世纪前叶预先发出的这种声息：

> 史书本来是过去的陈帐簿，和急进的猛士不相干。但先前说过，倘若还不能忘情于咿唔，倒也可以翻翻，知道我们现在的情形，和那时的何其神似，而现在的昏妄举动，胡涂思想，那时也早已有过，并且都闹糟了。
>
> 试到中央公园去，大概总可以遇见祖母得着她孙女儿在玩的。这位祖母的模样，就预示着那娃儿的将来。所以倘有谁要预知令夫人后日的丰姿，也只要看丈母。不同是当然要有些不同的，但总归相去不远。我们查帐的用处就在此。
>
> ——《华盖集·这个与那个》
>
> 试将记五代、南宋、明末的事情的，和现今的状况一比较，就当惊心动魄于何其相似之甚，仿佛时间的流驶，独与我们中国无关。现在的中华民国也还是五代，是宋末，是明季。
>
> ——《华盖集·忽然想到》

这种共时性的体会，循环论的历史眼光，最大的功能就是直接把过去、现在和未来的诸般情形像滚筒式搅拌机一样，混杂着搅拌在一起，匀净地混成一体。这也就是构筑文体繁复特征的“建筑术”。同时此般眼光，也是人所发明的认知社会的一种思维模式——借助揣摩以往发生过的事情，来推演、预测将来的情形。这种历史循环论源远流长，《周易》早就总结出“察往知来”的观察方法，王羲之有名的《兰亭集序》又演绎出“后之视今，亦犹今之视昔”的历史观，它们最终成为我们书写历史、阅读历史最重要的依据和目的。若是追溯其思想、观念的根源，当是起源于中国人对周而复始的自然现象的观察和反思。在公元前 800 年到公元前 200 年的古印度人、古希腊人那里，也都有着与中国的历史循环论深刻相似的智慧。这就像那地上的道路，先前无数的人走过，后来的人接着也会沿着已有的辙迹踏下他自己的屐履印痕。未来的人，只要不是过着云上的日子，还得在那道路上步武而行。

像鲁迅这样充满历史感和批判力的作家，不会就此醉心于历史的循环往复，翻来覆去，我们只要仔细咀嚼这两处文字所表述出的“循环历史”，不难发

☆如他在《华盖集·这个与那个》中所言："Le Bon先生说，死人之力比生人大，诚然也有一理的，然而人类究竟进化着。"

现鲁迅早已将反讽的意识灌注其中，也就是说，经受过进化论思想浸染的鲁迅☆，已经在这种历史的"循环"中，体味出了另一种声音：循环意味着迟滞不前，正像驴子绕着磨盘"圈地运动"一般。这层义谛，也被后来的才俊钱锺书先生了然于心。《围城》中正是以如此义谛描写方鸿渐留学回到自己家乡时的感觉的："方鸿渐住家一个星期，感觉出国这四年光阴，对家乡好像荷叶上泻过的水，留不下一点痕迹。回来所碰见的还是四年前那些人，那些人还是做四年前所做的事，说四年前所说的话。"

可以说，这种反循环论的历史观，是对历史循环论的一次深刻扬弃。鲁迅、钱锺书这一代知识分子身处新旧交替的时代，在内心体验里，一面会从循环论里汲取观世的智慧，一面也会厌烦社会现象和社会积弊的积重难迁，僵化不变。从传统文化里，他们自会从《周易》"天行健，君子以自强不息"的思想里，寻找到他们革故鼎新、不断别开生面的内驱力。从跨文化的精神交流中，他们无疑从19世纪西方哲学家、思想家斯宾塞、马尔萨斯和海克尔之辈倡言的社会进化论思潮中，吸吮到劲健的思想汁液。正是这种东西方思想的交融，让他们的所思所言，显示出异常波谲云诡的精神奇观。

回过头来稍作比较，鲁迅、钱锺书、昌耀，在年龄上有大小之别，在地域上分居南北，可是他们走上"历史舞台"的时间，基本上共处于20世纪这个风云激荡的百年历程。尽管他们所面对的具体历史情境、个人遭际不尽相同，可是他们所面对的生存时代，却显示出惊人相似的特质，这就是多元性、复杂性、复调性。为此，他们才会以各自的才智、秉性、洞察力，在不同的知识、审美领域，寻找和构建与多元性、复杂性、复调性时代相对应、相感应的艺术思维、对话方式。可以说，他们在这一方面的探索，为我们当下乃至未来相当长的时间里的文学创作、艺术思维，埋下了可以不断前伸的路途。

昌耀的《一天》给我们留下了偌大的阐释空间。这使我们对经典性的作品增添了别样的理解，这也就意味着经典性作品是我们在文学史和作家的写作史中反复梳理、筛选出的一种选择性结果。其中，在表达的质量上，经典性显示了表述的深刻，描画的精微。在主题和题材类型上，经典性又意味着极大的丰富性和再生性。同样，我们还应当看到，经典性还应当包括某件作品的不完善性，依据我们阅读的经验和具备的某些常识，即便是一部精致的作品，也无法达到完美的极致，这是作家在艺术智慧上充满宿命的局限，有了这个局限，才能孕成渐入佳境的创作历程，一言以蔽之，创作和作家的意识活动，都处在开放的状态里，谁也无法一次性地企及至善至美的境界。《一天》这首诗不完善的地方，择其大者来讲，就是它哲理性表述的结尾。“一天长及一生，千年不过一瞬”的概括，确实是直接反映了昌耀的时空观，也反映了他在诗歌创作上的一个特点：每每在激情的浓度趋近饱和状态时，他便喜欢在诗歌的某些段落里，把抒情转换为极具形而上意味的感慨，像这首诗的结句，像《慈航》里反复咏叹的“在善恶的角力中/爱的繁衍与生殖/比死亡的戕残更古老、/更勇武百倍”等诗句便是例证。从真正的文本角度和阅读的角度来说，这样的表达，带着一种完结了意义使命的味道，它斩钉截铁，像所有的格言式写作追求“最后的表达”，像炽热的思想把重量和体积铸模为铸件。这种表述事实上将中国传统文学中最为精髓的意象表述，由双向回环的映照关系，转向舍象取意的单面观照，此种表述在达到高度凝练、高度概括的意义纯度时，恰恰也就把最为微妙、朦胧的各种潜含、包蕴的意味，由于高度的提纯而过滤得一干二净，如同把活蹦乱跳的鱼风干为标本。北岛当年《回答》一诗里的名句“卑鄙是卑鄙者的通行证，高尚是高尚者的墓志铭”，早已镌刻在诗碑上，可是在今天看来，它更像是铿锵有力的口号，而不是诗句。借用钱锺书的诗论来品评，它们“……虽是名言，无当诗妙，以其为直说之理，无烘衬而洋溢以出之趣也”☆。一切名言、警句、格言、哲理诗句，无非要追求一个“理趣”，而要按照文学的思维来考衡，“理趣”的理想状态当是“理之在诗，如水中盐、蜜中花，体匿性存，无痕有味，现相无相，立说无说。所谓冥合圆显者也”☆。昌耀以这么一句“理词”结尾，其实暗含着诗人激情的骤然衰歇，也暗含着诗人在编结这样一个具有开放结构的诗篇时，他在创作的内在情境上所遇到的那种不知如何是好的尴尬，那种受到内在规定逻辑拘囿时多多少少表露出的局促。所以，每次阅读到这个结句，我都无法抹去浮到我意识里的一种唐突感和智性的无奈感。曹雪芹自己不能完足《红楼梦》，不能仅从生命时限和身体状况的羸弱上去理解，而当从这样的存在体验上，从哲理性的高度来理解，才是直捣巢穴的路径。

☆钱锺书《谈艺录》，中华书局，1984年版，第227页。

☆钱锺书《谈艺录》，中华书局，1984年版，第231页。

庄子说：“吾生也有涯，而知也无涯”；苏东坡说：“逝者如斯，而未尝往也；盈虚者如彼，而卒莫消长也”；威廉·巴雷特说：“我们的有限性主要在时间中宣露它自己。我们存在着，如果从词源学上来看待存在这个词的话，其意思就是，我们站在我们自己之外，一方面对存在展开，同时又处于存在的开阔的垦殖地里；而这既发生在时间中又发生在空间中。海德格尔说，人是一个有距离的生物：他永远在他自己之外，他的存在在每一瞬间都向将来敞开。将来是'尚未'，而过去则是'不再'；这两个否定——'尚未'和不再'——贯穿他的存在。它们就是他的有限性在时间上的表现。"☆

☆《非理性的人》，段德智译，上海译文出版社，2007年版，第243页。

在当代诗歌中，以《一天》同题作诗而俱享诗名的，尚有长沙诗人匡国泰。1990年他凭借组诗《一天》夺得台湾"屈原杯"诗歌大赛一等奖。他在谈及创作这首诗的体会时说过："我最初的感觉是，用一天的时间来切入，人的一生可能有很多天，但真正说起来，就是一天的重复……我也就是想通过一天的感觉，来探索时间的一个谜。"

他的组诗《一天》以中国古老的十二地支纪时法组构为十二组相互独立而又互有纠结的时空。两诗相较，昌耀显得更为宏大、开阔，具有更鲜明的流动感（随意拆分、缠绕时间的片段），现代感远远超过匡国泰；而匡国泰的时间意识是一个整体性的、沿着时标顺序行进的时间，远未谙悉"心理时间"的奥妙，所以其意象简朴、琐细，局限于山乡空间，在慢腾腾的节奏里跃动他的一点诗意的灵光。昌耀之诗，诗思开合已臻大境，更是具有哲理性和心理体验的深度和高度。可是对两首诗的价值评估，皎然可识的云泥之别，在我们画地为牢的眼界里，尚未产生公允的评价。对匡国泰的推重，已经让湘籍作家何立伟差不多惊叹起来："匡国泰被严重低估，黄钟毁弃瓦缶雷鸣。"还有一位甘肃天水市的教师发表博客文章说，匡诗早已超越乡土诗的概念和地域特征，也超越了昌耀等人以及孔孚的山水诗的局限性。前一句还算中肯在理，后一句跟昌耀的比较，已经是不折不扣的肤廓之见，已经是蚂蚁爬上一座小土丘，就在那里开始激动地吟哦"一览众山小"了。

2009年10月29日—2010年1月30日偷闲而作

一次关于昌耀诗歌影物质和潜思维的音乐性神游

那一段时间，我持续发着高烧，额头、手心、掌心热得就像把白皮肤晒成黑皮肤的天气。我的大脑在恍惚和清晰之间，简直就像瑞士手表精密、优良的机芯在运行。我就在这种状态中，完成着一件又一件事情，不管它们是重要的还是鸡毛蒜皮的，是神圣高雅的还是丑陋低俗的。我一向顺从生活中各种机缘所造就的事情的混搭——这个意思如果在老百姓嘴里蹦出来，就是这么一个词：杂事。

而事实上，在我仔细回忆的时候，我发现我在那段时间里，正在奋力地穿过几乎望不到边际的杂事的丛林。我的心中被一个更为急迫的事情所缠绕。这件事情，就是我在四处为诗人昌耀张罗着要举办一场交响音乐会。我从城东跑到城西，从城北跑到城南，所有影院或者能够演出音乐的音乐厅经理，几乎异口同声地拒绝了我的创意。有一位西装笔挺的老板，甚至面带讥讽地对我说：你这是让我把塌了价的红皮蒜硬往超市里送。我不甘心，更不愿输掉我的心气。接着继续寻找。终于找到一位愿意和我商量的场馆经理。他说这座城市所有的场馆，你恐怕没听说过有哪一家愿意演出一场严肃的、沉重的音乐会的，现在大家喜欢的不是劲歌热舞，就是肚皮舞、泳装秀。你知道这是一个什么时代？是一个让所有人嘻嘻哈哈、前仰后合的时代，是个全体人民你挠我痒痒我挠你痒痒的时代，在这么一个时代里，谁会用忆苦的方式去想象甜蜜的滋味？他们就是吃着蜜枣粽子，也要蘸着荔枝蜜、刺槐蜜、紫云英蜜、油菜蜜、枣花蜜、野桂花蜜、龙眼蜜、椴树蜜等等一切可以吃到、买到的蜂蜜。因此，我这个场子接纳你，绝对是这个城市最最惊人的一个破例，一个可以在报纸上炒作的天大的新闻！所以，在你我合作之前，我先提个条件：你的音乐演出的每一个曲段，不能超出八分钟，我是研究过成人的注意力的，超过了这个时限，他们就会咳嗽、打呵欠、打呼噜、看手机短信，有的甚至会在公共场所放屁……为了防止观众出现这些不文雅的举止，我必须要在他们注意力开始松懈的当口，穿插进各种表演。作为你，考虑的自然是你的高雅，你的悲剧式的情调，你的黄钟大吕，而我必须考虑现场的热度，照顾各种人群的低级趣味，我要的是瓦釜雷鸣。我想，你如果是一位身心健全的人，不会讨厌我调配出来的这道娱乐调料，譬如让妙龄美女来一段模特秀，看看美女搔首扭胯，难道你会安如磐石？我还会让演员搞些模仿秀，模仿模仿小沈阳的阴阳怪调，赵本山的瘸子走路，龚琳娜的《忐忑》，考虑到当地人的欣赏趣味，我还会让本地模仿秀表演一下一边翻着白眼、揩着眼屎，一边拨弄琴弦的盲艺人，还会让结巴来一段混合着上流、中流、下流趣味的滑稽演讲，快结束的时候，会有十多只训练有素的哈巴狗，穿着小鞋子和小花袄给观众频频作揖……完了，等大家笑得挤不出一滴眼泪，在片刻的静场之后，你的作品就可以登场表演了。再过上五六分钟，我的人马再次上场，如此轮番交替，演出效果绝对会让我们双方共赢。场馆经理越说越是陶醉，兴奋的样子就像刚刚吸食过 K 粉。

我没法再听下去，我的心气一下子萎靡、消沉起来。确切地说，是开始像羽毛、像太空舱里的宇航员一样进入失重状态。而我的肉身，我的腿脚，在经历几天的奔波之后，此刻正在拖着铅鞋，滞缓地穿过黑压压休闲的人群，穿过有欲念而没有向往的面孔。沿着滨河大道，我找了一个椅子来安顿一下疲惫的身子。我敢说，那时候我浑身的乏气，比一箱精装书籍还要沉重。椅子上贴着许多广告，有需要房屋购买和租赁的联系广告，有办理各种证件的广告，还有体验浪漫女大学生的广告……我两眼失神地凝视着那倒映着沉沉暮色的河水，渐渐幻入一个没有去过的地方。在那里的一处剧院里，我坐在舒适的座椅上，聆听那里正在演出的交响曲。

优雅的女报幕员，预报今晚演出的剧目是著名诗人昌耀伟大的音乐作品《远征交响曲》。她说诗人昌耀生前对音乐的喜爱和理解，超过了一般的读者和评论家对他的理解。如果你是一位仔细读过他诗集的读者，那么，你一定会记得他有这么一句拿音乐来诠释自己的诗句："岁月有意孕成的琴键。"女报幕员几乎动情地感慨说：如果要我给逝去的诗人设计墓茔，我一定用琴键作他的墓型，这句诗当他的碑文。坐在椅子上的我，忽然被什么击中了似的，眼泪默默盈满眼眶。我暗自欣羡着她的灵气和才华，觉得她正是诗人曾经在书店的一次际遇里遇见过的那位女店主，而我此刻的感觉，也正奇妙地叠印于诗人彼时的瞬间印象："不觉会意女店主已从披肩长发的少女 / 扮妆云鬟清雅的美妇，形同劫后复归的海伦。"(《罹忧的日子》)。我不错眼珠地欣赏着眼前的"海伦"，默享她芳唇吐露的每一丝每一缕声息：她说诗人生前不仅把"诗看作是'音乐感觉'，是时空的抽象，是多部主题的融汇"，他还曾经具体入微地谈到他聆听自己收藏的版本——由斯洛伐克爱乐乐团演奏，佩塞克指挥的德沃夏克的《第九交响曲（新世界）》磁带，和朋友惠赠的版本——由班贝格交响乐团演奏，法兰士·干伟斯察尼指挥的版本所得到的细微比较。女报幕员接着用她那如同琉璃珠相互碰响的声音，滑入花荫交错之清流的声嗓，朗诵了一节诗人在 1990 年夏末写给友人丽萍女士的一封信：

> 听过你寄赠的这盒磁带，我才发现一部交响曲经过不同的乐团指挥处理会有怎样惊人的风格差异，应该说我更乐于欣赏太平洋版本（即惠赠的一盒）。这里不妨妄加评论一二：我猜想斯洛伐克爱乐乐团对于他们民族这位杰出音乐家的崇敬有着一种近于宗教式的虔诚，也许正因为如此，他们的演奏在我听来才愈觉得有些拘谨、平板，缺乏生机。而班贝格乐团的演奏更具个性发挥、更具情感色彩，而没有前者的"神性"，使人感到指挥者与乐师生命的完全投入，配合之默契、主动精神之发挥有如气功师行气运息之妙。我自始至终都能沉浸在这一乐曲的流动之中，有被乐团"一气呵成"的那种满足。

大家听了昌耀先生的这段乐评，一定会和我一样感叹他的音乐悟性，绝非一般人泛泛聆乐的感受，他已经达到音乐专业人士欣赏的水准。我们今天在这里演出的《远征交响曲》，是一位佚名的读者，从诗人的诗集里苦心寻觅出的诗人心迹。下面，就让我们倾听这部宏伟的交响曲。

《远征交响曲》

第一乐章：
《冰河期》

那年头黄河的涛声被寒云紧锁，
巨人沉默了。白头的日子。我们千唤
不得一应。

在白头的日子我看见岸边的水手削制桨叶了，
如在温习他们黄金般的吆喝。

起先，低音提琴发出沉缓的弦音，如同厚重的阴霾布满天空，压在表情沉默、阴郁的人群头顶，压在连片的冰凉屋瓦，压在瘦削寂寥的街衢。渐渐地，钢琴的音色模拟出岸边削制桨叶的水手形象，乐音变得就像薄薄的光束柔韧地穿过云层，在云隙中透出一小片一小片的光亮。虽然整个乐队的各种乐器还没有轰鸣起来，但不断重复的水手形象，让先前沉缓的音色渐渐明亮起来。

第二乐章：
《划呀，划呀，
父亲们！
——献给新时期的
船夫》

自从听懂波涛的律动以来，
我们的触角，就是如此确凿地
感受着大海的挑逗：

——划呀，划呀，
父亲们！

这一乐章从一开始就让水手的形象——融合了父亲和船夫——鲜明而昂奋。

我们发祥于大海。
我们的胚胎史，
也只是我们的胚胎史——
展示了从鱼虫到真人的演化序列。
脱尽了鳍翅。

21 可是，我们仍在韧性地划呀。

可是，我们仍在拼力地划呀。
我们是一群男子。是一群女子。
是为一群女子依恋的
一群男子。
我们摇起棹橹，就这么划，就这么划。
在天幕的金色的晨昏，
众多仰合的背影
有庆功宴上骄军的醉态。
我们不至于酩酊。

最动情的呐喊
莫不是我们沿着椭圆的海平面
一声向前冲刺的
嗥叫？

我们都是哭着降临到这个多彩的寰宇。
后天的笑，才是一瞥投报给母亲的慰安。
——我们是哭着笑着
从大海划向内河，划向洲陆……
从洲陆划向大海，划向穹隆……
拜谒了长城的雉堞。
见识了泉州湾里沉溺的十二桅古帆船。
狎弄过春秋末代的编钟。
我们将钦定的史册连根儿翻个。
从所有的器物我听见逝去的流水。
我听见流水之上抗逆的脚步。

——划呀，父亲们，
划呀！

还来得及赶路。
太阳还不见老，正当中年。
我们会有自己的里程碑。
我们应有自己的里程碑。
可那漩涡，
那狰狞的弧圈，
向来不放松对我们的跟踪，
只轻轻一扫
就永远地卷去了我们的父兄，
把幸存者的脊椎
扭曲。

大海，我应诅咒你的暴虐。
但去掉了暴虐的大海不是
大海。失去了大海的船夫
也不是
船夫。

于是，我们仍然开心地燃起爝火。
我们仍然要怀着情欲剪裁婴儿衣。
我们昂奋地划呀……哈哈……划呀
……哈哈……划呀……
是从冰川期划过了洪水期。
是从赤道风划过了火山灰。
划过了泥石流。划过了
原始公社的残骸，和
生物遗体的沉积层……
我们原是从荒蛮的纪元划来，
我们造就了一个大禹，
他已是水边的神。
而那个烈女

变作了填海的精卫鸟。
预言家已经不少。
总会有橄榄枝的土地。
总会冲出必然的王国。
但我们生命的个体都尚有阳寿短促，
难得两次见到哈雷彗星。
当又一个旷古后的未来
我们不再认识自己变形了的子孙。

可是，我们仍在韧性地划呀。
可是，我们仍在拼力地划呀。
在这日趋缩小的星球，
不会有另一条坦途。
不会有另一种选择。
除了五条巨大的舳舻，
我只看到渴求那一海岸的船夫。
只有啼呼海岸的呐喊
沿着椭圆的海平面
组合成一支
不懈的
嗥叫

大海，你决不会感动。

而我们的桨叶也决不会喑哑。
我们的婆母还是要腌制过冬的咸菜。
我们的姑娘还是要烫一个流行的发式。
我们的胎儿还是要从血光里
临盆。

……今夕何夕？
会有那么多临盆的孩子？
我最不忍闻孩子的啼哭了。
但我们的桨叶绝对地忠实。
就这么划着。就这么划着。
就这么回答着大海的挑逗：

——划呀，父亲们！
父亲们！
父亲们！

我们不至于酩酊。
我们负荷着孩子的哭声赶路。
在大海的尽头
会有我们的
笑。

第三乐章：
《盘庚》

排箫的音色纯美，轻柔细腻、空灵飘逸。乌木排箫高亢亮丽。

予告汝于难，若射之有志。
——《尚书·盘庚篇》
远征。排箫还在吹。
远征，超越痛苦的遗产无论从舟车或飞船
都是一样痛苦。
长途列车已在黎明燃烧。
奔驰的列车已在奔驰的长途燃烧。

黎明留下了炭精：焦黑的炭精。
不不，长途列车还在燃烧中奔驰。
东方红霞，理想者的排箫，
吹呀吹呀，以整个身心。

东方之彗星，
喷火的天地轰隆轰隆响，

燃烧的长途列车燃起了焦黑的黎明。
不不，黎明不会焦黑，黎明不会死亡。
长途列车在每一个窗口的每一个黎明永远燃烧。
我的胸口在燃烧，手心在燃烧。
我的呼吸在燃烧。
理想者的排箫还在吹呀，吹呀。

第四乐章：
《唐·吉诃德军团还在前进》

架子鼓、革篥和军号，手鼓、军鼓、腰鼓、木鱼、三角铁等乐器混响，合唱、独唱、咏叹调兼置其中。

东方
唐·吉诃德军团的阅兵式。
予人笑柄的族类，生生不息的种姓。
架子鼓、革篥和军号齐奏。
瘦马、矮驴同骆驼排在一个队列齐头并进。
从不怀疑自己的镴枪头还能挺多久。
从不相信骑士的旗帜就此倒下。
拒绝醍醐灌顶。
但我听到那样的歌声剥啄剥啄，敲门敲门。
（是这样唱着：啊，我们收割，我们打碾，我们锄禾。
……啊，我们飞呀飞呀，我们衔来香木，我们自焚，
我们凤凰再生……）

从远古的墓茔开拔，满负荷前进，
一路狼狈尽是丢盔卸甲的纪录。
不朽的是精神价值的纯粹。
永远不是最坏的挫折，但永远是最严重的关头。
打点行装身披破衣架着柴车去开启山林。
鸠形鹄面行吟泽边一行人马走向落日之爆炸。
被血光辉煌的倒影从他们足下铺陈而去，
曳过砾原，直与那一片丛生的锁阳——
野马与蛟龙嬉戏遗精入地而生的鳞茎植群相交。
悲壮啊，竟没有一个落荒者。

冥冥天地间有过无尽的与风车的搏斗。
有过无尽的向酒罍的挑战。
为夺回被劫持的处女的贞洁及贵妇人被践踏的荣誉义无反顾。
吃尽皮肉之苦，遭到满堂哄笑。
少女杜尔西内亚公主永远长不大的情人，
永远的至死不悟——拒绝妖言。
永远的不成熟。永远的灵魂受难。
永远的背负历史的包袱。

饭局将撤，施主少陪，
唐·吉诃德好汉们无心尴尬。
但这是最最严重的关头，
匹夫之勇又如何战胜现代饕餮兽吐火的焰口？
无视形而下的诱惑，用长矛撑起帐幄，
以心油燃起营火，盘膝打坐。
东方游侠，满怀乌托邦的幻觉，以献身者自命。
这是最后的斗争。但是万能的魔法又以万能的名义卷土重来。

风萧萧兮易水寒。背后就是易水。

我们虔敬。我们追求。我们素餐。

我们知其不可为而为之，累累若丧家之狗。

悲壮啊，竟没有一个落荒者。

悲壮啊，实不能有一个落荒者。

2011年5月31日—7月8日于西宁卧尝斋

可有而不可无的附言：

在我写作这件作品的过程里，我自始至终都觉得它是一件有点怪的东西。它是评论？是随笔？是虚构文本？抑或非虚构文本？这样的疑问还可以问下去，但每一角度都是这件作品的一个棱面。它显然是一种混杂的文体。我之所以把它写成这种模棱两可的样式，是想让“文学批评”不单单板起理性的面孔，我想让批评洋溢出文学的气息、韵致、风度。喜欢概括的学者兴许会把我的这个努力，简化为一条文学公式：文学＋批评＝文学批评。说实话，我讨厌这样的简明扼要，我逃避如此甩出的套马杆。明眼人瞧得出我那散布于文字之间的闲笔，并不是玩着饶舌的游戏，其中自有严肃不拘的微义在。可是我依旧小心翼翼地提防自己不要在这些关节处变成一个刻板的布道者。我喜欢阿凡提或滑稽小丑拉警报的方式。

需要特别说明的是，这个文本所用的诗歌材质全部来自《昌耀诗文总集》，在多次的阅读中，我发现诗人在不同时期的诗歌里总是回荡着一些不断被他强调的“旋律”，直到这种隐匿在他诗歌里的“影物质”和“潜思维”，像远方奔来的马匹，踩踏出由远及近、由小到大的蹄音，我便越加清晰地听出了远征者的形影和远征的旋律。诗人早在20世纪80年代初写下的杰作《慈航》里，就宣言般地告诉世人“我是一部行动的情书”，强烈的行动力给诗人的许许多多诗篇赋予了如同夸父追日般的紧迫感，我们甚至可以将这个特点视为诗人精神的DNA；不断前行，不断划桨，如同诗人故土上拼力相竞的赛龙舟，如同诗人在部队、在战场屡屡经历过的急行军。

在本文中，我尝试了一条以昌耀之诗来阐释昌耀之诗的路径，形成了新的一种精神存在。我十分欣慰的一点就是在昌耀和我这个读者之间，我尽量隐遁着，好像潜入深水的泳者。限于我的肺活量，我总要浮出水面来换气。为了避免粗重而急促的呼吸，我尽力用瑜伽法提肛调息。最有趣的一部分结果正在我预先的布控中慢慢出现，另一部分则在读者脑海的上空酝酿着不规则的云朵。

“真正的道路在一根绳索上，它不是绷紧在高处，而是贴近地面的。它与其说是供人行走的，毋宁说是用来绊人的”，这位众人皆知的布拉格作家说出的这句箴言，让我越来越喜欢大地上那些踉踉跄跄，看着几乎要摔倒下去，但又奇妙地扳直身子向前走去的人。他们手掌如果伏地，一定会像走兽一样稳健地行走，但他们放弃了这种降低身体高度的行走。

我想他们是对的。

但我越来越多地发现一些形迹可疑的家伙，拿着上好的护掌、护膝在挨家挨户地推销呢。已经有不少人出于返祖的冲动和幼稚的好奇，在自家宽敞的客厅里陶然练习，而掌柜子已经在精明地和推销员开始讨价还价。

辘轲者 点燃 篝火照亮的 博大诗境

一

昌耀先生生前出版过 6 本诗集，以最后面世的《昌耀诗文总集》收录的作品最夥、时间跨度最大。因其辞典般的厚度和硪石般的重量感，它只宜于置放在书桌、几案上翻阅，而不适合随身带在背包、捧在手里阅读。中国古代线装书的妙用与体贴，在于它的凑手和轻便，可以摊平来读，也可以在庭除行吟而读，指甲盖大的武英殿仿宋字体和文津阁手抄本书体，更是予人雅饬、亲切、不伤眼神的好感和爽适。如今，世人一面蜘蛛似的盘丝于网络世界，一面又热衷于户外活动和离家远游。精明殷勤的出版社，早已为读者量身推送着一册册精美轻便的书籍。我记起 20 世纪 50 年代末人民文学出版社出版过一套巴掌大的"文学小丛书"（灵感或许源自 1935 年英国出版商的创意——"企鹅丛书"），所选的古今中外佳作，字数不多，篇幅不大，随身可带，随时可读。眼下，青海人民出版社出版的这本昌耀诗歌选，选编者谨守昌耀生前审定的作品篇目，留下体量庞大的诗作锚泊于原先的港湾，而解缆轻快的"舟楫"在新的水域犁出雪白浪花。

诗集在视觉美感上，素来美在苗条和素雅，弄到极致，宛如美的一粒缓释胶囊。带着这么一册薄书上飞机、坐火车、乘轮渡，想想，就有一种松泛感先行袭来。

此前，除昌耀选编的版本，由他人选编的首个选本，当属 2002 年由山东美术出版社出版的《乃正书昌耀诗》。朱乃正先生以 1998 年人民文学出版社出版的《昌耀的诗》为蓝本，选录 34 首作品。其友钟涵先生在序言里说："选录在这里的只是昌耀诗中很少的一部分，由于书法的限制，又以短章为主。但是书家与诗人之间在精神与文化上的相互了解及默契，使选诗不但没有遗落诗人主要的光彩，而且用视觉、语言把它更发挥出来了。"心同此理，在昌耀先生逝世 20 周年之际，编辑家从《昌耀诗文总集》里选录一些短制来满足读者新的阅读需要，实在是一件顺时、体贴之举。况且，出版社不想仅是"热热剩饭"，而是煞费苦心、郑重其事地搜罗到有关昌耀先生的照片、手迹、信札、名片、工作证、获奖证书，甚至昌耀给家中孩子的画上落下的题记等文献资料。它们陡然间提升了这个新选本的附加值和含金量。这些资料因为罕见或者首次披露而愈发显出珍贵。作为读者，尽管我们对一些作家创作精品佳作时的“本事”毫不知情，但是，仍然能够有所知会和赏析（如同不懂典故也能读懂原诗，但你读不出烟涵在典故里的秘义），如果我们合法地掌握有作家的某些鲜为人知的往来书信、创作背景、一些珍贵的留影、手迹（尤其是那些被作者涂来改去的草稿，比之誊抄一新的稿本更能透露作者的心迹和文思），那么我们就会有一些新的感觉、新的发现。比如新年伊始，普林斯顿大学图书馆公开了著名诗人 T.S. 艾略特与其知己艾米莉·黑尔之间的千余封信件。研究者们陡然间有一种变身为文学领域的福尔摩斯的职业兴奋，他们不仅探知到艾略特一些杰出诗句的灵感就源自黑尔，还进一步清晰化着《荒原》中“风信子女孩”黑尔的形象。再比如苏珊·桑塔格评论本雅明的名篇《在土星的标志下》，开笔就是从本雅明的四张肖像照开始她的精彩论述。这是我们的传统文论里罕见的一种思考路径。这类超越单纯的语言文本的阐释路径，其生气和生机就在于把任何一个文本视作开放的文本，把任何一册文字的结集视作意识的依旧潺湲流动、依旧接纳网状支流补给的河流，而不是圈成一湖连清风都吹不起半点漪沦的死水。以往人们看到的书籍，要么是满纸密植文字，要么配上一些考究的木刻版画，传统图书带给人们的享受也就到此让人叹为观止。而这本文图浑成的书，不论站在什么角度，绝对是一本能让读者的阅读感觉“弧面转接”的图书。它的图片来自现代世界的摄影术——一种能够通过光影蝉蜕出事物原真样貌的复制技术。它比文字和画像更能恒定、准确地记录下已逝事物瞬间凝固的诸多原真信息。昌耀生前仅在两本诗集的扉页留下肖像照。现在，这本书里收录的昌耀先生的这些留影、手迹，不单可资读者睹物思人重拾昔日时光，其间弥散隐动的氤氛，还可视作一种富含启示和潜对话张力的潜文本，成为开放式循环阐释的酵母，成为阅读前后助益理解的一种心理暗示。我将此视为本书的第一个创意，这也是编辑发出的邀请，邀请有心的读者，扪摸、会意诗人心迹，诱导读者寻索相片、手迹与诗人诗作之间隐然映发的蛛丝马迹。本书的第二个创意，则是网络时代赋予图书的一项崭新功能：借助微信扫码，将声音文本存储在二维码中，凭借配乐朗诵艺术，对昌耀诗歌进行声音塑造，传输给读者聆听。如此，语言、视觉、声音三种介质相互编织相互映射，混化为秉具多维度感觉的柔性织体，是一个超级文本。此种境况乃是现代人所心仪的多重阅读体验，更是昌耀诗学极度崇尚的审美状态。

如此，这本被标识为“昌耀诗歌图典”的选本，得以重回“图书”老树萌发新枝的语境。移用钱锺书《谈艺录》引言里的一句旧话：“僧肇《物不迁论》记梵志白首归乡，语其邻曰：‘吾犹昔人、非昔人也。’兹则犹昔书、非昔书也，倘复非昔书、犹昔书乎！”值此机缘，这本书原有的书香不能不飘进新的馨香，其效用如同万花筒——圆筒里的那些花玻璃碎片还是已有的那些花玻璃碎片，可是随着转动，经由三棱镜反射出来的图案却是随转随变，花样不断翻新。

二　忽然之间，我会意到“轗轲”二字之于诗人昌耀命运的玄秘联系。

这两个带着车字旁的汉字，比之于人们习见惯用的“坎坷”一词，它更与昌耀如影随形，甚且与诗人一生的遭际焊在一起，有如隐入皮肉而终生不得挑出的锐刺，时时传感牵连全身的疼感信息。昌耀 21 岁时曾因写下《林中试笛》而罹祸，其中一首诗题便是《车轮》。从此草蛇灰线似的埋下其一生遭际蹇顿颠簸、艰辛危苦的辙迹。眼下这本诗歌选集又以《高车》命名，又在冥冥之中发酵着玄妙。熟悉昌耀诗歌的读者只要稍加留心，就会发现昌耀不同时期的诗作里，频繁地出现跟“车轮”相关的诗句和意象。我这里只捎带提及两处重要的关联。《车轮》里写道：“在林中沼泽里有一只残缺的车轮 / 暖洋洋地映着半圈浑浊的阴影……”（“残缺的车轮”可不正是“轗轲”一词富于包孕的意象呈示！）昌耀晚年，在我命名的属于“迟暮风格”（替换萨义德的批评术语“晚期风格”，使之榫卯于中国文评的话语框架）的一系列作品里，有一篇 1996 年写下的《时间客店》中如此写道：“刚坐定，一位妇女径直向我走过来，环顾一下四周，俯身轻轻问道：‘时间开始了吗？’与我对视的两眼贼亮。我好像本能地理解了她的身份及这种问话的诗意。我说：待我看看。于是检视已被我摊放在膝头的‘时间’，这才发现，由于**一路辗转颠簸磨损**，它已被揉皱且相当凌乱，其中的一处破缺只剩几股绳头连属。”时隔四十年，当年“残缺的车轮”转为“破缺”的“时间轮盘”！引语中的黑体字部分，细细玩索，语义里仍旧留有“车轮”“轮转”

的视觉剩余。《大智度论》里，直接就以“车轮”作比，兼及“轮转”之用：“世界如车轮，时变如轮转，人亦如车轮，或上而或下。”一忽儿是轮转带来的加冕，一忽儿又是轮转带来的脱冕，昌耀的命运之轮与佛学所言若合符节。

写下《高车》《车轮》四十多年之后，昌耀在《故人冰冰》里，忆及他作为“劳教犯”在西宁南滩监狱“最后一次驾在辕轭与拉作帮套的三四同类拽着沉重的木轮大车跋涉在那片滩洼起伏之途的情景”。“轗轲”之含蕴，之水印般再次显影的“车轮”，正是如此这般在昌耀身上投下挥之不去的心理阴影，又在他的笔下转化为“淘的流年”难以磨蚀的审美投射。

在这里，我想简捷地引入与“车轮”相关的大道别径。昌耀生前在写给骆一禾的信中对其在长篇论稿中揭示的有关“太阳”的“一系列光感形象”表现出歆羡式的惊奇。因为车轮上的辐条酷似岩画或儿童画上太阳发出的道道光芒，为此车轮在东西方都作为太阳和宇宙动力的象征。杰克·特里锡德在《象征之旅》里说：“与车轮相关的神灵一般都是太阳神或是其他全知全能之神——古亚述人的主神阿舒尔，巴比伦神话中的太阳神沙玛什，近东地区的贝尔，希腊神话中的宙斯、阿波罗、狄俄尼索斯以及印度教中的毗瑟拏·舒亚。”添上《楚辞·离骚》中“吾令羲和弭节兮，望崦嵫而勿迫”的书写以及注释家“日乘车驾以六龙，羲和御之”的神话意象，人类间基本相近的心理结构皎然可识。而车轮和日轮，就这样在昌耀诗歌的字里行间淡出淡入。

三

现在看来，昌耀踏上高原，绝对是有备而来。

一个之前对青海毫无感性认知的湖湘之子，在他来到青海的短短几年里，就好像未饮先醉，美美吸食了几口青海的精髓，独自以诗歌的方式破解着一个个青海的密码。那些不久之后从民族、地域、方言、风情里熟化出来的一行行诗句、一串串响字，即便是高大陆世居者中的俊才，也不得不啧啧称叹昌耀探囊取物般的文学才情。仿佛他事先踩点，铭刻下有关青海山河人文的重要穴位，只待假以时日，将自己修炼成日后诗歌的“葵花点穴手”。

1959年，才来青海不到3年的昌耀，便写下了《哈拉库图人与钢铁》。如此短暂的时光，诗人仿佛几天前才落下的种子很快就把自己的根须扎入青海大地，突然破土而出，抽枝展叶，迅速生长。每读一遍这首诗，恍如置身于哈拉库图村人在20世纪大炼钢铁的历史情境里。不说那扑面而来的民风、娴熟的乡间规程、地道的民间叙事，单说这首诗上篇第三节里两行复沓重叠的民歌式句段——

跳呀，我们跳锅庄，九里松，1、2、3……

跳呀，我们跳锅庄，九里松，1、2、3……

诗句里出现的“锅庄”，是藏族民间一种由众人手牵手起舞的圆圈舞。关于诗句里的“九里松”，如果不是生活在青藏文化圈里的读者，读到这里一定会丈二和尚摸不着头脑。绝大多数读者一定会把它望文生义地理解成“九里长的松林”。须知这里的“九里松”不是汉语，而是藏语，是藏族人对数字1、2、3的一个发音，其译音通常会记作“久”“尼”“松”。昌耀仅有的这个“藏翻汉”，明显带有文学化、雅化、汉化的倾向。后来随着昌耀对青海大地日益深化、广化的了解，只要在涉及地名、人名或专属名词时，他一直恪守“名从主人”的原则。比如“扎麻什克人”“丹噶尔”“土伯特”“老阿娅”“多罗姆女神”“古本尖桥”“卡日曲”“阿力克雪原”“哥塞达日孜”……最为典型的是《玛哈嘎拉的面具》，诗题里的“玛哈嘎拉”一词，昌耀既没有选择使用汉译里通行的“大黑天”，也没有选择生僻的藏语译音“贡保”，而是选用了古奥的梵语译音——一个更为久远的源语（翻译理论里叫作“出发语”）——玛哈嘎拉。在诗中擅长使用人名地名，是昌耀诗学给中国诗坛的一项重要馈赠。钱锺书在《谈艺录》里专门讨论过这一中外诗歌创作中的神秘经验。其在修辞学层面上的审美功能，如同西方文评家李特之言“此数语无深意而有妙趣，以其善用前代人名、外国地名，使读者悠然生怀古之幽情、思远之逸致也”；如同中国古典诗论里妙契于心的体悟“诗句连地理者，气象多高壮”；如同史蒂芬生在《游美杂记》里论美国地名时的感慨：“凡不知人名地名声音之谐美者，不足以言文。”昌耀作为诗艺的全方位勘探者，把这一神秘经验无师自通地化作了自己的诗歌地标。1961—1962年，来到青海只有六七年的年轻的昌耀，在《凶年逸稿》里就借用抒情人物的口吻，笃定而深挚地宣告：“我是这土地的儿子/我懂得每一方言的情感细节。”验之以昌耀后来众多的咏青诗作，此言绝非虚言大话，实则是夫子自道。

如果说对地名、人名、方言的诗学修为只是昌耀在诗歌艺术上的小试身手，那他更超绝的功夫在于，遥承唐代诗人炼字、炼句的传统，而在炼意、炼境上独步当代，超绝群伦，运斤如风。下面聊举三例——

青海由于高寒缺氧和特殊的地质构成，在一些高海拔地区往往寸草不生，在人们目力所及的范围里往往见不到一棵绿树和高大乔木投下的阴翳。对于常人所能表达的经验，昌耀采取了"众辙同遵者摒落，群心不际者探拟"的写作策略，戛然独造，自辟新境。一句"没有遮阴的土地"，便把当年柴达木盆地没有乔木生长的环境以宛曲新颖的方式一语道出，使后来的书写者很难再有附加其上的高质量文学表达。

《去格尔木之路》：

没有遮阴的土地。

是鹹咸的察尔汗的土地。

这可能是新诗里第一次书写雪豹的形象。昌耀写雪豹的声音，写它栖息之处的幽僻，最妙之处是写豹子的目光和它动作的轻盈敏捷。冷雾既是气象的交代，更是幽悄氛围的营造。"磷质的灯"完全是昌耀自创的新语。从前所谓的灯，是焚烧油膏以取光明，这里拿"磷质"来作为限定词，一方面是精准地摹写了豹子的目光如同黑暗中的白磷可以自行发亮的物性。另一方面，磷光在暗夜里幽暗的光亮，又赋予豹子一层神秘感，强化其目光的幽悄冷逸。这样的选词，还透露着昌耀对地质类名物的特殊嗜好，以及沉淀于他经历里的物事和识见。1961 年，昌耀在《荒甸》的结尾就蹦出过这个"磷"字：

《山旅》：

高山的雪豹长嚎着

在深谷里出动了。

冷雾中飘忽着它**磷质的灯**。

那灵巧的身子有如软缎，

只轻轻一**抖**，便**跃抵**河中漂浮的冰排，

而后**攀上**对岸铜绿斑驳的绝壁。

而我的诗稿要像一张张光谱扫描出——

这夜夕的色彩，这篝火，这荒甸的

情窦初开的磷光……

联想到昌耀当年流放于祁连山，他一定在那个富含矿藏的宝山，见识过诸如方解石、萤石、石英、重晶石等磷化物发光的现象。诸如此类的词语就是这样被诗人捂热，带入他的体温和汗息。艾略特说："诗人的心灵事实上是一个捕捉和贮藏无数感受、词句、意象的容器，这些感受、词句、意象一直搁在那里，直到所有分子都汇齐，于是结合起来构成一个新的复合体。"昌耀不是在字典里搬运字词，他是在他的身体里像蚌壳一样化育珍珠般的词语。"软缎"的喻象用得更是精彩至极。作为大型猫科动物的雪豹，其身体本不轻盈，它的轻盈来自它在运动中对自身肉体重力的巧妙控制、转化与消解（犹如杜甫笔下化重为轻的描写："身轻一鸟过"或"微风燕子斜"）。"软缎"的比喻之后连用的"抖""跃""攀"三个动词，义脉流转，将运动中的重力和轻盈一气贯通到恰如其分的地步。

超乎常人的精敏细微的观察，是昌耀作为诗人的又一过人之处。描写高原生灵的诗作和诗人不在少数，但没有一人从大气光学现象的角度，去写藏羚羊出没的环境。“蜃气”，通常发生在海上或沙漠。在青藏高原的戈壁、沙漠地带，由于昼间地面热，下层空气薄于上层空气，光线经过不同密度的空气层后发生折射，高出地面的空气里便会出现透明光波的颤动，这就是“蜃气”的一种表征。把羚羊的尖角比喻为植物里的“笋尖”已属出人意表的联想，诗人还要在此基础上给喻体配上意态化的音效——“啸吟”。昌耀在这里使用了一种语义结构波折多转的曲喻修辞术。冒出土层的竹笋嫩尖与尖状的羚羊角相似，此外再无所似。可是昌耀用他的奇情幻想引申到人们用竹子做成用以吹奏的竹笛，于是笋尖便可“啸吟”作声。这一修辞术古已有之，钱锺书是它的发现者和命名者。《谈艺录》首次披露唐代诗人李贺精于此道。它的修辞原理就是“以一端相似，推而及之于初不相似之他端”。“如《天上谣》云：‘银浦流云学水声。’云可比水，皆流动故，此外无似处；而一入长吉笔下，则云如水流，亦如水之流而有声矣。《秦王饮酒》云：‘羲和敲日玻瓈声。’日比瑠璃，皆光明故；而来长吉笔端，则日似玻瓈光，亦必具玻瓈声矣。……古人病长吉好奇无理，不可解会，是盖知有木义而未识有锯义耳。”即便今人，解悟曲喻的作家学者也不在多数。在《圣咏》里，昌耀再次使用曲喻法缔造诗意：

《莽原》：

远处，蜃气飘摇的地表，

崛起了渴望**啸吟的笋尖**，

——是羚羊沉默的弯角。

楼顶邻室的缝纫机头对准我脑颅重新开始作业，

感觉春日连片的天色随着键盘打印出成排洞孔。

缝纫机可以把成块成片的布片缝纫起来，连成片状的天色自然也可以如布料似的缝纫在一起。如此奇异美幻、急转脑筋的联想，非昌耀者难以拟想。而且，其意境由居室日常的户内空间，切换、扩展至户外广阔的天空，我们能不叹服其造境的朴素、遥深与宏廓?!

毫无疑问，这类只有具备语言自觉方能获取的巧思奇想，是昌耀诗学活化潜力永在的重要元素。我在这里顺便再呈示一些昌耀诗歌里的修辞术。

——分喻：肯定相似的一端，同时否定另一端，最后转回到比喻的本体。

《莽原》：

远处，蜃气飘摇的地表，

崛起了渴望啸吟的笋尖，

——是羚羊沉默的弯角。

这里的分喻隐去了否定的一端——不是笋尖，直接以肯定来隐示那否定的一端，这是逻辑上的一个原理：肯定命题预先假设着否定命题，否定命题又预先假设着肯定命题。

《头像》：

树干上

一只啄木鸟。——**不是鸟**。是伐木者随意剁在树干的一握 **Boli** 斧。

仔细体味，我们能够直接感受到诗人文思跳转的过程："一只啄木鸟"显然是诗人的第一感觉，后面的表述是对具有迅捷性、直接性、本能意识等特征的第一感觉的修正。"Boli"疑似外文，查阅英语词典，找不到这个单词的踪影，只有与之相近的"Bole"，意思是树身，树干。是误植还是拼音？一时难以解会。我倒乐意将此种情形视作昌耀以文为戏的"戏笔"，正如昌耀在给 SY 的一封信里落款为"W 耶夫"。W 是昌耀姓氏的字母代称，耶夫则取自陀思妥耶夫斯基小说《白夜》里的人物名称。昌耀留给世人的印象偏多于冷峻肃穆，实际上他还有着不被常人察觉的天真、憨气和被苦涩包裹着的幽默感。多数诗人只具有单向的禀性气质，而昌耀则具有复杂综合的秉性气质，叶嘉莹评论杜甫时称谓这种禀赋为"健全之才性"。

——拆散法：将词语或词组惯常的搭配、习惯的组合拆散，从而产生新的意义，揭示因为词语或词组长期的捆绑、因循固化而遮蔽的真相。《一天》：

有人碰杯，痛感导师把**资本**判归西方，

唯将'**论**'的部分留在东土

"资本论"原先的词组表示的是马克思研究资本主义社会的一部经典著作，而拆散后释放出的崭新语义，则是对资本只专属于资本主义制度这一偏狭观念和死守理论的本本主义者、务虚之流的尖锐讽刺和深刻质疑；《一个中国诗人在俄罗斯》："看哪，滴着肮脏的血，'**资本**'重又意识到了作为'**主义**'的荣幸，而展开傲慢本性。"这是对"资本主义"这一形同焊接在一起的词组进行了断然的分割。拆散前，"资本主义"是个固定词组，表示资本主义国家所实行的一种经济学、政治学、社会学的制度。拆散后，早已硬化的语义获得了空前的活力释放，恢复了生动、感性的社会面孔。"资本"一词还原为在经济学意义上所指的用于生产或经营以求牟利的生产资料和货币，"主义"的概念一方面表示主导事物的意义，另一方面表示某种观点、理论和主张。昌耀这一语言修辞的经典性还在于他没有仅仅停留在拆散上，他还通过拟人化的处理，给这个概念注入了活灵活现的意识和情感，使拆散后的"资本""主义"两个干巴巴的词语，彰显出物质时代把金钱重新供奉为圣主后浑身上下散发出的那种耀武扬威、趾高气扬的优越感与傲慢；《和鸣之象》："不**贿**以供果。/不**赂**以色相。"拆散"贿赂"一词，在白话诗中贯穿古汉语句式和联句，犹如木心所言："古文今文焊接得好，那焊疤极美"；《眩惑》：**"黄土挥霍成金"**，拆散成语"挥金如土"，产生新的意义；

《燔祭》：

夜已失去**幕**的含蕴，

创伤在夜色不会再多一分安全感。

拆散"夜幕"一词，释放出夜色无从抚慰、掩饰隐秘的崭新样态。

——"冤亲词"：也叫悖词，是一种矛盾修辞法，将两个不协调或相互矛盾的词合在一起表达某种意思。

《生命的渴意》：

硫磺一样肮脏的**冷焰**

《在雨季：从黄昏到黎明》：

误点的快车失去时间桥梁在路旁期待

《意义空白》：

……**呐喊阒寂无声**空作姿态

《一天》：

一切的**终结**都重新成为**开头**

《晚云的血》：

文明的**施暴**

《冰湖坼裂·圣山·圣火》：

他感到一种**快乐得近于痛楚**的声音

他感到一种**痛楚得近于快乐**的声音

《诗章》：

音的雕砌

《盘庚》：

焦黑的黎明

《西乡》：

再生如同**土崩**

《20世纪行将结束·残编3》：

死亡的刀尖，自由的大门。

《眩惑》：

我们**降生注定已是古人**。

一辈子仅是一天

——倒果为因：昌耀笔下有许多匪夷所思的诗句，这是他有意颠倒了因果关系而使语义陡然化为陌生和新奇，是昌耀式倔聱诗风的一种体现，它一般止步于语句的尖新，而孱弱于哲理性深意的表达。

《关于云雀》：

但我确知在寂寞的云间

一直飘有悬垂的金铃子，

只被三月的晓风

或是夏夜的月光奏鸣

《冷太阳》：

卵形太阳被黑眼珠焚烧

适从冰河剥离，金斑点点，粘连烟缕

《燔祭》：

美丽忧思

……

如一架激光竖琴

叩我以手指之修长

射如红烛

……

灯光释放黑夜

《春天即兴曲》：

天边

有一人绾发坐在礁石梳理海风

《幽界》：

星空补丁百衲。

路，因狗吠而呈坑洼

——戏拟：

改写《论语·述而》里的名句："君子坦荡荡，小人长戚戚。"将既成的、传统的东西打碎加以重新组合，揭示新的内涵，新的人性状态。

《鹜》：

君子何曾坦荡荡。

小人未许长戚戚。

《莽原》：

他们结成**箭形**的**航队**

在劲草之上纵横奔突。

——套喻：

昌耀的比喻法里，还有一种极为特殊的、未被人们识别和命名的比喻，即在比喻中套入两个喻体，以增加语意的密度和精度。因为很像俄罗斯著名的玩具套娃（空心木娃娃一个套一个），我把这种崭新的比喻法命名为"套喻"。

《幽界》：

列车在山脚启行，龙骨错节

发出一阵**链式响尾**

《诗章》：

食人巨蚁**烽火台般**耸布的**魔宫**

《酒杯》：

……一只拇指般大小、冰甲一般脆薄的玻

璃酒杯斟满**矿泉水般**明净的**银液汁**

《生命体验》：

移情的花厅

歌楼凤冠的亮片诲淫诲盗呼应山中**晚霞**的

宝石

《头戴便帽从城市到城市的造访》：

A 国学者 W 侧转他那**列宁式**的**椰果**似的

脑颅

《圣咏》：

看不到的穹苍深处有一叶**柳眉**弯似**细月**。

喻体里分别套接和压缩进"箭形"和"航队"两个意象，使语义陡然转向繁复。

这些套喻，事实上是昌耀诗歌凝练化表达在句子层面的一个表征，它还关联着诗人在篇章层面整体性的诗行压缩技术。它通过省略、删除、合并等手段，使诗章由句到篇从意义的流离、繁芜、瘠薄趋向意义的妥帖、精粹、丰赡。昌耀还在更高层次上，使用当代诗歌里罕见的时空压缩技术，即他自己发明的"将痛苦的时空压缩"为"失去厚度的'薄片'"(《〈我的死亡〉——〈伤情〉之一》)。

还有一些比喻，昌耀并没有使用特别的技巧，但他在作比的事物之间，要么是远距离发生联系，要么是近距离发生联系，但在结果上都做到了新奇。《听候召唤：赶路》里对作为男人第二性征的胡须有过这般的联想："你的/在火光洗濯下的胡须多美，如溪流圆石边缘随水纹微微摆动的薄薄苔丝绵软而动情。……你柔柔的胡须可爱如婴孩耳际柔柔的胎毛。"这两个比喻，粗看全都来自实际物态的观察，无非一则来自自然界，一则来自人类的幼年。可要是细辨起来，两个联想所形成的比喻却分属于不同的联想类型。把胡须比作溪流圆石边缘的苔丝，属于相似联想。相似联想的原理是在两种不同的事物之间因其一端的相似而展开，胡须与苔丝是绝不同类的事物，但它们在丝状排列的形式上和绵软柔顺的质感上有着极为相似的一面。而把胡须比作婴孩耳际柔柔的胎毛，则属于相类联想。相类联想的原理是在同类事物之间展开，无论是胡须还是胎毛，它们都属于人体上的毛发。通常情形下，同类事物之间形成比喻是违反以"不类为类"的比喻原理的，因故其修辞价值会大为贬值，就如同形容山羊的皮毛像绵羊一样洁白柔亮，就属于极其贫乏的比喻。昌耀这个看上去犯了比喻忌讳的句子，让人玩味之后还是觉得新鲜，那是因为一般人不会把成年人的胡须和婴孩的胎毛联想起来，这不仅仅是它们之间隔着一段很长的光阴，更重要的一点是，人们不大容易关注到婴儿毫不醒目的胎毛，尤其是男性作家，很少会用如此细腻、温柔的母性目光去观察，何况昌耀还把胎毛的范围精确到婴儿的耳际，似乎那里的胎毛比头顶、脑颅后面的胎毛要更柔软一些。

四

王国维先生在《屈子文学之精神》中专门论及南北方文学的优劣等差："南人想象力之伟大丰富，胜于北人远甚。彼等巧于比类，而善于滑稽：故言大则有若北溟之鱼，语小则有若蜗角之国；语久则大椿冥灵，语短则蟪蛄朝菌；至于襄城之野、七圣皆迷；汾水之阳，四子独往：此种想象决不能于北方文学中发见之。……以我中国论，则南方之文化发达较后于北方，则南人之富于想象，亦自然之势也。此南方文学中之诗歌的特质之优于北方文学者也。"这篇文章更大的一个价值和意义在于，静安先生基于对中国文学史的观察做出了一个重要的预言和卓越的判断："而大诗歌之出，必须俟北方人之感情，与南方人之想象合而为一，即必通南北之驿骑而后可。"

验之以文学史，能通南北之驿骑的诗人，古代以屈原为代表，当代则以昌耀为代表。

1980年，昌耀在《南曲》一诗里首次以文学的方式袒露青海之于他诗歌创作的巨大影响：

难道不是昆仑的雄风
雕琢了南方多彩的霜花，
才装饰了少年人憧憬的窗镜？

在此诗的结束部分，昌耀还有一句经典的表述："我是一株化归北土的金橘。"这句话的出处来自《晏子春秋·内篇杂下》："橘生淮南则为橘，生于淮北则为枳，叶徒相似，其实味不同，所以然者何？水土异也。"毫无疑问，昌耀在他的文学理念中是极为自觉和深刻地认同地理环境与某个地域的人文环境对作家性情、风格的塑造和影响。但是，长期以来由于昌耀的诗歌给世人展示出青海和西部雄奇博大的边地风貌或"北人气象"，以至于我们有所忽略昌耀原本作为沅江水哺育的湖湘才俊，在骨血里所秉承的"南人气象"。

无论从何种视角观察，一个脱离并跨越地理区隔和特定文化环境的作家，在他由原乡寄身他乡的生命羁旅当中，他本人必定会携带有关原乡的气息、经验、记忆，以及沉积于心的诸多物象、无意受到的浸淫而融入他乡。基于此，文学的形象、意象、格调、韵致、风骨、情感风貌等等，将会化育出比物种杂交还要丰富多变的精神果实。如同卡尔维诺在《未来千年文学备忘录》中所言："我们可以这样说，在文学想象力视觉部分形成的过程中，融汇了各种因素：对现实世界的直接观察、幻象和梦境的变形、各种水平的文化传播的比喻性世界和对感性经验的抽象化、凝练化与内在化的过程，这对于思想的视觉化和文字的表述都具有头等的重要意义。"携带并且传播湖南或者更其广大的南方文化基因，是我们观照昌耀诗歌文化移植的一个重要经验。

朱季海先生在《初照楼文集·楚辞长语》里解释《河伯》里的"乘水车兮荷盖"一语时，有一节关涉南北词语杂交的训诂："河伯水车，仅见《楚辞》。盖洞庭、云梦、大泽之乡，其民狎习波涛，弄潮如驱车，故发为想象，形诸名言，曼妙如此，诗人有取焉尔。此北方之神，浸淫楚祠，流被歌咏，便宛然南风矣。沈复《浮生六记·浪游记快》：'甲辰之春，余随侍吾父于吴江何明府幕中……一日，天将晚矣，忽动归兴。有办差小快船，双橹两桨，于太湖飞棹疾驰，吴俗呼为出水辔头。转瞬已至吴门桥，即跨鹤腾空，无此神爽，抵家晚餐未熟也。'甲辰乾隆四十九年，公元一七八四年，时三百二十一岁耳。今吴语犹谓绝尘而驰曰‘出辔头’，然不闻‘出水辔头’。斯言亦以车马为隐喻，虽地有吴楚，时有古今，其为口俏（吴俗谓语隽为‘口俏’）一也。”

朱先生说到的湖南地区百姓“狎习波涛，弄潮如驱车”的表述，我们在湘籍当代作家沈从文先生的文字里也屡屡见到船夫、水手等水乡物事的描述。如同“河伯”一词由北方输入南方，“出辔头”一词则是由游牧民族把骑马方式输入南方。昌耀在他的诗篇里，尤其是在他初来乍到青海时，水乡意象和南国风物被他频频植入青海的书写。无独有偶，清代大臣、湖南湘阴人左宗棠带领一万湖湘子弟收复新疆时，把散落在新疆、河西走廊战场上的烈士遗骸暂存于甘肃省兰州市天水路南段的“义园”，其外形轮廓就是一条大船。这是这些南国义士们的乡愁所系，是他们家乡情结的自然投射。昌耀也是如此。在他所有的诗集或者诗选本里，置于首位的一首诗就叫《船，或工程脚手架》，**“船房”“桅”“水手”**这些在高原罕见的名物，被自然嫁接到青海。在青海黄河上渡河而过的，不是南方的船舶，而是青藏高原独有的“羊皮筏”或“牛皮筏”。

《水色朦胧的黄河晨渡》：

水手熟识水底的礁石

……

一眼就认出了河上**摇棹扳舵**的情人

《冰河期》：

在白头的日子我看见岸边的**水手**削制桨叶了

《山旅》：

正是以膀臂组合的连杆推动原始的风叶板，

日日夜夜高奏火的颂歌。像是扳桨的**船工**，

把全副身心全托付给船尾的**舵手**

《随笔》（审美）：

我却更钟情于那一处乡渡：

漫天飞雪、/ 几声**篙橹**、

一盏**风灯**☆……

《风景湖》：

滑动着的原野。

几株年青的**船桅**

☆可参照
杜甫《漫成一绝》：
江月去人只数尺，
风灯照夜欲三更。

陈维崧
《桂殿秋·
淮河夜泊》：
船头水笛吹晴碧，
樯尾风灯飐夜红。

《划呀，划呀，父亲们！》里的**船夫**。涉及南方物事的诗篇，在此聊举数例：

《秋之声》：

旅次古城，望楼外灯火亮了万顷**珠贝**

《在敦煌名胜地听驼铃寻唐梦》：

——是谁们在那边款款奏着

铜锣钹呢？那么典雅而幽远，

像**渔火盈盈**……

……记起初临沙山时与我偕行的东洋学者

曾一再驻足频频流盼于系在路口白杨树下的

那两峰身披红袍的骆驼——**美如江边的船**……

《雪。土伯特女人和她的男人及三个孩子之歌》：

说泥墙上仍旧嵌满了我的手掌模印儿，

像一排排受难的**贝壳**，

浸透了**苔丝**。

说我的那些**古贝壳**使她如此

难过。

……

牛伙里它的后尾总是翘得比谁的都高挺，

像一株傲岸的**蒲葵**……

《腾格里沙漠的树》：

银白的月

把幻想的**金桂树**

贴近

腾格里沙漠幻想的淡水湖

《激流》：

海螺声声

是立在屋脊的黄河子民对东方太阳热烈传呼

《猎户》：

油烟腾起，照亮他腕上一具精巧的**象牙手镯**

《荒甸》：

等待着大熊星座像一株张灯结彩的**藤萝**

《良宵》：

这在山岳、涛声和午夜**钟楼**流动的夜

《给我如水的丝竹》：

我渴，给我如水的**丝竹**之颤动，盲者

《柴达木》：

我看见钢铁在苍穹

盘作**扶桑树**的虬枝。

浓缩的海水从隐身的**鲸头**

喷起多少根泉突

《幽界》：

山岳的**人面鸟**

……一只**凤凰**独步

《高大坂》：

一声声剥啄，是**山魈**之心悸

《灵霄》：

新月傍落。**山魈**的野语

《悬棺与随想》：

昂起的低潮

把南国山水间古人**悬棺**唤起的思绪转作喧嚣的骚音

……

以上并不完全的示例，让我们仅从词语或意象层面感受到了“必通南北之驿骑”之后所能呈现出的局部风神意态，语言上的南方气象。事实上，昌耀诗学的境界，绝不止于如此一端。昌耀从来不玩弄文字的积木，他从来都是以他的气血，他胸中郁结的块垒，弹奏他命运的键盘。他给当代诗歌的独特贡献，是在诗歌的整体气息上熔铸南北气韵，将南人擅长的瑰丽想象与“化归北土”后的旷悍深邃糅合在一起。正因为昌耀在诗歌骨相上具有“南人北相”的特征，他诗学的风神格调便出现了兼容并包的博杂性、繁复性，甚至在他的迟暮风格里频频出现复调性抒写。从 20 世纪 80 年代中期之后，昌耀就把自己变成了一个诗歌的夸父。他追赶的步幅，随着生命时限所造成的强烈的急促感、焦虑感，还有夹杂其间的颓丧感，让昌耀奔逐着的诗探索，日益和他身后的诗坛、和他所处的时代拉开了距离。尤其是昌耀在迟暮之境开启的玄奥诗旅，为后来的诗人和读者留下了意义和价值寻索的巨大深壑。

五　《昌耀诗文总集》和本书的最末一首诗《一十一支红玫瑰》，尽管在思想性和审美表达上与昌耀诸多的重量级作品无法等量齐观，但因其是诗人在弥留之际写于病榻的绝笔，这首诗作至少体现出两个方面的特殊意义：

一是它的时间形态。它属于巴赫金所说的“危机的时刻”“边沿的时间”，是“意识的最后瞬间”。在这个时刻，会表现出异常复杂精微的两重性。比如此诗刻录下昌耀处于毁灭性境遇时的临终心理和临终状态：一会儿迷乱，一会儿清醒；一会儿充满对人世的恋恋不舍，一会儿又流露出弃世而去的斩截；一会儿苦苦挣扎，一会儿又乖顺听从……其情状直通柴可夫斯基的《悲怆交响曲》。昌耀对“意识的最后瞬间”，对这种意识深层的“暗物质”，对即将跨入死亡门槛的人的精神活动，体现出一种超乎常人的敏感和特殊的洞察力。他先后以片段的形式书写过两次“意识的最后瞬间”。在写下此诗的两年前，昌耀就在《语言》里铭刻下一个临刑的杀人犯被军警押载上死囚的刑车时发出的一句问语：“叔叔，我上哪一部车？”之后，再次书写囚犯死刑前“意识的最后瞬间”，是在 1999 年创作的未完成的诗稿《20 世纪行将结束》里。这个诗题视野宏大、调门隐含悲怆，好像是要给 20 世纪的一百年光阴劃刻一帧个性化的速写，也好像有点卡尔维诺写给未来千年文学的意味。不论怎样，这是一首昌耀生前雄心勃勃的作品，意欲刷新他写作记录的作品，我们仅从此诗文末标注的写作时间从 1988 年开始写作到 1999 年 1 月 9 日整理完毕，其间写作的时间跨度竟长达 11 年之久！这可是昌耀全部作品里花费时间最长的一部作品。如此漫长的写作，可以想见昌耀艰难运思的过程。我们可以从中揣摩到昌耀启动他的“跨世纪工程”入手得多么早啊！他一生的后半程都在“赶路”，不单单是出于“怵他人之先我”的焦虑。就诗人的创作动机来看，这部作品当是他诗歌总谱里虑深怀远的一声“咏叹调”，是他站在新旧世纪交替之际，经过变调的又一曲“登幽州台歌”！只可惜残编断简只留下辉煌殿堂的桁架、柱础和窗棂。

在这部有着博大抒情韵腔和调式的“断章”里，昌耀以文摘的形式（一则来自《文摘报》，一则来自《文学报》），分别在《残编 2》和《残编 6》，两次写到未提姓名但可一眼识别的无产阶级革命家瞿秋白就义前“意识的最后瞬间”。前一个题记侧重于瞿秋白就义前的慷慨陈词，话语带有鲜明的布尔什维克意识：“继而高唱《国际歌》，打破沉寂之空间。酒毕，徐步赴刑场，前后卫士护送，空间极为严肃。经过街衢之口，见一瞎眼乞丐，回首一顾，仍有所感也”；后一个题记侧重于瞿秋白书写绝命诗时表现出的诗骚性情：“此时军法处长催他起程赴刑，秋白又挥笔疾书——‘方欲提笔录出，而毙命之令已下，甚可念也。’秋白半有句：‘眼底烟云过尽时，正我逍遥处。’此非词谚，乃狱中言志耳。”前后相继的两件作品，可以印证他对“意识的最后瞬间”这种人生极致体验的念兹在兹，也是他吟唱出自己的“天鹅之歌”时，再次传递“终古之创痛”时的无尽玄愁和无尽喟叹。

二是这首诗在诗行排列、诗句字数上给人留下过目难忘的对称、均衡的形式美感。综观昌耀一生的诗作，早期的《月亮与少女》，便成就过“诗经体式”（四言句式）的整饬之美。昌耀对这种只有在古典诗词里频频闪烁的、蕴含着汉语文字独特文化根性的形式美感与节奏美感，一直保持着深切的感应和沉醉。《凶年逸稿》《给我如水的丝竹》《水手》《秋之声》《建筑》《河床》《色的爆破》《招魂之舞》《悬棺》《冷色调的有小酒店的风景》《眩惑》《听候召唤：赶路》《盘陀：未闻的故事》《极地民居》《在古原骑车旅行》《一片芳草》《这夜，额头锯痛》《拿撒勒人》《花朵受难》《意义空白》《薄曙：沉重之后的轻松》《意义的求索》……不一而足。这些作品中整饬、均衡、对称的语句对偶虽说都体现在局部，但它们足够传递出昌耀对古典诗歌气韵、节奏、审美语境深度欣赏的强大信息。唯一和《玫瑰》形制极度相仿的是 1994 年写下的《菊》。《玫瑰》以两句为一节，共分为九节；《菊》则是四句为一节，共分为三节。稍加比对，《玫瑰》最长的句子字数超过《菊》。《菊》是诗人正常情况下的写作，而《玫瑰》则是在极端境况下的写作。在忍受病魔的极度创痛中写下如此齐整的诗行，我们不能不为昌耀在诗歌上最后施展的“绝技”而惊叹不已。在平静、从容状态下写出整齐的诗句相对容易，在大限将至的峻急时刻写下如此整齐的诗句，则无异于他 9 年前写过的那位以手掌在土地上划行的关西大汉，每前行一步“像是匍匐波涛将溯流而上的船只艰难推进”。这一定是他在灵魂得到片刻宁静时的倾心灌注，或者说是以他顷刻间获取的“纯粹美之模拟”和审美移情来镇痛和减弱难忍的痛苦。即便是处在如此危重的当口，精敏、勇毅的昌耀为何偏要在此端端写成九节？此中当蕴含着诸如极度的尊重、九九归原、强力、长久等数字象征的隐秘信息。其整饬端庄，如他一生追求的“完美”，如一尊经过窑变的施釉大鼎。

六

1957 年，昌耀写了一首仅有 8 行的短诗《高车》。1984 年年末，昌耀对这首 27 年前的旧作作了删定，并加了一个题记（他自己称为“序”）：“是什么在天地河汉之间鼓动如翼手？……是高车。是青海的高车。我看重它们。但我之难于忘情它们，更在于它们本是英雄。而英雄是不可被遗忘的。”其中诗人创造了“翼手”这么一个陌生的词语。在汉语语汇的构成里，以手作为后缀组成的词语，比如“舵手”“水手”“旗手”“歌手”“棋手”等，都是指所从事的职业或者动作。那么“翼手”又是什么意思呢？除了“翅膀”这个“翼”字的常见义项，还有旧时军队编制分左、中、右三军，左、右两军叫作左、右翼。还有一个偏僻的义项，是“十翼泛清波”里当“舟”用的这个意思。这几个意思，都没法与此诗的语境吻合。参照诗人其他的诗篇，我发现昌耀喜欢拿车轮这个带着运动感、速度感的词语，和“翼”字搭配在一起，比如：

《木轮车队行进着》：

——这车队

一扇扇高耸的**车翼**好像并未行进着？

这高耸的一扇扇**车翼**

好像只是坐立在黄河岸头的一扇扇戽水的

圆盘？

……

木轮车队高耸的**轮翼**始终在行进着。

《雄风》：

我深信

只有在此无涯浩荡方得舒展我爱情宏廓的

轮翼。

《河床》：

我爱听兀鹰长唳。他有少年的声带。他的

目光有少女的

媚眼。他的**翼轮**双展之舞可让血流沸腾。

《感受白羊时的一刻》：

天路纵驰。**翼轮**阑干。梦影华滋

《骷髅头串珠项链》：

……插立在**车翼**的白布经幡像竖起的一只

大鸟翎毛满是尘垢。

如此看来，“翼手”是昌耀的一个拟人化了的曲喻，暗含有飞驰的运动感，有若屈原“乘回风兮载云旗”里那般车轮的速度与激情，是一种驱动运动的力量，一种充盈的生命力，一种如他所欣赏的“瞬刻可被动员起来的强大而健美的社会力量的运作力”，一种恢宏、盛大、厚重、庄严的演奏——“是以几百、上千个体力劳动者同时运作爆发而得的体力作为动力，带动特殊器械装置为之鼓风，使气流频频注入数百根、数千根金属或木质管孔，发出来足以与其规模相称的、令人心旌摇动的乐音。”总之，“翼手”是一种澎湃激情和生命强力的象征，是他的大诗歌观在审美表现层面的最初呈现。

现在，我们回到《高车》的前两节：

从地平线渐次隆起者

是青海的高车

从北斗星宫之侧悄然轧过者

是青海的高车

昌耀锁定西北大地以往常见的那种大轱辘车来书写，但对其形状之大并未作特写处理，而是将其置入一个大视角、超长焦、大纵深的空间，并且不是将高车当作静物来描写，而是作为持续移动的意象来处理。让人们费解的是，在大地上驰行的高车，怎么会跑到天上“从北斗星宫之侧悄然轧过”呢？须知这不是诗人的幻想或产生的幻象，它是昌耀对地平线的人为抬升，对视觉经验里前景和后景相重叠后所形成的视觉错觉的巧妙的诗性转化，是昌耀对青藏高原极高的空气透明度下清晰星象的敏锐洞察。这种视觉错觉，一直被摄影家、画家、电影摄影师们屡试不爽地运用于奇妙画面的设计。擅长绘画的作家阿城在《孩子王》里借王福的作文，就利用这一视觉错觉写出与昌耀诗句异曲同工的画面：“早上出的白太阳，父亲在山上走，走进白太阳里去。”后来昌耀写下的“一百头雄牛低悬的睾丸阴囊投影大地。／一百头雄牛低悬的睾丸阴囊垂布天宇”，同样采用的是宏廓的视角，但这一次垂布天宇的睾丸阴囊已不是诗人的视觉错觉，而是诗人夸张性的主观想象。

利用天地之间形成的夹角来成像造境，是昌耀书写宏大境界的视觉和心理的双重经验。偏于视觉的，像《去格尔木之路》里这样的描述：“盐湖已被挤压于天地之夹层。”（利用空间中物体大小的反衬效果）偏于心理的，像《巨灵》里这样的描述：

我攀登愈高，发觉中途岛离我愈近。
视平线远了，而近海已毕现于陆棚。
宇宙之辉煌恒有与我共振的频率。
能不感受到那一大摇撼？

用天象作为诗歌意象，也是昌耀诗歌营造恢宏、崇高意境的重要途径。其本质涉及昌耀诗学中极为醒目的一个特点：广阔、深邃的时空观。王国维先生当年在《人间词话》列举“明月照积雪”“大江流日夜”“澄江净如练”“山气日夕佳”“落日照大旗”“中天悬明月”“大漠孤烟直”“长河落日圆”等古典诗词片段，批识到：“此等境界，可谓千古壮语。求之于词，则纳兰容若塞上之作，如《长相思》之‘夜深千帐灯’、《如梦令》之‘万帐穹庐人醉，星影摇摇欲坠’差近之。”静安先生没有明确点出边塞或者游牧民族生活的疆域，往往因为辽远开阔的地理环境会给人们视觉经验上带来一望无际的视觉感受。这种视觉感受随后又会赋予人们心理感受上的博大与崇高。纳兰词境的高旷，从文学史的角度来看，实际上是唐代边塞诗人开启的博大诗境在清代迢递的余绪，昌耀则是在当代新诗里一次更其遥远的接续和转型。

学者王锺陵在《中国前期文化——心理研究》中专门论及"唐人的时空观"——"唐人的边塞诗，十分鲜明地体现了三个因素的结合：阔大的地域感，对边地季候景物的描写，以及征人的或豪迈、或悲切的种种心理之表现。""唐人所感受的这样一种阔大空间，不再仅是平面的展开，它是立体的、多维的，并和时间因素紧紧交织着，它也不再仅用之以表达一种气势了，它内蕴着丰富多样的内容，有着特定的景观和人物的情思。外延的开阔和内蕴的丰富，形成了壮阔而又情味深长的亦即可用'壮美'一词加以概括的意境。"

《高车》一诗不是昌耀重量级的作品，但它显露出昌耀诗学的一个重要审美取向——宏大的时空观，把物象或事物放置到天地河汉之间这样一种广大而实在的空间里来打量。这已不再是唐代以前或者《楚辞》里那种通过神话思维、幻想创造出的宇宙空间，而是唐代边塞诗人们普遍的视觉经验和心理气象。从文学史的意义上来审视，昌耀的咏青诗作，既是对边塞诗诗脉的遥远呼应，更是对边塞诗不可同日而语的一次全新编程、全新掘进，将昔日政治化、社会化的诗歌维度代之以审美化、地域化的诗歌维度。

具体来说，时空世界在昌耀这里再度被广化。《在雨季：从黄昏到黎明》里，昌耀借用夕阳的视角，含纳了长河上下游这么一个超然的共时性视域空间：

雷雨之后，夕阳
品茗长河上游骤然明亮的源头，
见下游出海口一只无人的渡船
悄悄滑向瓦蓝。

1962年写下的《断章》，是昌耀早期博大风格的代表，那种磅礴的气势和宇宙感，完全是被惠特曼《自己之歌》《大路之歌》式的整体诗学所唤醒和激活的一种抒写：

这样寒冷的夜……
但即使在这样寒冷的夜
我仍旧感觉到我所景仰的这座岩石，
这岩石上锥立的我正随山河大地作圆形运动，
投向浩渺宇宙。
感觉到日光就在前面蒸腾。

昌耀的这种超然的共时性视域空间，已经成为他稳定的心理结构和审美反射习惯，所以即便到了迟暮风格时期，他仍旧在延续古代诗人未能抵达和书写的超然的共时性视域空间——《莞尔——呈献东阳生氏》："穿过田野，朗极的黎明，银月照我西山，旭日徂彼东岗，在清风徐徐的节律我已面北**同时朝觐两大明星体**，而怀有了对于无限的渴念。”

需要进一步强调，昌耀在其迟暮风格时期，他早期的惠特曼式的抒情，便更多地转向鲁迅《野草》式的抒情加上陀思妥耶夫斯基化的风格，尤其是他具有明显陀氏思维倾向的多重体验，激活了他对同时共存的事物的特别关注与兴趣。比照陀氏艺术感知世界的特点，我们在昌耀的诗里发现他也像陀氏一样，把“一切分离开来的遥远的东西，都须聚集到一个空间和时间‘点’上”，“只有经过思考能纳入同一个时刻的东西，能在同一时刻相互发生联系的东西”，才能成为他表现的题材。这一具有狂欢体特色的时空观，特别擅长于采用宇宙度量来创作具有宇宙时空广度和深邃度的形象和情景，是作家和诗人具有宇宙意识的审美观照。（参照小说《围城》里的如下表述：“天空早起了黑云，漏出疏疏几颗星，风浪像饕餮吞吃的声音，白天的汪洋大海，这时候全消化在更广大的昏夜里。衬了这背景，一个人身心的搅动也缩小以至于无，只心里一团明天的希望，还未落入渺茫，在广漠澎湃的黑暗深处，一点萤火似的自照着。”）

在同一时间呈示与叠加不同事物，这在中国的古典诗歌里已有体现，如鲍照的“居人掩闺卧，行人夜中饭”，高九万的“日暮狐狸眠坟上，夜归儿女笑灯前”。古典诗歌限于格律与对仗，一般只能将两件事情并置于同一时间。昌耀却能做到将三件事情并置于同一时刻。像《旷原之野——西疆描述》：

晚照中的卧牛正以一轮弯弯的犄角
装饰于雪山之麓。靓女的
乔其纱筒裙行行止止……
花灯般凝止。
绿洲葡萄的晚祷者以沙土净沐周身——

像《薄曙：沉重之后的轻松》：

薄曙之来予我三重意境：
步行者橐橐迫近的步履。
苇荡一轮惊鸟戛然横空。
漫不经心几响犬吠远如疏星寥落。

正像我们前面引证学者针对唐朝诗人时空观时所阐述的一种观点，唐人时空观不再仅是平面的展开，而是立体的、多维的，并和时间因素紧紧交织在一起。同样，在昌耀博大的空间感里，经常会注入时间上的邃远感，这是昌耀时空观所发展出的一种诗歌类型。比如，

《船，或工程脚手架》：

水手的身条
悠远 / 如在
邃古

《激流》：

沿着黄河我听见跫跫足音，
感觉在我生命的深层早注有一滴黄河的精血

《寄语三章》：

披着粼光瑞气
浩浩漭漭轰轰烈烈铺天盖地朝我腾飞而来者
是**古**之大河。

《群山》：

这高原的群山莫不是被石化了的**太古**庞然巨兽？

昌耀的这种邃远感大半基于久远的历史或者漫长的时间，这也是古典诗歌里惯有的思维和技法。可是昌耀比他的前代诗人们走得更加辽远，后来居上。当他从生物学和生命科学来拓展他的邃远感的时候，他便跨入了现代诗歌的语境，跨入了前人从未书写过的崭新语境；这也是与他前后出道的诗歌同行未必能及的地方。《与梅卓小姐一同释读〈幸运神远离〉》："人间从来就是现世生者的'涤罪所'，苦难中的形骸思虑营营，历历可见：人满为患，金钱肆虐，半个世纪，尤以现今为最。厄运之不可摆脱犹如存在于细胞核染色体的遗传基因，一个新的生命一旦完成，厄运已潜在其中。人虽不能透过时空预见每一细节，但细节迟早会一一应时而显现。一个后代子孙的命运，甚至可以推其谱系溯源到其远代母亲——尚在**母体胚胎发育中的——卵巢的一粒卵子**。这种邃远感，有如从相对的两面互为反射、互为复制、互为因果的镜子中所见无穷深远的物象。"

七 时至如今，新诗已经走过一个世纪的历程。回瞻这漫长而又短暂的诗歌发展履历，其间涌动过多少波峰浪谷，多少诗名的轮转沉浮。于今我们能够在这百年之期的新诗波流里窥到这么一个显著的事实：在此区间，就其新诗表现类型的丰富性、题材开掘的首创性、语言创造的新奇性、风格变化

的多样性、文本探索的先锋性方面（包括迟暮风格时期昌耀诗歌出现的一种偏离当代诗歌主潮，偏重辞藻、视听美感，极尽通感之能事的新唯美主义创作倾向），昌耀以一己之力，心游万仞，精骛八极，孤拔耸峙于当代诗坛，同侪时辈没有能出其右者！曾经声名赫赫的诗人，或者以师宗而诗脉丛生，或者以诗旗而四处招展，在现象上，他们都是群峰叠嶂，绵延不绝，唯独昌耀孤峰而立。这也决定了他的诗歌在这个娱乐至上的时代，只可静观，不可近狎。尼采在《曙光》里拈示过一种超拔的观察法和价值评估法："每一部优秀的作品，只要它处在当时潮湿的空气里，它的价值就最小。——因为它尚如此严重地沾有市场、敌意、舆论以及今日与明日之间的一切过眼烟云的气息？后来它变干燥了，它的'时间性'消失了——这时它才获得自己内在的光辉与温馨，是的，此后它才有永恒的沉静目光。"

如今，昌耀的许多诗篇在他离开人世不过二十载的时光淘洗、晾晒之后，已然抖落了时间的潮气，愈发显现出"内在的光辉与温馨"，荣享木心所说的"事物的第二重意义"。

还有，还有不少被我们低估了的诗篇、遗忘了的意义，将会在未来迎回它的知音。

己亥岁杪，梅卓《神授·魔岭记》付梓，出版社邀众雅集。言次，总编辑马非嘱我为序，惶然领命。不日，大疫始发江城。俄而疫势骤猛，如火燎原，遍袭大江南北。八方医师趱行赴险，拯危救难。而染疫之城，民皆猫冬，出行皆口鼻蒙罩。畴昔闹市巷空车寥，诸路公交，几近空驶。降疫之际，百感交集，心绪浩茫，不时忍忧含愤。搜肠刮肚、敲键录字历时一月半，竣稿于庚子春花灯寂冷之元夕。

贺凤龙摄影创作的意义

昌 耀

与摄影界朋友接触稍稍多了之后，感到他们与文学界朋友们有着一种明显的气质性差异，即绝少浮躁。也绝少争论。我想，这或许与摄影的现场纪实性特点有关。即，任何一张好片子的获得，首先都是立足于实地拍摄，——不入虎穴，焉得虎子？我想象得出他们那种风尘仆仆的样子，往往是行装甫卸，又急匆匆踏上新的征途。这样的以苦为乐的摄影家的生活，永远有着一种为沙龙间的夸夸其谈者所不及的潇洒。美国“小光圈”学派摄影家亚当斯的创作生涯及其经典性作品可以称得上是这种气质、风度的典范。在我对摄影艺术有限的阅读圈里，总是乐于记起这位艺术大师带给我的审美愉悦。

但我今天拟谈的，却是对于军旅摄影家贺凤龙先生创作的印象。部队方面与青海摄影界的朋友出于对其摄影艺术成就考虑，为他召开作品研讨会，我作为文学界的一员在盛情邀请之列，并指定从“诗人角度”写一篇心得文章。这是我生平第二次以摄影为题说三道四，深感惭愧。因为一个槛外人忽然间成了写作这类大文的“专业户”，显然可笑。

不过，我作为贺凤龙摄影艺术的受众，对他的作品及创作经历也确怀兴趣。最初，我是从一些摄影界朋友的谈话里风闻他是唯一往返青藏公路全线 60 余次的摄影艺术家，仅此一纪录就可被看作是一个传奇式人物了，难怪那些个跃跃欲试的摄影界同仁羡慕不已。这些年来，青藏高原已逐渐成为许多艺术狩猎者们竞逐之地，而昆仑山、唐古拉山一线严酷的气候特点与光芒四射的“第三极”景观尤为艺术探险者们看重，以为那里是一块真正透射灵气的宝地，是值得朝觐的圣殿。当商潮咄咄逼人，几欲操纵一切、俘获一切，不甘为物欲沉迷的鲜活个性以这里为出走的首选之地，求得与大自然的一种心灵沟通、人格的提升，就是很自然的事了。我想，贺凤龙 60 余次的往返于青藏线的经历，定然有过难以数计的与大自然的沟通。但是，与一般的艺术狩猎者不同，贺凤龙在这种“沟通”中，以他军人的身份又有着作为祖国保卫者的特种含义。我对贺凤龙的名字很感兴趣，正是与他作为军人兼摄影家的双重身份活跃在青藏线上的阅历密切相关。那条绵延两千公里、平均海拔四千米以上的线路本是我之向往，但我仅得有创造往返一次的记录，来去都幸赖一只氧气袋应急，算是“武装到牙齿”了。当我第一次驶达唐古拉山口，从车上下来，已如“太空行走”，有头重脚轻的悬浮感，自然算不得好滋味。

闲话少说，下面归入正题。

一

贺凤龙《岁月·经轮》作品的意义

没有意义的作品是乏味的。“意义”有深浅厚薄大小区分。凡是给人以震撼的作品，必有值得长久寻思品味的意义存焉。

就我目前所能看到的贺凤龙作品而言，我最为推崇他的黑白摄影《岁月·经轮》。这是一帧凝神于祈福之中的藏族老人面部特写的低调照片。老人两眼稍稍锁紧，朝前平视。眉骨投影聚落内眦。看不清深掩在阴影中的瞳仁，但仍可感觉到那炯炯眼神。持摇的铜制经轮（玛尼筒）遮挡住了右侧颧骨以下半个脸颊。老人的嘴唇因牙齿脱尽、齿龈萎缩而收拢作一团，下颏前突着，松软而干枯。老年人特有的面部横纹从额际一直铺排到眉宇、鼻梁，深刻有力。落在老人半个面部斑驳散射的光点，仿佛从一线天窗飞落暗室的荧光小虫随意聚合着，似一种无情的侵蚀，为这片沟壑纵横的岁月实验地涂抹上一层悲凉的油彩。不，这一层柔光的奥妙难以言喻，它已与老人融为一体，似一种生命冲动，那种不安宁的感觉，仿佛就是对于浑沌不明的命运自身的抗拒，而那样的柔光，终于随“轮廓”从昏茫中显示。“是谁／是谁让酒红睡上我的脸颊”，我油然记起藏族女诗人梅卓的佳句。我甚激赏“酒红睡上我的脸颊”那样透明而奇异的思维效应。显然，我从摄影家贺凤龙创造的老人脸颊所读到的却只是“生命的冷光”，——这同样是与“酒红”一样透明而奇异的思维效应，使得刀斩斧斫般留在老人面部的岁月遗痕成为掷地有声的语言。是贝多芬《命运》里的那一串敲门声，不过却是使用了一组凝固的听觉符号。我感觉到了一种铅华洗尽的魅力。我坚信这只能为黑白摄影所独有。这种影趣的发挥可以是无穷尽的。我们甚至可以凭此贬斥彩色摄影之过于靡丽、轻佻了。我甚至要说，唯有“低调摄影”——即那一凝重的黑白语言才是最切近“终极关怀”主题表达的一种方式。是摄影艺术熔铸的“青铜雕塑”，深沉、华贵、庄重而高古。

贺凤龙这帧拍摄于 1987 年的作品，可以看作是一个良好的开端——向着一个大气磅礴的黑白摄影之路披荆斩棘开拓进取。如果作者沿着这条思路、这种方式持续地作一些更多的试验与探索，形成自己独特风格、个性的作品系列，我相信他的摄影艺术对中国摄影界可能有举足轻重的意义。艺术创造最忌赶浪潮、雷同、一窝蜂，而走小路、独辟蹊径最受有识者珍重。

补充一点：这帧作品还体现了以少胜多、以简胜繁的“减法原则”。或者说“藏与露”“取与舍”的原则。这是一帧耐读的作品，无愧于上乘之作。

二 贺凤龙人像摄影作品的意义

除了之前提到的那帧人像摄影，我以为贺凤龙如下作品也各具特色。它们是：《山魂》《痕》《无题》（以上均为彩照），《面具》（黑白摄影），就总体而言，这几帧作品可以代表作者创作风格“走向内心”的一种尝试。是一种倾诉、自言自语。是将含蕴丰富的意绪加以诗化的努力。是心灵史。甚至于是“人物内心创伤”的揭示。这种创造，更具思辨意义、理性深度与情感色彩。摄影家主体意识的拓展——内在精神自由向度的强化是可能的前提。按快门其实并不难，据说那是连聪明的猩猩都已办到的事，问题是在何种关键瞬刻按动快门。摄影作为艺术既然不仅是再现存在之物，更在于存留心中之象以达于无限之境，因此，这种审美感应的实现又常常是凭藉“多功能”及后期制作这样的“二度创作”才得完成。《山魂》正是这样的一帧作品。两次曝光后的感光底片，最终呈现在我们眼前的影像，是大山与老农二部和声的交响效果：背景是与老农面部五官特写平行叠印的层层梯田陡坎。那浮雕一般的梯级恰如乐谱的谱线横陈，与老农面部皮肤沟纹重合。这种纹理，亦即大山的纹理。反之亦是。是人与土地的和鸣，生命与岁月的交响——一种解说不清的世代相延、生生不息的历史语汇。

至于《无题》，几乎是一帧弗洛伊德“梦的解析”式的作品。在一堵为无名艺术家以“红日”“星辰”“利斧”等彩色图形恣意涂鸦的顽石前，一名年轻的行客正背倚这块画像石假寐，呢帽遮挡住了他的眉额及鼻翼以上部分脸面，嘴唇紧闭，显然是在梦乡之中。而身后那些颇具寓意的图形符号，可被看作与他的梦意正有了一种逻辑联系，是他此刻的心理流程。《无题》的成功恰好证实了“组合是手段，创意是目的”的说法。

《面具》是一帧非常美丽的黑白摄影，且朴实之至。我惊异其线条勾勒、块面搭配有着木刻艺术的细腻刀法与墨韵。这是一帧让人轻松愉悦的作品。我将其视作诙谐曲来品味。据说诙谐曲适于表现时代面貌。其所以然，或许竟在于作品的这种浓浓的民俗性、风情性，以至积淀其中的宗教文化蕴含？故也是一帧有心理深度的作品。我还想补充说，在阅读这帧作品时，我忽地记起了熊秉明论书法的一行文字："在必然的秩序中注入灵动；在生命的跳动中引入秩序"。我说不准这一联想有无一丁点必然性。

三

作为

"角色"的

摄影家的意义

这一命题当然不仅限于摄影家。但摄影家的"角色"地位却常易于被"技术"所掩盖。

换言之，摄影对于摄影家来说，不仅是如何按快门及后期制作这样的技术性问题。更具本质意义，它同样是有关精神与文化品格、修养、人生经验的挥发与把握。是作者创造性生命的有机融入。极而言之，一帧体现了真善美的有深度的作品，甚或会有"暗香"浮动其间，——一位美术史论家就曾形象地称此为"性格和地方色彩的美妙芳香"。这种效应亦见于文学。作家韩少功以《暗香》为题，说到主人公为友人的人性美而感动，发而为文字。这时竟听到"蜜蜂嗡嗡嗡"飞来，赶紧嘱咐家人关好门窗。一会儿，"果真有蜂子撞得窗户玻璃叮叮响……黑压压地遮盖"。是秉笔疾书的主人公笔底文字浸透了花蜜一般的人格美使然。对于一切艺术家，无论文学或摄影，技巧的掌握只不过是最低限度的要求，而一旦进入创造，就可以"忘了"这件事，而唯有以灵魂对灵魂的力量扣拨灵魂，"才能颤动那崇高与渺远的我们灵魂上的音乐的琴弦"。

我完全相信理想与信念对于决定形象思维性质的重要意义。审美意念必定是以审美理想为依托，而艺术品，必是此种情感体验的结晶——审美意识的升华。因此，对于创作者主体，维持一种确定的价值体系，仰承强大的精神意识的支持，非但不应避免，而且尤需加强。一个振奋的时代，不能没有可让全民感奋的艺术创造力之魂。而长久以来，一种错误的理论导向被当作了时代的进步或觉醒广为扩散，嘲笑理想、信仰，鼓吹扔弃"拐杖"，拒绝或躲避艺术家作为精神创造者、文化建构者、社会守望者的使命与社会角色。这是文化上的倒退行径，并有着非文化自己所能逆转的时代背景。虽如此，这种"世纪末"的情调散布却让人厌倦、恼怒，它使每一个人都成为直接的或潜在的受害者。引用肖伯纳的一句话在这里颇感贴切："在现代社会中，没有信念的阔佬比没有节操的贫妇更危险。"

依据我的阅读体验，凡是能够给予人一种经久不衰的审美享受的作品，必是有着丰厚的文化内涵、人文精神得以充分释放、形式内容互为表里的作品。后一点对于视觉艺术尤其如此。这样的创作，需要作者不断提高素质，立足生活、厚积而薄发，故不可多得。当我从贺凤龙不多的风光摄影中看到他拍摄于青藏高原腹地的两帧具有灵魂震慑力的作品《江源泻玉》《大风起兮云飞扬》，觉得它们恰是为我上述风光摄影，甚至见不到人迹，然而，我们仍旧从画面强烈地感受到了拍摄者主体意识——浩大的云气、如玉流泻的江源水网以及为构图所需的每一细节安排，无处不有其存在。是豪迈而又不失优雅的抒情。是一种精神文化态度，一种持久的价值取向。视觉的冲击力有着无限意蕴，使我们强烈地感受到了这片土地的灵性。而且，甚至于可能嗅到了前面我曾述及的那种浮动的芳香。摄影是表现的艺术。选择这门艺术并奢望成功的影友多矣。然而我要说，这又是成功率极低的艺术，——我不是指拍出几张"好看"的片子，而是称那种有着文化积淀意义的、如椽大手笔——大气象的作品。这需要一生磨练且需岁月淘洗。那么，无妨视贺凤龙先生已经取得的成就（包括屡屡在海内外取得的各类摄影赛大奖）看作小试锋芒而已，我更祈祝他获取那种终极意义上的成功。

即将结束这篇短文的时候，我非常乐于提到近日被一篇报章文字转引的马克思名言："政治解放本身还不是人类解放，人类解放是人类从金钱中获得解放"。我们长久以来总在谈论着"灵魂寄托的家园"，从茫然的思索中，我们是否因此有了一种豁然洞明的感受？

原文刊发于 1995 年 4 月 30 日《青海日报》副刊《江河源》，选入由马钧主编、于 2018 年青海人民出版社出版的《江河源文存 · 评论卷》。

在海东的“唐古拉”诵诗

昌 耀

7 月 19 日，采风团结束在循化的访问，驱车往化隆。近傍晚抵巴燕镇，在县府招待所下榻。当晚，化隆县各界朋友在文化馆组织一小型联欢会。主人演出了乡土味颇浓的歌舞，间有我团艺术家个人的即兴表演穿插，主客之间，其乐融融。出访数日来，每到一地总有许多感动。采风团的下乡，在各级党政组织与民众之间无疑是承担了一种文化使节的使命。我以为，保持这种沟通与心灵感应，即使对于文艺家角色本身，也未始不是关乎兴废存亡之事。——今天，不带一点调侃味道说说（或听人说说）这种感受，都可被看作是一种重被体验所证实的价值发现了。这次晚会，其所以予我深刻印象，或也在于这种意义的重被发现！人总不能为活着而活着，总需有一个尚可差强人意的“意义”留给人品味，俾使其感觉到一点为之负重的价值。这样，我庆幸自己在这一有意义的晚会到底未失时机地自报了一个诗朗诵节目。而此前，我在循化一个同样的晚会，却是请同团一位撒拉族女舞蹈家阿里玛代我朗诵诗作。是的，我虽写诗，但不兼擅朗诵艺术。而这一次，我是当仁不让了。坐在来宾席，我甚至已经怀有几分对于朗诵的渴望，并预感自己的语音造型会塑造好拟要朗诵的拙作《走向土地与牛》。待轮到节目主持人报完我的名字和节目，我沉着地走向场地，接过话筒，沉吟片刻，然后对着静息下来的会场发表了一段简短致辞。在诗作朗诵之前，我不能不先说出对化隆人民由衷的敬意与谢忱。我说，来到这片土地深感荣幸。接着提到了当地一种说法，称化隆这片土地是海东的“唐古拉地区”。我称自己对于这句话的理解有二：一者，是谓化隆海拔 2800 米以上，山川雄峻，宝藏饶富，一如唐古拉山地区。二者，是谓常年生活与战斗在这片高寒缺氧地区的父老乡亲至为不易。我表示自己对于此点尤为钦敬，而借这个机会将我的颂诗呈献给这片土地的主人。于是我生平第一次向这么多人在朗诵自己的诗作了。

劳动者

无梦的睡眠是美好的，

富有好梦的劳动者的睡眠不亦同样美好！

但是，从睡梦中醒来了的劳动者自己更美好。

走向土地与牛的那个早起的劳动者自己更美好。

人们以慷慨的掌声酬答我。我朝自己的座席走去时，诗中那个与土地和牛一同醒来的劳动者的意象还丰盈地占据着我的胸臆。我相信自己的朗诵还算成功。我听到说："你写出来。你把它写出来。"说话者是随团陪访的海东地委谭国良副部长。他近乎被感动了，从座席后面俯过身子对我这样大声说。受其鼓舞，我写下了包含着这首诗作并有关琐细的短文。

原文刊发于 1995 年 9 月 10 日《青海日报》副刊《江河源》，选入由马钧主编、于 2018 年青海人民出版社的《江河源文存·散文卷卷二》。

后 记

有句老话讲：大功告成，如丧考妣。真是佩服中国人体验事物的深微。这智慧的根须，大抵是从《周易》六十四卦里的最后一卦——“未济”卦里延伸出来的。如果翻译成西方典故，有点像西西弗斯寓言的变奏。好不容易刚把巨石推到山顶，刚想着歇歇脚让凉风吹散热汗，巨石倏然间又出现在山脚。

重负如释，我想借此机缘告白一下：这本书里所有谈论到的话题，都不是我事先设定好的，一切都取决于我随机阅读时大脑神经元“牵一发而动全身”式的关联，取决于我瞬间冒出的灵感火花，取决于我的兴会。为了提防过度频繁的定向阅读所招致的审美疲劳，我有意采用了一点克尔凯郭尔笔下勾引家的伎俩：为了接近心仪的对象，有时候故意疏远一下，晾在一边，就像热豆腐需要凉一凉才能吃到嘴里。这种散漫的、欲擒故纵的方式，确实大大延迟了我的工作进度。似乎从一开始，我就黏上了令人耻笑的低效率。在这个人人追逐快速、高效的时代，我不合时宜地把自己寄居在一枚蜗牛壳里。慢吞吞的蜗牛成了我的道场。

说来也巧，我5年前网购到寻觅了好久的《摹仿论》——一本由德国学者奥尔巴赫书写的奇绝之书。一看萨义德写给这本书五十周年纪念版的导论，我立马感到了某种投缘的好感。萨义德概括出奥氏的两个研究法或特点：一是拒绝一种严格的计划，拒绝一直持续不断相继发生的举措，或者作为研究手段的一些固定概念；二是顺着几个无意中逐渐梳理出的主题写下去。我想起康德在他的《实用人类学》里也说过类似的意思：“艺术家要使他的事情成功，还需要一种不期而至的好兴致，仿佛一瞬间的灵感。因为，凡是按照规章和规则而做的事，其结果都是枯燥乏味的（无创见的）。”二贤之言，于我心有戚戚焉。

基于这样的旨趣，我没有采用学院派们那种严谨无趣的目录分类，比如说把本书分为修辞类、语言类、类型类等——它们看上去脉络清晰，框定犁然，实则非常蛮横地践踏了意识的本性和自组织——一种内在的隐性秩序，一种生机，一种帕斯卡尔所企慕的思想的朴素风格。我所渴慕的罗兰·巴特尔设想的思想诗学，骨子里一定也是带着几许混沌。而学术研究施加给混沌的结果，就像《庄子》内篇《应帝王》里讲到南海之帝倏和北海之帝忽为了谋报混沌之德，要为作为中央之帝的混沌凿开七窍，结果呢，“日凿一窍，七日而混沌死”。

几年前，在朋友们聚会的一个场合，听到一个让人发笑的段子，说一个人有一天向人们宣布：他最讨厌鸟类里的苍蝇。这个笑话的口风，调皮，智慧，脑筋急转，让我立马联想到福柯。福柯先生曾引用过博尔赫斯对“中国百科全书”式的动物分类的一个奇怪表述：动物分为属皇帝所有的、涂过香油的、驯良的、传说中的、迷路的野狗，以及本分类法中所包括的发疯的、多得数不清的、用极细的驼毛笔画出来的、刚打破了水罐子的、从远处看像苍蝇的……这种荒唐无理的表述，让福柯置之一笑的同时，也让他感到了不安和懊恼：“因为那无奇不有的荒唐可以产生破坏性的结果，摧毁寻常思维和用语言命名的范畴……瓦解我们自古以来对同与异的区别，要产生魔力。”☆

☆参见史景迁北大演讲录《文化类同与文化利用》一书中的附录，北京大学出版社 1990 年版

我在这本书里，既体验了一把罗兰·巴特尔式的那种“快速覆盖广阔领域的”文本书写（苏珊·桑塔格语），又体验了一回本雅明收集引文的惬意和内外勾连的隐秘的快乐。那些原本分属于不同语境里的表述，原本隔绝着、疏离着的思想，一旦像散碎的铁屑，被思维的磁铁吸附在一起的时候，它们无需我多费口舌，就已经在彼此邂逅的时候开始窃窃私语，形成新的联系，碰撞出异样的思想电弧。

读者一定会在书中的十七个诗学对话里，感受到各种话题杂然蓬松的交织。没错，我就是在模仿意识的行脚——就像波洛克在《1948 年第 5 号》里的意欲所为，模仿它飘忽不定的衣袂，它的渺目烟视，它的秋波一转。我坦率地承认，我没法把它们憋屈地塞进机械式分类的模子里。就让它们各随其便地单独成章，在一种宏观和微观的弹性语境里彼此照应，相互对话。

为了最大限度地呈现昌耀诗学的水晶式棱面，我在对话体文本之外，收录了三篇非对话体的文本。我想就此让这些不同的文体之间构成一种互文关系，让多种话语形式最终能在读者那里，

能动地编织出一个个超级文本。虽然其间不可避免地出现个别表述上的重复与交叉。不过，因为语境不同，貌似相同的表述又多有小异之处。对此种繁复、微妙的语义情境的营造效应，我想再次引用清代学者史震林笔记里的一个精妙的诗意化表述。他在《西青散记》里，收录了赵闇叔的一首《观蚁诗》，诗以微观世界，直抵哲理之境："绿隙漏红鲜，蚁路暗通叶。"

不论是从形而上学的层面还是其他层面来讲，这样的对话，实质上是无法画上句号的，我也无法一次性穷尽我的思考。这不，在这本书准备交付出版社出版的时候，我脑子里又开始盘旋着昌耀与天象、与梦境的话题，昌耀的幽囚体验，书信体里的另一个王昌耀——W 耶夫，昌耀的迟暮风格与陀思妥耶夫斯基化的文本书写等有待深入讨论的话题……阐释的开放性，让话题和文本的意义空间永在敞开，永在生成，如同华山上那副对联所呈示给我们的一种真谛：云在山头，登上山头云又远，月在水面，拨开水面月更深。

静极——谁的叹嘘？十几年光阴磨成肉眼无从看见的微粒，我自虐般地晨思暝写，一点一点凝结心血的结晶，希图让自己的生命享有一丝一缕的意义和荣光。在孤独的写作中，很多朋友不断给我打气，让我的踽踽独行，在他们持久而真挚的注目、鼓动中得到激励，得到加持，获得坚持下去的内驱动力。他们，以及无数带给我滋养的书籍、人性的微光，还有离家不远处的湟水河不舍昼夜的流淌，吹动枝叶颤动、四溢花香的清风，都是我精神的负氧离子。正是这一切的一切，让我时时刻刻得享沁人心脾的呼吸。感谢我的家人、我的妻子幕后默默的奉献。我还要感谢杨敬华这次在书籍设计上倾注的心智——在我看来，这是他具有超越性和探索性的一次设计实验。我更要感谢远在北京城的书籍设计师、艺术家吾要（嘎玛·多吉次仁）先生，没有他关键性的建议和书籍设计业界优秀、高端的设计理念，本书在视觉风格上就不可能有现在这样俊逸脱俗的格调。

能在我所生活的世纪遇见昌耀的诗歌，是我的幸运；能以得享这样的阅读来驱遣我的有生之涯，是我莫大的福分。

2021 年 1 月 21 日于卧尝斋，马齿加长五十晋七。

附记：在这篇后记里，我还要特别向青海摄影家协会主席蔡征致谢！一次偶然的机会，我问及昌耀当年跟随他们摄影家采风时有没有留下拍摄的照片，他说他那里有，但是要从数量惊人的摄影资料里寻找。我能体会那种“大海捞针”般的辛苦。没想到，蔡主席很快就给我发来十几张照片，都是 1995 年 7 月间昌耀在采风时所拍。我如获至宝，感慨：这可是昌耀摄影作品的首次披露。它们对读者更全面地了解、阐释昌耀的诗歌艺术，直观呈现昌耀在视觉艺术上的爱好和良好禀赋，都有着弥足珍贵的意义。

为此，我专门把一篇昌耀撰写的摄影评论和他在海东采风时所写的短文，编入附录。这两篇文字，都与书中所选的摄影作品内外勾连，顾盼生辉。而且，它们再次与其他文本形成又一层环绕式的“互文”关系。我太迷醉于充当一只吐丝盘网的蜘蛛了。原文分别刊发于 1995 年 4 月 30 日、9 月 10 日《青海日报》副刊《江河源》。后来两篇文字选入由我主编、于 2018 年青海人民出版社出版的《江河源文存》评论卷和散文卷卷二。该书收录了《昌耀诗文总集》里没有收进去的十多篇重要文献，可被视为与昌耀著作和诗学相互牵动的“末梢神经”。

吾要兄在书籍构成设计上的专业建议，让我在昌耀摄影文本之外，想到了我当年编副刊时特意珍存下来的十多页昌耀手稿。这些手稿，像《春天漫笔：记 k 省一次新春聚会》《“太阳诗人”远行：悼念艾青》《会心于文献：庆贺 < 江河源 > 副刊创办四十年》《记尼娜·丘金诺娃》这些篇什，也都是在《昌耀诗文总集》里没有收录的“漏网之鱼”。尽管昌耀在弥留之际勉力编辑的《昌耀诗文总集》里向世人劝告：“我不希望日后的朋友心怀好意代我将未选入本集的一些作品再作展示。”但基于我个人敬惜字纸和舍不得让若干遗珠永远埋没尘世的心情，还是将这些文字的珠贝呈献给敬重昌耀的读者。祈求昌耀的在天之灵，宽宥我仅有的一次失礼。我深信：危在旦夕的昌耀，在最后时刻的窘迫中，已经很难从容淡定、谨细不苟地“打扫战场”。我把一个人不久于人世的那个特殊时刻所表现出来的一些个欠缺、遗憾，称之为生命的裂隙。为此，特别值得重温一下鲁迅笔下阿 Q 的终极时刻：阿 Q 伏下去，使尽了平生的力画圆圈。他生怕被人笑话，立志要画得圆，但这可恶的笔不但很沉重，并且不听话，刚刚一抖一抖的几乎要合缝，却又向外一耸，画成瓜子模样了。

《诗人》一诗，虽然不是昌耀的作品，但是经过了诗人的删减、提炼、润饰、修改，留存下极有价值的信息、可供研究者反复揣摩的笔迹和心迹。在键盘录入早已取代笔迹的时代，手迹已经成为一种极为难得而又极具个人色彩的书写“指纹”。昌耀分别用钢笔、铅笔、彩笔书写的手迹，带着无可复制的原真性和力透纸背的触感。他那笔画里的折锋、收锋、勾挑，他的一波一磔，均能从他架构笔画桁架时的内聚和外张的力度上，显露出他气质里的刚劲与斩截，庄重与沉着，典雅与含蓄。俟诸来日，我期待从笔迹学的角度，收获一些意外的发现。